社會及行為科學研究法

主編　瞿海源・畢恆達・劉長萱・楊國樞

資料分析

于若蓉
學歷：國立臺灣大學經濟學博士
現職：中央研究院調查研究專題中心研究員兼
　　　執行長

王鼎銘
學歷：美國德州大學達拉斯分校政治經濟學博
　　　士
現職：國立臺灣大學政治學系暨公共事務研究
　　　所教授

林季平
學歷：加拿大麥克馬斯特大學地理學博士
現職：中央研究院人文社會科學研究中心地理
　　　資訊科學研究專題中心副研究員

邱皓政
學歷：美國南加州大學心理計量學博士
現職：國立臺灣師範大學管理學院副教授

翁儷禎
學歷：美國加州大學洛杉磯校區心理學博士
現職：國立臺灣大學心理學系教授

陳振宇
學歷：美國紐約州立大學石溪分校心理學博士
現職：國立成功大學心理學系教授

程爾觀
學歷：美國佛羅里達州立大學統計學博士
現職：中央研究院統計科學研究所研究員退休

畢恆達
學歷：美國紐約市立大學環境心理學博士
現職：國立臺灣大學建築與城鄉研究所教授

黃旻華
學歷：美國密西根大學安娜堡分校政治學博士
現職：國立臺灣大學政治系專任副教授

黃毅志
學歷：東海大學社會學博士
現職：國立臺東教育大學教育學系教授

楊國樞
學歷：美國伊利諾大學心理學博士
現職：中央研究院院士

劉長萱
學歷：美國匹茲堡大學統計與心理計量博士
現職：中央研究院統計科學研究所研究員

蔡蓉青
學歷：美國伊利諾大學心理學博士
現職：國立臺灣師範大學數學系教授

謝雨生
學歷：美國賓州州立大學鄉村社會學博士
現職：國立臺灣大學生物資源暨農學院生物產
　　　業傳播暨發展學系特聘教授

瞿海源
學歷：美國印第安那大學社會學博士
現職：中央研究院社會學研究所研究員、國立
　　　臺灣大學社會學系教授退休

瞿海源・畢恆達・劉長萱・楊國樞　主編

社會及行為科學研究法
資料分析

東華書局

國家圖書館出版品預行編目資料

社會及行為科學研究法：資料分析 / 瞿海源等主編 . --
1 版 . -- 臺北市：臺灣東華，2015.06

496 面；17x23 公分

ISBN 978-957-483-814-1（平裝）

1. 社會科學 2. 行為科學 3. 研究方法

501.2   104007484

社會及行為科學研究法：資料分析

主　　編　瞿海源、畢恆達、劉長萱、楊國樞
發 行 人　卓劉慶弟
出 版 者　臺灣東華書局股份有限公司
　　　　　臺北市重慶南路一段一四七號三樓
　　　　　電話：(02)2311-4027
　　　　　傳真：(02)2311-6615
　　　　　郵撥：00064813
　　　　　網址：www.tunghua.com.tw
直營門市　臺北市重慶南路一段一四七號一樓
　　　　　電話：(02)2382-1762
出版日期　2015 年 6 月 1 版
　　　　　2016 年 8 月 1 版 2 刷

ISBN　　　978-957-483-814-1

序　言

　　《社會及行為科學研究法》這套書原來是由楊國樞、文崇一、吳聰賢和李亦園四位教授編輯，於 1978 年一月出版，三十多年來，一直廣為使用，印行了三十刷以上，影響實在非常深遠。近二、三十年來社會科學研究方法創新不斷，社會科學研究使用的方法也起了很大的變化。原書的主編楊國樞教授和出版這部書的東華書局，希望出版一個全新的第二版。於是在 2008 年邀約了瞿海源、畢恆達、劉長萱、洪永泰參與規劃出版事宜。

　　臺灣社會科學，特別是社會學和政治學，在 1980 年之後，尤其是在 1990 年之後發展快速，到 2000 年大體發展成熟。在本書第一版出版時，正值 1980 年之前，當時臺灣的社會學和政治學幾乎還在發展初期，如陳義彥 (2010) 指稱：「…這一時期的調查研究方法，如抽樣方法採非隨機抽樣方式，統計分析方法也只採次數分配、卡方檢定，都僅是粗淺的分析，且也不盡正確，所以嚴格說起來，談不上是高度科學化的研究。」於是本書第一版許多研究方法還是由心理學者和教育學者撰寫，佔了作者之六成左右。在發展成熟之後，臺灣社會學者和政治學者在研究方法上學有專精的很多，第二版就有六成的章節是由社會和政治學者擔綱寫成。所以全書內容是以社會科學的研究和分析方法為主，不過心理和教育學者撰寫的也還是有百分之十七，因此書名依舊延續第一版，包括社會和行為科學。

　　在規劃出版本版新書初期，先經過編輯小組兩個多月的商議，初步草擬了一份主題綱目，列出各章主題。最後彙整成一份問卷，邀請在各大學教社會科學研究方法的教授近二十位評估，就初步提議納入的主題逐項評分，在「最優先」、「優先」和「非必要」三個選項中勾選，同時也推薦各章的撰稿者。結果有王業立、林繼文、李明璁、蘇國賢、關秉寅、吳嘉苓、藍佩嘉、吳重禮、黃紀、楊國樞、畢恆達、劉長萱、翁儷禎、黃昱華、黃囇莉等十五位教授回覆。最後，以最優先給 2 分，優先給 1 分，非必要為 0 分來統計。調查結果，在研究方法方面，依序選出抽樣問卷調查、民族誌、紮根理論與個案延伸法、訪談法、歷史研究法、敘事分析、實驗法、焦點團體法、網絡分析、個案研究、論述分析、地理資訊系統與個體發展研究法等十三個主題。在資料分析方面則依序選出測量理論、試題作答理論、因素

分析、內容分析與文字計數方法、事件分析、類別資料分析、多層次分析、迴歸分析和結構方程模式、調查資料庫之運用等十個主題。在論文寫作和研究倫理方面選出研究文獻評閱與研究、研究倫理兩個主題。最後再經編輯小組商議，在研究方法方面追加個體發展研究法和建制民族誌，在資料分析方面另外再加缺失值處理、長期追蹤資料分析、多向度標示法、職業測量和質性研究分析電腦軟體。最後，編輯群就全書主題衡量，決定增加綜合分析、質量並用法兩章。一方面強調針對既有研究從事深度的綜合分析，以獲致更完整而豐富的研究成果，另一方面則提倡質量並用法，希望能消解一點量化與質性研究之間的嚴重爭議。

　　1980 年代，尤其是在 1990 年代以後，獲有博士學位的社會科學學者人數激增，這些社會科學博士在從事研究時，就採用了很多不同的方法。在其博士教育養成過程中，大部分都研習了 1980 年代以來美歐學界發展出來的新方法，甚至博士論文研究就採用新的方法，到後續的學術研究中大多也就繼續採用這些新方法。即使在國內攻讀博士，教授也多會教授各種新舊方法，其中就有採用新的研究方法來做研究的。大體而論，在量化研究方面，比較多更精緻、更高階的統計分析。這個發展趨勢由本書新舊兩版的差異看得很清楚，在 1978 年版量化資料分析只有因素分析和因徑分析兩章，在新版裡就有因素分析、結構方程模式、複迴歸分析、類別資料分析、多層次分析、多向度標示法分析、長期追蹤資料分析以及缺失值處理，增加了六章之多。雖然其中兩章，即因素分析和因徑分析在兩版中都有，但內容也大不相同，新版有更新的分析方法，因徑分析也由結構方程模式取代。

　　在 1980 年之後，臺灣社會科學界從事大規模的全國性抽樣調查，1983 年政大成立選舉研究中心，臺大成立政治體系與變遷研究室，長期進行選舉與政治的研究調查，中央研究院自 1984 年在國科會長期資助下開始進行臺灣社會變遷基本調查，1997 年啟動臺灣家庭動態調查，2000 年開始進行臺灣教育長期追蹤調查和青少年追蹤研究，幾個大學選舉研究中心在 2001 年合作進行臺灣選舉與民主化調查研究。這些調查研究都是全國性的抽樣調查，而且也都是長期持續進行。臺灣社會科學界自 1980 年代中期開始這麼多全國性大規模社會抽樣調查，顯示調查研究在臺灣已經很成熟，也顯示量化研究是臺灣社會科學的主力。大約在 2000 年之後，社會學和政治學者在既有的大規模全國性調查研究的基礎上，又開展了幾項與其他國家同步進行的調查研究。由於這些大規模的調查逐年累積了大量資料，中央研究院調查研究中心於 1994 年著手建立學術研究調查資料庫，除了匯集上述各種全國

性大樣本調查資料外，也全面蒐集各種調查資料，包括政府的調查和個別學者的規模較小的調查，建立資料庫，提供學術研究使用，在中研院、國科會和其他政府部門贊助下，到目前為止這個資料庫已匯集了 1001 個調查資料檔。

質性研究方法在過去三十年崛起，國內學者在 1980 年初引入紮根理論，隨後又陸續引入個案延伸法、歷史研究法、訪談法、敘事分析、論述分析、個案研究法等等，再加上經典的人類學田野調查法。與本書舊版只有兩章相比，增加了六章。社會科學研究加重使用質性研究方法，不只是顯示方法本身的差異，更是在方法論和認識論上的重大歧異。也因此形成了量化與質性研究典範性的爭議，甚至在國內形成研究方法和方法論上的代理人戰爭。質性研究和量化研究幾乎水火不容，或至少互不相容，相互不了解。也因此，本書在第一章社會科學研究方法歷史中也深入探究質性和量化研究方法爭議的問題，在最後特地約請黃紀教授撰寫質量並用法 (mixed method) 一章，希望調和量化與質性研究對立乃至敵對的狀況。

在編輯上，本書特別強調社會科學研究的基本精神和倫理，列入「研究設計」、「研究倫理」和「文獻評閱」三章，是為總論的一部分，置於第一冊最前面。研究倫理在許多研究方法教科書中都排在最後，或聊備一格，我們把它排在最前面，就在於揭示研究倫理是極關重要的研究基本。撰寫研究論文，作者都必須做文獻探討，但有不少研究生和少數學者只是做做形式，我們特地列入一章文獻評閱，說明進行文獻探討的實質意義和應有的做法。

在全書各章書稿完成之後，編輯小組試圖重新編排，最後，提出編輯成上下兩冊和三冊兩個方案，經徵詢全體作者，絕大多數贊成分為三冊，因分冊邏輯清楚，第一冊為總論與量化研究法，第二冊為質性研究法，第三冊是資料分析。編輯小組和一些作者擔心把量化和質性研究方法分為兩冊，可能會突出了量化與質性研究之爭。我們最後還是這樣分三冊來出版，當然不是要製造量化質性對立，我們反倒是希望讀者在深入研習各種質性與量化研究方法之後，能夠對各種研究方法更寬容、更具同理心。我們也衷心建議授課的教授，在研究方法的課程裡，一定要兼顧量化和質性研究方法，至少要讓學生有運用各種研究方法的基本能力，也要讓學生能欣賞運用各種不同研究方法所獲致的學術研究成果。

在本書第一版於 1978 年出版時，社會科學研究方法的書非常的少，當時匯集了學者撰寫社會科學、心理學和教育研究的基本方法，大體上很完備，也因此這部書發行三十多年來仍然是研究方法課程和修習研究方法的重要參考書籍。如今社會

科學逐漸成熟，有關研究方法的書籍，不論翻譯或編著都為數甚多。我們編輯出版《社會及行為科學研究法》這部書的第二版，除了上述在內容上全面調整外，更強調盡可能匯聚各種不同的研究方法，同時在各章編寫過程中特別加重方法背後的觀念，及方法的應用時機，並以臺灣本土的例子說明，藉以區隔此書與坊間其它方法學書籍的差異。

　　本書凝聚了臺灣社會科學領域一群活躍及具有獨特風格的學者共同完成。每位學者在各自的專章中，除了傳達專業知識外，也透露各自的學術理念。讀者在閱讀此書時，可順便領略社會科學者們所代表當前臺灣的學術文化，這一部分應是這個修訂版和原版最大的差異。

　　在 2012 年出版後，本書在 2013 年在北京出版簡體字版，都是以三冊一套發行，但各冊也還是單獨發售。在銷售一段時間後，我們發現各冊銷售狀況不一樣，三冊實際上等於各自單獨發行，於是我們決定再進行改版，就讓三冊更各自獨立。於是從 2013 年底，就請全體作者再仔細校對並做小幅度的修改，歷經年餘，終告完成改版，再度發行。

瞿海源、畢恆達、劉長萱、楊國樞於 2015 年 3 月

目　次

1

因素分析

一、前　言

　　因素分析 (factor analysis, FA) 是一套用來簡化變項、分析變項間的群組與結構關係，或尋找變項背後共同影響因素的多變量統計技術。一組龐雜的測量數據經由因素分析可以迅速有效地簡化成幾個比較簡單的分數來加以應用，因此廣受實務領域的歡迎。又因為因素分析可用來檢驗測量工具、探討抽象概念或潛在特質的內涵，因此更為學術研究者所重視。在某些社會與行為科學領域 (例如心理學、社會學、教育學)，研究者經常必須去估計諸如智力、創造力、憂鬱、工作動機、組織認同、學習滿意度等抽象構念，進而探究這些構念之間的關係。此時首要工作即需證實研究者所設計的測驗工具的確能夠用以測量抽象構念，將一組具有共同特性或有特殊結構關係的測量指標，抽離出背後構念並進行因素關係的探究的統計分析技術，最有效的工具便是因素分析。

　　舉例來說，如果今天某位研究者手中擁有某年度中學應屆畢業生參加大學入學考試的國文、英文、社會、數學、物理、化學等六科成績分數，若他計算這六科分數之間的相關係數之後，發現國文、英文、社會三科之間相關比較高，數學、物理與化學三科的相關也比較高，那麼他就非常可能會主張前三科是比較類似的學科，後三科是另外一組比較類似的學科。如果他進行

1

因素分析，得到支持他的想法的結果，於是他可以將前三科高度相關的科目取名為「文科能力」，後三科則取名為「理科能力」；最後，他以「某種方式」將這六科成績重新組合成一個「文科能力」與一個「理科能力」分數。此時，「文科能力」與「理科能力」這兩個用來代表這六科考試成績的新概念就是因素 (factor)，經過整合後的兩個新分數就是因素分數，可用來取代原來的六科成績。原來的六科成績稱為外顯變項或測量變項，所形成的因素分數則是潛在變項。在本章中，構念、因素與潛在變項三個名詞被視為相似的概念而可相互替代。此一因素分析程序所得到的結果若與理論文獻的觀點一致，或具有邏輯或實務上的合理性，研究者即可宣稱建立了一個雙因素模型，並將資料加以整合簡化來進行實務上的應用。

(一)　因素分析的功能

具體言之，因素分析的主要功能有三：第一，因素分析可以協助研究者簡化測量的內容。因素分析法最重要的概念，即是將一組變項之間的共變關係予以簡化，使得許多有相似概念的變項，透過數學關係的轉換，簡化成幾個特定的同質性類別，來加以應用。例如前述的範例中，研究者計算得出學生入學考試的「文科能力」與「理科能力」分數來進行分發的依據。

第二，因素分析能夠協助研究者進行測量效度的驗證。利用一組題目與抽象構念間關係的檢驗，研究者得以提出計量的證據，探討潛在變項的因素結構與存在的形式，確立潛在變項的因素效度 (factorial validity)。例如國文、英文與社會三科具有高相關，使得在因素分析中被視為同一類型的數據，如果從學理來看，這三個分數會有高相關是因為同時受到人類認知功能當中的語文能力所影響，相對地，數學、物理、化學三科會具有高相關，也正是因為受到人類認知功能當中的邏輯或數字能力所影響。此時，研究者透過因素分析這套統計程序所得到的雙因素結構，也獲得理論上的支持，在測驗領域中，可作為這六科成績能夠測得兩種潛在認知能力的構念效度證據。

最後，因素分析可以用來協助測驗編製、進行項目分析、檢驗試題優

劣。同時可以針對每一個題目的獨特性進行精密的測量，比較相對的重要性。如果是在問卷編製過程中，因素分析可以提供給研究者這些測量題項的群組關係，使研究者得以選用具有代表性的題目來測量研究者所關心的概念或特質，因而得以最少的題項，進行最適切的評估測量，減少受測者作答時間，減少疲勞效果與填答抗拒。

(二)　探索性與驗證性因素分析

傳統上，因素分析被用來簡化資料，尋找一組變項背後潛藏的因素結構與關係，事前研究者多未預設任何特定的因素結構，而由數據本身來決定最適切的因素模型，因此稱為探索性因素分析 (exploratory factor analysis, EFA)，亦即一種資料推導的分析。相對地，如果研究者的目的是在檢驗他人所提出的模型是否適切，或是在發展測量題目時依據某些理論文獻來編製特定結構的量表，稱為驗證性因素分析 (confirmatory factor analysis, CFA) (Jöreskog, 1969; Long, 1983)，它具有理論檢驗與確認的功能，因此被視為是一種理論推導的分析。從發展的先後來看，EFA 的原始構想早在二十世紀初就被提出，百年來廣為研究者運用在構念的估計與檢驗。CFA 則隨著結構方程模式 (structural equation modeling, SEM) (Jöreskog & Sörbom, 1993) 的成熟而逐漸流行。CFA 是 SEM 當中的一種次模型，用以定義並估計模型中的潛在變項，因此又稱為測量模型，與其他測量模型整合之後，即可建立一個完整的結構方程模型來探討潛在變項的影響機制。

從技術層次來看，EFA 與 CFA 的實質任務都是在定義並估計潛在變項，檢證結果均可作為構念是否具有信效度的證據，兩者最大的不同在於潛在變項發生的時點：對 EFA 而言，潛在變項的內容與結構為何，事前無法確知，經過反覆估計後才能萃取得出，因此是一種事後 (post-hoc) 的結果。相對而言，CFA 當中的潛在變項其結構與組成必須事先決定，因此是一種先驗 (priori) 的分析架構。如果說 EFA 的價值在於理論的發現，那麼 CFA 的價值則在於理論的驗證，兩者在學術研究中均扮演重要的角色。

在此要強調一點的是，不論以 EFA 或 CFA 所得到的構念估計或效度證據，都是一種統計現象，對於構念的實質或本體並沒有直接進行驗證。因此，CFA 與 EFA 的結果雖可作為構念估計的證據，研究者仍須盡可能以其他的構念效度檢驗程序 (例如實驗方法與其他統計策略) 來提出更充分的構念效度證據，才能確保一個測驗所測得的分數確實能夠真實反映研究者所欲測量的構念。

更基本的一個思考方向，是研究者必須清楚知道自己的研究目的與需要，因為 EFA 與 CFA 兩者的目的不同，適用時機也不一樣。EFA 與 CFA 各有所長也各有缺點，後起之秀的 CFA 欠缺 EFA 具有尋覓、探詢複雜現象的彈性，EFA 則沒有強而有力的理論作為後盾。兩者皆無法取代對方，但對兩種技術的熟稔對於研究者探究科學命題具有相輔相成的功效，因此兩者均要熟悉。

(三)　主成分分析與因素分析

除了 EFA 與 CFA 的對比，人們往往會把因素分析與主成分分析 (principle component analysis, PCA) 兩者混為一談。在現象上，PCA 與 EFA 都是資料縮減技術，可將一組變項計算出一組新的分數，但在測量理論的位階上兩者卻有不同，PCA 試圖以數目較少的一組線性整合分數 (稱為主成分) 來解釋最大程度的測量變項的變異數，EFA 則在尋找一組最能解釋測量變項之間共變關係的共同因素，並且能夠估計每一個測量變項受到測量誤差影響的程度。相對之下，PCA 僅在建立線性整合分數，而不考慮測量變項背後是否具有測量誤差的影響。

基本上，會使用因素分析來進行研究的人，所關注的是為何測量數據之間具有相關。是否因為測量變項受到背後潛藏的抽象現象或特質所影響而產生關聯，研究者的責任並非僅在進行資料縮減，而是如何排除測量誤差的干擾，估計測量變項背後所存在的因素結構，因此 EFA 所得到的萃取分數較符合潛在變項之所以稱之為「潛在」的真意。相對之下，PCA 所得到的組合分

數僅是一種變項變換後的結果，而不宜稱之為「潛在」變項。更具體來說，雖然兩種方法都是應用類似的線性轉換的統計程序來進行資料縮減，但 PCA 的資料縮減所關心的是測量變項的變異數如何被組合分數有效解釋，而 EFA 則是進行因素萃取，排除測量誤差以有效解釋測量變項間的共變項。關於這兩種方法的統計原理差異將在下一節說明。

從方法學角度來看，PCA 與 EFA 的一個重要差異在於未定性 (indeterminacy) 的威脅 (Fabrigar, Wegener, MacCallum, & Stranhan, 1999；黃財尉，2003)。PCA 中的共同成分估計並非是一種萃取而是一種變項變換，因此對於新變項的數值與相對應的測量變項的組成模式是一種明確的數學模式，換言之，最終得到的矩陣估計是一種明確的數學解。相對之下，EFA 在估計潛在變項時，反覆進行疊代估計以求取最佳結構關係時，對於潛在變項 (包括共同因素與獨特因素兩者) 的估計解是一種統計解。當研究者改變萃取方式、估計算則、對分配的假設，乃至於樣本的變換、變項的增減改變，都會改變因素結構與因素分數的估計，這種未定性的問題是因素分析法最大的威脅。

從統計分析的角度來看，PCA 的一個特點是不需要進行轉軸 (反倒是轉軸會改變各個組合變項的解釋變異以及與測量變項的關係，造成主成分分數的改變與扭曲)，同時對於資料也不需假設其分配特徵。因為不論測量變項的數值呈現何種分配，主成分分析的變數變換都可以得到估計解 (除非是研究者欲對 PCA 的參數進行顯著性檢定才需要對資料分配設定常態假設)。相對之下，EFA 必須進行因素轉軸，重新計算因素與測量變項間的對應權數的數值，才能獲得對於因素的正確解釋，並能夠進行恰當的命名。此外，由於 FA 假設觀察變項的共變項受到真分數的影響，為能進行最大概似法求解，FA 中的資料分配必須符合常態分配假設，因此對於因素分析的進行，在統計處理上有較高的限制與要求。有關 PCA 與 EFA 的各種差異比較詳列於表 1-1。

表 1-1　主成分分析與因素分析的比較

	主成分分析 (PCA)	因素分析 (FA)
分析目的	資料整合、簡化資料	解釋相關結構、估計構念
萃取結果	成分 (component)	因素 (factor)
解釋對象	測量變項變異數 (求取測量變項變異解釋最大化)	測量變項共變項 (求取測量變項相互關係解釋最大化)
測量變項角色	形成性指標，尋求組合最佳化	反映性指標，尋求結構最佳化
獨特變異	萃取殘差	萃取殘差＋測量殘差
轉軸	不需要 (直接獲得線性整合分數)	有需要 (以利解釋與命名)
變項假設	無 (僅作變項變換)	有 (對構念的假設)
未定性威脅	小	大

　　然而，儘管主成分分析與因素分析有諸多不同，但是仍有學者主張兩者不必過度區分而可通用，例如 Velicer 與 Jackson (1990) 即點出在一般情形下以 PCA 所得到的估計結果與 EFA 相近，當因素數目偏高時，兩者的差異才會趨於明顯。Snock 與 Gorsuch (1989) 也發現當測量變項增加時，兩者的差異也會降低。重要的是，因素分析受到未定性的威脅甚大，發生不尋常解 (例如共同性大於 1 的 Heywood case) 的機會較大，在研究實務上 PCA 未必居於下風。如果研究者所從事的是試探性研究或先導研究時，兼採這兩種技術並加以比較，或許可以得到更多的參考資訊。

參考方塊 1-1：社經地位是潛在變項嗎？

　　社經地位是社會科學研究者最早提到的研究變項之一，因為 SES 與許多重要的社會、心理、教育現象有密切關係。一般而言，SES 與教育、收入以及職業聲望三者有關，但是如何從這三個指標產生一個 SES 變項呢？卻是一個棘手的問題。

　　基本上，從現象的邏輯關係來推理，我們很難相信某一個人是因為其社經地位變高，所以他的教育程度、收入或者職業聲望才會變高；反過來

說，當一個人的教育水準、收入或者職業聲望變高時，他的社經地位才會變高。也就是說，三個指標是「因」，SES 是「果」。但是從另一個角度來看，通常一個人能受到良好教育時，他們的收入也高，職業的聲望也高，三者具有中高度的相關，從因素分析的角度來看，這三個指標會有相關，是因為受到同一個影響因素的影響，那就是 SES，所以，SES 應該是三個指標的「因」。

　　前述的爭議焦點其實很明顯，亦即到底是 SES 決定了教育、收入、職業聲望，還是這三者決定了 SES？很明顯地，正因為 SES 難以界定與觀察，同時並沒有一個「實體」稱為 SES，因此 SES 無庸置疑是一個無法直接測量的潛在變項。但是，如果指標先於 SES 存在，亦即 SES 這個潛在變項是被觀察變項所影響，此時被稱為形成性測量模型 (formative measurement model)，三個指標被稱為形成性指標 (formative indicators)，在技術上應使用主成分分析，將三者合成一個分數，並使之最能解釋這三個指標的變異。相反地，如果 SES 先於指標存在，亦即三個指標是 SES 這個潛在變項的反映或投射，此時被稱為反映性測量模型 (reflective measurement model)，三個指標被稱為反映性指標 (reflective indicators)，在技術上應使用因素分析，萃取出能夠解釋三者相關最大程度的潛在變項，定義成 SES。

　　學者們對於 SES 這個潛在變項到底是反映性還是形成性各擁其主。在實徵研究中，這兩種策略都可以看到許多實際應用的例子。其他類似的概念還包括滿意度測量、績效指標等。在心理計量領域，形成性與反映性爭議從探索性因素分析延燒到驗證性因素分析，有興趣的讀者可以參見 Howell、Breivik 與 Wilcox (2007) 與其他學者的精彩辯論。另外，Petter、Straub 與 Rai (2007) 的文章則詳細列舉這兩種模型的差異與操作程序。不過，如果再問一個問題：SES 的三個指標，究竟是應該問受測者他自己的狀況呢？還是問他所身處的家庭呢？對大人要怎麼問？對青少年又要怎麼問？看來，SES 這個概念，似乎真的是一個令人難以捉摸的變項！

二、因素分析的原則與條件

(一)　構念與因素分析

　　因素分析的概念來自於 Spearman (1904) 對於智力測驗各分測驗得分之間所具有的特殊相關結構的好奇。就好比先前所舉出的六科成績得分的例子類似，Spearman 認為測驗分數之間所存在的特殊的相關結構，是因為背後存在著看不到的潛在心理特質 (亦即構念) 所造成，因此提出因素分析的原始概念，後來經過許多學者專家共同投入研究而逐漸發展成熟。

　　所謂構念是指無法直接觀測的抽象特質或行為現象，為了能夠研究這些潛在的特質或現象，研究者必須嘗試以不同的方法來進行測量，此時測量得到的數據能夠真實有效地反映這些構念的程度稱之為構念效度，在各種分析策略中，因素分析是少數能夠用來萃取構念的統計技術，因此因素分析得到的因素效度證據，普遍被學者接受可用來作為支持構念存在的證據之一。由此可知，因素分析在涉及構念研究的學術領域中具有重要的地位。

(二)　因素分析的基本原則

　　因素分析的特性之一，即是可以處理測量誤差，使測量數據能夠有效反映構念的內涵。由於構念具有抽象、無法直接觀察的特性，利用單一測量得分無法全然觀察到抽象構念，而必須以多重測量分數來抽取出潛在的構念，此一原則稱為多重指標原則。每一個指標 (或題目) 僅能「部分反映」構念的內涵，干擾構念測量的額外因素則被定義成測量誤差，是受到構念以外的隨機因素所造成。相對之下，各指標的共同部分則反映構念的程度高低，亦即真分數 (true score)。測量誤差與真分數變異兩者構成實際測量分數的變異，此一觀點即為古典測量理論 (Lord & Novick, 1968)。因素分析的運算原則，即在排除多重指標背後的誤差部分來估計共同部分，將之稱為因素，藉以反映構念的內涵。

從統計的原理來看，潛在變項估計背後存在一個局部獨立原則 (principle of local independence)。亦即如果一組觀察變項背後確實存在潛在變項，那麼觀察變項之間所具有的相關，會在對潛在變項加以估計的條件下消失，換言之，當統計模型中正確設定了潛在變項後，各觀察變項即應不具有相關，具有統計獨立性。相對地，如果測量變項的剩餘變異量中仍帶有關聯，那麼局部獨立性即不成立，此時因素分析得到的結果並不適切。

最後，因素分析的運用有一個重要的方法學原則，稱為簡效原則 (principle of parsimony)。在因素分析當中，簡效性有雙重意涵：結構簡效與模型簡效，前者係基於局部獨立性原則，指觀察變項與潛在變項之間的結構關係具有簡單結構 (simple structure) (Mulaik, 1972)；後者則是基於未定性原則，對於因素模型的組成有多種不同方式，在能符合觀察數據的前提下，最簡單的模型應被視為最佳模型。也因此，因素分析當中所存在的各種轉軸方法，目的即在尋求因素結構的最簡單原則，進而定義出最符合真實的潛在變項結構，作為構念存在的證據。

(三)　因素分析的資料特性

到底一組測量變項適不適合進行因素分析，測量變項背後是否具有潛在構念，除了從理論層次與題目內容兩個角度來推導之外，更直接的方式是檢視測量變項的相關情形。如果變項間的相關太低，顯然不容易找出有意義的因素。因此，相關矩陣的檢視即成為判斷是否適宜進行因素分析的重要程序。一般有下列幾種方法可以用來判斷相關矩陣的適切性。

第一種方法是 Bartlett 的球形檢定。如果球形檢定達到統計顯著水準，表示測量變項的兩兩相關係數中，具有一定程度的同質性相關。當某一群題目兩兩之間有一致性的高相關時，顯示可能存有一個因素，多個群落代表多個因素。如果相關係數都偏低且異質，則因素的抽取愈不容易。

第二種方法是利用淨相關矩陣來判斷變項之間是否具有高度關聯，當測量變項的兩兩相關在控制其他觀察變項所求得的淨相關 (partial correlation)

表 1-2　KMO 統計量的判斷原理

KMO 統計量	因素分析適合性
.90 以上	極佳的 (marvelous)
.80 以上	良好的 (meritorious)
.70 以上	中度的 (middling)
.60 以上	平庸的 (mediocre)
.50 以上	可悲的 (miserable)
.50 以下	無法接受 (unacceptable)

(淨相關矩陣稱為反映像矩陣)，表示各題之間具有明顯的共同因素；相對地，若淨相關矩陣有多數係數偏高，表示變項間的關係不大，不容易找到有意義的因素。反映像矩陣的對角線稱為取樣適切性量數 (measures of sampling adequacy, MSA)，為該測量變項有關的所有相關係數與淨相關係數的比較值，該係數愈大，表示相關情形良好，各測量變項的 MSA 係數取平均之後即為 KMO 量數 (Kaiser-Meyer-Olkin measure of sampling adequacy)，執行因素分析的 KMO 大小判準如表 1-2 (Kaiser, 1974) 所示。

　　第三種方法是共同性 (communality)。共同性為測量變項與各因素相關係數的平方和，表示該變項的變異量被因素解釋的比例，其計算方式為在一變項上各因素負荷量平方值的總和。變項的共同性愈高，因素分析的結果就愈理想。關於共同性的概念與應用將在後續的章節中介紹。

(四)　樣本數的決定

　　在因素分析當中，樣本的選取與規模是一個重要的議題。如果樣本太小，最直接的問題是樣本欠缺代表性，得到不穩定的結果。從檢定力的觀點來看，因素分析的樣本規模當然是愈大愈好，但是到底要多大，到底不能多小，學者們之間存在不同甚至對立的意見 (參見 MacCallum, Widaman, Zhang, & Hong, 1999 的整理)，甚至於過大的樣本也可能造成過度拒絕虛無假設的情形，而有不同的處理方法 (例如切割樣本進行交叉複核檢驗)。

　　一般而言，對於樣本數的判斷，可以從絕對規模與相對規模兩個角度來分析。早期研究者所關注的主要是整個因素分析的樣本規模，亦即絕對樣本規模。綜合過去的文獻，多數學者主張 200 是一個重要的下限，Comrey 與 Lee (1992) 指出一個較為明確的標準是 100 為差、200 還好、300 為佳、500 以上是非常好、1,000 以上則是優異。

　　相對規模則是取每個測量變項所需要的樣本規模 (每個變項個案數比例) 來判斷，最常聽到的原則是 10:1 (Nunnally, 1978)，也有學者建議 20:1 (Hair, Anderson, Tatham, & Black, 1979)。一般而言，愈高的比例所進行的因素分析，穩定度愈高，但不論在哪一種因素分析模式下，每個因素至少要有三個測量變項是獲得穩定結果的最起碼標準。

　　近年來，研究者採用模擬研究發現，理想的樣本規模並沒有一個最小值，而是取決於幾個參數條件的綜合考量，包括共同性、負荷量、每個因素的題數、因素的數目等。例如，最近的一項模擬研究，de Winter、Dodou 與 Wieringa (2009) 指出，在一般研究情境中，如果負荷量與共同性偏低而因素數目偏多時，大規模的樣本仍有需要；但是如果因素負荷量很高，因素數目少，而且每一個因素的題目多時，在 50 以下的樣本數仍可以獲得穩定的因素結構。例如，在因素負荷量達到 .80，24 個題目且只有一個因素的情況下，6 筆資料即可以得到理想的因素偵測。

　　當因素結構趨向複雜時，樣本規模的需求也就提高。過去研究者習慣以每因素題數比例 (p/f；p 為題數，f 為因素數目) 的經驗法則來決定因素結構的複雜度，當每一個因素的題目愈多時，樣本數也就需要愈多。但 de Winter、Dodou 與 Wieringa (2009) 的研究發現，p/f 比例本身並非重要的指標，而是這兩個條件分別變動的影響。當此一比例固定時，題數與因素數目的變動所造成的樣本量需求必須分開檢視，例如當因素負荷量為 .80，且在每一個因素有 6 題的此一比率下 (p/f=6)，能夠穩定偵測因素的最低樣本數，在二因子 (12/2) 時為每一題需要 11 筆觀察值，但在 48/8 時則需要 47 筆觀察值。這顯示愈複雜的因素結構需要愈高的樣本數，而非僅受限於特定的因素、題數

比例。

三、因素分析的統計原理

如果熟悉心理測驗的讀者，對於表 1-3 的題目應不陌生。這十題是 Rosenberg (1965) 所編寫用來測量自尊 (self-esteem) 的題目。一個高自尊的人會在這十個題目上得到高分 (反向題需經反向編碼來計分)；反之，低自尊者會得低分。或許每個題目各有偏重，但是影響這些題目分數高低的共同原因，就是自尊這一個潛在構念。以下我們將以這個量表的前六題為例，說明因素分析的統計原理與分析結果。

(一)　因素分析的基本模型

Spearman 最初提出因素分析的概念時，其主要目的是透過一組可具體觀察的測量變項，利用其間的相關情形來估計出潛藏其後的抽象心理構念 (潛在變項)，各個測量題目之間共同的部分即可用來代表構念。後來 Thurstone (1947) 將 Spearman 的因素分析概念擴大到多元因素的複雜結構分析，使得

表 1-3　Rosenberg 的自尊量表

	非常 不同意				非常 同意
X1. 大體來說，我對我自己十分滿意	1	2	3	4	5
X2. 有時我會覺得自己一無是處	1	2	3	4	5
X3. 我覺得自己有許多優點	1	2	3	4	5
X4. 我自信我可以和別人表現得一樣好	1	2	3	4	5
X5. 我時常覺得自己沒有什麼好驕傲的	1	2	3	4	5
X6. 有時候我的確感到自己沒有什麼用處	1	2	3	4	5
X7. 我覺得自己和別人一樣有價值	1	2	3	4	5
X8. 我十分地看重自己	1	2	3	4	5
X9. 我常會覺得自己是一個失敗者	1	2	3	4	5
X10. 我對我自己抱持積極的態度	1	2	3	4	5

因素分析獲得心理學家廣泛採用，用來解決棘手的心理測量的構念效度舉證問題。

如果今天有一組測量變項 (X)，第 i 個與第 j 個測量變項間所具有的相關 (ρ_{ij}) 反映了兩個變項的相關強度，如果這兩個測量變項係受到同一個潛在變項的影響，那麼 ρ_{ij} 可被此一潛在變項與兩個測量變項的關係 (以係數 λ_i 與 λ_j 表示其強度)，來重製得出：

$$\rho_{ij} = \lambda_i \lambda_j \qquad \text{(1-1)}$$

以三個測量變項 $(X_1 \cdot X_2 \cdot X_3)$ 為例，兩兩之間具有相關的情況下，可以計算出三個相關係數 $(\rho_{12} \cdot \rho_{13} \cdot \rho_{23})$，反映三個測量變項之間的關係強弱，如圖 1-1 所示。

如果這三個測量變項受到相同的潛在變項的影響，那麼三者共同變異部分可被潛在變項 (F) 來解釋，此時 F 與三個測量變項的關係可以圖 1-2 表示。以因素分析的術語來看，此一潛在變項即為決定測量變項關係的共同因素，λ 則為因素負荷量，圖 1-2 是一個具有單一因素的因素模型。在此一模型中，三個相關係數可利用 $\lambda_1 \cdot \lambda_2 \cdot \lambda_3$ 重製得出，關係如下：

$$\rho_{12} = \lambda_1 \lambda_2 \qquad \text{(1-2)}$$

$$\rho_{13} = \lambda_1 \lambda_3 \qquad \text{(1-3)}$$

$$\rho_{23} = \lambda_2 \lambda_3 \qquad \text{(1-4)}$$

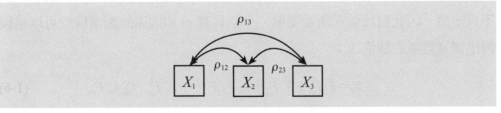

圖 1-1　三個測量變項的關係圖示

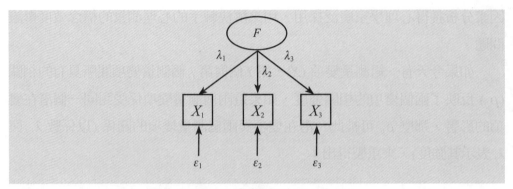

圖 1-2　單一潛在變項的因素模型圖示

在不同的數學算則與限定條件下，可以求得式 (1-2)、式 (1-3)、式 (1-4) 中重製 ρ_{12}、ρ_{13}、ρ_{23} 的 λ_1、λ_2、λ_3 三個係數的最佳解。一旦因素模式確立後，研究者即可將 F 這個影響測量變項變異的共同原因，解釋成為潛藏在背後的抽象特質或心理構念。

(二)　因素分析方程式

在圖 1-2 中，ρ_{ij} 是可被觀察的已知現象，因此 λ 係數可以透過統計算則進行求解，建立一組線性整合方程式來估計出潛在變項 F：

$$F = b_1 X_1 + b_2 X_2 + b_3 X_3 + \cdots + U \tag{1-5}$$

式 (1-5) 當中的權數 $b_1, b_2, \ldots, b_{10}$ 稱為因素分數係數，用以估計因素分數。以自尊量表當中 X_1 到 X_{10} 十個題目為例，F 表示「自尊」這一個共同因素，U 反映了無法被十個題目估計到的獨特性。一組測量變項背後的共同因素可能不只一個，因此對於個別測量變項，一個具有 m 個因素的因素模型可以重製得出測量變項的數值 $\hat{X}_j$：

$$\hat{X}_j = \lambda_1 F_1 + \lambda_2 F_2 + \lambda_3 F_3 + \cdots + \lambda_m F_m = \sum \lambda_m F_m \tag{1-6}$$

式 (1-6) 中，反映測量變項與各因素關係的係數 (λ) 即為因素負荷量，得出的重製分數 ($\hat{X}_j$) 可進一步計算測量變項間的重製相關 (reproduced correlation)。

將重製相關與原始相關進行比較，即可得到殘差，用來衡量因素模型反映觀察數據的能力。

　　各測量變項變異被各因素解釋的部分稱為共同性 (communality)，以 h^2 表示，潛在變項無法解釋測量變項的部分稱為獨特變異 (unique variance)，以 u^2 表示。測量變項的變異數 (σ^2)、共同性、獨特性三者具有 $\sigma^2 = h^2 + u^2$ 的關係。共同性是一種類似迴歸分析中的解釋力 (R^2) 的概念，亦即各測量變項能夠被潛在變項解釋的百分比，為各因素負荷量的平方和亦稱為共同變異 (common variance)：

$$h^2 = \lambda_1^2 + \lambda_2^2 + \cdots + \lambda_m^2 = \sum \lambda_m^2 \tag{1-7}$$

　　當萃取出來的各因素解釋測量變項變異的能力愈強時，共同性愈高，獨特性愈低；反之，當萃取出來的各因素能夠解釋測量變項變異的能力愈弱時，共同性愈低，獨特性愈高。

　　值得注意的是，因素分析多以相關矩陣來進行分析，此時各測量變項係以標準分數的形式來進行分析，因此各測量變項的變異數為 1，共同性 h^2 與獨特性 u^2 均為介於 0 到 1 的正數，兩者和為 1。因此，對其解釋的方式才可以百分比的概念為之。但是如果因素分析是以共變矩陣進行分析時，各測量變項的變異數不一定為 1，而是反映各測量變項在原始量尺下的變異強弱，換言之，測量變項的變異數大小會影響因素分析的結果，變異數大者在因素分析中的影響力大，變異數小者在因素分析中的影響力小，變異數成為測量變項影響力的加權係數。

　　由於因素分析主要應用在量表效度的檢測，為了便於解釋並避免各測量變項單位 (量尺) 差異的影響，因素分析均以相關係數作為分析矩陣，以確實掌握共同部分的內涵。如果研究者為了保持各測量變項的原始尺度，使因素或主成分的萃取能夠保留原始單位的概念，可利用共變矩陣來分析。本章將以自尊量表的前六題來進行因素分析，各題的描述統計與相關係數矩陣列於表 1-4。

表 1-4 自尊量表前六題的描述統計量與相關矩陣 (R) (N=1,000)

	M	s	X1	X2	X3	X4	X5	X6
X1. 大體來說，我對我自己十分滿意	3.535	1.123	1.00					
X2. 有時我會覺得自己一無是處	2.743	1.400	.321	1.00				
X3. 我覺得自己有許多優點	3.401	1.039	.494	.396	1.00			
X4. 我自信我可以和別人表現得一樣好	3.881	1.050	.392	.241	.512	1.00		
X5. 我時常覺得自己沒有什麼好驕傲的	2.187	1.110	.163	.282	.253	.104	1.00	
X6. 有時候我的確感到自己沒有什麼用處	2.808	1.368	.316	.651	.377	.223	.371	1.00

註：對角線下方的數值為皮爾森相關係數。

(三) 特徵值與特徵矩陣

　　因素分析最關鍵的運算步驟，是基於主成分分析技術，利用矩陣原理在特定的條件下對測量變項的相關矩陣 (R) 進行對角轉換 (diagonalized)，使得測量變項的相關矩陣得以縮減成一組直交的對角線特徵值矩陣 (L)。L 矩陣對角線上的每一個向量值稱為特徵值 (eigenvalue)，代表各測量變項的線性整合分數的變異量，特徵值愈大者，表示該線性整合分數 (或稱為主軸，principal axis) 具有較大的變異量，又稱為萃取變異 (extracted variance) 或解釋變異量 (explained variance)。經對角轉換後的特徵值矩陣與測量變項間的轉換關係由一組特徵向量矩陣 (V) 表示，其轉換關係如下：

$$L = V'RV \tag{1-8}$$

　　傳統上，以主成分分析技術進行對角轉換 (估計主軸) 的過程，係利用各測量變項的變異數做加權，主軸的方向多由變異數大者的測量變項所主導，而解釋力最大的主軸係最能解釋測量變項總變異量的線性整合分數，研究者可以選擇數個最能代表測量變項的幾個主軸加以保留，用來代表原來的測量變項，所保留下來的主軸又稱為主成分，因此整個分析的結果稱為主成分分析。

　　相對地，Spearman 的因素分析模式所著重的是測量變項間相關情形的

解釋與心理構念的推估，因此測量變項變異數解釋量的多寡並非主軸萃取的主要焦點，測量變項變異數不是潛在變項估計的主要材料。所以，對角化過程應將相關矩陣的對角線元素 (1.00)，改由估計的共同性或測量變項的多元相關平方 (squared multiple correlation, SMC) 所取代，稱為縮減相關矩陣 (reduced correlation matrix，以 $\widetilde{R}$ 表示)，令主軸的方向以測量變項的共同變異為估計基礎，而非測量變項的變異數。當對角線元素改由共同性元素所取代後重新估計得到新的共同性值可以再次代回 $\widetilde{R}$ 矩陣，進行疊代估計，當共同性不再變動時所達成的收斂解，是為最後的因素模式，此一方法稱為主軸萃取法 (principal axis method)。

在實際應用時，研究者必須了解以 PCA (變異數解釋最大化) 或 FA (共變項解釋最大化) 兩種資料縮減策略所得到的分析結果的理論意義分別為何以及不同萃取方式所可能造成不同結論的原因。如果研究資料具有較嚴重的測量誤差 (例如心理測驗分數)，測量變項的變異數當中包含較大比例的誤差變異，使用主成分萃取和主軸因素萃取估計會得到較大的差異。

以前述六題自尊測量的相關矩陣 R 為例，六個測量變項所形成的相關係數觀察矩陣為 6×6 矩陣，因此矩陣運算最多能夠產生與測量變項個數相等數量的特徵值 (六個)。特徵值的大小反映了線性整合後的變項變異量大小，因此過小的特徵值表示其能夠解釋各測量變項相關的能力太弱，沒有存在的必要而加以忽略。表 1-4 的相關矩陣經 SPSS 軟體執行主軸萃取法的結果如表 1-5 所示。

從表 1-5 可以看出，以傳統主成分技術針對相關係數矩陣 R 進行對角轉換所可能得到六個特徵值 (列於初始特徵值)，前兩個 (2.742 與 1.126) 能夠解釋較多的測量變項變異量之外，另外四個特徵值太小則可加以忽略。但是，如果以縮減相關矩陣 $\widetilde{R}$ 進行因素萃取所得到的前兩大特徵值，亦即最能解釋測量變項共變數的前兩個因素的特徵值分別為 2.307 與 .671，兩者的特徵值數量均比主成分萃取得到的特徵值為低，顯示縮減相關矩陣扣除了共變以外的獨特變異，使得估計得出的共同變項 (因素) 反映扣除測量誤差 (測量變項

表 1-5　解說總變異量 (以 SPSS 軟體分析所得報表)

因子	初始特徵值			平方和負荷量萃取			轉軸平方和負荷量		
	總數	變異數的 %	累積 %	總數	變異數的 %	累積 %	總數	變異數的 %	累積 %
1	2.742	45.705	45.705	2.307	38.451	38.451	1.555	25.911	25.911
2	1.126	18.768	64.473	.671	11.182	49.633	1.417	23.612	49.523
3	.756	12.605	77.078						
4	.599	9.976	87.054						
5	.438	7.295	94.348						
6	.339	5.652	100						

萃取法：主軸因子萃取法。

獨特性) 後的真實變異，作為構念的估計數。前述特徵值的計算與測量變項關係的矩陣推導過程如下：

$$L = V\widetilde{R}\,V = \begin{bmatrix} .365 & .438 & .470 & .332 & .245 & .507 \\ .311 & -.309 & .442 & .479 & -.187 & -.591 \end{bmatrix} [\widetilde{R}] \begin{bmatrix} .365 & .311 \\ .438 & -.309 \\ .470 & .442 \\ .332 & .479 \\ .245 & -.187 \\ .507 & -.591 \end{bmatrix}$$

$$= \begin{bmatrix} 2.307 & .000 \\ .000 & .671 \end{bmatrix}$$

在因素分析的初始狀況下，測量題目的總變異為各測量變項變異數的總和，各因素萃取得到的特徵值佔全體變異的百分比稱為萃取比例。表 1-4 當中六個題目總變異為 6 (每題變異數為 1)，兩個因素各解釋 2.307/6＝38.45% 與 .671/6＝11.18% 的變異量，合計為 49.63% 萃取變異量。

因素分析所追求的是以最少的特徵值來解釋最多的測量變項共變數，當萃取因素愈多，解釋量愈大，但是因素模型的簡效性愈低。研究者必須在因素數目與解釋變異比例兩者間找尋平衡點。因為如果研究者企圖以精簡的模

式來解釋測量數據，勢必損失部分可解釋變異來作為補償，因而在 FA 中，研究者有相當部分的努力，是在決定因素數目與提高因素的解釋變異。

(四)　因素負荷量與共同性

因素萃取係由特徵向量對於相關矩陣進行對角轉換得出。因此，反映各萃取因素 (潛在變項) 與測量變項之間關係的因素負荷量矩陣 (factor loading matrix，以 A 表示) 可由矩陣轉換原理從特徵向量矩陣求得，亦即 $A = V\sqrt{L}$：

$$\widetilde{R} = VLV' = V\sqrt{L}\ \sqrt{L}\ V' = (V\sqrt{L})(\sqrt{L}\ V') = AA' \tag{1-9}$$

以六個自尊測量的主軸萃取結果為例，因素負荷量矩陣如下：

$$A = \begin{bmatrix} .365 & .311 \\ .43 & -.309 \\ .470 & .442 \\ .332 & .479 \\ .245 & -.187 \\ .507 & -.591 \end{bmatrix} \begin{bmatrix} \sqrt{2.307} & 0 \\ 0 & \sqrt{.671} \end{bmatrix} = \begin{bmatrix} .562 & .255 \\ .674 & -.253 \\ .724 & .362 \\ .511 & .392 \\ .377 & -.153 \\ .781 & -.484 \end{bmatrix}$$

因素負荷量的性質類似於迴歸係數，其數值反映了各潛在變項對於測量變項的影響力，例如本範例中的兩個因素對第一個題目的負荷量分別為 .562 與 .255，表示第一個因素對第一題的解釋力較強。同樣地，各因素對於第二題的進行解釋的負荷量分別為 .674 與 −.253，表示第一個因素對第二題的解釋力較強之外，第二個因素對第二題的解釋力為負值，表示影響方向相反，亦即當第二個因素強度愈強時，第二題的得分愈低。

如果把負荷量平方後相加，可得到解釋變異量。對各題來說，兩個因素對於各題解釋變異量的總和，反映了萃取因素對於各題的總解釋力，或是各測量變項對於整體因素結構所能夠貢獻的變異量的總和 (亦即共同性)。此外，各因素在六個題目的解釋變異量的總和，則反映了各因素從六個測量變

表 1-6　因素負荷量、共同性與解釋變異量的關係

測量變項	因素一	因素二	共同性
X1	$(.562)^2$	$(.255)^2$	.381
X2	$(.674)^2$	$(-.253)^2$	.518
X3	$(.724)^2$	$(.362)^2$	.655
X4	$(.511)^2$	$(.392)^2$	.415
X5	$(.377)^2$	$(-.153)^2$	.166
X6	$(.781)^2$	$(-.484)^2$	.843
因素負荷平方和	2.307	.671	2.979
解釋變異百分比	38.45%	11.18%	49.63%

項的矩陣所萃取的變異量總和，即為先前提到的解釋變異量。計算的過程如表 1-6 所示。

四、因素萃取與數目決定

(一) 因素的萃取

　　將一組測量變項進行簡化的方法很多，但能夠萃取出共同因素、排除測量誤差的方法才被稱為因素分析。在一般統計軟體中所提供的主成分分析法，係利用變項的線性整合來化簡變項成為幾個主成分，並不合適用來進行構念估計。常用的構念估計方法是共同因素法 (即主軸因素法) 或最大概似法。

　　主軸因素法與主成分分析法的不同，在於主軸因素法是試圖解釋測量變項間的共變量而非全體變異量。其計算方式與主成分分析的差異，是主軸因素法是將相關矩陣 R 以 $\widetilde{R}$ 取代，以排除各測量變項的獨特性。換言之，主軸因素法是萃取出具有共同變異的部分。第一個抽取出的因素解釋測量變項間共同變異的最大部分；第二個因素則試圖解釋第一個因素萃取後所剩餘的測量變項共同變異的最大部分；其餘因素依序解釋剩餘的共變量中的最大部

分，直到共同變異無法被有效解釋為止。

此法符合古典測量理論對於潛在構念估計的概念，亦即因素萃取係針對變項間的共同變異，而非分析變項的總變異。若以測量變項的總變異進行因素估計，其中包含著測量誤差，混雜在因素估計的過程中，主軸因素萃取法藉由將共同性代入觀察矩陣中，雖然減低了因素的總解釋變異，但是有效排除無關的變異的估計，在概念上符合理論的需求，因素的內容較易了解 (Snock & Gorsuch, 1989)。此外，主軸因素法的因子抽取以疊代程序來進行，能夠產生最理想的重製矩陣，得到最理想的適配性，得到較小的殘差。但是，也正因為主軸因素法是以共同性作為觀察矩陣的對角線數值，因此比主成分因素分析估計更多的參數，模式的簡效性較低。但一般在進行抽象構念的估計時，理論檢驗的目的性較強，而非單純化簡變項，因此宜採用主軸因素法，以獲得更接近潛在構念的估計結果。

另一種也常被用來萃取因素的技術是最大概似法，基於常態機率函數的假定進行參數估計。由於因素分析最重要的目的是希望能夠從樣本資料中，估算出一個最能代表母體的因素模式。因此，若個別的測量分數呈常態分配，一組測量變項的聯合分配也為多元常態分配，基於此一統計分配的假定下，我們可以針對不同的假設模型來適配觀察資料，藉以獲得最可能的參數估計數，作為模型的參數解，並進而得以計算模式適合度，檢視理論模式與觀察資料的適配程度。換言之，從樣本估計得到的參數愈理想，所得到的重製相關會愈接近觀察相關。由於樣本的估計係來自於多元常態分配的母體，因此我們可以利用常態分配函數以疊代程序求出最可能性的一組估計數作為因素負荷值。重製相關與觀察相關的差異以透過損失函數 (lose function) 來估計，並可利用顯著性檢定 (卡方檢定) 來進行檢定，提供因素結構好壞的客觀標準。可惜的是，最大概似法比起各種因素分析策略不容易收斂獲得數學解，需要較大的樣本數來進行參數估計，且對資料要求常態假設，是其必須加以考量的因素。

另一個與最大概似法有類似程序的技術稱為最小平方法，兩者主要差異

在於損失函數的計算方法不同。最小平方法在計算損失函數時，是利用最小差距原理導出因素形態矩陣後，取原始相關矩陣與重製矩陣的殘差的最小平方值，稱為未加權最小平方法，表示所抽離的因素與原始相關模式最接近。若相關係數事先乘以變項的殘差，使殘差大的變項 (可解釋變異量少者) 者，比重降低，共同變異較大者被加權放大，進而得到原始相關係數／新因素負荷係數差異的最小平方距離，此時稱為加權最小平方法。在計算損失函數時，只有非對角線上的數據被納入分析。而共同性是分析完成之後才進行計算。

　　還有一種萃取方法稱為映像因素萃取 (image factor extraction)，其原理是取各測量變項的變異量為其他變項的投射。每一個變項的映像分數係以多元迴歸的方法來計算，映像分數的共變矩陣係以 PCA 進行對角化。此一方法雖類似 PCA 能夠產生單一數學解，但對角線以 $\widetilde{R}$ 替代，因此得以視為是因素分析的一種。但是值得注意的是，此法所得到的因素負荷量不是相關係數，而是變項與因素的共變項。至於 SPSS 當中提供的 α 法 (alpha factoring)，則是以因素信度最大化為目標，以提高因素結構的類化到不同測驗情境的適應能力。

(二) 因素數目的決定

1. 直觀判斷法

(1) 特徵值大於 1.0

　　傳統上，因素數目的決定常以特徵值大於 1 者為共同因素 (Guttman, 1954; Kaiser, 1960, 1970)，也就是共同因素的變異數至少要等於單一測量變項的標準化變異數 (亦即 1.00)，又稱為 Kaiser 1 rule (K-1 法則) 或 EV-1 法則。雖然 K-1 法則簡單明確，普遍為統計軟體作為預設的標準，但是卻有諸多缺點，一般建議此原則僅作參考或快速篩選之用。主要的問題之一是此法並沒有考慮到樣本規模與特性的差異。此外，當測量變項愈多，愈少的共同變異即可被視為一個因素。例如在 10 個測量變項時，1 個單位的共同變異佔

全體變異的 10%，但是在 20 個測量變項時，1 個單位的共同變異僅佔全體變異的 5%，仍可被視為一個有意義的因素。

(2) 陡坡檢定

　　由於共同因素的抽取係以疊代的方式從最大變異的特徵值開始抽取，直到無法抽取出任何共同變異為止，因此特徵值的遞減狀況可以利用陡坡圖 (scree plot) 來表示，如圖 1-3 中的折線所示。當因素不明顯或沒有保留必要時，其特徵值應呈隨機數值，但是對於明顯存在的因素，其特徵值會明顯提升，透過特徵值的遞增狀況，將特徵值數值轉折陡增時作為合理的因素數目，稱為陡坡檢定 (scree test) (Cattell, 1966)。

　　如果前述的 Kaiser-Guttman 法則是一種特徵值的絕對數量 (大於 1.00) 的比較，那麼陡坡圖的使用就是一種相對數量的比較。當重要且顯著的因素存在時，從測量變項所逐一抽取的共同變異量會有明顯的遞變；但是當沒有重要且顯著的因素存在時，共同變異的抽取只是一種隨機的變動，在陡坡圖上展現出平坦的趨勢線。Cattell (1966) 指出陡坡圖的使用可以判斷出重要的因

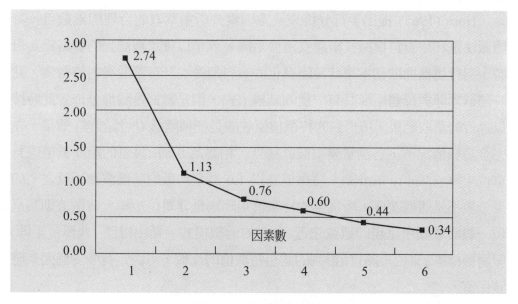

圖 1-3　陡坡檢定圖示

註：實線為實際估計的特徵值變化折線，趨於水平的折線為平行分析所估計的特徵值變化折線。

素是否存在，但是由於何時可以視為平坦趨勢線並無客觀的標準，因此陡坡圖多作為因素數目決定的參考資訊。

2. 統計決策法

(1) 顯著性檢定法

Bartlett (1950) 利用變異數同質檢定原理，以卡方檢定來檢驗尚未選取的因素特徵值是否有所不同的假設是否成立，作為是否需增加因素的判斷依據。當各剩餘特徵值的變異差異量達到 .05 顯著水準，表示至少有一個特徵值顯著與其他不同，因而需加以保留。各特徵值逐一檢驗，直到沒有任何特徵值達到顯著差異水準為止。

卡方檢定或概似比檢定 (likelihood ratio test) 所遭遇的一個問題是容易受到模型中樣本規模與變項多寡的影響，同時測量變項必須服從常態分配，因此亦有學者採取其他適配指標來判斷最理想的因素數目模型，例如 Akaike (1987) 所提出的 AIC 指標，或是改良型的 BIC 指標 (Kass & Raftery, 1995)。

(2) 平行分析

Horn (1965) 提出平行分析來決定因素分析所萃取的合理因素數目，具體做法是利用資料模擬技術建立隨機矩陣，或是以實際觀測到的資料作為母體，另行隨機抽取樣本來計算隨機化的資料矩陣並計算萃取後的特徵值，此時隨機矩陣與母體矩陣具有一樣的結構 (序)，但是數據是隨機分佈，此時據以進行的萃取結果，所得到的特徵值反映的是一種隨機 (抽樣誤差) 效果。在完全隨機情況下，各測量變項彼此獨立，相關為 0，所獲得的矩陣數值應為單位矩陣 (identity matrix)，特徵值為以 1.0 為平均數的隨機波動；反之，如果分數不是隨機次序，所獲得的特徵值矩陣則是非單位矩陣，特徵值則為呈現一般陡坡圖所呈現的遞減趨近 1.00 的函數模式。藉由母體 (非單位矩陣) 與隨機樣本 (單位矩陣) 所得到的兩組特徵值的比較，可決定有多少個因素應該保留。

由於平行分析法係基於隨機分配原理所計算，抽樣標準誤的資訊可以納入考量，藉以獲得 95% 信心區間估計數；當母體矩陣得到的特徵值大於隨

機樣本矩陣的平均特徵值 (或高於 95% 信賴區間)，該特徵值顯著有其保留必要；反之則這些特徵值小於期望水準，該因素是隨機效果的作用而不宜抽取 (Turner, 1998)。

(3) MAP 法

最小均淨相關法 (minimum average partial correlation) 由 Velicer (1976) 所提出的一種統計決策法則。MAP 的原理類似於迴歸分析的調整後 R^2 的修正式，計算在增加因素數目的情況下，萃取後 (各因素的變異被排除) 的測量變項 SMC 的調整後平均值最小者，表示所保留的因素能夠獲得最佳的局部獨立性，當因素數目增加無助於提高 SMC 時即沒有必要再進行更多因素的萃取。

3. 統計模擬運算技術

1980 年代統計運算技術發展快速，因此一些重複取樣的統計模擬技術也被應用在因素保留決策的議題上。例如，自助重抽法 (bootstrap method) 針對特徵成分進行反覆取樣，估計其出現分配計量特徵，再以假設檢定或區間估計法，配合 K-1 法則或 Horn 的平行分析標準來進行決策判斷。不論是以常態分配或其他形式的機率分配為基礎，拔靴法所計算得出的估計分配可被應用於特徵值是否保留的依據 (Daudin, Duby, & Trecourt, 1988; Lambert, Widlt & Durand, 1990)。

另一種策略是以交叉驗證 (cross-validation) 技術，在觀察資料下建立子集樣本 (subsample) 來進行特徵值變動檢驗 (Wold, 1978; Krzanowski, 1987)，例如將全體觀察值切割成五組，以其他四個子樣本進行因素分析獲得估計數後導入最後一個樣本，進行估計，藉以建立估計矩陣與實際觀察矩陣的殘差平均值 (prediction error sum of square, PRESS) 指標來評估因素結構的穩定性，判斷合理的因素數目。近年來，由於資訊科技發達，研究者得以利用功能強大的統計軟體 (例如 SAS、SPSS) 的內建選項快速執行拔靴估計，了解參數的抽樣分配特徵，或進行參數複核效化的跨樣本穩定性，使得這些模擬技術逐漸廣為採用。

前述各種策略各有其優劣，主觀判斷法執行簡便，例如 K-1 法則與陡坡檢定法，在沒有臨界 1.0 的特徵值時，是很便捷的判斷方法，所得到的結果與其他複雜的統計檢測方法結果類似 (Coste et al., 2005)。但文獻指出，最廣泛為各界採用的 K-1 法則卻是表現最不理想的一種方法，容易過度保留因素，得到不正確的結果 (Linn, 1968; Zwick & Velicer, 1986; Velicer, Eaton & Fava, 2000)，因此 Zwick 與 Velicer (1986:441) 具體主張廢除此一策略。但是，K-1 法則仍然是許多統計軟體預設的因素保留策略 (例如 SPSS)，也正因如此，此一方法仍大行其道 (Thompson & Daniel, 1996)。

最近一些文獻指出，平行分析法普遍優於其他策略 (Velicer, Eaton & Fava, 2000; Hayton et al., 2004; Coste et al., 2005)，MAP 也被認為具有相當的正確性 (Zwick & Velicer, 1986; Coste et al., 2005)。相對之下，以最大概似顯著性檢定與 Bartlett 檢驗容易受到樣本大小與題目多寡的影響產生不穩定的結果 (Zwick & Velicer, 1986; Fabrigar et al., 1999)，不論何種策略，因素結構的決定仍須檢視理論上的合理性，尋求文獻的支持，如此才能提供因素模式最具說服力的結論。

五、因素轉軸與命名

因素分析抽取出因素後，可利用一組因素負荷量來說明各因素的結構，也是因素命名的重要參考。然而，經由初步萃取得出的因素負荷量並不容易解釋。若經過數學轉換，使因素負荷量能具有最清楚區辨性，反映出因素間的意義與因素間的關係稱為因素轉軸。轉軸的目的是在釐清因素與因素之間的關係，以確立因素間最簡單的結構，也就是實現 Thurstone (1947) 所提出的簡單結構原則。

(一)　因素轉軸的原理

轉軸的進行，係使用三角函數的概念，將因素之間的相對關係，取某種

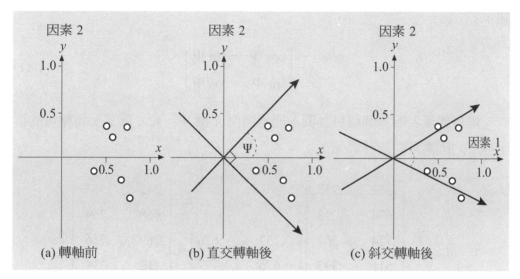

圖 1-4　轉軸前與轉軸後的因素負荷散佈圖

最佳化形式計算出轉軸矩陣，將原來抽離出來因素與測量變項的因素負荷量進行直角轉換 (直交轉軸)，使兩因素維持直交關係但因素負荷數值在兩軸上具有最大的區辨性 [如圖 1-4(b)]，或非直角轉換 (斜交轉軸) 使兩因素不受直交關係限制而使因素負荷數值在兩軸上具有最大的區辨性 [如圖 1-4(c)]，所形成新的因素負荷矩陣更能描述，兩個因素的特徵也更易於解釋，協助研究者進行因素命名。

(二)　直交轉軸

直交轉軸 (orthogonal rotation) 係指轉軸過程當中，藉由一組轉換矩陣 Λ 中的轉換權數，使兩因素平面座標的 X 軸與 Y 軸進行夾角為 90 度的旋轉，可使觀察變項在各軸的投射差異最大化，轉軸後的主軸與變項間的關係由新的負荷量 (A_{rotated}) 表示，此時透過轉軸後的因素負荷量更能了解觀察題目與因素之間的關係。公式如下：

$$A\Lambda = A_{\text{rotated}} \tag{1-10}$$

轉換矩陣係基於三角幾何的原理，從原 X 軸進行特定角度 (Ψ) 的轉換係數矩

陣：

$$\Lambda = \begin{bmatrix} \cos \Psi & -\sin \Psi \\ \sin \Psi & \cos \Psi \end{bmatrix} \qquad \text{(1-11)}$$

以自尊量表的六個題目為例，經過與原 X 軸 $\Psi = 42.6$ 度直交轉軸後的新座標下的因素負荷量計算如下：

$$A_{rotated} = \begin{bmatrix} .562 & .255 \\ .674 & -.253 \\ .724 & .362 \\ .511 & .392 \\ .377 & -.153 \\ .781 & -.484 \end{bmatrix} \begin{bmatrix} .737 & .676 \\ -.676 & .737 \end{bmatrix} = \begin{bmatrix} .242 & .567 \\ .668 & .269 \\ .289 & .756 \\ .112 & .634 \\ .381 & .142 \\ .902 & .171 \end{bmatrix}$$

經過轉軸後的因素負荷量，在直交的兩軸上的差異達到最大化，例如第 6 題原來的座標是 (.781, $-$.484)，新的座標則為 (.902, .171)，如此一來，將有利於研究者進行因素內容的判讀。

直交轉軸有幾種不同的形式，最大變異法 (varimax) 使負荷量的變異數在因素內 (測量變項間) 最大，因素結構的簡化程度最高；四方最大法 (quartimax) 使負荷量的變異數在測量變項內 (因素間) 最大，觀察變項在各因素間有最清楚結構；均等變異法 (equimax rotation) 綜合前兩者，使負荷量的變異數在因素內與測量變項內同時達到最大。不論採行何種直交轉軸，因素結構與內在組成差異不大，各測量變項在各軸的相對位置不變。各因素維持正交關係，亦即因素之間的相關為 0。

由表 1-7 可知，在未轉軸前，各因素的內部組成非常複雜，若要憑藉因素負荷量來進行因素的解釋與命名十分困難，但是轉軸後的因素負荷量，則擴大了各因素負荷量的差異性與結構性。例如，因素一最重要的構成變項為第 X6 題，負荷量為 .902，該題對於因素二的負荷量僅有 .171，其次是第

表 1-7　原始因素負荷量與轉軸後因素負荷之比較

	直交轉軸						斜交轉軸						
	未轉軸		最大變異法		四方最大法		最小斜交法				最大斜交法			
							樣式		結構		樣式		結構	
項目	F1	F2	F1	F2	F1	F2	F1	F2	F1	F2	F1	F2	F1	F2
X1	.562	.255	.242	**.567**	.245	**.566**	.089	**.565**	.391	.612	.085	**.568**	.383	.613
X3	.724	.362	.289	**.756**	.293	**.754**	.080	**.764**	.488	.806	.075	**.767**	.477	.807
X4	.511	.392	.112	**.634**	.115	**.634**	−.082	**.684**	.284	.640	−.084	**.684**	.274	.640
X2	.674	−.253	**.668**	.269	**.669**	.266	**.670**	.086	.716	.444	**.663**	.099	.715	.446
X5	.377	−.153	**.381**	.142	**.382**	.140	**.386**	.036	.406	.243	**.382**	.044	.405	.244
X6	.781	−.484	**.902**	.171	**.903**	.166	**.969**	−.103	.914	.415	**.960**	−.084	.916	.418
Eg	2.31	.67	1.56	1.42	1.57	1.41	1.99	1.86			1.96	1.87		
%	38.45	11.18	26.00	23.63	26.14	23.49	–	–			–	–		
r			.00		.00		.535				.524			

X2 題的 .668，與第 X5 題的 .381。這三個測量變項落在因素一的負荷量均高於因素二，也就是因素一為這三個測量變項的目標因素 (target factor)；相對地，第 X1、X3、X4 三個測量變項的目標因素則是因素二，負荷量分別為 .567、.756、.634，均高於對於因素一的負荷量 .242、.289、.112，如此一來，我們即可以區分出因素一與因素二的主要構成題項為何。換言之，轉軸後的因素負荷量可以讓研究者更清楚辨識因素與測量變項間的關係，有利於因素命名。

　　由表 1-7 可知，經直交轉軸後，兩個因素可解釋的總變異仍為 2.979，可解釋測量變項變異量維持在 49.63%，但是各因素萃取的能力有所變動。在原始未轉軸的因素結構中，因素一的解釋變異量 (38.45%) 遠大於因素二 (11.18%)。但經過最大變異或四方最大直交轉軸後，因素一與因素二的解釋變異量則非常接近，分別為最大變異轉軸後的 26.00% 與 23.63%，與四方最大轉軸後的 26.14% 與 23.49%，顯示直交轉軸後的兩個因素所能夠解釋測量變項的變異量的能力相當，尤其是最大變異直交轉軸的調整更趨明顯。由此

可知，如果未經過轉軸，我們對於因素的組成結構與萃取能力的判斷會有所偏頗，直交轉軸的功能是替我們重新整理因素內的對應關係，使我們可以得到對於因素組成最清楚明確的資訊。

(三)　斜交轉軸

斜交轉軸 (oblique rotation) 容許因素與因素之間具有相關。在轉軸的過程當中，同時對於因素的關聯情形進行估計稱為斜交轉軸。利用最小斜交法 (oblimin rotation) 或直接斜交法 (direct oblimin) 可使因素負荷量的交乘積 (cross-products) 最小化；最大斜交法 (oblimax rotation)、四方最小法 (quartimin) 則可使形態矩陣中的負荷量平方的交乘積最小化。promax 先進行直交轉軸後的結果，再進行有因素負荷交乘積最小化的斜交轉軸；orthoblique 則使用 quartimax 算式將因素負荷量重新量尺化 (rescaled) 以產生直交的結果，因此最後的結果保有斜交的性質。表 1-7 中列出以直接斜交法與 PROMAX 兩種斜交轉軸法的結果。兩個因素的相關係數分別是 .535 與 .524。

斜交轉軸針對因素負荷量進行三角函數數學轉換，並估計因素負荷量的關係，因而會產生兩種不同的因素負荷係數：因素形態係數 (factor pattern coefficients) 與因素結構係數 (factor structure coefficients)。形態係數的性質與直交轉軸得到因素負荷量性質相同，皆為迴歸係數的概念，為排除與其他因素之間相關之後的淨相關係數來描述測量變項與因素間的關係。結構係數則為各測量變項與因素的積差相關係數，適合作為因素的命名與解釋之用。如果是直交轉軸，由於因素間沒有相關，形態係數矩陣與結構係數矩陣相同，皆稱為因素負荷係數。

以直交轉軸轉換得到的參數估計數，與因素間相互獨立的簡化原則相符。從數學原理來看，直交轉軸將所有的測量變項在同一個因素或成分的負荷量平方的變異量達到最大，如此最能夠達到簡單因素結構的目的，且對於因素結構的解釋較為容易，概念較為清晰。對於測驗編製者，可以尋求明確

的因素結構，以發展一套能夠區別不同因素的量表，直交法是最佳的策略。但是，將因素之間進行最大的區隔，往往會扭曲潛在特質在現實生活中的真實關係，容易造成偏誤，因此一般進行實徵研究的驗證時，除非研究者有其特定的理論作為支持，或有強而有力的實證證據，否則為了精確的估計變項與因素關係，使用斜交轉軸是較貼近真實的一種做法。

　　一旦轉軸完成後即可進行因素命名。由前述數據得知，因素一關聯最強的題目是 X6「有時候我的確感到自己沒有什麼用處」，與另外兩題都是負面看待自己的題目，因此可命名為「負向評價」。而因素二關聯最強的題目是 X3「我覺得自己有許多優點」，與另外兩題都是正面看待自己的題目，因此可命名為「正向評價」，兩者相關達 .535 (以最小斜交法估得)，亦即自尊這一個構念具有兩個中度相關的維度，根據因素分析結果得出六個測量題目背後的因素結構是一個二因素斜交模式。

(四)　因素分數

　　一旦因素數目與因素結構決定與命名，研究者即可以計算因素分數，藉以描述或估計受測者在各因素的強弱高低。由於因素分析的主要功能在於找出影響測量變項的潛在導因 (構念)，因此因素分數的計算可以說是執行因素分析的最終目的。當研究者決定以幾個潛在變項來代表測量變項後，所計算得到的因素分數就可被拿來進行進一步的分析 (例如作為預測某效標的解釋變項) 與運用 (例如用來描述病患在某些心理特質上的高低強弱)。

　　因素分數的計算有幾種方式，最簡單的方式是採組合分數法 (composite scores)，其原理是依照各測量變項的因素負荷量在哪一個因素數值較大，而將該變項歸屬於該因素中 (對該變項的影響最大的目標因素)，然後將同一個因素的測量變項求得平均值，即可作為該因素的得分。此一方法的優點是簡單明瞭，每一個因素各自擁有一組測量變項，求取各題平均數的因素分數，其數值的尺度可對應到原始的測量尺度 (例如，1 為非常不同意，5 為非常同意)，有利於分數強弱高低的比較與解釋。但是其缺點是忽視了各題對應其

因素各有權重高低的事實，對於潛在變項的估計不夠精確。另一個缺點是未考量測量誤差的影響，在估計因素間的相關強弱時，會有低估的現象。

另一種策略為線性組合法，利用因素分析求出的因素分數係數，將所有測量變項進行線性整合 (linear combination)，得到各因素的最小平方估計數。其計算式是取因素負荷量與相關係數反矩陣的乘積，亦即 $B = R^{-1}A$，而因素分數即為各測量變項轉換成 Z 分數後乘以因素分數係數而得，亦即 $F = ZB$。且由於各測量變項先經過標準化處理才進行線性整合，因此因素分數的性質也具有標準分數的特徵，平均數 (截距) 為零。且由於各因素的尺度沒有

參考方塊 1-2：因素命名的陷阱！反向題因素是人工添加物？

如果問卷上有兩道題目：「我目前沒有換工作的打算」和「如果現在有其他的工作機會，我會馬上離開」。你會把這兩題視為同一個因素嗎？從句義來看，這兩個題目是問同一個東西，都是在問一個員工的離職傾向 (或留職意願)，只是在計分時，我們會把其中一道題倒過來計分 (稱為反向計分)，以免兩個題目加總後抵消了題目的效果。

當然，僅是把題目換方向計分來處理，不足以回答它們是否是同一個因素這個問題，此時，我們就可以利用因素分析來協助我們找到答案。不幸的是，執行完因素分析後，我們可能更無所適從。

因素分析豐富經驗的研究者應該會遇到一個狀況，如果一個量表有好幾題反向題與好幾個正向題 (就像本章的自尊量表範例)，執行因素分析會得到兩種因素：「正向題因素」與「反向題因素」，這個時候，研究者就會很困惑，到底要如何命名？題目的正反向各自成為一個因素有道理嗎？關於這個問題就是所謂的方法效應 (method effect) 問題。關於詳情，建議讀者閱讀 Marsh (1996) 的一篇文章，就可以知道問題的嚴重性。那篇文章的標題雖然不是「統計是騙人的伎倆」，卻也相差不遠了！因為他說，反向題所形成的因素是人工添加物，不是純天然的！

實質的單位意義，因此因素分數僅適合作為比較與檢定之用 (例如以 *t* 檢定來比較性別差異)。換言之，因素分數的數值沒有實際量尺的意義，且因素相關會因為轉軸方式與萃取方式的不同而變化，在解釋因素分數與因素相關時需要特別小心。

由於因素分數經常作為後續研究的預測變項，當各因素之間具有高相關時會出現多元共線性問題，然而研究者可以利用不同的轉軸與因素分數估計法來獲得不同的因素分數，控制因素間的相關，藉以避免多元共線性問題。尤其是當因素分數是以直交轉軸所獲得的分數時，或是 Anderson-Rubin 法 (Anderson & Rubin, 1956) 來計算因素分數，將可確保直交轉軸的因素分數為零相關。但如果採用斜交轉軸，因素負荷量分離出形態矩陣與結構矩陣兩種形式，因素之間即可能出現不同的相關強度估計數。如果研究者想要保留因素分數共變矩陣的特徵，可採用主成分萃取模式的一般線性迴歸策略來計算因素分數。

六、其他類型變項的因素分析

(一)　非連續變項的因素分析

因素分析對於潛在變項的估計，是透過測量變項之間的相關來進行推估，如果潛在變項的負荷量所重製得到的相關係數非常接近觀察到的相關，那麼研究者即可宣稱得到一個能夠反映觀察數據關係的有效因素模式。此種建立在線性假設下的因素分析技術，其基本前提是測量變項必須是能夠計算積差相關的連續變項。如果研究者所使用的測量工具是類別變項，除非是二分變項或順序變項，否則無法適用因素分析。

雖然文獻中經常看到研究者將順序變項或二分變項作為因素分析的測量指標來進行因素分析，但這類變項進行因素分析存在幾個基本問題：第一，非常態分佈的數據 (例如數據偏向高分的天花板效應或偏向低分的地板效應) 會造成相關係數的錯估，進而導致後續因素估計的失效；第二，題目平均數

(或難度) 極端化會萃取出擬似因素 (pseudo factors)；第三，標準誤的錯估導致統計檢定失效；第四，對於仰賴統計假設的估計法 (例如最大概似估計法) 所得到的參數估計會因為資料分配的不相符而導致嚴重偏誤 (因此非連續變項的因素分析多不採用最大概似估計法)。

　　為了使因素分析能夠應用於非連續變項，研究者可以選擇使用其他一些非線性分析技術，例如項目反應理論 (item response theory) 或試題因素分析 (item factor analysis, IFA) (McDonald, 1999; Wirth & Edwards, 2007; Forero & Maydeu-Olivares, 2009)。如果要將二分變項直接應用於傳統因素分析，必須要有配合條件。例如，Bernstein 與 Teng (1989) 即曾指出應用於連續性測量變項下的因素數目判斷法則並不適用於類別資料，比較值得應用的策略是平行分析法，例如 Weng 與 Cheng (2005) 的模擬研究指出，平行分析策略可以有效地找出正確的因素個數，但是如果當二分變項的分配趨向極端化 (遠離 $p = .05$ 的標準二項分配) 與題目的品質不佳 (因素負荷量偏低) 時，平行分析的正確性則會下降。此外，在進行分析時，採取 phi 係數會比多項相關 (tetrachoric correlation) 來得更有利。

(二)　潛在變項的連續性與類別化

　　除了測量變項可能為類別變項，潛在變項也可能是類別變項。Steinly 與 McDonald (2007) 指出，潛在變項模型的一個基本問題，是研究者無法確知潛在變項的分配形態。如果只是想當然爾地將潛在變項假設為常態分配，是一個過於大膽的做法。學者提出以潛在剖面分析 (latent profile analysis, LPA) 來確認潛在變項是連續或分立的 K 個叢集，但是其操作不僅繁複，對於到底潛在變項是類別叢集或連續強度的判斷仍需仰賴主觀判斷、缺乏客觀檢證程序而飽受批評 (Molenaar & von Eye, 1994; Cudeck & Henly, 2003)，最後還是得回到研究議題的理論與文獻層次來協助模型的假定 (Muthén, 2003)。

　　為了了解潛在變項數據空間的連續性與類別性，McDonald (1967, 1986) 建議採用基本的潛在類別分析 (latent class analysis, LCA) 來檢驗潛在變項的

參考方塊 1-3：潛在變項分析分類學

　　因素分析可以用來估計因素分數，先不論因素分數怎麼計算得到，讀者應該不會懷疑因素分數應該是一個連續變項，從高分 (強) 到低分 (弱)，可以在一個連續軸線上劃分無限個數值來表現強度。但是，潛在變項難道不可能是類別變項嗎？當然有可能，例如你是哪一種消費者，衝動型？深思型？無動於衷型？目標導向型？如果分析人們的購物行為，理論上會可以得到類別性的潛在變項。在實務上，對不同類型的人擬定不同的行銷策略，在行銷研究上稱為市場區隔，可惜的是，一般的因素分析無法進行這種研究。

　　讓我們舉一反三，如果潛在變項可以區分為類別與連續，那麼測量變項也可以分成類別與連續形態的變項，那麼潛在變項的分析就可能有四種策略 (如表 1-8) (Heinen, 1996)。讀者在學習因素分析之餘，也可以針對其他三種策略加以研究，會有更完整的學習。項目反應理論的中文書可以參閱余民寧 (2009) 出版的著作；類別潛在分析則可參閱邱皓政 (2008) 的專書。

表 1-8　四種不同的潛在變項分析技術

觀察變項	潛在變項為類別變項	潛在變項為連續變項
類別變項	潛在類別分析 (latent class analysis)	項目反應理論 (item response analysis)
連續變項	潛在剖面分析 (latent profile analysis)	因素分析 (factor analysis)

特性。過去學者所使用的潛在剖面分析 (Lazarsfeld & Henry, 1968)，其原理仍是以線性關係來架構測量變項與潛在分類叢集 (或連續特質) 的關係，因為在潛在剖面分析中，測量變項是以連續變項來處理；相對之下，潛在類別分析則是將測量變項也以類別變項來處理，因此不受線性關係的假設所約束。LCA 以機率比值來進行運算，毋須對於測量變項與潛在變項進行分

配的假設，因此在估計上遠較線性模型來得更具彈性 (邱皓政，2008)。更重要的是，如果潛在變項的本質是連續強度，以 LCA 來估計得到的 *K* 組潛在叢集也會具有特定的順序與距離關係，並不造成結果解釋的錯誤 (Steinly & McDonald, 2007)；反之，如果潛在變項的數值空間是類別化時，只有 LCA 能夠偵測出其分類屬性，但因素分析就無法正確偵測，因此 LCA 在潛在變項的形式的判斷上，也具有實務上的彈性。因此，Steinly 與 McDonald (2007) 主張未來關於潛在變項的估計，不能忽略 LCA 的價值。

七、總　結

　　因素分析可以說是當代社會科學領域最重要的多變量統計應用技術之一。雖然此一技術從 1904 年，統計學家 Spearman 提出其基本概念至今已有百餘年的歷史，但直到今日，有關因素分析在方法學與原理上的議題仍不斷被提出。對於因素分析的批評聲從未間斷，但是使用者仍是前仆後繼，在某些期刊上，有接近三成的論文都與因素分析有關 (Fabrigar et al., 1999; Russell, 2002)。在國內，因素分析法也是普遍應用於心理與教育等社會科學領域 (王嘉寧、翁儷禎，2002)。因此，若將因素分析視為一門獨立的因素分析學，有其歷史脈絡與典範傳統、獨特的數學原理、廣泛的應用價值以及眾多待解的議題與未來發展的潛力，實不為過。

　　因素分析之所以在當今學術領域佔有重要的地位，一方面是拜電腦科技的發展所賜，使得繁複的計算估計程序可以快速演算進行，便捷的套裝軟體使操作更為簡便。但更重要的是，因素分析技術能滿足研究者對於抽象構念探究的需求，如果不是為了探索智力、創造力、自尊等這類的心理構念，因素分析的發展不會有今日的光景；換言之，因素分析的獨特價值，是因為抽象構念的測量問題而存在。

　　在研究實務上，因素分析被界定為一種「將變項的複雜性加以簡化的最有效的工具」(Kerlinger, 1979:180)。Nunnally (1978) 從心理計量學的角度出

發，直言因素分析是心理構念測量的核心技術。雖然因素分析的基本原理係將一組變項利用線性整合程序來簡化成幾組最具代表性的數據，但是在重視抽象構念的心理與教育領域，資料簡化只是因素分析最次要的功能，因素分析的首要功能是效度的評估，甚至可以利用因素分析來發展有關於心理構念的理論架構 (Thompson, 2004)。Guilford 在一甲子之前，就已經認為因素分析能夠幫助研究者提出因素效度證據，將是心理構念研究的重要方法學突破。他篤定地說，構念是否存在，一切都看因素 (Guilford, 1946:428)。

　　以更明確的語言來說，如果不是為了探索智力、創造力、自尊等這類的心理構念，因素分析的發展不會有今日的光景；反過來說，因素分析的獨特價值，是因為抽象構念的測量問題而存在，也因此因素分析到了 1970 年代，隨著電腦的普及，逐漸分流為探索性與驗證性因素分析兩大系統，從兩種不同的方法學架構來進行抽象構念的定義與測量，進而促成了結構方程模式的興起。但是究其根本，都回歸 Spearman 當初所關心的問題：為什麼智力測驗的測量分數之間會有高相關？是不是有一個智力的心理構念在背後？在心理計量方法與資訊科技的聯手合作下，因素分析是研究者手中強而有力的工具，如果能夠善用，將有助於這些問題的釐清。

參考書目

王嘉寧、翁儷禎 (2002)〈探索性因素分析國內應用之評估：1993 至 1999〉。《中華心理學刊》，44，239-251。

余民寧 (2009)《試題反應理論及其應用》。臺北：心理出版社。

邱皓政 (2008)《潛在類別模式的原理與應用》。臺北：五南圖書公司。

黃財尉 (2003)〈共同因素分析與主成份分析之比較〉。《彰化師大輔導學報》，25，63-86。

Akaike, Hirotugu (1987). Factor analysis and AIC. *Psychometrika, 52*, 317-322.

Anderson, Theodore W., & Rubin, Herman (1956). Statistical inference in factor analysis. In Jerzy Neyman (Ed.), *Proceedings of the third berkeley symposium on mathematical statistics and probability*. Berkeley: The University of California Press.

Bartlett, Maurice S. (1950). Tests of significance in factor analysis. *British Journal of Psychology, Statistical Section, 3*, 77-85.

Bernstein, Ira H., & Teng, Gary (1989). Factoring items and factoring scales are different: Spurious evidence for multidimensionality due to item categorization. *Psychological Bulletin, 105*, 467-477.

Cattell, Raymond B. (1966). The scree test for the number of factors. *Multivariate Behavioral Research, 1*, 245-276.

Comrey, Andrew Laurence, & Lee, Howard Bing (1992). *A first course in factor analysis*. Hillsdale, NJ: Lawrence Erlbaum Associates, Inc.

Coste, Joël, Bouée, Stéphane, Ecosse, Emmanuel, Leplège, Alain, & Pouchot, Jacques (2005). Methodological issues in determining the dimensionality of composite health measures using principal component analysis: Case illustration and suggestions for practice. *Quality of Life Research, 14*, 641-654.

Cudeck, Rober, & Henly, Susan J. (2003). A realistic perspective on pattern representation in growth data: Comment on Bauer and Curran (2003). *Psychological Methods, 8*, 378-383.

Daudin, J. J., Duby, C., & Trecourt, P. (1988). Stability of principal component analysis studied by the bootstrap method. *Statistics, 19*, 241-258.

de Winter, Joost C. F., Dodou, Dimitra, & Wieringa, Peter A. (2009). Exploratory factor analysis with small sample size. *Multivariate Behavioral Research, 44*, 147-181.

Fabrigar, Leandre R., Wegener, Duane T., MacCallum, Robert C., & Stranhan, Erin J. (1999). Evaluating the use of exploratory factor analysis in psychological research. *Psychological Methods, 4*(3), 272-299.

Forero, Carlos G., & Maydeu-Olivares, Alberto (2009). Estimation of IRT graded response models: Limited versus full information methods. *Psychological Methods, 14*(3), 275-299.

Guilford, Joy P. (1946). New standards for test evaluation. *Educational and Psychological Measurement, 6*, 427-439.

Guttman, Louis (1954). Some necessary conditions for common factor analysis. *Psychometrika, 19*, 149-162.

Hair, Joseph F., Anderson, Rolph E., Tatham, Ronald L., & Black, Wiltiam C. (1979). *Multivariate data analysis with readings Tulsa*. Oklahoma: PPC Books.

Hayton, James C., Allen, David G., & Scarpello, Vida (2004). Factor retention decisions inexploratory factor analysis: A tutorial on parallel analysis. *Organizational Research*

Methods, 7, 191-205.

Heinen, Ton (1996). *Latent class and discrete latent trait models: Similarities and differences*. Thousand Oaks, CA: Sage.

Horn, John L. (1965). A rationale and test for the number of factors in factor analysis. *Psychometrika, 32*, 179-185.

Howell, Roy D., Breivik, Einar, & Wilcox, James B. (2007). Reconsidering formative measurement. *Psychological Methods, 12*(2), 205-218.

Jöreskog, Karl G. (1969). A general approach to confirmatory maximum likelihood factor analysis. *Psychometrika, 34*, 183-202.

Jöreskog, Karl G., & Sörbom, Dag (1993). *LISREL 8.14: Structural equation modeling with the SIMPLIS command language*. Chicago: Scientific Software International.

Kaiser, Henry F. (1960). The application of electronic computers to factor analysis. *Educational and Psychological Measurement, 20*, 141-151.

Kaiser, Henry F. (1970). A second-generation Little Jiffy. *Psychometrika, 35*, 401-415.

Kaiser, Henry F. (1974). An index of factorial simplicity. *Psychometrika, 39*, 31-36.

Kass, Robert E., & Raftery, Adrian E. (1995). Bayes factors. *Journal of the American Statistical Association, 90*, 773-795.

Kerlinger, Fred N. (1979). *Behavioral research: A conceptual approach*. New York: Holt, Rinehart & Winston.

Krzanowski, Wojtek J. (1987). Cross-validation in principal component analysis. *Biometrics, 43*, 575-584.

Lambert, Zarred V., Widlt, Albert R., & Durand, Richard M. (1990). Assessing sampling variation relative to number-of-factors criteria. *Educational and Psychological Measurement, 50*, 33-48.

Lazarsfeld, Paul F., & Henry, Neil W. (1968). *Latent structure analysis*. New York: Houghton-Mifflin.

Linn, Robert L. (1968). A Monte Carlo approach to the number of factors problem. *Psychometrika, 33*, 37-71.

Long, J. Scott (1983). *Confirmatory factor analysis*. CA: Sage.

Lord, Frederic M., & Novick, Melvin R. (1968). *Statistical theories of mental test scores*. Reading, MA: Addison-Wesley.

MacCallum, Robert C., Widaman, Keith F., Zhang, Shaobo, & Hong, Sehee (1999). Sample size in factor analysis. *Psychological Methods, 4*, 84-99.

Marsh, Herbert W. (1996). Positive and negative global self-esteem: A substantively meaningful distinction or artifactors? *Journal of Personality & Social Psychology, 70*(4), 810-819.

McDonald, Roderick P. (1967). Non-linear factor analysis. *Psychometric Monographs, 15*, Psychometric Society.

McDonald, Roderick P. (1986). Describing the elephant: Structure and function in multivariate data. *Psychometrika, 51*, 513-534.

McDonald, Roderick P. (1999). *Test theory: A unified treatment*. Mahwah, NJ: Erlbaum.

Molenaar, Peter C. M., & von Eye, Alexander (1994). On the arbitrary nature of latent variables. In Alexander von Eye & Clifford C. Clogg (Eds.), *Latent variable analysis* (pp. 226-242). Thousand Oaks, CA: Sage.

Montanelli, Richard G., & Humphreys, Lloyd G. (1976). Latent roots of random data correlation matrices with squared multiple correlations on the diagonals: A Monte Carlo study. *Psychometrika, 41*, 341-348.

Mulaik, Stanley A. (1972). *The foundations of factor analysis*. New York: McGraw-Hill Book Co.

Muthén, Bengt O. (2003). Statistical and substantive checking in growth mixture modeling: Comment on Bauer and Curran (2003). *Psychological Methods, 8*, 369-377.

Nunnally, Jum C. (1978). *Psychometric theory* (2nd ed.). New York: McGraw-Hill.

Petter, Stacie, Straub, Detmar W., & Rai, Arun (2007). Specifying formative constructs in information systems research. *MIS Quarterly, 31*(4), 623-656.

Rosenberg, Morris (1965). *Society and the adolescent self-image*. Princeton, NY: Princeton University Press.

Russell, Daniel W. (2002). In search of underlying dimensions: The use (and abuse) of factor analysis. *Personality and Social Psychology Bulletin, 28*, 1626-1646.

Snock, Steren C., & Gorsuch, Richard L. (1989). Component analysis versus common factor analysis: A Monte Carlo study. *Psychological Bulletin, 106*(1), 148-154.

Spearman, Charles (1904). General intelligence objectively determined and measured. *American Journal of Psychology, 15*, 201-293.

Steinley, Douglas, & McDonald, Roderick P. (2007). Examining factor score distributions to determine the nature of latent spaces. *Multivariate Behavioral Research, 42*(1), 133-156.

Thompson, Bruce (2004). *Exploratory and confirmatory factor analysis*. Washington, DC: American Psychological Association.

Thompson, Bruce, & Daniel, Larry G. (1996). Factor analytic evidence for the construct validity of scores: A historical overview and some guidelines. *Educational and Psychological Measurement, 56*, 197-208.

Thurstone, Louis L. (1947). *Multiple factor analysis*. Chicago, IL: University of Chicago Press.

Turner, Nigel E. (1998). The effect of common variance and structure pattern on random data eigenvalues: Implications for the accuracy of parallel analysis. *Educational and Psychological Measurement, 58*, 541-568.

Velicer, Wayne F., & Jackson, Douglas N. (1990). Component analysis versus common factor analysis: Some issues in selecting an appropriate procedure. *Multivariate Behavior Research, 25*(1), 1-28.

Velicer, Wayne F. (1976). Determining the number of components from the matrix of partial correlations. *Psychometrika, 41*, 321-327.

Velicer, Wayne F., Eaton, Cheryl A., & Fava, Joseph L. (2000). Construct explication through factor or component analysis: A review and evaluation of alternative procedures for determining the number of factors or components. In Richard D. Goffin & Edward Helmes (Eds.), *Problems and solutions in human assessment: Honoring Douglas N. Jackson at seventy*. Norwell, MA: Kluwer Academic.

Weng, Li-jen, & Cheng, Cung-ping (2005). Parallel analysis with undimensional binary data. *Educational and Psychological Measurement, 65*(5), 697-716.

Wirth, Robert J., & Edwards, Michael C. (2007). Item factor analysis: Current approaches and future directions. *Psychological Methods, 12*(1), 58-79.

Wold, Svante (1978). Cross-validatory estimation of the number of components in factor and principal component models. *Technometrics, 20*, 397-405.

Zwick, William R., & Velicer, Wayne F. (1986). Factors influencing five rules for determining the number of components to retain. *Psychological Bulletin, 99*, 432-442.

延伸閱讀

1. Thompson, Bruce (2004). *Exploratory and confirmatory factor analysis*. Washington, DC: American Psychological Association.
   德州大學教授 Thompson 基於其多年從事心理計量研究所出版的因素分析專書，由美國心理學會出版。書中不但同時整理討論探索性因素分析與驗證性因素分析，也加入許多新的概念與素材。是建立因素分析完整概念的一本著作。

2. Mulaik, Stanley A. (2010). *The foundations of factor analysis* (2nd ed.). Boca Raton, FL: Chapman & Hall/CRC.

喬治亞理工大學教授 Mulaik 於 1972 年即出版《因素原理》第一版，廣為學界所引用。相隔多年後所出版的第二版增補了許多新的內容，但仍以因素分析基本原理的介紹為主。內容豐富詳實，但多以數學原理來詮釋因素分析的基本概念，讀者可能要具備相當程度線性代數與矩陣學的基本知識才容易理解本書內容。

3. Cudeck, Robert, & MacCallum, Robert C. (Eds.) (2007). *Factor analysis at 100: Historical developments and future directions*. Mahwah, NJ: Lawrence Erlbaum Associates.

如果要了解因素分析百年來的發展歷史與演變興衰，這本出自於 2004 年假北卡羅萊納大學的因素分析百年紀念研討會的論文集，非常值得閱讀。作者群皆為因素領域中的大師級人物，例如 Karl G. Jöreskog、Kenneth A. Bollen、John J. McArdle、Robert C. MacCallum 等，內容擲地有聲，溯古追今，涵蓋各種重要應用議題，包羅萬象。

4. Lance, Charles E., & Vandenberg, Robert J. (Eds.) (2009). *Statistical and methodological myths and urban legends*. NY: Routledge.

善用統計方法的關鍵不僅在於熟習各種方法的原理與技術，更應了解實際應用上的各種問題。本書分成統計與方法學議題兩大篇，尤其側重方法應用問題，釐清諸多人云亦云的迷思，對於應用研究者非常具有啟發作用。除了第三章關於因素分析、第七章關於驗證性因素分析的介紹之外，也包含項目反應理論的討論以及調節效果、中介效果分析的議題，內容豐富。

2

迴歸分析

一、前 言

　　迴歸分析是一種研究變項與變項之間關係的統計方法。一般而言，分析對象為過去已經發生的經驗資料，至少包括一個被解釋變項和一個解釋變項，以及兩者之間的數學函數關係。在迴歸分析中，被解釋變項稱為依變項，解釋變項稱為自變項，聯結自變項和依變項的數學函數關係則稱為模型，其中包括研究者所設定的迴歸係數，而推估迴歸係數的數值是否符合研究者的期待正是迴歸分析的主要旨趣所在。通常模型無法完美地聯結自變項和依變項之間的關係，因此需要設定誤差項，來填補經驗資料和模型預測值之間的差距。

　　「迴歸」一詞，在統計史上是一個橫跨統計學、人類學、生物學眾多學術領域的學者 Francis Galton 所創。原先迴歸一詞的指涉並不具有當代所稱「迴歸分析」的意義，而是指涉子女在遺傳上傾向會將父母的極端特徵朝中間方向來顯現，簡稱子裔迴歸 (filial regression) 的現象 (Galton, 1885:1207)。由於 Galton 亦為創造相關係數這一統計概念的先驅，而子裔迴歸所描述的正是父母極端特徵和子女在遺傳上趨中顯現的相關性，之後經過許多統計學者的不斷努力，將相關係數的概念進一步發展成迴歸分析的方法，遂將原先僅具有生物學意義的「迴歸」一詞，沿用至當代來稱呼今日所指涉的迴歸分

析。

　　解釋和預測是迴歸分析的兩項主要目的。雖然兩者的意義在某種程度上並不能完全分開，但側重於「解釋」的研究者，基本上不會太強調極大化模型的解釋力，一味地追求模型可解釋變異的大小，而比較重視的是為什麼某些解釋變項具有解釋力，為什麼某些不具有解釋力，因此評價這些模型的標準多半在於能不能提出合理的理論觀點來解釋實證結果。至於側重「預測」的研究者，則關切如何能夠找出一個最有解釋力 (或最簡約) 的模型，來極小化我們所無法預測的變異。在這個目標之下，解釋變異就是評價模型好壞的主要標準，因為在使用同一筆資料的前提下，當解釋變異愈大，對於依變項的預測會愈準確，因此自變項的挑選是以何者能極大化解釋變異，至於解釋說法往往是後來才提出的。由此可見，以「解釋」為目的之研究，事前的理論建構和討論是非常重要的，並且自變項的選用都必須有明確的假設依據；而以「預測」為目的之研究，焦點會放在最佳模型設定的搜尋過程及事後的解釋。

　　為了強調兩種不同研究的目的，上面的討論放大了兩者間的區別，然而這兩個目的絕非是互斥的，而是代表評價模型好壞的兩種哲學觀。因此，不是強調「解釋」就不管模型的解釋變異，或者強調「預測」就不重視事前的理論建構；而是從「解釋」的角度來說，如果影響依變項的變化的因果機制沒有辦法被清楚的理解，就算這個模型整體的解釋力再強，都缺乏理論上的正當性；但從「預測」的角度來說，只要這個模型的解釋力是具有「一般性」(同樣適用在許多不同母體的樣本上) 和「一致性」(同樣適用在同一母體的不同樣本上)，都具有實用上的正當性，而理論的部分可以事後再來合理化。不難發現，社會科學家多傾向前者的立場，而自然科學家以及部分的經濟學家或管理學家多傾向後者。

　　迴歸分析的分類主要可分為「線性迴歸」和「非線性迴歸」兩大類。在線性迴歸中，按依變項不同分配的特性，分別對應的迴歸模型為：常態分配對應於「簡單線性迴歸分析」、伯努力分配 (Bernoulli distribution) 對應於

「二分依變項模型」(包括「邏輯迴歸分析」和「普羅比迴歸分析」)、多項分配對應於「多項名目迴歸分析」、多項順序變數機率分配對應於「順序的邏輯迴歸分析」、卜瓦松分配對應於「對數線性迴歸分析」等。

倘若在迴歸模型的設定中自變項和依變項間呈現非線性的函數關係，不管依變項分配為何，都可稱為「非線性迴歸分析」；然而，多數的非線性函數都可以運用相關的數學技巧轉換成線性關係，因此經過這種轉換而變成線性關係的模型都統稱為「廣義線性迴歸模型」。

當依變項的資料結構中帶有群組性或時序性時，如果考量群組特性來進行分析，則為空間迴歸分析，若考量時序性來分析，則稱為時間序列迴歸分析，而這兩者在廣義上，都代表資料結構內部有層層疊套的特質，廣義上可以用「階層線性模式」來含括。

一般所稱的受限依變項 (limited dependent variable)，包括依變項受限 (censored)，即某些依變項的數值可能發生但觀測不到；依變項被截斷 (truncated)，即依變項的值域受到限制；依變項僅為可計數 (countable) 數值，即正整數或 0。這三者分別可以對應到托比迴歸分析 (tobit regression analysis)、截斷迴歸分析 (truncated regression analysis) 或卜瓦松迴歸分析 (poisson regression analysis)。

近年來興起的分量迴歸法 (quantile regression)，其基本概念是將原來迴歸分析中，基於特定自變項數值所推估出來的依變項條件期望值，從原來的平均數設定改為中位數或者是其他的統計分量。這種方法不同於傳統依照最小平方方法所發展出來的分析方法，因為模型所採的集中趨勢統計量不是平均數，不過此法的理論和應用已經發展得相當完備，有興趣的讀者可參考 Koenker (2005)。

最後，當依變項為多項類別分配，但是各個選擇類別之間出現的機率並不獨立，因此違反了「多項名目迴歸分析」中不相關選擇的獨立性 (independence from irrelevant alternatives) 假設，這時可以採用由 Daniel McFadden 發展出來的條件式勝算分析 (conditional logit analysis)，不但將個

人對於選擇類別的影響因素納入模型設定，同時亦將不同選擇類別彼此間的特質差異納入模型，應用上可以分析選擇類別之間的相依性是如何影響個人對於選擇類別的偏好，有興趣的讀者可參考 McFadden (1974)。

　　本章介紹線性迴歸模型的分析方法，內容涵蓋迴歸模型的設定、迴歸係數的估計、假設檢定、分析結果的統計診斷及相關迴歸課題的討論，包括變異數分析、類神經網絡分析、經典迴歸分析及主成分迴歸分析。

二、迴歸模型的設定

(一)　確認依變項的分配

　　進行迴歸分析的先決要件是依變項存在有變異量。一個不具變異而為常數的依變項，因為常數為恆定的數值，因此只能被不具變異的自變項來解釋，此為邏輯學中的一致法，此法運用在質性的研究方法上十分常見，卻不適用於迴歸模型的量化分析。

　　進一步來說，迴歸分析亦可視為是對依變項的變異數進行正交分割 (orthogonal decomposition)，切割成解釋變異和誤差變異兩部分：

$$依變項變異＝迴歸模型的解釋變異＋誤差變異 \qquad \text{(2-1)}$$

　　倘若依變項的變異數為 0，那麼就無法進行變異數正交分割的運算，也不能對迴歸模型進行分析。正因為依變項的變異數在迴歸分析中是主要的分析標的，我們必須要先能定義依變項的統計分配，否則無法得知其變異數的數學定義，迴歸分析遂無法進行。採最大概似法的觀點，倘若欲求的迴歸係數假設為已知可得資料和模型假設為 E，由於分析對象為概似函數值 $L(H)$，按定義為依變項的事後機率 $P(H \mid E)$，因此估計上需要知道依變項的機率密度函數，亦即要能定義依變項的事前統計分配 $P(E \mid H)$。

$$L(H) \equiv P(H \mid E) = \frac{P(E \mid H)\,P(H)}{P(E)} \tag{2-2}$$

此處由於資料和模型假設已知，所以 $P(E)$ 為 1，同時從主觀機率論的觀點來說，既然我們心中對任何參數值假設的真確性毫無所知，因此 $P(H)$ 為一定值，其數值等於 1 除以所有已知參數值假設的個數，所以：

$$L(H) \propto P(E \mid H) \tag{2-3}$$

此即概似原則 (likelihood principle)。

　　習用上如果依變項的分配形式未知，一般做法會將依變項逕自設為常態分配，來定義其基本統計性質。表面上雖然看不出有確認依變項分配的需要，但是透過對於依變項變異數和機率分配函數的主張，事實上已經預設了依變項的基本統計性質，而這點亦適用於一般被認為不具統計分配假設 (distribution free) 的簡單線性迴歸模型。關於此，請參考延伸閱讀 1「高斯馬可夫定理」的說明。

(二)　設定迴歸模型的函數形式

　　迴歸模型的基本函數形式可分為「線性」和「非線性」兩種。由於本章主要討論的範疇僅限於線性迴歸模型的函數形式，關於非線性的部分，請參考本書第 3 章「類別依變項的迴歸模型」或 Bates 與 Watts (1988)。

　　在線性迴歸模型中，若自變項矩陣以 X 表示，迴歸係數向量 β 表示 (當 x 與 y 以不加上下標的小寫表示時，是指稱抽象的自變項與依變項，若加了下標，則指特定觀測值或變數名稱)，如果加入依變項向量 Y 和誤差項向量 e，完整的線性迴歸模型可表述為：

$$Y = X\beta + e \tag{2-4}$$

在迴歸係數向量 β 中，除了 β_0 表常數項或稱為截距項外，其他的 β_i 皆代表自變項與依變項之間關聯性的大小，稱為 β 係數 (beta coefficient)，在母體中

是具有固定數值的未知參數。簡單來說，如果 β 係數的值為正，則自變項與依變項間有正向的共變關係；若為負，則關係為負向；而如果為 0，代表自變項和依變項之間完全獨立，兩者不具有共變的關係。

從概念上來說，式 (2-4) 所顯示的函數關係，可以詮釋為：

現實的經驗現象 y＝理論可解釋的部分 $X\beta$＋理論無法解釋的部分 e **(2-5)**

因此，$X\beta$ 代表的就是研究者基於理論所提出可解釋依變項的研究假設，而誤差項 e 則是基於特定推論方法下，現實經驗現象和研究者所提理論假設兩者間所產生的歧異程度。而針對迴歸係數的詮釋，可將 β_0 視為「不在模型中列舉的自變項對於依變項預測所產生的固定數值」，而將 β_i 視為「變動一單位自變項 x_i 所伴隨而來依變項變化 β_i 單位的效果」。

關於自變項的分配假設，在沒有明確規範的條件下，一般假設為連續性的常態分配，但實際上這個假設常常不成立，不管是自變項為離散的二分或多分變數，或者自變項在值域上存在著有限界域性。此外，在一般線性模型中，研究者進行推論時多半將已蒐集到自變項資料視為固定數值 (fixed value)，而不論其背後的分配性質會對於迴歸模型產生怎樣的影響。在本章中，只要沒有特別提及，都預設這個前提是成立的。

此外，當有任一自變項為離散分配時，則迴歸模型與變異數分析 (ANOVA) 和共變數分析 (ANCOVA) 都可由一般線性模式 (general linear model, GLM) 來含括。在參數推估時，除了自變項迴歸係數 β 外，同時也會針對離散分配的自變項進行變異數成分 (variance components) 的估計，因此會對於迴歸係數和變異數成分分別進行 t 分配和 F 分配的檢定。

(三) 誤差項的設定

在多數的情況下，迴歸分析中對於誤差項是假設為隨機性誤差，有別於系統性誤差，「隨機性誤差」指涉的是迴歸模型和經驗資料間的歧異純粹是「偶然的」，沒有一定規律可以來預測誤差發生的大小和方向，然而「系統

性誤差」所指涉的是，即便我們不一定知道迴歸模型和經驗資料間的歧異來自哪些因素，但大體上我們可以找出誤差的大小或者是方向，因此誤差是具有「系統性」的。

　　如果在迴歸分析中的誤差項是具有系統性的，那麼迴歸模型的解釋就會違反了「不偏性」，即迴歸模型的預測值跟現實結果是有偏差的，因此一般都假設誤差項是隨機的。不然的話，就應該將系統性誤差的部分從誤差項中提列出來，納入迴歸模型的設定中，由常數項或自變項來解釋。而這種做法也反映在主張自變項和誤差項為相互獨立的經常假設上。

　　儘管如此，在某些情形下，有時候研究者希望使參數估計較有效率 (變異較小)，而會選擇犧牲「不偏性」這個良好的統計性質， 比方說在「階層線性模式」的參數估計中，Dempster、Rubin 與 Tsutakawa (1981) 就提出具有偏誤但比較有效率的估計方法，而至今仍被廣為接受而成為通解。

　　此外，當資料的構成特性涵蓋不同層次變數，具有群組的特質或時序先後性等，或是模型本身在依變項和自變項具有內生性 (endogeneity)，此時無法假設誤差項為隨機的，必須將誤差項納入模型設定來進一步分析。通常上述的分析工作都要應用到比較繁複的進階模型，比方說「階層線性模式」、「時間序列分析」、「結構方程模型」等。

三、迴歸模型的估計

　　在本節的討論中，都以式 (2-4) 的迴歸模型，在不失一般性的前提下，來說明迴歸模型的不同參數推估法。下面的討論中將會說明「最小平方法」和「最大概似法」兩種參數估計方法的數理內涵。

(一)　最小平方法

　　設給定一組包括依變項 Y 和 k 個自變項 $x_1, x_2, ..., x_k$ 的資料，樣本數為 N，已知迴歸模型為：

$$Y = X\beta + e$$

在此
$$Y = (y_1 \ y_2 \dots y_N)^T$$

$$X = \begin{pmatrix} 1 & x_{11} & \cdots & x_{1k} \\ \vdots & \vdots & \ddots & \vdots \\ 1 & x_{N1} & \cdots & x_{Nk} \end{pmatrix}$$

$$\beta = (\beta_0 \ \beta_1 \dots \beta_k)^T$$

$$e = (e_1 \ e_2 \dots e_N)^T$$

使用「最小平方法」，所以：

$$\text{Minimize } e^T e \tag{2-6}$$

也就是極小化誤差變異 (sum of squared errors)，簡稱 SSE。

$$e^T e = (Y - X\beta)^T (Y - X\beta)$$
$$= Y^T Y - Y^T X\beta - \beta^T X^T Y + \beta^T X^T X\beta$$

極小化要對 β 微分取一次導數，令其為 0 而求出方程式解，則：

$$\frac{\partial(e^T e)}{\partial \beta} = -2X^T Y + 2X^T X\beta = 0 \tag{2-7}$$

$$\beta = (X^T X)^{-1} X^T Y \tag{2-8}$$

關於應用最小平方法在迴歸分析的實例，請參見參考方塊 2-1。

(二)　最大概似法

　　在統計史上，最大概似法的發明有著劃時代的貢獻，當代的統計學界將此榮耀頒給了偉大的統計學者 Ronald Fisher，但最大概似法概念的應用則早在十八世紀就普遍出現在統計學者間。簡單而言，最大概似法的推理方法是

參考方塊 2-1：最小平方法進行簡單線性迴歸分析的實例

　　根據政治學者黃旻華 (2006a) 進行的一項研究臺灣民眾統獨立場傾向的研究顯示，傾向支持獨立立場的民眾，與其偏向泛綠政黨傾向、年齡較長、省籍是閩南籍、具有較低的政治容忍度等特質相關。此項研究是根據「2003 年臺灣選舉與民主化調查」的資料分析而成，樣本是針對臺灣地區 20 歲以上成年人進行分層隨機抽樣所產生，在去除相關遺漏值之後的總樣本數為 871 人，其分析方法採用簡單線性迴歸分析，選入分析的依變項和自變項分別如下：

依變項

「統獨立場傾向」由 10 項測量統獨意向的問卷題目回答加總而成，分數愈高代表愈傾向獨立，愈低則愈傾向統一，範圍介於 13-40 之間。

自變項

1. 「政黨傾向」，由 2000 年總統大選的投票選擇來測量，投連戰、宋楚瑜、李敖、許信良等為「泛藍選民」，編碼為 1，投陳水扁為泛綠選民，編碼為 0。

2. 「性別」，男性編碼為 0，女性編碼為 1。

3. 「年齡」，介於 21-83 歲之間。

4. 「省籍」，此為一群組變數，分別由兩個虛擬變數組成，即「閩南」和「客家」。省籍為閩南籍者，「閩南」變數為 1，「客家」變數為 0；省籍為客家籍者，「閩南」變數為 0，「客家」變數為 1；省籍為「外省或其他時」，「閩南」和「客家」兩變數皆為 0。

5. 「政治容忍度」，由受訪者對於「主張臺灣共和國」或「接受一國兩制」的人贊不贊成剝奪其集會遊行、在學校教書、競選公職的權利的六項題目來測量。測量方式是將反對剝奪權利的題數除以總題數，所以政治容忍度最高為 1，最低為 0。

以最小平方法進行簡單線性迴歸分析的結果如表 2-1：

表 2-1 統獨量表的簡單線性迴歸分析

自變項	統獨態度傾向
泛藍選民 (參照組為泛綠選民)	−4.31 (0.29) ***
男性 (參照組為女性)	0.06 (0.28)
年齡	0.05 (0.01) ***
閩南 (參照組為外省及其他)	1.89 (0.39) ***
客家 (參照組為外省及其他)	1.41 (0.52) **
政治容忍度	−0.92 (0.38) *
常數項	25.03 (0.66) ***
解釋變異	0.298
樣本數	872

資料來源：黃旻華 (2006a:66)。

在表 2-1 中，空格中的數字代表迴歸係數的估計值，括弧中的數字是迴歸係數估計值的標準誤，而後面的星號代表顯著水準，其中三個星號 (***) 代表雙尾檢定的顯著水準在 $\alpha \leq 0.001$ 之內，兩個星號 (**) 是在 $\alpha \leq 0.01$ 之內，而一個星號 (*) 則為 $\alpha \leq 0.05$ 之內，沒有星號則代表迴歸係數的估計值與 0 的差異並不顯著，無法排除是抽樣風險所造成的。結果顯示，除了性別之外，所有變數皆與統獨態度的傾向有相關的關係，其中泛綠民眾相對於泛藍民眾、年齡較長相較於年齡較輕者、閩南籍相對於外省及其他、客家籍相對於外省及其他、政治容忍度較低者 (負號)，其統獨態度都比較傾向於支持獨立，這個模型對於依變項的可解釋變異為 29.8%。

基於「概似原則」，也就是主張已觀測到的經驗事件 (在尚未發生時)，與其他可能發生事件的機率相比，其發生的機率原本就是最大的。

直觀來說，最大概似法合理化所有已發生的事件，而套用在迴歸分析上，假定現在有許多組迴歸參數的假設 H_i 可以產生我們所觀測到的依變項經驗資料值 y，「那麼在 y 已知下各組 H_i 假設為真的機率，會與在已知 H_i

假設為真的條件下事件 E 發生的機率，呈某種比例關係」：

$$P(H_i \mid E) \propto P(E \mid H_i) \tag{2-9}$$

因此，假定模式為真的前提下，可定義不同對立假設 H_i 的概似函數 $L(H_i)$ $\equiv P(E \mid H_i)$，來找出何組 H_i 具有最大概似值。在此過程中，不同對立假設 H_i 的比較，是透過概似比檢定，來評價對比假設的概似值在統計上是否有顯著的不同。而得出最大概似的參數估計之後，我們便可針對個別參數值進行假設檢定。關於最大概似法的學理說明，可進一步參考延伸閱讀 2。

　　應用在迴歸分析的參數推估上，令依變項符合常態分配 $y \sim N(\mu, \sigma^2)$，根據概似原則推理，我們所欲求的問題為：在迴歸係數 β 為何的條件下，可以讓我們觀測到的依變項數值其出現機率是最大的。因此，最大概似法的目標式：

$$\text{Maximize } L(H) \equiv P(E \mid H)$$

$$= \prod_{i=1}^{N} \frac{1}{\sqrt{2\pi}\sigma} \exp\left(\frac{-1}{2\sigma^2} [(y_i - \mu)^2] \right)$$

上式中的 μ 代表依變項 y 的母體平均數，也是我們迴歸模型的期望值，即：

$$\mu = E(x\beta + e) \tag{2-10}$$

在此 β 為固定但未知參數，x 的樣本已知，且誤差項為隨機的，$E(e) = 0$，所以：

$$\mu = x\beta \tag{2-11}$$

因此概似函數可表為：

$$L(H) = \left(\frac{1}{\sqrt{2\pi}\sigma} \right)^N \exp\left(\frac{-1}{2\sigma^2} \prod_{i=1}^{N} (y_i - x_i\beta)^2 \right) \tag{2-12}$$

$$= \left(\frac{1}{\sqrt{2\pi}\sigma} \right)^N \exp\left(\frac{-1}{2\sigma^2} e^T e \right)$$

欲求概似函數 $L(H)$ 最大值，我們先取其對數：

$$\ln(L) = \frac{-N}{2}\ln(2\pi) - N\ln(\sigma) + \frac{-1}{2\sigma^2}e^T e \qquad \text{(2-13)}$$

然後對於未知參數 β 微分取一次導數。由於式 (2-13) 中，等式右邊前兩項相對於 β 皆為常數，微分之後等於 0，所以剩下的第三項就等同於對誤差平方和的加總進行一次微分，即：

$$\frac{\partial \ln(L)}{\partial \beta} = \frac{-1}{2\sigma^2}\frac{\partial}{\partial \beta}(e^T e) = 0 \qquad \text{(2-14)}$$

上式等同於最小平方法的推估式，由於計算過程與最小平方法相同，這裡不予贅述，請參閱前項有關最小平方法的說明。

值得注意的是，從上面的推導不難看出，在簡單線性模型的假設下，最大概似法和最小平方法所求出的迴歸係數解的相同，事實上這並不是巧合，因為最小平方法的目標式，其實正與常態分配機率密度函數上的指數項形式雷同，因此若從最大概似法的目標式推估法則來看，最小平方法的目標式設定，其實已經隱然地主張常態分配作為依變項分配的基本假設。

四、假設檢定

先前提到，迴歸分析是社會科學研究者用來探索事物間因果關係常用的分析工具，而迴歸係數正代表研究者對於某種因果關係的假設。然而，在現實中往往母體資料是不可得的，因此假設是否被經驗資料所驗證，不單是要估計出迴歸係數的數值，還需要透過假設檢定對「因果關係假設是否通過驗證」做出判斷。特別強調的是，部分社會科學家反對迴歸分析可以用來研究「因果關係」的說法，主張迴歸分析僅能發現事物間的「相關性」，而相關性並不能等同於因果關係。關於社會科學家對於因果關係的看法，請參見延

伸閱讀 3。

　　本節將使用一個假設的例子來進行假設檢定的討論：一位在大學政治系教授統計學的教授，根據其歷年的教學經驗，認為學生的修課數目與智商成績是兩個最有效預測學生統計成績的因素，其所對應的假設是：

1. 當學生修課數目愈多，其平均每週花在研讀統計學的時間就會變少，因此統計成績會較低。
2. 統計學的學習需要對數字的敏感性較高，許多人即便花了很多時間，學習的成效仍然相當有限，反而是智商成績高的人不需要花很多時間就有很好的學習結果，因此統計成績與智商成績成正比。

　　假定這位教授現在想利用迴歸分析來檢證他的假設是否得到經驗資料的支持，因此他針對全臺灣政治系修習統計的學生進行抽樣，再應用最小平方法或最大概似法進行參數推估，而得出對應於修課數目和智商成績分別為負向和正向數值的迴歸係數結果，此時這位教授就可以宣稱其假設被驗證了嗎？

　　答案是否定的，因為還沒有經過假設檢定之前，迴歸分析的結果即便係數方向正確，也無法知道這樣的結果究竟充分反映母體的狀況，還是被抽樣的風險左右，而假設檢定在概念上來說，就是一套評估抽樣風險對於迴歸分析影響的統計工具。一旦我們有這樣的資訊，便可以對於研究假設是否通過經驗檢證進行判斷。

　　讓我們重新思考這位教授所面臨的問題本質，比方說如果他確實擁有母體資料 (全臺灣政治系學生的統計學成績、修課數、智商分數)，那麼只要將這些資料帶入迴歸模型中推算出母體中的迴歸參數 β 即可。需要說明的是，這裡的迴歸參數 β 是母體參數值，具有唯一性，而非針對樣本資料所推估出的迴歸係數值 $\hat{\beta}$，會隨樣本的不同而產生變化，而這正是要對參數估計值進行假設檢定的原因。

　　因此，只要分析的樣本不是母體樣本，參數估計就會受到抽樣的影響，

無法利用其結果直接進行因果關係假設的推論。但在絕大多數的社會科學領域中，母體樣本取得不易，鮮少能直接對母體進行分析，因此多半經由隨機抽樣來取得一個具有代表性的樣本，將其看作是母體的同形縮小版(microcosm)，使得我們從此樣本所推估出的參數，能夠十分接近母體參數值。但要注意的是，隨機抽樣對於取得一個有推論效力、代表性足夠的樣本之先決要件，是建立在大數法則的基礎下，也就是樣本數要夠大，才能藉由各種隨機誤差的相互抵消，使得樣本性質能夠接近母體性質。

　　既然我們的推論都來自於樣本，而且是某一次隨機抽樣的特定樣本，那麼當然就有抽樣造成推論風險的問題。比方說，假使將母體資料帶入迴歸模型，得到 $\beta=2$，代表依變項和自變項有正向關係，但是由於我們僅抽了 100 人的樣本來進行參數推估，所以得出 $\hat{\beta}=-2$，此時我們若依這個結果而宣稱依變項和自變項有負向關係，則推論就會是錯的。此處問題的關鍵不在「最小平方法」或「最大概似法」，而是在抽樣的環節上，因為不管 β 或 $\hat{\beta}$，都是用相同的推估方法，但分析的樣本卻有母體樣本和抽樣樣本之別。顯而易見的，當迴歸分析所使用的資料不同，自然參數估計也可能得出不同結果，這就是抽樣風險的意義。

　　相同的問題出現在從相同母體抽出不同樣本而得出不同迴歸參數推估值 $\hat{\beta}$ 上。倘若同樣針對教授的假設，甲、乙、丙三人分別針對母體進行抽樣而各自得到一隨機樣本，三人都採用相同的估計法推估迴歸係數 $\hat{\beta}$，但皆得到不同結果，某甲得出 $\hat{\beta}=5$，某乙得出 $\hat{\beta}=0$，某丙得出 $\hat{\beta}=-5$，假設三人的抽樣過程都符合正當程序的要求，即三人的推論所依據的樣本都一樣有效，此時在裁決何種推論較為接近母體參數值上就發生了困難。

　　嚴格地說，在母體資料不可得的前提下，我們永遠無法百分之百確定甲、乙、丙三人的參數推估結果誰比較正確，事實上只要分析對象是抽樣樣本，就會有抽樣風險，所以三人都承受了相同的推論風險，所推估出數字並沒有誰比較正確的問題，因此三人的答案可能都是錯的，而抽再多的樣本，並無法解決哪一個參數推估結果較佳的問題，必須藉助對迴歸參數進行「假

設檢定」的方式，來評估 $\hat{\beta}$ 會如何變動，以及如何對 $\hat{\beta}$ 的假設進行裁斷。

(一)　假設檢定步驟一：確定假設檢定的目標

不論母體中迴歸參數值是正向或負向，如果自變項和依變項間有共變關係存在，則 $\beta \neq 0$；如果沒有共變關係，則 $\beta = 0$。因此，究竟在母體樣本中迴歸參數值是否為 0 就是我們假設檢定的目標。

(二)　假設檢定的第二步：決定何者為假設檢定的虛無假設

虛無假設是從英文的 null hypothesis 直譯過來，意味著我們想推翻的假設，但是為了使我們推翻此假設的理由夠充分，能夠說服大多數的人，所以我們應該展現的證據是：如果虛無假設為真的話 (對於未知事實的真假宣稱)，會出現我們所看到的證據 (無法改變的客觀證據) 是微乎極微，意味著，不是虛無假設的宣稱有誤，就是證據有誤，否則不會出現一個機率上微乎極微的現象，而既然經驗資料所產生的證據無法否定，那麼我們就只有否定虛無假設的宣稱，這時整個邏輯推論的說服力才夠強。

由於科學研究強調嚴謹的特性，因此假設檢定是要用最嚴苛的標準來驗證科學的發現，因此「判定母體中 X 和 Y 具有共變關係」這樣的決策，除非真的有很強的證據支持，否則不輕易下如此的判斷。所以不論任何研究，主觀上我們寧願先下一個先入為主的假設，也就是將「在母體中 X 和 Y 不具有共變關係」設為我們的虛無假設，然後進行實際驗證。在虛無假設為真的前提下，如果我們得到一個很離譜的經驗發現，代表此先入為主的看法根本不可能導出這個發生機率是微乎極微的證據，所以虛無假設有誤。反過來想，如果證據不夠離譜，我們會覺得先入為主的看法還是相當有可能會導出這個證據的發生，因此我們想要推翻虛無假設的說服力就不夠強。

不過即便經驗證據再離譜，發生的機會微乎極微，畢竟還是有可能發生，因此假設當虛無假設為真而出現離譜證據的機率為 p 時，代表我們若否定虛無假設的宣稱，還是有可能犯了決策錯誤，因為有 p 的機率是虛無假設

為真而離譜證據也真的發生，此時應該想到的是我們到底能夠容許多少的決策錯誤風險。留心這裡所謂的決策錯誤是錯誤地否定虛無假設，也就是「母體中 X 和 Y 不具有共變關係，但研究者卻判定有」，即所謂的「第一型錯誤」。換句話說，如果我們認為 α 是最大限度可以容許犯第一型錯誤的機率，比方說 $\alpha = 0.05$，那麼如果 p 小於 α，代表我們犯第一型錯誤的機率還在可以容許的範圍內。所以既然虛無假設在現實證據之下顯得高度不可能為真，而我們否定虛無假設所產生決策錯誤的風險又在可容許的範圍內，我們自然可以放心的否定虛無假設，而宣稱「否定虛無假設的決定是已經排除了抽樣風險之後的判斷」，因此 α 被稱為「顯著水準」。

至於容許犯第一型錯誤的機率 α 應該設為多大，長久以來，統計學者約定成俗通常將 α 設為 0.05 (5%)，而較為嚴格的標準常見有 0.01 (1%) 或 0.001 (0.1%)，這些不同設定的容許值，就稱為「α 顯著水準」，在統計書寫上，通常習慣在迴歸係數值旁邊分別以一個星號 (*)、兩個星號 (**) 和三個星號 (***) 來表示。

(三)　假設檢定的第三步：根據經驗證據來進行假設檢定的決策

基於上面的討論，虛無假設為「第一型錯誤」所對應的事實假設，即「假設母體中自變項和依變項不具有共變關係」($H_0:\beta = 0$)，而對立假設為「假設母體中 X 和 Y 具有共變關係」($H_1:\beta \neq 0$)，我們必須要找出在「先入為主 (虛無假設)」為真的狀況下，$\hat{\beta}$ 會怎麼受到抽樣影響而變化的規則。值得注意的是，虛無假設是我們想像的，並沒有涉及經驗資料，但是我們用以作為推論的參數推估值 $\hat{\beta}$，是一個會變動的參數推估值，其數值全部是基於我們抽樣所得的特定樣本。

接下來，不管是使用最小平方法或最大概似法，我們要找出所推估出 $\hat{\beta}$ 數值變動的法則，即迴歸參數的共變異矩陣 $V(\hat{\beta})$。由於其數學推導較為繁複，而且最小平方法和最大概似法兩者推導出的結果有些微差異，因此下面

僅列出最小平方法所推估出 $V(\hat{\beta})$ 的結果，如式 (2-15) 所示。有關進一步的說明，請參考延伸閱讀 4「中央極限定理」的介紹。

$$V(\hat{\beta}) = \frac{e'e}{n-k}(X'X)^{-1} \tag{2-15}$$

根據「中央極限定理」，可以知道迴歸參數推估值 $\hat{\beta}$ 是會依循著常態分配，其變動的法則 $V(\hat{\beta})$ 如圖 2-1 所示。

如圖 2-1，在母體中依變項和自變項不具有共變關係前提下，研究者隨機抽樣出一樣本而推算出的迴歸係數值為 $\hat{\beta}$，那麼 $\hat{\beta}$ 的數值會依循著常態分配而變動，

$$N(0, \frac{e'e}{n-k}(X'X)^{-1})$$

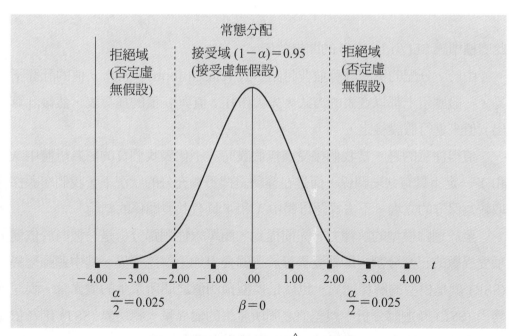

圖 2-1　迴歸係數推估值 $\hat{\beta}$ 的抽樣分配

或稱為 β 的抽樣分配。倘若研究者對於「第一型誤差」的容許值設定為 0.05，而 $\hat{\beta}$ 推估值同時存在過大或過小的可能，導致研究者認為經驗證據顯然與虛無假設相悖，則 $\hat{\beta}$ 在正負方向實際的容許值則為 0.025，此即稱為「雙尾檢定」。凡是 $\hat{\beta}$ 落在 β 抽樣分配正負極端方向前 2.5% 的區間，代表在虛無假設為真前提下此經驗證據出現的機率幾乎微乎極微，因而必須做出拒絕虛無假設為真的判斷，則此區間稱為「拒絕域」；如果是落在中間 95% 的區間，由於「第一型錯誤」的機率超過我們的容許限度，因此只能接受虛無假設，此區間稱為「接受域」。

　　實際進行假設檢定時，β 抽樣分配被稱為 t 分配，當抽樣的樣本數趨近無限大時，β 抽樣分配的趨近於標準常態分配，而統計量 t 的計算，在意義上等同於算出 $\hat{\beta}$ 是位於距離 0 幾個標準誤的座標點上，如式 (2-16) 所示：

$$t = \frac{\hat{\beta}}{\mathrm{SE}(\hat{\beta})} \tag{2-16}$$

此處標準誤 $\mathrm{SE}(\hat{\beta})$ 為 $V(\hat{\beta})$ 的開根號值。

　　由於 t 分配的機率計算並非封閉形式 (closed form)，因此 p 值的計算不易，一般應用上都以查表的方式，先製作好 t 值與 p 值的換算表，然後計算出 p 值來進行假設檢定。

　　值得注意的是，當我們接受虛無假設時，不代表我們真的認為母體中 X 和 Y 一定不具有共變關係，而是在經驗證據不夠充分的狀況下，我們寧願採取較為保守的立場，不去採認母體中 X 和 Y 具有共變關係的結論。

　　至於迴歸模型的解釋力，先前提到，簡單線性迴歸分析是一種對於依變項變異數的正交分割，即總變異等於迴歸變異加上誤差變異。其中迴歸變異 (SSR) 就是模型的解釋變異，也就是模型預測值之間所產生的變異量，誤差變異 (SSE) 為迴歸分析中誤差值之間所產生的變異量，總變異 (SST) 則為依變項數值之間所產生的變異量，以數學式來表示：

$$SSR = \sum (\hat{Y}_i - \bar{Y})^2 \tag{2-17}$$

$$SSE = \sum (Y_i - \hat{Y}_i)^2 \tag{2-18}$$

$$SST = \sum (Y_i - \bar{Y})^2 \tag{2-19}$$

迴歸模型的解釋力為「迴歸變異」佔「總變異」的百分比，稱為 R^2，其公式為：

$$R^2 = \frac{SSR}{SST} = 1 - \frac{\sum \hat{e}_i^2}{\sum (Y_i - \bar{Y})^2} \tag{2-20}$$

通常解釋力的大小跟自變項的個數有某種程度的關係，因為迴歸模型所納入自變項愈多，模型的解釋力會愈大，因此考慮到自變項的個數，可採「調整後的解釋力」(Adj R^2)，其公式為：

$$\text{Adj } R^2 = 1 - \left(\frac{SSE/n-k}{SST/n-1} \right) = 1 - \left(\frac{\sum \hat{e}_i^2}{\sum (Y_i - \bar{Y})^2} \times \frac{n-1}{n-k} \right) \tag{2-21}$$

也就是分別將總變異和誤差變異除以其自由度，算出調整後的誤差變異佔總變異的百分比，然後用 1 減去得出 Adj R^2。

五、統計診斷

　　有許多狀況會讓迴歸分析的正確性受到質疑，但總的來說都與迴歸係數的估計有關，因此許多學者建議在進行迴歸分析的同時，應該要進行某些項目的統計診斷，來及時發現問題並採取適當的方法來修正迴歸分析的結果。由於統計診斷最常用於簡單線性迴歸模型的估計中，並且其修正方法的發展已具有體系而被廣為熟知，因此本節僅針對簡單線性迴歸模型中常見的四種問題來進行討論，分別有關於離群值 (outlier)、多元共線性、模型選定和非線性關係。

(一)　離群值的問題

通常迴歸分析所使用的樣本資料，其中所含括的資訊如何連結到研究者所關心的假設，都是基於既有的理論依據。倘若在進行迴歸分析時發現，有某些個案明顯地偏離迴歸分析所得到的關係式，或者具有相當大的殘差值，使得整個迴歸分析的誤差變異變大，那麼研究者就有必要來審視這些離群值所代表的個案，其偏離迴歸關係式的結果，是不是受到某些無關乎研究假設的特殊因素影響。如果答案是肯定的，那麼研究者就可以將這些離群值個案剔除在分析的樣本之外；如果答案是否定的，那麼則不能將這些個案剔除而必須尋找其他方法來解釋其離群的原因。

比方說，假定臺灣各縣市「事故傷害率」(每十萬人口中事故傷害死亡人數) 的主因來自交通事故死亡，而交通事故死亡人數與汽車道路密度 (每汽車享有道路面積) 有密切的關係。根據 1999 年行政院主計處的資料，在控制了「機車人口密度」(每千人持有機車數) 之後，汽車享有道路面積每增加 1 平方公尺 (即汽車道路密度減少)，意外傷害率則增加 0.603，其樣本的迴歸關係式如圖 2-2 所示。而審視樣本的殘差值後，發現臺中縣和南投縣明顯偏離其他縣市，為樣本中的主要離群值個案，經過調查之後發現，在 1999 年所發生的九二一地震的主要傷亡人數，就發生在臺中縣和南投縣，而此因素乃屬於特別的一次性天災，並不在研究假設所討論的範圍之內，因此若將這兩個個案剔除，重新進行迴歸分析所得到的結果，雖然汽車道路密度仍與事故傷害率成反比，但是其迴歸係數值已降至 0.400，因此可以得到一個結論，若沒有排除九二一大地震對於臺中縣和南投縣的事故傷亡人數增加的影響，則有關汽車道路密度和事故傷害率的反向關係將會被誇大，此即離群值所造成參數估計誤差的現象。

在簡單線性迴歸中，離群值的偵測可以由統計量 DFBETA 來判定，DFBETA 的公式如下：

$$DFBETA_i = \frac{(X'X)^{-1} x_i e_i}{1 - x_i'(X'X) x_i} \tag{2-22}$$

即去除個案 i 之後對於迴歸係數 β 向量的改變量。通常對於離群值的判定標準為 |DFBETA| 超過 $2/\sqrt{n}$ 或 1 即為離群值,以圖 2-2 為例,則為 0.417,在 23 縣市中僅有南投縣的 DFBETA (1.775) 滿足離群值的定義,至於臺中縣的 DFBETA 為 -0.133,未能達到離群值的判定標準。

　　除了 DFBETA 之外,尚有許多離群值的統計指標可以提供判定的標準,但是基本上這些指標都僅能提供研究者哪些個案的選入或剔除對於迴歸分析結果會有較大的影響,但不能決定到底本質上這些具有較大影響力的個案是否為「異例」應該要剔除,還是其存在本來就是研究對象的一部分。關於對於離群值是否應該自樣本分析中剔除,都必須依賴對於個案的調查才能下實際判斷,並沒有統一的法則。

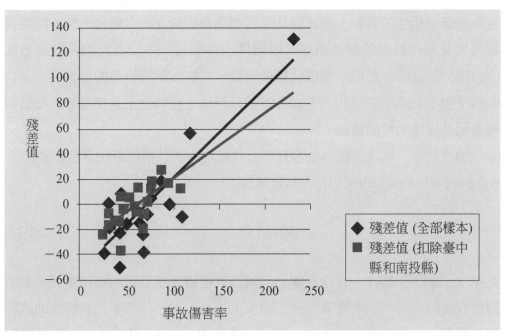

圖 2-2　離群值的偵測 (以九二一大地震為例)

(二) 多元共線性的問題

從數學上來說，迴歸分析本質是針對各個自變項的獨自變異來探求其與依變項的共變關係，所以迴歸係數的估計值 $\hat{\beta}_{OLS} = (X'X)^{-1} X'Y$，特別在前乘項 $(X'X)^{-1}$ 的部分，就是針對自變項和依變項所有的共變關係 $X'Y$ 來剔除掉因為各個 x_i 之間共變所同時產生 $X'Y$ 的部分。多元共線性的問題就出在，當有一個自變項 x_i 與其他自變項呈現高度的線性相關時，那麼基於此 x_i 的獨自變異所求得的迴歸係數 β_i，就會有高度不穩定的問題發生，甚至是在完全線性相依的情形下，因為 $X'X$ 為奇異矩陣 (即行向量或列向量不為全秩)，因此無法進行反矩陣的運算 $(X'X)^{-1}$，而導致無法求出迴歸係數的解 $\hat{\beta}_{OLS}$。

針對多元共線性的問題，最佳的解決方式就是增加分析樣本的個案數，藉由自變項矩陣的變異量增加，來加大有問題自變項的獨自變異，使其參數推估的基礎不是來自少數的資訊。如果在樣本數加大之後，多元共線性的問題仍然沒有得到解決，那麼問題可能就來自於自變項之間的概念在本質上就有高度線性相依的關係，因此與其說它們為個別獨立的自變項，倒不如將其視為測量同一概念的類似指標，而僅擇取其中之一，或者利用多變量方法 (比方說因素分析) 形成一個綜合指標變數，再納入迴歸模型的分析中，這樣的做法與下一節所介紹的「主成分迴歸分析法」在概念上是相通的，都是處理多元共線性的可能做法。

通常判定一個迴歸模型是否有多元共線性的統計指標是共變量膨脹因子 (variance inflation factor, VIF)，其定義為：

$$\text{VIF}(\hat{\beta}_i) = \frac{1}{1 - R_i^2} \tag{2-23}$$

此處 R_i^2 為將自變項 x_i 當作依變項而可被其他自變項解釋的解釋變異，其共線性程度的測量。如果當 $R_i^2 \to 1$，則 $\text{VIF}(\hat{\beta}_i) \to \infty$，代表多元共線性的問題相當嚴重。一般說來，當 $\text{VIF}(\hat{\beta}_i) > 5$，或者 $R_i^2 > 0.8$，代表多元共線性的程度很高；而當 $\text{VIF}(\hat{\beta}_i) > 10$，許多學者建議應該要將此變數剔除在迴歸模型

之外。

　　至於究竟應該採取增加樣本數、剔除特定自變項還是採取其他進階方法來解決多元共線性的問題，其實各有不同的考量，請參考延伸閱讀 5。然而，基本上如果研究者有能力可以取得適合的新樣本，或者研究設計允許新樣本的增加，那麼增加樣本數的解決之道應優先使用，除非在理論上這兩個概念具有高度重疊性，否則共線性的問題很可能純粹是經驗問題，而非模型設定的問題。如果在增加新樣本此法不可行的條件下，那麼剔除共線性高的自變項，或者重新整理共線性高的自變項成單一綜合指標，都是可以考慮採取的選項。

(三)　模型選定的問題

　　在進行迴歸分析的時候，研究者究竟應該設定多少數目和哪些特定的自變項，就是模型選定的問題。一般來說，在簡單線性迴歸的分析中，針對「遺漏相關自變項」和「選入不相關自變項」這兩項錯誤，已有嚴格的數學證明說明前者的風險是會造成迴歸係數估計值的偏誤，即違反估計的「不偏性」；而後者的風險是讓迴歸係數估計值的變異量增大，則會降低估計的「有效性」(陳超塵，1992：281-306)。換句話說，以參數估計的觀點來看模型選定的問題，多數學者主張不偏性的價值高於有效性，因此建議如果研究者在面對模型選定問題時，可以將所有相關自變項放入模型進行估計，然後逐次將迴歸係數不顯著的自變項剔除，來完成模型的選定工作。

　　這樣的做法，如果純粹是將迴歸分析當作預測工具來使用，問題並不大，而此法等同於去除那些不具解釋能力又會降低推論效率的自變項，以達到去蕪存菁的目的。不過如此一來，迴歸分析就全然變成資料驅使 (data-driven) 的數字遊戲，因為所有選入模型的自變項都全然基於其在特定樣本的解釋力，而非理論上的說服力，因此在多數社會科學中，這種方法很少被接受。

　　換言之，極大化模型的解釋力並非多數社會科學的分析目的，而將模型

選定的問題視為對應於理論根據的實驗設定，然後將迴歸分析的操作，當作進行「控制的比較法」之實驗程序，來驗證原先選入自變項所意涵的理論假設是否得到經驗上的支持。按此觀點，選入模型的自變項並不需要極大化依變項解釋變異，其迴歸係數也不一定要具有顯著性，而是在理論層次上這些自變項是否有推論的需要而需要帶入模型中。至於所有未被選入但與依變項相關的因素，其綜合的作用皆已由常數項的推估值所反映出來，這如同進行自然科學實驗時，科學也僅能按照其已知的相關因素來進行實驗室控制一般。

　　上面所談的兩種策略，在現實上研究者往往同時採用，因為一個缺乏理論依據但卻有很高的解釋變異的模型，不但難以說服讀者其論理依據，同時也很難通過不同樣本的檢定，而有過度適配 (overfitting) 的問題，即其結果高度依賴特定的抽樣樣本。然而一個全然否定其理論假設的模型，即便論理依據十分充足，但缺乏經驗上的統計證據支持，將使得整體的研究貢獻大打折扣，失去發表的價值。因此研究者通常不會採取極端的立場，而是抱持著試誤 (trial and error)，找尋具有解釋力的自變項，並且試圖理則化其選入模型的原因，最後強調這些變項的選入對於推進既有理論發現的必要性。

　　倘若是針對非線性模型，那麼模型選定的問題就遠遠複雜許多，因為不管是「遺漏相關自變項」還是「選入不相關自變項」的錯誤，都會造成參數估計的偏誤，因而在判斷哪些自變項應該加入模型分析上，就很難有所定論。關於非線性模型選定的問題，請參考 Weiss (1995)。

(四)　非線性關係的問題

　　在簡單線性迴歸分析中，由於我們已經預設了每個選入的自變項都與依變項呈現線性的關係，因此參數估計的結果都是基於這樣的前提下來進行。然而許多時候，我們會發現事實上有某些自變項與依變項之間的關係如果用非線性關係來描述，不但可以增強模型的解釋力，甚至在理論上的說服力會更強，而這正是碰到非線性關係的問題。

非線性關係有許多種類，最常見的是例子是「二次曲線」或「交叉項」的關係。比方說，在政治參與的研究中，學者發現，從年滿法定年齡具有投票權開始一直到死亡為止，年齡大小與實際參與投票的機率是呈一個倒 U 形的二次曲線關係，主因是當剛滿法定投票年齡時，一般年輕人對於政治的參與尚屬學習階段，對於誰主政也還沒有太大的利害關係，加上正處求學期有許多的其他活動參與，因此一般的投票率會比處於中壯年人來得低。至於老年人的政治參與降低，一方面是體力的限制和行動的不便，再來是逐漸接近死亡，因而對現實政治的期望較低，因此投票率也會較中壯年人低。而遇到類似像這種「二次曲線」的迴歸假設，常見的做法是除了設定原來的線性關係之外，同時也增加一個原自變項的二次項當作新的自變項，如此一來，

$$Participation = \beta_0 + \beta_1 Age + \beta_2 Age^2 \tag{2-24}$$

當 (β_1, β_2) 為 $(+, -)$ 的結果時，就驗證了年齡與政治參與的倒 U 形關係，因為當年齡一開始增大時，$\beta_1 Age$ 的效果會強過 $\beta_2 Age^2$，所以總和關係為正向，但到一定程度之後，年齡所帶有的二次項就會快速將政治參與的機率拉低，因而年齡和政治參與的關係轉為負向。

同樣的道理也出現在某些需要設定交叉項的迴歸模型中。比方說，在宗教與政治的研究中，許多學者發現在伊斯蘭國家中，當社會經濟情勢較佳 (如失業率低) 的時候，宗教虔誠度高的民眾對於政府的支持度是較高的；但是當社會經濟情勢變得很糟 (如失業率高) 的時候，宗教虔誠度高的民眾對於政府的支持度反而變得較低 (黃旻華，2006b)。若依此論點來設定迴歸模型，就是一個典型需要設定交叉項的例子，模型設定如下：

$$Support = \beta_0 + \beta_1 Unemployment + \beta_2 Religiosity + \beta_3 Unemployment \times Religiosity \tag{2-25}$$

當 (β_2, β_3) 為 $(+, -)$，就驗證了宗教虔誠度 (Religiosity) 與社會經濟情勢 (Unemployment) 與支持政府 (Support) 的交互關係。因為當社會經濟情勢變

糟時，$\beta_3 < 0$，便抵消了原先宗教虔誠度與支持政府的正向關係，甚至將總和關係變成負向的，如此一來，宗教虔誠度與支持政府的確切關係都必須端視於社會經濟情勢的狀態，因而說明這兩個自變項的交叉關係是如何左右依變項的變化。

以上所述的非線性關係，單指依變項和特定自變項具有的二元非線性關係，不是指涉非線性的迴歸模型。事實上，在線性迴歸模型中加入自變項的平方項或交乘項，並沒有改變迴歸模型中線性關係的本質，唯在詮釋迴歸結果時，可以呈現出相關變項間的非線性關係。

六、其他迴歸模型

(一) 變異數分析

當我們的資料來自許多不同群組時，變異數分析在找出資料的變異究竟是來自群組之間的差異，還是來自於各個群組內部的差異。這裡所謂群組的概念，可以由離散自變項來表示，因而變異數分析在形式上可轉換成迴歸分析，稱為「一般線性模式」。當迴歸模型中僅有一個離散自變項，則稱為「單因子變異數分析」；若有兩個離散自變項以上，稱為「多因子變異數分析」；而如果模型中除了離散自變項外還有連續自變項，則稱為共變數分析 (ANCOVA)；倘若依變項不止一個的話，則稱為多變量變異數分析 (MANOVA)。

由於變異數分析在統計學教科書中都另有專章討論，且受到篇幅的限制，在此僅介紹單因子變異數分析及共變數分析，至於其他不同的變異數分析模型，請參考 Christensen (1998)。

單因子變異數分析是所有變異數分析中最簡單的形式，除了依變項之外，僅有一個類別自變項在迴歸模型中，以符號來表示其模型為：

$$y_{ij} = \mu_j + e_{ij}$$
$$\mu_j = \gamma + u_j \tag{2-26}$$

其中 y_{ij} 是在 j 群組中的 i 成員的依變項值，μ_j 表群組平均數，e_{ij} 是 j 群組中的 i 成員與 j 群組平均值的離差，γ 是樣本的總平均數，u_j 是群組平均數與總平均數的離差。這裡的 μ_j 可以用 $\beta_j x_j$ 來表示，x_j 為群組的類別變數，在設定模型時，可預設一個組別的平均數為 β_0，然後將 β_j 視為組別 j 與此預設組別的平均數之差，因此組別 j 的平均數為 $(\beta_0 + \beta_j)$。比方說，有一個帶有三個類別 (A, B, C) 的自變項，設其 A 組為預設常數項，B 和 C 組分別由 x_1 和 x_2 來表示，則迴歸模型為：

$$Y = \beta_0 + \beta_1 x_1 + \beta_2 x_2 + e \tag{2-27}$$

如果各個資料的觀察點不止一個，比方說在不同時間或實驗處理 (treatment) 下，就稱為重複測量變異數分析 (repeated measure ANOVA)，模型可設定為：

$$y_{ijk} = \mu_{jk} + e_{ijk}$$
$$\mu_{jk} = \gamma_k + u_{jk} \tag{2-28}$$
$$\gamma_k = \pi + \delta_k$$

與式 (2-27) 不同的是，式 (2-28) 中多了下標 k，代表不同時間 (實驗處理) 的重複測量點。比方說，y_{ijk} 可代表工廠工人 (以下標 i 表示) 分成不同組別 (以下標 j 表示)，在「低度噪音」、「中度噪音」、「高度噪音」的環境下 (以下標 k 表示) 的生產力，所以在此各個符號的意義可以理解為：μ_{jk} 為 j 組工人在噪音程度 k 下的生產力水準；e_{ijk} 為隸屬於 j 組的工人 i 在噪音程度 k 下的生產力水準與 μ_{jk} 的差距；γ_k 為所有工人不分組別在噪音程度 k 下的生產力水準；u_{jk} 為 j 組工人在噪音程度 k 下的生產力水準與 γ_k 的差距；π 為所有工人不分組別不分在何種噪音度程度下的生產力水準；δ_k 為在噪音程度 k 下的生產力水準與 π 的差距。

在參數估計上，單因子變異數分析與一般迴歸模型一樣，可用最小平方法將迴歸係數估計出來後，算出「總變異量」、「迴歸變異量」和「誤差變異量」。其中「迴歸變異量」由於純粹是群組平均數差異所構成的變異，因此在除以其自由度之後，稱為「組間平均變異」。而「誤差變異量」由於純粹是每個組別成員與其群組平均數差異所形成的變異，因此在除以其自由度之後，稱為「組內平均變異」，將組間平均變異除以組內平均變異，就得到 F 分配的統計量，如果 F 統計量顯著大於 1，則顯示組間的變異的確大於組內，或者是組間的平均數有相當顯著的差異，故分組是有必要的；如果 F 統計量並沒有顯著大於 1，代表組間變異並沒有顯著大於組內變異，組間的平均數沒有顯著不同，因此沒有分組的必要。

承式 (2-28)，若以數學符號表示，「時間／實驗處理」變異量 SSR 為 $V(\delta_k)$，「組別」變異量 SSG 為 $V(u_{jk})$，「組內」變異量為 $V(e_{ijk})$；「時間／實驗處理」變異量的自由度為時間點數減 1 (即 $k-1$)，「組別」變異量的自由度為組別數減 1 (即 $j-1$)，「組內」變異量的自由度為時間點數減 1 和組別數減 1 的乘積，即 $(j-1)(k-1)$；「時間／實驗處理」變異量的 F 統計量等於：

$$F = \frac{SSR/(k-1)}{SSE/(j-1)(k-1)}$$

「組別」變異量的 F 統計量等於：

$$F = \frac{SSG/(j-1)}{SSE/(j-1)(k-1)}$$

至於平均數檢定的顯著性則需要用 F 檢定來進行。單因子變異數分析中所需的統計數字如表 2-2 所示。

關於共變數分析的實例，詳見參考方塊 2-2。

表 2-2　群組數為 j 重複測量時間為 k 的單因子變異數分析

	變異總和	自由度	平均變異	F 統計量	顯著性
時間／實驗處理	SSR	$k-1$	$SSR/(k-1)$ (MSR)	MSR/MSE	p_{MSR}
組別	SSG (group)	$j-1$	$SSG/(j-1)$ (MSG)	MSG/MSE	p_{MSG}
組內	SSE	$(j-1)(k-1)$	$SSE/[(j-1)(k-1)]$		
總和	SST	$n-1$			

參考方塊 2-2：不平衡資料 (unbalanced data) 的共變數分析實例

在進行變異數分析時，若實驗的各組樣本數相同則稱為「平衡資料」；倘若資料有下面三種特性則稱為「不平衡資料」：

1. 實驗各組的樣本數並不相同 (unequal sample size)。
2. 有某些實驗分組沒有資料 (missing cells)。
3. 某些受試者的實驗資料因故而遺失了 (missing responses)。

針對不平衡資料，如果使用一般變異數分析的計算方式，最大問題在於要如何界定總平均數和各組效果平均數 (effect mean) 的計算基準。不同的計算方式，都可能造成總變異、組內變異和組間變異量上計算的差異，而對分析結果有顯著的影響。

生物學者 Ruth Shaw 與 Thomas Mitchell-Olds (1993) 對於上述問題進行深入的探討，歸結出三大類的處理方法：

1. 將多餘資料隨機刪除而達到平衡的條件。
2. 使用不同的估計方法對漏失的資料進行填補來達到平衡。
3. 採用進階處理漏失資料的估計方法，如 EM (expectation-maximization) 演算法，同時完成資料填補和參數估計的工作。

第一種方法有很大的缺陷，因其捨棄許多寶貴的資料不用；而第二種方法也有相當的爭議，因為不同的填補方法都可能產生不同的分析結果。至於第三種方法，在學理上的優點相當明顯，需要透過「一般線性模式」來進行估計，這也是許多學者主張將變異數分析統整在迴歸模式中的主要原因。

下面的例子來自 Kevin Kim 與 Neil Timm (2007:464-469)，說明如何使用「一般線性模式」來對於不平衡資料進行共變數分析。假定我們有一組資料如表 2-3 所示。

表 **2-3** 單因子重複測量的實驗資料

受試者 編號	組別 (x_1)	實驗編號 (x_2)	依變項 (y)	依時共變項 (x_3)
1	1	1	**8***	3
2	1	1	11	5
3	1	1	**16***	**11***
4	2	1	6	2
5	2	1	12	8
6	2	1	9	10
7	3	1	10	7
8	3	1	**14***	8
9	3	1	15	9
1	1	2	14	4
2	1	2	18	9
3	1	2	22	14
4	2	2	8	1
5	2	2	14	9
6	2	2	10	9
7	3	2	10	4
8	3	2	**18***	10
9	3	2	22	12

資料來源：Kim 與 Timm (2007:464)。

若因故遺失了部分資料，如表中星號 (*) 所示，則我們可以將上述單因子重複測量共變數分析，轉成一般線性模型中的混合模式 (mixed model) 來

進行分析，以數學式表示之：

$$y = (\beta_{11} + \beta_{12}x_{12} + \beta_{13}x_{13}) + (\beta_2 x_2) + (\beta_{31} + \beta_{32}x_{12}x_2 + \beta_{33}x_{13}x_3) + (\beta_4 x_3) + e$$

依變項　　　組別　　　　實驗編號　　　　交互作用　　　　依時共變項

接下來便可透過 EM 演算法來針對遺失資料進行模型估計，利用 SAS 中的 PROC MIXED 指令，可得到下面的結果，如表 2-4 所示。很明顯地，雖然顯著性檢定的結果沒有改變，但是 F 值的估計在兩樣本間的差異相當明顯，基於 EM 演算法在統計方法上對於處理遺漏值的優點，故建議採一般線性模式來克服傳統變異數分析在遺漏值處理上的不足。

表 2-4　單因子重複測量共變數分析

變異來源	分子自由度	分母自由度	F 值	顯著性 p 值
完整樣本				
組別	2	6	5.63	0.0420
實驗編號	1	5	106.89	0.0001
組別×實驗編號	2	5	4.10	0.0883
依時共變數	1	5	56.93	0.0006
漏失樣本				
組別	2	5	6.26	0.0435
實驗編號	1	2	275.11	0.0036
組別×實驗編號	2	2	14.43	0.0648
依時共變數	1	2	291.47	0.0034

資料來源：Kim 與 Timm (2007:468-469)。

　　上面所述的變異數分析，可以應用在多個類別自變項的狀況下，但是如果當其中帶有連續自變項時，由於連續自變項並不具備組別的意義，不是變異數分析分析的主體，因此必須對於上式進行修正。比方說，倘若式 (2-27) 中加入一個連續自變項 x_3，則迴歸模型變為：

$$Y = \beta_0 + \beta_1 x_1 + \beta_2 x_2 + \beta_3 x_3 + e \tag{2-29}$$

此時除了 $\beta_3 x_3$ 之外，上式的各參數的意義都沒有改變，而 x_3 所代表的是某連續自變項的數值，β_3 是一單位 x_3 的變化會造成依變項改變的大小，在這種共變數分析中，通常像 x_3 這樣的連續自變項都是作為檢證群組平均數時的控制變項。

以數學式來表示：

$$y_{ij} = \mu_j + \alpha(x_{ij} - \overline{x..}) + e_{ij} \tag{2-30}$$
$$\mu_j = \gamma + u_j$$

這裡亦可將連續自變項的迴歸參數 α_j 設為隨機的，則：

$$y_{ij} = \mu_j + \alpha_j(x_{ij} - \overline{x..}) + e_{ij}$$
$$\mu_j = \gamma + u_j \tag{2-31}$$
$$\alpha_j = \lambda + v_j$$

此處多數的符號同式 (2-27) 之說明，x_{ij} 為每個成員的連續自變項值，$\overline{x..}$ 為連續自變項的總平均值。在式 (2-30) 中，連續自變項的迴歸參數 α 設為固定，而式 (2-31) 中，則將連續自變項的迴歸參數 α_j 設為隨機，令其為群組的類別變數來解釋。共變數分析的基本概念與單因子變異數相同，然而其依變項的變異必須先減去連續自變項的解釋變異之後，才能用來進行變異數分析。

此外，在多因子變異數分析中，可以進一步將組間變異數依其來源，分解成純粹由單個因子 (時間、組別、實驗處理) 產生的變異數，以及不同因子交互作用所產生的變異數。以二因子的模型為例，總變異數等於組內變異數、第一因子變異數、第二因子變異數和兩因子交互作用變異數的總和結果。然後對不同來源的變異數分別進行假設檢定，來判定兩因子各自或其交互作用能否顯著地解釋依變項的變異。

(二)　類神經網絡分析

神經網絡分析 (neural networks) 原本指涉的是針對生物神經元 (biological

neurons) 網絡的分析，在神經科學中，神經網絡分析旨在探求大腦神經元、細胞、觸點之間的傳導系統如何形成生物的意識，進而解釋其認知和行為。而類神經網絡分析 (artificial neural networks) 則是指涉利用數學模型來模擬神經網絡系統的一種研究方法，此法除了應用在生物神經元的網絡分析外，已經廣為應用在工程科學和社會科學的領域中。

　　類神經網絡分析的基本構成單元是神經元，一個神經元的結構是由輸入節點 (input nodes)、隱藏單元 (hidden unit)、輸出節點 (output node) 三部分組成。每一個輸出神經元的節點，所接收的訊號都是來自所有「輸入節點」傳遞的分量訊號，經過「隱藏單元」的某種傳遞函數轉換，最後形成輸出的訊號，如式 (2-32) 和圖 2-3 所示：

$$y = \sum_i w_i x_i + \theta \tag{2-32}$$

　　「輸入節點」的訊號分量可以為變量或是定值，如果為變量，則代表每次的神經傳導中，這些輸入節點所傳遞的訊號分量都會依某種加權數 (weight) 而變動；若為定量，則代表每次傳導時都有相同的分量傳遞，此定量一般稱為偏置量 (bias)，而輸出偏置量的輸入節點則另外稱為偏置神經節

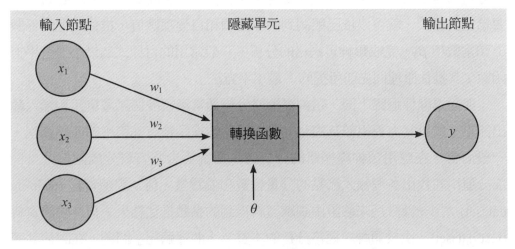

圖 2-3　神經元的基本結構

點 (bias neuron)。至於「隱藏單元」對於輸入訊息的處理，可以由非線性或線性函數描述之，而偏置量亦在函數轉換前、後或者同時設定，其例子如式 (2-33) 和式 (2-34) 所示：

$$y = [\sum_i (w_i^{(1)} x_i + \theta^{(1)})] + \theta^{(2)} \tag{2-33}$$

$$y = \tanh [\sum_i (w_i^{(1)} x_i + \theta^{(1)})] + \theta^{(2)} \tag{2-34}$$

式 (2-33) 所描述的是線性的傳導模型，式 (2-34) 所描述的是非線性的傳導模型，轉換函數為 tanh，在兩式中 $\theta^{(1)}$ 和 $\theta^{(2)}$ 分別為函數轉換前後的偏置量。當「隱藏節點」多於一個時，兩式可推廣成：

$$y = \sum_j w_j^{(2)} h_j + \theta^{(2)} \qquad h_j = \sum_i (w_{ij}^{(1)} x_{ij} + \theta_j^{(1)}) \tag{2-35}$$

$$y = \sum_j w_j^{(2)} h_j + \theta^{(2)} \qquad h_j = \tanh [\sum_i (w_{ij}^{(1)} x_{ij} + \theta_j^{(1)})] \tag{2-36}$$

　　應用在迴歸分析上，類神經網絡分析可以看作是線性或非線性迴歸分析的一種變形：輸出節點所收到的訊號 y 為依變項，各輸入節點所傳遞出的訊號分量為自變項 x_i，分量的權數為迴歸係數 β_i，而偏置量則為常數項 β_0。只要給定目標式，就可以依已觀測到的依變項和自變項數值，推估出迴歸係數 β_i 和常數項 β_0，完成類神經網絡的分析。一般常用的目標式為最小誤差平方函數，其推估原理同先前所提的「最小平方法」。

　　與簡單線性迴歸不同，類神經網絡分析通常涵蓋多個隱藏單元和輸入輸出節點，所以其方程組較為複雜，且不同的轉換函數有其適用的節點範圍。一般而言，在應用類神經網絡的分析時，研究者會將資料分成兩部分：一部分運用在找出各個輸入節點的分量權數和偏置量，稱為訓練資料 (training dataset)；另一部分用來驗證由訓練資料得到的參數推估結果，稱為驗證資料 (test dataset)。由於類神經網絡分析的本質為「曲線適配」問題，在評估其適合度時，要注意是否有「過度適配」和「適配不足」的問題，前者所指涉的

是轉換函數過度適配於訓練資料，因而在驗證資料中其模型適合度不佳；而後者指涉的是在適配訓練資料時，其所選擇的轉換函數過於簡單而產生適配不足的結果。

　　與迴歸分析相比，由於「類神經網絡分析」設定的網絡關係相當複雜，因此適合於現象本質具有高度不確定性的研究中，其主要的功能在於預測，比方說時間序列的分析，像股市的指數波動、國際事件的發生等。此外，亦可廣泛應用在區辨分析、群集分析、因素分析以及其他相關的統計課題上。有關類神經網絡在社會科學上的應用，請參閱 Garson (1998)，至於實例說明請詳見參考方塊 2-3。

參考方塊 2-3：類神經網絡的分析實例

　　管理學者 Salchenberger 等 (1992) 三人運用類神經網絡分析，來研究儲蓄機構倒閉的原因，並與傳統常見的勝算對數迴歸法進行比較其預測的效力。使用的資料包括 3,479 家「儲蓄與貸款機構」(S&L) 於 1986 年 1 月至 1987 年 12 月的財務資料，來源出自於「聯邦住宅貸款銀行委員會」。作者根據先前的研究，提出五個自變項：資本充足、資產品質、管理效能、獲利及資產流動性，是解釋儲蓄機構財務健全程度的主要因素。在模型假設上，將類神經網絡的輸入節點設定為此五個自變項，中間階層僅有一階，包括三個節點，而唯一的輸出節點則為儲蓄機構倒閉的機率。

　　在模型估計上，作者將資料分成三組：第一組資料為訓練資料，包括 100 家倒閉和未倒閉的成對樣本，配對和選取的標準是根據地域位置、總資產價值；第二組資料為成對的驗證資料，包括 58 家成對機構在倒閉前六個月的資料、47 家成對機構在倒閉前十二個月的資料，以及 24 家成對機構在倒閉前十八個月的資料；第三組資料為較接近現實狀況的稀釋樣本，包括 75 家倒閉和 329 家未倒閉的機構。

　　分析結果顯示，在訓練樣本中，除了資產流動性外，其他四項自變項對於儲蓄機構倒閉的機率都有顯著的解釋力。而針對成對樣本的驗證，結

果顯示，不管在全部樣本、倒閉樣本，還是未倒閉樣本中，類神經網絡模型的預測正確率都比傳統勝算比分析來得高，並且此結果不受依變項臨界值的設定影響 (即預測結果為失敗的機率水準)，顯示類神經網絡模型在預測上的優越性。

稀釋樣本的分析結果如表 2-5 所示，結果顯示，若將臨界值設為 0.5，類神經網絡模型在全部樣本和倒閉樣本的預測正確率為 96.8% 及 85.3%，皆顯著地高於邏輯分析的 94.3% ($p=0.1$) 和 72.0% ($p=0.05$)。如果將臨界值設為 0.2，則類神經網絡模型在全部樣本和未倒閉樣本也以 95.8% 和 96.9% 的預測正確率，高於邏輯分析的 92.2% 和 93.6%，同樣再次驗證了先前的結果。

表 2-5　類神經網絡與邏輯分析對於儲蓄機構倒閉的預測比較 (稀釋樣本)

臨界值	所有樣本		倒閉樣本		未倒閉樣本	
	邏輯分析	類神經網絡	邏輯分析	類神經網絡	邏輯分析	類神經網絡
0.5	381/404 (94.3%)	391/404 (96.8%)	54/75 (72.0%)	64/75 (85.3%)	327/329 (99.4%)	327/329 (99.4%)
	$p=0.10$		$p=0.05$		$p=1.0$	
0.2	373/404 (92.3%)	387/404 (95.8%)	65/75 (86.7%)	68/75 (90.7%)	308/329 (93.6%)	319/329 (96.9%)
	$p=0.05$		$p=0.50$		$p=0.05$	

註：p 值為顯著水準。
資料來源：Salchenberger 等人 (1992:914)。

(三)　典型迴歸分析

在迴歸分析中，當依變項具有多個變數，但彼此間具有很高的相關性，則可應用典型迴歸分析 (canonical regression analysis) 來解決依變項高度相依所造成的推估問題。以數學關係來表示，最基本的典型迴歸分析為：

$$y_i^T \alpha = x\beta + e \qquad (2\text{-}37)$$

與迴歸分析不同的是，「典型迴歸分析」要解釋的不是單一依變項的變異量，而是一組高度相關依變項之共變數，所以可視為測量模型中的潛藏變項，不過由於上式只取一組線性組合，且在模型推估時並不納入共變異矩陣的分解和特徵值、特徵向量的分析，所以此法與結合測量模型和迴歸模型的「結構方程式」分析有顯著的差異，比較接近於線性迴歸分析。

在模型設定上，如果亦對自變項進行線性組合而形成一綜合變數，則自變項與依變項間的相關係數便稱為典型相關係數，而依變項和自變項中的線性組合權數，則說明單項變數與共變數之間的組合關係。

在參數推估上，典型迴歸分析可利用最大概似法來求解，其原理同線性迴歸。此外，對於模型結果的詮釋，由於實質的被解釋項為依變項間的共變數，因此必須找出依變項間的主要共同元素，賦予其意義並進行解釋。有關典型迴歸模型的延伸應用，請參考 Estrella (2007)，至於實例說明，請詳見參考方塊 2-4。

(四)　主成分迴歸分析

在迴歸分析中，當自變項彼此間具有很高的相關性，也就是具有多元共線性的問題時，則可應用主成分迴歸分析來解決自變項高度相關所造成的推估問題。

從概念上來說，主成分迴歸分析試圖將高度相關的自變項，透過對於其共變異矩陣的分解和重組，將其轉換為彼此正交的新自變項。其中新自變項的組成，可由主成分分析中的特徵值和特徵矩陣來定義，但自變項組的共變異矩陣維度並沒有改變。然而要能解決多元共線性所造成的推估問題，必須要找出多元共線性的來源，針對此，特徵值的大小提供評估的判斷的依據：特徵值愈小，可解釋原自變項的變異愈少，代表多元共線性的程度愈大。基於此，可將對應於最小特徵值的新自變項剔除在迴歸模型之外，此舉雖然會造成參數推估的偏誤，但因為剔除的新自變項的變異很小，所以對整體模型影響不會太大，並且解決了多元共線性的問題。

參考方塊 2-4：典型迴歸分析的分析實例

經濟學家 Kwabena Gyimah-Brempong 與 Anthony O. Gyapong (1991) 利用典型迴歸分析，來解釋學校資源、學生特質和經社特性對於教育生產函數的解釋力。依變項為教育產出，包括高三學生的數學 (ACTM) 和英語 (ACTE) 測驗成績，而自變項為三大類變數，其中學校資源包括「學生人均教學支出」、「學生人均資本支出」、「學生人均輔助教學支出」及「師生比」；學生特質包括「先前數學成績」和「先前英語成績」(兩者從全校高一測驗成績而來)；經社特性則包括「收入」、「成人教育程度」、「貧窮度」及「犯罪率」。

由於教育的投入和產出要素都是多重的，而且皆無法單獨分割來衡量，所以作者採用 Cobb-Douglas 函數，來定義教育生產過程投入和產出之間的關係，如下式：

$$Y^\alpha - \lambda X^\beta W^\gamma Z^\theta \mu = 0 \tag{A1}$$

其中 Y 是教育產出、X 是學校資源、W 是學生特質、Z 是經社特性，而 μ 為隨機誤差，$\lambda, \alpha, \beta, \gamma, \theta$ 為待估計的未知參數。如對式 (A1) 取對數，則可得：

$$\sum \alpha_i \ln Y_i = \ln \lambda + \sum \beta_j \ln X_j + \sum \gamma_k W_k + \sum \theta_l Z_l + \ln \mu \tag{A2}$$

其中 Y, X, W, Z 的下標代表各類變數為多重的。基於式 (A2)，我們可以進一步將等式左邊和右邊視為教育產出和投入的綜合變數，兩者皆由產出和投入要素的對數線性組合而成，因此可以進行典型迴歸分析，來估計出兩者的典型相關係數以及線性組合的權數。

此外，作者也針對生產投入的邊際效果進行分析，邊際效果的定義為：

$$MP(Y_i, X_j) = \frac{Y_i \beta_j}{X_j \alpha_i} \tag{A3}$$

直觀上可解釋為一單位生產要素 X_i 增加可以造成多少單位產出 Y_i 的變化。

　　資料來自於 1986/1987 學年度，密西根州 175 個人口數超過 1,000 人的公立學區，依變項資料來自於「美國大學測驗中心」，自變項的部分，學校資源資料來自「密西根州教育委員會」，學生特質資料來自 1985/1986 學年度，密西根州教育部的「中等學校學區報告」，經社變項資料分別來自統計局、聯邦調查局及密西根州商業部。

　　研究結果如表 2-6 顯示，典型迴歸分析結果、卡方值和 F 值都相當顯著，否決了所有迴歸係數皆為零的虛無假設，模型解釋力為 57%。至於三組自變項的迴歸係數，學生素質的確與教育產出有顯著的正向關係，然而在學校資源上，卻發現四個變數皆呈現不顯著或者是負向的關係，與一般認為增加學校資源可以增進教育產出的看法相左，在經社特性上，僅有「成人教育程度」一項具有顯著的正向關係。

　　進一步從教育產出的邊際效果來看，每學區中成人教育程度每增加一年，學生 ACT 數學和英語成績會增加 0.197 分和 0.161 分，學生高一數學和英語的平均成績增加一分，也會提高 ACT 數學和英語 0.074-0.134 不等的分數；然而，學校在人均輔助教學支出上卻呈現每單位會減少 0.0038 分和 0.0039 分的結果，這個結果推翻增加學校資源可以改善學習成績的傳統看法。

　　以數學式來表示，可將簡單線性迴歸整理成主成分迴歸模型：

$$y = \beta_0 + \sum_{i=1}^{n} \beta_i x_i + e$$

$$\rightarrow y = \beta_0 + \sum_{i=1}^{n} \alpha_i z_i + e \tag{2-38}$$

其中

表 2-6　教育產出的典型迴歸分析

分析變項	線性組合參數值	ACT 數學成績	ACT 英語成績
教育產出			
ACT 數學成績	0.4607		
ACT 英語成績	0.5845		
學生特質			
高一數學成績	0.1692 (1.927)	0.0910	0.0744
高一英語成績	0.2950 (3.277)	0.1340	0.1097
學校資源			
學生人均教學支出	−0.1129 (1.897)	−0.0023	−0.0019
學生人均資本支出	0.0319 (0.574)	0.0063	0.0052
學生人均輔助教學支出	−0.1530 (2.284)	−0.0038	−0.0039
師生比	−0.1318 (1.419)	−0.2291	−0.1874
經社特性			
收入	0.0748 (0.390)	0.0001	0.0001
成人教育程度	0.3615 (4.537)	0.1971	0.1613
貧窮度	−0.0816 (0.927)	−0.4144	−0.3391
犯罪率	0.1776 (1.718)	−0.0226	−0.0185
樣本數	151		
相關係數	0.7560 ($R^2 = 0.5715$)		
卡方值	145.207 ($p < 0.001$)		
Rao's F	9.073 ($p < 0.001$)		

註：1. 典型迴歸分析係數括弧內是 t 值的絕對值。
　　2. 計算邊際效果的基準是各個自變項的平均值。
資料來源：Gyimah-Brempong 與 Gyapong (1991:12)。

$$\sum_{i=1}^{n} \alpha_i z_i = \sum_{i=1}^{n} \beta'_i x_i$$

為主成分分析後的依新自變項 z_i 形成的迴歸模型，相對應於 z_i 的特徵值和特徵向量為 λ_i 和 $c_j = (c_{1j}, c_{2j}, \ldots, c_{nj})^T$，而

$$\alpha_j = \sum_{i=1}^{n} c_{ij} \beta'_i$$

令 z_i 所對應的特徵值 λ_i 由 $i = 1, \ldots, n$ 依序遞減，則可以依刪去 z_i 個數，算出 $n-1$ 個迴歸分析式結果：

$$y' = \sum_{i=1}^{k} \alpha_i z_i + e \quad k = 1, 2, \dots, n-1 \tag{2-39}$$

在模型結果的選取上，可根據三項因素作為評價模型的依據：(1) 迴歸係數估計的穩定性；(2) 多少資訊量被納入模型中 (即 z_i 的個數)；(3) 模型的解釋變異。基本上，迴歸係數的估計愈穩定愈好，被納入模型的資訊量愈高愈好，模型的解釋變異愈大愈好，有關於主成分迴歸分析的應用，請參見 Jolliffe (1986)，至於實例說明，請詳見參考方塊 2-5。

七、總　結

迴歸分析是社會科學研究中最常見的分析方法，其優點是簡單易懂，可以用於歸納，驗證以及預測上，而迴歸係數的詮釋，直觀上可視為控制其他變因之下特定自變項和依變項的共變關係，更提供研究者在缺乏實驗室環境下，找出因果推論的分析工具。這個優點在大多數無法進行實驗法研究的社會科學中，顯得特別重要。

然而迴歸分析畢竟是事後歸納的一種分析工具，變項選取和模型關係的設定都需要理論的依據，因此迴歸分析並沒有辦法取代理論層次上的討論，而是作為輔助的角色，從經驗上檢證理論假設的有效性。換言之，除非研究者的目的是純粹地探索變數間的相關性，否則迴歸分析都應該受到理論的指導，並且變數間的關聯性假設都要有充分的理由。

迴歸分析在因果推論上的基礎，就是透過排除自變項間共變關係與依變項的相關性，探求單一自變項變化時所伴隨依變項變化的效果，邏輯上應用了共變法，概念上稱為「統計控制」。然而許多現象本身，其因果關係的聯結相當複雜，且主要影響依變項的變因，是來自許多自變項共變後的結果，抑或具有先後順序的路徑關係，此時統計控制的優點反倒成為分析上的缺點，無法將自變項與依變項間複雜的因果關係呈現出來，而必須尋求其他的統計方法來達成其分析目的，如徑路分析。

參考方塊 2-5：主成分迴歸分析的應用實例

　　社會學者 Abu Jafar Mohammad Sufian (2005) 針對發展中國家的總生育率 (total fertility rate) 進行迴歸分析，模型中選入 9 個自變項，分別為「都市化程度」、「安全飲用水供給率」、「人口密度」、「人均每日攝取卡路里量」、「15 歲以上婦女識字率」、「家庭計畫實施分數」、「嬰兒死亡率」、「人均能源使用量」以及「人均國民所得」。主要的理論假設是一國現代化的程度愈高，總生育率會隨之下降，因此在上述 9 個自變項中，除了「嬰兒死亡率」應該與依變項是正相關外，其餘皆應為負相關。

　　作者使用的資料來自於美國哥倫比亞大學人口與家庭健康中心 (Center for Population and Family Health) 以及「世界人口資料要覽」(World Population Data Sheet)，包括亞洲、非洲和拉丁美洲 43 個發展中國家。使用簡單線性迴歸分析的結果，發現自變項之間的多元共線性相當高，而為了排除此問題對於參數估計的影響，作者決定採用主成分迴歸法來進行分析。

　　結果如表 2-7 所示，迴歸係數和模型解釋力都在納入前七個主成分之後達到穩定 (0.72 左右)，因此取前七個或前八個主成分分析結果都是合理的。如果選取所有的主成分，那麼其結果等同於原先的簡單迴歸分析，這樣就沒有解決多元共線性的問題。表中所列出來的數字是標準化迴歸係數，由於原作者並沒有附上顯著性檢定的結果，因此僅能從標準化迴歸係數的大小來進行解讀。簡單來說，家庭計畫、都市化、婦女識字率和嬰兒死亡率依序是解釋總生育率變化最有效的因子，而安全飲水供給率和人均卡路里的正相關與原先的理論預期是相左的。

　　此外，在資料呈現不同特性時，如群組性、地域性、時序性或配對性，簡單迴歸分析在數理上就不足以妥適地進行參數推估的工作，必須針對資料特定採取進階的統計方法來處理。然而這也正是迴歸分析未來發展的趨勢，也就是結合資料特性以及多變量方法，根據分析目的之需要，發展出針對性強且更為細緻的迴歸方法。

表 2-7　43 個發展中國家總生育率的主成分迴歸分析

納入模型的主成分個數	前一	前二	前三	前四	前五
都市化	−0.0882	0.0098	−0.0797	−0.1246	−0.1254
飲用水供給率	−0.1268	−0.1623	−0.1687	−0.1661	−0.1372
人口密度	0.0194	−0.1856	−0.1209	−0.1698	−0.1515
卡路里攝取量	−0.1125	−0.0541	−0.0688	−0.0653	0.0349
婦女識字率	−0.1190	−0.1384	−0.2038	−0.2078	−0.2828
家庭計畫分數	−0.0637	−0.2670	−0.3127	−0.2751	−0.2761
嬰兒死亡率	0.1276	0.1890	0.2446	0.2397	0.2515
能源使用量	−0.1135	−0.0791	0.0555	0.0599	0.0431
國民所得	−0.1248	−0.0888	0.0244	0.0235	0.0015
解釋變異	0.4301	0.5749	0.6341	0.6377	0.6477
納入模型的主成分個數	前六	前七	前八	所有	
都市化	−0.2211	−0.3421	−0.3400	−0.3378	
飲用水供給率	−0.2278	0.0854	0.0830	0.0824	
人口密度	−0.1106	−0.0978	−0.0988	−0.0973	
卡路里攝取量	0.1234	0.0372	0.0331	0.0323	
婦女識字率	−0.2043	−0.1933	−0.2024	−0.2008	
家庭計畫分數	−0.3612	−0.5504	−0.5516	−0.5568	
嬰兒死亡率	0.1668	0.1151	0.1033	0.0927	
能源使用量	0.0130	−0.0640	−0.0643	−0.0127	
國民所得	−0.0028	−0.0524	−0.0504	−0.1070	
解釋變異	0.6660	0.7211	0.7212	0.7214	

註：表中數字為標準化迴歸係數。
資料來源：Sufian (2005:228)。

　　近年來迴歸分析發展的另一個重要趨勢，就是強調參數推估的穩健性 (robustness)。許多學者認為傳統的最小平方法所得到的參數估計，其數理基礎建築在限定性很高的資料條件下，因此所得到的結果其穩健性是有待質疑的。針對這樣的缺點，社會科學家從不同的角度發展出許多方法，大致可分成三類：第一類是以其他參數推估法，如最小絕對離差法 (least absolute

deviation) 或貝氏因子 (Bayes factor) 等，來取代最小平方法的估計；第二類
捨棄採用「中央極限定理」的假設檢定法，改以模擬法的方式來估算出參數
估計顯著性 p 值；第三類則含括各種統計診斷的方法，試圖找出影響參數估
計的穩定性之原因。

　　然而歸根究底，社會科學強調理解和詮釋的本質依然沒有改變。因此儘
管迴歸分析的方法推陳出新，同時對於數理技巧的要求也日漸增高，這些技
術上的精進，若是沒有具有洞察力的理論指引，恐怕在解釋人類社會的各種
行為和現象時，都無法避免理解上的貧乏及詮釋上的空洞，反倒背離了採用
迴歸分析的初衷，為了量化而量化，這是社會科學研究者必須謹記在心的。

參考書目

林惠玲、陳正倉 (2000)《統計學：方法與應用》，二版。臺北：雙葉書廊。

陳超塵 (1992)《計量經濟學原理》。臺北：臺灣商務印書館。

陳彧夏 (2001)《計量經濟學：單一方程式》。臺北：學富文化。

黃旻華 (2006a)〈態度量表的心理計量學分析：2003 年 TEDS 統獨態度量表的研
　　究〉。《選舉研究》，13，43-86。

黃旻華 (2006b)〈如何看待穆斯林社會中政治伊斯蘭的民意支持？複層次迴歸模型的
　　實證分析〉。《人文及社會科學集刊》，18，119-169。

Bates, Douglas M., & Watts, Donald G. (1988). *Nonlinear regression analysis and its
　　applications*. New York: Wiley.

Birnbaum, Allan (1962). On the foundation of statistical inference. *Journal of the
　　American Statistical Association, 57*, 269-306.

Blalock, Hubert M. Jr. (1964). *Causal inferences in nonexperimental research*. Chapel
　　Hill: The University of North Carolina Press.

Christensen, Ronald (1998). *Analysis of variance, design, and regression*. Boca Raton:
　　Chapman and Hall.

Dempster, Arthur P., Rubin, Donald B., & Tsutakawa, Robert K. (1981). Estimation in
　　covariance components models. *Journal of the American Statistical Association, 76*,
　　341-353.

Estrella, Arturo (2007). *Generalized canonical regression*. Federal Reserve Bank of New

York, Staff Reports.

Galton, Francis (1885). Presidential address, Section H, Anthropology. *Report of the British Association for the Advancement of Science, 55*, 1206-1214.

Garson, G. David (1998). *Neural networks: An introductory guide for social scientists.* Thousand Oaks., Calif.: Sage.

Greene, William H. (2007). *Econometric analysis* (6th ed.). Upper Saddle River, N.J.: Prentice Hall.

Gujarati, Damodar, & Porter, Dawn (2008). *Basic econometrics* (5th ed.). Boston: McGraw Hill.

Gunst, Richard F., & Mason, Robert L. (1980). *Regression analysis and its application: A data-oriented approach.* New York: M. Dekker.

Gyimah-Brempong, Kwabena, & Gyapong, Anthony (1991). Characteristics of education production function: An application of canonical regression analysis. *Economics of Education Review, 10*(1), 7-17.

Hald, Anders (1999). On the history of maximum likelihood in relation to inverse probability and least squares. *Statistical Science, 14*(2), 214-222.

Isaak, Alan C. (1985). *Scope and methods of political science.* Belmont, Calif.: Wadsworth.

Jolliffe, Ian T. (1986). *Principal component analysis.* Springer-Verlag. Kennedy, Peter (1998). A guide to econometrics. Oxford: Blackwell.

Kim, Kevin, & Timm, Neil (2007). *Univariate and multivariate general linear models.* Boca Raton, FL.: Chapman & Hall/CRC.

Koenker, Roger (2005). *Quantile regression.* Cambridge: Cambridge University Press.

McFadden, Daniel (1974). Conditional logit analysis of qualitative choice behavior. In Paul Zarembka (Ed.), *Frontiers in eonometrics* (pp. 105-142). N.Y.: Academic Press.

Salchenberger, Linda M. et al. (1992). Neural networks: A new tool for predicting thrift failures. *Decision Science, 23*(4), 899-916.

Shaw, Ruth G., & Mitchell-Olds, Thomas (1993). Anova for unbalanced data: An overview. *Ecology, 74*(6), 1638-1645.

Sufian, Abu Jafar Mohammad (2005). Analyzing collinear data by principle component regression approach: An example from developing countries. *Journal of Data Science, 3*, 221-232.

Weiss, Robert E. (1995). The influence of variable selection: A bayesian diagnostic perspective. *Journal of the American Statistical Association, 90*, 619-625.

延伸閱讀

1. 高斯馬可夫定理。

   「高斯馬可夫定理」主張在簡單線性迴歸模型中，最小平方法的參數估計同時具有不偏性和最小變異，因此是最佳的線性不偏估計。請參考陳彧夏 (2001)、Kennedy (1998)。

2. 最大概似法的推理依據。

   最大概似法的推理依據在 1960 年代曾經有主觀和客觀機率論之爭，兩派差異在於：前者主張對立假設的事前分配 $P(H_i)$ 在沒有任何資訊下可視為是相等的，後者則否定事前分配的存在，從充分性和條件性的原則來論證。請參考 Birnbaum (1962)、Hald (1999)。

3. 因果關係的概念。

   社會科學家對因果關係的概念有許多不同看法。有些學者從邏輯學上主張因果關係必須滿足「經常聯結」、「時序先後性」、「非虛假關係」三要素；有些學者採取更嚴格的標準，認為實驗操控才能探求因果關係；更甚者，認為社會科學研究只能探求相關性，而無法對因果關係做出主張。請參考 Blalock (1964)、Isaak (1985)。

4. 中央極限定理。

   「中央極限定理」主張：當 n 個任意分配結果相加之後，若 $n \to \infty$，則此分配曲線愈趨近常態。即不論原來母體分配是否為常態，樣本平均數組成之抽樣分配接近常態分配。迴歸分析中針對迴歸係數的假設檢定，就是應用了「中央極限定理」的推理，得到：

   $$\hat{\beta}_{OLS} \sim N\left(\beta, \frac{e'e}{n-k}(X'X)^{-1}\right)$$

   請參考林惠玲與陳正倉 (2000)、Greene (2007)。

5. 處理多元共線性的進階方法。

   有些學者反對剔除資料，主張使用進階的統計方法來處理多元共線性的問題，包括脊迴歸分析法、主成分迴歸分析法、最大重複分析法及淨最小平方法。後兩者多用在多個依變項的模型中。請參考 Gunst 與 Mason (1980)、Gujarati 與 Porter (2008)。

3

類別依變項的迴歸模型

一、前　言

　　統計迴歸模型的使用，在社會科學的研究當中相當重要，是對行為者的行為與社會現象進行解釋或預測的重要工具。一般常見的迴歸方式，主要是根據依變項屬於計量性資料 (metric data) 或量化資料 (quantitative data)，以簡單迴歸或多元迴歸模型來進行解釋；由於這是本於自變項與依變項間具有線性關係為基礎，以找出特定的線性函數模式，所以又可稱為線性迴歸模型。誠如前面章節的介紹，研究者只要能確認線性迴歸模型中各變項資料的分佈狀態是符合線性機率分佈的特性，並且估算的殘差項吻合獨立且具有相同分配 (independently identical distributed, IID) 的特性，便能藉由一般最小平方法 (ordinary least square, OLS) 有效估算出迴歸程式各解釋變數之影響參數值。此一參數估算的特性，即統計上所謂的最佳的線性不偏估計量 (best linear unbiased estimator, BLUE)。

　　不過，從社會科學實際研究的內容來看，依變項屬於這種連續性量化資料的並不常見，反倒是類別變項 (categorical variable) 較為普遍，其中包括名目及次序尺度的不連續變項都是時常出現的狀況。就依變項是類別反應的迴歸模型而言，倘若研究者執意使用線性迴歸，不僅無法獲得有效的參數估計值，更將產生違反統計法則的問題。從概念上來說，當依變項屬於質性的類

別資料時，由於各自變項發生機率的加總總和，並不能如前述的線性迴歸模型般，以對等式的方式將自變項與依變項之平均數連接起來；特別是各自變項類別發生結果的機率，最終的加權總和將可能發生大於 1 或是小於 0 的不合理機率。因此，當我們在處理依變項是類別形態時，除了必須先判斷蘊含於這些類別數據發生結果的可能機率分佈函數外，更必須找出適當的非線性轉換函數，透過此一途徑將原本介於 0 與 1 的機率分佈，轉換為理論上可介於正負無窮大的實數值，並且將轉換後的機率與自變項間的加權總和，予以自然的連接。

　　源於間斷樣本空間之機率分佈與非線性轉換函數的迴歸模型，便是類別資料迴歸模型設計的基本精神所在，其中英國統計學家 Nelder 與 Wedderburn (1972) 提出的廣義線性模型 (generalized linear models, GLM) 可說是建構這類迴歸模型的基礎。透過此一架構，可將非線性函數關係的迴歸模型，轉換為本質近似線性迴歸模型的方式來進行統計參數的估算。雖然 GLM 模式有效地提供了類別變項的轉換方式，但值得注意的是，質性資料的類別反應屬性，除了包含名目尺度的二分反應及多分反應以外，尚有順序尺度的次序多分 (ordered polytomous) 及計次變數 (count variable) 等不同的屬性，這些不同的類別資料所適用的迴歸模型與統計假設均有所差異，因此研究者在使用時必須先仔細檢視數據資料的特性並加以謹慎選擇。表 3-1 根據依變項的資料形態，簡單歸納了各種適用的迴歸模型。

　　本章接下來的內容，將焦點放在處理依變項是類別反應時的幾種迴歸模型上，俾助讀者對這些統計模型的內涵與應用方式有進一步的了解。這幾種類型的迴歸模型，除可統稱為類別依變項迴歸模型來理解外，由於它們多半是由計量經濟學者發展出來分析行為者的消費選擇的，學界也常通稱這類模型為離散 (或不連續) 選擇模型 (discrete choice models)。本章限於篇幅，僅選取名目及次序兩種社會科學最常見的類別資料來做介紹，其中名目尺度的資料包括二分及多分兩種形態，第二節跟第三節便分別介紹這兩種類型資料的基本模型；第四節則是提出多分類別模型經常受制的不相關選項獨立性

表 3-1　依資料形態歸納的迴歸模型

依變項性質	迴歸模型
連續 (continuous)	線型或非線型迴歸
二分 (binary)	機率單元模型
	勝算對數模型
多分 (polytomous)	多項機率單元模型
	多項勝算對數模型*
次序 (ordinal)	次序機率單元模型
	次序勝算對數模型
整數 (count)	卜瓦松 (Poisson) 迴歸

註：*可處理多分類別的勝算對數模型有許多種形態，本表先暫時統稱為多項勝算對數模型。

(Independence of Irrelevant Alternatives, IIA) 假設以及對此因應的檢定方式；第五節根據 IIA 的問題，繼續整理幾種不受此限制的多分類別迴歸模型；第六節是將焦點放在依變項是次序類別的狀況，介紹兩種分析次序資料的模型；最後在第七節的總結，介紹幾種適合後續分析類別資料時的統計軟體及其參考資料。

二、二分類別的迴歸模型

依變項具有二分類別反應特性的資料，在社會科學領域的研究中相當普遍。例如，選舉時民眾參與投票與否、某一社會運動的成功或失敗、民眾就業與否、消費者是否購買某項產品，甚或國際間的戰爭發生與否等，均是常見的二分類變項研究案例。此時可觀察結果屬於二分類質性反應，一般會以 0 與 1 來編碼這兩種類別選項，而這種數據資料可能發生結果的機率分佈特性，是屬於統計學上的伯努力二項機率分佈 (Bernoulli probability distribution)，而這種數據資料事件發生與否 (假設發生的機率＝P；沒發生的機率＝$1-P$) 的機率分佈函數為：

$$f(h|n, P) = \binom{n}{h} P^h (1-P)^{n-h} \tag{3-1}$$

n 代表事件的加總數目，其中包括事件發生 (或稱成功) 的數目為 h，以及事件未發生 (或稱失敗) 的數目 $n-h$。由於式 (3-1) 中之類別依變項發生機率 P 的分佈狀態是介於 0 與 1 之間 ($0 \leq P \leq 1$)，因此當我們進行統計估算程序時，自變項與依變項之間的關係，無法如同一般的連續型資料般具備線性關係的基礎。若此時使用線性機率迴歸模型 (linear probability model, LPM)，以最小平方法來進行統計參數值的估算，依變項預測值 $\hat{P}$ 之值域會介於 $-\infty$ 與 ∞，由於該機率估計值可能超出 0 至 1 的單位區間，將使得統計模型失去實證應用上的有效估算能力。

除了會形成沒有意義的機率預測值外，二分類依變項使用 LPM 模型的問題還包括：

1. 此時模型的殘差項呈現二項式分配而非常態分配，雖然這並非最小平方法求出無偏誤估計值的先決條件，但卻會影響後續參數的假設檢定。

2. 在伯努力二項機率分佈下，平均數是 P、變異數是 $P \times (1-P)$，由於在 LPM 模型下 P 是隨不同樣本狀況產生的機率，所以此時變異數不是固定常數，會產生變異數異質性 (heteroscedasticity) 的問題。

3. LPM 模型下由於預測機率與實際值在某些狀況下會非常迥異，模型的判定係數 R^2 通常會被低估，無法成為可信賴的模型吻合度測量值。

4. 由於 LPM 模型使用線性函數的形式，每單位自變項變化對依變項預測機率所產生的影響為固定常數，這與一般認知自變項的影響會隨預測機率接近 0 或 1 時遞減顯然有異。

由於 LPM 模型帶來的諸多問題，當面對依變項是二分類的類別資料時，通常會改採非線性的途徑來求取它與解釋變數間的關係，其中最為常見的是勝算對數模型與機率單元模型，以下便介紹這兩種迴歸模型的基本內涵。

(一) 勝算對數模型

勝算對數模型 (logit) 早自 1940 年代 Berkerson (1944) 便開始提出，此後受到學界廣泛的探索與應用。為解決 LPM 模型機率預測值會落在 0 與 1 以外的問題，勝算對數模型的基本內涵便在於透過機率的轉換來移除這項限制，並讓這項轉換函數成為連續型變數，使之與自變項呈現線性關係。勝算對數模型達成這項目標的步驟有兩點：第一，透過機率求取勝算比，假設行為者 i 決定去做某件事的機率為 P_i，勝算比是 $P_i/1-P_i$，由於當機率等於 1 時勝算比趨近於無限大，藉此數值解除了原本機率值的上限 (ceiling restriction)；第二，則是將此勝算比採自然對數 (logarithms) 的形式，如此則可進一步排除原本機率的下限 (floor restriction)，這時 $\ln (P_i/1-P_i)$ 即稱之為 logit 或 log-odds，也就是我們慣稱的勝算對數比。

$\ln (P_i/1-P_i)$ 可說是勝算對數模型用來確保對依變項估計機率值落於 0 與 1 區間內的轉換方式，同時也是連接不同變數間的連結函數。此時將相關自變項與係數向量 (vector) $x_i' \beta$ 納入模型，經與連結函數的結合便可得到勝算對數模型的公式如下：

$$\ln \left(\frac{P_i}{1-P_i} \right) = x_i' \beta$$

$$\left(\frac{P_i}{1-P_i} \right) = \exp (x_i' \beta)$$

$$P_i [1 + \exp (x_i' \beta)] = \exp (x_i' \beta)$$

$$P_i = \frac{\exp (x_i' \beta)}{1 + \exp (x_i' \beta)}$$

$$= \frac{1}{1 + \exp (-x_i' \beta)} \tag{3-2}$$

式 (3-2) 所代表的，是勝算對數模型的逆連結函數，呈現該模型所估算出的事件發生機率 P_i。由此可以得知，即使 $x_i'\beta$ 趨近於無窮大，P_i 都在 0 與 1 之間；也就是當 $x_i'\beta$ 趨近於 ∞，P_i 趨近於 1；當 $x_i'\beta$ 趨近於 $-\infty$，P_i 則趨近於 0。

式 (3-2) 若用潛在變數 (latent variable) 的概念來闡述，所呈現的就是對數分配的累積機率分配函數。這種將離散選擇視為一個隱藏、潛在連續變數的類別反應，以潛在變數的形式來探討類別資料迴歸模型者，Greene (2003) 稱之為指標函數模型，此時式 (3-2) 的勝算對數模型可視為：

$$\Pr(y_i=1\mid x_i)=\Pr(\varepsilon_i\le x_i'\beta\mid x_i')=\Lambda(x_i'\beta)$$

其中 $\Lambda(.)$ 代表對數分配的累積機率分配函數，這顯示勝算對數模型的特性，是透過累積機率將解釋變數的實數值轉換為機率值，以解決質性依變項在透過線性機率模型進行參數推估時，所產生依變項預測值落於區間外的問題。

在得知選項機率後，接著便是採用最大概似估計法對模型的概似函數 (likelihood function) 求取極值以校估出各自變項的參數估計值。值得注意的是，由於概似函數的對數會呈現單調遞增 (monotonically increasing) 的形式，在計算上比原始的概似函數方便，一般是取對數概似函數 (log likelihood function) 來計算。勝算對數模型與下面討論的機率單元模型一樣，概似函數與對數概似函數分別是：

$$L=\prod_{i=1}^{N}[\Pr(y_i=1)]^{y_i}[1-\Pr(y_i=1)]^{1-y_i}$$

$$\ln L=\sum_{i=1}^{N}\{y_i\ln\Pr(y_i=1)+(1-y_i)\ln[1-\Pr(y_i=1)]\}$$

MLE 估算原理主要是在已知各變數的條件下，透過二次微分或稱牛頓法，找出一組 β 與 σ 參數估計值來滿足概似函數的極大化。從統計理論來看，透過 MLE 求取極值過程所推估出來的參數值，具漸進有效性、一致性

以及漸進常態分配等統計特性。關於各模型極大化概似函數的推演過程有興趣的讀者，可以參考其他進階教材的討論。

(二)　機率單元模型

　　機率單元模型 (probit) 比勝算對數模型更早出現，兩模型在概念上頗為相近，可將兩者同樣視為採累積機率函數來做設定，主要差異僅在於一個是假設常態分配函數，一個則是採對數分配函數的形態。在機率單元模型中，誤差項的平均數與變異數之期望值分別是 0 跟 1，呈現所謂的標準常態分佈，機率密度函數與累積機率函數分別為：

$$\phi(\varepsilon_i) = \frac{1}{\sqrt{2\pi}} \exp\left(-\frac{\varepsilon_i^2}{2}\right)$$

$$\Phi(\varepsilon_i) = \int_{-\infty}^{\varepsilon_i} \frac{1}{\sqrt{2\pi}} \exp\left(-\frac{t^2}{2}\right) dt$$

其中 t 是標準常態變數，$t \sim N(0, 1)$，此時機率單元模型的預期機率，透過累積機率函數可表示如下：

$$\Pr(y_i = 1 \mid x_i) = \Phi(x_i' \beta)$$

$$= \int_{-\infty}^{x_i' \beta} \frac{1}{\sqrt{2\pi}} \exp\left(-\frac{t^2}{2}\right) dt \tag{3-3}$$

由式 (3-3) 可反推機率單元模型中，事件發生機率與自變項間的關係，其結果為：

$$\Phi^{-1}(P_i) = x_i' \beta$$

$\Phi^{-1}(.)$ 代表累積標準常態機率分配的反函數，也就是統計學上所謂的常態等價離差。在機率單元模型中，主要便是透過常態等價離差作為迴歸方程式中變項轉換的連結函數，這也是機率單元模型除 Probit 外，另一個英文名稱

Normit 的由來。藉由累積標準常態分配函數的轉換及反函數的連結，機率單元模型便得以確保對依變項的估計機率值是落於 0 與 1 的區間之內，然後再對自變項做線性迴歸。由此也可看出，不論是勝算對數或機率單元模型都是透過類別反應的連結函數，使得與自變項間可以產生線性函數的關係，所以兩者都屬廣義線性模型 (GLM) 的一種類型。

　　由機率單元模型的內涵來看，其實就是將 (一) 勝算的模型當中勝算對數模型的對數分配函數換成常態分配函數，顯見兩者非常相似。根據 Hanushek 與 Jackson (1977) 對兩種模型分配所做的比較，常態分配近似於自由度無限大的 t 分配，而對數分配則趨近於自由度為 7 的 t 分配；換言之，這兩種均屬於對稱型的分配形態極為類似，只是對數分配在末端會稍微平坦一點。至於實際運用時，機率單元模型與勝算對數模型沒有孰優孰劣的問題，究竟哪一種模型較適合哪一類型研究也並無定論，研究者可依自己偏好跟使用的統計軟體來做判斷。

(三)　模型的相關統計指標

　　在熟悉勝算對數模型與機率單元模型的內涵與特性後，研究者在實際使用這些模型時，接著要參酌一些統計指標來判斷估算結果的好壞，並據以對模型內各項參數的影響效果做出適當的解讀。由於後續所介紹的多分類別迴歸模型多半立基於本節模型的基本架構，因此在使用這些進階模型時，這裡介紹的相關統計指標也大多適用，後續便不再贅述。

1. 模型適合度的檢測指標

(1) 概似比指標

　　關於類別依變項迴歸模型的適合度 (goodness of fit) 指標相當多，這主要是受線性迴歸判定係數普及的影響，學界相當致力於在類別資料模型中發展出類似的統計值，對此一般通稱為 Pseudo R^2 (可譯為類似判定係數)。在不同學者發展出的各種 Pseudo R^2 中，本節僅介紹 McFadden (1973) 所提的概似比指標 (likelihood ratio index)，這是一般較常見的指標，至於其他學者提出的

各類指數，可參酌 Windmeijer (1995) 的整理與比較。

　　概似比指標與一般迴歸模型判定係數的概念頗為相近，其優點是可以應用到任何採 MLE 估算法的統計模型，以了解常數項以外其他解釋變數的強弱，其計算方式如下：

$$Pseudo \ R^2 = 1 - \frac{\ln \hat{L}_{\hat{\beta}}}{\ln \hat{L}_0}$$

其中 $\ln \hat{L}_{\hat{\beta}}$ 是依所設定模型估算結果的完整對數概似函數，$\ln \hat{L}_0$ 則是等佔有率 (equal share) 模型，也就是假設模型中所有 β 係數均為 0 時的對數概似函數。由於 $\ln \hat{L}_0$ 會比 $\ln \hat{L}_{\hat{\beta}}$ 來得大，因此據此計算出的概似比指標會介於 0 與 1 之間。不過概似比指標與線性模型的判定係數有著同樣的問題，也就是當新變數加入時數值會隨之增加，所以 Ben-Akiva 與 Lerman (1985) 建議如調整判定係數 (adjusted R^2) 的方式一樣，以係數參數的數目 K 對概似比指標進行一些調整。透過下列的調整公式，唯有新增的變數參數讓 $\ln \hat{L}_{\hat{\beta}}$ 增加超過 1，概似比指標才會繼續增加，此時的公式調整如下：

$$adjusted \ LRI = 1 - \frac{\ln \hat{L}_{\hat{\beta}} - K}{\ln \hat{L}_0}$$

　　在詮釋方面，無論是原始的概似比指標或調整後的概似比指標，當指標的值愈接近 1 時，代表所設定模型的解釋能力愈高，也就是研究者所設定的模型架構可以適切地反應經驗數據資料；反觀，當指標愈接近於 0 代表模型的解釋力愈差，此時模型架構的設定可能有所不足甚或錯誤，研究者必須回頭設法改善。至於實務上指標究竟要多高尚無定見，不過根據 McFadden (1973) 自己的說法，指數若達 0.2 到 0.4 之間算是具有相當不錯的解釋能力，此時的統計模型已具參考價值。

(2) 概似比檢定

　　概似比檢定 (likelihood ratio test) 主要是用來觀察設定的統計模型中，所

有自變項是否均未具顯著影響效果，也就是檢定模型中所有斜率係數均為零的虛無假設，與線性迴歸中的 F 檢定作用相似。概似比統計檢定量可表示為：

$$LR = -2[\ln \hat{L}_R - \ln \hat{L}_U]$$

其中 $\ln \hat{L}_R$ 與 $\ln \hat{L}_U$ 分別代表受限跟非受限的對數概似函數；非受限意指設定模型估算結果的完整函數，也就是概似比指標中的 $\ln \hat{L}_\beta$；受限概似函數則是依虛無假設而定，當要檢測所有斜率係數是否同時不具作用時，$\ln \hat{L}_R$ 便等同於上述的 $\ln \hat{L}_0$。

進一步針對概似比統計量進行檢定，須知其分佈趨近於卡方 (χ^2) 分配，自由度則為受限的參數數目。當檢定統計量大於顯著水準 $\alpha\%$ 的卡方臨界值時，便代表檢測值是落於拒絕域內，此時我們便有 $(1-\alpha)\%$ 的信心拒斥虛無假設，說明所估算的模型是較虛無假說的比較模式為佳；反觀若檢測值落在信賴區間內，代表研究者所設定的模型不能拒絕虛無假設的陳述，此時整體模型的架構會遭到質疑。

(3) 成功預測率

成功預測率 (overall percent correct) 是另外一種可以判斷類別資料模型適合度的指標，又可稱之為 count R^2 (可譯為計數判定係數)，簡單來說就是計算觀察值跟統計預測值一致的比例，是一種可以觀察模型成功預測樣本發生事件的指標。首先，先運用所謂的最大機率法則 (maximum probability rule)，將每個樣本的數值代入迴歸模型中，如果得到大於或等於 0.5 的發生機率，那麼便代表模型預期該事件發生；反之，小於 0.5 則沒發生。根據此一法則，在二分類別依變數模型中，便可推算出整體樣本被統計模型成功預測的數目，如表 3-2 所示。

表中的 n_{11} 與 n_{22} 代表模型成功預期的樣本數，n_{21} 與 n_{12} 則是模型錯誤預期的樣本數，所以成功預測率的公式為：

表 3-2　二分類別依變數模型預測結果表

實際結果 (y)	預測結果 ($\hat{y}$)		總數
	1	**0**	
1	n_{11}	n_{12}	n_{1+}
0	n_{21}	n_{22}	n_{2+}
總數	n_{+1}	n_{+2}	N

$$\text{count } R^2 = \frac{n_{11} + n_{22}}{n_{11} + n_{12} + n_{21} + n_{22}} = \frac{1}{N} \sum_{j} n_{jj}$$

2. 模型個別係數的檢定

前述的指標主要是針對整個模型所做的檢定，在模型通過檢測後，接下來便是分別對各個係數做假設檢定，以觀察各自變項是否具顯著影響效果。如前所述，MLE 的參數值具有漸進常態分配的統計特性，隨著樣本數的增加，MLE 的統計分配會愈趨近於常態分配；也因此，使用 MLE 的類別資料模型係數所採的檢定方式，類似線性迴歸模型中的 t 檢定，可稱作準 t 檢定 (quasi t test) 或漸進 t 檢定 (asymptotic t test) 方法。當要檢定係數 $\hat{\beta}_s$ 為 0 的無效假設時，統計檢定量如下：

$$t = \frac{\hat{\beta}_s - 0}{\text{SE}(\hat{\beta}_s)}$$

除了 t 檢定外，另一個常用的檢定係數方式是沃爾德檢定 (Wald test)，在做單一係數檢定時，沃爾德統計檢定量就是 t 統計檢定量的平方，分佈是呈現卡方分配。以前面檢定 $\hat{\beta}_s$ 是否為 0 為例，沃爾德統計檢定量為：

$$W = \left(\frac{\hat{\beta}_s - 0}{\text{SE}(\hat{\beta}_s)} \right)^2$$

除了可以檢定單一係數外，沃爾德檢定相對於 t 檢定的優勢，是它可以

應用在較複雜研究假設之上。例如，若要檢測兩個 (或數個) 自變項的作用時，假設這兩個 (或數個) 迴歸係數同時為 0，此時沃爾德統計檢定量為：

$$W = \sum_{s=1}^{2} \left(\frac{\hat{\beta}_s}{\mathrm{SE}(\hat{\beta}_s)} \right)^2$$

另外一個常見的研究假設是兩個 (或數個) 自變項的影響力相當，也就是想知道兩個係數值是否相等時，此時的沃爾德統計檢定量如下：

$$W = \frac{(\hat{\beta}_{s1} - \hat{\beta}_{s2})^2}{\mathrm{VAR}(\hat{\beta}_{s1}) + \mathrm{VAR}(\hat{\beta}_{s2}) - 2\,\mathrm{COV}(\hat{\beta}_{s1}, \hat{\beta}_{s2})}$$

3. 模型係數的意義

在對模型與係數進行過檢定後，接著便是對係數值 β 進行詮釋。但不論是勝算對數或是機率單元模型，類別反應的事件機率 P_i 與自變項間都是呈現非線性的關係，所以模型係數的詮釋方式也與線性迴歸不同。簡單來說，我們不能如同線性迴歸時般，說在其他條件不變的情況下，自變項增加 (或減少) 一單位，事件機率增加 (或減少) β 單位。由於在勝算對數與機率單位模型中，β 分別代表的是勝算對數 [即 $\ln(P_i/1-P_i)$] 與常態等價離差 [即 $\Phi^{-1}(P_i)$] 的變動，因此兩模型的 β 係數所代表的影響值在詮釋上的意義都不大；若要觀察自變項單位變動的邊際效果，兩個模型都需要改由事件機率對自變項做偏微分來取得。

如前所述，勝算對數跟機率單元模型的機率其實就是累積機率函數，其形式可以用一般化表示為：

$$\Pr(y_i = 1 \mid x_i) = F(x_i' \beta) \tag{3-4}$$

其中 $F(.)$ 在勝算對數模型中代表對數分配的累積機率函數 $\Lambda(.)$，在機率單元模型則是常態分配的累積機率函數 $\Phi(.)$；若想知道事件預期機率相對於特定自變項 x_s 的改變，便可將式 (3-4) 與之偏微分，其結果為：

$$P_i = \frac{\partial \text{Pr}(y_i = 1 \mid x_i)}{\partial x_s} = \frac{\partial F(x_i' \beta)}{\partial x_s} = \left\{ \frac{dF(x_i' \beta)}{d(x_i' \beta)} \right\} \beta_s$$

$$= f(x_i' \beta) \beta_s \tag{3-5}$$

其中 $f(.)$ 代表機率密度函數，代入勝算對數模型可得：

$$\frac{\partial \text{Pr}(y_i = 1 \mid x_i)}{\partial x_s} = \phi(x_i' \beta) \beta_s = \frac{\exp(x_i' \beta)}{[1 + \exp(x_i' \beta)]^2} \beta_s$$

$$= P_i (1 - P_i) \beta_s \tag{3-6}$$

式 (3-5) 換成機率單元模型則是：

$$\frac{\partial \text{Pr}(y_i = 1 \mid x_i)}{\partial x_s} = \phi(x_i' \beta) \beta_s \tag{3-7}$$

從式 (3-6) 與式 (3-7) 的結果可以觀察到事件機率偏微分後的兩項特點，其一，特定 x_s 對機率所造成的邊際效果除了與本身係數 β_s 有關外，由於牽涉機率密度函數，其他自變項的值與係數也都會受影響，所以自變項對機率產生的作用無法如線性迴歸般一目了然；其次，也是更重要的，勝算對數跟機率單元模型藉此修正了 LPM 模型最為人詬病的問題，也就是讓自變項對事件機率的影響非固定不變，而是當機率密度函數愈大時 (也就是愈接近最大值 0.5 時)，自變項影響的邊際效果愈強。

(四)　小　結

本節主要是介紹分析二分類別依變項時，最常見的勝算對數跟機率單元兩種模型；需要留意的是，由於它們專門用來處理名目資料是二分類的狀況，為有別於其他多分類別時所採的模型，在原文上除了 Logit/Probit 外，也有人習慣稱作 Binary Logit/Probit 或 Binomial Logit/Probit，這些都跟本節所介紹的相同。另外，勝算對數跟機率單元兩模型分別採用的對數分配及常

態分配，均是呈現對稱的分佈形態，加上轉換後的連結函數均與變項屬性呈現線性關係，所以兩者估算結果非常接近。但若要直接比較兩者係數，需了解標準化下兩種分配形式的變異數並不一致，除非納入變異數差異，否則係數無法直接比較。不過根據 Amemiya (1981) 的分析，Logit 係數乘以 0.625 會趨近於 Probit 所估出的係數，也就是當以相同架構估算同組數據時，$\hat{\beta}_{\text{Probit}} \cong 0.625\hat{\beta}_{\text{Logit}}$。

最後值得一提的是，除了上述這兩種模型可以處理二分類別變數外，還有其他放寬對稱分佈形態的模型可供選擇，像雙對數模型 (log log model 或 weibull model)、互補雙對數模型 (complementary log log model) 等均屬之。在雙對數模型下的預期機率是：

$$\Pr (y_i = 1) = \exp [-\exp (x_i' \beta)]$$

而在互補雙對數模型時則是：

$$\Pr (y_i = 1) = 1 - \exp [-\exp (x_i' \beta)]$$

不過這些統計模型在社會科學領域的實際運用較少，有興趣讀者可參考 Agresti (2002)、McCullagh 與 Nelder (1989) 等研究的說明。

三、多分類別模型

上一節介紹的勝算對數及機率單元兩個基本模型，都是立基於依變項是屬於二分類別資料所建構出來的分析方法。但在一般日常生活中，行為者所面臨的離散選項的類別屬性，常是包括三個或以上的多分類反應。例如，選舉時選民對於不同政黨 (或候選人) 的抉擇、消費者購物時對於不同品牌產品的選擇、民眾對於不同職業的抉擇，甚或是平常所選擇的交通運輸工具等，均具有多重類別的選項屬性。本章接下來便開始介紹當研究者在處理的資料具有這類性質時，如何仰仗其他的迴歸模型來加以分析。

在不同多分類別的模型當中，最基本就屬始於 Theil (1969, 1970) 提出

的多項勝算對數模型 (multinomial logit)。多項勝算對數模型在社會科學領域的使用相當廣泛，加上後續許多進階模型皆以此作為基礎，所以它可視為各種多分類別模型的基本模型。本節除詳細說明它的內涵外，也將介紹 McFadden (1973) 據此進一步發展出的條件式勝算對數模型。兩者差異主要是在處理的自變項形態有所不同，但對計算選項機率所假設的殘差分佈則完全一致，所以也有學者將兩模型一同視為廣義的多項勝算對數模型。

(一)　多項勝算對數模型

根據 Long (1997) 的歸納，理解多項勝算對數模型 (Multinomial Logit, MNL) 的方式有很多種，包括機率模式、勝算模式及離散選擇模式等多種途徑。其中，由 McFadden (1973) 提出的離散選擇模式，是以經濟學中個體選擇效用極大化為基礎，由於 McFadden 將 MNL 模型進一步發展成接下來要介紹的多種類別資料模型，本文接著便以他的效用極大化模式來切入各個模型架構。

根據 McFadden 的看法，個體行為者對於各種可替代選項方案的決策模式，會以所能獲得的效用作為參考基準；也就是當一個理性的行為者面臨有許多種可供選擇的方案時，他 (她) 會綜合考量個人偏好、各種選項方案特性以及社會經濟特性等因素，並且在比較各種方案的效用之後，選擇可以讓其達到效用最大化 (utility maximization) 的選擇方案。依據這樣的概念，行為者 i 選擇替代方案 j 的效用函數 U_{ij}，可表示如下：

$$U_{ij} = V_{ij} + \varepsilon_{ij}$$

式中顯示，選項方案 j 所能帶給行為者 i 的效用 U_{ij} 包含兩個成分：一個是 V_{ij}，代表效用中可以衡量的部分；另一個要素 ε_{ij} 則是效用的隨機誤差項，當中包括不可觀察到的效用、可觀察到效用的衡量誤差、函數指定誤差、抽樣誤差或變數選定誤差等不可控制的因素。

MNL 模型下行為者的選擇機率，便是從各方案的效用函數而來。當行

參考方塊 3-1

　　Daniel McFadden 是美國著名計量經濟學家，1937 年 7 月 29 日出生於美國北卡羅萊納州的羅利市 (Raleigh)，1956 年畢業於明尼蘇達大學物理系，1962 年獲該校經濟學博士學位。曾任教於麻省理工學院、耶魯大學、加州大學柏克萊分校等學校，現任職加州大學柏克萊分校經濟學系講座教授和計量經濟實驗室主任。由於他在離散選擇模型原理和方法上的重大貢獻，2000 年時與另一學者 James Heckman 同時榮獲諾貝爾經濟學獎的殊榮。

　　McFadden 對計量方法的貢獻，主要是拓展計量經濟學在個體經濟理論上的應用。早期計量經濟學受凱恩斯學派與新古典經濟學派論戰的影響，焦點多放在總體經濟問題之上，以探討國民經濟為主體的經濟行為。近代隨著個體統計數據愈來愈豐富，個人、家庭或廠商等個體經濟決策及其影響因素，重獲計量經濟學界的關注，而 McFadden 發展用以分析個體行為的理論和方法，便是現代個體計量經濟學領域中最為重要的一環。

　　在許多離散選擇模型的發展上，McFadden 最為人熟知的貢獻是他所提出的條件式勝算對數模型，用以分析依附選擇 (choice specific) 變數的影響。此外，為改善離散選擇模型面臨的不相關選項獨立性 (IIA) 假設，他也與一些學者分別建構出巢狀勝算對數模型 (nested logit)、混合多項勝算對數模型 (mixed logit) 等更進階的分析模式，近年來這些模型已在交通運輸、住宅選擇等研究領域廣受肯定與運用。除了實際的統計模型外，McFadden 容易讓人忽略但同樣重要的貢獻，是將這些離散選擇模型與原本個體經濟的概念聯結起來。在此之前，個體選擇所進行的實證研究尚缺乏經濟理論的支持，McFadden 回歸到個體經濟理論的基本假設，以個體選擇某一特定選項方案是力求效用的最大化為準，提出效用函數中的隨機變化來開發跟闡述這些離散選擇模型，此一模式現已成為多元選項模型分析架構的主流。

為者 i 面臨所有的選項集合 j 時，行為者 i 選擇方案 j 的機率 P_{ij}，取決於選擇該項方案所帶來效用的多寡。以不同可替代選項方案中 j 與 k 兩選項來看，兩者之間誰給行為者的效用愈大，行為者選擇該方案的機率就愈大，此一概念的數學形式表示如下：

$$
\begin{aligned}
P_{ij} &= \Pr\left(U_{ij} > U_{ik}\right) \\
&= \Pr\left(V_{ij} + \varepsilon_{ij} > V_{ik} + \varepsilon_{ik}\right) \\
&= \Pr\left(\varepsilon_{ij} - \varepsilon_{ik} < V_{ij} - V_{ik}\right) \qquad \forall\, j, k \in J, \quad j \neq k
\end{aligned}
\tag{3-8}
$$

如同其他類別資料的迴歸模型一樣，MNL 模型接下來需根據對誤差項分配做出假定來進行機率估算；McFadden (1973) 對此證明出要推導出合理的 MNL 結果，效用函數的隨機誤差項 ε_{ij} 需是第一型極端值分配 (type I extreme value distribution)，也可稱之為 Gumbel 分配或雙指數分配 (double exponential distribution)。在標準第一型極端值分配狀況下，平均數是常數 Euler-mascheroni constant (趨近 0.58)，眾數是 0，標準差是 $\dfrac{\pi}{\sqrt{6}}$，誤差項的機率密度函數與累積機率密度函數分別為：

$$
f(\varepsilon_{ij}) = \exp\left(-\varepsilon_{ij}\right) \cdot \exp\left[-\exp\left(-\varepsilon_{ij}\right)\right]
$$
$$
F(\varepsilon_{ij}) = \exp\left[-\exp\left(-\varepsilon_{ij}\right)\right]
$$

在確認效用誤差項呈現第一型極端值分配形態後，便可據此回到式 (3-8) 中以 ε_{ij} 與 ε_{ik} 的累積密度函數計算出行為者 i 選擇方案 j 的機率，詳細演算過程可參考 McFadden (1981)、Hausman 與 McFadden (1984)、Ben-Akiva 與 Lerman (1985) 等的介紹，從結果來看其機率為：

$$
P_{ij} = \frac{\exp\left(V_{ij}\right)}{\displaystyle\sum_{j=1}^{J} \exp\left(V_{ij}\right)}
\tag{3-9}
$$

假設可衡量的效用 V_{ij} 與行為者個人屬性的自變項具線性關係，此時觀察到

的效用函數為：

$$V_{ij} = x_i' \beta_j$$

將之置入式 (3-9)，便可求知一般熟悉的 MNL 模型估算機率：

$$P_{ij} = \Pr(y_i = j \mid x_i) = \frac{\exp(x_i' \beta_j)}{\sum\limits_{j=1}^{J} \exp(x_i' \beta_j)} \tag{3-10}$$

需要注意的是，式 (3-10) 所推估出的機率有參數無法辨識 (identification) 的問題，也就是若將原先的參數 β_j 換成另一數值代入原式中，會得出同樣的機率估計值。為解決這項辨識問題，最常使用的方式是研究者選定其中一組選項為基準，將參數估計值限制為 0，假設選項一 ($j=1$) 是基準選項，此時設定 $\beta_1 = 0$，式 (3-10) 可改成完整版的：

$$\Pr(y_i = 1 \mid x_i) = \frac{1}{1 + \sum\limits_{j=2}^{J} \exp(x_i' \beta_j)}$$

$$\Pr(y_i = j \mid x_i) = \frac{\exp(x_i' \beta_j)}{1 + \sum\limits_{j=2}^{J} \exp(x_i' \beta_j)}, \quad j > 1 \tag{3-11}$$

得知各選項的機率後，接著便是以最大概似法來找出各項參數，在多元選項模型中，求取最大化的對數概似函數為：

$$\ln L = \sum_{i=1}^{N} \sum_{j=0}^{J} d_{ij} \ln \Pr(y_i = j) \tag{3-12}$$

其中 d_{ij} 為一個標示變項 (indicator variable)，當選項方案 j 被行為者 i 選到時，它為 1，其他情況則是 0，也就是 $y=j$ 時，d_{ij} 為 1，除此之外，d_{ij} 都是 0。此一對數概似函數的設定在多分類別模型的求解過程中多半相同，後文

不再贅述。

最後是關於資料呈現的方式，上面雖已推算出模型中各選項的機率，但在呈現分析結果時，仍與一般迴歸一樣是以自變項係數 β 為主要對象。承式 (3-11) 以選項一為基準選項，將兩式相除並取對數後可得：

$$\ln\left(\frac{\Pr(y_i=j)}{\Pr(y_i=1)}\right)=x_i'\beta_j \tag{3-13}$$

由式 (3-13) 可知，MNL 模型中的係數，主要是衡量某一個選項方案相對於對照基準選項機率的對比，所以結果會是各自變項最終會出現 $(j-1)$ 組選項的係數估計值。此外，值得一提的是，若選項方案僅有兩個時，也就是 $j=2$ 時，因為 $\Pr(y_i=1)=1-\Pr(y_i=2)$，此時 MNL 模型與二分類的 Binary Logit 結果完全一致；換言之，Binary Logit 可以看作 MNL 模型下的一種特例。

(二) 條件式勝算對數模型

MNL 模型雖是處理依變項具多元類別屬性最常見的模式，但在使用上有許多限制，本節首先討論它在處理自變項上的條件，以及 McFadden 依 MNL 架構所發展出的條件式勝算對數模型 (Conditional Logit, CLGT)；另一個對使用 MNL 模型較為嚴苛的限制，即所謂不相關選項獨立性的假設，則會在下一節做介紹，而第五節便繼續介紹不受該假設限制的其他多元類別迴歸模型。

要了解 CLGT 模型需從自變項的不同特性說起，一般我們所處理的自變項雖可能影響依變項的變化，但另一方面它並不受該行為者最終選擇方案的影響，也就是它獨立於行為者的最終決定，這類型的變數可稱作個人專屬變項 (individual specific variable)。但經濟學家在做交通運輸研究時發現，許多自變項的選取是依附在行為者的選項之上；舉例來說，假設我們要調查臺北上班族選取交通工具的原因，每位受訪者有搭捷運、坐公車跟開汽車等三種選項。由於通勤時間的長短常是決定上班族最終決定採用哪種交通工具的

主因，所以除了詢問受訪者的交通工具選項外，同時也需蒐集每位受訪者採取三種不同工具所花的通勤時間，只是最終選定的時間變數會取決於該受訪者的交通選項而定。像交通工具耗時多寡這類自變項便稱之為依附選擇變項 (choice specific variable)，與一般個別專屬變項的意義截然不同，而且這是在多元類別資料分析中所獨見的狀況。

為了克服 MNL 模型無法分析自變項具依附選擇屬性的問題，McFadden 在 MNL 架構上提出 CLGT 模型來配合這類型變數的分析。理解 CLGT 模型估算的方式，從可衡量效用函數的設定觀之，若自變項具有選項屬性時，表示會受選項 j 的影響而改變，原先的 x_i 便不足以代表，此時可衡量效用 V_{ij} 與依附選項自變數間的線性關係變為：

$$V_{ij}=z_{ij}'\alpha$$

其中自變項 z_{ij} 為行為者 i 選擇第 j 個選項屬性的向量，α 則為衡量變數影響效果的參數向量。將上述效用函數代回式 (3-9)，便可得到 CLGT 模型中行為者選擇某一選項方案的預期機率為：

$$P_{ij}=\Pr\left(y_i=j\mid z_{ij}\right)=\frac{\exp\left(z_{ij}'\alpha\right)}{\displaystyle\sum_{j=1}^{J}\exp\left(z_{ij}'\alpha\right)} \tag{3-14}$$

CLGT 與 MNL 兩模型不僅對選項的機率估計值非常類似，兩者對誤差項分配的假設也一樣，同樣是呈現獨立且相同分配 (independent and identical distribution, IID) 的第一型極端值分配，並據此以其累積機率密度函數來計算其選項機率。除此之外，兩個模型採最大概似法所用的概似函數亦同，如式 (3-12) 所示。不過兩者的估算結果有截然不同的表現方式，MNL 模型的 β_j 係數基本上是依據不同選項方案所估算而來，會依每個 j 選項的結果估計出一組參數估計值；與 MNL 模型估算的結果相較，CLGT 模型最大的特色是 z_{ij} 代表依附在行為者所選方案為準之效用變項，無論最後選擇的替代方案結果為何，也不論可供行為者選擇的方案究竟有多少，這類型的自變項僅會估

計出一組 α 係數，以代表某一自變項在各選項間的共同效用。

　　表 3-3 引用王鼎銘 (2003) 對 2001 年立委選舉選民投票行為所做的分析，來做說明 CLGT 模型估算係數的特性。就每位選民而言，該屆選舉他 (她) 可以投票的選項包括國民黨、民進黨、親民黨及臺聯等四個主要政黨參選者，也就是 y_i 有四種選項類別，多元類別資料的形態相當清楚。在自變項上，則是僅考量選民統獨、環保、社福、改革等四項政策偏好對投票的影響，每項政策再依投票的空間理論 (spatial theory) 與方向理論 (direction theory) 區分出選民與四個政黨的距離 (distance) 與乘積 (product)。由於空間與方向理論是假定選民在選擇任何一個政黨時，會依該黨政策理念所造成的效用來判斷政策偏好與立場，因此具有上述依附選擇的屬性。換句話說，即使選民確有評估各個政黨所帶給他 (她) 的政策效用，但最後政策變數的選取是以他 (她) 最後投票的對象而定。從結果來看，無論是國、民、親、臺聯哪幾個政黨選項相較，每項政策僅出現一個 α 估計值，代表該政策的影響也只有一個 (注意表 3-3 中距離與乘積是依不同理論所設定的不同政策變項)。

　　不過在多數社會科學的研究架構下，單純採用依附選擇變項的例子畢竟

表 3-3　2001 年立委選舉的投票行為分析

	條件式勝算對數模型	
	α	SE(α)
統獨距離	-0.042	(0.008)**
統獨乘積	0.040	(0.007)**
環保距離	-0.020	(0.010)
環保乘積	-0.000	(0.009)
社福距離	0.016	(0.013)
社福乘積	0.035	(0.009)**
改革距離	0.009	(0.010)
改革乘積	0.015	(0.006)*
LR χ^2	302.43	
P 值 $> \chi^2$	0.00	
Pseudo R^2	0.18	

註：括弧內為標準差，* $P < 0.05$；** $P < 0.01$。

不多。例如，剛才舉臺北上班族選交通工具的例子，除了工具的耗時因素外，可能還要同時考量行為者的所得 (假設有錢人不喜歡搭大眾交通工具)、性別 (假設男性較偏好開車) 等因素，此時的控制變項便同時包含依附選擇與個人專屬這兩種屬性的自變項。若遇到這種狀況，單純地使用 CLGT 模型並無法滿足，而是需要一個可以同時納入兩種變項類型的統計架構，這除了可視為一種廣義的 CLGT 模型外，由於在特性上是整合了 MNL 與 CLGT 兩種模型，也可視為離散選擇模型中的混合模型 (mixed model) (Greene, 2003)，此時預期機率的公式如下：

$$P_{ij} = \Pr\,(\,y_i = j \mid x_i, z_{ij}) = \frac{\exp\,(x_i'\beta_j) + \exp\,(z_{ij}'\alpha)}{\sum\limits_{j=1}^{J} \exp\,(x_i'\beta_j) + \sum\limits_{j=1}^{J} \exp\,(z_{ij}'\alpha)}$$

從此一混合模型的機率公式可看出，最大的特色便是同時納入依附選擇變項 z 與個人專屬變項 x 兩種類型，並將不同性質的係數同時呈現出來。換言之，除了 CLGT 模型所計算出的 α 係數外，也會如 MNL 模型依每個 j 選擇的結果，估計出一組 β 估計值。

為清楚表示這種混合模型的特質，我們再回到前面舉的投票行為例子來看。除空間理論所提供的研究假設與變項架構吻合依附選項特性外，其他投票學說與理論也需一併考量。例如，選民政黨傾向、省籍等因素，便是在臺灣選舉文獻常見影響投票行為的控制變數，而這類變數毫無疑問的均屬個人專屬變項。表 3-4 為王鼎銘 (2003) 研究中的另一個分析結果，除前述的政策偏好外，再增加選民政黨傾向、性別、年齡、教育程度、所得水準及省籍等六種個人專屬變項，此一模式即為 MNL 與 CLGT 兩種模型混合測量的結果。

(三) 小　結

由於 MNL 模型的計算單純並且容易理解，因此在各學術領域的應用相當廣泛。以政治學領域的選舉研究為例，由於單計不可讓渡選制的施行，中

表 **3-4**　臺灣選民投票行為分析 (2001 年立委選舉)

	混合模型	
	α	SE(α)
統獨議題距離	−0.015	(0.010)
統獨議題向量	0.008	(0.004)*
經濟環保距離	−0.013	(0.012)
經濟環保向量	−0.004	(0.005)
社會福利距離	−0.004	(0.015)
社會福利向量	0.007	(0.005)
改革安定距離	−0.006	(0.012)
改革安定向量	0.004	(0.004)

	國民黨／民進黨		親民黨／民進黨		臺聯／民進黨	
	β	SE(β)	β	SE(β)	β	SE(β)
國民黨認同	1.665	(0.438) **	0.827	(0.542)	−0.445	(0.772)
民進黨認同	−1.723	(0.312) **	−2.587	(0.568) **	−2.027	(0.461) **
親民黨認同	0.364	(0.415)	1.690	(0.460) **	−1.900	(1.109)
男性	−0.217	(0.255)	−0.289	(0.324)	−0.040	(0.419)
所得	−0.023	(0.047)	0.031	(0.061)	0.117	(0.080)
教育	0.060	(0.061)	0.109	(0.082)	−0.005	(0.106)
年齡	0.007	(0.011)	0.012	(0.014)	−0.016	(0.019)
外省	0.288	(0.466)	0.640	(0.491)	0.128	(0.880)

LR χ^2 = 461.33

P 值 > χ^2 = 0.00

Pseudo R^2 = 0.33

註：括弧內為標準差，* P < 0.05；** P < 0.01。

央國會及地方議會選舉經常出現許多參選人競逐複數席次的席位，因此在實
證分析選民投票選擇參選人 (或政黨) 這一課題上，MNL 模型可說是相關研
究探索時的重要工具。至於 CLGT 模型的實證運用，受限於理論架構需符合
變數的設定，一般常見於經濟學從事交通運輸的研究。在選舉研究領域除了
本節提到的空間投票理論是一重要實例外，社會心理學派提出會影響投票行
為的政黨認同 (party identification)，雖長期被認定是屬於個人特性的變項，
但也有像 Merrill 與 Grofman (1999) 等學者提出它具有依附選擇的性質，應
該改用 CLGT 模型來分析該變項。

參考方塊 3-2

　　源自 Downs (1957) 的空間投票理論 (spatial theory of voting) 主張選民是理性的，以其效用的最大化決定投票取向，而選民的效用與候選人的政策距離呈現漸降關係，也就是雙方立場距離愈近，選民效用愈大，所以選民會在眾多候選人中選擇與他的政策理念最接近的人選。由於 Downs 的空間理論是假設效用偏好與政策距離的遠近相關，所以又可稱為趨近理論 (proximity theory)。另外，由 Rabinowitz 與 MacDonald (1989) 提出的另一種空間模型，稱為方向理論 (direction theory)，雖仍維持著傳統空間理論的理性假設，卻不認為理性的選民會依照與候選人政策距離的遠近，來做效用的評估或投票的準則。方向論者認為選民無法完全辨別自己或候選人政策的確切位置，多數的選民僅能就候選人相對位置進行研判，所以候選人的政策只要不超出可接受的範圍，候選人政見的方向與強度，才是決定選民是否投票給他／她的關鍵。

　　在實際檢測兩種理性投票理論上，許多學者提出可供驗證的整合架構，這裡以 Lewis 與 King (2000) 模型的簡化版本為例，選民的效用函數可設定為：

$$U_{ij} = \sum_{k=1}^{K} \beta_{1k} (v_{ik}^2 + c_{ijk}^2) + \sum_{k=1}^{K} \beta_{2k} (2 \cdot v_{ik} \cdot c_{ijk}) + \varepsilon_{ij}$$

其中 i 代表各個選民，j 是不同的政黨選項，k 則是代表不同的政策議題。v_{ik} 是選民 i 對議題 k 的政策偏好位置，c_{ijk} 則是選民 i 所知的政黨 j 對於 k 議題的立場或政見。$v_{ik}^2 + c_{ijk}^2$ 為政策的距離變項 (length variable)，測量選民與政黨對政策議題偏好的遠近，以觀察趨近理論的效度；$2 \cdot v_{ik} \cdot c_{ijk}$ 則為政策的數量乘積 (scalar product)，用來測量選民與政黨之間有關政策議題方向的強弱。當某項政策 k 的影響要滿足趨近理論的假設時，政策差距愈小愈好，所以最重要的是 $\beta_{1k} < 0$；而要是如方向理論所預期的話，乘積變項則是要愈強愈佳，此時政策的係數是期待 $\beta_{2k} > 0$。

從空間理論的分析架構可知，無論是距離變項亦或數量乘積，均是以選民所選政黨政策理念所造成的效用來判斷的，也就是選民評估的政策是依所支持政黨帶來的效用而定，所以對空間理論而言政策議題的影響方式是屬於依附選擇變項。也因此，多數空間投票論者認為在此一理論的架構下，不應以一般的多項勝算對數模型來執行。

最後要強調的是，MNL 與 CLGT 模型除了處理的自變項的形態有所不同外，兩者對計算選項機率所假設的殘差分佈完全一致，模型因殘差分佈所受的限制也一樣，廣義來說並無差別，所以本章後續將兩模型視為一般的多項勝算對數模型，以區別於其他採不同殘差分佈的多分類別迴歸模型。

四、不相關選項獨立性

不論是 MNL 或 CLGT 模型，都需滿足一項重要條件，即各選項間的關係必須是不相關的，而且是獨立的替代選項，也就是供行為者選擇的各選項必須符合所謂的不相關選項獨立性，否則會有參數估計不一致的問題。IIA 所帶來的估算問題，近來廣受學界矚目並引發相關模型進一步的探索與應用。

IIA 的概念簡單來看，是假定行為者的選擇或偏好，並不會因其他替代選項的加入或退出而改變 (王鼎銘，2003：189)。MNL 與 CLGT 受限於此一條件可從兩模型估算出機率的勝算比窺知。透過上一節中 MNL 與 CLGT 模型機率的估算式，可以換算出兩模型中選擇 m 跟 n 兩選項機率相除的勝算比分別是：

$$\frac{P_{im}}{P_{in}} = \frac{\exp{(x_i' \beta_m)} \left| \sum_{j=1}^{J} \exp{(x_i' \beta_j)} \right.}{\exp{(x_i' \beta_n)} \left| \sum_{j=1}^{J} \exp{(x_i' \beta_j)} \right.} = \exp{[x_i' (\beta_m - \beta_n)]}$$

$$\frac{P_{im}}{P_{in}}=\frac{\exp\left(z_m'\,\alpha\right)\Big/\sum_{j=1}^{J}\exp\left(z_{ij}'\,\alpha\right)}{\exp\left(z_n'\,\alpha\right)\Big/\sum_{j=1}^{J}\exp\left(z_{ij}'\,\alpha\right)}=\exp\left[(z_m'-z_n')\alpha\right]$$

很明顯地，MNL 與 CLGT 模型的勝算比結果顯示出行為者選擇 m 跟 n 兩選項方案的機率，與他們對其他可替代的選項方案的參數完全無關。此一現象代表即使有另外新的選項加入，或有舊的選項退出，選擇 m 跟 n 兩方案的機率僅會等比例的改變，對此 Train (2003) 便將 IIA 的這種特性稱為等比替換 (proportional substitution)。

　　針對 MNL 模型所形成的 IIA 限制，McFadden 認為 IIA 所造成的偏誤源自研究對象，在同質群體中 IIA 特性是成立的，但在異質群體中此特性則不會成立，是以 IIA 是否被違反，並不是來自選項本身，而是來自模型設定與分析對象的問題。也因如此，McFadden 建議研究者在使用 MNL 模型前，需確定選項類別彼此具清楚的差異性，而且對行為者而言這些類別也確實是相互獨立的。

　　除了對選項內涵要有先驗的認知外，針對 IIA 的限制，使用 MNL 模型還應搭配後續的檢測。在不同檢驗 IIA 的方法中，首推 Hausman 與 McFadden (1984) 提出的郝斯曼檢定。此一檢定的內涵並不複雜，其主旨在認定如果某一選項確實與其他選擇結果無關，則排除該選項後對原參數的估算結果便不會造成系統性的改變。郝斯曼檢定統計檢定值的形式可表示如下：

$$HM=(\hat{\beta}_R-\hat{\beta}_F)'(\hat{V}_R-\hat{V}_F)^{-1}(\hat{\beta}_R-\hat{\beta}_F)$$

其中 R 代表刪除某些選項方案組合後的受限制資料，F 代表完整選項組合的全部資料；$\hat{\beta}_R$、$\hat{\beta}_F$ 分別代表 R 與 F 選項方案估計值的向量，$\hat{V}_R$、$\hat{V}_F$ 則是 R 與 F 選項方案集合的共變異矩陣。此一檢定值趨近於卡方分佈，自由度是共

變異矩陣相減後的秩 (rank)。由於郝斯曼檢定的虛無假設是不同選項資料的係數結果一致，其結果與一般檢定的理解不同，統計值須呈現不顯著的結果方能符合 IIA 的性質，萬一檢定值達顯著水準反而顯示該模型違反 IIA 假設。

　　郝斯曼檢定的檢定效力強且計算簡單，因此在相關研究中的應用相當廣泛。不過由於郝斯曼檢定的檢定值包含兩個相近共變異矩陣相減的反函數，不僅數值極為敏感，也可能會有負數的情況。對此，Small 與 Hsiao (1985) 提出另一種常見於檢定 IIA 的方式，通稱為 Small-Hsiao Test。此一檢定是根據前述的概似比檢定為基礎，延伸發展出的一種進階的檢測法，簡單來說是依據所有選項集合與受限制選項集合所估算出的最大概似值，以兩者的差異來判別模型的參數估算值是否違背 IIA 假設。詳細的設定與檢定值公式，可參考 Small 與 Hsiao (1985)、Zhang 與 Hoffman (1993) 等研究的討論。

五、修正 IIA 限制的多分類別模型

　　如前所述，一般勝算對數模型的誤差項均假設為第一型極端值分配，並呈現各自獨立且同質的 iid 分佈；但也因為誤差項的這種特性，使得據此計算出的選項機率先天上會受到不相關選項獨立性 (IIA) 的限制。誠如上一節的討論，若估算結果未能滿足此一假設時，模型的估計值會有參數不一致的問題。IIA 的前提除了是一種統計問題外，許多學者認為它更是對行為者決策模式的一種假設，代表行為者要認知各選項間並無替代性；這種先驗條件除了非常主觀與嚴格外，也常不能吻合經驗世界的實況，因此折損一般勝算對數模型應用上的價值。面對這個情況，萬一 IIA 檢定又無法通過時，此時勢必要尋求新的統計模型，本節便提出幾種不受這項限制者的多分類別迴歸模型。

　　由於 IIA 的問題源自誤差項分佈的假設，根據 Train (2003) 的歸納，可以排除 MNL 模型的第一型極端值分配基本上有三種方法：一是採一般極端值模型 (generalized extreme value models，簡稱 GEV 模型)；二是多項機率單

元模型 (multinomial probit)；三是混合勝算對數模型 (mixed logit)。本節分別介紹這幾種模型的內涵，不過一般極端值模型僅說明當中最常見的巢狀勝算對數模型 (nested logit)，而多項機率單元模型與混合勝算對數模型機率的完整估算公式需以多重積分 (multiple integral) 表示，加上辨識的限制與函數設定的多變性，本節也僅就其基本架構做初步介紹。

(一) 巢狀勝算對數模型

針對 IIA 所帶來的挑戰，包括 McFadden (1978) 在內的許多學者發展出另一種特別的分析方式，稱為巢狀 (或群組式) 勝算對數模型 (nested logit)。由於 NL 模型選項群組的歸類，類似於由上至下的分析樹狀圖來進行劃分，因此也有人稱為層級勝算對數模型 (hierarchical logit)。NL 模型架構的特性，是將母群選項集 (choice set) 中的所有選項，根據選項間的相似度及特性，彙整成具不同變異程度的次級選項群組 (或巢，nets)。以王鼎銘 (2008) 分析臺灣 2005 年選舉修憲任務型國大為例，選民投票選項因各政黨修憲立場的不同，基本上可分成四類：贊成修憲的泛藍 (國民黨)、贊成修憲的泛綠 (民進黨)、反對修憲的泛藍 (新黨及親民黨) 及反對修憲的泛綠 (臺聯及建國黨)，由於可依修憲立場區分出不同選項的群組特性，此時選民類似樹狀決策的架構如圖 3-1 所設定。

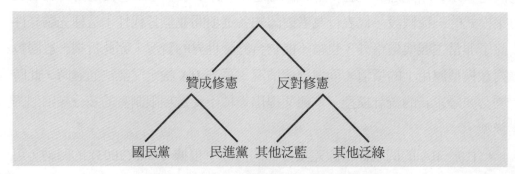

圖 3-1 2005 年修憲投票的群組式結構

參考方塊 3-3

　　為更清楚了解 IIA 的重要性，這裡以 2000 年臺灣總統大選為例來做說明。當年主要有三組較具實力的候選人，陳水扁 (民進黨)、連戰 (國民黨) 及宋楚瑜 (無黨) 三強鼎力。假設原先支持三者的人數比例都各佔三分之一，用機率來表達就是選民投給三人的選擇機率是一樣的，$P_陳 = P_連 = P_宋 = 1/3$，此時兩兩候選人相比的勝算比都是 1，即 $P_陳/P_連 = 1$、$P_陳/P_宋 = 1$、$P_連/P_宋 = 1$。在一般多項勝算對數模型下，無論是有其他候選人加入競逐或有人退出選戰，原先這些候選人間的勝算比並不會改變，這便是 IIA 假設的基本內涵。

　　不過，從臺灣政治實際的狀況來看，當年另有民進黨脫黨參選的許信良加入戰局，他所獲得的選票雖不多，但由於會瓜分一些泛綠選票，陳水扁跟其他候選人選擇機率對比的結果會受一定程度的影響；換言之，有許信良這一選項的加入，這時原先的勝算比結果應會產生 $P_陳/P_連 < 1$、$P_陳/P_宋 < 1$ 的變化。再假設另一種更顯著的影響狀況，若當時從國民黨出走的宋楚瑜最後退出選舉，學理跟經驗上會引起泛藍的棄保效應，原先支持宋楚瑜的選民會策略性的將選票轉向支持另一位泛藍候選人連戰，此時若產生選票完全移轉，則 $P_陳 = 1/3$、$P_連 = 2/3$，兩者勝算比會變成 $P_陳/P_連 = 1/2$。事實上即便不是完全移轉，只要原先宋楚瑜的選票不會均分給陳、連兩人，選項的勝算比一定會與原先數值不同，如此便達反 IIA 的假定。正由於此一假設與許多實證經驗跟理論相違，使得一般勝算對數模型在使用上受到相當程度的限制。

　　透過不同屬性選項的歸類，NL 模型中的選項具備兩種特性：(1) 同一群組中任兩選項機率的勝算比會獨立其他選項；(2) 不同群組的任兩選項機率的勝算比，則會受到這兩群組其他選項的影響。換言之，透過不同群組的分類，可使 IIA 的條件僅偏限於群組內特定選項間的選擇，而不同群組間的選

項本質上沒有 IIA 的性質，以藉此寬鬆 IIA 的嚴謹限制；而這種部分放寬 IIA 的形式，Train (2003) 稱之為跨群組選項間的不相關群組獨立性。

為進一步探討 NL 模型的內涵，可延續圖 3-1 兩層次的決策架構，從行為者 i 的選擇選項方案 j 的效用函數 U_{ij} 來看，此時可觀察到的效用可分成兩個成分，假設 W_{il} 代表群組，Z_{ij} 代表選項：

$$U_{ij} = W_{il} + Z_{ij} + \varepsilon_{ij}$$

其中下層 (或第二層) j 選項屬於上層 (或第一層) l 群組之一，$j \in J$，J 為選項總數，$l \in L$，L 為群組總數。W_{il} 代表的上層效用會受影響群組的變數而改變，Z_{ij} 則是直接受選項變數的影響。至於效用函數的殘差項，在 NL 模型中的設定與一般勝算對數模型下的第一型極值分佈稍有不同，採獨立且單極的一般極值分配 (簡稱 GEV 分配)，且容許同一群組的殘差可以相關，不同群組選項間的殘差則相互獨立不相關。由於 NL 模型採用這種一般極值分配來計算選項機率，所以可被視為一般極值模型 (GEV 模型) 的一種類型。

至於 NL 架構下估算機率的方式如同效用函數一樣，可視為兩種機率的結合。此時行為者 i 選擇 j 的機率，是 l 群組任一選項在被選中的機率與選取 l 群組前提下選中相乘的結果，簡單來說就是選項條件機率乘以群組邊際機率的結果，可用 $P_{ij} = P_{ij|l} \times P_{il}$ 來表示，其中 P_{ij} 是選取 l 群組的機率，$P_{ij|l}$ 則是在 l 群組的前提下選取 j 選項方案的機率，兩者相乘可得知行為者 i 選擇 j 的機率 P_{ij}。由於選項與群組各有其效用函數，從此可看出 NL 模型的特色，是以各層的結構來分別進行估算，這種形式可稱為解構的勝算對數分析。從其推算結果來看，兩個層次的機率分別是：

$$P_{ij|l} = \frac{\exp(Z_{ij})}{\sum_{j=1}^{J_l} \exp(Z_{ij})}$$

$$P_{il} = \frac{\exp{(W_{il} + \tau_l I_{il})}}{\sum\limits_{l=1}^{L} \exp{(W_{il} + \tau_l I_{il})}}$$

其中 I_{il} 稱為群組結構中第 l 群組的包容值 (inclusive value)，其公式為：

$$I_{il} = \sum_{j=1}^{J_l} \exp{(Z_{ij})}$$

τ_l 則是包容值對應的參數估計值，而 J_l 代表特定群組 l 下的選項集合。NL 模型中包容值的重要性，在於它是佐證的分類過程與選項群集是否妥適的重要指標，根據 McFadden (1981, 1984) 的說明，包容值的參數必須介於 0 和 1 之間，模型的估算結果方可吻合隨機效用最大化的原則，若是沒有滿足這個區間，顯示模型可能有設定錯誤的問題。此外，若參數值愈接近 0，代表次群組內各選項間之相關性愈高；反之，若估計參數接近於 1，表示次群組內各選項間相互獨立並無相關，此時便是符合 IIA 假設。萬一所有群組的包容值參數均等於 1 時 ($I_{il} = 1$, $l = 1, 2, \dots, L$)，一般極值分配會變成第一型極值分配，條件機率與邊際機率相乘後演算的結果會發現，NL 模型與一般的勝算對數模型並無差別。

　　最後，再回到王鼎銘 (2008) 分析任務型國大投票的結果，以說明 NL 模型解構式勝算對數的特性。如圖 3-1 所示，選民修憲投票的第一層決策為贊成或反對修憲兩個不同群組，第二層才是不同政黨選項，且各有不同的效用函數。先從影響修憲選擇的解釋變數來看，主要是選民對四項修憲議題的支持程度，包括立委人數減半、公民投票納入憲法條文、立委選制改為單一選區兩票制，以及廢除國民大會等四項修憲條文的支持度；至於政黨選擇的解釋變數，除基本的選民性別、年紀、省籍、教育水準等控制變項外，還包括沿襲一般選舉理論的政黨認同、統獨偏好及族群認同等幾項影響投票行為的變數。根據 NL 模型分析分層決策的特性，可以解構出兩層勝算對數結果如表 3-5 所示。

表 3-5　2005 年修憲選舉之群組式勝算對數分析

	修憲選擇 (贊成／反對)	
	β	(SE)
立委減半	0.19	(0.15)
公投入憲	0.13	(0.13)
選制變革	0.37	(0.13)**
廢除國大	0.01	(0.15)

	政黨選擇					
	民進黨／國民黨		泛藍／國民黨		泛綠／國民黨	
	β	(SE)	β	(SE)	β	(SE)
男性	0.24	(0.37)	−7.89	(18.17)	13.01	(24.93)
年紀	−0.01	(0.01)	0.73	(1.36)	0.01	(0.66)
外省籍	−1.48	(0.74)*	−22.90	(44.45)	−38.04	(73.50)
教育水準	0.01	(0.05)	−1.51	(3.71)	−0.05	(2.39)
泛藍認同感	−1.60	(0.20)**	1.26	(6.00)	−63.23	(111.8)
泛綠認同感	1.51	(0.19)**	2.14	(8.04)	45.87	(80.78)
獨立傾向	0.12	(0.26)	−3.70	(11.01)	8.80	(18.56)
中國人認同	−0.85	(0.73)	−23.31	(46.14)	−23.54	(57.14)
臺灣人認同	1.22	(0.43)**	18.84	(38.74)	84.32	(146.6)

包容值 (I)	τ	(SE)
贊成修憲	0.02	(0.04)
反對修憲	0.78	(0.64)

$N = 672$

Level = 2

LR $\chi^2 = 1100.36$

P 值 $> \chi^2 = 0.00$

log likelihood = −381.41

註：括弧內為標準誤，* 代表 $P < 0.05$；** 代表 $P < 0.01$。

　　表 3-5 最上面一層的係數是影響修憲選擇的結果，四項議題僅選制變革具統計顯著水準，表示修憲方案中關於選舉制度的改革方案，才是真正驅動選民做出第一層支持修憲決定的主要動力，第二層是影響政黨選擇的係數結果。值得說明的是，選民統獨偏好在這次修憲選舉並未如一般選舉左右投票意向，主要是因 2005 年修憲的議題性相當明確，沒有太多意識形態的干預，加上採比例代表制沒有偏激參選人在競選，使得國、民兩黨都明確支持

參考方塊 3-4

　　一般極端值模型除了本節介紹的基本雙層次巢狀勝算對數模型外，如果選項分類結構合適，可擴展到三層甚至更多層的形式，這些多層次的巢狀勝算對數模型，可參考 McFadden (1978)、Ben-Akiva 與 Lerman (1985) 等文獻。不過無論是雙層或多層形式的巢狀勝算對數模型，每個選項方案限制只能出現一次在單一群組，但萬一有選項的特性會出現在不同群組的狀況時，則基本的巢狀勝算對數模型便不適用。這種重疊群組或重疊巢 (overlapping nests) 的狀況在實際生活經驗時常出現，例如運輸研究在歸納通勤族選擇上下班交通工具時，除可將與人共乘跟自行開車兩選項放置同一群組外，由於共乘又與坐大眾交通工具一樣缺少時間彈性，所以與其他大眾交通群組也有相關，此時共乘選項的性質便屬於可以重疊於不同群組之間。

　　針對重疊群組的問題，一般極端值模型中有許多進階模型可以處理。例如 Bierlaire (1998) 提出所謂交叉巢狀勝算對數模型 (cross-nested logit)，專門處理單一選項同時出現在多個不同群組的狀況。此外，為同群組內的選項彼此相關程度完全一樣的問題，Chu (1989) 提出成對組合勝算對數模型 (paired combinatorial logit)，將所有選項以成對組合的方式兩兩置入同一群組，使每個選項會隸屬 $J-1$ 個群組 (J 是選項總數)，並測量選項間相似度參數以考慮所有成對組合的相關性。至於 Wen 與 Koppelman (2001) 提出的一般化巢狀勝算對數模型 (generalized nested logit)，則是結合相關模型的優點，它除了讓每一選項可以同時屬於不同群組外，更容許選項在不同群組的比重相異，所以不像成對組合勝算對數模型只比較兩兩選項組合，而是考慮到所有選項群組可能的排列組合。上述的這幾種模型，與 NL 模型一樣均採一般極值分配來設定殘差項分配及計算選項機率，所以都統稱為一般極端值模型 (Train, 2003)。

修憲的前提下，統獨偏好在這次選舉並未產生作用。另外，更需注意的是政黨認同、族群認同等重要變項僅在同群組的國、民兩黨選項間產生影響，而不影響選民做跨群組的泛綠與國民黨或泛藍與民進黨間的決定。這不同於一般所熟悉的臺灣政治光譜特性，卻佐證了依修憲立場劃分不同群組的必要性。簡單來說，2005 年選舉時對選民最大的影響不是在政黨的光譜，而是各政黨不同的修憲立場，影響選民跨群組選擇的因素是建構在修憲議題，而政黨選擇變項的影響力僅內化於各次群組內的選擇。

(二)　多項機率單元模型

根據 Train (2003) 的歸納，一般的 MNL 模型除了因為 IIA 而有選項方案互相替換 (substitution patterns) 的問題外，它還有另外兩項限制：一是無法表現出隨機偏好的變動 (random taste variation)；二是無法應用在定群追蹤資料 (panel data)。以 NL 模型為代表的 GEV 模型雖可解決 IIA 的問題，但若要同時處理另外兩項限制，則需憑藉本小節介紹的多項機率單元模型 (multinomial probit, MNP) 或是下一小節介紹的混合勝算對數模型。

雖然 MNP 模型複雜並且需靠模擬法估算參數，但在學界起源不算短，早自 Hausman 與 Wise (1978)、Daganzo (1979) 已有系統整理出模型的架構。MNP 模型處理 IIA 的問題是直接更改誤差項的分佈形式，使之與相同且獨立的第一型極值分配脫鈎，而將選擇效用的誤差項改為呈現多變量常態分佈 (multivariate normal distribution)。若從行為者的選擇效用 U_{ij} 觀之，與 MNL 模型一樣分為可觀察到的效用 V_{ij} 與無法觀察到的隨機誤差項 ε_{ij} 兩部分，由於誤差項在此設定為聯合常態分配，MNP 模型下行為者 i 選擇方案 j 的效用函數 U_{ij} 可表示為：

$$U_{ij} = V_{ij} + \varepsilon_{ij}, \quad j = 1, 2, \ldots, J \quad [\varepsilon_{i1}, \varepsilon_{i2}, \ldots, \varepsilon_{iJ}] \sim N(0, \Sigma)$$

該式顯示誤差項的聯合分佈 (joint distribution) 呈現多變量常態，平均數為 0，共變異矩陣為 Σ，$\Sigma = [\sigma_{jk}]_{j, k = 1, 2, \ldots, J}$，以顯示會隨不同行為者不同選項方

案而變動的特性，此時殘差之密度函數可表示為：

$$\phi(\varepsilon_i) = \frac{1}{(2\pi)^{\frac{J}{2}} |\Sigma|^{\frac{1}{2}}} \exp\left(-\frac{1}{2} \varepsilon_i' \Sigma^{-1} \varepsilon_i\right)$$

由此來看，MNP 模型基本上就是透過了多變量常態分佈，允許殘差項彼此可以不完全獨立且不相同，不僅充分表現出行為者的實際選擇行為，更可藉此排除 IIA 的限制，可說是最一般化的模式。

　　在確定殘差項呈現多變量常態分配的特性後，便可據此推估出選項的預期機率。MNP 模型機率的完整計算公式複雜，以效用函數模式的概念來看，某一選項 j 會被挑中，代表對該行為者而言，U_{ij} 所帶來的效用大於其他選項的效用，所以行為者 i 選擇 j 的機率即為其他選項方案與 j 的效用差均為負的機率，據此 MNP 模型的預期機率可用一般化的公式來詮釋：

$$\begin{aligned}
P_{ij} &= \mathrm{Pr}\,(U_{ij} > U_{ik}) \\
&= \mathrm{Pr}\,(V_{ij} + \varepsilon_{ij} > V_{ik} + \varepsilon_{ik}) \\
&= \mathrm{SI}\,(V_{ij} + \varepsilon_{ij} > V_{ik} + \varepsilon_{ik})\,\phi(\varepsilon_i)\,d\varepsilon_i \quad \forall\, j, k \in J, \quad j \neq k
\end{aligned} \tag{3-15}$$

其中 $I\,(.)$ 是指標函數 (indicator function)，用來確認括號內情形成立，如果括弧中的情況成立時為 1，若沒有當中選取方案效用較大的情況則是 0。

　　式 (3-15) 其實僅是一般計算累積機率運算的模式，例如，若設定 ε_i 是呈現對數分配，此時將 $\phi(\varepsilon_i)$ 換成 $\lambda(\varepsilon_i)$ 進行運算，便可得出第三節 MNL 模型下預期的選擇機率。不過在 MNP 模型下，由於異質性與多變量常態分佈的假設，對誤差項 ε_i 進行的積分不是所謂的封閉形態 (closed form)，$\phi(\varepsilon_i)$ 沒有特定的形式。此項限制不僅使得模型的完整機率公式無法簡單呈現，更使得 MNP 模型無法直接採最大概似法對積分項進行估算。此時需改採參數模擬的方式進行，由於這是在最大概似法的過程中增加了模擬的步驟，其參數校估方式可稱為最大模擬概似法 (maximum simulated likelihood)。

(三) 混合勝算對數模型

混合勝算對數模型 (mixed logit, MXL) 的概念在 1980 年代的實證研究便出現過，但由於形式的多樣，到了 McFadden 與 Train (2000) 才進行系統性的整理，且原先常用的名稱叫混合多項勝算對數模型 (mixed multinomial logit)，直至 Train (2003) 後才有現行較通用的混合勝算對數模型。即便如此，現在在稱謂上仍有學者習慣把它叫作隨機參數勝算對數模型 (random parameters logit) (如 Greene, 2003)、隨機係數勝算對數模型 (如 Louviere et al., 2000) 或誤差成分勝算對數模型。

MXL 模型與一般多項類別模型不同的特色是，它所估算的係數並非固定常數而是一種隨機參數，會依不同行為者的不同屬性而異。以 Revelt 與 Train (1998)、Train (1997) 等從隨機參數的設定來看 MXL 模型，其隨機參數 β_i 包含固定的平均係數 b 及不可觀測的隨機個人異質偏好 e_i，由於 β_i 無法實際測量到，此時模型實際上可說是在估算 β_i 的分佈狀況。將這個架構代入行為者 i 選擇 j 選項的效用函數，可得：

$$
\begin{aligned}
U_{ij} &= V_{ij} + \varepsilon_{ij} \\
&= x'_{ij}\,\beta_i + \varepsilon_{ij} \\
&= x'_{ij}\,(b + e_i) + \varepsilon_{ij} \\
&= x'_{ij}\,b + x'_{ij}\,e_i + \varepsilon_{ij}
\end{aligned}
$$

由於 x'_{ij} 代表的是一種與 ε_{ij} 互不相關的誤差項，因此可將 MXL 模型的效用函數改成下列較常見，並且強調誤差成分的形式：

$$
U_{ij} = x'_{ij}\,b + \eta_{ij} + \varepsilon_{ij}
$$

MXL 模型最關鍵的特徵，便是 η_{ij} 與 ε_{ij} 兩項隨機誤差的設定。其中 ε_{ij} 的分佈仍屬相同且獨立的第一型極值分佈，與 MNL 模型的假設一致。至於另一殘差 η_{ij} 彼此具異質性並容許與選項相關，會隨著不同行為者與不同選項而改變；最重要的是，η_{ij} 實際分佈可依不同研究旨趣與學理進行設定，沒有限

制特定的分配形態。除了可像 MNP 模型假設為常態分佈外，也常有研究設定為對數常態分佈、均勻分佈或是三角分佈 (triangular distribution) 等。藉由這樣的殘差結構可以看出，MXL 模型與 MNP 模型一樣，是透過相關性與異質性的誤差項設定，使得模型放寬了對 IIA 的限制。

　　MXL 模型雖開放殘差項 η_{ij} 可以有不同分佈的可能性，但模型的預期機率仍可用一般形式表示如下：

$$P_{ij} = \int L_{ij}\,(\beta_i)\,f(\beta_i \mid \theta)\,d\beta_i$$

其中 $L_{ij}\,(\beta_i)$ 是在特定參數下的勝算對數，其值為：

$$L_{ij}\,(\beta_i) = \frac{\exp\,(x'_{ij}\,\beta_i)}{\displaystyle\sum_{j=1}^{J}\,(x'_{ij}\,\beta_i)}$$

而 $f\,(.)$ 是根據不同分配狀況下的機率密度函數，須注意的是此時的選擇機率是取決於描述 β_i 分配的平均值、共變異等參數值 θ，所以是用 $f(\beta_i \mid \theta)$ 來表示 β_i 的密度函數。由於 MXL 模型擁有兩種不同的誤差分配來定義機率密度函數，此一函數可視為混合的機率分佈。

　　最後值得一提的是，MXL 模型與 MNP 模型的積分式一樣屬於開放模式 (open form)，不像一般模型在參數校估出來之後，無須透過數值積分技術即可直接算出機率，而且此時機率的多重積分無法透過準確的最大概似法完成，所以 MXL 模型參數校估方式也需採最大模擬概似法來完成。

(四)　小　結

　　上述 NL、MNP 與 MXL 三種模型各有千秋，從處理 IIA 問題的角度來看，除非改採進階的一般極值模型，基本的 NL 模型僅放寬部分選項的替代形式，特定群組中的選項仍受 IIA 的限制，加上無法處理定群追蹤資料及個體異質性的問題，使它在這幾種模型看似較居劣勢。不過 NL 模型是當中唯一屬封閉模式的模型，可較精準估算出選項機率，MNP 與 MXL 模型都需採

最大模擬概似法，估計出的參數雖具一致性與漸進有效性，但由於將機率的概似函數轉換為對數的關係，其概似值是偏誤的，只是隨著模擬次數的增加偏誤會變小。換句話說，使用 MNP 與 MXL 這兩個模型特別需要依靠較多的樣本來支持模擬次數，方可使估計值能趨一致性。

至於 MNP 與 MXL 兩模型相較，McFadden 與 Train (2000) 認為透過殘差項分佈的設定，MXL 模型的結果可以趨近任何一種滿足效用極大化的離散選擇模型，特別是當係數呈常態分佈時便可趨近 MNP 模型；相對來看 MXL 模型不像 MNP 模型侷限於係數需具常態分佈的假設，他們也因此認為 MXL 模型使用上較 MNP 模型更具彈性。再從演算過程的難易來相較，兩模型模擬時隨機抽取的途徑不同，當 MXL 模型分配的向度少於選項數量時，其模擬過程使用的向度會比 MNP 模型少，由於多重積分的維度數會增加模擬結果聚合的困難，所以他們認為此時 MXL 模型參數的計算與校估會較 MNP 模型來得簡單。

六、次序類別資料的迴歸模型

到目前為止所討論到的模型，無論是採二分類或多分類的類別資料，都是建構在選項之間無先後、高低等順序的形式之上。當類別變項中出現高低的排列次序時，此時的資料類型具有所謂的次序尺度，具這種尺度特性的類別變項則稱之為次序變項，本節便是探討當依變項是次序變項時，所該採取的迴歸分析方法。

次序尺度的資料在社會科學領域日益普遍，這與愈來愈多的研究採用調查資料來做分析息息相關。例如，問卷設計常提出一段敘述來詢問受訪者的態度與意見，並提供有順序性的李克特量表，像是「非常同意」、「同意」、「既不同意也不反對」、「不同意」、「非常不同意」等五類讓受訪者填答，這便是一種典型的次序變項。面對這類型資料，我們可由高至低或由低至高，依序編碼選項成 0、1、2、3、4 來加以估算。對於這類型次序變

項的理解，一般咸認是一個或多個連續變項定位成一個特定次序變項值的單一性轉換；簡單來說，受訪者對於提問的實際見解是潛在不可測的，同時更是一種對該問題同意程度的連續變數，透過次序變項的設計將之轉化成數個程度有別的選項。

　　正由於次序變項的概念與潛在的連續變項密不可分，早期許多研究認為即使依變項具次序尺度，仍舊可採連續或等距變數使用的線性迴歸來做分析。不過使用這種方法，是假設該次序變項相鄰的兩個類別都是等距的，也就是上述「非常同意」到「同意」的距離，與「同意」到「既不同意亦不反對」的距離相同，並以此類推。此一假定不僅相當嚴苛也不易認定，Winship 與 Mare (1984) 便從理論及實證分析，整理出線性迴歸應用在次序依變項上的偏誤結果。

　　目前慣用於分析次序變項的統計模型主要有兩種：一個是有序機率單元模型 (OP)；另一個是有序勝算對數模型 (OL)，由於兩者的相關性很高，Long (1997) 統稱兩者為次序迴歸模型，本節便是介紹這種迴歸模型的內涵與架構。

(一)　次序資料的潛在變項模式

　　次序迴歸模型多是以潛在變數的分析形式加以理解，這從最早 Aitchison 與 Silvey (1957) 提出相關模型開始，便是廣為使用的分析架構。假設 y^* 是不可測的潛在連續變項，範圍從 $-\infty$ 到 ∞，而確實可觀察到的次序變項 y 與 y^* 間的關係是：

$$
\begin{aligned}
y_i &= 0 && \text{若} && y_i^* \leq \mu_0 \\
y_i &= 1 && \text{若} && \mu_0 < y_i^* \leq \mu_1 \\
y_i &= 2 && \text{若} && \mu_1 < y_i^* \leq \mu_2 \\
&\ \vdots \\
y_i &= J && \text{若} && \mu_{J-1} \leq y_i^*
\end{aligned}
$$

其中 μ 稱為臨界值或分界點，由於這些可觀察到已分組的變項是聯結潛在連續變項跟次序變項間的關聯性，因此一些統計學家也稱這種次序迴歸模型為分組連續模型 (grouped continuous model)。值得注意的是，當次序選項 $J=1$ 時，臨界值僅有一個 μ_0，代表可將潛在變數歸納為二分類，此時的推論結果與第二節二分類資料的迴歸模型完全一致。

由於臨界值都是未知參數，需藉由潛在變項 y^* 迴歸結構的係數估算而來，所以下一步驟是提出 y^* 與自變項呈現的迴歸結構模式；由於 y^* 為一個假設性的連續型變數，兩者間會呈現一般線性關係如下：

$$y_i^* = x_i'\beta + \varepsilon_i$$

與前面的模型一樣，x 是自變項的向量，β 是迴歸係數的向量；為了估算 y^* 的迴歸式，兩種最常見於次序變項迴歸誤差項的分配假定：一是常態分配；另一是對數分配。前者估算方式便稱之為 OP 模型；後者則是所謂的 OL 模型。

與一般類別資料的分析一樣，次序資料的迴歸模型也著重在各類別對應自變數所產生的機率，一旦上述誤差的形式確定後，便可據此計算不同觀察值的機率。由於兩種模型概念與計算過程相當類似，本文接著以 OP 模型為例，顯示各個次序結果的機率：

$$\begin{aligned}
\Pr(y_i=0 \mid x_i) &= \Pr(y_i^* \le \mu_0)\\
&= \Pr(x_i'\beta + \varepsilon_i \le \mu_0)\\
&= \Pr(\varepsilon_i \le \mu_0 - x_i'\beta)\\
&= \Phi(\mu_0 - x_i'\beta)
\end{aligned}$$

$$\begin{aligned}
\Pr(y_i=1 \mid x_i) &= \Pr(\mu_0 < y_i^* \le \mu_1)\\
&= \Pr(\mu_0 < x_i'\beta + \varepsilon_i \le \mu_1)\\
&= \Pr(\mu_0 - x_i\beta < \varepsilon_i \le \mu_1 - x_i\beta)\\
&= \Phi(\mu_1 - x_i\beta) - \Phi(\mu_0 - x_i\beta)
\end{aligned}$$

$$\Pr(y_i=2\mid x_i)=\Pr(\mu_1<y_i^*\leq\mu_2)$$
$$=\Pr(\mu_1<x_i\beta+\varepsilon_i\leq\mu_2)$$
$$=\Pr(\mu_1-x_i\beta<\varepsilon_i\leq\mu_2-x_i\beta)$$
$$=\Phi(\mu_2-x_i\beta)-\Phi(\mu_1-x_i\beta)$$

依此類推，$\quad\Pr(y_i=j\mid x_i)=\Phi(\mu_j-x_i'\beta)-\Phi(\mu_{j-1}-x_i'\beta)$

最高類別 J 時，$\quad\Pr(y_i=J\mid x_i)=1-\Phi(\mu_{J-1}-x_i'\beta)$

　　各次序選項的機率算出後，接著便可用最大概似法對 μ 及 β 進行的估算，其求取最大化的對數概似函數與一般名目類別資料模型一樣，可以下列形式表示：

$$\ln L=\sum_{i=1}^{N}\sum_{j=0}^{J}d_{ij}\ln\Pr(Y_i=j)$$

其中 d_{ij} 是標示變項，當 $y_i=j$ 時為 1，其他情況為 0。

(二)　參數的辨識與詮釋問題

　　在實際使用這兩種次序迴歸模型之前，需特別注意的一點是，兩種模型在估算選項機率時會面臨的辨識限制。之所以會產生這種模型參數無法辨認的問題，就在於臨界值 μ 與係數 β 都是用來定位觀察到的選項 y_i 對應於潛在變項 y_i^* 的位置，是以沒有一個特殊的參數組合可以將模型的概似函數最大化。簡單來說，以潛在變項歸納出的迴歸模型若沒有先對一些參數進行條件限制，以最大概似法對 $\hat{\mu}$ 及 $\hat{\beta}$ 進行演算將無法得到特定的結果。

　　為了處理此一先天的限制並能順利將概似函數最大化，次序變項迴歸模型最常使用的限制式，是假設一個臨界值為固定常數。一般教科書在介紹相關模型或是統計軟體的內建程式都是採此方式，而且除非另行說明，多半直接內定第一個臨界值，也就是前述公式內的 μ_0 為 0。準此，只需將上述的前兩個選項機率稍做調整，其餘公式均不變動；以限制第一個臨界值為 0 的

OP 模型為例，選項機率的公式可調整如下：

$$\Pr(y_i = 0 \mid x_i) = \Phi(-x_i'\beta)$$
$$\Pr(y_i = 1 \mid x_i) = \Phi(\mu_1 - x_i'\beta) - \Phi(-x_i'\beta)$$
$$\Pr(y_i = 2 \mid x_i) = \Phi(\mu_2 - x_i'\beta) - \Phi(\mu_1 - x_i'\beta)$$
$$\Pr(y_i = j \mid x_i) = \Phi(\mu_j - x_i'\beta) - \Phi(\mu_{j-1} - x_i'\beta)$$
$$\vdots$$
$$\Pr(y_i = J \mid x_i) = 1 - \Phi(\mu_{J-1} - x_i'\beta) \tag{3-16}$$

　　除了定位外，詮釋次序迴歸模型的係數時也需特別留意。前述名目變項的模型係數雖不能呈現自變項與選項機率間的邊際效果，但至少透過統計檢定可以確定兩者間具有正向或負向關係；然而在次序迴歸模型的分析，係數正負符號並不一定可以確知自變項的影響方向。繼續以 OP 模型的式 (3-16) 為例，從順序最低跟最高的兩選項來看，選項機率對某變數的偏微分結果分別是：

$$\frac{\partial \Pr(y_i = 0 \mid x_i)}{\partial x_k} = -\phi(x_i'\beta)\,\beta_k$$

$$\frac{\partial \Pr(y_i = J \mid x_i)}{\partial x_k} = \phi(\mu_{J-1} - x_i'\beta)\,\beta_k$$

由於機率密度函數 $\phi(.)$ 都是正數，當 β_k 為正向時，選擇最低選項的機率 $\Pr(y_i = 0 \mid x_i)$ 會降低，同時最高選項機率 $\Pr(y_i = J \mid x_i)$ 則產生與 β_k 同樣的正向作用。不過除了這兩種選項外，位於當中的其他順序選項則會有邊際效果不確定的狀況，從選項機率的偏微分的結果來看：

$$\frac{\partial \Pr(y_i = j \mid x_i)}{\partial x_k} = [\phi(\mu_{j-1} - x_i'\beta) - \phi(\mu_j - x_i'\beta)]\,\beta_k$$

　　由於此時偏微分的改變取決於兩個機率密度函數的差，即 $\phi(\mu_{j-1} -$

$x_i' \beta) - \phi(\mu_j - x_i' \beta)$ 的結果，所以即使 β_k 為正向但邊際效果仍可能是負值。簡單來說，β_k 為正數時僅可確定減少最低選項跟增加最高選項的機率，卻無法預估對中間選項機率的影響。由於此時模型的邊際效果會由所有變數的值 $x_i' \beta$ 來共同決定，一般常見以變數的平均值來計算偏微分結果或是直接估算出選項預期機率，以圖表方式呈現預期機率相對於不同自變項的變動。

(三)　小　結

OP 與 OL 這兩個模型的原始架構，分別由生物統計學家 Aitchison 與 Silvey (1957) 及 Snell (1964) 率先提出，不過不像 OP 模型慣用潛在變數的模式來推演，OL 模型除了可採上述潛在變項的途徑外，也可直接以累積機率的對數比來做分析，此一推算程序可參考 McCullagh (1980) 等。透過累積機率的對數比雖與本節的結果相同，但需注意此時學者習慣稱之為比例差異模型或累積對數模型。

最後要強調的是，兩種次序迴歸模型估算各個次序類別的機率，都可視為以兩個臨界值累積機率函數的差，並據此以最大概似法對參數進行估算；也由於常態分配與對數分配的分佈狀況相當類似，兩種方式算出的係數雖無法直接比較，但累積機率的值會有相當類似的結果。至於實務上究竟應選用哪一種模型的時機，端看研究者的方便，除非有的研究資料特別強調誤差項的分配，否則兩者並無優劣之分。

七、總　結

本章介紹多種處理類別變項的離散選擇模型，當採用這類迴歸模型進行分析時，除了必須確實掌握它們特有的質性依變數資料特性外，更要清楚判別所觀察類別數據的內在機率結構，以適當函數具體呈現出其內在機率結構的系統規律性，以連結其他適切的自變項以進行分析 (黃紀，2000)。本章所介紹的二分類別、多分類別、次序類別等模型的內容，均按此一原則來進行

系統性的歸納，希冀裨益讀者了解各種模型的架構內涵。而要實際運用於各種社會科學的探究，接下來重要的工作便是選用統計套裝軟體 (當然也可自行撰寫程式) 來進行資料的運算。不過由於各軟體語法不一，有些功能與指令也不斷更新，本章有限篇幅無法仔細比較，以下僅就筆者對幾種重要統計軟體的了解，簡單介紹它們在統計分析上的功能，以及後續讀者可以自行參考的教材。

先從多數讀者熟悉的統計軟體 SPSS 講起，它是 Statistical Product and Service Solution 的縮寫，早自 1968 年便開始研發，1992 年後開發出的視窗版使用介面，相當容易上手，只要使用視窗內的下拉式選單選取指令功能，便可輕鬆執行相關統計程式，在統計分析功能上也相當完備。除一般線性迴歸外，雖然本章介紹的一些類別統計模型也可使用 SPSS 來進行分析，不過一般認為在變異數分析 (SPSS 具備測試多種特殊效應的功能) 及多變量分析 (如多變量變異數分析、因素分析、辨別分析等) 為其強項。對此套軟體有興趣者除可參見原廠網頁 (http://www.spss.com) 外，也可參考邱皓政 (2006a，2006b)、吳明隆 (2009) 等書的詳細說明。

另一開發時間較晚但也同受歡迎的軟體，是在 1985 年研發出來的 Stata。Stata 不僅具備 SPSS 的統計分析功能，最大優勢在於對類別資料的分析具有相當的便利性，本章介紹的各種類別資料模型以及 IIA 檢定，Stata 幾乎均可以進行。此外，Stata 提供許多模型估算後解釋迴歸模型參數結果的指令 (例如，可以檢視機率單元模型的邊際效果、勝算對數模型的勝算比等)，可以幫助研究者較輕鬆解讀相關參數的意義。Stata 的指令主要是採傳統直接輸入語法的方式進行，有建構視窗介面及軟體內的「help」、「search」和「link」等功能來提示所需的指令選項及下載新的統計程式檔，相關資料可參見原廠網頁 (http://www.stata.com/)。關於類別資料分析時的使用指令，除可參考 Stata 使用手冊外，也可參考 Long 與 Freese (2006)、Hamilton (2009) 等所寫的專書。

最後是最有名的統計軟體 SAS，它是由北卡羅萊納州立大學兩位教授於

1960 年代末共同研發的,是目前相關軟體中功能最強的。SAS 主要是由許多可以配合的套裝模組所組成,使用者可以透過 SAS 程式的編輯,進行大規模的資料運算,其中 SAS/Graph 模組所提供的繪圖功能,是其他統計軟體所不及的。不過 SAS 必須使用其特殊的程式語言來輸入,使得在撰寫各種類別資料模型時較為繁瑣,同時除錯及修正過程也較費時;此外,SAS 的價格昂貴,且需經每年授權後才能使用,這都是此一軟體在使用上的限制。相關資料除可參見原廠網頁 (http://www.sas.com) 外,Allison (1991)、Stokes 等人 (2000),以及王國川 (2004)、彭昭英與唐麗英 (2005) 等對該軟體有詳細介紹。

參考書目

王鼎銘 (2003)〈政策認同下的投票效用與選擇:空間投票理論在不同選舉制度間的比較〉。《選舉研究》,10(1),131-166。

王鼎銘 (2004)〈選民為什麼會支持黑金?一個理性妥協的解釋〉。《選舉研究》,11(1),93-134。

王鼎銘 (2008)〈修憲議題與政黨偏好的交織:任務型國大選舉比例代表制的投票分析〉。《臺灣政治學刊》,12(2),213-250。

王國川 (2004)《圖解 SAS 視窗在迴歸分析上的應用》。臺北:五南圖書公司。

吳明隆 (2009)《SPSS 操作與應用——多變量分析實務》。臺北:五南圖書公司。

邱皓政 (2006a)《量化研究與統計分析——SPSS 中文視窗版資料分析範例解析》(第三版)。臺北:五南圖書公司。

邱皓政 (2006b)《量化研究與統計分析——SPSS 中文視窗版資料分析範例解析》(基礎版)。臺北:五南圖書公司。

黃紀 (2000)〈質變數之計量分析〉。謝復生、盛杏湲 (主編)《政治學的範圍與方法》(頁 387-411)。臺北:五南圖書公司。

彭昭英、唐麗英 (2005)《SAS 1-2-3》。臺北:儒林書局。

Agresti, Alan (1996). *An introduction to categorical data analysis*. New York: Wiley.

Agresti, Alan (2002). *Categorical data analysis*. New York: Wiley.

Aitchison, John, & Silvey, Samuel D. (1957). The generalization of probit analysis to the case of multiple responses. *Biometrika, 57,* 253-262.

Allison, Paul D. (1991). *Logistic regression using the SAS system: Theory and application.* Cary, NC: SAS Institute.

Amemiya, Takeshi (1981). Qualitative response models: A survey. *Journal of Economic Literature, 19*(4), 481-536.

Ben-Akiva, Moshe, & Lerman, Steven (1985). *Discrete choice analysis: Theory and application to travel demand.* Cambridge, Massachusetts: The MIT Press.

Ben-Akiva Moshe, & Bolduc, Denis (1996). *Multinomial probit with a logit kernel and a general parametric specification of the covariance structure.* Working paper, Massachusetts Institute of Technology.

Berkerson, Joseph (1944). Apply of the logistic function to bio-assay. *Journal of the American Statistical Association, 39*, 357-365.

Bierlaire, Michel (1998). Discrete choice models. In Martine Labbe, Gilbert Laporte, Katalin Tanczos, & Philippe Toint (Eds.), *Operations research and decision aid methodologies in traffic and transportation management* (pp. 203-227). Spinger Verlag, Heidelberg, Germany.

Chu, Chaushie (1989). A paired combinational logit model for travel demand analysis. *Proceedings of Fifth World Conference on Transportation Research, 4*, 295-309.

Daganzo, Carlos (1979). *Multinomial probit: The theory and its application to demand forecasting.* Academic Press, New York.

Downs, Anthony (1957). *An economic theory of democracy.* New York: Harper and Row.

Gill, Jeff (2001). *Generalized linear models: A unified approach.* Thousand Oaks, CA: Sage.

Greene, William H. (2003). *Econometric analysis* (5th ed.). Prentice Hall.

Hamilton, Lawrence C. (2009). *Statistics with stata: Updated for version 10.* Belmont, Calif.: Thomson/Brooks Cole.

Hanushek, Erik A., & Jackson, John E. (1977). *Statistical methods for social scientists.* New York: Academic Press.

Hausman, Jerry A., & McFadden, Daniel (1984). Specification tests for the multinomial logit model. *Econometrica, 52*, 1377-1398.

Hausman, Jerry A., & Wise, David (1978). A conditional probit model for qualitative choice: Discrete decisions recognizing interdependence and heterogeneous preferences. *Econometrica, 46*, 403-426.

Lewis, Jeffrey B., & King, Gary (2000). No evidence on directional vs. proximity voting. *Political Analysis, 8*, 21-33.

Long, J. Scott (1997). *Regression models for categorical and limited dependent variables*. Thousand Oaks, Calif.: Sage Publications.

Long, J. Scott, & Freese, Jeremy (2006). *Regression models for categorical dependent variables using stata* (2nd ed.). College Station, TX: Stata Press.

Louviere, Jordan, Hensher, David A., Swait, Joffre D., & Adamowicz, Wiktor (2000). *Stated choice methods: Analysis and application*. Cambridge: Cambridge University Press.

McCullagh, Peter (1980). Regression model for ordinal data. *Journal of Royal Statistical Society, 42*, 109-142.

McCullagh, Peter, & Nelder, John A. (1989). *Generalized linear models*. London: Chapman and Hall.

McFadden, Daniel (1973). Conditional logit analysis of qualitative choice behavior. In Paul Zarembka (Ed.), *Frontier in econometrics* (pp. 105-142). New York: Academic Press.

McFadden, Daniel (1978). Modeling the choice for residential location. In A. Karquist (Ed.), *Spatial integration theory and planning models*. Amsterdam: North-Holland Press.

McFadden, Daniel (1981). Econometric models for probabilistic choice. In Charles F. Manski & Daniel McFadden (Eds.), *Structural analysis of discrete data with econometric applications*. Cambridge, Mass: MIT Press.

McFadden, Daniel (1984). Econometric analysis of qualitative response models. In Zvi Griliches & Michael D. Intriligator (Eds.), *Handbook of econometrics, Vol. 2*. Amsterdam: North-Holland.

McFadden, Daniel, & Train, Kenneth (2000). Mixed multinomial logit models for discrete response. *Journal of Applied Econometrics, 15*, 447-470.

McFadden, Daniel, Train, Kenneth, & Tye, William B. (1977). An application of diagnostic test for the independence from irrelevant alternatives property of the multinomial logit model. *Transportation Research Record, 637*, 39-46.

Merrill, Samuel III., & Grofman, Bernard (1999). *A unified theory of voting*. Cambridge University Press.

Nelder, John A., & Wedderburn, Robert W. M. (1972). Generalized linear models. *Journal of the Royal Statistical Society, Series A, 135* (Part 3), 370-384.

Rabinowitz, George, & MacDonald, Stuart E. (1989). A directional theory of issue voting. *American Political Science Review, 83*, 93-121.

Revelt, David, & Train, Kenneth (1998). Mixed logit with repeated choices: Households' choice of appliance efficiency level. *Review of Economics and Statistics, 80*(4), 647-657.

Small, Kenneth A., & Hsiao, Cheng (1985). Multinomial logit specification tests. *International Economic Review, 26*(3), 619-627.

Snell, E. J. (1964). A scaling procedure for ordered categorical data. *Biometrics, 20*, 592-607.

Stokes, Maura E., Davis, Charles S., & Koch, Gary G. (2000). *Categorical data analysis using the SAS system* (2nd ed.). Cary, NC: SAS Institute.

Theil, Henri (1969). A multinomial extension of the linear logit model. *International Economic Review, 10*, 251-259.

Theil, Henri (1970). On the estimation of relationships involving qualitative variables. *American Journal of Sociology, 76*, 103-154.

Train, Kenneth (1997). Mixed logit models for recreation demand. In Catherine King & Joseph Herriges (Eds.), *Valuing the environment using recreation demand models*. New York: Elgar Press.

Train, Kenneth (2003). *Discrete choice method with simulation*. Cambridge University Press.

Walker, Joan, & Ben-Akiva, Moshe (2002). Generalized random utility model. *Mathmatical Social Sciences, 43*, 303-343.

Wen, Chieh-hua, & Koppelman, Frank S. (2001). The generalized nested logit model. *Transportation Research, 35*, 627-641.

Windmeijer, Frank (1995). Goodness of fit measures in binary choice models. *Econometric Reviews, 14*, 101-116.

Winship, Christopher, & Mare, Robert D. (1984). Regression models with ordinal variables. *American Sociological Review, 49*, 512-525.

Zhang, Junsen, & Hoffman, Saul D. (1993). Discrete-choice logit models: Testing the IIA property. *Sociological Method and Research, 22*(2), 193-213.

延伸閱讀

1. Alan Agresti 的 *An introduction to categorical data analysis*，是推薦給有興趣鑽研類別資料讀者的第一本書。二分、多分類及順序尺度的類別資料模型都有介紹，而

且雖然 Agresti 僅專注在勝算比模型，他介紹了本章沒有提到的廣義線性模型及對數線性模型，以及列聯表的分析模式。有興趣的讀者更可藉此繼續閱讀 Agresti 所寫的另一本進階專書：*Categorical data analysis*。

2. J. Scott Long 的 *Regression models for categorical and limited dependent variables* 一書，是相關課程常採納的教材。除基本的類別資料模型均有涵蓋外，Long 亦觸及計次變項 (count variable) 的卜瓦松迴歸。而本書的特色，是詳細說明各模型係數的估算、詮釋及檢定方式，條理非常清晰。此外，對實際使用 Stata 軟體操作有興趣的讀者，可藉由本書繼續研讀 Long 與 Freese (2006) 的另一本著述。

3. Kenneth Train 撰寫屬較進階的 *Discrete choice method with simulation*。本書旨在回應一般勝算比模型受到不相關選項獨立性限制的因應之道，有系統的介紹可以避免誤差項採第一型極端值分配的三類類別依變項模型，包括一般極端值模型、多項機率單元模型及混合勝算比模型等都有詳盡說明。

4. William H. Greene 所寫的 *Econometric analysis*。Greene 與 Train 一樣都屬於進階教材，只是 Greene 涵蓋的內容不限於類別依變項的模型，各類統計模型均有詳細的數學推導公式，自 1993 年初版以來再版多次，是公認計量經濟理論的經典教材。雖然本書範圍極廣，不過各版當中均有一獨立篇章介紹不連續選擇模型 (discrete choice model)，可供本章讀者進一步參考。

4

結構方程模型

一、前　言

　　結構方程模型 (structural equation modeling, SEM) 為多變項分析方法之一，目的在提出變項間關係的可能模型，以解釋觀察變項間的共變數 (covariance)。變項間的關係一向是研究者有興趣之議題，但每一種統計分析方法有其關注的資料特性，有的統計方法關注資料的平均數，譬如 ANOVA 與 MANOVA，有的統計方法針對變項間的相關係數發展，譬如因素分析 (factor analysis, FA) (Spearman, 1904)，SEM 欲探討的則是變項間的共變數。雖然研究者進行資料分析時，關心的主要為理論模型之建構或者驗證，希望藉以描述有興趣的變項間關係，然若能知悉各種統計方法處理的資料特性，則有助於研究設計之規劃，以蒐集適用之變項。因此，當研究者運用 SEM 分析資料時，表示研究者主要想了解變項間的共變數是如何產生的？研究者即根據理論或以往研究結果嘗試提出可能的變項間關係模型，以解釋變項間的共變數。SEM 可延伸至包括平均數的模型，然共變數乃為基本要素，故本章之結構方程模型簡介仍以共變數為主說明。

　　本章將以吳治勳等人 (2008) 的研究為例，於文中穿插引用該文，以說明結構方程模型之目的與應用歷程。閱讀本文時，讀者若能同步閱讀該文，當有助於了解如何運用 SEM 回應研究議題、分析資料，以及撰寫 SEM 研

究報告。該研究針對青少年創傷經驗提出「地震暴露—社會關係—創傷後壓力反應」的假設模式 (Earthquake Exposure-Social Relation-Posttraumatic Stress Model，簡稱 ESP 模式)，希望藉由該模式，了解九二一地震後，受創地區青少年的災難暴露經驗，如何影響其社會關係與創傷後壓力反應，運用 SEM 驗證 ESP 模型。在資料蒐集上，該研究以「青少年地震暴露指標」、「加州大學洛杉磯分校創傷後壓力症候群指標量表青少年版—修臺灣中文版」，以及「臺灣兒童及青少年關係量表」三個量表測量青少年的反應，根據研究參與者的填答，每一位青少年有 12 個變項的分數。針對 12 個變項的資料，除了計算個別變項的平均數、標準差外，亦可估算 12 個變項間的共變數。當研究者運用 SEM 分析資料時，即表示研究者想提出這 12 個變項間關係的可能模型，以說明變項間的共變數如何產生。

因此，結構方程模型關心的基本問題是：研究變項間的共變數如何產生的？變項間有什麼樣的關係以致於會有不同程度的共變數？如果 A、B 兩個變項間有高的共變數，是因為 A 帶動 B？是因為 B 影響 A？還是兩者互相影響呢？抑或兩者共同受到另一變項 C 的影響呢？相關理論與研究結果提供哪些立論基礎？舉例而言，如果態度與行為兩個變項間有高的共變數，是因為態度影響行為？行為影響態度？還是兩者互相影響呢？研究者可以就其對該研究問題的了解，提出解釋變項間關係的假設模型 (hypothesized model)，結構方程模型即能評估研究者所提出的假設模型是否能充分解釋由實徵資料中所估計的變項間的共變數矩陣。如果模型所隱含的變項間的共變數矩陣，與由樣本資料估計的共變數矩陣相當接近，則研究者所提出的假設模型可作為解釋變項間關係的可能模型之一。反之，如果由模型所隱含的變項間的共變數矩陣，與由樣本資料估計的共變數矩陣差距相當大，則研究者所提出的假設模型恐即無法充分解釋觀察變項間的關係，研究者需要從理論或實徵研究的結果，另行提出可能解釋變項間關係的模型。簡言之，結構方程模型的目的乃由研究者根據理論與相關研究提出變項間關係的假設模型，以解釋與探討變項間的共變數矩陣。由於結構方程模型可以協助研究者檢驗研究理論，

　　參考方塊 4-1：以結構方程模型分析資料之首問

請問：研究者有興趣於提出可能模型以了解與解釋研究變項間的共變數嗎？

回應：如果不是，恐不宜採用 SEM。

此方法不僅在相關理論上有長足的發展，且有愈來愈多各領域的研究者以之進行資料分析 (Hershberger, 2003)。

　　結構方程模型的形成源自 1970 年代 (Bentler, 1986)，在發展的早期，有許多不同的名稱，譬如：causal modeling、covariance structure analysis (CSA)、covariance structure model (CSM)、factor analytic simultaneous equations model (FASEM)，這些不同的名稱皆指出 SEM 的特徵。causal modeling 在目前已少為研究者採用，然而，此名詞的出現其實反映了研究者對 SEM 分析變項間因果關係的期待。在心理學與社會科學領域，研究者很多時候對變項間的因果關係相當關注，然而囿於研究倫理等考量，無法直接操弄變項以探討變項間的因果關係，而僅能蒐集變項間的相關資料。由於以 SEM 分析資料時，研究者能夠提出變項間關係的假設模型，例如 A 影響 B，B 影響 C，故令一些運用 SEM 的研究者以為如此即能得知變項間的因果關係。然而，因果推論其實並非統計方法可以提供的，因果關係之界定與推論乃需仰賴研究者由其他資訊判斷 (譬如變項發生的時間先後關係、以往研究之結果等)，因此 causal modeling 一詞目前乃鮮少再為研究者採用，以避免研究者以為運用此統計方法分析資料即能證明因果關係的謬思。

　　其他兩名詞 covariance structure analysis 與 covariance structure model 中的 covariance 即指出 SEM 想要分析的主要乃為變項間的共變數，且 SEM 相關統計理論之推導亦立基於共變數矩陣，而 structure 一字即點出此方法欲探討變項間的結構關係。FASEM 則更清楚地指出 SEM 的兩個重要元素：一為因素 (factor)，一為多元方程式模型 (simultaneous equations model)。FASEM 中的 FA 指出 SEM 的假設模型可以含納無法直接觀察到的因素 (factors)，或

稱潛在變項 (latent variables)，而多元方程式則指出 SEM 的假設模型乃包括多條方程式的組合，變項間關係即是由這些方程式來表徵。因之，結構方程模型可視為因素分析與多元方程式的結合，或是因素分析與徑路分析 (path analysis, PA) 的組合。徑路分析為 Sewell Wright 在 1920 年代提出 (Wolfle, 1999)，藉由多條描述變項間關係的方程式來分析變項間的相關，其與 SEM 不同之處在於所分析的變項皆為觀察變項，未考量無法直接觀察的潛在變項。既然 SEM 是因素分析與徑路分析的組合，徑路分析即為 SEM 的特例，而由於 SEM 在模式評估上之發展，研究者一般現今多以 SEM 進行徑路分析。

(一)　結構方程模型之圖示

　　圖形之呈現有助於 SEM 分析，本小節乃簡要說明 SEM 之圖示。結構方程模型可包括觀察變項 (observed variables) 與潛在變項。觀察變項為研究者直接可自研究對象蒐集的資料，譬如研究對象在憂鬱量表各題目的反應或智力測驗分量表上的分數。潛在變項的概念則源自 Spearman (1904) 提出的因素分析，為研究者所假設的無法直接測量之理論性變項，能影響研究對象在觀察變項上的反應，譬如個體在憂鬱因素上的高低程度會影響其在憂鬱量表題目之填答，又如一個人智力之高低會影響其在智力測驗分量表之分數。SEM 的分析常以圖示方式表示研究變項之性質與關係，藉之建構研究者假設的模型。在表徵上，通常以方形或矩形代表觀察變項，以圓形或橢圓形代表潛在變項，以單箭頭直線表徵兩變項間之影響關係，而以雙箭頭曲線表示兩變項間的共變關係。表 4-1 即列出各符號及其表徵之意義。

表 4-1　SEM 常用之圖形符號及其表徵之意義

圖形符號	表徵意義
□	觀察變項
○	潛在變項
$X \rightarrow Y$	X 影響 Y
$X \frown Y$	X 與 Y 之間具共變關係

圖形之建構可協助研究者進行結構方程模型。以圖 4-1 的假設模型為例，圖中的模型有三個圓圈標示為 F_1、F_2 與 F_3，分別代表三個潛在變項 (即因素)，各潛在變項分別影響三個觀察變項，其中潛在變項 F_1 (如學業成就表現) 與 F_2 (如成就動機) 間為共變關係，兩者共同影響第三個潛在變項 F_3 (如職業成就)。圖中的 9 個矩形代表 9 個觀察變項，於此模型中，此 9 個變項乃用以反映三個因素之指標。譬如，研究者可自學業成就測驗中選擇三個分量表，稱之為 X_1、X_2 與 X_3，以之反映個人的學業成就表現。在此模型中，每一個觀察變項同時受潛在變項與對應之誤差 (E) 影響。

結構方程模型亦會將變項區分為內生 (endogenous) 變項與外生 (exogenous) 變項，此兩者也可稱為依變項與自變項，兩類變項的差別在於研究者在所建構的假設模型中，是否嘗試解釋該變項的影響因子。研究者在模型中嘗試解釋其影響因子的變項稱為內生變項，研究模型中研究者未解釋其影響因子的變項則稱為外生變項。以圖 4-1 的假設模型為例，最右邊的潛在變項 F_3 為內生變項 (受 F_1、F_2 與 D 影響)，所有的觀察變項 $X_1 \sim X_9$ 亦是內生變項 (受對應的 F 與 E 影響)，研究者在建構的模型中嘗試去解釋這些變項的影響因子，圖中左邊的兩個潛在變項 F_1 與 F_2，以及所有的殘差或誤差 (D 與 E) 則為外生變項，研究者未在假設模型中說明其影響因子。

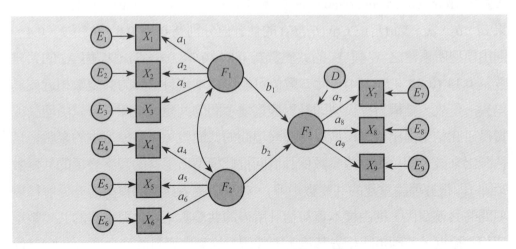

圖 4-1　結構方程模型之例

　　結構方程模型分析中所提出的假設模型包括許多的參數，SEM 的參數概分為兩類：第一類為描述變項間影響關係的係數，可為外生變項對內生變項的影響，也可為內生變項彼此間的影響，如圖 4-1 中的 9 個因素負荷量 $a_1{\sim}a_9$ (外生或內生潛在變項對內生觀察變項之影響)，以及 F_1 與 F_2 對 F_3 的兩個係數 b_1 與 b_2 (外生潛在變項對內生潛在變項的影響)；第二類參數為模型中所設定之外生變項的變異數與共變數，如圖 4-1 模型中 F_1 與 F_2 的變異數與共變數 (共 3 個參數)，以及殘差的變異數 (共 10 個參數，包括 $E_1{\sim}E_9$ 的變異數與 D 的變異數)。因此，圖 4-1 的假設模型一共包含 24 個參數。

　　圖 4-1 的假設模型包括 10 條方程式，9 條為描述觀察變項與潛在變項之關係，譬如：$X_1=a_1F_1+E_1$、$X_2=a_2F_1+E_2$、$X_7=a_7F_3+E_7$，另一條為描述潛在變項間之關係：$F_3=b_1F_1+b_2F_2+D$。由此模型之 10 條方程式，即能推導出此假設模型所假設的 9 個觀察變項間的共變數是如何來的。譬如，根據圖 4-1 的模型，觀察變項 X_1 與 X_2 的共變數即為 $a_1a_2\mathrm{Var}(F_1)$，X_1 與 X_4 的共變數為 $a_1a_4\mathrm{Cov}(F_1, F_2)$ (Var 代表變異數，Cov 表示共變數)。因此，只要研究者提出假設模型，即可根據假設模型所描述的變項間關係推演該模式所隱含的變項間共變數矩陣 (implied covariance matrix)。當參數的數值被估計出來後，可由模型的參數估計值推算變項間共變數矩陣，此矩陣可稱為重建共變數矩陣 (reproduced covariance matrix 或 fitted covariance matrix)。上例中，如果 a_1、a_2、a_4、$\mathrm{Var}(F_1)$、$\mathrm{Cov}(F_1, F_2)$ 的估計值分別為 0.7、0.6、0.5、2、0.4，則由模型所重建之 X_1 與 X_2 的共變數為 0.84 (0.7×0.6×2)，X_1 與 X_4 的共變數為 0.14 (0.7×0.5×0.4)，此二數值可能與樣本資料估計的共變數相近或具差異。是故，結構方程模型即針對觀察變項間的共變數矩陣，嘗試由理論或實徵研究結果提出假設模型以解釋變項間的共變數，而該模型中的參數一旦估計出來後，即可由這些參數估計值回推此模型所隱含的觀察變項的共變數矩陣 (即根據理論重建的共變數矩陣)。如果研究者建構的模型能充分解釋變項間的共變關係，則由樣本資料估計所得的共變數矩陣會與重建的共變數矩陣相當接近，若兩矩陣相去甚遠，則該假設模型與資料的適合度 (model-data fit) 欠佳，不宜用以解釋觀察變項間之關係。

結構方程模型可假設的模型相當具有彈性，可包括徑路分析 (如圖 4-2)、驗證性因素分析 (confirmatory factor analysis，簡稱 CFA) (如圖 4-3)、高階因素分析 (如圖 4-4) 等模型。徑路分析以多條方程式描述變項間的關係，然其模型僅有觀察變項而未含潛在變項。圖 4-2 的徑路分析模型共包含 3 條迴歸方程式，高中學業成就＝社經背景＋認知能力＋殘差 (係數暫略，以下兩方程式亦同)，大學成就動機＝社經背景＋高中學業成就＋殘差，大學畢業後職場表現＝高中學業成就＋大學成就動機＋殘差。驗證性因素分析是結構方程模型的重要特例，常為研究者用以了解測量變項與欲表徵之因素間的關係。CFA 主要描述觀察變項與潛在變項間的關係，因此潛在變項間皆設為共變關係。圖 4-3 的 CFA 模型共包括 9 條表徵觀察變項與因素間關係的方程式。圖 4-4 的二階因素分析假設四個一階因素受另一個二階因素 F 影響，一階因素間的共變來自於同受該二階因素影響，此模型包括 16 條方程式。譬如，研究者可能認為一個智力測驗包括語文推理、量數推理、抽象推理與短期記憶四個一階因素，而此四個一階因素均同時受一個人智力 (二階因素 F) 高低影響，研究者可依據理論建構此模型，復以實徵資料檢視該理論之合宜性。

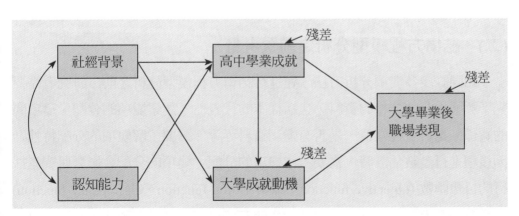

圖 4-2　徑路分析之例

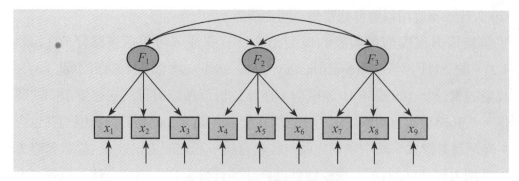

圖 4-3　驗證性因素分析之例

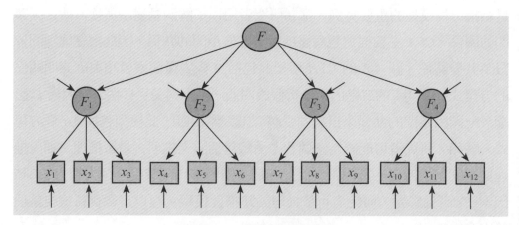

圖 4-4　二階因素分析之例

(二)　結構方程模型分析之前置考量

如同許多多變項分析方法，在進行結構方程模型分析之前，研究者需要先了解與檢測欲分析的資料，包括樣本的代表性、觀察變項的分配、變項間的關係、是否有極端值、是否有遺漏資料等等。需要了解變項的分配特性乃因後續進行參數估計時，需要考慮變項的分配，變項的分配會影響研究者採行的目標函數 (objective function，或稱 fitting function、discrepancy function) 與參數估計方法。結構方程模型分析的主要標的是共變數矩陣，共變數可以描述變項間的線性關係，但未必能充分捕捉變項間的非線性關係。如果研

者能了解變項間具備線性或非線性關係，則能減少建構變項間關係以界定假設模型時之偏誤。極端值可能影響共變數矩陣的數值，因此有極端值出現時，研究者需要判斷該數值是否為合宜的資料，抑或有資料輸入等錯誤。多變項分析由於蒐集的變項相當多，難免出現遺漏值，遺漏值的處理即可能影響分析的結果，因此需加留意 (Graham & Coffman, 2012)。

　　由於結構方程模型之統計理論乃為大樣本理論，因此如何決定樣本人數乃研究者關注之議題。樣本數之討論可由幾個角度考量，包括最小樣本數、樣本數對自由參數數目之比值、檢定力分析 (power analysis) (如 MacCallum, Browne, & Sugawara, 1996; Muthén & Muthén, 2002) 與參數估計精準度 (accuracy in parameter estimation) (Kelley & Lai, 2011; Lai & Kelley, 2011)。雖然有研究者 (如 Holbert & Stephenson, 2002; Barrett, 2007) 提出最小樣本數 200 的看法，然許多研究者並不同意，而認為需要考量假設模型中自由參數的數目 (如 Bentler & Chou, 1987; Tanaka, 1987; Nevitt & Hancock, 2004; Bentler, 2007; Goffin, 2007; Steiger, 2007; Kline, 2011)。譬如，針對常態分配之變項，Bentler 與 Chou 提出樣本人數至少為自由參數數目 5 倍的經驗法則，Kline 則建議樣本人數最好是自由參數數目的 20 倍，然 10 倍可能是較為實際可行的建議。樣本數如何取決最宜，目前尚無定論，研究者可由多種方法推算所需要的樣本人數，基於 SEM 大樣本理論之考量，研究者在可能範圍內，可儘量多蒐集樣本資料。

　　結構方程模型之分析可分為五步驟：模型設定 (model specification)、模型辨識 (model identification)、模型估計 (model estimation)、模型適合度評估 (model evaluation)、模型修正 (model modification)。研究者在進行 SEM 分析前，需先由理論或以往研究結果說明所假設的模型為何 (模型設定)，之後需要考慮所界定的模型是否能得到合宜的單一組估計值 (模型辨識)，如若模型界定與辨識可以接受，則可進一步實際估計模型中參數的數值 (模型估計)，評估由參數估計值所計算而得的共變數矩陣 (即重建之共變數矩陣) 與由樣本資料估計之共變數矩陣兩者的差距 (模型評估)。如果兩者差距極微，則研究

者所假設的模式可作為變項間關係的一種解釋，但如果兩個矩陣差異頗大，則表示研究者假設的模式與資料頗有差距，對參數估計值不宜多做解釋，研究者可就研究目的考慮是否需要修正之前提出的模式，如果覺得需要，則進入模型修正步驟。簡言之，結構方程模型可視為驗證性因素分析與徑路分析的結合，或是驗證性因素分析與多元方程式模型的整合，研究者根據理論與文獻提出解釋變項間關係的模型，結構方程模型即在研究者提出的假設模型下，估計模型中設定的參數，協助研究者評估所提出的模型，以了解該模型能否充分解釋研究者在實徵研究中所蒐集到的變項間共變數。以下即一一介紹結構方程模型分析之各步驟。

二、模型設定

研究理論是研究者進行結構方程模型之模型設定時最重要的依據，研究者乃根據相關的理論，以及過去的研究結果界定變項間的關係，提出假設模型，以解釋變項間的共變關係。研究者宜在論文中清楚說明所界定的變項間關係，及其論述之基礎。以圖 4-1 的假設模型為例，研究者宜說明 F_1 與 F_2 影響 F_3 的理論基礎，以及 $X_1 \sim X_3$ 為 F_1 之測量變項，或稱指標 (indicators)，$X_4 \sim X_6$ 為 F_2 之測量變項，$X_7 \sim X_9$ 為 F_3 之測量變項的理論或實徵研究結果。

結構方程模型所界定的模型可分為兩部分：測量模型 (measurement model) 與結構模型 (structural model)。測量模型關注的是觀察變項與潛在變項間的關係，亦即研究者所採用的觀察變項是否能充分反映欲測量的潛在變項，是否為潛在變項的良好指標。在測量模型中，研究者需要明確界定每一個潛在變項影響哪些觀察變項，由於測量模型的重點在於觀察變項與潛在變項間的關係合宜與否，因此潛在變項間通常設為共變關係，此即為一般所謂的驗證性因素分析模型。上述圖 4-3 之模型即是圖 4-1 模型所隱含的測量模型，為一個三因素的 CFA 模型。結構模型指的是潛在變項間所設定的模型，以圖 4-1 的模型為例，其結構模型即為一包含兩個預測變項的多元迴歸模型

$(F_3 = b_1F_1 + b_2F_2 + D)$。由於結構方程模型分析的重點常在於潛在變項間的關係，有些研究者 (Anderson & Gerbing, 1988) 乃建議在進行結構方程模型分析時，可先評估該假設模型的測量模型是否與資料適合，在測量模型合宜的情況下，再進一步進行包含結構模型之整體模型的適合度評估，以免因為測量變項不恰當而導致假設模式與資料的適合度不佳。

當研究者提出假設模型，設定模型後，即決定了此模型包括哪些參數。如前所言，結構方程模型的參數包含兩類：第一類為描述變項間影響關係的係數，第二類為模型中所設定之外生變項的變異數與共變數，這些參數可以進一步區分為固定參數 (fixed parameters) 與自由參數 (free parameters)。固定參數的數值由研究者事先設定，在模型估計過程中無需估計其數值，自由參數的估計值則需透過模型估計步驟估算。

由於假設模型中之潛在變項乃假設性的變項，進行結構方程模型時，需要先界定潛在變項的尺度 (scale)，潛在變項的測量單位若未界定，則會產生無數多組解的狀況，而無法得到合宜的結果。潛在變項通常藉由設定其變異數或者某因素負荷量為定值 (即設為固定參數，數值通常設定為 1) 來界定其尺度。外生之潛在變項可藉由此二方法界定尺度，而內生之潛在變項因為受殘差影響，一般以設定某因素負荷量為定值來界定尺度。以圖 4-1 之模型為例，研究者可藉由設定 F_1 與 F_2 之變異數均為 1 來設定此二外生潛在變項的尺度，另外藉由設定 F_3 至其測量變項 $(X_7 \sim X_9)$ 之一的因素負荷量為定值 (如將 F_3 對 X_8 的因素負荷量設為 1) 來界定內生潛在變項 F_3 的尺度。當參數被設為固定數值時，此等參數即為固定參數，這些參數的數值乃被設定為固定數值而無需估計，其餘需要估計其數值的參數則為自由參數。故圖 4-1 假設模型的 24 個參數包含 3 個固定參數與 21 個自由參數，圖 4-2 的假設模型包含 12 個參數 (分別為 6 個徑路係數、5 個變異數與 1 個共變數)，圖 4-3 的模型包含 21 個自由參數，圖 4-4 的模型包含 28 個自由參數。

雖然結構方程模型提出之初，乃採驗證性 (confirmatory) 之觀點，主要目的在驗證研究者所提之模式是否為合宜的假設，然在實際運用上則包括三

種不同之研究情境或策略 (Jöreskog, 1993; MacCallum & Austin, 2000)：(1) 模式驗證 (strict model confirmation)；(2) 模式比較 (model comparison)；(3) 模式產生 (model generation)。模式驗證取向之目的在檢驗研究者所提出的模式與資料是否一致，研究結果可指出所假設的模型是否為可能的解釋模式，即便所提出之模型與資料不符，研究者未必有興趣或需要修正原來提出之模式，因其研究旨趣僅於探究建構之假設模型是否可表徵實際的研究現象，是否得以合理解釋研究對象所展現的變項間關係。模式比較的重點在於比較研究者所提出之數個可能模型，看其中哪一個假設模型與資料最為適配，最宜解釋觀察變項之共變數矩陣。模式產生之作法則在提出假設模型後，修正該模型，直到模型與資料具合宜的適配度。然運用 SEM 以產生模型時，因為乃以同一個樣本估計參數與修正模型，經過修正後的變項間關係未必亦出現於其他樣本，研究者宜另外蒐集新的資料進行交叉驗證 (cross validation)，檢視修正後的模型是否亦與新樣本的資料適配，以免所發展出來的模型僅能解釋原來樣本的共變數矩陣，而無法類推至研究母群。

在模型設定時需要注意的一點是，研究者應了解其他可能模型 (alternative models) 的存在。研究者提出的假設模型，乃變項間關係的多種可能解釋之一，即便該模型與資料相當適合，足以解釋變項間的共變數，也可能亦有其他模型與資料相當適配，而得以合宜解釋變項間的共變數矩陣。因此，研究者在設定模型時，最好能考量是否有其他可能模型亦可解釋變項間的共變關係。

結構方程模型除了可分析單一樣本的資料外，也可同時分析數個獨立樣本 (multiple group models)。復以圖 4-1 之假設模型為例，假設 F_1 為學業成就表現，F_2 為成就動機，F_3 為職業成就。研究者除了欲了解三個變項間的關係外，可能進一步想了解這樣的模式會不會有性別差異，此時，研究者可蒐集男性樣本與女性樣本的資料，分別計算兩樣本的共變數矩陣以進行兩組群之結構方程模型分析。在多樣本分析中，研究者可依其研究問題與興趣，進行不同的比較。譬如，學業成就表現對職業成就 $(F_1 \rightarrow F_3)$ 的影響在男女兩

組群是否一樣？多樣本結構方程模型分析的常用情境之一為量表測量恆等性 (measurement invariance) 之檢驗，藉以了解量表分數在不同群體之意義是否相同，有興趣的讀者可參閱 Meredith (1993) 或 Vandenberg 與 Lance (2000) 等文獻。

　　綜言之，結構方程模型的模型設定與延伸具有相當的彈性 (Hoyle, 2012)，徑路分析、驗證性因素分析等均為其特例，模型的設定可針對單樣本或者多樣本進行，亦可將平均數納入分析 (有關平均數之分析將簡述於後)，然研究者宜注意是否有其他可能模型亦可合宜地解釋變項間的共變關係。在分析策略上，除了模型驗證取向外，研究者亦可進行模型比較，或修正原提出之假設模型以建構與資料適合之模型，此時最好能蒐集新樣本以交叉驗證修正後模型之適合度。無論研究者採取何種策略取向運用結構方程模型，仍宜以研究理論為重要的模型建構與分析基礎，充分掌握研究主題之文獻，深入了解相關研究成果，及其業已累積之知識。

參考方塊 4-2：以吳治勳等人 (2008) 研究為例說明「模型設定」步驟要項

　　該研究欲檢測 ESP 模型，作者將其圖示於該文的圖 1，以利讀者了解其模型。文章的前言即說明 ESP 模式源自 Robert S. Pynoos 等人提出的兒童面對創傷壓力之發展模式概念架構，並進一步詳細說明 ESP 模式中各路徑之理論與文獻基礎，以及為何需要分別比較男生與女生之理由。具體說明如下。

　　針對文中圖 1 的 ESP 模式，前言的 (一) 說明地震暴露程度為何影響創傷後壓力反應；(二) 闡述社會關係與創傷後壓力反應的關係，並由文獻歸納論述為何需要將社會關係分為支持性與傷害性兩個向度；(三) 說明主觀與客觀災難暴露程度對社會關係的影響；(四) 主要由以往文獻論述在討論災難暴露、社會關係、創傷後壓力反應時，為何需要將性別納入考量；(五) 則綜整上述論述的變項間關係，簡述地震暴露程度、社會關係、創傷

後壓力反應三個主要概念的測量，以及 ESP 模式具體提出的變項間正負向影響關係。最後說明該研究即欲檢視此模式能否適當解釋青少年災難暴露、社會關係與創傷後壓力反應間的關係，並希望此研究結果能提供未來青少年災後協助之基礎。

提醒：應用 SEM 時，研究者需清楚說明假設模型所論述之變項間關係的理論與文獻基礎，當說明充分時，讀者經由閱讀文中變項間關係之論述，應能自行建構出研究者所假設的模型。研究者亦宜充分利用 SEM 之圖示，幫助讀者了解所建構的假設模型。

三、模型辨識

模型辨識的歷程在於將假設模型中需要估計數值的自由參數表徵為變項間共變數矩陣元素的函數，以檢視模型中假設的自由參數解是否唯一。如果研究者所提出的假設模型有多組解，在多組解中，研究者要採用哪一組解呢？此時該模型無法清楚呈現變項間的關係，稱為無法辨識 (not identified, unidentified 或 nonidentifiable)，結構方程模型因此需要考量模型辨識的問題。模型辨識的實際作法 (亦即將自由參數表徵為共變數矩陣元素之函數) 相當複雜，亦有研究者發展模型辨識之充分或必要條件等，有興趣的讀者可參閱 Bollen (1989)、Kenny 與 Milan (2012)、Kline (2011) 或 Long (1983)，此處僅提出一些一般研究者可檢視的實徵原則。

模型能辨識的一個必要條件是假設模型的自由度 (df) 大於或等於 0 ($df \geq 0$)。模型的自由度為資料點的個數，亦即觀察變項共變數矩陣中非重複元素的個數，減去自由參數的數目。當假設模型包含 p 個觀察變項時，資料點的個數為 $p(p+1)/2$。圖 4-1 的假設模型共有 9 個觀察變項，其共變數矩陣中共有 45 ($9 \times 10/2$) 個非重複的元素 (9 個變異數與 36 個共變數)，由於該模型有 21 個自由參數，故其自由度為 24 ($45 - 21$)。為熟悉自由度之算法，讀

者若有興趣可檢視圖 4-2 至圖 4-4 模型之自由度，三者分別為 3 (15－12)、24 (45－21)、50 (78－28)。然由於自由度大於等於 0 只是模型能辨識的必要條件，故能辨識的模型其自由度必定大於或等於 0，但自由度大於或等於 0 未必表示假設模型可以辨識。當假設模型的自由度恰為 0 時，此模式稱為恰能辨識模型 (just-identified model)，此時資料點的個數等同於自由參數的數目，若自由參數未有任何限制 (constraint)，研究者一般可推導出各個參數與共變數矩陣元素間的函數，假設模型與資料適合，研究者並未進行任何模式檢驗。因此，進行結構方程模型時，研究者一般會檢視自由度是否大於 0 (*df* > 0)。當一個潛在變項有三個測量變項時，單就此部分的模型而言，此模型乃恰能辨識模型，自由度為 0，因此一般會建議每個潛在變項最好至少有 3 個測量指標，以使該部分模型能予辨識。倘若一個潛在變項僅有兩個測量變項，如果僅考量此部分模型，其 *df* < 0，乃為無法辨識 (除非對參數予以限制，譬如將兩個因素負荷量設為數值相等)。故此，在設定模型時，如果潛在變項僅有兩個測量變項，則該潛在變項一定需要設定為與其他變項有關，否則便無法辨識。然若僅有兩個測量變項的因素與其他因素間實際上並無實質關係，則在模型估計時仍可能出現無法辨識的問題。

由於實際將各個自由參數化為共變數矩陣元素之函數對一般結構方程模型應用者而言甚難，研究者可運用以下一些實徵作法檢測模式是否可能有辨識問題 (Bollen, 1989)。

1. 模式自由度是否大於 0？
2. 檢查各個潛在變項的尺度是否已適當地設定？
3. 參數估計值的標準誤是否可估算出？數值是否合宜？
4. 可嘗試採用不同的起始值 (starting values) (有關起始值的說明請見下一節「模型估計」)，看是否得到一樣的參數估計值？
5. 可將參數估計值重建之共變數矩陣作為輸入矩陣進行 SEM 分析，看參數估計值是否維持一樣？
6. 可將樣本拆為兩個次樣本分別進行結構方程模型分析，比較兩個次樣本的

模式參數估計值是否相似？

　　以上檢視模型辨識之做法可協助研究者了解所建構的模型是否可能有辨識問題，然而出現這些現象時，譬如參數估計值的標準誤無法估算，未必是模式辨識有問題，也有可能是參數估計疊代過程或是樣本資料的問題。

四、模型估計

　　一旦研究者由理論設定研究模型，亦初步檢視模型辨識議題後，即可進入模型估計的步驟，估計每一個自由參數的數值 (稱為參數估計值) 及其標準誤。如前所描述，結構方程模型中有兩個共變數矩陣，由研究資料估計之樣本共變數矩陣 (通常以 S 代表)，以及由假設模式參數推演而得之隱含共變數矩陣 [通常以 Σ 表示，$\Sigma = \Sigma(\theta)$，其中 θ 為所有參數所形成之向量]。進行結構方程模型分析時，研究者乃在考量研究理論下，希望其提出之模型所隱含的共變數矩陣 Σ 能與樣本共變數矩陣 S 相當接近。因此，在模型估計的過程即會針對某一函數求取最小值，該函數稱為目標函數。目標函數乃一描述 S 與 Σ 兩個矩陣間差異的函數。舉例而言，最小平方系列估計方法之目標函數為：

$$F = (\mathbf{s} - \boldsymbol{\sigma})' \, W \, (\mathbf{s} - \boldsymbol{\sigma}),$$

其中 $\mathbf{s}$ 與 $\boldsymbol{\sigma}$ 分別為 S 與 Σ 矩陣中非重複之元素所形成的向量，W 為加權矩陣 (weight matrix)。模型估計過程即經由疊代程序，嘗試找出使得目標函數達到最小值的參數估計值，亦即使表徵兩個矩陣差異的函數值 F 臻於最小的參數數值，以之為參數估計值。

　　目標函數取決於兩個因素：(1) 研究者對觀察變項分配的假設；以及 (2) 採行的參數估計方法。觀察變項的分配可為多元常態分配、橢圓分配 (elliptical distribution)、任意分配 (arbitrary distribution)，參數估計方法包括最大概似法 (maximum likelihood method, ML)、未加權最小平方法 (unweighted least squares method, ULS)、廣義最小平方法 (generalized least squares method, GLS)、重複加權最小平方法 (reweighted least squares method, RLS) 等。不同的變項分配假設與估計方法之組合，即有不同的目標函數，上述最小平方系列目標函數 F 內之 W 即因之而不同。以下列出兩個常為研究者採用的目標函數：多元常態分配假設下之最大概似估計法與廣義最小平方法的函數。模型估計以求取目標函數的最小值為標的，估計參數 θ 的數值。由此二函數可知，函數的數值乃取決於 Σ 與 S 兩矩陣的差異，當 Σ 與 S 兩個矩陣愈接近時，函數值即愈小，兩個矩陣差異大時，函數值即不可能非常小。換言之，模型估計的歷程即在找出使目標函數達到最小值的參數數值。

$$F_{\mathrm{ML}} = \ln|\Sigma| + \mathrm{tr}\,(S\Sigma^{-1}) - \ln|S| - p,$$

$$F_{\mathrm{GLS}} = 0.5\,\mathrm{tr}\,[(I - \Sigma S^{-1})^2],$$

其中 ln 為自然對數，| . | 為矩陣行列式 (determinant)，tr 為矩陣之跡 (trace)，p 為觀察變項之個數。

　　研究者在進行結構方程模型前，需先了解各個觀察變項的分配，基本的實徵作法乃檢視各觀察變項的偏態 (skewness) 與峰度 (kurtosis) 係數，以了解觀察變項是否近似常態分配或為非常態分配，藉之假設合宜的觀察變項分配，與選用合適的參數估計方法。最大概似法是研究者最常採用的方法，該方法的目標函數乃在觀察變項符合多元常態分配假設下推導而得 (Bollen, 1989)。然而，實徵資料未必能符合常態分配之假設，也因之許多研究者探討最大概似法的穩健性 (robustness)，以了解 ML 仍可適用之偏離常態分配的情境，避免導致參數估計或模型評估上之偏誤。然研究者對於常態分配之假設具強韌度的偏態與峰度範圍未必有一致的看法，Muthén 與 Kaplan (1985, 1992) 認為如果偏態與峰度約在 ±1 以內，可選用常態分配假設下的 ML 或 GLS 估計方法；然有研究者覺得若偏態在 2 或 3 以內，峰度為 7 或 10 以內 (Weston, Gore, Chan, & Catalano, 2008; Kline, 2011)，基於常態分配之參數估計方法仍具強韌度。如果觀察變項嚴重偏離常態，研究者可假設變項分配為

arbitrary distribution，然於此假設下，估計參數時需要計算變項的四級動差，因而需要較常態分配假設為大的樣本數，此大樣本數之需求亦因之限制其實際可應用性。研究者亦可在評估模式時考慮以 Satorra-Bentler scaled statistic (Bentler & Dudgeon, 1996; Satorra & Bentler, 1994) 或是 bootstrap 方法 (Bollen & Stine, 1993) 代替傳統的卡方檢定 (有關卡方檢定的說明請見「模型評估」一節)，以 robust standard errors 代替一般的標準誤。當觀察變項為點數資料時，如五點量表等，研究者可考慮採用多序列相關 (polychoric correlation) 及其對應之加權矩陣進行分析，然此時需要較大的樣本數方能得到合宜的參數估計值 (Bollen, 1989; Jöreskog & Sörbom, 1993)。

　　結構方程模型之參數估計方法一般均需採行疊代的程序，以求取目標函數的最小值。在疊代的過程中，研究者需要先提供一組參數估計值作為起始值，一直疊代至函數收斂達到其最小值，此時即可得到模型參數之估計值 $\hat{\theta}$ ($\hat{\theta}$ 代表所有參數估計值所形成之向量)。SEM 的軟體一般會自動提供起始值，若軟體提供之起始值不當，研究者可另行設定參數的起始值。此外，軟體亦會設定疊代次數的上限，如果疊代歷程未收斂，表示函數尚未達到最小值，研究者可考慮增加疊代次數或改變起始值。唯有在目標函數收斂的情形下，方可進一步評估模型適合度與進行結果解釋。

　　由於結構方程模型愈來愈廣為不同學門之研究者應用，相關軟體發展蓬勃，目前較常為研究者使用的包括 Amos、CALIS、EQS、LISREL、Mplus、Mx 等。各個軟體除了可分析基本結構方程模型之外，亦各有其特點 (Byrne, 2012)。雖然軟體之發展常以讓研究者易於使用為重要前提，研究者仍宜詳讀所使用軟體之使用手冊，了解相關細節，以避免誤用 (Steiger, 2001)。

　　綜言之，在模式估計步驟，研究者需檢視變項之分配，考量變項分配與參數估計方法以決定選用之目標函數。一般結構方程模型之參數估計需運用疊代歷程以求取參數估計值，研究者需注意疊代歷程是否收斂，必要時可改變參數估計的起始值與疊代次數，以估計模型參數的數值與標準誤等分析結果。

> **參考方塊 4-3：以吳治勳等人 (2008) 研究為例說明「模型估計」步驟**
>
> 　　該文於「研究方法」中清楚呈現研究樣本、測量變項與統計分析方法之細節。首先，研究者說明研究參與者之組成和遺漏資料之處理方式與相關分析，接著描述三個量表的內容、題數、測量方式，以及由之所建構的此研究分析之 12 個變項，讀者由其說明可了解觀察變項與潛在變項間的關係。接續在後的為此研究的統計分析方法，研究者說明此研究依其研究目的採行 SEM 分析資料，分析的資料為共變數，應用的軟體、參數估計方法 (ML) 與用於模式評估之參照指標。研究者於此清楚說明如何設定各個潛在變項的尺度，以及在模式中加入正負向關係殘差間共變數的理由。對於選用 ML 估計方法是否合宜，研究者未於此處說明，然隨即於研究結果首段描述統計的部分說明變項的偏態與峰度係數。文中同時分別表列男女生在 12 個變項的相關係數矩陣與標準差，有興趣之讀者即可根據所提供的樣本統計量進行資料分析，或者重複此研究之 SEM 分析，檢驗此研究所得之結果。
>
> 提醒：研究者宜清楚說明研究樣本、用以反映潛在變項的觀察變項、觀察變項之測量方式與分配、參數估計方法、採用之軟體等，細節請參後文七 (一)「結構方程模型研究報告之撰寫」一節。

五、模型評估

　　模型評估的目的在於評估研究者提出之假設模型是否能充分解釋觀察變項的共變數矩陣，亦即目標函數之數值是否夠小，樣本共變數矩陣 S 與由參數估計值重建之共變數矩陣 $\hat{\Sigma}$ [$\hat{\Sigma}=\Sigma(\hat{\theta})$] 是否夠接近。假設模型之評估可就各參數的估計結果，以及整體模式與資料的適合度等方面進行評估，然唯有當假設模型與資料適配時，方適合進一步解釋模型參數估計值的意義。當假

設模型與資料適合度不佳時，表示此假設模型無法充分解釋變項間的關係，此時所得的參數估計值未必能適當地描述變項間的關係，因此不宜進行解釋。

(一) 參數評估

模型參數可由模式參數估計值的正負符號與數值是否合理，以及標準誤的數值是否合宜來評估。如果出現不恰當解 (improper solutions)，譬如變異數小於 0、相關係數的絕對值大於 1，則研究者需要檢視模型之設定是否合宜或是樣本資料有無問題。由於不同軟體對不恰當解的處理方式不一，研究者宜由軟體手冊了解所使用軟體對不恰當解之處理方式。SEM 軟體的報表會列出各參數 (θ_i) 的原始估計值及其標準誤，以及兩者相除的檢定統計量，該檢定的虛無假設與對立假設分別為 $H_0:\theta_i=0$ 與 $H_1:\theta_i\neq0$，亦即檢定該參數 θ_i 在母群的數值是否為 0。因結構方程模型之理論為大樣本理論，該檢定統計量在大樣本時為一 t 分配，此時 t 分配的自由度相當大，而 t 分配在自由度極大時趨近 z 分配 (標準常態分配)，故一般以 1.96 為臨界值 (假設 $\alpha=0.05$) 檢定該參數是否為 0。然如前所言，參數之評估需在模型與資料適合的情形下才宜進行，亦即研究者所建構的模型能充分解釋變項間的共變數，為變項間關係的可能解釋之一時，方適宜進一步檢視參數估計值與說明其意義。

(二) 殘差共變數矩陣

在整體模型評估上，研究者可由殘差共變數矩陣 (residual covariance matrix) 與標準化殘差矩陣 (standardized residual matrix)、卡方檢定、適合度指標 (fit indexes) 來評估。殘差共變數矩陣為樣本共變數矩陣與重建共變數矩陣之差 ($S-\hat{\Sigma}$)。當樣本共變數為正值時，殘差值為正表示假設模型低估了變項間之共變數，殘差值為負則表示假設模型高估了變項間的共變關係；當樣本共變數為負值時，殘差值則反映相反的意涵。如果假設模型與資料適配極佳，則殘差共變數矩陣之元素的數值皆會極小而接近 0。然由於各觀察變

項的變異數不同，同樣數值的殘差未必表示相似程度之適配，因此，研究者可進一步檢視標準化殘差矩陣，該矩陣為將殘差共變數矩陣標準化後所得。如同殘差共變數矩陣，如果假設模型與資料適合，則標準化殘差的數值應會接近 0。若標準化殘差矩陣中有元素的絕對值相當大，則研究者可檢視在設定假設模型時，是否忽略或過度設定其對應之觀察變項間的關係。

(三)　假設模型之卡方檢定

結構方程模型之統計理論乃奠基於大樣本理論，就如上述之參數檢定，當樣本夠大時，參數檢定之檢定統計量方為 t 分配。在整體模式評估上，當樣本數夠多且變項分配假設合宜時，樣本人數減一 $(N-1)$ 乘以目標函數之最小值 $(F_{\min})$ 為一卡方分配，自由度為 $p(p+1)/2-q$，其中 p 為觀察變項個數，q 為需估計之自由參數的數目。此檢定的虛無假設與對立假設分列如下。

虛無假設：假設模式能充分解釋變項間的共變關係，$\Sigma=\Sigma(\theta)$ (亦即母群共變數矩陣源自所假設的模型)。

對立假設：母群共變數矩陣為任何對稱之正定矩陣 (positive definite matrix)。

當虛無假設為真時，$(N-1)\,F_{\min}$ 在樣本人數極大且變項分配之假設合宜時為一卡方分配，然此檢定對樣本人數相當敏感。樣本人數過低時，$(N-1)\,F_{\min}$ 未必為卡方分配；而當樣本人數非常大時，函數最小值可能相當小，亦即假設模型重建之共變數矩陣與樣本觀察變項之共變數矩陣非常接近，但卻因為樣本人數極大，提高了卡方檢定量的數值，致使卡方檢定拒絕研究者所提出的模型，以為該假設模型無法充分解釋變項間的共變數矩陣。而且，卡方檢定之值亦受觀察變項之分配影響，如果觀察變項的實際分配偏離所使用之目標函數假設的分配，$(N-1)\,F_{\min}$ 亦未必為卡方分配。由於卡方檢定值受樣本人數與分配假設之影響，以之進行之統計檢定未必能合宜反映假設模型是否

可解釋變項間關係，不同的適合度指標乃陸續被提出，以作為假設模型與資料適合度評估之參考。

(四) 適合度指標

結構方程模型之適合度指標種類相當多，其中有些指標以基本模型 (baseline model) 作為比較的基準，以檢視假設模型較基本模型在模式適合上的增益量為多少，可稱為增益性適合度指標 (incremental fit indexes)，譬如 normed fit index (NFI) (Bentler & Bonett, 1980)、Tucker-Lewis index [(TLI) (Tucker & Lewis, 1973)，或稱 NNFI (nonnormed fit index) (Bentler & Bonett, 1980)]、relative noncentrality index (RNI) (McDonald & Marsh, 1990)、comparative fit index (CFI) (Bentler, 1990)、incremental fit index (IFI 或稱 Δ_2) (Bollen, 1989)、relative fit index (RFI 或 ρ_1) (Bollen, 1989) 即屬此類。雖然研究者可自行設定基本模型，一般乃以獨立模型 (independence model) 為比較基準，獨立模型假設觀察變項間皆為零相關，故其模型之參數僅含各觀察變項之變異數，對應之卡方檢定的自由度為 $p(p-1)/2$，亦即 $p(p+1)/2-p$。茲以增益性適合度指標 NFI 為例說明增益之概念。NFI $= (\chi_i^2 - \chi_M^2)/\chi_i^2$，其中 χ_i^2 為獨立模型之卡方檢定值，χ_M^2 為假設模型之卡方檢定值。如果觀察變項之間實際上具共變關係，則 χ_i^2 的數值一般會相當大，因為獨立模型與資料之適合度會極低。由 NFI 的式子可知，NFI 乃以 χ_i^2 為基礎，評估相對於獨立模型之卡方檢定值，假設模型卡方值減少的比率，亦即，相對於獨立模型，假設模型之適合度改進了多少。對其他適合度指標之定義或估計式有興趣之讀者可參閱 Bollen (1989)；Jöreskog 與 Sörbom (1993)；Kaplan (2008)；Kline (2011)；West、Taylor 與 Wu (2012) 等文獻。

絕對性適合度指標 (absolute fit indexes) 直接評估假設模型與資料之適合程度，而未運用基本模型，於此即以 SRMR (standardized root mean square residual) (Bentler, 1995) 為例說明。SRMR 指標乃先將殘差共變數矩陣 (亦即樣本共變數矩陣與由假設模型參數估計值重建之共變數矩陣的差異) 標準

化，求取標準化殘差矩陣中未重複元素之平方值的平均數，然後再將該平均數開根號。此一指標即直接表徵樣本共變數矩陣與由假設模型重建之共變數矩陣的差異，亦即資料與假設模型兩者之適合情形，而未應用其他參照模型。其他絕對性適合指標包括 goodness-of-fit index (GFI) (Jöreskog & Sörbom, 1993)、adjusted GFI (AGFI) (Jöreskog & Sörbom, 1993)、critical N (CN) (Hoelter, 1983)、root mean square error of approximation (RMSEA) (Steiger & Lind, 1980) 等。考量 $(N-1)$ F_{min} 之卡方檢定統計量易受樣本人數與變項分配影響而未必為卡方分配，有些研究者亦將其歸於此類，當作一描述性指標而非統計檢定量 (Jöreskog & Sörbom, 1993)。

　　面對各適合度指標之數值，研究者如何判斷假設模型與資料的適合度如何呢？在適合度指標發展之初，研究者一般由經驗法則建議可用的參考點。譬如，0.9 就曾被當作許多指標的參考點，包括 CFI、GFI、NFI、NNFI 等；CN 的建議參考值為 200 (Hoelter, 1983)，如果 CN > 200 表示模型與資料適配；RMSEA 之數值若小於 0.05 表示適配非常良好，0.05~0.08 表適配良好，然若高於 0.1 則表示適配不佳 (Browne & Cudeck, 1993)。然而，晚近直接檢視不同參考點與模式適配之研究 (Hu & Bentler, 1999) 則發現有些參考點可能需要更高，譬如，CFI、NNFI 的參考點恐需提高至 0.95，RMSEA 則小於 0.06 方表示假設模型與資料適配。Hu 與 Bentler 提出雙指標組合之模型評估策略 (two-index strategy)，同時檢視 SRMR 與其他指標之適配情形，如果兩指標均顯示假設模型與資料適配，則研究者較有信心得以所建構的模型解釋觀察變項間的共變關係。運用雙指標評估策略時，SRMR 的參考點可設為 0.09，RMSEA 的參考點可設為 0.06，NNFI、CFI、IFI 等指標的參考點可設為 0.95。運用適合度指標評估假設模型與資料之相符程度時，參考點其實僅是某個參照數值，用以了解模式適合度，研究者不宜將之視為絕對標準以評估模型 (Hu & Bentler, 1999; Marsh, Hau, & Wen, 2004)。與適合度指標相關的研究多數均為模擬研究，模擬研究之結論受限於所模擬的情境，包括模型之特性、樣本大小、估計方法、觀察變項之分配等等。因此，研究者不宜將過

去研究所建議的參考點數值當作一個非常絕對的標準來評估假設模型的適合度 (Marsh, Hau, & Wen, 2004)，可衡量多個指標的數值，並配合其他資訊 (如參數估計值是否合理等)，綜整評估假設模型與資料之適合度，進行結構方程模型之模式評估。

　　上述適合度指標皆為針對單一模型之整體評估指標。如果欲比較多個不同的可能模型時，研究者可以檢視各個模型的前述適合度指標。然比較多個模型時，這些模型可能包含不同的參數數目，因此宜同時考量模型之適合度與模型複雜度 (參數數目)，此時，常為研究者採用的有AIC (Akaike information criterion) (Akaike, 1987)、BIC (Bayesian information criterion) (Schwarz, 1978)、 CAIC (consistent AIC) (Bozdogan, 1987)、ECVI (expected cross-validation index) (Browne & Cudeck, 1989) 等指標。以 AIC 為例，AIC＝χ^2+2q，其中 χ^2 為假設模型之卡方值，q 為模型中自由參數的數目，此指標同時考量整體模式適合度與模型複雜度 (自由參數之數目)，如果適合度佳，卡方值會低，但若該模型卻甚為複雜，亦即包含許多自由參數，則其 AIC 數值亦不會很低。因此，運用此等指標時，乃比較各假設模型的指標數值，選擇數值低的模型作為解釋變項間共變數的可能模型。

(五)　卡方差異檢定

　　進行結構方程模型分析時，研究者有時希望系列性地比較模型之適配度，在原假設模型上，陸續加上限制 (constraints 或 restrictions)，以檢視更精簡的模型是否亦能充分解釋觀察變項間的共變關係。以圖 4-1 的模型 (稱之 M_0 模型) 為例，如果研究者從以往研究結果發現 F_1 與 F_2 對 F_3 的影響程度相近，研究者可限制此二參數相等，亦即加上 $b_1＝b_2$ 的限制，形成另一假設模型 (稱之 M_1 模型)。此時模型 M_1 為 M_0 加上限制 ($b_1＝b_2$) 後所形成的模型，兩者即稱為巢狀模型 (nested models)，研究者可以卡方差異檢定 (chi-square difference test) 進行巢狀模型之評估。再以圖 4-1 之模型另舉一例說明巢狀模型。如果研究者由以往針對測量變項的研究發現 F_1 對三個測量變項之影響

程度相近，此時，亦可形成另一假設 a_1、a_2、a_3 三者均相等的模型 (稱為 M_2 模型)，此模型在圖 4-1 之模型另加上兩項限制條件 ($a_1=a_2$ 與 $a_1=a_3$)，與原來圖 4-1 之模型 M_0 亦為巢狀模型，但 M_1 與 M_2 間則非巢狀模型。

　　卡方差異檢定的目的在於檢視所加上的限制是否成立，故其虛無假設為所加上的限制成立，對立假設為這些限制未必成立。運用卡方差異檢定時，需要進行兩回結構方程模型分析，分別估計限制較少 (M_0) 與限制較多 (M_1 或 M_2) 之兩模型的卡方檢定值，兩檢定值之差在大樣本時為一卡方分配，自由度為對參數所加上之限制的數目，亦即兩個模式自由度之差。因此，檢定 $b_1=b_2$ 限制是否成立之兩卡方值之差異為自由度為 1 的卡方分配，檢定 F_1 三個測量變項之因素負荷量是否相等的卡方差異值為自由度為 2 之卡方分配。進行卡方差異檢定時，需要注意限制較少之模型 (如例中之 M_0) 需為可接受之模型 (Yuan & Bentler, 2004)，如此兩卡方值之差異在大樣本下方為卡方分配。如果兩個卡方值的差異不顯著，表示更精簡的模型 (如 M_1 或 M_2) 與樣本資料的適合度和更複雜的模型 (M_0) 未達統計上之顯著差異，因此即可以精簡模型來解釋變項間之共變數。如果兩個卡方值的差異顯著，表示對參數設限後，模型與資料之適合度變差，對參數所加之額外限制未必合宜。

　　卡方差異檢定常為研究者用來檢視測量工具是否具備測量恆等性 (Steenkamp & Baumgartner, 1998; Vandenberg & Lance, 2000)，亦可用以檢定特定參數數值。除了檢定參數是否為 0 外，研究者基於相關理論或研究發現，可能有興趣了解某參數的數值是否為一特定數值 (譬如圖 4-1 模型中之 b_2 是否為 0.7)，亦即 $H_0: \theta_i = c$ 與 $H_1: \theta_i \neq c$，c 為特定數值，此時則可使用卡方差異檢定，進行兩回結構方程模型分析。第一回將該參數設為自由參數，求取卡方檢定之數值；第二回將該參數設為研究者有興趣的定值 c (如圖 4-1 模型中之 $b_2=0.7$)，由於此參數變為固定參數，此時之卡方檢定值會較第一回分析之卡方值為高或接近，兩者之差值為自由度為 1 之卡方分配。進行此等卡方差異檢定時，研究者同樣需要注意限制較少之模型 (第一回之模型) 需為可接受之模型，如此兩卡方之差異值在大樣本下方為卡方分配。

(六)　模型評估注意事項

　　模型評估是結構方程模型分析中重要的一環，Bollen 與 Long (1993) 曾編輯專書討論此主題，雖然不同研究者對卡方檢定與各種適合度指標之運用的看法未必一致，但他們整理出五點研究者具共識之意見。

1. 模型評估之最佳指導原則乃是研究者對研究主題理論與實徵研究結果之了解，即便統計數據無以拒絕假設模型，該模型若無實質理論支持亦未必具重要意義，研究者對研究主題內容之掌握在進行結構方程模型分析時乃具無以取代之重要性。

2. 由於卡方檢定統計量之性質，研究者不宜單單憑藉卡方檢定評估假設模型與資料的適合度。

> **參考方塊 4-4：吳治勳等人 (2008) 研究中與「模型評估」及分析結果相關之論述**
>
> 　　該研究在「研究結果」中首先簡述觀察變項的描述統計分析結果，繼之說明 ESP 模式的整體適配結果，由之推論 ESP 模式對於青少年男女生而言，皆為解釋創傷暴露經驗與社會關係和創傷後壓力反應關係的可能模式。於此模式可據以解釋 12 個觀察變項間共變關係的前提下，研究者接著於模型圖示中分別呈現男女生樣本模型估計所得的標準化參數估計值，並標示統計顯著性，以利讀者了解分析結果。復於文中簡略描述原始參數估計值的標準誤，逐一說明變項間的正負向關係與是否具統計上之顯著性，以及所得分析結果在研究現象上的意義。
>
> 提醒：研究者宜說明模型評估採行指標之數值及其結論，亦即假設模型能否充分解釋變項間之共變關係。如若假設模型為變項間關係的可能解釋之一，則宜進一步呈現原始參數估計值或標準化估計值與估計值之標準誤等，並說明參數估計值的特性與解釋其意義。如若假設模型適合度低，則不宜對參數估計值多加解釋。

3. 沒有哪一個指標是唯一最佳的模型適合度評估指標，研究者宜報告多個指標的數據。

4. 除了檢視整體模型與資料之適合度外，研究者不應忽略模型之其他部分，包括參數估計值是否合宜、是否有不恰當解等，亦應將之納入考量，以綜整評估假設模型之適合度。

5. 如若合宜，研究者最好能同時考量數個可能模型，以了解哪一個假設模型對資料的解釋程度可能最佳。

　　針對結構方程模型之模型評估，於此特提醒一點。研究者在模型評估過程中，有可能為了得到與資料適配之模型而頻頻更改模型，檢視適合度指標，因而誤失研究主旨。結構方程模型之應用乃為增進科學知識，協助研究者對研究主題的實質內容有更進一步之了解，而非僅僅希望提高模型適合度，故仍宜立基於目前發展的理論，並以實質理論之檢視驗證與發展為重要考量，而非僅僅追求高度的模型適配。

六、模型修正

　　研究者以理論為基礎提出的假設模型可能與資料適配，亦可能適合度不佳。當適合度不佳時，如果研究者想探究要如何改善原先提出的模型方能更適當地解釋觀察變項間的共變數，並增進對研究主題內容之了解，則可考慮修正原來的假設模型。然而，如果研究者進行結構方程模型之初衷乃僅為驗證所提出之假設模型，採模式驗證策略，則即便模式適配不盡理想，亦未必需要修正假設模型。倘若研究者希望修改模型，可參考以下訊息判斷假設模型可能需要修改之處。然任何模型之修正，斷不宜盲目地由統計數值引導，需要充分考量理論與實質意義之合宜性。

1. 殘差共變數矩陣：研究者可檢視殘差共變數矩陣，或者標準化殘差矩陣之元素，以了解有哪些殘差絕對值較大。絕對值較大之殘差值表示目前之假設模型未能合宜解釋這些變項間的共變，或者高估變項間的共變，或者低

估變項間的共變，研究者即可考量針對相關變項修正模型。以圖 4-2 的假設模型為例，如果「認知能力」與「大學畢業後職場表現」的樣本共變數為正，而研究者發現其殘差共變數為數值高的正數，則可能表示兩變項間有一些關係未在原來的模型中界定，研究者可參酌文獻考慮是否適合增加參數，譬如，加入「認知能力」至「大學畢業後職場表現」的徑路係數，描述「認知能力」對「大學畢業後職場表現」之影響，解釋兩者間之共變關係。

2. 參數是否為 0？如前所言，各參數估計值除以其對應之標準誤所得之值，可檢定該參數是否顯著不等於 0。如果該統計檢定結果不顯著，無法拒絕該參數在母群中參數值為 0 的假設，表示或可將該參數設定為 0，而自假設模型中移除該自由參數。面對未達統計顯著性之結果，研究者可考慮刪除不顯著之自由參數，以精簡模型。然而，倘若理論或以往研究發現該參數顯著，只是無法在目前的研究中發現同樣的結論時，研究者有時會選擇仍然保留不顯著之參數，惟進一步在研究報告中討論與以往研究不同之結果，待累積更多後續研究成果後，再釐清該參數之特性。舉例而言，進行 CFA 模型檢定時，研究者可能發現以往研究認為重要的指標變項之因素負荷量不顯著，此時研究者可能因為希望能與以往研究比較而仍保留該指標變項。復以圖 4-2 之假設模型為例，如果研究者發現「社經背景」與「認知能力」的共變數在統計上不顯著，表示兩者間關係薄弱，此時研究者可考慮假設兩變項無關，亦即將兩者之共變數改設為 0，刪除該自由參數。然若以往研究或理論均認為兩者應有關係，則研究者也可選擇將此不顯著的參數暫時保留於假設模型中，待未來研究再進一步探究。

3. MI (modification index) (Jöreskog & Sörbom, 1993) 與 LM 檢定 (Lagrange Multiplier test) (Bollen, 1989; Bentler, 1995)：假設模型之所以需要修正，通常乃因適合度不佳，模型之卡方檢定值偏高，研究者可考慮增加模型中的自由參數，以提升模型之適合度。MI 與 LM 檢定的目的即在提供訊息，協助研究者藉由嘗試增加假設模型中之自由參數，以降低模型對應之卡方

值，提高模型與資料之適合度。因此，MI 與 LM 檢定乃針對假設模型之固定參數，估計如果將參數改設為自由參數時，卡方檢定值可能會下降的量數。MI 為針對各個固定參數估計，其分配為一個自由度之卡方分配。LM 檢定則可針對個別參數或數個參數同時估計卡方檢定值之改變量，其檢定值為卡方分配，自由度為由固定參數改設為自由參數的數目。以圖 4-1 的模型為例，此模型包括許多數值設為 0 的固定參數，如 F_1 與 F_2 對所有 F_3 的觀察變項的影響在模型中均被設定為 0。如果 F_1 至 X_9 的係數之 MI 或 LM 值為 10.6，則表示若研究者增加由 F_1 至 X_9 的係數，將原本設定為 0 的該參數改設為自由參數，則模型的卡方檢定值約略會下降 10.6，研究者可就其對研究內容與理論之了解，決定增加此參數是否合宜。MI 或 LM 檢定的結果若不顯著，表示增加這些自由參數對卡方檢定值沒有顯著影響，未能有效提升對觀察變項間共變數的解釋。研究者經由 MI 或 LM 檢定的結果修正模型時，不宜盲目地依據其數值大小改變模型，而應考量所修正之處是否合宜與具實質意義。

4. Wald 檢定 (Wald test) (Bollen, 1989; Bentler, 1995)：Wald 檢定與 MI 和 LM 檢定的作用相反，乃針對假設模型中之自由參數，估計如果將自由參數改設為固定參數 (通常意指將其參數值設定為 0，亦即刪除該徑路或共變關係) 時，卡方檢定值可能提高多少，Wald 檢定同樣可針對個別參數或數個參數同時估計卡方檢定值之改變量。此檢定統計量亦為卡方分配，自由度為改設為固定參數之參數的數目。當 Wald 檢定不顯著時，表示減少自由參數成為更精簡的模型，並不會影響模式適合度，研究者可由理論與實徵知識判斷，考量是否可將假設模型適度精簡。

5. 期望之參數改變量 (expected parameter change, EPC) (Kaplan, 1989)：研究者亦可參考 EPC 的數值考量修改模型之方向。EPC 的數值顯示如果該參數變為自由參數時，參數值可能的改變量，預期之改變量如果相當大，研究者可考慮是否要將之改設為自由參數。

　　結構方程模型的模型估計乃同時估計假設模型中的所有參數，模型任

何部分之修正均有可能影響其他參數之估計值。因此，修正模型時，如果研究者在增加自由參數的同時，亦想刪減其他參數，可暫時先保留欲刪除之參數，先行評估增加參數之影響後，於必要時再刪除原來欲移除的參數 (MacCallum, 1986)。

> **參考方塊 4-5：吳治勳等人 (2008) 研究中與「模型修正」相關之論述**
>
> 　　該研究之目的在檢視 ESP 模式，希望能了解此模式是否能解釋青少年災難暴露、社會關係與創傷後壓力變項間的關係，並進一步檢視這些變項間關係在男生與女生是否有所不同。研究結果雖發現部分變項間關係與前言之理論預期不符，然研究者在說明所得研究結果後，未進行模型修正，而於該文「總結與討論」中討論其可能意義與未來研究之必要，復於文末述及在後續研究可另蒐集其他樣本再行驗證。此等論述顯示研究者認為當結果與理論預期不符時，應當另以其他樣本檢驗，但囿於該研究資料之有限，乃希望能於後續研究中再行探究。
>
> 　　在該文「總結與討論」中，研究者首先討論災難暴露對社會關係的影響，繼之討論社會關係對創傷後壓力反應的影響。在這些討論中，研究者除針對與預期不一致的變項間關係加以討論，與以往研究和理論有所對話外，亦闡釋申述研究結果之意義。舉例而言，當研究者討論災難暴露對支持性社會關係的影響時，即點出兩者間透過主觀地震威脅程度而有的間接關係及其意涵。
>
> 提醒：研究者針對 SEM 研究結果宜回歸至模型建構時之理論論述，說明討論與預期相符及不符之處。倘若修正原假設模型，對任何修正之處，研究者應提出修正之實質理由，而不宜以統計數據 (例如高 MI 值或低參數估計值) 為其唯一依據。如若可行，宜蒐集新的樣本資料，再次檢驗修正後模型之適合度。

　　進行模型修正時有兩點需要注意。首先，模型修正仍需以研究者對研究主題的內容知識為依循與判準原則，不宜單依統計數據盲目修正模型。再者，如果可以，研究者宜蒐集新的樣本以確認修正後的模型與新樣本資料的適合度，以免修正後的模型僅適用於原來之樣本資料而無法類推至研究母群。就如 Bollen 與 Long (1993) 的提醒，結構方程模型分析之目的在於增進對科學知識內容之了解，而非僅要尋找與資料可適配的模型。另外，模型是否適於修正，其實亦與所研究領域的成熟度有關。相當成熟的研究主題業已累積許多理論知識與實徵研究結果，研究者根據這些背景知識建構模型，如若要修正重要的變項間關係時，實應提出有力的理由和論述。然而，對於發展尚未臻成熟的研究領域，研究者可能仍處於摸索階段，還無法充分了解變項間的關係，而希望藉由結構方程模型的分析歷程，促進對變項間可能關係的探索與思考，藉以提升對研究領域的知識。因此，結構方程模型之應用其實具備相當之彈性，如何方能有效運用此統計方法，以增進研究者對領域知識之了解，端視研究者之研究目的及其對結構方程模型概念之掌握度而定。

七、結構方程模型之報告撰寫與注意事項

(一)　結構方程模型研究報告之撰寫

　　研究者撰寫結構方程模型分析之報告時，應清楚說明模型理論基礎、研究方法與分析結果，以下簡列 SEM 應用論文宜包括之內容 (Boomsma, 2000; McDonald & Ho, 2002; Jackson, Gillaspy, & Purc-Stephenson, 2009)。

1. 清楚而完整地說明假設模型之設定，及其根據之理論基礎與研究結果，圖形之呈現將有助於讀者了解所假設的模型。
2. 清楚描述分析的觀察變項與其測量方法。若假設模型包括潛在變項，宜列出潛在變項之測量指標及測量方式，說明觀察變項與潛在變項之關係。
3. 說明樣本蒐集程序、樣本大小及樣本組成。

4. 提供觀察變項之描述統計量與遺漏值處理方法等，宜包括各變項之偏態與峰度係數，以說明變項之分配。

5. 宜說明分析之矩陣，提供觀察變項之樣本共變數矩陣，或是變項間之相關係數矩陣加上各變項之標準差，若進行平均數分析則需同時提供平均數資料。倘若未能於論文內提供樣本相關統計量，亦宜說明可向作者索取。

6. 宜說明所使用之結構方程模型分析軟體與版本，以及所選用之參數估計方法。

7. 完整說明分析結果，包括卡方檢定值與對應的模型自由度和檢定之 p 值，多個適合度指標之數值，如何以其數值評估假設模型適配度，以及參數估計值及其標準誤或統計顯著性等。

8. 針對任何模型修正之處，需提出為何修正該參數設定的合宜解釋。如若可行，宜另蒐集資料再行驗證修正後之模型。

(二)　結構方程模型應用宜注意事項

結構方程模型可以協助研究者檢驗假設模型，由此了解研究理論是否與實徵資料相符，是否有需要修正之處，以提升研究者對科學知識領域的理解，對學科理論之增進有其獨特貢獻之處。然而，各種統計方法皆有其適用之情境與限制，研究者在運用結構方程模型時仍有宜注意之處 (Cliff, 1983; Mueller, 1997; Steiger, 2001; Kline, 2011)，茲擇要說明如下。

1. 因果關係：變項間的因果關係不是統計方法可以證明的，採用結構方程模型分析資料，即便研究者在圖形上畫上單箭頭之直線，並不表示兩變項間即具備因果關係，因果關係需要統計之外的訊息來界定。

2. 假設模型之合理性與理論基礎：研究者需要提供充分的訊息，無論是研究理論，或是以往相關研究成果，以支持所提出的假設模型。研究者對研究主題內容之掌握乃有效運用結構方程模型以增進研究知識之關鍵，因素命名、模型設定、模型修正是否合宜均與之息息相關，因此需要研究者儘量熟悉研究領域之文獻，謹慎思考。

3. 其他可能模型之考量：研究者需要知道其所提出的假設模型並非唯一能解釋資料之模型，可能有其他模型亦能適當地描述變項間的關係，解釋觀察變項間之共變，可亦同步考量其他可能模型。

4. 潛在變項之命名：研究者對潛在變項及其測量變項之了解程度相當重要，攸關模型中因素之命名是否恰當。研究者雖然可為潛在變項命名，然而，給予潛在變項某一名稱未必表示該潛在變項即是測量其所命名之構念 (construct)。研究者宜慎選測量變項，並謹慎為因素命名，以反映其實質意義。

5. 統計理論：結構方程模型之統計理論乃奠基於大樣本理論，亦即樣本人數需要夠大時，相關之統計檢定量方符合其理論上之分配。於此，研究者需要注意分析之樣本人數，避免樣本人數過少之情況。

6. 變項分配：研究者需要檢視觀察變項之分配，以之選擇合宜之目標函數與估計方法進行模型估計，以避免因為變項分配假設不當而影響研究結果之正確性與可信度。

7. 非關「證明」：即便假設模型與資料適合度佳，僅只表示目前的 SEM 分析結果無法推翻該模型，並不表示研究者業已「證明」該模型或其所代表之理論成立，在文字論述上宜加留意。

8. 假設模型之可重複性：研究者若修正假設模型，需要說明理由，且最好能蒐集新的資料再予檢驗。科學知識之進展仰賴研究者發現新的研究結果，然而任何新發現均需要其他研究重複加以檢視與驗證，僅只為單一研究支持之假設模型未必能促進學科研究知識之積累與增進對研究現象之了解。

八、總　結

結構方程模型之應用乃奠基於研究理論與文獻，據之提出假設模型，以解釋變項間的共變數。研究者檢視模型是否能辨識，估計模型所含之自由參數的數值，評估假設模型與資料之適合度，必要時再對假設模型予以修

正。結構方程模型除應用於單一母群，亦可用於多組群之狀況，比較組群間之差異。此外，結構方程模型可延伸至包含平均數的模型 (mean structure analysis)，此時分析的不僅是變項間的共變數，亦包括變項的平均數，計算自由度時要注意資料點的個數為 $[p(p+1)/2]+p$，而非僅 $p(p+1)/2$。將平均數納入分析時，研究者可探究與平均數相關的研究議題，譬如：同一因素的平均數是否隨時間改變？不同年齡層的因素平均數是否相異？此外，研究者近來亦將結構方程模型延伸至多種資料型態的模型，包括成長曲線模型 (growth curve model) (Bollen & Curran, 2006)、多層次分析模型 (multilevel model) (Kaplan, 2008; Rabe-Hesketh, Skrondal, & Zheng, 2012) 等，使得結構方程模型之應用更為多元。Stapleton 與 Leite (2005) 曾分析多門結構方程模型課程的授課大綱，提供結構方程模型各種相關主題之參考文獻，有興趣的讀者可以參閱。此章乃 SEM 之入門簡介，對 SEM 各主題詳細內容或者進階議題有興趣的讀者，可參考延伸閱讀書目與相關期刊論文。

結構方程模型提供研究者檢視理論與實徵資料是否相近的機會，對學門知識之進展有莫大的助益，因之愈來愈廣為研究者採用 (Hershberger, 2003)。有鑑於 SEM 應用性之普遍提高，相關軟體之發展乃力求使用者能夠容易上手 (user-friendly)，以利建構模型進行分析。然而，Mueller 於 1997 年即注意到結構方程模型軟體朝使用者易於運用之方向發展所產生的影響，而呼籲結構方程模型之應用者應該回歸結構方程模型的基本面，需要留意結構方程模型之哲學與統計議題，以及所立基之假設，並以內容知識與理論為進行分析之引導原則。同樣地，數年之後，Steiger (2001) 鑑於結構方程模型軟體以及入門介紹性書籍之以使用者導向為重的發展，再次提出對結構方程模型應用與教育之隱憂。晚近，Lei 與 Wu (2007) 亦思及結構方程模型軟體對使用者友善，使之容易操作，可能是福，亦可能為禍。結構方程模型乃一複雜之統計分析方法，有許多統計理論上宜注意之點，使用者倘以軟體使用為重，而未曾充分接受結構方程模型相關統計理論之教育，則在應用結構方程模型時，恐將宛如 Steiger 所言「Driving fast in reverse」之比喻。紮實之結構

方程模型課程乃為適當與合宜運用結構方程模型所必須具備的條件。

致　謝

　　本文承蒙吳治勳教授、陳淑惠教授、吳英璋教授慨允同意提供其研究論文作為結構方程模型應用之範例，並蒙劉長萱教授、瞿海源教授、區雅倫博士、黃柏僩博士，以及陳淑萍、李庚霖、陳柏邑、林子堯同學對本章初稿提供許多寶貴意見，讓本章得以更臻完善，於此特申謝忱。

參考書目

吳治勳、陳淑惠、翁儷禎、吳英璋 (2008)〈臺灣九二一地震災難暴露對青少年創傷後壓力反應及社會關係的影響之性別差異研究〉。《中華心理學刊》，50，367-382。

Akaike, Hirotugu (1987). Factor analysis and AIC. *Psychometrika, 52*, 317-332.

Anderson, James C., & Gerbing, David W. (1988). Structural equation modeling in practice: A review and recommended two-step approach. *Psychological Bulletin, 103*, 411-423.

Barrett, Paul (2007). Structural equation modeling: Adjudging model fit. *Personality and Individual Differences, 42*, 815-824.

Bentler, Peter M. (1986). Structural modeling and psychometrika: A historical perspective on growth and achievements. *Psychometrika, 51*, 35-51.

Bentler, Peter M. (1990). Comparative fit indexes in structural models. *Psychological Bulletin, 107*, 238-246.

Bentler, Peter M. (1995). *EQS structural equations program manual*. Encino, CA: Multivariate Software.

Bentler, Peter M. (2007). On tests and indices for evaluating structural models. *Personality and Individual Differences, 42*, 825-829.

Bentler, Peter M., & Bonett, Douglas G. (1980). Significance tests and goodness of fit in the analysis of covariance structures. *Psychological Bulletin, 88*, 588-606.

Bentler, Peter M., & Chou, Chih-ping (1987). Practical issues in structural modeling. *Sociological Methods & Research, 16*, 78-117.

Bentler, Peter M., & Dudgeon, Paul (1996). Covariance structure analysis: Statistical practice, theory, and directions. *Annual Review of Psychology, 47*, 563-592.

Bollen, Kenneth A. (1989). *Structural equations with latent variables*. New York: Wiley.

Bollen, Kenneth A., & Curran, Patrick J. (2006). *Latent curve models: A structural equation perspective*. Hoboken, NJ: John Wiley.

Bollen, Kenneth A., & Long, J. Scott (Eds.) (1993). *Testing structural equation models*. Newbury Park, CA: Sage.

Bollen, Kenneth A., & Stine, Robert A. (1993). Bootstrapping goodness-of-fit measures in structural equation modeling. In Kenneth A. Bollen & J. Scott Long (Eds.), *Testing structural equation models* (pp. 111-135). Newbury Park, CA: Sage.

Boomsma, Anne (2000). Reporting analyses of covariance structures. *Structural Equation Modeling, 7*, 461-483.

Bozdogan, Hamparsum (1987). Model selection and Akaike's information criterion (AIC): The general theory and its analytical extensions. *Psychometrika, 52*, 345-370.

Browne, Michael W., & Cudeck, Robert (1989). Single sample cross-validation indices for covariance structures. *Multivariate Behavioral Research, 24*, 445-455.

Browne, Michael W., & Cudeck, Robert (1993). Alternative ways of assessing model fit. In Kenneth A. Bollen & J. Scott Long (Eds.), *Testing structural equation models* (pp. 136-162). Newbury Park, CA: Sage.

Byrne, Barbara M. (2012). Choosing structural equation modeling computer software: Snapshots of LISREL, EQS, Amos, and Mplus. In Rick H. Hoyle (Ed.), *Handbook of structural equation modeling* (pp. 307-324). New York: Guilford.

Cliff, Norman (1983). Some cautions concerning the application of causal modeling methods. *Multivariate Behavioral Research, 18*, 115-126.

Goffin, Richard D. (2007). Assessing the adequacy of structural equation models: Golden rules and editorial policies. *Personality and Individual Differences, 42*, 831-839.

Graham, John W., & Coffman, Donna L. (2012). Structural equation modeling with missing data. In Rick H. Hoyle (Ed.), *Handbook of structural equation modeling* (pp. 277-295). New York: Guilford.

Hershberger, Scott L. (2003). The growth of structural equation modeling: 1994-2001. *Structural Equation Modeling, 10*, 35-46.

Hoelter, Jon W. (1983). The analysis of covariance structures goodness-of-fit indices. *Sociological Methods & Research, 11*, 325-344.

Hoyle, Rick H. (Ed.) (2012). *Handbook of structural equation modeling*. New York:

Guilford.

Holbert, R. Lance, & Stephenson, Michael T. (2002). Structural equation modeling in the communication sciences, 1995-2000. *Human Communication Research, 28*, 531-551.

Hu, Li-tze, & Bentler, Peter M. (1999). Cutoff criteria for fit indexes in covariance structure analysis: Conventional criteria versus new alternatives. *Structural Equation Modeling, 6*, 1-55.

Jackson, Dennis L., Gillaspy, J. Arthur, Jr., & Purc-Stephenson, Rebecca (2009). Reporting practices in confirmatory factor analysis : An overview and some recommendations. *Psychological Methods, 14*, 6-23.

Kenny, David A., & Milan, Stephanie (2012). Identification: A nontechnical discussion of a technical issue. In Rick H. Hoyle (Ed.), *Handbook of structural equation modeling* (pp. 145-163). New York: Guilford.

Jöreskog, Karl G. (1993). Testing structural equation models. In Kenneth A. Bollen & J. Scott Long (Eds.), *Testing structural equation models* (pp. 294-316). Newbury Park, CA: Sage.

Jöreskog, Karl, G. & Sörbom, Dag (1993). *LISREL 8: Structural equation modeling with the SIMPLIS command language*. Chicago: Scientific Software International.

Kaplan, David (1989). Model modification in covariance structure analysis: Application of the expected parameter change statistic. *Multivariate Behavioral Research, 24*, 285-305.

Kaplan, David (2008). *Structural equation modeling: Foundations and extensions* (2nd ed.). Thousand Oaks, CA: Sage.

Kelley, Ken, & Lai, Keke (2011). Accuracy in parameter estimation for the root mean square error of approximation: Sample size planning for narrow confidence intervals. *Multivariate Behavioral Research, 46*, 1-32.

Kline, Rex B. (2011). *Principles and practice of structural equation modeling* (3rd ed.). New York: Guilford.

Lai, Keke, & Kelley, Ken (2011). Accuracy in parameter estimation for targeted effects in structural equation modeling: Sample size planning for narrow confidence intervals. *Psychological Methods, 16*, 127-148.

Lei, Pui-wa, & Wu, Qiong (2007). Introduction to structural equation modeling: Issues and practical consideration. *Educational Measurement: Issues and Practice, 26*, 33-43.

Long, J. Scott (1983). *Covariance structure models: An introduction to LISREL*. Beverly Hills, CA: Sage.

MacCallum, Robert (1986). Specification searches in covariance structure modeling.

Psychological Bulletin, 100, 107-120.

MacCallum, Robert C., & Austin, James T. (2000). Applications of structural equation modeling in psychological research. *Annual Review of Psychology, 51*, 201-226.

MacCallum, Robert C., Browne, Michael W., & Sugawara, Hazuki M. (1996). Power analysis and determination of sample size for covariance structure modeling. *Psychological Methods, 1*, 14-149.

Marsh, Herbert W., Hau, Kit-Tai, & Wen, Zhonglin (2004). In search of golden rules: Comment on hypothesis-testing approaches to setting cutoff values for fit indexes and dangers in overgeneralizing Hu and Bentler's (1999) findings. *Structural Equation Modeling, 11*, 320-341.

McDonald, Roderick P., & Ho, Moon-Ho R. (2002). Principles and practice in reporting structural equation analyses. *Psychological Methods, 7*, 64-82.

McDonald, Roderick P., & Marsh, H. W. (1990). Choosing a multivariate model: Noncentrality and goodness of fit. *Psychological Bulletin, 107*, 247-255.

Meredith, William (1993). Measurement invariance, factor analysis and factorial invariance. *Psychometrika, 58*, 525-543.

Mueller, Ralph O. (1997). Structural equation modeling: Back to basics. *Structural Equation Modeling, 4*, 353-369

Muthén, Bengt O., & Kaplan, David (1985). A comparison of some methodologies for the factor analysis of non-normal Likert variables. *British Journal of Mathematical and Statistical Psychology, 38*, 171-189.

Muthén, Bengt O., & Kaplan, David (1992). A comparison of some methodologies for the factor analysis of non-normal Likert variables : A note on the size of the model. *British Journal of Mathematical and Statistical Psychology, 45*, 19-30.

Muthén, Linda K., & Muthén, Bengt O. (2002). How to use a Monte Carlo study to decide on sample size and determine power. *Structural Equation Modeling, 9*, 599-620.

Nevitt, Jonathan, & Hancock, Gregory R. (2004). Evaluating small sample approaches for model test statistics in structural equation modeling. *Multivariate Behavioral Research, 39*, 439-478.

Rabe-Hesketh, Sophia, Skrondal, Anders, & Zheng, Xiaohui (2012). Multilevel structural equation modeling. In Rick H. Hoyle (Ed.), *Handbook of structural equation modeling* (pp. 512-531). New York: Guilford.

Satorra, Albert, & Bentler, Peter M. (1994). Corrections to test statistics and standard errors in covariance structure analysis. In Alexander von Eye & Clifford C. Clogg (Eds.),

Latent variables analysis: Applications for developmental research (pp. 399-419). Thousand Oaks, CA: Sage.

Schwarz, Gideon (1978). Estimating the dimension of a model. *Annals of Statistics, 6*, 461-464.

Spearman, Charles (1904). "General intelligence," objectively determined and measured. *American Journal of Psychology, 15*, 201-293.

Stapleton, Laura M., & Leite, Walter L. (2005). A review of syllabi for a sample of structural equation modeling courses. *Structural Equation Modeling, 12*, 642-664.

Steenkamp, Jan-Benedict E. M., & Baumgartner, Hans (1998). Assessing measurement invariance in cross-national consumer research. *Journal of Consumer Research, 25*, 78-90.

Steiger, James H. (2001). Driving fast in reverse: The relationship between software development, theory, and education in structural equation modeling. *Journal of the American Statistical Association, 96*, 331-338.

Steiger, James H. (2007). Understanding the limitations of global fit assessment in structural equation modeling. *Personality and Individual Differences, 42*, 893-898.

Steiger, James, H. & Lind, J. M. (1980). *Statistically based tests for the number of common factors*. Paper presented at the annual meeting of the Psychometric Society, Iowa City, IA.

Tanaka, Jeffrey S. (1987). "How big is big enough?": Sample size and goodness of fit in structural equation models with latent variables. *Child Development, 58*, 134-146.

Tucker, Ledyard R., & Lewis, Charles (1973). A reliability coefficient for maximum likelihood factor analysis. *Psychometrika, 38*, 1-10.

Vandenberg, Robert J., & Lance, Charles E. (2000). A review and synthesis of the measurement invariance literature: Suggestions, practices, and recommendations for organizational research. *Organizational Research Methods, 3*, 4-70.

West, Stephen G., Taylor, Aaron B., & Wu, Wei (2012). Model fit and model selection in structural equation modeling. In Rick H. Hoyle (Ed.), *Handbook of structural equation modeling* (pp. 209-231). New York: Guilford.

Weston, Rebecca, Gore, Paul A. Jr., Chan, Fong, & Catalano, Denise (2008). An introduction to using structural equation models in rehabilitation psychology. *Rehabilitation Psychology, 53*, 340-356.

Wolfle, Lee M. (1999). Sewell Wright on the method of path coefficients: An annotated bibliography. *Structural Equation Modeling, 6*, 280-291.

Yuan, Ke-hai, & Bentler, Peter M. (2004). On chi-square difference and z tests in mean and covariance structure analysis when the base model is misspecified. *Educational and Psychological Measurement, 64*, 737-757.

延伸閱讀

1. Bollen, Kenneth A. (1989). *Structural equations with latent variables*. New York: Wiley.
   此書為 SEM 重要進階著作，適合希望對 SEM 的原理與統計理論有深入了解的讀者閱讀。

2. Hoyle, Rick H. (Ed.) (2012). *Handbook of structural equation modeling*. New York: Guilford.
   此新近出版的 SEM 縱覽手冊共包括四十章，分為五部分，從 SEM 的基礎概念到 SEM 的執行，以及基本與進階應用，涵蓋主題廣泛多元，作者群 SEM 研究經驗豐富，值得 SEM 研究與應用者參考。

3. Kaplan, David (2008). *Structural equation modeling: Foundations and extensions* (2nd ed.). Thousand Oaks, CA: Sage.
   此書為 SEM 進階著作，論述 SEM 的原理與統計理論，以及 SEM 模型之延伸，包括多層次 SEM 與潛在成長曲線模型。

4. Kline, Rex B. (2011). *Principles and practice of structural equation modeling* (3rd ed.). New York: Guilford.
   此書為 SEM 介紹性入門著作，文字淺顯易讀，對 SEM 實際運用之議題多有著墨，應用 SEM 之研究者應能從中獲益許多。

5. Long, J. Scott (1983). *Covariance structure models: An introduction to LISREL*. Beverly Hills, CA: Sage.
   此書主要以 SEM 常用的 Jöreskog-Keesling-Wiley 模式介紹 SEM，雖年代較久，然對 SEM 之重要概念與推導均清楚說明，乃介紹 SEM 之極精簡紮實著作。

6. Schumacker, Randall E., & Lomax, Richard G. (2010). *A beginner's guide to structural equation modeling* (3rd ed.). New York: Routledge.
   此書為 SEM 之入門書籍，以簡易的方式呈現 SEM，引領讀者了解 SEM 的要素，適合初學者閱讀。

5

多層次分析

一、前 言

　　社會科學和行為科學的研究，常對探討個人生活環境對其知識、態度和行為的影響，或對個人知識、態度和行為的改變如何受到生活環境的影響等議題有興趣。因此，有愈來愈多的研究所蒐集和必須分析的資料，都不是個人或生活環境單一層次的資料，而是包括個人和生活環境多個不同層次的資料，而且這種資料都具有階層式或巢狀的 (hierarchical or nested) 結構關係。譬如，一個研究抽出 10 個樣本縣市，每個縣市抽樣 50 個樣本社區，且每個社區隨機抽樣 100 個受訪者；或一個青少年的研究樣本來自 100 個學校，每個學校抽樣 5 個班，每班約有 30 個學生接受訪問；或某一個教學介入性計畫的效果評估研究，其研究資料蒐集自 50 個學校，每個學校有 5 個班級，每個班級的全部學生，每個學生又都有 6 個時間點的結果變項 (如考試成績) 之測量等。這些研究的資料皆屬階層式或巢狀結構資料形態。

　　當然，一個研究者所需要分析的階層式結構資料會有幾個層次，或資料蒐集過程中考慮蒐集幾個層次的階層式結構資料，與研究者所關心的研究議題或研究議題提問的方式有密切的關係。同一個研究變項 (如個人特質變項) 在階層式結構資料分析中，會使用於哪個層次，並不是固定不變的，而是會因階層式結構資料的形態而定。如研究者分析 50 個社區，每個社區 100 個

人的兩階層資料，個人變項是屬於第一層次，社區變項則屬於第二層次。不過，前述的介入性計畫效果評估研究，其第一層資料是每個人的 6 個時間點的測量資料，個人變項卻是第二層次的變項了。因此，在不同研究旨趣下的不同階層式結構資料，同樣是個人變項，卻可能被納入不同層次的分析單位。

此外，在生活環境對個人知識、態度和行為影響的研究愈來愈受重視的情形下，研究者要面臨處理階層式結構或巢狀結構的研究資料，可能是最簡單的兩個層次，或是較複雜的三個層次，甚至是更多的研究層次。所以，研究者必須理解研究議題和研究資料涉及階層式結構時，研究議題如何發問，如何使用多層次分析法，如何選擇適切的多層次模式及如何詮釋分析結果，才能使研究問題得到正確的回答。

本章的目的即在介紹處理階層式結構資料之多層次分析法 (multilevel analysis)，討論其使用的時機、分析的資料準備、模式的設定與意義、模式的估計與詮釋，以滿足社會科學和行為科學探究個人生活環境及其生活環境，對個人知識、態度和行為及其變遷的影響之研究分析需要。

(一) 多層次分析的需要性

當研究者需要處理具有階層式結構資料時，為何需要採用多層次分析法？多層次分析法優於傳統上所使用的分析方法嗎？過去社會科學研究中，對於具有階層式結構資料 (以兩層次結構為例) 之處理，依分析單位 (unit of study) 的不同，最常見的處理方式可以歸納為三大類 (Hannan, 1971)。

1. 統合方法 (aggregation approach)。
2. 個體層次分析法或非統合分析法 (disaggregation approach)。
3. 交互作用模式分析法 (interaction approach)。

階層式結構資料常依分析單位的不同，被區分為第一層次 (或個體層次，micro-level) 和第二層次 (或總體層次，macro-level)；或是分為第一層

次 (最低層次)、第二層次 (中間層次) 和第三層次 (最高層次)。以兩層次資料作為說明基礎。統合方法是將階層式結構資料的第一層次變項統合成 (aggregated) 第二層次的變項來分析。譬如，將學生的學測成績，以班為單位，加總轉換為每班的平均成績。研究的自變項和依變項都是這樣的處理，然後再探討總體層次的自變項如何影響總體層次的依變項，這就是統合方法的分析。如果研究者在研究議題上只對總體層次的現象有興趣，那麼，以統合方法來分析階層式結構資料並無不妥之處。只是研究者需要了解，資料統合後的總體層次變項的信度取決於總體層次單位內，個體層次之觀察體數目。

不過，採用統合方法處理階層式結構資料可能存在下列七種問題。

1. 資料由個體層次統合到總體層次，其資料所代表的概念意義可能已經不同於原來個體層次的意義。如組織員工對「組織工作環境的反應」之個體層次的概念，統合到總體 (組織) 層次則會轉變成「組織氣候」的意義，但組織氣候卻已經不是原來個體層次概念的測量意義。

2. 可能忽略了原始資料的共變異數結構，而導致完全不一樣的研究結論。在總體層次的一個分析單位內，自變項對依變項的影響可能都是正向的，但是將資料統合為總體層次時，卻發現總體層次 (群體間) 的自變項對依變項的影響卻可能是負向的。

3. 統合方法會使得「個體層次的自變項影響效果如何因環境脈絡變項 (總體層次) 而不同」之研究提問，無法獲得回答。亦即採用統合方法處理階層式資料，研究者會失去探討跨層次變項交互作用 (個體層次自變項和總體層次環境脈絡變項之交互作用項) 的研究可能。如個人教育對志願性社會參與的影響是否受到社區依附 (community attachment) 的影響，這種研究提問是屬於跨層次交互作用的研究議題，而統合方法無法對此研究問題進行回答。

4. 如果研究資料只蒐集了少數團體的階層式結構資料，採用統合方法處理，會因為總體層次單位數太少，而無法進行生活環境脈絡影響的深度分析。

5. 使用統合方法過程中，會丟掉個體之間的差異性。如果只以變項平均數作為總體層次 (團體) 的測量，則可能無法掌握同一群體內的個體間之異質性。

6. 採用統合方法處理階層式資料，不僅造成個體資訊流失，也造成研究假設的檢定力下降。

7. 若研究者將統合方法 (總體層次) 所得到的研究結論，推論到個體層次的概念間關係，則犯了區位謬誤 (ecological fallacy) 的問題。如總體層次的分析發現「居民擁有大學教育比例愈高的鄰里，其參與志工的比例愈高」，結果推論為「擁有大學教育者，其參與志工的機會大」。顯然地，這樣的研究結論推論犯了區位謬誤。

　　第二種常見的處理階層式結構資料的方法，是為個體分析法或稱之為非統合方法，亦即研究者完全忽略階層式結構資料的總體層次，只針對個體層次資料進行分析的方法。非統合方法在處理資料層次的方向上，與統合方法正好相反，前者只分析個體層次研究命題，而後者則只分析總體層次研究命題。與統合方法一樣，非統合方法處理階層式結構資料的結果，也會產生一些問題。

1. 階層式結構資料處理中，忽略了總體層次的存在，會造成分析單位數膨脹，導致錯誤結論。譬如，要探討年長的法官是不是比年輕的法官容易將人判刑？於是抽樣 50 個法官，每個法官抽出他所負責的 20 個判例進行分析。在這個例子中，法官為總體層次，每個判例為個體層次。總共需要分析的判例為 1,000 個。如果研究者以 1,000 個案例作為分析，探討法官之間的差異，即使同一個法官所處理的案例都是獨立的，這樣的處理也已經使得原本只有 50 個獨立的觀察體 (法官)，膨脹為 1,000 個獨立觀察體。以非統合的方法來探討總體層次間的差異 (between-group difference)，觀察體數目膨脹導致估計標準誤變小，使得原本母體年長與年輕法官並沒有差異存在，卻可能得到兩者有差異的研究結論。

2. 以非統合方法處理具有階層式結構資料，可能忽略了總體層次的同一個分析單位內，個別觀察體之間的非獨立性，而將所有觀察體視為獨立的。當階層式結構資料的非獨立性被忽略後，變異數沒有被分離出總體單位內 (within-group) 和總體單位間 (between-group) 的變異數，以非統合的方法分析總體層次單位內的差異 (within-group difference) 可能高估，導致估計標準誤變大，進而造成一個為真的虛無假設容易被拒絕，使得研究者做出錯誤的研究結論。

3. 若研究者將非統合方法個體層次概念間的關係，推論為總體層次概念間的關係，則犯了原子式謬論 (atomistic fallacy)。如果抽樣自異質性高的母體之階層式資料，若忽略總體層次，將資料視為抽樣自同質性的母體資料加以分析，那麼個體層次所分析出來的研究結論，勢必與母體內異質性團體所存在的真實現象不同。譬如，人力資本愈高，則勞動市場報酬愈高。如果不同地區之勞動市場異質性很高，則前述的研究發現就不適合推論到所有地區之勞動市場，否則就犯了原子式謬論。

　　而常見的第三種處理階層式結構資料的方法，是為交互作用模式分析法。當階層式結構資料中，總體層次的群體數不多 (3-5 個) 時，研究者為探討「自變項影響效果的群體間差異性」、「調整前或調整後群體平均數之群體間差異性」，常使用群體虛擬變項及群體虛擬變項與個體層次的自變項之交互作用項於線型模式中。經由交互作用項的顯著性，判斷個體層次的自變項影響效果 (自變項對依變項的影響) 有無群體間差異。如果交互作用項之參數，經統計檢驗結果是有別於 0 的話，表示該自變項對依變項的影響效果，有群體間差異。以交互作用模式分析階層式結構資料，仍然可能有下列的問題。

1. 雖然這樣的分析，可以了解自變項影響效果是否有群體間差異，但是研究者仍然沒辦法知道到底是由群體的哪些環境脈絡因素之差異所造成的。

2. 群體虛擬變項的參數顯著性，可以讓研究者判斷不同團體的未調整平均數

或調整平均數 (即群體別常數項) 是否有群體間差異。同樣地，如果群體虛擬變項參數是顯著的，反映群體平均數是有群體間差異，但是研究者還是無法確定是由什麼群體環境脈絡變項所造成的影響。

3. 上述包含交互作用的線型模式中，群體虛擬變項的個數為總體層次單位數減一，交互作用項個數為群體虛擬變項的個數和研究者擬探究之「自變項效果可能有群體差異」的自變項個數之乘積。所以，當探討的群體數增加時，交互作用線型模式中的自變項個數會增加相當快，使得以交互作用線型模式處理群體數多的階層式結構資料變得沒有效率。當然，如果只是少數幾個群體的比較研究，研究者可以採用交互作用項的線型模式，但缺點是無法了解為何群體間會有差異。

　　如上述，對於階層式結構的資料，不論是採取統合方法或非統合方法處理資料，可能產生上述統計上和概念上的問題；而使用交互作用項的分析又只能適用於少數幾個群體的比較，且無法回答生活環境或環境脈絡對特定自變項影響效果的差異。不過，了解到底是群體的什麼環境或脈絡因素所造成的影響 (包括自變項影響效果或群體平均數有群體差異) 卻往往是研究者的研究興趣或目的所在。因此，研究者需要更有效率，同時又能達成研究議題解答的資料分析方法。多層次分析不僅可以將階層式結構資料之個體層次和總體層次的概念，同時納入一個分析中，也可以有效率地分析相當多的群體數。在研究議題的提問上，「自變項影響效果有無群體間差異，若有差異，是不是某些群體環境脈絡因素所影響？」同時「群體平均數有無群體間差異？若有差異，是否由某些群體環境脈絡因素所影響的」等研究問題，都可以經由多層次分析方法來加以處理和回答。

(二)　多層次資料的取得

　　當然，多層次分析處理的研究議題形式和相對應的階層式結構資料類型相當多元，無法逐一列舉。但多層次分析在社會科學研究上的使用愈來愈普遍，在各種學術期刊論文中使用的頻率也愈來愈高。研究者若能掌握研究議

題的提問形式、多層次分析資料結構和分析模式的配合要領，多層次分析實用性較高。

基本上，多層次分析特別適合處理階層式結構和叢集結構 (clustered structure) 的資料。階層式結構資料通常由研究者針對研究母體採用多段式抽樣 (multistage sampling) 所取得的資料。譬如，在教育學研究中，研究者先就較高層次抽出樣本單位 (如學校)，接著再由樣本學校抽出樣本學生，或是由樣本學校，再抽出樣本班級，最後蒐集樣本班級中的所有學生或再抽出樣本學生；家庭學研究裡，研究者先抽出樣本家庭，再訪問家庭裡所有成員或夫妻成員；醫護研究裡，研究者抽樣醫院，再抽樣醫生及所有跟診的護士，再抽樣出病人。

叢集結構的資料來自研究者針對研究母體採取叢集抽樣 (cluster sampling) 或分層抽樣。在大規模的調查研究中，基於資料蒐集之調查成本的考慮，常採用叢集抽樣方法。另一種叢集結構資料，是同一個受訪者或受試者多次的重複性量測資料，或是長期追蹤研究設計下的蒐集資料。

地理或空間單元常是叢集抽樣的抽樣單位，而居住在同一個地理空間的人，在研究的現象上，會比居住在其他區域的人，相似性來得高。同樣地，同一個受試者的重複量測結果之間，也有相當高的關聯性。即同一個受訪者多波的資料間 (對同一個變項而言) 會有相當高的相依性存在。這種現象都是研究資料不獨立的特性，此種非獨立的資料特性稱之為叢集效果。叢集效果會導致傳統線型迴歸係數的估計標準誤變小，結果產生具有顯著性結論假象。

二、多層次分析模式

多層次分析是一種可以處理階層式資料或叢集結構資料的統計分析方法，在許多學術領域都已經廣泛地被使用。在不同的學術領域使用的名稱不同，常見的名稱有：階層線型模式、隨機係數模式、混合效果模式、共變數

結構模式和成長曲線模式 (Snijders & Bosker, 1999; Raudenbush & Bryk, 2002; Luke, 2004)。雖然名稱不同，但是都是處理階層式結構資料的方法，本章以多層次分析稱之，必要時再使用其他的名稱。多層次分析有多種不同的模式形態，不過，基本上可以歸納為兩大類：多層次迴歸分析和共變數結構多層次模式。本章主要討論多層次迴歸分析，並以兩層次分析模式為例子，說明階層分析的理論與應用。

(一)　兩層次分析基本模式

基本上，多層次分析的第一層次模式都是迴歸方程式，可以是線型，也可以是非線型，只是每個群體 (第二層次的分析單位) 都有一個迴歸模式；而第二層次則進一步分析第一層次的迴歸參數是否有群體間的差異及是否為群體特性變項的影響；第二層次的模式也是迴歸模式的形式。這是最常見的多層次模式。簡言之，多層次分析的目的是從多個層次的自變項所形成的函數關係，預測最低層次 (第一層次) 依變項結果的分析方法。譬如，研究者想要探討小孩的特性 (如性別、家庭社會經濟地位、有無補習等) 和小孩就讀的班級特性 (如班級大小、班級競爭指數、能力分班與否等) 如何影響小孩的數學測驗成績。在這個例子中，研究者同時考慮了小孩特性 (第一層次自變項) 和班級特性 (第二層次自變項) 對小孩數學測驗成績 (第一層次的依變項) 的影響。但是，因為多個小孩的資料來自同一個班級，而同一個班級的小孩的數學成績，除了小孩自己的智力和投入學習的努力度影響外，也受到數學老師的教學方式與投入度、同學間的競爭氣氛和班級能力屬性等因素的影響，因此，同一個班級小孩的數學測驗成績並不完全獨立。基於第一節所討論的階層式結構資料的分析問題，所以，最好的方式是採用多層次分析法來處理資料，以達到研究問題正確和有效地回答。

為了簡化多層次分析的說明，底下將僅以一個小孩特性變項和一個班級特性變項作為模式說明，然而，在真實研究中，通常是多個解釋變項的考慮。其中每個小孩的數學測驗成績，為兩層次分析中第一層次方程式的依變

項 (以 Y_{ij} 表示)，小孩的特性變項為第一層次模式中的自變項 (以 X_{ij} 表示)。β_{0j} 和 β_{1j} 代表第 j 班的兩個參數，分別是截距和斜率。截距代表其數學測驗的平均數，斜率則代表小孩特性 X 變項對數學測驗成績的影響效果。而第二層次方程式是以各班級 (群體) 第一層次的截距和斜率分別為依變項，班級特性為第二層次的自變項 (以 W_j 表示)。這個簡單的兩層次分析模式可以說明如式 (5-1)：

$$第一層次：Y_{ij} = \beta_{0j} + \beta_{1j} X_{ij} + e_{ij}$$

$$第二層次：\beta_{0j} = \gamma_{00} + \gamma_{01} W_j + u_{0j} \tag{5-1}$$

$$\beta_{1j} = \gamma_{10} + \gamma_{11} W_j + u_{1j}$$

其中 Y_{ij} 為第 j 個班級的第 i 個學生的數學測驗成績。這個多層次模式不僅呈現了自變項和依變項的關係，也清楚地呈現了多層次模式的特質。第一層次的模式和迴歸分析是相似的，所不同的地方是每個第二層次的分析單位 (班級)，都需要估計一個這樣的方程式。亦即每個班級都有一組參數 (此例為 β_{0j}、β_{1j}) 表達常數項及自變項對依變項的影響。式 (5-1) 中 β_{0j} 為班級 j 的數學測驗成績平均數，β_{1j} 為班級 j 之小孩自變項 X_{ij} 對依變項的影響效果 (以下簡稱 X 變項效果)，而 e_{ij} 為每個小孩數學測驗成績中，不為模式所解釋的部分，也是每個小孩數學測驗成績中的隨機部分。事實上，每個班級的數學測驗成績平均數 (常數項 β_{0j}) 不見得相同，甚至會有班級差異。每個班級的 X 變項效果 (斜率 β_{1j}) 也是不一定相同，甚至有明顯的班級差異。研究者會有興趣的問題是「為什麼每個班級的同一個參數估計值 (如截距或斜率) 會不相同、是什麼班級特性所造成的影響，或是其差異是否可以從某些班級特性加以解釋？」這樣的研究好奇，導致了第二層次的分析需要。

　　第二層次方程式的依變項分別為各班級的截距項 (數學測驗成績平均數 β_{0j}) 和斜率 (X 變項效果 β_{1j})。它們分別受到班級自變項 (W_j) (即第二層次分析單位的自變項) 之影響。方程式中的 γ_{00} 代表在控制班級特性變項 W_j 的影響後，母體所有班級的數學測驗成績的總平均數，γ_{01} 代表班級特性變項 W_j

對數學測驗成績班級平均數的母體影響效果，而 u_{0j} 為班級 j 的平均數沒有被模式解釋的部分，也是班級平均數的隨機部分。同樣地，γ_{10} 代表在控制班級特性變項 W_j 的影響後，班級 X 變項效果 (β_{1j}) 的母體所有班級平均數，即 X 變項效果的母體平均數；γ_{11} 代表班級特性 W_j 對 X 變項效果的母體影響係數，而 u_{1j} 則是班級 j 之 X 變項效果沒有被模式解釋的部分，也是班級 j 之 X 變項效果的隨機部分。這些參數的意義的理解對多層次分析結果的詮釋相當重要。

多層次模式式 (5-1) 的隨機項有兩個部分，即第一層次的 e_{ij} 和第二層次的 u_{0j} 與 u_{1j}。其中假定 $e_{ij} \sim N(0, \sigma^2)$，同時假定：

$$E(u) = E\begin{bmatrix} u_{0j} \\ u_{1j} \end{bmatrix} = \begin{bmatrix} 0 \\ 0 \end{bmatrix}$$

及 $\qquad\qquad \mathrm{Var}(u) = \mathrm{Var}\begin{bmatrix} u_{0j} \\ u_{1j} \end{bmatrix} = \begin{bmatrix} \tau_{00} & \tau_{01} \\ \tau_{10} & \tau_{11} \end{bmatrix}$

這表示多層次分析模式假定第一層次隨機項符合常態分配，平均數為 0，變異數為 σ^2；第二層次的隨機項 u_{0j} 與 u_{1j} 平均數也都是 0，變異數分別為 τ_{00} 和 τ_{11}，共變異數為 $\tau_{01} = \tau_{10}$。τ_{00} 表示每個班級平均數之間的變異數大小，τ_{11} 表示每個班級 X 變項效果之間的變異數。同時 $\tau_{01} = \tau_{10}$ 表達的則是班級平均數和 X 變項效果之間的共變異數，它可以進一步被轉換為相關係數，以呈現班級平均數和 X 變項效果兩者間關係之強弱。有時候，多層次分析中第一層次的截距 (有時稱為初始值) 與斜率 (有時候稱為改變率) 的關係，是研究者關心的焦點之一，因此截距與斜率兩者關係的理解和掌握很重要。

式 (5-1) 的多層次分析模式可以將第二層次的方程式代入第一層次的方程式中，而得到所謂的混合效果模式 (mixed-effect model) 或混合模式 (mixed model)，如式 (5-2) 所示：

$$Y_{ij} = \underbrace{\gamma_{00} + \gamma_{10} X_{ij} + \gamma_{01} W_j + \gamma_{11} W_j X_{ij}}_{\text{固定效果部分}} + \underbrace{u_{0j} + u_{1j} X_{ij} + e_{ij}}_{\text{隨機效果部分}} \qquad \textbf{(5-2)}$$

式 (5-2) 混合效果模式是以單一的方程式,清楚地呈現模式中固定效果部分和隨機效果部分的組成方式。從式 (5-2) 可以看出多層次分析模式實際上包含固定效果和隨機效果,因此,它又被稱為混合效果模式。多層次分析或混合效果模式之固定效果部分是與 γ 有關的部分,包括第一層次自變項、第二層次自變項及兩者的交互作用項的效果部分。隨機效果部分則是與 e 和 u 有關的部分,是沒辦法從第一層次自變項、第二層次自變項及兩者交互作用項所解釋的部分。

具體而言,多層次分析中有兩種不同層次的隨機項,包括第一層次的隨機項 e_{ij},還有第二層次的 u_{0j} 與 u_{1j},u_{0j} 指第二層分析單位之結果變項 (班級數學測驗成績) 平均數的隨機項,u_{1j} 是第二層分析單位內之自變項對結果變項影響效果 (班級 X 變項效果) 的隨機項。多層次分析中,第二層次方程式的各隨機項之變異數,提供各群體平均數和 X 變項效果有無群體間差異的重要訊息外,各隨機項之間的共變異數也提供了群體平均數與 X 變項效果之間共變或相關的訊息。當研究者有需要回答這類問題時,需要針對這部分的參數估計結果進行檢驗。

式 (5-1) 和式 (5-2) 的多層次模式有理解上和解釋上的不同方便性,式 (5-1) 是比較直接,可以理解不同層次的依變項與自變項的關係,但式 (5-2) 對固定效果和隨機效果的展現方式比較清楚。當分析的層次多 (如三個層次) 時,則以式 (5-1) 來呈現研究的變項關係會比較直接和清楚,但使用式 (5-2) 對固定效果和隨機效果的來源,提供比較容易理解的線索。因此,這兩種多層次模式呈現的方式最好都能交替使用,以達到對多層次分析的掌握和解釋,但本章將採式 (5-1) 說明模式意義及應用實例。

在多元迴歸分析中,當研究者要探討「一個自變項對依變項的影響效果,是否因為另一個自變項層次的不同而有所不同」時,研究者需要將兩個自變項交互作用項納入分析後,並檢驗其影響參數是否顯著有別於 0,以作

為判斷。而在多層次分析中，對應的研究問題是「X 變項效果 (第一層次) 是否因為 W 變項 (第二層次) 的不同而有所不同？」多層次模式中，固定效果包括第二層次的自變項 (班級特性)、第一層次的自變項 (小孩特性) 和兩者的交互作用項之影響效果。其組成方式和迴歸分析者是相似的，只是多層次分析的交互作用是跨層次的效果。不論是迴歸分析或多層次分析，其實所回答的研究問題是相同的，只是如前所述，多層次分析所能處理的群體數大得多，而且多層次分析可以進一步確認「群體環境脈絡變項如何影響各群體之平均數或第一層次自變項的影響效果」。

通常，研究者在使用多層次分析時，需要考慮四類最根本的問題。

1. 研究資料結構有幾個層次？研究者的研究提問涉及幾個層次？一般而言，研究者的研究提問涉及愈多個層次的概念，則需要愈多層次的資料。但是，較為常見的研究層次不是兩個層次，就是三個層次。超過三個層次的分析，理論上沒有問題，但是實務上不容易得到統計套裝軟體的分析支援。同時，研究層次愈多，所需要的總樣本數也會增大許多，研究資料蒐集成本也會偏高。

2. 每個層次要考慮幾個及哪幾個自變項？這問題與研究命題的發展和研究假設檢驗的需要有關，而不是由分析過程中，以嘗試錯誤的方式所尋找出來的，更不是在分析過程中，尋找有顯著性的自變項而來的。最好是在研究議題和理論發展的引導下，決定該使用哪些自變項。

3. 研究者要決定最低層次方程式之截距和斜率，是否都需要作為較高層次模式的依變項？同時要決定需不需要考慮其隨機項。這個考慮也是需由研究者根據研究企圖和研究假設來引導決定。

4. 各層次的變項概念是否使用正確？多層次分析中，不同層次的自變項分別屬於不同分析單位的概念，研究者不能誤放到不適當的層次，或做了不同分析單位層次的測量或概念命名，否則會造成研究概念和所屬的分析單位不配的混淆情形。

雖然多層次分析模式有許多不同的形式，但是一般研究者都會採用三類系列性 (或具巢狀結構者) 的模式分析，如表 5-1 所示，包括：

1. 未限制模式 (unconstrained model)。
2. 隨機常數項模式 (random intercepts model)。
3. 隨機常數項斜率模式 (random interceptsh and slopes model)。

　　雖然研究者在進行研究分析時，都已經決定多層次分析的每個層次方程式，同時會考慮幾個自變項和要不要考慮隨機變項等，但是研究者仍需要進行上述這三種模式的分析，以便進行模式間的比較分析，並確定下列五類有關的問題：

1. 在各層次都不考慮任何解釋變項時，各群體平均數之間是否存在差異？其差異性有多大？若以依變項的總變異數來看，會有多少比例是屬於群體間的差異？
2. 群體平均數之間的差異是否可以由研究者所關心的群體自變項加以解釋？
3. 除了群體平均數差異探討之外，個體層次的自變項是如何影響其依變項？
4. 在考慮了個別差異的影響後，各群體的調整平均數是否還有群體間的差異？同時，各群體的 X 變項效果是否有群體間的差異？
5. 若各群體的調整平均數和 X 變項效果都有群體間差異，其差異是否可以由研究者所關心的群體變項所解釋？

　　上述這些問題，研究者可以循序地檢視分析結果，以得到研究者所關心的研究命題之回答。底下將再針對表 5-1 中多層次分析各模式加以扼要說明，以清楚模式的使用和模式的比較。

(二)　常用的多層次分析模式類型

　　在介紹多層次分析模式的比較之前，先介紹常見的三類不同的兩層次模式之意義、使用和解釋重點 (Raudenbush & Bryk, 2002)。首先，第一類模式是未限制兩層次模式 (以 M1 表示)。這個未限制兩層次模式是一個最簡單

表 5-1　常見的三類（五種）多層次分析模式的意義和使用比較

模式類別	多層次分析方程式	混合效果模式	說明	註記
M1. 未限制模式	L1: $Y_{ij} = \beta_{0j} + e_{ij}$ L2: $\beta_{0j} = \gamma_{00} + u_{0j}$	$Y_{ij} = [\gamma_{00}] + [u_{0j} + e_{ij}]$	相當於單因子隨機效果變異數分析。第一層和第二層次皆未考慮影響因素。	通常當作基礎模式，以估計群體間變數的比例，並作為模式比較之用。
M2. 隨機常數項模式	L1: $Y_{ij} = \beta_{0j} + e_{ij}$ L2: $\beta_{0j} = \gamma_{00} + \gamma_{01}W_j + u_{0j}$	$Y_{ij} = [\gamma_{00} + \gamma_{01}W_j] + [u_{0j} + e_{ij}]$	常數項（個別團體平均數）作為第二層次的依變項。第二層次考慮了影響因素。	研究焦點在第二層的自變項。第二層次常數項方程式有隨機性質。
	L1: $Y_{ij} = \beta_{0j} + \beta_{1j}X_{ij} + e_{ij}$ L2: $\beta_{0j} = \gamma_{00} + u_{0j}$ L2: $\beta_{1j} = \gamma_{10}$	$Y_{ij} = [\gamma_{00} + \gamma_{10}X_{ij}] + [u_{0j} + e_{ij}]$	相當於單因子隨機效果的 ANCOVA。第一層次考慮了影響因素。常數項作為第二層次的依變項，但第二層次的依變項未皆考慮影響因素。	常數項有隨機項，但斜率方程式沒有隨機項。
M3. 隨機常數項斜率模式	L1: $Y_{ij} = \beta_{0j} + \beta_{1j}X_{ij} + e_{ij}$ L2: $\beta_{0j} = \gamma_{00} + u_{0j}$ L2: $\beta_{1j} = \gamma_{10} + u_{1j}$	$Y_{ij} = [\gamma_{00} + \gamma_{10}X_{ij}] + [u_{0j} + u_{1j}X_{ij} + e_{ij}]$	隨機效果迴歸模式。常數項和斜率都作為第二層次的依變項。第一層次考慮了影響因素，第二層次未考慮影響因素。	此模式允許第一層次的第二層常數項和斜率隨第二層次的不同而不同，亦即第二層次都有隨機項，但沒有考慮第二層次的影響因素。
	L1: $Y_{ij} = \beta_{0j} + \beta_{1j}X_{ij} + e_{ij}$ L2: $\beta_{0j} = \gamma_{00} + \gamma_{01}W_j + u_{0j}$ L2: $\beta_{1j} = \gamma_{10} + \gamma_{11}W_j + u_{1j}$	$Y_{ij} = [\gamma_{00} + \gamma_{01}W_j + \gamma_{10}X_{ij} + \gamma_{11}W_jX_{ij}] + [u_{0j} + u_{1j}X_{ij} + e_{ij}]$	常數項和斜率分別為第二層次的依變項。第一層次和第二層次都考慮了影響因素。	此模式允許第一層次的第二層常數項和斜率隨第二層次的不同而不同，亦即第二層次都有隨機項，同時第二層次也都考慮影響。也是所謂的跨層次交互作用模式。

的兩層次模式，通常被當作基礎模式 (baseline model)，與其他的模式結果進行比較，以檢驗相對應的研究假設。其兩層次模式和混合效果模式如表 5-1 中 M1 列所示。不論在第一層次或在第二層次中，這個兩層次模式都沒有考慮影響因素於方程式中。因為 γ_{00} 是母體所有群體的總平均數，是一個固定值，所以沒有變異數。另外，兩個不同層次的隨機項彼此獨立 (假定條件)，共變異數為 0 [即 $\text{Cov}(u_{0j}, e_{ij}) = 0$]，所以未限制的兩層次模式中，依變項 Y 的變異數可以分解為兩個部分，如式 (5-3) 所示：

$$\text{Var}(Y) = \text{Var}(\gamma_{00} + u_{0j} + e_{ij}) = \text{Var}(u_{0j}) + \text{Var}(e_{ij})$$
$$= \tau_{00} + \sigma^2 \tag{5-3}$$

如前面的隨機項之分配假定，u_{0j} 的變異數為 τ_{00}，是第二層次分析單位 (班級) 的平均數之間的變異數。這相似於變異數分析中的組間變異量 (between variation)，因此可以稱之為群體間變異數 (between-group variance)。而 e_{ij} 的變異數為 σ^2，是第一層次分析單位 (小孩個人) 相對於所屬個別群體平均數的變異數，因此可以稱之為群體內變異數 (within-group variance)。換言之，兩層次模式之依變項變異數是由群體間變異數和群體內變異數所組成。

基本上，群體間變異數比例高低是研究者判斷「群體間差異與否」的依據。若群體間變異數不顯著 (或等於 0)，則表示各群體平均數之間沒有差異，就沒必要進一步探討「為什麼群體平均數之間會有差異」的問題。換言之，若各群體平均數之間沒有差異，則進一步探究哪些群體間的環境脈絡差異所造成，並不具有實質的意義。實際上，研究者經由此模式之隨機項變異數估計結果，進行 $H_0: \tau_{00} = 0$ 的檢驗，以為判斷。若虛無假設被拒絕，則群體平均數之間有差異，就有進一步分析「什麼環境脈絡差異可以解釋群體平均數之間的差異」的必要性；反之，如果此虛無假設 H_0 不被拒絕，則表示群體平均數之間沒有差異。

同一群體 (班級) 內，其所屬觀察體 (小孩) 的依變項關聯性可由群體內相關係數 (intraclass correlation coefficient, ICC) 加以衡量，如式 (5-4) 所示。

這裡英文「class」是指第二層次的群體。

$$ICC = \tau_{00}/(\tau_{00} + \sigma^2) \tag{5-4}$$

另外，研究者也可以透過群組間變異數佔全部變異數的比例之高低，掌握母群體組間平均數差異是否顯著。母體群組間變異數佔全部變異數的比例 (以 η 表示)，其計算方式如式 (5-5) 所示：

$$\eta = \frac{\tau_{00}}{(\tau_{00} + \sigma^2)} \times 100\% \tag{5-5}$$

群體內相關係數 ICC 的計算公式正好等於第二層次分析單位之間的母體變異數所佔比例值 (η)。雖然 ICC 的數值與群組間變異數比例是相同的計算公式，但是意義上差別很大，應留意使用。另外，這裡所說的是母體班級間變異數並不是樣本班級間變異數，進一步討論請參見 Snijders 與 Bosker (1999:16-21)。

第二類模式為隨機常數項模式，它包含兩種不同形式的模式。這兩種模式的共同點是：第一層次的模式之參數都成為第二層次的依變項，但其差異在於解釋變項的考慮是納入第一層次，還是納入第二層次中。隨機常數項模式的第一種模式中，第一層次並沒有考慮解釋變項，每個受訪者的依變項都是其所屬群體的平均數加上個人的差異 (隨機項)。同時，每個群體 (班級) 的平均數可能不同，它是總平均數 (grand mean) 加上每個群體 W_j 變項的影響，再加上群體的特殊性 (隨機項)。研究者使用這種模式的目的在解析第二層次分析單位 (群體或班級) 的特性 (如 W_j 變項) 是否影響其群體平均數，同時也理解除了 W_j 群體特性變項之外，其群體平均數是否還有其他的影響因素存在 (視誤差項變異數是否顯著有別於 0 而定)。若此模式的誤差項變異數顯著地有別於 0，表示 W_j 群體變項之外，還有其他的群體變項造成群體平均數之間的差異，至於是哪些群體變項的影響則待進一步確定。隨機常數項模式的第二種模式，第一層次考慮了個人層次 (小孩) 解釋變項 (X_{ij}) 的影響。因為納入了一個解釋變項，因此，每個群體第一層次的截距 β_{0j} 和斜率 β_{1j} 進一步作

為第二層次模式的依變項。此時，截距代表控制解釋變項 (X_{ij}) 的影響後的群體平均數 (group mean)，斜率則代表每個群體之 X 變項效果。但第二層次模式的目的是分析在控制解釋變項 (X_{ij}) 的影響後的群體平均數之間是否有差異存在 (也是透過誤差項變異數的顯著性來決定)，同時因為斜率作為依變項的方程式並沒有加入隨機項，因此方程式中假定了每個群體之 X 變項效果是沒有群體間的差異。當然，是否引入這樣的假定條件，則取決於研究理論上的考慮。

　　第三類模式稱之為隨機常數項斜率模式 (random intercepts and slopes model)。第三類模式也包含了兩種，這兩種模式的第一層次都考慮了解釋變項，且第一層次的截距和斜率項都進一步作為第二層次的依變項，也都考慮了隨機變項。兩種模式的差別在於前者的第二層次沒有引入解釋變項，但後者有引入解釋變項。隨機常數項斜率模式中第二層次的方程式數目等於第一層次方程式中所使用的自變項個數加一 (常數項方程式)。基本上，多層次分析中的第一層次若考慮自變項的影響，且其各群體 X 變項效果在第二層次又納入解釋變項的考慮，就相當於研究者對「X 變項效果是否因第二層次的自變項之不同而有所不同」的研究問題有所關切。從其混合模式中可以看到兩層次自變項的交互作用項 $W_j X_{ij}$ 於方程式中，因此，這個模式又稱為跨層次交互作用模式。其實，這個模式處理的研究問題和多元迴歸分析時考慮兩個自變項的交互作用是相同的，只是在多層次分析中，這個交互作用的兩個自變項是分別屬於兩個不同的分析層次，是跨層次的交互作用而已。

　　基本上，上述的三類 (五種) 兩層次模式都是研究者在多層次分析中，常常使用來適配 (fit) 其研究資料，並進行模式間的比較，以檢驗相對應的研究假設，同時也會特別比較第二層次隨機項變異數的變動，以說明模式間差別之變項的貢獻。上述的討論為了方便說明模式的意義，因此在兩個層次中都僅以一個自變項的方程式作為說明。然而，實際的研究中，研究者在多層次的方程式中，通常會依據研究的旨趣和研究假設檢驗的需要，而納入不同個數的自變項。另外，在進行上述不同模式間的比較時，除了注意自變項係

數的統計顯著性變化之外，可以比較兩個巢狀模式之第二層次隨機項的變異數之變動比例如式 (5-6)，以說明兩個巢狀模式間所差別的變項之影響。

$$\lambda = \frac{(\tau_{00}^{(1)} - \tau_{00}^{(2)})}{\tau_{00}^{(1)}} \times 100\% \tag{5-6}$$

其中 $\tau_{00}^{(1)}$ 和 $\tau_{00}^{(2)}$ 分別為兩個巢狀模式中第二層次常數項方程式之隨機項變異數，且 $\tau_{00}^{(1)}$ 來自使用較少自變項的模式，$\tau_{00}^{(2)}$ 則來自使用較多自變項的模式。

(三)　多層次分析模式估計與選擇

多層次分析模式的參數估計方法，最常見的是最大概似估計法 (ML) 和限制最大概似估計法 (restricted maximum likelihood, REML)。在模式假設下，使用 ML 與 REML 所產生的模式參數估計值可使所有樣本觀察值同時出現的機率為最大，這兩種估計法最大的差別在於模式中隨機效果的變異數是如何被估計的程序不同而已，對於固定效果的參數估計是完全一樣的。進言之，ML 在估計隨機項變異數時，其自由度為 n，即觀察體數，未對因固定效果估計而消耗掉之自由度進行調整，故其所產生的估計值並非最佳不偏估計。REML 則對這個問題進行調整，其自由度為 $n-k-1$，其中 n 為觀察體數，k 為第一層次模式中所使用的自變項個數，故又稱之為殘差最大概似估計法 (residual maximum likelihood)，其隨機項的變異數估計比 ML 的估計有較小的誤差量。由於 REML 能產生隨機項變異數是不偏估計值，因此一般多建議使用 REML 進行估計。不過，當第二層次的樣本數很大 (大於 30) 時，這兩種估計方法的結果差距不大 (Snijders & Bosker, 1999; Raudenbush & Bryk, 2002)。

使用多層次分析時，研究者常進行模式中單一參數的檢定和模式間的比較分析，其常進行的參數檢驗和檢定方法，說明分別如下。

1. 固定效果之參數 (即 γ 參數) 顯著性檢定

多層次分析中固定效果的參數顯著性檢定，與迴歸分析的迴歸係數顯著性檢定相似。將固定效果參數估計值除以其估計標準誤，得到 t 值，其自由度為 $J-p-1$，其中 J 為第二層次的分析單位數，p 為第二層次模式中的所使用的自變項個數。另外，沃爾德 (Wald) 檢定也常被用來檢驗多層次分析中固定效果參數的顯著性檢定。

2. 隨機項變異數顯著性檢定

多層次分析中隨機項 (或隨機效果) 的變異數顯著性檢定，有的使用 χ^2 檢定 (HLM 軟體)，有的使用 Wald 檢定 (HLM 以外的軟體) (West et al., 2007)。使用 χ^2 檢定者是假定隨機項變異數的分配為非常態分配，而使用 Wald 檢定者則假定其分配狀態為常態分配。值得注意的是，隨機項變異數以 0 為最小值，是「非常態」分配。如前已述，通常研究者根據隨機項變異數的顯著性，來判斷第二層次分析單位 (群體) 的平均數，或每個群體之 X 變項效果是否有群體間的差異，或考慮了群體特性變項後，是否還存在其他的解釋變項，對群體平均數或 X 變項效果有顯著的影響。

3. 模式適配度

多層次分析如同其他的統計分析一樣，需要評估所分析的模式與研究資料的適配度。常用的模式適配度 (model fit) 指標有：

(1) 差異統計量 (deviance) 即 $-2LL$ [-2 log (likelihood)]。一個模式的差異統計量表達研究者所選擇的模式與分析資料的適配度程度。差異統計量數值愈大，則模式適配度愈不好。同時，一個分析模式的差異統計量不能直接加以解釋，但是它可以被使用於不同模式的比較。兩個比較的模式，其差異統計量的差異值和兩個模式參數個數差異值的自由度下之 χ^2 檢定，可以判斷哪個模式適配度比較好。但是，一個使用比較多參數的模式，通常會有較低的差異統計量，而且模式差異統計量愈小，代表該

模式的適配度比較好，因此，在使用模式差異統計量作為模式選擇的考慮時，最好能參考其他的適配指標。

(2) AIC 指標 (akaike information criterion)。AIC $= -2LL + 2p$。

(3) BIC 指標 (schwarz's bayesian information criterion)。BIC $= -2LL + p \ln(N)$。其中 $-2LL$ 即是模式的差異統計量，p 為模式中參數的個數，N 為樣本數。

但是，BIC 指標不是為多層次分析所發展的，因此樣本數到底要使用第一層次或第二層次的樣本數則沒有定論。Singer 與 Willett (2003) 建議使用第一層次的樣本數。AIC 和 BIC 的優點是可以使用於兩個非巢狀模式 (non-nested model) 的比較，AIC 和 BIC 都是數值愈小，模式適配度愈好。值得注意的是，在不同的統計套裝軟體中，AIC 和 BIC 的計算公式可能不盡相同，例如，在 AIC 指標的計算中，SAS 與 SPSS 使用隨機項變異數參數的個數為 p，R 與 Stata 則使用隨機項變異數參數的個數加上固定效果之參數的個數為 p，因此不同統計軟體所估算出之 AIC 和 BIC 不能進行比較，需特別注意。

過去文獻認為使用 REML 估計時，不能使用模式之差異統計量 (deviance statistic)，進行概似比檢定，以檢驗不同模式間的固定效果之差異 (Verbeke & Molenberghs, 2000)。但現今部分學者則認為由於 ML 所產生的估計值為非不偏估計，因此也不宜使用 ML 進行模型比較，而可直接使用 REML 所產生之 AIC、BIC 等模式適配度指標進行模型比較 (Gurka, 2006; West et al., 2007)。

此外，貝氏統計推論在多層次分析模式上的應用亦逐漸受到重視 (Gelman & Hill, 2007)。當使用 ML 進行模式估計時，資料必須符合常態分配的假定，當第二層次的分析單位數過小時，常不符合大樣本理論 (large-sample theory) 的假定，而使得統計推論結果不可信，研究者可採用貝氏統計推論進行模式參數估計。不過，在進行貝氏統計推論時，研究者需先對參數的先驗分配 (prior distribution) 有一定的掌握，否則其統計推論結果將有風險。若對參數的先驗分配沒有掌握時，可以採用經驗貝氏估計法 (empirical Bayes estimation) 估計 (Snijders & Bosker, 1999; Raudenbush & Bryk, 2002;

Candel, 2006)。此外，貝氏統計推論所產生的信賴區間其解釋方法和傳統的頻次統計學 (frequentist statistics) 有所不同，因此研究者在使用貝氏統計推論進行多層次分析模式的參數估計時，宜對分析結果留意其解釋。

三、多層次分析變項的中心化

(一)　變項中心化的必要性

　　多層次分析裡一個很重要的議題就是變項中心化 (centering) 的問題。當然，變項中心化的問題不是只有在多層次分析中才存在，才需要考慮。事實上，變項中心化的問題在多元迴歸分析中的自變項轉換處理時就已經存在。多層次分析中，變項中心化是將自變項 (X) 減去一個有意義的常數 (如總平均數、個別群體平均數或特定值)，做該變項的線性轉換過程。這個有意義的常數並不一定是要選擇平均數，只是平均數比較常用而已。譬如說，將自變項 (X) 以總平均數做中心化處理，可以表示如式 (5-7)：

$$X'_{ij} = (X_{ij} - \overline{X}..) \tag{5-7}$$

轉換後的 X'_{ij} 成為與總平均數的差異值，而不是原始的測量值。假如這個被中心化的變項為年齡，則中心化以後的變項成為與總體平均年齡的差異值，若為正值，表示該觀察體的年齡大於總體的平均年齡；反之，若為負值，表示該觀察體的年齡小於總體的平均年齡。

　　基本上，變項中心化的目的是為了使分析模式常數項估計值有實質的意義。不論是迴歸分析或是多層次分析的常數項估計值之解釋都是假定所有自變項都為 0 的條件下，依變項平均數的估計值。然而，有些自變項為 0 是有意義的，但是有些自變項為 0 是沒有意義的，如正式學校教育年數為 0 (沒有進過學校唸書) 有其實質的意義；而智力 (IQ) 為 0 則沒有實質的意義 (沒有人 IQ 為 0)。因此，這些 0 沒有實質意義的變項，在多層次模式分析時，若沒有做中心化的處理，則分析後的常數項估計值的說明也會出現沒有實質

意義的情形。因此，在多層次模式中，對於 0 沒有實質意義的自變項，都需要將它做中心化的處理，以使常數項估計值的解釋有實質的意義。

在多元迴歸分析中，自變項的中心化並不會影響自變項的參數估計、估計標準誤和模式適配度等，但會影響到常數項的估計值。不過，多元迴歸模式分析的重點比較少放在常數項上，而著重於各個自變項的影響效果上，所以多元迴歸分析中，自變項中心化並沒有常被使用。在多層次分析上，自變項中心化與否，則會影響其常數項參數估計值，而常數項估計值在解釋上又相當受到重視，因此，自變項中心化的問題在多層次分析時就很受到重視。

多層次分析中，自變項中心化 (由原來的 X 平移為 X') 會導致不同的常數項估計值，如圖 5-1 所示。

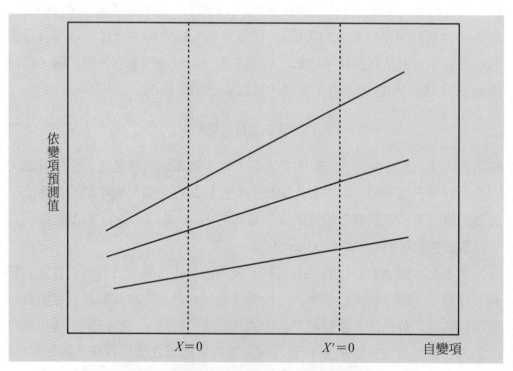

圖 5-1　自變項中心化導致不同的常數項估計值

(二)　變項中心化的種類與使用原則

多層次分析時，自變項的中心化處理有三種常見的方式。

1. 以總體平均數的中心化 (grand-mean centering)。
2. 以個別群體平均數的中心化 (group-mean centering)。
3. 以特定值的中心化 (specific-value centering)。

在多層次分析中，以總體平均數的中心化處理可能發生在第一層次的自變項，也可能發生在第二層次的自變項，或同時存在第一層次和第二層次的自變項。其處理方式是分別將第一層次和第二層次的自變項減去該變項的總體平均數。其次，以個別群體平均數的中心化處理只會存在第一層次的自變項，它是將第一層次的自變項減去受訪者所屬的個別群體的平均數。第一層次的個別群體平均數中心化處理，可以表示如式 (5-8) 所示：

$$X'_{ij} = (X_{ij} - \bar{X}_{\cdot j}) \tag{5-8}$$

轉換後的 X'_{ij} 已不是原始的測量值，而是與所屬群體平均數的差異值。以個別群體平均數的中心化分析結果與以總體平均數的中心化結果相比，在解釋上較難。一般而言，以個別群體平均數的中心化，模式分析的結果會產生不同的參數和變異數估計值。因此，只有在比較強的理論基礎上，才考慮使用以個別群體平均數的中心化處理。

至於第三種中心化的處理：特定值的中心化處理，則常出現在長期追蹤資料分析時，納入時間變項作為自變項，同時必須將研究時間的起點設定為 0 時。如一個長期追蹤的研究是從小孩 7 歲追蹤到 12 歲，而分析時將小孩年齡納入模式當作自變項，此時，小孩年齡變項需要進行特定值的中心化處理，即需要減去 7 (所謂的特定值)，好讓研究的時間起點設為 0，此時，研究時間的起點設定為比較的基準點；或減去另一個特定值，將研究的時間中間點設定為比較的基準點。這樣的處理都會方便分析結果的解釋，不過，都要根據研究需要而為之。

　　另外，以下六點是多層次分析中自變項中心化使用的一些基本原則。

1. 要不要中心化處理，通常決定於理論上的依據或需要。分析的目標往往決定多層次模式自變項中心化處理的必要性。

2. 任何 0 值沒有意義的自變項，都需要中心化的處理。因為這樣可以讓分析結果的解釋有實質的意義。許多李克特尺度量表的測量值都沒有 0，因此，其測量的變項納入分析時就需要做中心化的處理。

3. 虛擬變項 (dummy variable) 或二分類變項 (binary variable) 必要時也可以做中心化的處理。

4. 在第一層次，以總平均數做中心化處理的模式分析結果，只影響到模式常數項 (即模式的截距) 的估計。

5. 有些時候，以個別群體平均數的中心化是有用的，但是它的使用最好是基於研究目的或理論上的需要。

6. 長期追蹤研究的多層次分析模式，與時間有關的變項納入分析時，通常需要將該變項減去一個特定值，使研究有興趣的時間基準點 (不一定是研究的時間起點) 轉換為 0，以方便分析結果的詮釋。

(三)　變項中心化後的結果解釋

　　多層次分析中自變項中心化的結果之解釋很重要，但是不容易掌握。若以式 (5-9) 的兩層次分析模式來看，則 β_{0j} 為調整後的群體 j 平均數。而 γ_{00} 為調整後的總平均數。若沒有中心化處理，則 β_{0j} 為未調整的群體 j 平均數，亦即為原來的群體 j 平均數，γ_{00} 為原來所有群體的總平均數：

$$Y_{ij} = \beta_{0j} + \beta_{1j} (X_{1ij} - \bar{X}..) + e_{ij}$$
$$\beta_{0j} = \gamma_{00} + u_{0j} \tag{5-9}$$
$$\beta_{1j} = \gamma_{10} + u_{1j}$$

　　若第一層次以其自變項 X 之總平均數和第二層次也以其自變項 W 總平均數分別加以中心化處理，則式 (5-10) 的多層次分析模式，其 β_{0j} 為當 X 在

總平均水準時，群體 j 的調整平均數 (adjusted group-mean)；而 γ_{00} 為當 W 在總平均水準時，各群體調整平均數的總平均數。同樣的原則也可以運用於解釋 β_{1j} 和 γ_{10}。

$$
\begin{aligned}
Y_{ij} &= \beta_{0j} + \beta_{1j}\,(X_{ij} - \overline{X}..) + e_{ij} \\
\beta_{0j} &= \gamma_{00} + \gamma_{01}\,(W_j - \overline{W}) + u_{0j} \\
\beta_{1j} &= \gamma_{10} + \gamma_{11}\,(W_j - \overline{W}) + u_{1j}
\end{aligned}
\tag{5-10}
$$

若第一層次自變項 X 以個別群體平均數做中心化處理，同時將個別群體的平均數納入第二層次的自變項中，如式 (5-11) 所示，則這樣的變項中心化分析和模式設定方式，可以讓研究者將研究的依變項，有效地區分為群體間平均數差異和群體內個別差異的效果。因為 $X_{ij} = \overline{X}_{.j} + (X_{ij} - \overline{X}_{.j})$，前者為個別群體的平均數，後者為個體與其所屬的個別群體平均數的差異。使用混合模式，可以清楚看出群組間和群組內的差異效果。這樣的中心化或模式設定方式在多層次成長曲線分析時，常使用來將依變項分解為個體平均數水準的效果和個人隨時間的變動 (相對於個體平均水準) 效果。所以，研究者可以根據研究的命題驗證的需要和自變項的測量特性，採用合適的變項中心化處理和模式設定，以方便多層次分析結果的解釋和達到不同影響效果 (群體間和群體內) 的分割。

$$
\begin{aligned}
Y_{ij} &= \beta_{0j} + \beta_{1j}\,(X_{ij} - \overline{X}_{.j}) + e_{ij} \\
\beta_{0j} &= \gamma_{00} + \gamma_{01}\,(W_j - \overline{W}) + \gamma_{02}\overline{X}_{.j} + u_{0j} \\
\beta_{1j} &= \gamma_{10} + \gamma_{11}\,(W_j - \overline{W}) + u_{1j}
\end{aligned}
\tag{5-11}
$$

四、多層次分析實例說明

為說明多層次分析的模式使用和比較情形，本章分析了臺灣青少年計畫 (中央研究院社會學所) 的高中學測成績受學生因素和班級因素的影響情形。該資料總共蒐集 2,493 位青少年為樣本，分佈於臺北市、臺北縣和宜蘭縣樣

本國中的 81 個班級。由於資料具有階層式結構，所以學生的學測成績並不獨立，因此，分析時擬採用兩層次分析。第一層次為青少年個人，考慮的影響因素為性別 (sex)、是否補習 (cram school) 和父親教育 (以 fedu 表之)，其中性別 (男性＝0，女性＝1) 和補習與否 (有補習＝1，沒補習＝0) 為虛擬變項，父親教育為 1-5 的等級尺度。而第二層次的分析單位為班級，考慮的解釋變項為班級的競爭性，以班級有補習的比例為其代理變項 (以 proportion 表之)。其兩層次方程式都有考慮自變項時的分析模式，表示如式 (5-12)。此例中分析並比較了前述的三類 (五個) 不同的多層次分析模式。分析結果如表 5-2 所示：

第一層次：$Y_{ij} = \beta_{0j} + \beta_{1j}\,\text{sex}_{ij} + \beta_{2j}\,\text{cram school}_{ij} + \beta_{3j}\,\text{fedu}_{ij} + e_{ij}$

第二層次：$\beta_{0j} = \gamma_{00} + \gamma_{01}\,(\text{proportion})_j + u_{0j}$

$\qquad\qquad \beta_{1j} = \gamma_{10} + \gamma_{11}\,(\text{proportion})_j + u_{1j}$

$\qquad\qquad \beta_{2j} = \gamma_{20} + \gamma_{21}\,(\text{proportion})_j + u_{2j}$ **(5-12)**

$\qquad\qquad \beta_{3j} = \gamma_{30} + \gamma_{31}\,(\text{proportion})_j + u_{3j}$

模式 M1 是第一層次和第二層次都沒有考慮自變項的影響，分析結果 $\hat{\gamma}_{00}$ 為 152.53，這表示學測分數的總平均值 (母體) 為 152.53，其隨機項變異數 $\hat{\text{Var}}(u_{0j}) = \hat{\tau}_{00} = 472.45$，$\hat{\text{Var}}(e_{ij}) = \hat{\sigma}^2 = 2937.82$。學測成績的變異數中，班級間變異數佔 14%，即 $\hat{\eta} = \hat{\tau}_{00}/(\hat{\tau}_{00} + \hat{\sigma}^2) = 472.45/(472.45 + 2937.82) = 0.14$。

　　模式 M2-a 是在 M1 的基礎模式上，再加上第二層次引入班級競爭性之解釋變項，結果發現學測成績的班級平均數受到班級競爭性的影響 (因為 γ_{01} 是顯著有別於 0)，即班級競爭性愈高，則班級的平均數愈高。同時，班級競爭性可以解釋班級平均數變異數的 48% $[\lambda = (\hat{\tau}_{00}\,(\text{M1}) - \hat{\tau}_{00}\,(\text{M2a}))/\hat{\tau}_{00}\,(\text{M1}) = (427.45 - 245.62)/427.45 = 0.48]$。模式 M2-b 則在第一層次考慮了三個解釋變項，但在第二層次只有截距項考慮隨機項，但沒有考慮解釋變項，分析結果顯示青少年女性、有補習和父親教育愈高，則其學測成績愈高 (因為 γ_{10}、γ_{20} 和 γ_{30} 三個參數都是顯著的)。同時，在考慮了性別、補習與否和父親教育後

表 5-2　青少年高中學測成績之多層次模式分析及自變項中心化與未中心化結果比較

| | 未中心化 | | | | | | | | | | 中心化 | | | | | |
| | M1 | | M2-a | | M2-b | | M3-a | | M3-b | | M2-b | | M3-a | | M3-b | |
固定效果 (係數)	b	s.e	b	s.e	b	s.e	b	s.e	b	s.e	b	s.e	b	s.e	b	s.e
截距 γ_{00}	152.53 ***	2.64	113.47 ***	5.57	88.08 ***	3.06	87.89 ***	3.05	97.25 ***	7.22	103.62 ***	2.55	102.74 ***	2.51	107.09 ***	6.05
班級補習比例 γ_{01}			76.23 ***	9.56					−17.95	13.86					−8.97	12.16
性別 γ_{10}					6.83 **	2.26	6.46 **	2.26	19.14 **	6.04	6.83 **	2.26	6.46 **	2.26	19.14 **	6.04
班級補習比例 γ_{11}									−24.28 *	10.58					−24.27 *	10.58
補習 γ_{20}					39.15 ***	3.16	40.51 ***	3.06	13.66	8.09	39.15 ***	3.16	40.51 ***	3.06	13.66	8.09
班級補習比例 γ_{21}									49.79 **	14.83					49.78 **	14.83
父親教育 γ_{30}					15.53 ***	1.06	14.85 ***	1.05	9.84 **	3.00	15.52 ***	1.06	14.85 ***	1.05	9.84 **	3.00
班級補習比例 γ_{31}									8.98	4.85					8.97	4.84
隨機效果 (變異數成分)																
u_{0j}	472.45 ***		245.62 ***		134.84 ***		87.25		103.13		134.84 ***		129.33 *		143.34 *	
u_{1j}							102.13 *		85.45 *				102.10 *		85.45 *	
u_{2j}							417.76 ***		344.28 ***				417.71 ***		334.25 ***	
u_{3j}							13.72 *		13.68				13.60 *		13.59	
e_{ij}	2937.82		2936.34		2351.48		2230.48		2229.38		2351.48		2230.58		2229.46	
模式適配度																
Deviance	27121.11		27070.04		26492.29		26446.39		26396.32		26492.29		26446.38		26396.29	
Parameters	2		2		2		11		11		2		11		11	
AIC	27125.11		27074.04		26496.29		26468.39		26418.32		26496.29		26468.38		26418.29	
BIC	27127.90		27076.83		26499.08		26483.75		26433.68		26499.08		26483.74		26433.65	

觀察體數：2493；團體數：81。

的班級學測平均數仍然有班級間的差異 (因為第二層次截距項方程式的變異數顯著地有別於 0)。進一步分析性別、是否補習和父親教育對學測成績的影響效果，有沒有班級間的差異，則可以使用模式 M3-a 加以分析。結果發現，不僅性別、是否補習和父親教育在班級內都有顯著的影響 (因為 γ_{10}、γ_{20} 和 γ_{30} 三個參數都是顯著的)，而且其影響效果都有班級間的差異 (因為第二層次的 u_{1j}、u_{2j} 和 u_{3j} 三個隨機項的變異數都是顯著地有別於 0)。最後，模式 M3-b 則分析班級學測平均數和性別、是否補習與父親教育對學測成績在班級的影響效果，是否因為不同的班級競爭性而有所不同。模式 M3-b 的分析結果顯示：性別、是否補習和父親教育在班級內都有顯著的影響，但是只有性別與是否補習的班級影響效果，因班級的競爭性不同而有所不同。同時，性別與是否補習的班級影響效果，在考慮了班級競爭性的脈絡環境的影響後，仍然還有班級間之差異。顯然地，性別與是否補習的班級影響效果的班級間差異，並沒有辦法完全由班級競爭性加以解釋，因此除了班級競爭性以外，應該還有其他的班級脈絡環境因素有所影響，但是目前的分析上無法確定是什麼班級環境脈絡的影響。如果以 AIC 和 BIC 值來作為模式選擇的指標，則所分析的五個模式中，以 M3-b 模式的 AIC 和 BIC 值最小，因此，模式選擇上可以考慮選擇 M3-b 模式作為最後的模式選擇。

　　為了進一步討論變項中心化處理對多層次模式估計的影響，表 5-2 中特別呈現了變項中心化處理的分析結果。分析中，僅對父親教育變項進行中心化處理，即父親教育由原來的測量尺度 (1-5 等級尺度) 減一，新測量變為 0-4 的等級尺度，結果使得父親教育為 0 時，代表父親沒有接受過正式教育。這樣在解釋上，比較符合實際的概念意義。理論上，多層次分析中的虛擬自變項也可以做中心化處理，但是在解釋上必須特別留意。在此例中，性別和補習與否這兩個變項並沒有做中心化的處理。表 5-2 中有關變項中心化後的多層次分析 (包括原分析模式 M2-b、M3-a 和 M3-b) 結果顯示，如前面的討論，只有模式的截距項估計值有所改變，而所有的斜率項參數估計值，都與未中心化之對應模式結果沒有差別。多層次分析中的自變項中心化處

理，不會影響研究結論，但是其在解釋上比較符合概念的實質意義。多層次分析的自變項中心化處理相當重要。參考方塊 5-1 是另一個兩層次分析的研究實例。

五、多層次分析的進階應用

(一)　類別依變項的多層次分析模式

前面所討論的多層次分析，依變項都是連續性變項，不過，多層次分析也適用於依變項為兩類別、多類別、順序類別和計數資料的分析。廣義線型模式以勝算比迴歸分析依變項為兩類別的影響因素，以多類別勝算比迴歸分析多類別依變項的影響因素，以順序性勝算比迴歸分析有順序類別依變項的影響因素，以卜瓦松 (Poisson) 迴歸分析計數的依變項 (count variable) 的影響因素。同樣地，多層次分析的第一層次的模式設定方式也是決定於依變項的測量性質。多層次分析仍然適用於處理前述的這些不同測量層次的變項。除了第一層次的模式設定有所差別以外，其餘的層次的模式設定方式都是和前面討論一樣的原則。因此，研究者可以根據其研究依變項的測量層次之特性，選擇模式設定的方式。現在統計套裝軟體都已經提供了這類模式分析的選擇，使用上也很方便。參考方塊 5-2 為類別依變項的多層次分析之研究實例。

(二)　三層次分析模式

隨著研究議題的不同，研究者所蒐集分析的資料，涉及的分析層次不一定會只有兩個層次，有時候需要使用到三個層次，或甚至更多層次。假如研究者有興趣的議題是：學生的數學競試成績是否受到學校環境特性的影響，其研究資料蒐集來自全臺灣 100 個國中學校，每個學校 5 班，每個班有 30 個學生參加數學競試的成績。同一班的學生的競試成績不一定彼此獨立，因為可能受到班級特性的影響，而同一個學校的班級，其競試結果也不一定彼

參考方塊 5-1：兩層次分析的研究實例

　　為了了解青少年時的志願性團體參與是否影響成年時的政治參與，McFarland 與 Thomas (2006) 在以美國國家教育長期研究 (NELS) 和青少年健康長期研究 (Add Health) 資料庫之資料，分析青少年的課外活動參與如何影響其成年的政治參與。NELS 有詳細的青少年學校外的志願性團體參與的訊息；Add Health 則有青少年在校內的許多志願性團體 (學生社團) 參與的訊息。

　　NELS 是 1988 年針對一群學校的八年級學生所進行的研究，並在 1990 年、1992 年、1994 年和 2000 年分別進行後續的追蹤資料蒐集。McFarland 與 Thomas 此研究是以 NELS 五波都有參與的受訪者為分析對象。最後的分析樣本為 10,827 個人，分別來自 1,476 個不同的高中。

　　另一個分析的資料取自 Add Health 資料庫。Add Health 研究是針對七年級至十二年級的全國代表性樣本所進行之研究，也是一個長期的追蹤研究。該資料庫的資料允許研究者探究學生先前的活動對其後續行為的影響情形。McFarland 與 Thomas 使用第一波和第三波的 Add Health 研究資料。第一波於 1994-1995 年之間，針對 14,738 個七年級至十二年級的學生所蒐集的研究資料；第三波的追蹤研究則於 2001-2002 年之間進行，最後有 11,015 個第一波被研究的學生在家裡接受調查訪問，此時他們年齡在 18-26 歲。

　　McFarland 與 Thomas 所採用的分析模式為兩層次分析法，分析模式如下：

$$Y_{ij} = \beta_{0j} + \beta_{1j} (\text{student characteristics})_{ij} + \beta_{kj} X_{kij} + \varepsilon_{ij} \qquad (1)$$

$$\beta_{0j} = \gamma_{00} + \gamma_{01} (\text{school characteristics})_j + \cdots + \delta_{0j} \qquad (2)$$

其中，

Y_{ij} 為第 j 個學校的第 i 個受訪青少年的成年時之政治參與

β_{0j} 為第 j 個學校的依變項 (成年政治參與) 平均數

β_{1j} 為第 j 個學校的學生特性 (如志願性社團參與) 對依變項的影響效果

X_{kij} 為第 j 個學校的第 i 個受訪青少年之志願性社團參與以外的變項

　　每個學校的 β_{0j} 可能不相同,它是一個隨機效果,可能受到學校特性的影響,如式 (2) 所示。γ_{00} 為全部受訪者的成年政治參與的平均值,而 γ_{01} 則為學校特性對其平均政治參與的影響效果。另外,$\beta_{1j}, \ldots, \beta_{kj}$ 則假定沒有學校間的差異,因此原論文將相對應的方程式予以省略。

　　此研究資料由於青少年資料鑲嵌於學校,具有階層式結構,所以同一個學校的學生其變項可能受到學校的影響,因此可能具有叢集性,並不符合最小平方迴歸分析所假定的觀察體資料獨立的特性,因此,作者在進行此研究時,因資料的特性關係,所以採用兩層次分析法。詳細的分析結果討論,請參閱 McFarland 與 Thomas (2006)。

參考方塊 5-2：類別依變項之兩層次分析研究實例

　　Mandel 與 Semyonov (2006) 使用 22 個工業化國家的資料,探討這些國家的福利政策如何影響婦女勞動參與和其職業成就。換言之,作者們檢驗工業化國家之「與有子女家庭有關的福利政策」對婦女經濟活動和其勞動市場位置的影響。作者們所分析的資料為從 Luxembourg Income Study (LIS) 中選取 22 個工業化國家的研究資料,每個國家的資料都包括 1990 年代 25-60 歲的男女性人口之特性及其勞動市場參與的特性訊息。此研究資料也具有階層式結構特性,因此,作者採用多層次分析法,其中個人層次的分析模式捕捉經濟活動的預測,依變項分別為是否有勞動參與、是否為管理位置,或是否為女性職業 (female-typed occupation),自變項則包括性別 (女性＝1)、婚姻地位 (已婚＝1)、教育 (學術學位＝1)、子女數和是否有學齡前小孩 (有＝1)。第二層次為國家層次,其模式則以每個國家的第一層次的影響效果作為依變項,進一步探究國家的「與有子女家庭有關的福利政策」(以 WSII 表示) 的影響效果。其實際的分析模式如下:

$$\log \text{odds(LFP)}_{ij} = \beta_{0j} + \beta_{1j} (\text{gender})_{ij} + \beta_{kj} X_{kij} \tag{1}$$

$$\beta_{0j} = \gamma_{00} + \gamma_{01} (\text{WSII})_j + \gamma_{02} Z_j + v_{0j} \tag{2}$$

$$\beta_{1j} = \gamma_{10} + \gamma_{11} (\text{WSII})_j + \gamma_{12} Z_j + v_{1j} \tag{3}$$

$$\beta_{kj} = \gamma_{k0} + \gamma_{k1} (\text{WSII})_j + \gamma_{k2} Z_j + v_{kj} \ (k=2, 3, 4, 5, 6) \tag{4}$$

其中，

$\log \text{odds(LFP)}_{ij}$ 為第 j 個國家的第 i 個受訪者的勞動市場參與與否的成敗比 (odds) 的對數值

β_{0j} 為第 j 個國家的依變項平均數 (勞動參與率的成敗比之對數值)

β_{1j} 為第 j 個國家的男女性之勞動參與 $\log \text{odds(LFP)}_{ij}$ 的影響效果

X_{kij} 則為性別以外的其他個人自變項

因為第一層次方程式式 (1) 為邏輯迴歸方程式，所以式 (1) 沒有隨機變項。式 (1) 的邏輯迴歸係數分別為第二層次方程式中的依變項，分別受到國家之家庭相關福利措施和國家層次的特性變項 (Z) 的影響。$v_{0j}, \dots, v_{kj}$ 則分別為第二層次各方程式中的隨機項。

　　作者們對於工業化國家與「有子女家庭相關的福利政策」對婦女經濟活動和其勞動市場位置的影響之研究旨趣，是透過 $\gamma_{01}, \gamma_{11}, \dots, \gamma_{k1}$ 的顯著性來加以探究。研究分析結果顯示：工業化國家的家庭福利措施，確實提高了女性的勞動市場參與和進入公部門工作的機會，但是並沒有使得女性容易進入管理的位置，反而使女性更容易從事於所謂的女性職業。這個研究發現提供工業化國家的家庭福利政策對職業婦女勞動參與和勞動結果的影響有力證據。詳細研究內容請參閱 Mandel 與 Semyonov (2006)。

此獨立，可能受到學校環境特性的影響。因此，研究者需要選擇多層次分析，以便考慮研究資料的非獨立性特性。同時，需要選擇三層次分析模式，其中第一層次為學生，第二層次為班級，第三層次為學校。其分析模式可以式 (5-13) 表示：

$$第一層次：Y_{ijk} = \beta_{0jk} + \beta_{1jk} X_{ijk} + e_{ijk}$$

$$第二層次：\beta_{0jk} = \gamma_{00k} + \gamma_{01k} W_{jk} + u_{0jk} \qquad \text{(5-13)}$$

$$\beta_{1jk} = \gamma_{10k} + \gamma_{11k} W_{jk} + u_{1jk}$$

$$第三層次：\gamma_{00k} = \lambda_{000} + \lambda_{001} Z_k + v_{00k}$$

$$\gamma_{01k} = \lambda_{010} + \lambda_{011} Z_k + v_{01k}$$

$$\gamma_{10k} = \lambda_{100} + \lambda_{101} Z_k + v_{10k}$$

$$\gamma_{11k} = \lambda_{110} + \lambda_{111} Z_k + v_{11k}$$

其中 Y_{ijk} 為第 k 個學校的第 j 個班級之第 i 個學生的數學競試成績，X_{ijk} 為第 k 個學校的第 j 個班級之第 i 個學生的特性變項作為解釋變項，W_{jk} 為第 k 個學校的第 j 個班級的特性變項，而 Z_k 為第 k 個學校的特性變項。第一層次模式中的 β_{0jk} 和 β_{1jk} 分別為第 k 個學校的第 j 個班級的平均成績及其 X 變項效果。第二層次方程式中的 γ_{00k} 為第 k 個學校所有班級的平均數，γ_{01k} 為第 k 個學校班級特性變項 W_{jk} 對班級 X 平均成績影響的所有班級平均效果。而 γ_{10k} 是第 k 個學校所有班級的 X 變項效果之平均值，γ_{11k} 則為第 k 個學校之班級特性變項 W_{jk} 對班級 X 變項效果的所有班級平均效果。第三層次各模式中的截距項為各參數的所有學校的平均值，斜率為學校特性變項 Z_k 對第二層參數的影響效果。e、u 和 v 分別代表第一、第二和第三層次各方程式中的隨機項。三層次分析的估計結果之解釋必須在對各參數的意義能掌握的情況下，才容易完成，否則可能因解釋不清楚，而影響了研究結論的正確性。參考方塊 5-3 為三層次分析的研究實例。

(三)　多層次成長曲線模式的運用

　　如果研究者所要分析的資料是每個受訪對象多個時間點上的現象變化 (如身體質量指數 BMI、憂鬱指數或學習成果指標)，而且探討的重點在於哪些因素會影響受訪對象的結果變項之變化、變動軌跡或成長軌跡 (growth trajectory)，則多層次分析是合適的分析選擇。在這樣的研究旨趣之下，受

參考方塊 5-3：三層次分析研究實例

　　許多研究皆發現：女性為多的工作薪資相對地不利，但是另有研究也發現：美國許多都會區的男女性工作所得差距有相當大的差異性。Cohen 與 Huffman (2003) 之研究探討美國勞動市場層次的職業性別區隔是否惡化了女性為多的工作 (female-dominated jobs) 之女性薪資的不利性，同時也探究性別組成與工作內部 (within-job) 的男女性薪資差異的關聯性。由於研究資料中個人的工作，鑲嵌於工作層次的分析單位中，同時，工作的分析單位又鑲嵌於勞動市場中，具有三層次的階層式結構，因此，他們採用三層次分析法，以分析個人、工作和勞動市場中女性薪資 (與男性薪資相較) 的不利性。研究分析的第一層次為個人層次、第二層次為工作層次 (jobs level) 是由職業和行業 (occupation-industry) 交叉而得。而第三層次為勞動市場 (labor markets) 層次，以都會區為勞動市場的代表。研究使用美國 1990 年普查資料的 5% 抽樣之公共資料檔為分析資料，第一層次個人觀察體為 1,920,100，第二層次的工作單位數為 62,322，第三層次的勞動市場單位數為 261。其實際的分析模式如下：

$$Y_{ijk} = \pi_{0jk} + \pi_{1jk}\,(\text{female})_{ijk} + \pi_{2jk}\,a_{1ijk} + \cdots + \pi_{mijk}\,a_{mijk} + e_{ijk} \tag{1}$$

$$\pi_{0jk} = \beta_{00k} + \beta_{01k}\,(\text{proportion female})_{jk} + \beta_{02k}\,X_{2jk} + \cdots + \beta_{0qk}\,X_{qjk} + r_{0jk} \tag{2a}$$

$$\pi_{1jk} = \beta_{10k} + \beta_{11k}\,(\text{proportion female})_{jk} + \beta_{12k}\,X_{2jk} + \cdots + \beta_{1qk}\,X_{qjk} + r_{1jk} \tag{2b}$$

$$\beta_{00k} = \gamma_{000} + \gamma_{001}\,(\text{occupational integration})_k + \gamma_{002}\,W_{2k} + \cdots + \gamma_{00s}\,W_{sk} + u_{00k} \tag{3a}$$

$$\beta_{01k} = \gamma_{010} + \gamma_{011}\,(\text{occupational integration})_k + \gamma_{012}\,W_{2k} + \cdots + \gamma_{01s}\,W_{sk} + u_{01k} \tag{3b}$$

$$\beta_{10k} = \gamma_{100} + \gamma_{101}\,(\text{occupational integration})_k + \gamma_{102}\,W_{2k} + \cdots + \gamma_{10s}\,W_{sk} + u_{10k} \tag{3c}$$

$$\beta_{11k} = \gamma_{110} + \gamma_{111}\,(\text{occupational integration})_k + \gamma_{112}\,W_{2k} + \cdots + \gamma_{11s}\,W_{sk} + u_{11k} \tag{3d}$$

其中 Y_{ijk} 為第 k 個勞動市場的第 j 項工作中的第 i 個工作者工資的對數值。π_{0jk} 為第 k 個勞動市場的第 j 項工作的常數項 (平均薪資，對數值)；π_{1jk} 為個人層次的性別效果，即男女性薪資的差異；a_{mijk} 則為 M 個個人層次的控制變項，$\pi_{2jk}, \dots, \pi_{mjk}$ 為其對應的迴歸係數。所有的控制變項都是經過總

平均數 (grand mean) 的中心化處理；e_{ijk} 為個人層次的隨機項。π_{1jk} 為研究特別有興趣的參數，因為它捕捉工作內部 (within job) 男女性薪資的差異，同時，π_{0jk} 則為在控制變項平均數水準下的男性平均薪資。

　　第二層次方程式中，β_{00k} 為勞動市場 k 的所有工作 (jobs) 的截距項，β_{01k} 為勞動市場的工作中女性比例對平均薪資 (π_{0jk}) 的影響效果；同樣地，β_{10k} 為勞動市場 k 的所有工作 (jobs) 的男女性薪資平均差異，β_{11k} 為勞動市場 k 的工作中女性比例對男女性薪資差異 (π_{1jk}) 的影響效果。

　　第三層次方程式中的截距項 (γ_{000}、γ_{010}、γ_{100}、γ_{110}) 分別為所有勞動市場的工作之平均數或平均影響效果。另外，γ_{001}、γ_{011}、γ_{101}、γ_{111} 則分別表示勞動市場的職業整合性對第二層次參數的影響效果。

　　基本上，透過這樣的分析，研究者可以有效地回答男女性薪資差異在勞動市場層次、工作層次 (職業－行業層次) 和個人層次的差異情形，以確實掌握男女性薪資不平等的真正所在。若在三個層次暫時不考慮任何解釋變項時，則研究者可以將工作者薪資之變異數分解為勞動市場層次、工作層次 (職業－行業層次) 和個人層次的變異數，藉此研究者可以掌握每個層次的薪資變異數比例，並且作為考慮解釋變項之模式的比較基礎。詳細研究內容請參閱 Cohen 與 Huffman (2003)。

訪對象可能是個人，也可能是組織，更有可能是其他的分析單位。無論是哪一種受訪對象，每個受訪對象都有多個時間點的結果變項和不隨時間變動的變項 (time-invariant variable) 和隨時間變動的變項 (time-varying variable) 之解釋變項的蒐集。此時，多層次分析可以是兩層次模式，也可能是三層次模式。要採用兩層次或三層次模式決定於兩個主要條件：研究問題焦點和資料蒐集的特性。研究興趣的焦點所在，將會影響兩層次或三層次分析模式的選擇。如果研究問題焦點是在受訪對象本身因素的影響之回答，則採用兩層次模式即可。倘若研究者的問題意識是在關心受訪對象所處的環境脈絡因素 (contextual factors) 的影響，或是更進一步關心受訪者本身因素的作用如何受

到所處的環境脈絡的影響，則需要選擇三層次的分析模式才行。當然，前述模式的選擇尚需要蒐集不同層次的變項資料。

不論是兩層次或三層次的成長曲線模式，其第一層模式都是捕捉每個受訪對象多個時間的依變項如何受到時間的影響，亦即這一層次的分析資料是受訪者－時間資料 (subject-time data)。通常將同一個受訪對象的多個時間之結果變項視為時間變動的函數，其關係形態可以是時間的線型函數、二次方函數 (quadratic function) 或是多段式函數 (piecewise function)。結果變項與時間的函數關係，也決定於研究的現象本身和研究者的研究好奇。現以最完整的三層次模式作為說明，如式 (5-14) 所示：

$$第一層次：Y_{ijt} = [\beta_{0ij} + \beta_{1ij}t] + [\beta_{2ij} X_{ijt}] + e_{ijt}$$

$$第二層次：\beta_{0ij} = \gamma_{00j} + \gamma_{01j} X_{ij} + u_{0ij}$$
$$\beta_{1ij} = \gamma_{10j} + \gamma_{11j} X_{ij} + u_{1ij} \tag{5-14}$$
$$\beta_{2ij} = \gamma_{20j} + u_{2ij}$$

$$第三層次：\gamma_{00j} = \lambda_{000} + \lambda_{001} W_j + v_{00j}$$
$$\gamma_{01j} = \lambda_{010} + \lambda_{011} W_j + v_{01j}$$
$$\gamma_{10j} = \lambda_{100} + \lambda_{101} W_j + v_{10j}$$
$$\gamma_{11j} = \lambda_{110} + \lambda_{111} W_j + v_{11j}$$
$$\gamma_{20j} = \lambda_{200} + \lambda_{201} W_j + v_{20j}$$

其中 Y_{ijt} 為第 j 個群體的第 i 個受訪對象之第 t 個時間的結果變項，X_{ijt} 為第 j 個群體的第 i 個受訪對象之隨 t 時間變動的解釋變項，而 X_{ij} 則為第 j 個群體的第 i 個受訪對象不隨時間 t 變動的解釋變項，W_j 代表第 j 個群體的群體特性變項，作為解釋變項。e、u 和 v 分別為第一、第二和第三層次的隨機項。第一層次模式的第一個括號所表示的是線性的時間函數，研究者可以根據所需要的時間函數形態加以調整，而第二個括號部分所需要納入受訪對象會隨時間變動的解釋變項，這部分有需要時才使用。有興趣的讀者可以參

閱 Singer 與 Willett (2003)；Duncan、Duncan 與 Strycker (2006)；Hedeker 與 Gibbons (2006)；Schnabel 與 Baumert (2000)；和 Preacher 等人 (2008)。參考 方塊 5-4 為成長曲線多層次分析的研究實例。

參考方塊 5-4：成長曲線多層次分析研究實例

　　許多社會都面臨離婚率和同居率的上升，使得許多小孩生活於繼父母 家庭或非常態性家庭，造成小孩經歷家庭轉型環境的機會增加，可能進而 影響這些家庭小孩到了青少年時期的學業成就。Sun 與 Li (2009) 發表了 一篇研究論文，探究後離婚家庭穩定性對青少年學業表現改變的影響。兩 位作者以 7,897 位國家教育長期研究資料庫的三波追蹤資料，比較經歷父 母離婚後家庭轉換的青少年和生活在父母離婚後較穩定的家庭之青少年， 其學業表現的差異。每個樣本青少年有三波學業表現的測量，分別測量於 樣本青少年 14、16 和 18 歲的時候，由於研究資料具有階層式的結構，同 時，為了掌握青少年的學業表現的變化，和青少年及家庭特性如何影響其 學業表現的變化，因此，作者們採用成長曲線的兩層次分析。其分析模式 如下所示：

$$Y_{ti} = \pi_{0i} + \pi_{1i} (a_{ti} - 14) + e_{ti} \tag{1}$$

$$\pi_{0i} = \beta_{00} + \sum \beta_{0q} X_{0qi} + r_{0i} \tag{2a}$$

$$\pi_{1i} = \beta_{10} + \sum \beta_{1q} X_{1qi} + r_{1i} \tag{2b}$$

其中 Y_{ti} 為樣本青少年 i 在時間 t 的學業表現，π_{0i} 為樣本青少年 i 在第一 波受訪時 (即 14 歲時) 的學業表現量測值，π_{1i} 為樣本青少年 i 在 14-18 歲 之間的學業表現年變動量，而 e_{ti} 為樣本青少年 i 在時間 t 學業表現的隨機 項。式 (1) 中 a_{ti} 為樣本青少年 i 在時間 t 的年齡，減去 14 是一種中心化的 處理。因為第一波的資料蒐集於樣本青少年 14 歲時，因此，這樣的中心 化處理，使得式 (1) 的青少年學業表現成長曲線以其 14 歲時為時間起點。 其次，層次二的兩個方程式分別以樣本青少年的學業表現成長曲線的起點

值和改變率為依變項，受到樣本青少年的個人特性和家庭特性 (特別是父母離婚後的家庭穩定性) (即 X_{qi} 變項) 的影響。

　　分析結果顯示：相對於生活在父母離婚後較穩定的家庭之青少年，經歷父母離婚後家庭轉換的青少年其學業表現，包括數學和社會學科的成績進步都比較慢。在家庭結構轉換過程中，家庭資源的差異和變動是一個青少年學業表現的重要影響因素。此研究也發現：經歷父母離婚後家庭轉換不穩定環境的青少年，女孩的學業表現進步低於男孩。詳細的研究內容請參閱 Sun 與 Li (2009)。

(四)　多層次結構方程模式的運用

　　前面所介紹的所有多層次分析，都是假定所有變項 (包括依變項和各層次的自變項) 都是單一測量，而且沒有考慮測量誤差的狀況。但是在社會科學研究中，研究者所探討的現象常常都是抽象的概念，往往需要採用多個測量，同時也需要考慮其測量誤差。因此，每一個抽象概念都是一個因素，由多個測量變項 (或指標) 所測量，同時還有測量誤差。結構方程模式是處理這樣的抽象概念之間的結構關係的分析方法。隨著結構方程模式在社會科學研究上的普遍運用，加上研究者所分析的資料常常具有階層式結構特性，使得多層次結構方程模式的需要性愈來愈高。但是要詳細介紹多層次結構方程模式的使用方法，已經超過本章的篇幅，建議有興趣者參閱 Bollen 與 Curran (2006)；Duncan 等人 (2006)；Raykov 與 Marcoulides (2006)。

(五)　多層次分析法運用於對偶資料分析

　　愈來愈多的社會科學研究需要處理對偶資料，多層次分析已經被使用於處理對偶資料，以有效達到研究問題的回答。以家庭社會學研究為例，研究者常常需要同時處理夫妻對偶資料，以避免單獨使用丈夫或妻子資料分析結果，會有可能偏離家庭作為一個整體分析單位的現象事實。式 (5-15) 和式

(5-16) 是兩種不同形式的多層次分析模式，可以運用於分析夫妻對偶資料。假如研究者探討 500 對夫妻婚姻品質 (或婚姻滿意度) 的變化，而且夫妻兩個人分別都是研究探討的對象，每一年夫妻都接受訪問，連續進行了 7 年。這樣的研究資料是夫妻對偶資料，又是長時間的追蹤研究，因此多層次分析模式是適合分析這樣的研究議題和具有階層式結構資料的分析方法。式 (5-15) 的第一層模式分析單位是個人－時間，所呈現的是個人婚姻品質的變化軌跡，其變動的趨勢是以線型成長趨勢來處理，研究者可以根據需要選擇不同形式的時間變化趨勢函數。第二層次的分析單位個人 (夫或妻)，因此，γ_{00j} 為第 j 對夫妻的研究開始時的婚姻品質平均分數，γ_{10j} 為第 j 對夫妻的研究期間婚姻品質每年改變量的平均分數，且 u_{0ij} 和 u_{1ij} 分別為個別成員的隨機誤差項 (相對於對偶夫妻的平均值)。第三層次的分析單位則為對偶夫妻，其依變項為對偶夫妻的研究開始時的婚姻品質平均分數 (截距項) 和研究期間婚姻品質每年改變量的平均分數 (斜率項)。λ_{000} 為對偶夫妻研究開始時的婚姻品質總平均數，而 λ_{100} 為對偶夫妻研究期間婚姻品質每年改變量的總平均。其隨機誤差項為每對對偶夫妻的誤差項 (相對於總平均數)。

　　式 (5-15) 是以三層次模式分析對偶夫妻的婚姻品質變化，但是式 (5-16) 的兩層次模式也一樣可以處理相同的資料，只是兩種多層次模式所能回答的研究問題有些不同。式 (5-16) 的第一層次以妻和夫兩個虛擬變項，將對偶夫妻的婚姻品質成長曲線結合於一個模式中。β_{w0i} 和 β_{w1i} 是妻子的婚姻品質成長曲線的截距和斜率，而 β_{h0i} 和 β_{h1i} 則是丈夫的婚姻品質成長曲線的截距和斜率。其第二層次的四個方程式分別為妻子 (前兩個方程式) 與丈夫 (後兩個方程式) 的第一層次之截距和斜率作為依變項之模式。因為對偶夫妻分別有各自的隨機誤差項，因此，可以由其第二層次隨機項的變異共變異矩陣的估計和計算，提供對偶夫妻婚姻品質化變化的關係，即妻子和丈夫婚姻品質成長曲線的截距和斜率四個參數之間的相關情形。這個議題有時候是研究者有興趣的，但是式 (5-15) 的多層次分析模式中的參數卻沒有辦法回答到這個問題。

第一層次：$Y_{ijt} = \beta_{0ij} + \beta_{1ij} \, (\text{time})_{ijt} + e_{ijt}$

第二層次：$\beta_{0ij} = \gamma_{00j} + u_{0ij}$ **(5-15)**

                $\beta_{1ij} = \gamma_{10j} + u_{1ij}$

第三層次：$\gamma_{00j} = \lambda_{000} + v_{00j}$

                $\gamma_{10j} = \lambda_{100} + v_{10j}$

第一層次：$Y_{it} = (\text{wife})_{it} \, [\beta_{w0i} + \beta_{w1i} \, (\text{time})_{it}] +$

                   $(\text{husband})_{it} \, [\beta_{h0i} + \beta_{h1i} \, (\text{time})_{it}] + e_{it}$

第二層次：$\beta_{w0i} = \gamma_{w00} + u_{w0i}$

                $\beta_{w1i} = \gamma_{w10} + u_{w1i}$ **(5-16)**

                $\beta_{h0i} = \gamma_{h00} + u_{h0i}$

                $\beta_{h1i} = \gamma_{h10} + u_{h1i}$

    如果在別的研究議題之對偶夫妻資料的分析上，研究者假定夫妻會有一樣的成長趨勢時，則可以選擇比較簡單的式 (5-15) 來分析資料。式 (5-16) 比較具有分析彈性，可以回答夫妻的成長曲線參數之間有無關係。但是分析模式較具彈性，也有參數估計上的代價。當研究者沒有興趣了解夫妻的差異時，因為式 (5-16) 使用比較多的參數，因此會產生研究假設檢定力下降的問題。據此，多層次分析模式適合處理研究中的對偶資料。不同的多層次分析模式，可以同時處理同一個階層式結構的對偶資料，但是每一種多層次模式都具有其參數使用及其意義上的特殊性，所以，研究者需要根據研究議題回答上的需要，選擇合適的多層次模式來處理其對偶資料。多層次分析應用於對偶資料的處理相當多樣化，有興趣讀者請參閱 Atkins (2005) 及 Kenny、Kashy 與 Cook (2006)。

六、總　結

　　不論是經由研究者自行進行研究設計而蒐集的研究資料，或者是使用現有的資料庫作為研究的基礎資料，研究者經常要面對研究資料具有階層式結構，所有最底層的研究觀察體資料並不獨立，不符合使用需要獨立條件下的多元迴歸分析。過去，雖然研究者常採用統合方法或非統合方法分析具有階層式結構的資料，但是這些方法都存在一些潛在的問題。為克服這些問題，多層次分析是一種可以處理具有階層式結構資料的統計分析方法。

　　多層次分析法看起來是多階段式的分析方法，但是實際上現在的統計套裝軟體都採用一段式的整合估計，同時估計固定效果和隨機效果。更新的估計方法之發展，使得多層次分析可以適用於非連續性依變項和非常態性資料的處理，也可以進行階層式結構資料中具有缺失值的分析處理。

　　研究者在考慮進行多層次分析時，常常會面臨數個不同問題的思考和決定。

1. 研究需要多層次分析嗎？
2. 研究需要幾個層次的分析？
3. 研究中解釋變項是要引入第一層次或者要放在第二層次？
4. 每個層次的方程式需要幾個自變項？
5. 樣本數足夠進行多層次分析嗎？

基本上，這些問題都需要基於研究者的研究核心議題、提問的方式和資料結構等因素所共同決定。

　　追蹤研究資料、潛在變項之結構方程模式、對偶研究和涉及不同形態的階層式結構資料之研究愈來愈普遍，使得多層次分析的需求與發展愈來愈多元，也愈來愈迅速。多層次分析在許多不同的學術領域之研究中也愈來愈常見。譬如，整合分析、空間分析和測驗或量表的試題反應理論模式分析，也

都因為研究議題和分析資料具有階層式結構的關係，而於研究中發展和使用了多層次分析模式。另外，多層次分析參數估計方法，除了最大概似估計外，也有貝氏估計法的發展。多層次分析的第一層次之依變項也由僅處理一個變項的模式，朝向同時處理多個依變項的多變項模式發展，並配以潛在變項模式處理模式中自變項有缺漏資料的分析方向。本章所討論的內容只是多層次分析入門的基本概念，相當多的深入內容之討論，則有賴讀者進一步閱讀多層次分析的專書或進階的相關論文。

參考書目

Atkins, David C. (2005). Using multilevel models to analyze couple and family treatment data: Basic and advanced issues. *Journal of Family Psychology, 19*, 98-110.

Bollen, Kenneth A., & Curran, Patrick J. (2006). *Latent curve models: A structural equation perspective*. Hoboken, New Jersey: John Wiley & Sons, Inc.

Candel, Math J. J. M. (2006). Empirical bayes estimators of the random intercept in multilevel analysis: Performance of the classical, morris and rao version. *Computational Statistics & Data Analysis, 51*, 3027-3040.

Cohen, Philip N., & Huffman, Matt L. (2003). Individuals, jobs, and labor markets: The devaluation of women's work. *American Sociological Review, 68*, 443-463.

Duncan, Terry E., Duncan, Susan C. & Strycker, Lisa A. (2006). *An introduction to latent variable growth curve modeling: Concepts, issues, and applications* (2nd ed.). Mahwah, New Jersey: Lawrence Erlbaum Associates, Publishers.

Gelman, Andrew, & Hill, Jennifer (2007). *Data analysis using regression and multilevel/ hierarchical models*. Cambridge, New York: Cambridge University Press.

Gurka, Matthew J. (2006). Selecting the best linear mixed model under REML. *The American Statistician, 60*(1), 19-26.

Hannan, Michael T. (1971). *Aggregation and disaggregation in sociology*. Lexington, Mass: Lexington Books.

Hedeker, Donald, & Gibbons, Robert D. (2006). *Longitudinal data analysis*. Hoboken, New Jersey: John Wiley & Sons, Inc.

Kenny, David A., Kashy, Deborah A., & Cook, William L. (2006). *Dyadic data analysis*. New York: A Division of Guilford Publications, Inc.

Luke, Douglas A. (2004). *Multilevel modeling*. Thousand Oaks, CA.: Sage Publications, Inc.

Mandel, Hadas, & Semyonov, Moshe (2006). A welfare state paradox: State interventions and women's employment opportunities in 22 countries. *American Journal of Sociology, 111*, 1910-1949.

McFarland, Daniel A., & Thomas, Reuben J. (2006). Bowling young: How youth voluntary associations influence adult political participation. *American Sociological Review, 71*, 401-425.

Preacher, Kristopher, Wichman, Aaron L., MacCallum, Robert C., & Briggs, Nancy E. (2008). *Latent growth curve modeling*. Thousand Oaks, CA.: Sage Publications, Inc.

Raudenbush, Stephen W., & Bryk, Anthony S. (2002). *Hierarchical linear models: Applications and data analysis methods* (2nd ed.). Thousand Oaks, CA.: Sage Publications, Inc.

Raykov, Tenko, & Marcoulides, George A. (2006). *A first course in structural equation modeling* (2nd ed.). Mahwah, New Jersey: Lawrence Erlbaum Associates, Publishers.

Schnabel, Kai Uwe, & Baumert, Jurgen (2000). *Modeling longitudinal and multilevel data: Practical issues, applied approaches and specific examples*. Mahwah, New Jersey: Lawrence Erlbaum Associates, Publishers.

Singer, Judith D., & Willett, John B. (2003). *Applied longitudinal data analysis: Modeling change and event occurrence*. New York: Oxford University Press, Inc.

Snijders, Tom A. B., & Bosker, Roel J. (1999). *Multilevel analysis: An introduction to basic and advanced multilevel modeling*. Thousand Oaks, CA.: Sage Publications, Inc.

Sun, Yongmin, & Li, Yuanzhang (2009). Postdivorce family stability and changes in Adolescents' academic performance: A growth-curve model. *Journal of Family Issues, 30*, 1527-1555.

Verbeke, Geert, & Molenberghs, Geert (2000). *Linear mixed models for longitudinal data*. New York: Springer.

West, Brady T., Welch, Kathleen B., & Galecki, Andrzej T. (2007). *Linear mixed models: A practical guide using statistical software*. Boca Raton: Chapman & Hall/CRC.

延伸閱讀

若讀者對多層次分析的進階應用有進一步之興趣，可參閱下列研究論文。

1. 謝雨生、吳齊殷、李文傑 (2006)〈青少年網絡特性、互動結構和友誼動態〉。《臺灣社會學》，11，175-236。

此論文以多層次分析法探討青少年友誼動態的影響，並將個體 (青少年) 和總體 (班級) 特性納入研究考慮。採用依變項為順序性類別變項的兩層次分析，對非連續性依變項的多層次分析應用和解釋，提供一個很好的研究實例。

2. Barber, Jennifer S., Murphy, Susan A., Axinn, William G., & Maples, Jerry (2000). Discrete-time multilevel hazard analysis. *Sociological Methodology, 30*, 201-235.

作者們介紹事件史分析法的危險模式 (hazard models) 和多層次分析模式的結合應用，討論處理非連續時間多層次危機模式的估計方式，也說明將隨時間變動的變項和不隨時間變動的變項納入模式的方式，並配合實例說明資料的準備和實際的分析。

3. Raudenbush, Stephen W., Johnson, Christopher, & Sampson, Robert J. (2003). A multivariate, multilevel rasch model with application to self-reported criminal behavior. *Sociological Methodology, 33*, 169-211.

社會科學研究中常需要使用 Rasch Model 或試題反應理論，處理行為、態度和信仰的測量，作者介紹如何使用多變項之多層次分析法，結合 Rasch Model 的實際應用，以犯罪行為測量為實例說明。

4. Vermunt, Jeroen K. (2003). Multilevel latent class models. *Sociological Methodology, 33*, 213-239.

作者介紹多層次分析如何與潛在類別分析模式 (latent class models) 結合，以分析具有階層結構的類別變項之研究資料。對於進階的多層次分析方法，是一個很好的發展方向。

5. McLeod, Jane D., & Fettes, Danielle L. (2007). Trajectories of failure: The educational careers of children with mental health problems. *American Journal of Sociology, 113*, 653-701.

作者們使用潛在類別成長曲線模式 (latent growth mixture models) 分析有心理健康問題的小孩之教育發展情形。這是結合成長曲線模式和潛在類別模式，以分析具有階層結構的追蹤研究資料之研究實例。

6

多向度標示法

一、前　言

　　多向度標示法 (Multi-Dimensional Scaling, MDS) 涵蓋了數種多變量資料分析的方法。廣義來說，凡利用資料在幾何空間中的表徵 (例如距離、投影、角度等)，呈現資料內部的特性或結構的方法都可以稱之為多向度標示法。換言之，研究者希望透過 MDS 顯示出資料內的連續結構 (度量、向度、因素等)，而非離散結構 (群集、分割、分類等)。狹義地講，MDS 由物件彼此的相似度，在低向度的空間中找出這些物件的對應點，而對應點在此空間中彼此的距離反映出物件的相似或相異程度。本章主要採用此狹義的定義來介紹 MDS 的原理及應用，但同時加入和 MDS 相關的一致性分析方法。

　　Torgerson (1952) 最早有系統地說明 MDS 的資料蒐集及分析流程，並撰寫 TORSCA 軟體協助應用分析 (Young & Torgerson, 1967)，學界已視 Torgerson 為 MDS 之父。但早在 1938 年 Richardson 便以摘要形式說明利用成對距離 (pairwise distances) 可以建立物件之間的關係，Young 與 Householder (1938) 也證明中心化之後的物件距離矩陣必須為半正定，才可在歐氏空間標示出物件之間的關係。由於物件能被標示為度量空間 (metric space) 上的點，三點之間的距離必須滿足三角不等式，Torgerson (1952, 1958) 及 Messick 與 Abelson (1956) 建議將受試者主觀的相近量測加一常數，以滿

足相近量測間的三角不等式，使得物件在歐氏空間彼此的距離，可視為相似程度。物件彼此之間的相似度只反映出相對位置，而非絕對位置；理論上可以固定某個物件為參考點去找出其他物件的相對位置，但是如果所選擇到的物件恰好處在靠近物件整體結構的邊緣，則所得到的結果有可能扭曲整體結構，所以參考原點通常為所有點的矩心。Torgerson (1958) 及 Carroll 與 Chang (1970) 分別從幾何和代數的觀點，說明物件相似矩陣經雙中心化處理後，即可找到以矩心為原點，物件彼此間的內積矩陣，此矩陣可直接進行奇異值分解得到物件的座標位置。此程序理論完整及運算過程清楚，度量 (metric) MDS 藉此得以蓬勃發展形成全盛時期；此期間重要的發展尚包括 Attneave (1950) 提出使用非歐氏距離的模型。

Shepard (1962a, 1962b) 與 Kruskal (1964) 將度量 MDS 進一步地延伸到非度量 (nonmetric) MDS，利用資料或相近量測中次序 (ordinal) 關係重建資料的相似度訊息，此發展使得 MDS 得以廣泛地被應用於心理學以外的其他領域。另外，Coombs (1964) 提出「去摺」(unfolding) 原理來詮釋受試者對物件偏好的潛在機制，將物件和受試者同時標示於相同的空間，其中受試者距離物件的遠近反映出他 (她) 對物件偏好的程度。傳統 MDS 通常分析的是受試者平均的相近或相異矩陣，個別差異 MDS 分析「加權平均」的矩陣，並保留個別受試者的特色。Carroll 與 Chang (1970) 介紹了個別差異 MDS，並發展 INDSCAL (INdividual Difference SCALing) 程式來分析一系列個別受試者的矩陣。在這個時期度量、非度量、去摺及個別差異分析的演算法蓬勃發展，並廣泛應用於社會科學界。

MDS 可藉由最大概似估計法檢定模型、估計參數的信賴區間及決定多向尺度空間的向度個數 (Ramsay, 1977, 1982; Takane, 1978, 1981)。藉由對資料分配的假設，可將適用於探索性資料分析之傳統 MDS，進一步延伸至驗證性資料分析的範疇，相關文獻可進一步參考延伸閱讀 1。

另外，設限的 (constrained) MDS 發展，使得研究者可以對於模型參數或整個空間結構做特定的限制，例如，限制參數值必須相同 (Bentler & Weeks,

1978) 或物件在多向度尺度空間中的點必須是座落在球面上 (Spherical MDS; Lee & Bentler, 1980)。MDS 歷經了 Torgerson (1952, 1958)、Shepard (1962a, 1962b, 1966)、Kruskal (1964)、Young (1970)、Takane (1978, 1981)、de Leeuw (1977, 1988) 及其他多位學者不斷在方法上的改進，更趨完備。現今除被廣泛地應用於社會科學及心理學界外，尚推廣至化學、生態學、經濟學以及行銷學等應用領域。

二、核心步驟

(一) 相近資料的產生

Borg 與 Groenen (2005) 提出應用 MDS 的四個主要目的：對資料做視覺上的檢視和探索、檢定物件背後可用以區辨其差異的結構或基準、探索決策或反應背後的心理面向及結構與建構相似度判斷的模型。MDS 能具有如此眾多功能，在於它適用於廣泛的資料形態。以下我們將適合 MDS 分析之相近資料 (proximity data) 形態，簡單區分為相似度資料和偏好資料兩類來說明。

1. 相似度資料

蒐集物件彼此間的相似或相異程度的資料，可透過判斷作業或非判斷作業。

(1) 判斷作業的資料

受試者可經由實驗情境，直接比較不同心理刺激之間的相似度；舉例來說，早期心理實驗在蒐集「物件」相近量測的資料時，常是直接請受試者將物件彼此之間相似程度刻畫在評等量尺 (rating scale) 上。物件可以廣泛地包括無生命的物件 (例如心理實驗中刺激、對事物的態度、社會政策)，有生命的個體 (人、動物) 或任何研究者所感興趣的題材。相近量測資料測量物件彼此之間的接近程度，通常以相似度或相異度兩種資料形態來詮釋。例如，

Broderson (1968) 在他的實驗中讓 50 位受試者看 10 個大小不同且有畫出半徑的圓，並請受試者寫出不同圓的相似程度 (從 1＝最小的相似度到 7＝最大的相似度)。他因此得到這 50 人平均的相近度矩陣，且假設相似判斷的背後機制屬物件彼此間的市街距離，而蒐集到的資料也支持此假設模型。

另兩種實驗資料是所謂的混淆資料 (confusion data) 及分群資料 (sorting data)。當一種心理刺激會被混淆或誤認為是另一心理刺激，或者兩心理刺激被多數受試者分在同一群，可視為這兩個刺激彼此較為相似的一種指標。這類資料根據每個受試者的判斷，可以定義出該受試者主觀認定物件彼此之間的相似程度，而依此可製造出這些物件間的指標矩陣，以反映兩物件間是否易被混淆或多數被分在同一群的機會。如果每個受試者只進行一次實驗程序，則他 (她) 的指標矩陣中的數字充滿 0 和 1。倘若每個受試者進行多次的判斷實驗，則指標矩陣中的數字代表的是試驗中物件被選擇相似於物件的次數。如果實驗過程有很多受試者參與，則可以定義受試者的平均指標矩陣，再進行 MDS 分析。混淆資料的最大特色是它不一定是對稱矩陣，MDS 中的非對稱模型可處理不對稱資料矩陣 (Chino, 1978; Constantine & Gower, 1978)。

(2) 非判斷作業的長方形資料

除了直接透過實驗或問卷來量測物件相似度的資料外，MDS 其實可以更廣泛地應用在蒐集到的長方形矩陣資料。令 **Y** 為一般 n 個物件在 p 個變項上的長方形資料矩陣，此類資料經過轉換後也可產生相近矩陣，並透過 MDS 分析將 n 個物件展示在多維空間中。此 p 個變項的資料尺度可能是名目、次序、等距或比率，隨著資料尺度的不同，所選用的標示法也有所不同，MDS 的功能在清楚地呈現資料背後的連續結構，倘若研究者認為此假設對於想要分析的資料不適合，則可考慮採用適合離散結構的群集分析法來詮釋物件的相似度。由於這 p 個變項資料的量尺或有不同，研究者可以定義出不同的相似度 (similarity) 或相異度 (dissimilarity) 指標。部分學者認為 MDS 試著找出物件之所以被判斷為相近背後潛在的結構或機制，倘若對

於物件已經蒐集了很多的變項資料來反映出物件在這些變數上的差異，或與 MDS 原來的立意不符，故在心理學或社會學等領域仍較常使用直接判斷的作業量測。但在行銷學等應用領域上，有許多例子利用長方形矩陣資料來量測物件相似度。

對於量化資料而言，多變量的資料點間的「距離」可視為一種衡量相似度的工具，若距離愈近，則表示彼此間的相似程度愈高、差異愈小。因此，距離可以用來定義相異度，距離愈小，相似程度愈高，則相異程度也跟著愈小；反之，距離愈大，則相異程度也跟著愈大。針對不同資料形態所定義的相似或相異度，可參考 Cox 與 Cox (1994) 及 Borg 與 Groenen (2005)。常見的有歐氏距離、市街距離、Bray-Curtis 相似性指標以及相關係數。Bray-Curtis 相似性指標常在植物學及生態學中用來衡量兩個不同群落之間生物的相異度。Bray-Curtis 相似性指標等於將兩群落中各群落特有的物種個數除以兩群落中所有的物種個數，所以 Bray-Curtis 指標介於 0 和 1 之間，且值愈大代表兩群落間的相似度愈大。市街距離則被認為適用於資料中的這些變項在描繪物件之明顯不同而可區分的面向時 (例如，幾個變項在反映物件「大小」，而其餘在描繪其「方位」)。因著領域或應用的不同，分析時可以用來定義相似或相異度的函數就可能有所不同。

MDS 的資料輸入以兩物件彼此間的相異度為主，δ_{rs} 又稱為物件 r 和 s 的相近量測，實驗若蒐集相似度資料，必須轉換為 δ_{rs} 後才可進行 MDS 分析。例如，在利用相關係數 (ρ_{rs}) 來定義量化資料的相異度時，我們發現相關係數本身較適合用來反映相似程度，意即相關愈高，表示兩物件的相似度也愈大。故在定義相異度 δ_{rs} 時，可以利用 $\delta_{rs} = 1 - \rho_{rs}$ 這個簡單的轉換。由於兩物件的相異量測的值愈小，它們在對應的空間中的距離也較小，所以一般使用上，通常需要將相似度資料 ρ_{rs} 轉換成相異度資料 δ_{rs}，才可輸入 MDS 分析。常見的轉換有：

(1) $\delta_{rs} = 1 - \rho_{rs}$

(2) $\delta_{rs} = c - \rho_{rs}$，其中 c 是一個常數

(3)　$\delta_{rs} = \{2(1-\rho_{rs})\}^{\frac{1}{2}}$

轉換目標是使得 $\delta_{rs} \geq 0$ 且與 ρ_{rs} 呈負相關。然而，研究者可視研究問題的需要選擇適用的或其他合理的轉換。

2. 偏好資料

　　MDS 也可用來分析偏好性 (preference)，以了解決策或反應背後可能的機制。此類資料可簡單區分成相對偏好或絕對偏好；相對偏好資料形態多數為成對比較和排序。每個受試者偏好物件的選項，可以定義出該受試者對這些物件彼此之間的排序，而依此可造出這些物件間的優勢矩陣 (dominance matrix)。受試者如果只進行一次的排序，優勢矩陣中的數字若不是 0 則是 1。倘若受試者進行多次的比較或排序，則優勢矩陣中的數字代表的是試驗中物件 r 被選擇優於物件 s 的次數。如果有很多受試者的資料，則可以定義出受試者的平均優勢矩陣。絕對偏好判斷則可能是要受試者針對每個物件將偏好程度反應在評等量尺上，例如 1 代表非常不喜歡，而 7 代表非常喜歡。不論是相對或絕對的偏好資料，都可以用 MDS 來探索決策或反應背後的心理向度及結構。

　　前述利用 $n \times p$ 長方形資料矩陣 $\mathbf{Y}$ 來定義物件間的相近矩陣，因為它的行和列分別代表 n 個不同的物件及反映物件特質的 p 個變項，我們稱這樣的 $\mathbf{Y}$ 是雙模態、雙面向的資料矩陣。相對來講，直接蒐集受試者兩兩相似判斷的 $n \times n$ 相近矩陣或偏好資料所得到的優勢矩陣，由於其行列皆物件，所以定義為單模態、雙面向的資料矩陣。如果把多位受試者的資料都疊起來，矩陣不僅增加受試者這個向度，也增加受試者與物件不同的模態，故稱所得的資料為雙模態、三面向的資料矩陣。如此利用模態 (mode) 及面向度 (way) 將不同的資料矩陣區分，好處在根據資料矩陣選擇適用的 MDS 分析模型。例如分析 50 個受試者 10×10 的相近度資料矩陣 (雙模態、三面向的)，一方面可以將 50 個矩陣平均成單一的相近矩陣，再進行 MDS 分析，而得到這群人平均的相似判斷的幾何表徵；另一方面可採個別差異 MDS 分析三面向的

資料矩陣，本章稍後將介紹此三面向資料矩陣的分析方法。在很多情況下所蒐集到的資料來自多位而非單一受試者，而為了得到某些物件之間的幾何表徵，最簡單的做法是直接從受試者對這些物件的反應而得到雙模態、雙面向的資料矩陣。例如，我們想研究消費者對幾種產品的偏好，藉此了解影響這些偏好背後的產品特質 (例如價錢、規格等)。可行的做法是問 N 個消費者對於這 n 個產品的偏好程度，再根據受試者對於這些產品間偏好程度的相近矩陣進行 MDS 分析。但影響產品偏好的特質未必能在所得的 MDS 結果中清楚地呈現出來。較好的做法是增加產品特質 (例如價錢、規格等) 這個模態，蒐集到受試者×物件×特質之間的三模態、三面向的資料矩陣。如此一來，可透過 MDS 分析在空間中呈現這些物件的被偏好程度與這些產品特質間的關聯 (Borg & Groenen, 2005)。

如同前一節所說，MDS 希望能在較低向度的空間中，用幾何表徵反映出資料中物件的相似關係，而最常見的幾何表徵為空間中點與點之間的距離。令 d_{rs} 代表此低維空間中物件 r 和物件 s 的距離 (為了視覺上容易直接檢視，多半選用二維或三維空間)，則 MDS 的目的在找到一個轉換 f 使得：

$$d_{rs} \approx \hat{d}_{rs} = f(\delta_{rs})$$

其中 $\hat{d}_{rs} = f(\delta_{rs})$ 稱為物件 r 和物件 s 的差異量測 (disparity)。也就是說，我們希望在此低維空間中所定義出的物件間的距離 d_{rs}，能與由物件間的相異量測 δ_{rs} 轉換過的差異量測 $\hat{d}_{rs} = f(\delta_{rs})$ 愈接近愈好。如此幾何表徵中的距離就能反映出物件之間的相似或不相似程度。然而，根據不同表徵空間中距離的定義 d_{rs}、轉換函數 f 以及 d_{rs} 和 $f(\delta_{rs})$ 之間差異或損失函數的選擇，便產生不同特性之幾何表徵與解釋。

(二)　距離測度的定義

在定義低維空間中的距離測度 d_{rs} 時，令 $n \times q$ 長方形矩陣 $\mathbf{X}$ 代表 q 維空間中 $(q < p)$ 此 n 個物件的座標位置，也就是以 $\mathbf{x}_r = (x_{r1}, x_{r2}, \dots x_{rq})^T$ 來表示物件

r 在此空間中的座標向量，其中 T 代表矩陣運算中的轉置 (Transpose)。在定義不同的距離測度時，d_{rs} 必須滿足以下三個性質：

1. $d_{rs} = d_{sr}$
2. $d_{rs} \geq 0$，並且 $d_{rs} = 0 \Leftrightarrow r = s$
3. $d_{rs} \leq d_{rk} + d_{sk}$

對於相近量測 δ_{rs} 來講，不需滿足上面的性質 3。例如，Bray-Curtis 相似性指標可用來定義相異度，卻因不滿足性質 3 而不能用來定義距離 d_{rs}。文獻中使用最多的是歐氏距離和市街距離。其中歐氏距離因為直接對應到空間中連接兩點的線段長度，有其視覺上的直觀而最為常見。市街距離被認為適用於背後反映物件差異之面向可以被分辨得較為清楚時，例如心理刺激的大小和方位這兩個面向，相較於亮度和飽和度或其他面向，是比較容易被區分開來的。所以當物件或心理刺激的差異僅是它們的大小和方位時，則可以考慮使用市街距離來得到它們的幾何表徵；反之，倘若物件間的這些面向並不能被明顯區分開來時，例如它們的差異僅在亮度和飽和度，在這種情形下歐氏距離則常有比較好的幾何表徵結果 (Arabie, 1991; Shepard, 1991)。

(三) 相近量測的轉換

在聯結相近量測 (δ_{rs} 或 ρ_{rs}) 和差異量測 $\hat{d}_{rs} = f(\delta_{rs})$ 時，可以考慮不同的轉換函數 f。根據選用之 f 函數性質之不同，文獻中將 MDS 分類為度量多向度標示法和非度量多向度標示法兩類。其中度量 MDS 使用連續單調的函數 f 來做轉換，而在大部分的應用上，研究者大多選用指數或線性函數。最常見的是等距 MDS，即 f 為線性轉換 $f : \delta_{rs} \to a + b \cdot \delta_{rs}$，傳統的 MDS 即是屬於此類。非度量 MDS 則是考慮其他具備某些量尺特性的函數。例如，任何保留原本相近量測次序關係的單調函數 f；也就是說，轉換函數 f 只需要滿足如果 $\delta_{ij} \geq \delta_{rs}$，則 $f(\delta_{ij}) \geq f(\delta_{rs})$ 的條件。一般對於相同的相異量測 ($\delta_{ij} = \delta_{rs}$) 的處理，可分為兩種：一種是如果 $\delta_{ij} = \delta_{rs}$，則 $f(\delta_{ij}) > f(\delta_{rs})$、$f(\delta_{ij}) = f(\delta_{rs})$ 或 $f(\delta_{ij})$

$<f(\delta_{rs})$ 皆可。另一種強 (strong) 單調轉換是要求如果 $\delta_{ij}=\delta_{rs}$，那麼 $f(\delta_{ij})=$ $f(\delta_{rs})$。因為非度量 MDS 僅要求保留原來相近量測的大小順序，能找的單調函數 f 範圍及可能性就複雜多了，早期的研究中 Kruskal (1964) 與 Guttman (1968) 即分別提出不同的疊代演算法來找 f，為往後非度量 MDS 奠定了重要的基礎。

(四)　損失函數的選擇

　　MDS 主要在找出物件在多維空間中的座標位置，使得座標點之間的距離 (d_{rs}) 能反映出物件間的相近程度。目標是希望轉換過的相近量測 $f(\delta_{rs})$ 和低維空間中的距離測度 d_{rs} 之間的差異愈小愈好，故需定義兩者的差異或損失函數 (loss function)。首先，最直接的損失函數即最小平方誤差，又稱為壓力係數 (stress，或稱應力)：

$$\text{Stress: } \sum_{(r,\,s)} [d_{rs}-f(\delta_{rs})]^2$$

若該係數愈小，表示物件在空間的相對距離與原相近量測資料適配度愈好，故壓力係數愈小愈好。但是如果直接看壓力值的大小，因為會受到所使用單位的影響，無法進行跨研究之間的比較。為了避免受到單位的影響，所以把壓力標準化 (normed) 得到下列 Stress-1 (Kruskal, 1964) 及 Stress-2 函數 (Kruskal & Carroll, 1969)：

$$\text{Stress-1: } \left[\frac{\sum\limits_{(r,\,s)} [d_{rs}-f(\delta_{rs})]^2}{\sum\limits_{(r,\,s)} d_{rs}^2} \right]^{\frac{1}{2}}$$

以及

$$\text{Stress-2: } \left[\frac{\sum\limits_{(r,\,s)} [d_{rs}-f(\delta_{rs})]^2}{\sum\limits_{(r,\,s)} [d_{rs}-\overline{d}..]^2} \right]^{\frac{1}{2}}$$

上式中 $\overline{d}_{..}$ 為矩陣中所有距離的平均；Stress-1 和 Stress-2 唯一不同處在於使用標準化的因子不同。利用平方根來定義壓力是為了方便區分不同表徵結構之差異。

　　壓力係數表示的是適配不良的程度，且係數值受多種因素影響，這裡舉出幾個較為普遍的因素：

1. 物件的個數：一般來說，個數愈多，壓力愈大。
2. 多維標示空間的向度：向度愈高，壓力愈小。
3. 資料同值的嚴重度：一般來講，資料中相近量測同值的情況愈嚴重，壓力愈小。
4. 度量或非度量 MDS 的選擇：因為非度量 MDS 所允許的轉換函數較廣，往往比度量 MDS 的壓力來得小。

當然我們可能單純利用壓力的大小來選擇 MDS 向度或選用度量或非度量 MDS 的基準，事實上，根據過去 MDS 分析的經驗，Kruskal 原則性地提出一些 Stress-1 在反映適配程度的基準如表 6-1 所示。

　　Kruskal (1964) 雖然提出了關於適配度上原則性的建議，但他表示這樣的基準有時並不一定是最重要的考量，而潛在結構或面向的解釋力是選模中不可忽略的重要基準。因此，除了參考 Stress-1 等這些客觀的數值量之外，應考慮 MDS 結果是否在主觀解釋上提供有意義的訊息，即能支持已知或假設的理論，如此才能使 MDS 滿足本文在先前提及的四大應用目的。

　　除了上面介紹的幾種損失函數之外，根據資料的模態和面向度不同，或最佳化的計算程序不同，應用上可考慮使用其他損失函數。在接下來的單元中，將介紹幾種常用的 MDS 方法及相關的損失函數。在衡量適配情形時，

表 6-1　利用 Stress-1 來反映適配程度的基準

Stress-1	0.20	0.10	0.05	0.02
適配程度	不佳 (Poor)	尚可 (Fair)	良好 (Good)	絕佳 (Excellent)

研究者常會將 $\hat{d}_{rs} = f(\delta_{rs})$ 和 d_{rs} 用散佈圖呈現，並將兩者的關係以迴歸線畫在圖中，這樣的圖稱為 Shepard 圖 (Shepard, 1962a, 1962b, 1966)。另外，陡坡圖 (scree plot) 也可用來決定向度大小，陡坡圖反映出向度的增加對於適配或解釋變異的影響，當陡坡趨於平緩時，表示增加下一個向度並不能有效提高適配或解釋變異，急速下降的陡坡，則表示增加下一個向度能明顯地降低壓力係數。所以，它的判斷基準是找出陡坡圖出現轉折彎角的地方，在該彎角以上的向度可保留下來做應用解釋。一般而言，如果物件的個數比空間向度還小，那麼 MDS 的結果會不穩定。如果相對於特定的向度，物件的個數太小會膨脹或放大適配的程度。Kruskal 與 Wish (1978) 建議所選用的物件個數應該大於空間的向度的四倍；也就是說，對一維表徵應選用五個物件、二維表徵應選用九個物件，依此類推。

(五)　幾何表徵的詮釋

　　MDS 分析後所得的結果通常是物件和 (或) 受試者在空間中的幾何表徵。物件座標點之間的相對位置，可以解釋資料中物件的相近關係。一般而言，在空間中代表不同物件的點愈接近，表示它們相似或相近程度愈高。而代表物件的點如果和代表受試者的點愈接近，表示這個物件為該受試者所偏好的程度也較高。另外，有一些標示法是使用向量而非點來做幾何表徵，這時候會利用到投影來反映資料中的物件特質或受試者的偏好程度，故研究者應了解不同 MDS 方法之背後假設與相關模型；在本章實例中，將詳細說明點和向量的差別。

　　除了以距離來反映出物件間的相似程度外，研究者更希望利用 MDS 來找出物件背後可用以區辨其差異的潛在結構，或探索決策或反應背後的心理向度，所以對於 MDS 空間中向度意義的詮釋也變得非常重要。要如何找出這些向度的意義，則有賴於透過物件的整體相對位置來尋找，故對於物件的特質與差異愈清楚，要找到這些意義應該愈有利。但是即便如此，也並非每次都能為向度找到非常清楚或明顯的定義，所以在選擇向度時，應將向度的

解釋力列入考量。

三、常用多向度標示法

(一)　相似度資料

　　MDS 發展初期，Schoenberg (1935) 和 Young 與 Householder (1938) 同時描述對於一個給定的距離矩陣，如何找到原來產生這些距離關係的空間座標。Torgerson (1952, 1958) 依據 Young 與 Householder (1938) 的理論將相近量測當成距離來看。但是相近量測要滿足幾何空間距離的條件，必須先滿足非退化及三角不等式兩個性質，其中非退化指的是任一物件與自己的距離應為零。由於將所有物件間的相近量測加上一個常數並不會影響它們彼此間的相對次序，Torgerson (1952, 1958) 和 Messick 與 Abelson (1956) 主張將受試者主觀的相近量測加一常數，以確保相近量測間能滿足三角不等式。我們將進行過這些前置作業後產生的相近矩陣表示為 Δ，而 $\Delta^{(2)}$ 則表示為其平方矩陣，它的對角線元素皆為 0，而非對角線元素則是相近量測平方 δ_{rs}^2。

　　由於任意的平移旋轉都不會對座標點間的距離有所影響，所以座標點位置存在所謂的未定性，這裡解決這個問題的方法是定義這些點的矩心為原點。根據餘弦定理，三點所決定的兩向量之間的內積與這兩個向量的長度及其夾角有關。經雙中心化的處理，可以找出以矩心為原點的內積矩陣，如此一來，可以讓物件在空間中的幾何表徵不會因為參考原點選取的不適當而有扭曲的情形。假設 $\mathbf{X}$ 代表 n 個點在 q 維座標平面上所形成的矩陣，$\mathbf{x}_r = (x_{r1}, x_{r2}, \ldots, x_{rq})^T$ 代表的是第 r 點的座標 ($r = 1, 2, \ldots, n$)。定義 $\mathbf{D}^{(2)}(\mathbf{X})$ 為歐氏距離平方矩陣，它的對角線元素皆為 0，而它的非對角線元素則是歐氏距離平方 $d_{rs}^2 = (\mathbf{x}_r - \mathbf{x}_s)^T (\mathbf{x}_r - \mathbf{x}_s)$。由推導可得將 $\mathbf{D}^{(2)}(\mathbf{X})$ 的左右各乘矩陣 $\mathbf{H} = \mathbf{I} - 1/n\ \mathbf{1}\mathbf{1}^T$ 以進行雙中心化 (其中 $\mathbf{I}$ 是維度為 n 的單位矩陣，而 $\mathbf{1}$ 是元素皆為 1 的向量)，再乘以常數 $-1/2$ 便可得到以矩心為原點的內積矩陣 $\mathbf{B}$。也就是說，

$$-\frac{1}{2}\,\mathbf{HD}^{(2)}\,(\mathbf{X})\mathbf{H}=\mathbf{B}$$

其中 $[\mathbf{B}]_{rs}=b_{rs}=(\mathbf{x}_r-\overline{\mathbf{x}})^T(\mathbf{x}_s-\overline{\mathbf{x}})$，意即為包含以矩心為原點的各點座標向量的內積矩陣。如果已知 $\mathbf{X}$，則可以得到 $\mathbf{D}^{(2)}(\mathbf{X})$，Young 與 Householder (1938) 提出利用 $\mathbf{D}^{(2)}(\mathbf{X})$ 找回原來的座標點矩陣 $\mathbf{X}$。古典 MDS 所分析的不是距離平方矩陣 $\mathbf{D}^{(2)}(\mathbf{X})$，而是相近平方矩陣 $\Delta^{(2)}$。也就是說，已知相近平方矩陣 $\Delta^{(2)}$，如何找回原來的座標點 $\mathbf{X}^*$，使得 $\mathbf{D}^{(2)}(\mathbf{X}^*)$ 能與 $\Delta^{(2)}$ 接近，意即：

$$-\frac{1}{2}\,\mathbf{HD}^{(2)}\,(\mathbf{X}^*)\mathbf{H}=\mathbf{X}^*\mathbf{X}^{*T}\approx-\frac{1}{2}\,\mathbf{H}\,\Delta^{(2)}\,\mathbf{H}=\mathbf{B}_\Delta$$

換句話說，在這個步驟中我們必須先對相近平方矩陣 $\Delta^{(2)}$ 進行雙中心化來得到 $\mathbf{B}_\Delta$ 矩陣。

為了找座標點 $\mathbf{X}^*$ 使得 $\mathbf{B}_\Delta$ 能與 $\mathbf{X}^*\mathbf{X}^{*T}$ 接近的方法是對 $\mathbf{B}_\Delta$ 進行特徵分解或奇異值分解，$\mathbf{B}_\Delta=\mathbf{Q}\mathit{\Lambda}\mathbf{Q}^T$，其中 $\mathit{\Lambda}$ 為一大小為 $n\times n$ 的對角矩陣，其對角元素為 $\lambda_1,\lambda_2,\dots,\lambda_n$，並且 $\lambda_1\geq\lambda_2\geq\cdots\geq\lambda_{n-1}\geq\lambda_n=0$。令 $\mathit{\Lambda}_+$ 代表前 q 個特徵值為對角元素的對角矩陣，$\mathbf{Q}_+$ 代表前 q 個對應的特徵向量，則：

$$\mathbf{X}^*\approx\mathbf{Q}_+\mathit{\Lambda}_+^{\frac{1}{2}}.$$

也就是說，所找到的 $\mathbf{X}^*$ 顯示這些物件在 q 維 MDS 空間中的點座標位置，而這些點之間的歐氏距離即可反映出物件間的相近關係。de Leeuw 與 Heiser (1982) 和 Mardia、Kent 與 Bibby (1980) 證明，如果相近矩陣 $\Delta^{(2)}$ 所對應的 $\mathbf{B}_\Delta$ 為 q 維的半正定對稱矩陣，則可以找到 q 維歐氏空間中物件的點座標，使得它們之間的距離可以滿足 $\Delta^{(2)}$ 中的相近量測。利用此法的一大優點是它不需要利用疊代算法來求解，並且不同的空間向度下的 MDS 結果是巢狀的。奇異值分解法不僅用於古典 MDS，其實其他的多變量分析方法多數也採此分解法，例如主成分分析、線性區辨分析以及典型相關分析等。

一般來講，我們常忽略前面提到的前置作業而沒有去檢查相近矩陣中之

元素是否滿足三角不等式這個測度性質，在這種情形下，手邊資料的相近矩陣在經過轉換後，未必能得到半正定的對稱矩陣 $\mathbf{B}_\Delta$。遇到這種情形的話，較常見的處理程序是回過頭去，將原有的相近矩陣加上一個常數以滿足三角不等式，以確保 $\mathbf{B}_\Delta$ 的半正定性。但是，要先注意原來相近矩陣對應的 $\mathbf{B}_\Delta$ 是否已具有正定性，因為如果將已具半正定性的矩陣增加一常數可能會得到與原有不同的幾何表徵，故應先檢查其半正定性質。

研究者在衡量利用 q 維空間的點 $(q<n)$ 來解釋或還原物件間的結構之程度時，經常會參考此低維表徵所解釋的資料總變異的比值：

$$(\sum_{i=1}^{q} \lambda_i)/(\sum_{i=1}^{n-1} \lambda_i)$$

然而，更重要的是希望這些有限的空間向度有應用的詮釋意義。

1. 度量多向度標示法

前述古典的 MDS 其實屬於度量 MDS 的一種。度量 MDS 可廣泛地定義成利用單調的轉換函數 f 先對 δ_{rs} 做轉換，再採 MDS 分析轉換後的相近矩陣，研究者大多選用某些指數和線性函數來當作 f，但原則上 f 只要滿足為連續單調的函數就可以了。最常見的是等距 MDS，即 f 為線性轉換 $f : \delta_{rs} \rightarrow a + b \cdot \delta_{rs}$。古典 MDS 因為直接將相近量測看成距離測度，或會「加一常數」以滿足半正定性質，即 $f : \delta_{rs} \rightarrow \delta_{rs} + c$。

2. 非度量多向度標示法

如果在 MDS 的幾何表徵當中，我們希望能還原的並非原來的相近量測或它的線性轉換，而是希望能保留在相近量測中物件相近程度的順序，意即滿足如果 $\delta_{ij} \geq \delta_{rs}$，則 $f(\delta_{ij}) \geq f(\delta_{rs})$ 的條件。但上述對於 $\mathbf{B}_\Delta$ 進行奇異值分解的方法不再適用，而要改採在 f 為 (連續或非連續) 單調轉換下找出最佳分解的方法。Shepard (1962a) 與 Kruskal (1964) 建議在壓力係數最小化的疊代過程中，將 f 最佳化；也就是同時找出對資料最佳的單調轉換以及物件在低維度

空間中最佳的座標位置。

3. 個別差異多向度標示法

當所蒐集到的資料來自多位而非單一受試者，通常第一步是先將每位受試者的資料先轉換成相近資料矩陣，接下來最常見的處理就是將這 N 個受試者的相近資料矩陣平均之後再進行 MDS 分析 (Tucker & Messick, 1963)，或者分開對每個受試者進行分析再加以比較。前者的缺點是會失去很多個別差異的訊息，後者則須面對個別受試者的幾何結構，彼此差異若太大則不易比較。Carroll 與 Chang (1970) 提出利用兩個空間來描述這些資料的概念：其中一個空間是這些物件的共同空間，主要在反映這些物件相似度背後的潛在結構，另一空間為個體空間，每個受試者在這個空間的點座標代表他 (她) 個人在建構物件在 MDS 空間中位置時在共同空間中各個向度的權重，由此可以看出受試者間的個別差異，故稱此法為個別差異 MDS。

個別差異 MDS 假設就受試者 i 來看，他 (她) 所感受或認知的物件 r 在 q 維空間中第 t 維的座標可寫成 $X_{rti} = W_{it} X_{rt}$，其中 W_{it} 表示受試者 i 對第 t 個向度的權重，權重愈大，代表受試者 i 在決定物件的相似度時，受第 t 個向度的影響愈大。X_{rt} 則表示物件 r 在 q 維共同空間中第 t 維的點座標，如此一來，對於物件 r 和 s，它們在受試者 i 的 MDS 下的歐氏距離為：

$$d_{rs,\,i}\,(\mathbf{X},\,\mathbf{W}) = \left[\sum_{t=1}^{q}\,(W_{it}\,X_{rt} - W_{it}\,X_{st})^2\right]^{\frac{1}{2}} = \left[\sum_{t=1}^{q}\,W_{it}^{2}\,(X_{rt} - X_{st})^2\right]^{\frac{1}{2}}$$

在這裡提到的個別差異 MDS 中，個別差異僅反映在受試者對於物件共同空間向度的權重不同。因為權重的不同，就有了每個受試者個別的幾何距離結構。而利用物件之共同空間的結構以及受試者在個體空間的權重，可以建構出每個受試者對這些物件的幾何表徵。

針對個別差異 MDS 的多種損失函數和對應的演算法已發展完整，當中仍以 Carroll 與 Chang (1970) 所提出的 INDSCAL 演算法最為普遍，該方法與古典 MDS 皆要求資料中的相近量測為比率尺度。相對來講，Takane、

Young 與 de Leeuw (1977) 利用交替最小平方法的技巧所發展出來的演算法 ALSCAL (Alternative Least-square SCALing) 可以分析的資料形態可以從名目到比率尺度，甚至資料中可以有遺漏的觀測值，所以在進行度量及非度量個別差異 MDS 分析時，適用範圍較廣。但以往模擬研究顯示 INDSCAL 在某些條件下表現得比度量和非度量 ALSCAL 還好，所以 INDSCAL 仍使用的十分普遍。ALSCAL 演算法中的損失函數為壓力平方 (S-stress)：

$$S\text{-stress} = \sum_{i=1}^{N} \sum_{r<s} [d^2_{rs,\,i}(\mathbf{X}, \mathbf{W}) - f(\delta_{rs,\,i})^2]^2$$

利用 S-stress 僅為了演算上的便利。除了 ALSCAL 之外，de Leeuw (1977) 提出的 SMACOF (Scaling by MAjorizing a COmplicated Function) (de Leeuw & Heiser, 1977; de Leeuw, 1988) 演算法亦是利用此損失函數。SMACOF 的收斂速度較 ALSCAL 快，但由於未被納入常用統計軟體 (例如 SAS 或 SPSS) 而未普遍被使用。最近 SMACOF 才逐漸被納入常用統計工具 R 中 (de Leeuw & Mair, 2009a)，而且演算法也被套用在度量、非度量及個別差異 MDS，發展成熟的 SMACOF 應是 MDS 程式中最佳的選擇 (Young, 1985)。關於 SMACOF 之原理，請參考延伸閱讀 2。

4. 應用實例

　　以上所介紹的三種不同的 MDS 方法屬較常使用的多變量分析法，幾乎一般多變量分析教科書都包含可供研究者參考的簡單原理及應用實例 (Rencher, 2002; Lattin, Green, & Carroll, 2003; Hair et al., 2005; Manly, 2005; Johnson & Wichern, 2007)。此處僅簡單舉文獻上常引用之例子說明方法的分析功用。Jacobowitz (1975) 蒐集了多位兒童及大學生對於身體的 15 個部位在認知上的相似度資料，資料中受試者針對每一個身體的部位，將他們所認為該部位與其他部位的相似度做排序，這類資料類型是所謂的條件排序資料 (conditional rank-order)。例如，對於「手」(hand) 而言，如果受試者認為與它最相似的身體部位是「手臂」(arm)，則「手臂」對「手」而言的排序

為一，意即如果排序 (rank) 值愈小，則代表此兩部位愈相似，也就是相異性低，所以可以把這些排序資料看成相異性資料。為了簡化，以下僅針對 15 位兒童的條件排序資料進行度量及非度量 MDS，以了解兒童對於這些身體部位認知上的相似性。

如果希望僅用一個 MDS 表徵來描述這群兒童對於這些身體部位認知上的相似性，我們可以將所有條件排序資料求平均，再接著對這個平均所得到的相異性資料矩陣採度量 MDS 分析。我們首先利用圖 6-1 的陡坡圖發現此相似性的背後結構主要有兩個維度，此二維表徵就解釋了 50% 的總變異，倘若將維度增加到三維，解釋的總變異則增加至 59%，所以在圖 6-2 中我們利用這些身體部位在三維空間中的距離來反映它們之間的相似度，並且檢視是否此三個維度存在有意義的解釋。

從圖 6-2 的度量 MDS 中這些身體部位的位置可以發現這些物件在前二維空間中以身體 (body) 居中地被明顯區分出三個群組，這三群分別是頭部、手部及足部的身體部位。其中維度一區分出頭部與其他部位，而維度二則是區分出手部與足部。另外維度三則是分別出較尾端 (如手和腳) 及較不那麼尾端 (如手肘和膝蓋) 的部位。

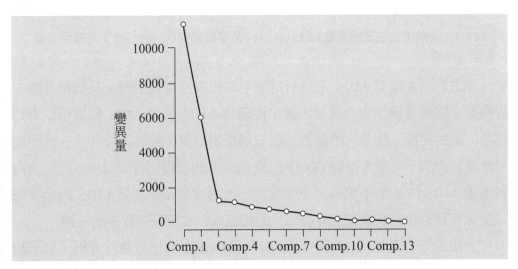

圖 6-1　身體部位資料的度量 MDS 的陡坡圖 (Comp. 代表主成分)

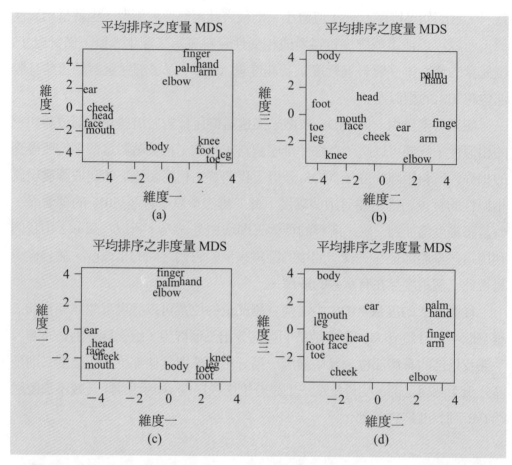

圖 6-2　身體部位在三維度量 MDS (a)、(b) 及非度量 MDS (c)、(d) 下的幾何表徵

　　倘若利用非度量 MDS 來分析這個平均相異性資料矩陣，且同樣考慮三維空間中這些身體部位的幾何表徵，從圖 6-2 的非度量 MDS 結果可以看到在前二維的平面上頭部、手部及足部三個群組被更明顯的區分開來，然而對於維度三來講，如果考慮腳 (foot) 和頭 (head) 的位置則會發現向度三的含義較度量 MDS 的結果不明顯。總而言之，透過度量及非度量 MDS 的結果可以認識到兒童在判斷或認知身體部位的相似或相異關係時背後的結構。

　　上面的分析是先將 15 個兒童的排序資料求平均後再進行分析，倘若想進一步探討這些兒童在判斷時是否有明顯的個別差異則可以利用個別差異

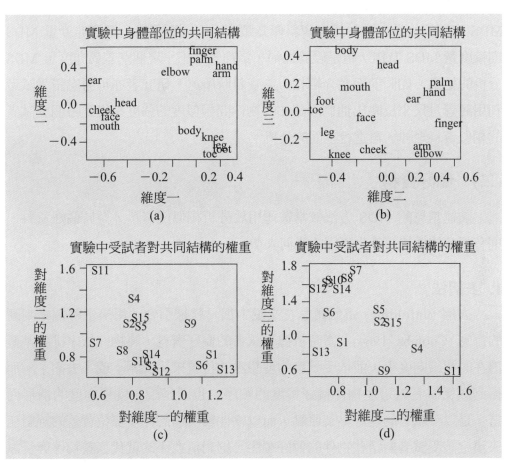

圖 6-3　身體部位在三維個別差異度量 MDS 的共同結構及個別權重 (S 代表受試者)

MDS 分析這些個別的排序資料，圖 6-3 是個別差異度量 MDS 分析的結果。

　　經由圖 6-3，我們可以發現此共同結構與上面分析平均排序資料時所得的三維結構類似，所以維度也有上述的區別頭部、手部及足部等身體部位之結構的含義，但更進一步可以透過個別權重來認識這些兒童在判斷相似性上的個別差異。在 Jacobowitz (1975) 原始的分析中同時分析了兒童及大學生的資料，結果發現兒童及大學生在判斷身體部位的相似性時在權重上有明顯的差異。

　　此應用實例中所使用的是條件排序資料，所以將這些資料進行個別差異

MDS 的做法可能較分析平均的排序資料恰當。另外，就度量 MDS 與非度量 MDS 之間的抉擇，由於排序資料僅為順序而非間距尺度，選擇非度量 MDS 則較度量 MDS 為佳。但是礙於篇幅，這裡省略不呈現個別差異非度量 MDS 分析的結果。如同前面在介紹相似度資料時所述，研究者亦可考慮請受試者利用評等量尺來反映出他們所認知的物件間相似度的強度來得到每個受試者的相似資料矩陣，再進行上面的分析。

(二) 偏好資料

前述常見的 MDS 方法較常被運用於分析相似度資料，對於偏好資料，則有更多的做法可產生不同的幾何表徵。

1. 去摺法

去摺 (unfolding) 這個概念在文獻中很早就被引介，用來了解偏好判斷的行為 (Coombs, 1964)。當時依據受試者的偏好資料，將物件依序排於某個潛在的連續向度上，並依受試者的理想點的位置來「展開」或「去摺」，而得到該受試者對這些物件偏好程度的順序。也就是說，就單向度的情形而言，是以受試者的理想點為原點，而以物件與其理想點座標位置差的絕對值來決定該受試者對這些物件的偏好順序，絕對值愈小的就代表該物件與受試者的理想愈接近，因此對此物件的相對偏好就愈高。舉例來說，假設消費者甲和乙對於 $\{A, B, C, D, E\}$ 五種不同品牌的同種商品的偏好排序如下：甲是 $B > C > A > E > D$；而乙則是 $E > D > C > B > A$，其中 > 表示優於。假設依這些商品的某個特徵 (例如拼圖的複雜性) 將它們擺在一個代表其複雜性的向度上，而消費者對於此商品的偏好決定於這個商品的特性是否與他理想中或想要的接近。如果考慮圖 6-4 中商品及個人理想點的位置，則會發現如果我們將此線段依受試者的理想點的位置「摺起來」，會發現甲對於這些商品的偏好依序為 $B > C > A > E > D$。相對來講，由於理想點的位置不同，乙對於這些商品的偏好則依序為 $E > D > C > B > A$。由此可知，在考慮了個別差異而允許

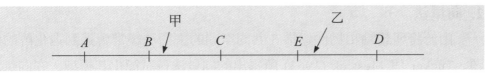

圖 6-4　單向度上商品及甲、乙兩人的理想點位置

每個消費者或受試者有個別的理想點之後，去摺法可找出兩組座標點，一組是商品在空間中依其特徵不同而有的幾何表徵，而另一組則是每個消費者或受試者在這個表徵空間中的理想點位置。根據商品點和消費者理想點間的距離可產生出消費者的偏好資料。

　　如果將這個理想點的想法延伸到多向度的空間，則需在多維的空間中同時找出受試者的理想點的位置以及物件的位置。假設在 q 維共同空間中，X_{rt} $(r=1, ..., n)$ 和 Z_{it} $(i=1, ..., N)$ 分別表示物件 r 和受試者 i 的理想點在第 t 維位置的點座標 $(t=1, ..., q)$，受試者對這些物件的偏好順序決定於受試者 i 的理想點和物件 r 的遠近距離。最常用的是歐氏距離：

$$d_{ri}(\mathbf{X}, \mathbf{Z}) = \left\{ \sum_{t=1}^{q} (X_{rt} - Z_{it})^2 \right\}^{\frac{1}{2}}$$

度量去摺法試著找出 $\mathbf{X}$ 和 $\mathbf{Z}$ 座標使得 $d_{ri}^2(\mathbf{X}, \mathbf{Z}) \approx \delta_{ri}^2$，此處 δ_{ri} 是資料中受試者 i 和物件 r 的相近量測。

　　雖然去摺分析的原理直覺而簡單，但在實際求物件和受試者的座標點的過程當中，經常可能會得到所謂的退化解 (Takane et al., 1977; DeSarbo & Rao, 1984)。退化解指的是資料的適配良好，但卻在解釋上毫無意義的幾何表徵。例如，常見的退化解是物件和受試者的座標點完全分開成兩群，如此一來，任何物件和受試者間的距離都是非常接近或相同的。Kruskal 與 Carroll (1969) 提出的 Stress-2 損失函數即嘗試在紓解這個問題，但是發現這樣的做法會導致另一類的退化解。其他學者也提出不管是針對轉換資料本身 (Heiser, 1989; Kim, Rangaswamy, & DeSarbo, 1999) 或損失函數中加入額外的懲罰項 (Busing, Groenen, & Heiser, 2005) 的做法。

2. 向量法

由於將理想點和物件建構在共同空間的去摺法經常會遇到退化解的問題，Tucker 與 Messick (1963) 所提出的向量法嘗試簡化其模型。在向量法中，每個受試者會對應到一個向量，而他 (她) 對物件的偏好程度不再是反映在距離上，而是決定在物件點在受試者向量上的投影。令 u_{ir} 代表受試者 i 對物件 r 的偏好，根據向量法，u_{ir} 被表示為 $u_{ir} = \mathbf{Z}_i^T \mathbf{X}_r$，其中 $\mathbf{Z}_i$ 為空間中代表受試者的向量，而 $\mathbf{X}_r$ 則是物件 r 在此空間的座標位置。換句話說，向量法用意在找出 $\mathbf{X}$ 和 $\mathbf{Z}$ 使得 $\mathbf{U} = \mathbf{Z}\mathbf{X}^T$。雖然看起來向量法和去摺法的想法很不相同，但實際上向量法僅是去摺法在假設受試者的理想點在離空間中的這些物件無限遠的情況下的一種特例。換句話說，如果當物件在 MDS 向度所定義出的特質上值愈大就愈會受到偏好的話，那麼向量法應該就比去摺法更適合用來刻畫偏好選擇的幾何表徵。關於向量法的學理說明及應用，可進一步參考延伸閱讀 3。

3. 應用實例

為了改善市場上商品的銷售，廠商常常會針對消費者在商品的相關特性上的偏好來做調查。Green 等人 (1989) 蒐集了 57 個大學生對於 10 種蘇打飲料在 8 個產品特質 (attributes) 上的排序來說明多向度標示法如何應用於分析此類的偏好資料。這 10 種蘇打飲料分別是 Coke、Coke Classic、Diet Pepsi、Diet Slice、Diet 7-Up、Dr. Pepper、Pepsi、Slice、Tab 和 7-Up。8 種特質分別是水果味、汽 (氣) 化程度、熱量、甜度、解渴、受歡迎、喝後口感、隨手程度。

我們實際分析的資料是這 57 個大學生在每個特質上每種飲料的平均排序。雖然分析所得的結果因為資料是由平均排序而來，似乎具有過於顯然的等距解的環繞特徵 (Borg & Groenen, 2005)，但圖 6-5 集中於中心的 8 個特質點位置雖然擠在一起，它們與飲料點的相對分佈情形仍可提供有意義的解釋 (Van Deun et al., 2005)。從圖 6-5 中可以清楚看出這些產品之間的相似性及與

這些特質的關係。例如 Pepsi、Coke Classic 和 Coke 都是相較於其他飲料中較為受歡迎且容易取得,所以跟受歡迎和隨手程度這兩個特質最為靠近。另外一群是 Diet 家族,包括有 Diet Pepsi、Diet 7-Up、Diet Slice 及 Tab。事實上,Tab 也是在 1960 年代由可口可樂公司推出的 diet 飲料,算是 Diet Coke 的前身。這些飲料的最大共同特質莫過於它們的低熱量,故其與熱量這個特質最為靠近。圖 6-5 中的飲料在特質上算是相對接近 (所有特質點都集中於中間),但是仍有些特質對某些產品來講是較為明顯的。在解釋這些特質點時,可以想像它們是最著重該特質的消費者的理想點,而這些人對於這 10 種飲料的偏好,則會隨著飲料與此點的距離而排序出來。例如,對於特別著重飲料有水果味的消費者來說,他們偏好前幾種蘇打飲料 Slice＞7-Up＞Diet Slice＞Dr. Pepper＞Diet 7-Up 等等。

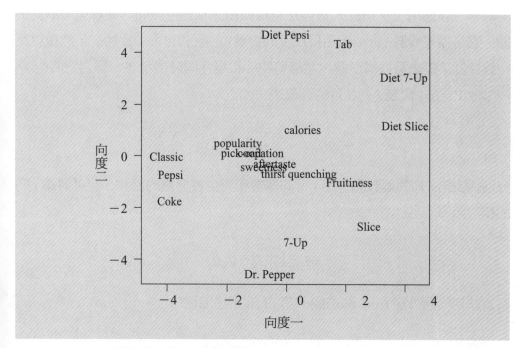

圖 6-5　10 種蘇打飲料資料度量去摺 (metric unfolding) 分析的二向度幾何表徵

四、相關方法

(一)　一致性分析

　　一致性分析 (correspondence analysis) 的理論基礎和文獻中多種方法相通，其中較明顯的包括雙重尺度法 (dual scaling) (Nishisato, 1980)、交互平均法 (reciprocal averaging) (Hill, 1973, 1974)、質性資料的典型相關分析 (canonical correlation analysis on qualitative data) (Murtagh, 2005) 等。此方法適用於很多資料形態，例如原始的離散資料、偏好資料、排序資料等，而使用最多的應該是用在分析列聯表。一致性分析也是在較低維的向量空間中找到代表列聯表中的行和列的幾何表徵，並藉圖示方式呈現資料中行及列彼此的關聯。在應用上，研究人員經常是根據物件和其特徵間的關聯來發展構形圖。它可描述變數 (特別是名目尺度的變數) 之類別的「一致性」，然後以此一致性為基礎來發展構形圖，並能將物件和屬性同時展示在一聯合空間中。

　　令 $\mathbf{F}=[f_{ij}]$ 代表 I 列 J 行的列聯表，

$$f_{i+}=\sum_{j=1}^{J} f_{ij} \text{、} f_{+j}=\sum_{i=1}^{I} f_{ij} \text{ 和} f_{++}=\sum_{i}\sum_{j} f_{ij}$$

分別代表第 i 列的個數和、第 j 行的個數和與全表個數的總和，另外將第 i 列的相對頻率：

$$\mathbf{r}_i=[\frac{f_{ij}}{f_{i+}}]=[r_{j|i}]$$

稱為該列的列外廓 (row profile)，第 j 行的相對頻率：

$$\mathbf{c}_j=[\frac{f_{ij}}{f_{+j}}]=[c_{i|j}]$$

稱為該行的行外廓 (column profile)。相對頻率：

$$\mathbf{P} = [p_{ij}] = [\frac{f_{ij}}{f_{++}}]$$

是一致性分析主要處理的資料形態,但如果直接針對 $\mathbf{P}$ 來進行標準化後分析,會首先得到一組只反映出資料中的行或列的頻率次數,而非與列聯表中的行或列彼此關聯性的無效 (trivial) 結果。為了避免產生這種無意義的分析結果,通常先需將 $\mathbf{P}$ 做以下處理而定義出:

$$\mathbf{S} = [\frac{p_{ij} - r_i c_j}{\sqrt{r_i c_j}}]$$

則

$$\mathbf{S} = \mathbf{D}_r^{-\frac{1}{2}} (\mathbf{P} - \mathbf{rc}^T)\mathbf{D}_c^{-\frac{1}{2}}$$

其中

$$\mathbf{r} = [r_i] = [\frac{f_{i+}}{f_{++}}] \text{ 和 } \mathbf{c} = [c_j] = [\frac{f_{+j}}{f_{++}}]$$

分別是平均行外廓和平均列外廓的向量,皆稱為外廓質量 (masses),而 $\mathbf{D}_r$ 和 $\mathbf{D}_c$ 則分別是以 $\mathbf{r}$ 和 $\mathbf{c}$ 為對角元素的對角矩陣,也就是說,$\mathbf{D}_r\mathbf{1} = \mathbf{r}$ 及 $\mathbf{D}_c\mathbf{1} = \mathbf{c}$。從 $\mathbf{S}$ 的定義,我們可以看出,它是將觀測到的相對頻率矩陣先扣除了獨立模型下的期望相對頻率,再經過標準化的程序而成,亦即可視為獨立模型下的標準化殘差矩陣。換句話說,如果該列聯表中的行和列是互相獨立的,那麼處理後得到的 $\mathbf{S}$ 矩陣中該出現無規律且無過多極端的數值。

標準化殘差矩陣 $\mathbf{S}$ 的元素平方和:

$$\sum_i \sum_j s_{ij}^2 = \sum_i \sum_j \frac{(p_{ij} - r_i c_j)^2}{r_i c_j}$$

稱為慣力 (inertia) 總和,它和我們在處理列聯表資料經常用到的皮爾森卡方統計量 χ^2 之間的關係為慣力總和 $= \chi^2/f_{++}$。如果對 $\mathbf{S}$ 矩陣進行奇異值分解,$\mathbf{S} = \mathbf{U}\boldsymbol{\Lambda}\mathbf{V}^T$,得到對角元素為 $\sqrt{\lambda_1} \geq \sqrt{\lambda_2} \geq \cdots \geq \sqrt{\lambda_q} > 0$ 的向度為 q 的對角矩陣 $\boldsymbol{\Lambda}$,以及滿足 $\mathbf{U}^T\mathbf{U} = \mathbf{V}\mathbf{V}^T = \mathbf{I}$ 的正規直交矩陣 $\mathbf{U}$ 和 $\mathbf{V}$,則可更進一步證明慣力

總和等於 $\lambda_1 + \lambda_2 + \cdots + \lambda_q$。除此之外，慣力總和與列聯表中的行和列的關係也可由以下式子看到：

$$慣力總和 \equiv \frac{\chi^2}{f_{++}} = \sum_i \sum_j s_{ij}^2 = \sum_i \sum_j \frac{(p_{ij} - r_i c_j)^2}{r_i c_j}$$

$$= \sum_i \sum_j c_j \frac{(\frac{p_{ij}}{c_j} - r_i)^2}{r_i} = \sum_i \sum_j c_j \frac{(\frac{f_{ij}}{f_{+j}} - r_i)^2}{r_i}$$

也就是說，慣力總和是行外廓 (f_{ij}/f_{+j}) 與平均行外廓 (r_i) 的距離平方的加權平均，而且權重恰是每個列的質量 (c_j)，且每個差異平方都除以該行平均行外廓的值 (r_i)。同理，也可將慣力總和寫成列外廓 (f_{ij}/f_{i+}) 與平均列外廓 (c_j) 的距離平方的加權平均，且權重也恰是每個行的質量 (r_i) 且每個差異平方都除以該列平均列外廓的值 (c_j)，這可以看成是慣力總和在一致性分析圖上很重要的幾何意義。由於具有幾何意義，我們稱這些距離為卡方 (χ^2) 距離。除了能夠以此來定義外廓與平均外廓間的卡方距離外，也可以類推至兩個行外廓間或兩個列外廓間的卡方距離。例如，第 j 行外廓和第 j 行外廓間的卡方距離平方為：

$$\sum_i \frac{(c_{i|j} - c_{i|j'})^2}{r_i}$$

接下來我們就可以找出在一致性分析圖中列項目 (row categories) 和行項目 (column categories) 的座標如下：

1. 列：主要 (principal) 列座標 $G = [g_{is}] = D_r^{-\frac{1}{2}} U \Lambda$，標準 (standard) 列座標 $A = D_r^{-\frac{1}{2}} U$。
2. 行：主要行座標 $H = [h_{js}] = D_c^{-\frac{1}{2}} V \Lambda$，標準行座標 $B = D_c^{-\frac{1}{2}} V$。

如同一般雙軸圖 (biplot) (Gabriel, 1971)，在選擇行座標和列座標時常見的有：

1. 對稱圖：G 和 H。
2. 不對稱圖：G 和 B (列主要) 或 H 和 A (行主要)。

不對稱圖的好處是當選用主要座標時，兩行或兩列間的卡方距離平方在一致性分析圖中恰好是那兩點的歐氏距離。舉兩行間的距離來說，

$$\sum_i \frac{(c_{i|j} - c_{i|j'})^2}{r_i} = \sum_{s=1}^{q} [h_{js} - h_{j's}]^2$$

歐氏距離可反映出行與行之間或列與列之間的相似程度。如果兩行的行外廓完全一樣，則其在圖中應為重合的點 (亦即距離為 0)。另外，因為奇異向量具有正交性質，可知圖中的原點位置其實恰好是行及列的加權矩心。也就是說，對列和行而言，其外廓與平均外廓在對應空間中的距離平方恰好分別是：

$$\sum_s g_{is}^2 \quad 和 \quad \sum_s h_{js}^2$$

因此，慣力總和可寫成這些距離平方的加權和，亦即：

$$慣力總和 = \sum_j c_j (\sum_{s=1}^{q} h_{js}^2) = \sum_i r_i (\sum_{s=1}^{q} g_{is}^2)$$

在考慮每行、每列和每個一致性分析的向度對解釋列聯表中的慣力總和的貢獻時，可以分別利用：

$$\sum_j c_j \frac{(c_{i|j} - r_i)^2}{r_i} 、 \sum_i r_i \frac{(r_{j|i} - c_j)^2}{c_j} 及 \sum_i r_i g_{is}^2 = \sum_j c_j h_{js}^2 = \lambda_s$$

來計算。而至於如何選取適合的向度使得低向度中點與點之間的關係能接近原本列聯表中行之間及列之間的相似度，這個問題相似於在主成分分析中選取向度。主要方向是利用陡坡圖並且參考累積解釋慣力的比例來決定，而同時也考慮是否選定的最後幾何表徵中的向度能有合理的解釋。一般在應用上，一個較好的一致性分析結果是僅利用少數幾個向度就能解釋大部分的慣

力總和。

　　一致性分析與 MDS 同樣將物件或行列之間的相似關係在較低維的幾何空間中以距離表現出來。然而，不同的是偏好資料之外的 MDS 直接分析的是物件的單模態、雙面向的資料矩陣，因此圖中呈現的唯有代表物件的點，而一致性分析則是分析雙模態資料，並且將資料中的兩個模態 (列聯表的行和列) 同時呈現出來。就這點來講，一致性分析相似於去摺法，但是有別於去摺法中的兩種模態之間的距離可以直接解釋，在一致性分析中則只有行之間或列之間的距離可以直接解釋，而非代表行和列的點之間的距離。另外，就相異性而言，MDS 可應用於前述的任何相異性矩陣，而一致性分析所考量的相異性則是卡方距離。關於一致性分析是否可被視為 MDS 的一種，學者的看法分歧。但如果廣義地將 MDS 定義成所有尺度化及座標化方法的集合，則顯然一致性分析應可被涵蓋於此。事實上一致性分析和古典 MDS 都運用奇異值分解法或主成分分析於特定的矩陣，它們之間有著非常密切的關係 (Heiser & Meulman, 1983)。

(二)　多重一致性分析

　　一致性分析一般而言處理的是雙向列聯表，如果資料本身有超過兩個的類別變項，則需要利用多重一致性分析 (Multiple Correspondence Analysis, MCA) 探討列聯表之變項間的關聯性。但是要將簡單一致性分析直接延伸到多重一致性分析並不容易，由於簡單一致性分析適用於雙向列聯表資料，超過兩個的類別變項時，最直接的處理方式是將此資料表現成雙向列聯表或相近矩陣，以方便後續的分析。這裡我們介紹三種常見的方法，但是僅關注所有變項皆是類別變項的情形。

　　第一種多重一致性分析法是先將資料轉換成所謂的指標矩陣，再直接對指標矩陣進行簡單一致性分析。指標矩陣是根據受試單位對每個變項或變項項目的選取與否來定義，是以受試單位為列，而行則是所有類別變項或變項項目 (categories)，如此即包含所有的反應形態。倘若 $\mathbf{M}_g = (M_{g1}, M_{g2}, \ldots, M_{gJ_g})$

為第 g 個類別變項 (包含 J_g 個反應項目) 的指標 ($g=1, ..., G$)，則 $\mathbf{M}_{ig}=(1, 0, ..., 0)$ 表示第 i 個 ($i=1, ..., N$) 受試單位在第 g 個類別變數的反應項目為 1 (亦即 $M_{ig1}=1$ 且對所有 $k=2, ..., J_g$，$M_{igk}=0$)。稱 $\mathbf{M}=[\mathbf{M}_1, \mathbf{M}_2, ..., \mathbf{M}_G]$ 為所有 G 個變項的指標矩陣，令

$$J=\sum_{g=1}^{G} J_g$$

則 $\mathbf{M}$ 為 $N\times J$ 的長方形矩陣。定義 $\mathbf{L}_g=\mathbf{M}_g^T\mathbf{M}_g$，並令 $\mathbf{L}$ 是對角為 $\mathbf{L}_1, ..., \mathbf{L}_G$ 這些子矩陣的矩陣。在雙中心化後，這裡實際進行奇異值分解的矩陣為：

$$G^{-\frac{1}{2}} (I-\frac{1}{N} \mathbf{1}\mathbf{1}^{T}) \mathbf{M}\mathbf{L}^{-\frac{1}{2}}$$

　　第二種多重一致性分析法是將資料進一步轉換成所謂的 Burt 矩陣，再對 Burt 矩陣進行一致性分析。Burt 矩陣 $\mathbf{B}$ 是由指標矩陣 $\mathbf{M}$ 建構而成 ($\mathbf{B}=\mathbf{M}^T\mathbf{M}$)，其對角線上的對角矩陣 ($\mathbf{L}_g=\mathbf{M}_g^T\mathbf{M}_g$) 顯示第 g 個類別變項各反應項目的觀測次數，非對角線上的矩陣 ($\mathbf{N}_{gg'}=\mathbf{M}_g^T\mathbf{M}_{g'}$) 則是顯示第 g 個和第 g' 個類別變項項目同時發生或選取的次數矩陣。Gower (2006) 指出這裡進行奇異值分解的矩陣為：

$$\mathbf{L}^{-\frac{1}{2}} \mathbf{M}^{T}(\mathbf{I}-\frac{1}{N} \mathbf{1}\mathbf{1}^{T}) \mathbf{M}\mathbf{L}^{-\frac{1}{2}}$$

並且說明此處所得的奇異值會是對指標矩陣進行奇異值分解所得奇異值的平方。

　　由於對 Burt 矩陣進行一致性分析時，Burt 矩陣中的對角元素會膨脹外廓間的卡方距離以及慣力總和，所以發展出聯合一致性分析 (Joint Correspondence Analysis, JCA) 來解決這個問題。如果只對 Burt 矩陣的子矩陣中的非對角矩陣進行分析，在只有兩個變項 ($G=2$) 的情形下，聯合一致性分析和簡單一致性分析所得的結果會完全一致，所以可算是簡單一致性分析很直接的延伸。但是聯合一致性分析的結果並非單單只對某一特定矩陣做

奇異值分解，而需要較多步驟的演算法 (Greenacre, 1988; Boik, 1996; Tatineni & Browne, 2000)。所以有時候研究者可以採取對多重一致性分析所得的結果做一些調整，來得到較為適當且接近聯合一致性分析的慣力及其對慣力總和的解釋比例。基本精神在拿掉 Burt 矩陣中對角的子矩陣對慣力總和的影響，所以，以解釋 Burt 矩陣中所有非對角的子矩陣的慣力總和的平均為基準：

$$\frac{G}{G-1}\left(\text{inertia }(\mathbf{B})-\frac{J-G}{G^2}\right)$$

而在考慮各向度主要慣力的貢獻時，則計算出調整過的慣力為：

$$\lambda_s^{\text{adj}}=\left(\frac{G}{G-1}\right)^2\left(\sqrt{\lambda_s}-\frac{1}{G}\right)^2$$

其中對 Burt 矩陣和指標矩陣來講，奇異值分解得到的分別是 λ_s 和 $\sqrt{\lambda_s}$ (Gower, 2006)，也可以由上述兩個量的比值來看出各向度主要慣力貢獻的比例。這個調整是對於進行多重一致性分析時如何對慣力有較適當的衡量很重要的一步。雖然所得結果僅是接近而不相同於聯合一致性分析的結果，但已對原來慣力膨脹的情形有很大改善。幸運的是，這樣對多重一致性分析的調整，乃至聯合一致性分析都已被納入可執行一致性分析的軟體程式中 (Nenadić & Greenacre, 2007)。

第三種介紹的多重一致性分析法是非線性主成分分析法或稱為類別主成分分析法。非線性主成分分析法試著找到每個類別變項項目的量尺值以達到最佳基準的主成分分析結果。假設我們找到的變項項目的量尺值為 $\mathbf{s}_1, \mathbf{s}_2, \dots, \mathbf{s}_G$ (為了量尺值的可確認性，令 $\mathbf{1}^T\mathbf{L}_g\mathbf{s}_g=0$ 且 $\mathbf{s}_g^T\mathbf{L}_g\mathbf{s}_g=1$)，則接下來是對量尺化過的資料矩陣 $[\mathbf{M}_1\mathbf{s}_1, \mathbf{M}_2\mathbf{s}_2, \dots, \mathbf{M}_G\mathbf{s}_G]$ 進行主成分分析，希望能找到向度 m 使得下列的值足夠大。

$$\sum_{s=1}^{m}\lambda_s\bigg/\sum_{s=1}^{G}\lambda_s$$

其中 $\lambda_1 \geq \lambda_2 \geq \cdots \geq \lambda_G$ 為其特徵值。另一種不同的最佳量尺值是希望找到 s_1, s_2, ... , s_G 去定義每個列分數，使得這些列分數的平方和之於所有平方總和：

$$\frac{s^T M^T M s}{s^T L s}$$

能有最大值。由於此種方法相當於找出讓列內分數有最小的變異，所以又稱為同質性分析 (homogeneity analysis) (Gifi, 1990)。

　　上述的三種多重一致性分析的方法，前兩種比較是以找出這些變項項目的幾何表徵，並利用它來探討其關聯性的做法，而第三種比較是希望能為變項項目找出「最佳」的量尺值角度下的做法。

　　下面我們簡單舉例說明一致性分析的應用。PISA 國際評量計畫 (The Programme for International Student Assessment, PISA) 是由經濟合作暨發展組織 (Organization for Economic Cooperation and Development, OECD) 所委託的計畫，從 1990 年代末開始對 15 歲學生的數學、科學及閱讀進行持續、定期的國際性比較研究。這裡我們應用一致性分析來探討 PISA 2000 有關學生自評的電腦精熟識度，與該生是否使用電腦於課業上兩者之關係。資料來源為澳大利亞、德國及墨西哥三國的電腦熟悉度問卷。我們考慮以下的兩個問題是：

甲. 跟其他 15 歲的學生比較起來，你覺得自己的電腦能力是

　　甲一. 絕佳　　　甲二. 好　　　甲三. 中等　　　甲四. 差

乙. 你多常使用電腦在幫助自己學習學校課程內容

　　乙一. 幾乎每一天　　　乙二. 每週數次　　　乙三. 介於每週一次和每月一次之間　　　乙四. 少於每月一次　　　乙五. 從來沒有過

　　在這裡我們混合三國的資料來做一致性分析，是假設國與國之間的差異並不顯著，若要進一步把國家當成另一變項來分析，則可考慮用多重一致性分析。但礙於篇幅，在此僅介紹一致性分析的結果。在刪除了部分不符合以

表 6-2　PISA 2000 的電腦熟悉度問卷中甲、乙兩題作答情形的列聯表

甲. 你覺得自己的電腦 能力	乙. 你多常使用電腦在幫助自己學習學校課程內容					
	乙一. 幾乎 每一天	乙二. 每週 數次	乙三. 介於每週一次 和每月一次之間	乙四. 少於每 月一次	乙五. 從來 沒有過	和
甲一. 絕佳	59	102	47	27	24	259
甲二. 好	88	201	166	93	57	605
甲三. 中等	28	138	144	118	82	510
甲四. 差	1	6	12	19	22	60
和	176	447	369	257	185	1434

上作答類型的個人後，表 6-2 是此二問題 (甲、乙) 反應的列聯表。

　　對表 6-3 的簡單一致性分析得到一維和二維空間對於甲和乙的關聯性的表徵分別可以解釋 86.1% 和 99.3% 的慣力總和。也就是說，這樣的二維表徵可以充分反映出列聯表中甲和乙二問題反應的關聯性。更進一步來看，表 6-3 報告甲一到甲四和乙一到乙五在二維空間中的標準座標和主要座標。並且得到一致性分析的對稱圖 (圖 6-6)。稱為對稱圖是其中甲和乙皆以其主要座標來標示，如此一來，甲一到甲四彼此之間的距離可以看成是這些反應項

表 6-3　甲一到甲四和乙一到乙五在二維空間中的標準座標和主要座標

	對慣力總和貢獻	標準座標 $\mathbf{a}_i = (a_{i1}, a_{i2})$	主要座標 $\mathbf{g}_i = (g_{i1}, g_{i2})$
甲一	32.5%	$(-1.35, 1.34)$	$(-0.39, -0.15)$
甲二	8.5%	$(-0.44, -0.48)$	$(-0.13, -0.55)$
甲三	24.9%	$(0.88, -0.51)$	$(0.25, -0.58)$
甲四	34.1%	$(2.76, 3.41)$	$(0.80, 0.39)$
		標準座標 $\mathbf{b}_j = (b_{j1}, b_{j2})$	主要座標 $\mathbf{h}_j = (h_{j1}, h_{j2})$
乙一	36.1%	$(-1.78, 1.28)$	$(-0.51, 0.15)$
乙二	12.7%	$(-0.68, -0.20)$	$(-0.20, -0.02)$
乙三	6.1%	$(0.22, -1.18)$	$(0.06, -0.13)$
乙四	17.5%	$(1.06, -0.13)$	$(0.31, -0.02)$
乙五	27.6%	$(1.41, 1.81)$	$(0.41, -0.21)$

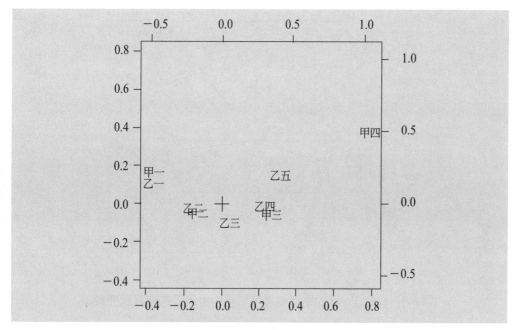

圖 6-6　PISA 2000 的電腦熟悉度問卷中甲與乙的一致性分析對稱圖

目之間的相似性。同理，乙一到乙五彼此之間的距離亦有類似解釋，但要特別注意甲和乙在對稱圖之間的距離不能直接拿來解釋其相近或關聯性。

　　倘若希望能解釋表 6-2 中甲和乙的關聯，可以使用雙軸圖。圖 6-7 的非對稱雙軸圖中甲一至甲四的位置點仍為主要座標，乙一至乙五則以箭頭表示之，箭頭之間的夾角反映出這些行之間的 (正負) 相關性。箭頭的長短則表示該行的影響程度，事實上向量為 $\mathbf{b}_j = (b_{j1}, b_{j2}) \cdot c_j^{\frac{1}{2}}$。而在乙問題的第 j 行的選項上的甲一到甲四的外廓更可以由其座標點投射在表示乙問題的第 j 行的選項向量上而得到。有關雙軸圖上的距離及投射的解釋，請參考 Gower 與 Hand (1996)、Greenacre 與 Hastie (1987) 以及 Greenacre (2007)。

　　另一個看待表 6-3 中一致性分析的結果是標準座標 $\mathbf{a}_i = (a_{i1}, a_{i2})$ 和 $\mathbf{b}_j = (b_{j1}, b_{j2})$ 分別提供一套二維的量尺值給甲一到甲四及乙一到乙五。舉例來說，如果使用的量尺並非一般的整數編碼 1-4 或 1-5，而是甲$_1$＝(−1.35, −0.44, 0.88, 2.76) 以及乙$_1$＝(−1.78, −0.68, 0.22, 1.06, 1.41)，如此一來，這

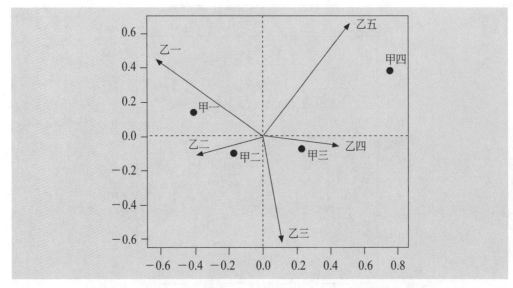

圖 6-7　PISA 2000 的電腦熟悉度問卷中甲與乙的非對稱雙軸圖

些學生在甲和乙選項的相關會從 0.278 增加到 0.29，而 0.29 事實上等於第一個主慣力的平方根 λ_1。這種結果常被使用來檢視甲一到甲四或乙一到乙五這些選項間的等距對待。為了方便比較，可將甲$_1$ 和乙$_1$ 調整為分別與 1-4 和 1-5 有相等的全距，也就是說，甲$_1$* = (1, 2.31, 2.63, 4) 及乙$_1$* = (1, 2.38, 3.51, 4.56, 5) 顯示就電腦能力自評而言，絕佳 (甲一) 和好 (甲二) 之間量尺值的差以及中等 (甲三) 到差 (甲四) 的量尺值的差，似乎比好 (甲二) 到中等 (甲三) 的量尺差要大。而就使用頻率而言，因原本乙一到乙五給的頻率即非等距，故此亦得到支持。由此可知，一致性分析亦可被使用來找出最佳量尺值，尤其在問題存在順序不明的選項時 (如調查中常見的「沒意見」選項)。

五、分析軟體

由於 MDS 算是已在一個成熟的階段，很多軟體都可以使用來做分析。而這些軟體中，不乏一些已被涵蓋在常見的統計分析軟體中，例如 SPSS 和 SAS。Borg 與 Groenen (2005) 詳細表列並分析比較各軟體的特質及差異，並

且提供簡單例子來說明幾個主要常用的軟體如何書寫命令檔及執行。如果需要精美的圖示，也有數個軟體擅長於此，例如，商業軟體 NEWMDSX©、PC-MDS，SPSS 中的 PROXSCAL、ALSCAL，以及 SAS 中的 PROC MDS 程序等等。然而，除此之外，仍有一些可使用的軟體是在公用領域，且使用簡易，故於此多做介紹。

R 系統是由 Ross Ihaka 與 Robert Gentleman 從 S 語言所發展出來，主要是為了統計分析及繪圖。它不但是統計軟體，也為一種以物件導向為主的程式語言。因為 R 是免費且可以在各種不同的平臺上執行 (Windows、Mac、Unix、Linux 等)，再加上歷年來逐漸增多的使用者貢獻了目前達數百個擴充套件，R 的使用 (尤其在教學上) 在統計領域已極為普遍。表 6-4 和表 6-5 中我們針對本章所提及之方法，說明 R 中可以使用的套件及函數名稱。

對於上述的套件，有些是直接可以在 R 環境下即載入或開啟 (例如 MASS)，如果不是直接已存在 R 的預設圖書館中，則可利用 install.packages (「套件名稱」，repos="http://R-Forge.R-project.org") 來從 R-project 的網站上下載，如需要對這些函數有詳細的了解，可鍵入 library (套件或圖書館名稱)，再利用 help (函數名稱) 來查詢。

表 6-4　多向度標示法的 R 套件及對應的函數

方法	函數 (圖書館或套件)	出處或文獻
度量 MDS	cmdscale (stats)	
	smacofSym (smacof)	de Leeuw 與 Mair (2009a)
非度量 MDS	isoMDS (MASS)	
	smacofSym (smacof)	de Leeuw 與 Mair (2009a)
個別差異 MDS	smacofIndDiff (smacof)	de Leeuw 與 Mair (2009a)
	indscal (SensoMineR)	Lee 與 Husson (2008)
去摺 (unfolding)	smacofRect (smacof)	de Leeuw 與 Mair (2009a)

表 6-5　一致性分析的 R 套件及對應的函數

方法	函數 (套件)	出處或文獻
簡單「一致性分析」 (Simple CA)	ca (rgl) anacor (anacor) corresp (MASS)	Nenadić 與 Greenacre (2006, 2007) Adler 與 Murdoch (2006) de Leeuw 與 Mair (2009b)
多重「一致性分析」 (Multiple CA)	mjca (ca) mca (MASS)	Nenadić 與 Greenacre (2006, 2007)

六、總　結

　　一般所稱的 MDS 試著由物件的相近量測出發，找出在較低向度的空間中這些物件的對應點，而這些代表物件的點在空間中的距離反映出物件的相似或相異程度。更重要的是，利用 MDS 來探索決策或反應背後的心理向度及結構，或者是主要區辨物件差異的特質或基準。就探索的角度而言，MDS 已算是發展至成熟的時期 (Takane, 2007; Takane, Jung & Oshima-Takane, 2009)。而且跟隨著電腦計算的迅速發展，對 MDS 或去摺法更有效率、更可靠或可以避免退化解的演算法也在持續發展當中。就應用的角度來講，這些 MDS 的程式不是已經被納入常用的套裝統計軟體 (如 SAS 及 SPSS)，就是可利用的免費開放平臺程式語言 R 的套件也逐漸出現，對使用者為一大助益。

　　礙於篇幅，本文僅就 MDS 的基本原理及在蒐集資料或運用 MDS 前需要考慮的幾個問題加以說明，無法更詳盡地介紹進階的 MDS 如何可用來檢定或驗證理論。事實上，根據研究者的理論來對多維空間中的物件點或其距離限制其結構，屬於約束 MDS 或驗證 MDS 的範圍，有興趣的研究者可以參考 MDS 的幾本專書 (Kruskal & Wish, 1978; Young & Hamer, 1994; Cox & Cox, 2000; Borg & Groenen, 2005) 和書中的文獻，來對其理論及應用實例做更深入的探討。

　　相似於 MDS 利用圖像表徵空間的點和距離來反映物件間的相似程度，

群集分析法當中的階層式群集法則是利用樹狀圖 (稱為 dendrograms) 來表示出物件間的相似程度。例如，相加性樹狀圖 (additive trees; Sattah & Tversky, 1977; Corter, 1996) 中，物件用外接的節點或路徑端點來代表，而聯結這些端點之間的路徑長度則用來反映物件間的相異程度。路徑具有可加性的這個特性是相加性樹狀圖有別於一般階層式群集法中所謂超計量的樹狀圖 (ultrametric trees) 的特點。由於可以直接由路徑長度來表示相異程度，在相加性樹狀圖中很容易直接看出物件間的相似關係。由於相加性樹狀圖與 MDS 同樣都是在圖形中利用距離或長度來反映相異性質，過去研究經常比較兩者的優缺點 (Sattah & Tversky, 1977; Pruzansky, Tversky, & Carroll, 1982; Wedel & Bijmolt, 2000)，Wedel 與 Bijmolt (2000) 進一步考慮兩者的混合模型。綜合來說，對於描述實徵資料的相近量測來講，就配適程度來看兩者常常有類似的表現，然而哪一種方法較為合適則取決於物件的結構。如果物件的差異可看成是來自於某幾個面向上程度大小的差異，那麼物件則較適合用於 MDS 這類用空間表徵的方法。例如，像聲音這一類可以利用強度和頻率來表現出差異的心理刺激。而相加性樹狀圖則較適用於有階層或演化結構的物件，例如生態學中討論物種的相似性及分類時。過去的模擬研究顯示如果資料是樹狀結構生成的，相加性樹狀圖的表現較佳；反過來說，如果資料是空間結構生成的，則 MDS 的表現較佳 (Pruzansky, Tversky, & Carroll, 1982)，也就是說，還是可以透過 MDS 及相加性樹狀圖在適配度的比較來找出比較接近資料的生成結構。但是並非適配程度較佳的表徵即可視為「正確」的模型，事實上 MDS 和相加性樹狀圖可以同時提供資料中不同卻皆有意義的訊息，所以現在學者們視兩者為具有互補作用，而非相互競爭的模型 (Carroll, 1976; Shepard, 1980; Ghose, 1998)。在軟體方面，Corter (1998) 所發展的 DOS 版本的 GTREE 程式改進了可以建構相加性樹狀圖的 ADDTREE 軟體 (Sattah & Tversky, 1977)，使得執行速度更快，並且可以處理更大筆的資料和更多的物件。所以，除了本章所探討的 MDS 之外，研究者可再利用相加性樹狀圖或其他階層式群集法中的樹狀圖來探索相近資料中區分或反映出相似度的離

散特徵或性質。

　　一般而言，MDS 已屬於廣泛運用的多變量分析法，故幾乎所有常用的多變量分析教科書都有其簡單原理及應用實例 (Rencher, 2002; Lattin, Green, & Carroll, 2003; Hair et al., 2005; Manly, 2005; Johnson & Wichern, 2007)。關於 MDS 的專書方面，Borg 與 Groenen (2005) 和 Cox 與 Cox (2000) 則提供完整的理論基礎，併以應用實例及軟體程式說明，讀者可配合例子一起閱讀。至於一致性分析部分，已有數本 Sage 所出版的小本專書，對一致性分析及多重一致性分析之原理及應用實例有詳細介紹。然而，對於一致性分析及相關主題最完整的則應算是 Greenacre 與 Blasius (2006) 所編著的專書。透過這些專書和實例的協助，期望未來 MDS 及相關方法不僅能廣泛地運用在社會及行為科學相關的研究上，亦能幫助了解生態環境、生物科技及市場行銷等。

參考書目

Adler, Daniel, & Murdoch, Duncan (2006). rgl: 3D visualization device system (OpenGL). R package version 0.68, URL http://rgl.neoscientists.org/.

Arabie, Phipps (1991). Was Euclid an unnecessarily sophisticated psychologist?, *Psychometrika, 56*(4), 567-587.

Attneave, Fred (1950). Dimensions of similarity. *American Journal of Psychology, 63*, 516-556.

Bentler, Peter M., & Weeks, David G. (1978). Restricted multidimensional scaling methods. *Journal of Mathematical Psychology, 17*, 138-151.

Boik, Robert J. (1996). An efficient algorithm for joint correspondence analysis. *Psychometrika, 61*(2), 255-269.

Borg, Ingwer, & Groenen, Patrick J. F. (2005). *Modern multidimensional scaling: Theory and applications* (2nd ed.). New York: Springer.

Broderson, U. (1968). *Intra-und interindividuelle mehrdimensionale skalierung eines nach objektiven kriterien variierenden reizmaterials*. Unpublished master's thesis, Christian-Albrechts-Universität.

Busing, Frank M. T. A., Groenen, Patrick J. F., & Heiser, Willem J. (2005). Avoiding degeneracy in multidimensional unfolding by penalizing on the coefficient of variation. *Psychometrika, 70*(1), 71-98.

Carroll, J. Douglas (1972). Individual differences and multidimensional scaling. In Romney N. Shepard, A. Kimball Romney, & Sara B. Nerlove (Eds.), *Multidimensional scaling: Theory and applications in the behavioral sciences* (Vol. 1). New York: Seminar Press.

Carroll, J. Douglas (1976). Spatial, non-spatial and hybrid models for scaling. *Psychometrika, 41*(4), 439-463.

Carroll, J. Douglas, & Chang, Jih-jie (1970). Analysis of individual differences in multidimensional scaling via an N-way generalization of "Eckart-Young" decomposition. *Psychometrika, 35*(3), 283-319.

Chino, Naohito (1978). A graphical technique for representing the asymmetric relationships between N objects. *Behaviormetrika, 5*, 23-40.

Constantine, A. G., & Gower, John C. (1978). Graphical representation of asymmetric matrices. *Journal of Royal Statistical Society-Series C, 27*(3), 297-304.

Coombs, Clyde Hamilton (1964). *A theory of data*. New York: John Wiley & Sons.

Coombs, Clyde Hamilton (1975). A note on the relation between the vector model and the unfolding model for preferences. *Psychometrika, 40*(1), 115-116.

Corter, James E. (1998). An efficient metric combinatorial algorithm for fitting additive trees. *Multivariate Behavioral Research, 33*, 249-272.

Corter, James E. (1996). *Tree models of similarity and association* (Sage University Papers series: Quantitative Applications in the Social Sciences, series no. 07-112). Thousand Oaks CA: Sage.

Cox, Trevor F., & Cox, Michael A. A. (2000). *Multidimensional scaling*. Chapman and Hall.

de Leeuw, Jan (1977). Applications of convex analysis to multidimensional scaling. In Jean R. Barra, Francois Brodeau, Guy Romier, & Bernard van Cutsem (Eds.), *Recent developments in statistics* (pp. 133-145). Amsterdam, The Netherlands: NorthHolland.

de Leeuw, Jan (1988). Convergence of the majorization method for multidimensional scaling. *Journal of Classification, 5*(2), 163-180.

de Leeuw, Jan, & Heiser, Willem J. (1977). Convergence of correction matrix algorithm for multidimensional scaling. In James C. Lingoes (Ed.), *Geometric representations of relational data*. Ann Arbor, Michigan: Mathesis Press.

de Leeuw, Jan, & Heiser, Willem J. (1982). Theory of multidimensional scaling. In Paruchuri R. Krishnaiah & Laveen N. Kanal (Eds.), *Handbook of statistics* (Vol. 2) (pp.

285-316). Amsterdam: North-Holland.

de Leeuw, Jan, & Mair, Patrick (2009a). Multidimensional scaling using majorization: The R package smacof. *Journal of Statistical Software, 31*(3), 1-30.

de Leeuw, Jan, & Mair, Patrick (2009b). Simple and canonical correspondence analysis using the R. package de Leeuw anacor. *Journal of Statistical Software, 31*(5), 1-18.

DeSarbo, Wayne S., Oliver, Richard L., & De Soete, Geen (1986). A probabilistic multidimensional scaling vector model. *Applied Psychological Measurement, 10*, 79-98.

DeSarbo, Wayne S., & Rao, Vithala R. (1984). GENFOLD2: A set of models and algorithms for the general UnFOLDing analysis of preference/dominance data. *Journal of Classification, 1*(1), 147-186.

Fong, Duncan K. H., DeSarbo, Wayne S., Park, Joonwook, & Scott, Crystal J. (2010). A Bayesian vector multidimensional scaling procedure for the analysis of ordered preference data. *Journal of the American Statistical Association, 105*(490), 482-492.

Gabriel, K. Ruben (1971). The biplot graphic display of matrices with application to principal component analysis. *Biometrika, 58*(3), 453-467.

Ghose, Sanjoy (1998). Distance representations of consumer perceptions: Evaluating appropriateness by using diagnostics. *Journal of Marketing Research, 35*(2), 137-153.

Gifi, Albert (1990). *Nonlinear multivariate analysis*. John Wiley & Sons.

Gower, John C. (2006). Divided by a common language: Analyzing and visualizing two-way arrays. In Michael J. Greenacre, & Jörg Blasius (Eds.), *Multiple correspondence analysis and related methods* (pp. 77-105). London: Chapman & Hall/CRC.

Gower, John C., & Hand, David J. (1996). *Biplots*. London, UK: Chapman & Hall.

Green, Paul E., Carmone, Frank J., & Smith, Scott M. (1989). *Multidimensional scaling: Concepts and applications*. Allyn and Bacon.

Greenacre, Michael J. (1988). Correspondence analysis of multivariate categorical data by weighted least squares. *Biometrika, 75*(3), 457-467.

Greenacre, Michael J. (2007). *Correspondence analysis in practice* (2nd ed.). London: Chapman & Hall/CRC.

Greenacre, Michael J., & Blasius, Jörg (2006). *Multiple correspondence analysis and related methods*. London: Chapman & Hall/CRC.

Greenacre, Michael J., & Hastie, Trevor J. (1987). The geometric interpretation of correspondence analysis. *Journal of the American Statistical Association, 82*(398), 437-447.

Groenen, Patrick J. F., Mathar, Rudolf, & Heiser, Willem J. (1995). The majorization approach to multidimensional scaling for Minkowski distances. *Journal of Classification, 12*(1), 3-19.

Guttman, Louis (1968). A general nonmetric technique for finding the smallest coordinate space for configuration of points. *Psychometrika, 33*, 469-506.

Hair, Joseph F., Black, Bill, Babin, Barry, Anderson, Rolph E., & Tatham, Ronald L. (2005). *Multivariate data analysis* (6th ed.). New York: Prentice Hall.

Heiser, Willem J. (1989). Order invariant unfolding analysis under smoothness restrictions. In Geert De Soete, Hubart Feger, & Karl C. Klauer (Eds.), *New developments in psychological choice modelling* (pp. 3-31). Amsterdam: North-Holland.

Heiser, Willem J., & Meulman, Jacqueline J. (1983). Analyzing rectangular tables with joint and constrained multidimensional scaling. *Journal of Econometrics, 22*, 139-167.

Hill, Mark O. (1973). Reciprocal averaging: An eigenvector method of ordination. *Journal of Ecology, 61*(1), 237-251.

Hill, Mark O. (1974). Correspondence analysis: A neglected multivariate technique. *Applied Statistics, 23*, 340-354.

Jacobowitz, D. (1975). *The acquisition of semantic structures*. Doctoral dissertation, University of North Carolina at Chapel Hill.

Johnson, Richard A., & Wichern, Dean W. (2007). *Applied multivariate statistical analysis* (6th ed.). New York: Prentice Hall.

Kim, Chulwan, Rangaswamy, Arvind, & DeSarbo, Wayne S. (1999). A quasi-metric approach to multidimensional unfolding for reducing the occurrence of degenerate solutions. *Multivariate Behavioral Research, 34*(2), 143-180.

Kruskal, Joseph B. (1964). Nonmetric multidimensional scaling: A numerical method. *Psychometrika, 29*(2), 115-129.

Kruskal, Joseph B., & Carroll, J. Douglas (1969). Geometrical models and badness-of-fit functions. In Paruchuri R. Krishnaiah (Ed.), *Multivariate analysis* (Vol. II) (pp. 639-671). Amsterdam: North-Holland.

Kruskal, Joseph B., & Wish, Myron (1978). *Multidimensional scaling*. Beverly Hills, CA: Sage Publications.

Lattin, James M., Green, Paul E., & Carroll, J. Douglas (2003). *Analyzing multivariate data* (2nd ed.). Duxbury Press.

Lee, Sebastien Y., & Husson, François (2008). SensoMineR: A package for sensory data analysis. *Journal of Sensory Studies, 23*(1), 14-25.

Lee, Sik-yum, & Bentler, Peter M. (1980). Functional relations in multidimensional scaling. *British Journal of Mathematical and Statistical Psychology, 33*, 142-150.

Manly, Bryan F. J. (2005). *Multivariate statistical methods: A primer* (3rd ed.). USA: Chapman and Hall/CRC.

Mardia, Kanti V., Kent, John T., & Bibby, John M. (1980). *Multivariate analysis*. UK: Academic Press.

Marshall, Albert W., & Olkin, Ingram (1979). *Inequalities: The theory of majorizations and its applications*. New York: Academic Press.

Messick, Samuel J., & Abelson, Robert P. (1956). The additive constant problem in multidimensional scaling. *Psychometrika, 21*(1), 1-15.

Murtagh, Fion (2005). *Correspondence analysis and data coding with Java and R*. London: Chapman & Hall/CRC.

Nenadić, Oleg, & Greenacre, Michael J. (2006). Computation of multiple correspondence analysis, with code in R. In Michael J. Greenacre, & Jörg Blasius (Eds.), *Multiple correspondence analysis and related methods* (pp. 523-551). London: Chapman & Hall/CRC.

Nenadić, Oleg, & Greenacre, Michael J. (2007). Correspondence analysis in R, with twoand three-dimensional graphics: The ca package. *Journal of Statistical Software, 20*(3). URL http://www.jstatsoft.org/v20/i30.

Nishisato, Shizuhiko (1980). *Analysis of categorical data: Dual scaling and its applications*. Toronto, Canada: University of Toronto.

Pruzansky, Sandra, Tversky, Amos, & Carroll, J. Douglas (1982). Spatial versus tree representations of proximity data. *Psychometrika, 47*(1), 3-24.

Ramsay, James O. (1977). Maximum likelihood estimation in multidimensional scaling. *Psychometrika, 42*(2), 241-266.

Ramsay, James O. (1978). Confidence regions for multidimensional scaling analysis. *Psychometrika, 43*(2), 145-160.

Ramsay, James O. (1982). Some statistical approaches to multidimensional scaling data. *Journal of the Royal Statistical Society, Series A (General), 145*, 285-312.

Rencher, Alvin C. (2002). *Methods of multivariate analysis* (2nd ed.). John Wiley & Sons.

Richardson, M. W. (1938). Multidimensional psychophysics. *Psychological Bulletin, 35*, 659-660.

Saburi, Shingo, & Chino, Naohito (2008). A maximum likelihood method for an asymmetric MDS model. *Computational Statistics & Data Analysis, 52*(10), 4673-4684.

Sattah, Samuel, & Tversky, Amos (1977). Additive similarity trees. *Psychometrika, 42*(3),

319-345.

Sattah, Samuel, & Tversky, Amos (1987). On the relation between common and distinctive feature models. *Psychological Review, 94*(1), 16-22.

Schoenberg, Isaac J. (1935). Remarks to Maurice Fréchet's article 'Sur la définition axiomatique d'une classe d'espace distanciés vectoriellement applicable sur l'espace de Hilbert'. *Annals of Mathematics, 36*, 724-732.

Shepard, Roger N. (1962a). The analysis of proximities (I): Multidimensional scaling with an unknown distance function. *Psychometrika, 27*(2), 125-140.

Shepard, Roger N. (1962b). The analysis of proximities (II): Multidimensional scaling with an unknown distance function. *Psychometrika, 27*(2), 219-246.

Shepard, Roger N. (1966). Metric structures in ordinal data. *Journal of Mathematical Psychology, 3*(2), 287-315.

Shepard, Roger N. (1980). Multidimensional scaling, tree-fitting, and clustering. *Science, 210*(4468), 390-398.

Shepard, Roger N. (1991). Integrality versus separability of stimulus dimensions: From an early convergence of evidence to a proposed theoretical basis. In James R. Pomerantz, & Gregory R. Lockhead (Eds.), *The perception of structure: Essays in honor of Wendell R. Garner* (pp. 53-71). American Psychological Association, Washington, DC.

Takane, Yoshio (1978). A maximum likelihood method for nonmetric multidimensional scaling: I. The case in which all empirical pairwise orderings are independent-theory. *Japanese Psychological Research, 20*, 7-17.

Takane, Yoshio (1981). Multidimensional successive categories scaling: A maximum likelihood method. *Psychometrika, 46*(1), 9-28.

Takane, Yoshio (2007). Applications of multidimensional scaling in psychometrics. In Calyampudi R. Rao & Sandip Sinharay (Eds.), *Handbook of statistics, Vol. 26: Psychometrics* (Chapter 11, pp. 359-400). Amsterdam: North Holland.

Takane, Yoshio, & Carroll, J. Douglas (1981). Nonmetric maximum likelihood multidimensional scaling from directional ranking of similarities. *Psychometrika, 46*, 389-405.

Takane, Yoshio, Jung, Sunho, & Oshima-Takane, Y. Yuriko (2009). Multidimensional scaling. In R. E. Millsap & A. Maydeu-Olivares (Eds.), *Handbook of quantitative methods in psychology* (pp. 219-242). London: Sage Publications.

Takane, Yoshio, & Shibayama, Tadashi (1992). Structures in stimulus identification data. In F. Gregory Ashby (Ed.), *Probabilistic multidimensional models of perception and cognition* (pp. 335-382). Hillsdale, New Jersey: Erlbaum Associates.

Takane, Yoshio, Young, Forrest W., & de Leeuw, Jan (1977). Nonmetric individual differences multidimensional scaling: An alternating least squares method with optimal scaling features. *Psychometrika, 42*(1), 7-67.

Tatineni, Krishna, & Browne, Michael W. (2000). A noniterative method of joint corresponding analysis. *Psychometrika, 65*(2), 157-165.

Torgerson, Warren S. (1952). Multidimensional scaling I: Theory and method. *Psychometrika, 17*(4), 401-419.

Torgerson, Warren S. (1958). *Theory and methods of scaling.* New York: Wiley.

Tucker, Ledyard R. (1960). Intra-individual and inter-individual multidimensionality. In Harold Gulliksen & Samuel J. Messick (Eds.), *Psychological scaling: Theory and Application.* New York: John Wiley and Sons.

Tucker, Ledyard R., & Messick, Samuel J. (1963). An individual difference model for multidimensional scaling. *Psychometrika, 28,* 333-367.

Van Deun, K., Groenen, Patrick J. F., Heiser, Willem J., Busing, Frank M. T. A., & Delbeke, Luc (2005). Interpreting degenerate solutions in unfolding by use of the vector model and the compensatory distance model. *Psychometrika, 70*(1), 45-69.

Wedel, Michel, & Bijmolt, Tammo H. A. (2000). Mixed tree and spatial representations of dissimilarity judgments. *Journal of Classification, 17*(2), 243-271.

Young, Forrest W. (1970). Nonmetric multidimensional scaling: Recovery of metric information. *Psychometrika, 35*(4), 455-473.

Young, Forrest W. (1985). Multidimensional scaling. In Samuel Kotz, Norman L. Johnson, & Campbell B. Read (Eds.), *Encyclopedia of statistical sciences Vol. 5* (pp. 649-659). New York: Wiley.

Young, Forrest W., & Hamer, Robert M. (1994). *Theory and applications of multidimensional scaling.* Hillsdale, New Jersey: Erlbaum Associates.

Young, Forrest W., & Torgerson, Warren S. (1967). TORSCA: A FORTRAN IV program for Shepard-Kruskal multidimensional data analysis. *Behavioral Science, 12,* 498.

Young, Gale, & Householder, A. S. (1938). Discussion of a set of points in terms of their mutual distances. *Psychometrika, 3*(1), 19-22.

延伸閱讀

1. MDS 的區間估計與模型檢定。

  藉由假設我們資料中所得的相異量測為空間中物件之距離再乘以或加上一個誤差項所構成，可以透過對此誤差項的分配假設，利用 MDS 模型之最大概似函數來找參數的點或區間估計。最大概度 MDS 之相關文獻可參考 Ramsay (1977, 1978, 1982)、Takane (1978, 1981)、Takane 與 Carroll (1981)、Takane 與 Shibayama (1992)，以及 Saburi 與 Chino (2008)。

2. SMACOF 的原理。

  de Leeuw (1977) 和 de Leeuw 與 Heiser (1977) 利用 majorization 這個概念於 MDS 的損失函數的最佳化提出了 SMACOF 演算法。透過 iterative majorization 可以一步步找到令損失函數遞減的向量數列去逐漸接近 MDS 解。majorization 之原理請參考 Marshall 與 Olkin (1979)。Groenen、Mathar 與 Heiser (1995) 和 Borg 與 Groenen (2005) 則是對 SMACOF 演算法的理論用於 MDS 有詳盡的介紹。

3. 向量法的學理說明及應用。

  Tucker (1960) 及 Tucker 與 Messick (1963) 最早提出向量法來分析偏好資料，利用向量來表徵個別受試者的偏好。Carroll (1972)、Coombs (1975) 以及 Borg 與 Groenen (2005) 比較向量法與去摺法來說明兩者之間的關係。DeSarbo、Oliver 與 De Soete (1986) 進一步將確定性延伸至隨機性 MDS 向量法。最近，Fong、DeSarbo、Park 與 Scott (2010) 更進一步提出貝氏 MDS 向量法，其中包含利用貝氏方法來選擇共同空間的維度及提供參數的點及區間估計。

7

固定樣本追蹤資料分析

一、前 言

　　自 1960 年代末期，社會科學研究者即開始大量應用固定樣本追蹤資料，分析各類議題。其中部分研究，是運用總體的時間序列、橫斷面混合資料，分析總體變項間的關係 (如各國的失業率與經濟成長率的關係)。另一個發展脈絡，則是運用個體單位 (如個人、廠商、家戶) 的固定樣本追蹤資料，探索教育、勞動、家庭等多方面的課題。

　　固定樣本追蹤資料研究的興盛，與固定樣本追蹤調查的拓展有著密不可分的關係。另一方面，伴隨著各類固定樣本追蹤調查資料庫的建置，相關的研究方法也跟著蓬勃發展。因應固定樣本追蹤資料兼具時間、個體／總體單位兩個面向的屬性，自 1970 年代初期以來，計量經濟及其他社會科學領域的研究者發展出多種估計模型。而其發展狀況有隨時間而益發精緻、成熟的態勢。伴隨相關研究方法在社會科學領域的散佈、發酵，其應用研究愈來愈多。而理論與應用研究的發展，又進一步帶動對資料的需求，促使更多研究者投入大型固定樣本追蹤調查資料庫的建置計畫。

　　在第二節中，將介紹固定樣本追蹤資料的特性，並說明臺灣大型固定樣本追蹤調查計畫的概況。在第三、四節中，將分析固定樣本追蹤資料的分析方法，包括由計量經濟學者發展的固定效果與隨機效果模型，以及由教育統

計研究者研發的成長曲線分析。在這兩節中，除了研究方法的介紹外，也將藉由實例說明如何實際應用方法分析資料。至於末節，除總結本章的內容外，也將說明相關資料、分析方法的發展趨勢。

二、固定樣本追蹤資料特性

(一)　各類調查資料淺介

調查資料依其蒐集方式，可大致區分為下列幾種類型。

1. 一次性橫斷面調查

這類調查是在某個時點，對於不同個體單位進行調查訪問所蒐集到的資料。所謂的「一次性」調查是指其訪視對象不會重複接觸，而同樣的題項也不會在不同的調查中重複詢問。例如，行政院主計總處 1989 年所做的「人力資源附帶專案調查——工作期望調查」，只做過絕無僅有的一次。該次調查即屬一次性橫斷面調查。

2. 重複橫斷面調查

這類調查的本質是橫斷面調查，與一次性調查不同的地方，在於這類重複調查會在不同時點的調查中重複詢問同樣題項。藉此，可串連重複題項在不同時點的調查資料，建構所謂的貫時性資料。以主計總處按年進行的「家庭收支調查」為例，每次調查均詢問受訪家戶的收入、支出等變項，雖然每次均重新抽樣，在不同的抽樣架構下抽取不同家戶進行訪問，但其主要的調查問項，歷年來並沒有多大變化。因此，可就相同題項在不同年份的資料予以串連，得到貫時性資料。另一個例子是中央研究院社會學研究所建置的「臺灣社會變遷基本調查」。這項調查自 1983 年即開始逐年進行。在某些調查課題的設計上，是以五年的間隔為原則，每五年就相同主題設計問卷。因而，透過「臺灣社會變遷基本調查」不同年份調查資料的串連，亦可建立貫時性資料。由於長期追蹤資料兼具調查年份、受訪樣本出生世代、受訪樣

本年齡等不同的時間面向，不少研究者嘗試透過這類資料，分離出時間、世代、年齡三類因素的影響效果 (見參考方塊 7-1 的討論)。

3. 固定樣本追蹤調查

所謂的固定樣本追蹤調查是指，針對相同樣本，持續在不同時點進行問卷調查，所建立起來的資料。與橫斷面調查最大的不同是，橫斷面調查中的樣本，僅有單一時點的觀察資料；而固定樣本追蹤調查的樣本則有多個時點的觀察資料。由於這類調查是本章的主題之一，在下文中將做進一步的說明，在此即不再贅述。

4. 輪換樣本橫斷面調查

輪換樣本調查 (rotating sample) 揉合了橫斷面、固定樣本追蹤調查兩類調查的特性。在輪換樣本調查中，有部分樣本來自新抽樣本，部分樣本則是舊有樣本。而其樣本會以一定的規律輪換。美國按月進行的「當期人口調查」(Current Population Survey, CPS)，即屬典型的輪換樣本調查。其中的樣本以 4-6-4 的方式輪替，新抽樣本連續調查四個月，接著停訪六個月，再連續調查四個月之後即捨棄不用。而主計總處自 1978 年起按月辦理的「人力資源調查」，是另一個例子。「人力資源調查」是以 2-10-2 的方式進行樣本輪換：新抽樣本連續訪問兩個月，之後中斷十個月，再接連訪問兩個月後即不再訪。因此，從時間的橫切面來看，輪換樣本調查資料固然具有橫斷面資料的屬性；藉由輪換樣本制度的設計原理，亦可合併不同調查時點的相同樣本資料，而得到短期的固定樣本追蹤資料。

(二)　固定樣本追蹤資料的意義與型態

1. 固定樣本追蹤資料的意義

在本章中，就固定樣本追蹤調查、固定樣本追蹤資料兩者加以區分。前者如前一小節所述，是針對相同樣本持續進行追訪，所建立起來的資料。而後者泛指，針對同一群對象 (如個人、家戶、廠商、國家等) 就不同時點的

參考方塊 7-1：年齡-時間-世代模型

在社會科學研究中，世代泛指同一時期或同一年份出生的人口。自 1970 年代起，世代研究愈益受到重視。研究者在看待世代、年齡、時間三項因素時，常設想它們對依變項有不同的影響機制。以特定時點的個人健康狀況為例，當時的健康狀況可能反映了下列因素的影響：

1. 個人年齡 (年齡效果)。
2. 特定時點的經濟、醫療環境等整體因素 (時間效果)。
3. 個人的出生年份 (世代效果；例如：特定年份出生的人口，可能經歷小兒麻痺或流感大流行)。

以統計語彙來說，研究者感興趣的是如下模型：

$$Y = \beta_0 + \beta_a \cdot Age + \beta_p \cdot Period + \beta_c \cdot Cohort + \sum_{k=1}^{K} \beta_k X_k + u$$

其中，Y 代表依變項；Age、$Period$、$Cohort$ 分別為年齡、調查年份、出生年份變項；X_k 代表其他解釋變項；u 則為誤差項。

要自重複橫斷面調查資料，分離出年齡、時間、世代的影響效果，勢必面臨一項問題：對個別受訪者而言，出生年份與年齡之和恆等於調查年份。如將三個變項一起放入迴歸式做為解釋變項，會有完全的多元共線性問題，無法同時估出迴歸係數。1970 年代起陸續發展出多種方法，設法分析這類的年齡-時間-世代 (age-period-cohort, APC) 模型。最簡單的方法是捨棄年齡、時間、世代三者之一，只關注另外兩組變項；部分研究者則在變項設定上動手腳 (如將年齡、世代設為虛擬變項，時間設為連續變項)。另有研究者提出，以替代變項 (proxy) 取代年齡、時間或世代的做法 (例如，以各世代的人口數取代世代變項；以各年的失業率取代時間變項)。有興趣的讀者，可參閱 Mason 與 Fienberg (1985)、Glenn (2005)、Winship 與 Harding (2008) 等。

資訊予以蒐集，所建構出來的資料。這類資料的來源，除了來自調查 (如固定樣本追蹤調查) 之外，國際組織、政府機構等單位經年累月建立的公務統計資料，亦為重要的來源之一。例如，自國際組織逐年蒐集的各國統計數據中，可建立具國家、年度兩個面向的資料；從政府按時間 (如按年、按季、按月等) 發佈的地區統計數據，可以建立具地區、時間兩個面向的資料。這些資料的統計單位可能是較總體或群體性的單位 (如國家、縣市、縣鎮市區)，但只要有不同時點的觀察值，即可建立起具單位、時間兩個軸向的固定樣本追蹤資料。

　　由於一般的公務統計資料並不是以個體為觀察單位的資料，且建置的目的多非基於學術研究需求，由調查研究單位特意建立的固定樣本追蹤調查，對於學術研究者而言，是更為珍貴的研究素材。近數十年來，固定樣本追蹤調查資料的建置，不論在歐美等先進國家或臺灣，都有愈益普遍的趨勢。學界最早建置的大型追蹤調查，可追溯至美國的「威斯康辛追蹤調查」(Wisconsin Longitudinal Study, WLS)、「國家長期追蹤調查」(National Longitudinal Survey, NLS)、「所得動態調查」(Panel Study of Income Dynamics, PSID) 等。這些調查執行迄今，均已歷經四十年以上的時間。「威斯康辛追蹤調查」自 1957 年即開始進行，訪問對象為當時威斯康辛州多所高中的畢業生 (多為 1939 年出生)。從高中畢業開始受訪迄今，受訪者已邁入老年階段；累積多年的資料，對青少年開始的求學、就業、成家、健康狀況變化等生命歷程，留下了完整的記錄。自 1966 年展開的美國「國家長期追蹤調查」，是就不同出生世代的男、女性人口，針對勞動市場參與及其他重要的生命歷程，建立長期的觀察資料。而 1968 年開始建置的「所得動態調查」，則就個人及其衍生的家戶建立長期追蹤調查資料庫。想了解這幾項調查的讀者，可造訪這幾個調查計畫的網站 (見本章的參考書目)，或參閱李唯君 (1996)、莊慧玲 (1996)、楊李唯君 (2008)、Huang 與 Hauser (2010) 等文。

2. 固定樣本追蹤資料的樣式

對於固定樣本追蹤資料的樣式，在此先用一般化的例子加以說明。首先，假設資料中有 N 個單位，每個單位都有 T 期的觀察資料 $(T \geq 2)$。換言之，對於其中的第 i 個單位 $(i=1, ..., N)$，可以觀察到其在第 t 期的數值資料 $(t=1, ..., T)$。因此，資料中的每個變項，都有單位 (i) 及時間 (t) 兩個面向。對於資料中的兩個變項 x、z，就其第 i 個單位在第 t 期的觀察值，在此分別以 x_{it}、z_{it} 表示。

假設觀察的對象是由夫妻所組成的家庭，而每個家庭有持續三個年份的觀察資料。在表 7-1 中，列出其中七個家庭的觀察資料。表中的第一欄為家庭編號 (i)，第二欄為調查年份 (t)，而第三、四欄分別為妻子每週家務工作

表 7-1　固定樣本追蹤資料的範例家庭

家庭 編號 (i)	調查 年份 (t)	妻子每週家務 工作時數 (x)	丈夫每週家務 工作時數 (z)
1	1	10	4
1	2	3	10
1	3	7	4
2	1	14	0
2	2	14	3
2	3	14	0
3	1	12	0
3	2	10	0
3	3	7	0
4	1	30	0
4	2	35	25
4	3	21	0
5	1	10	3
5	2	6	3
5	3	10	3
6	1	15	7
6	2	56	4
6	3	15	7
7	1	7	7
7	2	7	7
7	3	0	10

時數 (x)、丈夫每週家務工作時數 (z) 兩個變項。由表中可以得知，共有 7 個
家戶 ($N=7$)，3 個年份 ($t=3$)。因此，每個變項均有 $N \times T = 21$ 個觀察值。以
第 3 個家庭 ($i=3$) 在第 2 年的觀察值為例 ($t=2$)，該家庭的妻子每週家務時
數 (x) 為 10 (小時／每週)，而丈夫每週家務時數 (z) 為 0 (小時／每週)；如以
數學符號表示，可寫為 $x_{3,2}=10$、$z_{3,2}=0$。由表 7-1 的例子，讀者當可了解固
定樣本追蹤資料的樣式。

在表 7-1 中，每個家庭同樣都有三個時點的觀察資料。這類時點等長的
資料，被稱為平衡的固定樣本追蹤資料。而如果某個家庭有缺漏的資料 (如
第 2 個家庭在第 3 年失聯而無法完成追訪)，則屬於不平衡的資料。

由前述說明可以了解，不論平衡或不平衡的固定樣本追蹤資料，每個變
項均有單位、時間兩個面向。因此，在展現平均數、變異數等統計量時，可
呈現個別單位或個別時點的數值，亦即整體樣本的數值。以表 7-1 為例，第
1 個家庭在三個年份平均的妻子每週家務時數為：

$$\bar{x}_{1.} = \frac{1}{T} \sum_{t=1}^{T} x_{1t} = \frac{x_{11}+x_{12}+x_{13}}{T} = \frac{10+3+7}{3} = 6.67$$

其中，$\bar{x}_{1.}$ 代表第 1 個家庭針對時間取平均的數值。因此，第 i 個家庭 x 變項
的平均值可表示為：

$$\bar{x}_{i.} = \frac{1}{T} \sum_{t=1}^{T} x_{it} = \frac{x_{i1}+x_{i2}+x_{i3}}{T}$$

同理，x 變項第 t 年的平均值 (對所有家庭取平均) 可表示為：

$$\bar{x}_{.t} = \frac{1}{N} \sum_{i=1}^{N} x_{it} = \frac{x_{1t}+x_{2t}+x_{3t}+x_{4t}+x_{5t}+x_{6t}+x_{7t}}{N}$$

而所有樣本的平均數則可表示如下：

$$\bar{x} = \frac{1}{N \times T} \sum_{i=1}^{N} \sum_{t=1}^{T} x_{it}$$

對於變異數或其他統計量，讀者亦可比照推想。

(三) 臺灣大型的固定樣本追蹤調查

在下文中，將針對臺灣較大型的固定樣本追蹤調查，依建置時間的先後順序做概略介紹。

1. 「中老年身心社會生活狀況長期追蹤調查」(1989 年開始)

這項由行政院衛生福利部國民健康署 (前身為家庭計畫研究所) 推動的調查 (Survey of Health and Living Status of the Middle Aged and Elderly in Taiwan)，一開始是與美國密西根大學 (University of Michigan) 合作，其後則與喬治城大學 (George Town University)、普林斯頓大學 (Princeton University) 合作。1989 年完成的首波調查，訪問對象為 60 歲以上的中高齡人口。當時以戶籍登記資料中年滿 60 歲以上的人口作為母體，採用三階段分層抽樣方法進行抽樣，完訪的樣本約有四千筆。這些完訪樣本，之後以 3-4 年的間隔進行面訪追蹤調查。而自 1996 年的調查開始，納入當時年滿 50-66 歲的人口作為補充樣本；自 2003 年的調查起，則加入時年 50-56 歲的補充樣本。至 2007 年為止，對原始樣本已完成六波資料蒐集。在這項調查中，對中老年人口的家庭組成、健康與醫療利用情況、生活與情感支持、休閒與社會參與、社會福利措施利用情況、經濟狀況等，做了非常詳細的訪問。對於中高齡人口的居住安排、健康與醫療利用情況以及兩代互動、社會網絡等課題，是相當理想的研究素材。

在前述調查中，有一項特殊的附帶調查——「老人健康之社會因素與生物指標研究」(Social Environment and Biomarkers of Aging Study, SEBAS)。2000 年的第一波調查，是以「老年身心社會生活狀況長期追蹤調查」1999 年完訪樣本為母體，再隨機抽樣進行調查。在面訪問卷中，包含身心健康、

認知能力、醫療資源利用、社會網絡與支持、重大壓力事件、社經狀況等題項。除問卷資料的蒐集外，也進行健康檢查 (身高、體重、血壓與超音波檢查等)，並採集血液、尿液等檢體。對老人的健康狀況、罹患疾病、生物指標等建立客觀的測量。完成調查的樣本，計有一千五百筆左右。至 2009 年為止，總共完成兩波資料蒐集。這項調查中，同時涵蓋主、客觀的健康測量，尤其關於生物指標資訊，是非常罕見而難得的。

2.「華人家庭動態調查」(1999 年開始)

　　「華人家庭動態調查」(Panel Study of Family Dynamics, PSFD) 於創始之初，是以研究計畫的方式進行，經費來自中央研究院、科技部 (前身為國家科學委員會)、科技部人文社會科學研究中心、蔣經國基金會等多個單位。在 2004 年中央研究院人文社會科學研究中心成立後，才改隸為中心項下主題計畫。參與調查設計的研究者，包含經濟、社會、心理等領域。主要的訪問對象——青中壯年人口，包含多個出生世代，分別於 1999 年、2000 年、2003 年、2009 年進行第一波訪問，並以逐年追訪的方式進行追蹤。2014 年時，受訪最久的一批樣本已完成了十五波的訪問資料。而自 2003 年起，前述主樣本滿 16 歲的子女，亦納入訪問對象，以兩年為間隔進行追訪；而子女樣本滿 25 歲之後，則視同主樣本，以主樣本問卷逐年追訪。在主樣本的問卷中，有一些每年固定詢問的核心題組，包含個人健康、工作狀況、婚姻與配偶資訊、居住安排、與父母／配偶父母的互動、家庭收支情況等。另有一些題組 (如家庭觀念、心理健康量表)，則是採較長的間隔或以不定期方式詢問。而在 16-24 歲的子女樣本問卷中，基於樣本多處於就學階段，針對教育歷程設計了較多題目。

　　為與其他華人社會進行比較研究，該研究計畫於 2004 年與中國社科院人口與勞動經濟研究所合作，以臺灣的問卷為藍本，選取出生年次與臺灣1999 年、2000 年、2003 年訪問對象相同的人口，在福建、浙江、上海三個省市進行面訪調查。第二、三波追訪則分別於 2006 年、2011 年完成。

3. 「臺灣青少年成長歷程研究」(2000 年開始)

「臺灣青少年成長歷程研究」(Taiwan Youth Project, TYP) 這項追蹤調查由中央研究院社會學研究所主導，自 2000 年起進行資料蒐集。調查的主要對象為臺北市、新北市、宜蘭縣的國中生，包含當時身處國一、國三兩個階段的學生。第一波調查的抽樣方式是自前述三個縣市先抽學校 (共 40 所國中)、次抽班級 (國一、國三各抽 81 班)，再以中選班級內的學生為訪問對象。第一波完訪的國一、國三學生樣本，分別為 2,696 人、2,890 人。其後以 1-2 年的間隔，採自填問卷、電訪等方式進行追訪。而針對學生的家長與班級導師，也進行了一系列的追蹤調查。在 2011 年時，原國一、國三樣本分別邁入 24 歲、26 歲左右。此一追蹤調查，對於青少年自國中開始的各個教育階段，乃至邁入社會的生命歷程，建立了長期的觀察資料。

4. 「臺灣教育長期追蹤資料庫」(2001 年開始)

「臺灣教育長期追蹤資料庫」(Taiwan Education Panel Survey, TEPS) 經費來源來自中央研究院、教育部、國立教育研究院籌備處、科技部，由中央研究院社會學研究所、歐美研究所共同規劃執行。這項始自 2001 年的調查，對當年全臺灣國一及高中／高職／五專二年級學生兩群母體，依都市化程度、學校類別將學校分層，再分別以先抽學校、次抽班級、再抽學生的方式進行隨機抽樣，採班級集體自填問卷的方式蒐集資料。至 2007 年計畫結束為止，原國一樣本總計完成四波調查；而原高中／高職／五專二年級的樣本，則完成兩波調查。除學生之外，這項計畫也對學生家長、老師、學校進行問卷資料蒐集。

這項調查的特色之一是樣本數相當龐大 (第一波完訪的國中樣本有 19,975 人，高中職 14,606 人，五專 4,179 人)。另值得注意的是，該計畫除進行問卷調查外，還就學生的分析能力施測，而施測結果可視為學習能力或成果的指標。此外，學校、班級、學生不同層級資料的存在，可讓研究者分析學校、班級因素的影響，或對學校、班級等因素加以控制。

　　儘管這項計畫已於 2007 年結束，由政治大學社會學系主導的「臺灣教育長期追蹤資料庫後續調查——教育和勞力市場的連結」計畫 (簡稱 TEPS & Beyond, TEPS-B)，在科技部的補助下，自 2009 年起進行樣本的後續追蹤。其主要的訪問對象，包括母體，為 2001 年接受 TEPS 首波調查的高二、專二學生，以及當年接受首波調查的國一學生。該計畫於 2009 年下半年，針對前列高中、專科樣本，做了初步的電話追蹤訪問，取得新的住址資訊。另於 2010 年底，就這群樣本進行隨機抽樣，以面訪方式追訪。此外，針對 TEPS 原有的國中樣本，亦於 2009 年、2011 年進行電話追蹤。並且自 2013 年起，展開新一波的追訪計畫 (計畫網址：http://tepsb.nccu.edu.tw/)。

5. 「兒童與青少年行為之長期發展研究計畫」(2001 年開始)

　　這項調查原先由國家衛生研究院建置，2007 年起由該院與國民健康署共同規劃執行。至 2008 年底，已累積八年的追蹤調查資料。這項調查於 2001 年展開時，選取臺北市、新竹縣國小一年級和四年級的學生為樣本，針對這兩個出生世代進行長期的資料蒐集。在 2001-2006 年期間，因受訪學生仍在國小或國中就學，是採班級集體自填問卷的方式蒐集資料。自 2007 年起，因原小四樣本已自國中畢業並分散各地就學或就業，除到樣本就讀學校進行資料蒐集外，兼採家訪的方式進行追蹤。歷年調查問卷的核心內容包括個人及家庭基本資料、家人互動狀況、學校生活情形、健康行為量表、心理健康量表、社會健康量表等。

6. 「臺灣高等教育整合資料庫」(2002 年開始)

　　此項調查的前身——「臺灣高等教育資料庫之建置及其相關議題之探討」計畫是在科技部、教育部的補助下，由清華大學主導，於 2002、2003、2004 學年度分別完成大專畢業生調查、大一與大三學生調查、大專專任教師調查。而 2005 學年度，除訪問大一新生外，並對前述 2003 學年度初次受訪的大一學生 (2005 學年度為大三學生) 進行追蹤。2005 學年度之後，由臺灣師範大學接手調查，並更名為「臺灣高等教育整合資料庫」(Taiwan

Integrated Postsecondary Education Database, TIPED)。延續前一計畫的精神，除以兩年的間隔對大一學生進行追訪外，並進一步將訪問時點延伸至畢業之後 (畢業後一年、畢業後三年)。另外，訪問對象除大學、二技學生及大專教師外，也進一步擴展至碩、博士班畢業生。

在「臺灣高等教育整合資料庫」與其前身計畫中，多數調查是採普查的方式進行。由於樣本數非常龐大，而年輕學子又熟悉網路操作，幾乎所有的調查都是透過網路調查進行。因所建構的資料有學校、科系、學生多個層級的資料，在分析學校、科系、老師、學生等因素對個人學業、就業表現的影響時，是非常理想的研究素材。

7. 「臺灣出生世代研究調查」(2003 年開始)

「臺灣出生世代研究調查」(Taiwan Birth Cohort Study, TBCS) 計畫，是在衛生福利部國民健康署的委託下，由臺灣大學公共衛生學院進行規劃。這項預估為期二十年的大型調查，是從嬰兒階段即開始進行資料蒐集，直至樣本成年為止。2003 年底展開的先導調查 (pilot study)，以 2003 年底出生的嬰兒為母體，根據內政部出生通報檔的資料進行抽樣，隨機抽出約 2,000 位嬰兒做為觀察對象。負責田野工作的國民健康署人口調查中心，在樣本的不同成長階段 (如 6 個月、1 歲半、3 歲、5 歲半等)，對樣本的主要照顧者進行問卷資料蒐集。問卷的內容包含樣本的家庭背景、教養情況、健康狀況、醫療利用、行為發展評估等。

2005 年展開的正式調查，依循先導調查的進行方式，先對當年出生的嬰兒進行隨機抽樣，再針對嬰兒的主要照顧者進行資料蒐集。在嬰兒滿 6 個月時，完成第一波資料蒐集，樣本數達兩萬筆以上。其後的追蹤方式與先導調查的設計相似，預計持續訪問二十年。由於此一調查的樣本數相當龐大，且自嬰兒階段即開始追蹤，對於家庭、學校、社會等因素在個人健康、行為發展上所扮演的角色，將會是相當寶貴的研究素材。

8. 「特殊教育長期追蹤資料庫」(2007 年開始)

在科技部補助下，「特殊教育長期追蹤資料庫」(Special Needs Education Longitudinal Study, SNELS) 自 2007 年初起，正式展開第一階段為期三年半的調查資料建置計畫。第一年進行正式調查的前置作業，第二年 (2007 學年度下學期) 對學前 (3 歲、5 歲) 及國小階段 (一、三年級) 身心障礙學生，完成第一波調查。除了學前、國小身心障礙學生外，自 2008、2009 學年度下學期開始，分別就國中、高中階段的身心障礙學生進行追蹤調查。在身心障礙學生之外，也針對學生家長、老師、學校行政人員、縣市特殊教育承辦人員蒐集資料。藉由這些資料的蒐集，可了解身心障礙學生橫斷面的受教情況，以及長期的教育發展狀況 (詳見王天苗，2009)。

前述各項調查的計畫網址等資訊，可參考表 7-2。從上列對臺灣大型固定樣本追蹤調查的淺介可知，在近二十年間，國內已建立了相當多元的追蹤調查資料庫，而研究對象更是從襁褓至耄耋之年，涵蓋了不同出生世代的人口，是社會科學研究者不可不探的寶山。除固定樣本追蹤調查外，自輪換樣本橫斷面調查中，亦可建立短期的固定樣本追蹤資料。在參考方塊 7-2 中，以主計總處的「人力資源調查」為例，說明如何藉由這類調查的樣本輪換制度，合併相同樣本在不同時點的資料。關於其合併資料的特性與限制，可參閱該參考方塊的說明。

(四)　固定樣本追蹤調查資料的特點與限制

1. 固定樣本追蹤資料的特點

第二小節說明了橫斷面與固定樣本追蹤調查的區別。面對這兩種類型的調查資料，研究者該何去何從，採取哪類資料進行分析？Duncan 與 Kalton (1987) 認為，研究者該採用什麼樣的資料，與其研究目的有關。Duncan 與 Kalton 將研究者常做的分析，區分為下面幾類：

(1) 就特定時點，針對某個 (些) 變項 (如特性、行為、態度等變項) 的統計量進行估計。

表 7-2 臺灣重要的大型追蹤調查

調查名稱	主要調查對象	調查樣本	首波訪問年份	追蹤頻率	調查方式	調查單位	計畫網址
中老年身心社會生活狀況長期追蹤調查	中老年人口	主樣本：1928 年前出生人口 1929-1946 年次 1946-1953 年次	1989 1996 2003	每 3-4 年一次	面訪	衛生福利部國民健康署	http://www.hpa.gov.tw/BHPNet/Web/HealthTopic/Topic.aspx?id=200712270002
華人家庭動態調查	成年人口及其子女	主樣本：1953-1964 年次 1935-1954 年次 1964-1976 年次 1977-1983 年次 子女樣本 (主樣本 16 歲以上子女)	1999 2000 2003 2009 2003	每 2 年一次 16-24 歲間，每 2 年一次；滿 25 歲開始，視同主樣本，每年一次	面訪	中央研究院人文社會科學研究中心	http://psfd.sinica.edu.tw/
臺灣青少年成長歷程研究	國一、國三學生 (臺北市、新北市、宜蘭縣)	國一學生 國三學生	2000 2000	每年一次	1. 學生問卷 (自填／電訪) 2. 家長問卷 (自填／面訪) 3. 老師問卷 (自填)	中央研究院社會所	http://www.typ.sinica.edu.tw/

表 7-2　臺灣重要的大型追蹤調查（續）

調查名稱	主要調查對象	調查樣本	首波訪問年份	追蹤頻率	調查方式	調查單位	計畫網址
臺灣教育長期追蹤資料庫	國中、高中職、五專學生	國一學生 高中職二年級學生 五專二年級學生	2001 2001 2001	每 1-2 年一次	1. 綜合分析能力測量（自填） 2. 學生、家長、老師、學校自填問卷	中央研究院社會所	http://www.teps.sinica.edu.tw/
兒童與青少年長期發展研究計畫（臺北市、新竹縣）	國小學生	小一學生 小四學生	2001 2001	每年一次	1. 學童問卷（自填／面訪） 2. 家長問卷（自填） 3. 學童健檢資料 4. 學校資源調查表（自填）	國家衛生研究院、衛生福利部國民健康署	http://cable.nhri.org.tw/
臺灣高等教育整合資料庫／臺灣高等教育資料庫之建置及其相關議題之探討	大學、碩博士班學生	大一學生 大三(含二技)學生應屆畢業生(含大學、碩博士畢業生)	2003 2003 2005	每 2-3 年一次 每 1-3 年一次 每年一次	1. 大學、碩博士學生／畢業生（網路自填問卷） 2. 大專教師（網路自填問卷為主）	臺灣師範大學教育與評鑑中心／清華大學	https://srda.sinica.edu.tw/group/scigview/3/10

表 7-2 臺灣重要的大型追蹤調查（續）

調查名稱	主要調查對象	調查樣本	首波訪問年份	追蹤頻率	調查方式	調查單位	計畫網址
臺灣出生世代研究調查	新生嬰兒	新生嬰兒	2005	視成長階段而定（預定至20歲為止）	1. 嬰幼兒（兒童）健康照護需求調查問卷(面訪) 2. 嬰幼兒發展與教養量表(面訪) 3. 父母親自評健康量表(面訪)	臺灣大學公共衛生學院、國民健康署	http://www.hpe.org.tw/tbcs1/indextbcs1.html
特殊教育長期追蹤資料庫	身心障礙學生	1. 3歲兒童 2. 5歲兒童 3. 小一學生 4. 小三學生	2007	每1-2年一次	1. 家長問卷 2. 教師問卷 3. 縣市特教行政問卷 4. 學校行政人員問卷	中原大學特殊教育系	http://survey.sinica.edu.tw/srda/restrict/tbcs.html

參考方塊 7-2：「人力資源調查」跨時合併資料

　　主計總處按月辦理的「人力資源調查」是臺灣最重要的勞動力調查資料。政府按月公佈的失業率、勞動參與率等數據，即是依據這項調查蒐集到的資料進行統計。而「人力資源調查」雖屬橫斷面調查，其調查方式與美國的「當期人口調查」相近，均採樣本輪換方式進行。如第二節所述，「人力資源調查」是以 2-10-2 的方式進行樣本輪換。因此，針對同樣的受訪者做跨時點的資料合併，最多可構築出四個時點的固定樣本追蹤資料。

　　在所有能建構的跨時合併資料中，「相鄰兩年同一月份」(如 2010/5、2011/5) 與「同年相鄰月份」(如 2010/5、2010/6) 兩類資料，是研究用途較廣的素材。林季平、于若蓉 (2005) 與于若蓉、林季平 (2006) 建置的「人力資源擬追蹤調查資料庫」、「人力運用擬追蹤調查資料庫」，前者是合併相鄰月份的「人力資源調查」資料，後者則是合併相鄰年份的「人力資源調查」暨其附帶的「人力運用調查」資料。目前這兩個資料庫置於中央研究院的調查研究專題中心「學術調查研究資料庫」(網址：http://srda. sinica.edu.tw/)，由該單位進行維護、更新、釋出 (詳見林季平、章英華，2003)。

　　「人力資源調查」的跨時合併資料，雖然僅是短期的固定樣本追蹤資料 (2-4 個時點)，相較一般的追蹤調查資料，仍具有某些優勢。首先，自 1978 年辦理以來，問卷內容的更動不大。其次，這是全國性的調查，且樣本數相當龐大。以兩個時點的合併資料而言，樣本人數約有 30,000 筆，是一般追蹤調查難以企及的。

　　儘管其合併資料挾有樣本數龐大等優勢，一般追蹤調查的樣本流失問題，在「人力資源調查」的合併資料中，不僅難以避免，還可能更為嚴重 (參見于若蓉，2002)。一般的追蹤調查中，對於搬遷樣本，仍會盡可能追訪。然而，在「人力資源調查」中，一旦受訪戶遷徙或受訪戶中的成員遷出戶籍，是不會再追訪的。因此，研究者應留意這類資料的限制，並慎選研究主題。

(2) 分析某個 (些) 變項在兩個或更多時點間的變化。

(3) 分析某個 (些) 變項隨時間變動的趨勢。

(4) 探討個體研究對象在不同狀態間的轉換 (如個人的就業／失業狀態；廠商的營業／關業狀態)，或分析某種狀態持續的時間長短 (如個人失業期間；廠商存續期間)。

(5) 分析不同變項間的因果關係。

　　考慮「家庭收支調查」這類的橫斷面調查，我們可以想想這類調查可做哪些研究。以 2008 年的「家庭收支調查」為例，該年共蒐集到 13,776 個家戶的資料 (參見主計總處網站：http://www.stat.gov.tw/mp.asp)。就這份資料，我們可以估計每個家戶的全年平均所得為多少。因此，顯然前列第 (1) 項是這項資料可以做到的。此外，「家庭收支調查」屬於重複橫斷面調查，雖然相同樣本不會重複調查，但相同的問項會在不同年份的問卷中出現。由不同年份的調查資料，雖然無法得知個別受訪家戶的所得變化，卻能夠分析整體家戶的平均所得變化或觀察其變動趨勢。由此可知，第 (2)、(3) 項是重複橫斷面調查能夠分析的課題 (如果研究對象不是個體單位的話)。就第 (4) 項課題，在一次性或重複橫斷面調查中，除非藉由回溯性問項重建樣本的歷史軌跡 (如工作史)，否則是難以做到的。但透過輪換樣本橫斷面調查或固定樣本追蹤調查，則可輕易分析狀態轉換或持續時間等課題。

　　至於第 (5) 項議題，由於「家庭收支調查」屬靜態資料，可藉由資料分析兩個變項在某個時點的相關程度；但即使兩個變項有相關性存在，並不代表兩個變項存有因果關係。舉例來看，假設某研究者採用 2008 年「家庭收支調查」資料進行分析，並發現家戶的收入、支出之間有正向相關存在。這是否隱含家戶收入會影響家戶支出呢？要由迴歸模型或其他分析下斷語，並不是件容易的事。主要的關鍵是，家戶收入、支出是同一時點觀察到的數值，假設有某種無法觀測的因素同時影響兩者，即使兩者並無因果關係，還是可能有正向相關存在。

　　不同於橫斷面資料，固定樣本追蹤資料中的每筆樣本，均有時間、個體

／總體單位兩個維度。相較橫斷面資料，固定樣本追蹤資料更能釐清變項間的因果關係。以下藉由一個例子加以說明。在社會中常觀察到的一個現象是，身兼母職的職業婦女，其工作收入往往較沒有子女者為低。對於這類現象，文獻提供了多種解釋。首先，有小孩的婦女可能為了照顧子女，造成工作經驗的中斷或選擇能與母職相容的工作，以致有較低的工作收入。其次，這類婦女需要兼顧工作、子女，可能因無法專注工作而造成生產力下降。第三，身兼母職的受雇女性，可能受到雇主歧視，而有較低的工作報酬。但也有學者指出，身兼母職的職業婦女之所以有較低的收入，並不是生兒育女所導致的，而是肇因於女性本身的特質。其中的一項揣測是：具有事業心的女性可能會選擇不生孩子，並在工作上汲汲營營，而有較高的收入；而不具事業心的女性，則可能選擇以家庭為重，而輕忽工作，以致有較低的收入。值得關注的是，在前面所列的四種說法中，前三種都主張生兒育女會導致工作收入的下降；而最末一項則主張，母職與工作收入間並無因果關係，其間的關聯是由於其他因素 (如事業心) 造成。

　　以圖 7-1 輔助說明。假設 X 代表前述的「母職」變項，Y 代表「工作收入」變項，而 Z 代表個人特質變項 (事業心)。假設 Z 是可以測量的變項，在估計 X 對 Y 影響時，可藉由 Z 的控制，得知 X 對 Y 的直接影響效果。但如果 Z 是無法觀測的變項，在估計 X 對 Y 的影響時，所得到的影響效果會包含 Z 的中介效果在內，而無法得知 X 對 Y 的真正影響效果。

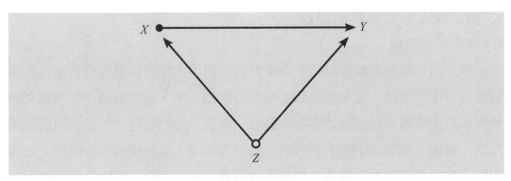

圖 7-1　變項的因果關係與中介效果

Waldfogel (1997)、Budig 與 England (2001) 等研究指出，如採用橫斷面資料分析前述課題，在某些特質 (如事業心、家庭感) 無從觀測的情況下，藉由迴歸模型分析子女對女性工作收入的影響，所得到的估計結果無法確切反映母職所帶來的真實影響。相對地，如採用固定樣本追蹤資料，則可透過適當分析模型的選用，控制個人無法觀測的特質，估得母職對工作收入的影響效果。前述兩篇論文即透過這樣的方式，以美國的資料分析生兒育女對女性工作收入的影響。社會學者 Charles N. Halaby 有類似的主張。他認為因果推論中，最主要的問題來自無法觀測因素 (如圖 7-1 中的 Z) 的干擾；藉由固定樣本追蹤資料的運用，這類問題往往可以順利解決。

除了釐清變項之間的因果效果外，固定樣本追蹤資料有項特點是橫斷面資料無法做到的 (參見 Solon, 1989)。由於固定樣本追蹤資料除橫斷面外，有時序的軸向在內，可用以分析變項的動態變化。假設某研究者想了解貧窮問題的嚴重程度，透過一次性的橫斷面調查，可推估特定時點處於貧窮狀態的人口比例；自重複橫斷面調查，則可分析貧窮人口比例的變化。但藉由固定樣本追蹤調查資料 (或由輪換樣本橫斷面調查建立的短期追蹤調查資料)，才能了解貧窮人口隨時間的流動情況。例如，分析某年處於貧窮狀態的人口，經過一定時日後，有多少人口脫困，又有多少人口仍陷在貧窮中。亦即，所得的動態變化、貧窮的世代承襲等課題，都無法由橫斷面資料尋求解答，而需仰賴固定樣本追蹤資料。

2. 固定樣本追蹤資料的限制

(1) 樣本流失問題

雖然固定樣本追蹤資料有不少優點，在選用這類資料進行分析時，仍應留心其背後的限制。在一般的固定樣本追蹤調查中，最值得關注的問題莫過於樣本流失問題。在追蹤調查中，隨著一波又一波的追訪，受訪者可能因為拒訪、接觸不到 (如因搬遷而失聯)、去世等原因，從後續調查中散佚。以美國的「所得動態調查」調查為例，在進行到 1983 年時，累積的流失樣本佔第一波樣本的比例已高達 45%；而在 2000 年左右時更高達 70% (見楊李唯

君，2008)。樣本流失不僅造成後續波次樣本數的減少，更嚴重的問題是，如果流失的樣本並非隨機流失，可能讓樣本特性愈來愈偏離第一波樣本，而動搖到樣本代表性。

　　在運用固定樣本追蹤調查資料進行分析時，樣本流失是否構成問題，不見得與流失率的高低有絕對關係，重要的是樣本流失與研究者所欲分析的課題有沒有相關。如果相關性存在的話，忽視樣本流失問題，可能會造成估計結果上的偏誤。舉例來說，如果沒有工作的受訪者較容易從追蹤調查中流失，當研究者想運用固定樣本追蹤調查分析「工作與否」這項課題時，可能會因為觀察到的樣本多屬有工作的樣本，因樣本的偏頗而造成估計上的偏誤。因此，當研究者想要採用固定樣本追蹤調查進行分析時，應先留意其研究議題是否可能與樣本流失的機制有關。如果答案是肯定的，則應考慮固定樣本追蹤調查是否恰當或設法以統計方法減緩樣本流失帶來的偏誤 (參見于若蓉，2005)。

(2) 追蹤調查制約問題

　　在固定樣本追蹤調查中，隨著一波波的追訪，受訪者的訪談結果可能因先前的訪問經驗而改變，此即所謂的追蹤調查制約問題。受訪者答案的改變，可能源自過去的受訪經驗改變了受訪者的態度、行為。例如，前一波訪問中提供的訊息 (如抽菸人口罹癌的比例)，可能改變受訪者的態度 (如對禁菸政策的態度) 或行為 (如受訪者抽菸的頻率)。另一方面，受訪者的答題方式，亦可能隨著追訪的進行而產生變化。例如，由一波又一波的訪談中，受訪者會逐漸熟悉每次固定出現的題目。受訪者固然可能因此較了解題意，而無須訪員多費唇舌；但換個角度，隨著訪談一次次的進行，受訪者也可能因為對重複受訪或一再回答同樣的問題生厭，以致敷衍了事而影響資料品質。

　　在固定樣本追蹤調查資料庫的建置上，如何緩減前列問題，以維繫良好的調查資料品質，是研究設計者必須面對的艱鉅課題。在參考方塊 7-3 中，即自調查設計的觀點，探討如何抑制樣本流失的問題。

參考方塊 7-3：如何透過調查設計防止樣本流失

在一般的固定樣本追蹤調查中，調查設計者多會挖空心思，設計各種各樣的機制，設法控制流失率。以「華人家庭動態調查」為例，為讓受訪者願意持續參與，除每次訪問贈送小額禮物外，亦舉辦抽獎活動；每年中秋節、受訪者生日時，會寄贈賀卡給受訪者；特別印製研究成果手冊贈送給受訪者；儘量找同樣的訪員訪問同一受訪者，並藉由訪員薪獎制度的設計，對追訪到拒訪樣本的訪員，給予額外的獎勵。另外，為儘量掌握受訪者動向，以降低接觸不到的可能性，在訪問時請受訪者提供親友的聯絡資訊；在寄送賀卡時，請可能搬遷的受訪者提供新的住址訊息；對問到搬遷樣本聯絡資訊的訪員，提供額外的獎勵等。

究竟什麼樣的機制對控制流失率有最好的效果呢？「威斯康辛追蹤調查」(WLS) 驚人的低流失率或許可以提供一些線索。在 1992 年進行的調查中，原始樣本仍健在者有 9,741 位，其中有 8,493 位完成電話訪問，完訪率高達 87% (參見 Wisconsin Longitudinal Study Handbook, 2006)。WLS 的超低流失率，與樣本的同質性極高 (威斯康辛州多所高中的同屆畢業生) 有關，透過認同上的訴求，可建立受訪者長久參與的誘因。

三、固定與隨機效果模型

自 1960 年代興起的固定效果與隨機效果模型，是由計量經濟學者發展出來的。在近四十多年間，伴隨著固定樣本追蹤調查的蓬勃發展，這類模型的理論發展也日趨圓熟，已蔚為計量理論的重要支脈之一。儘管經濟學界運用這類方法所發表的量化研究極多，時至今日，在社會科學的其他領域，其應用仍相當有限。雖然社會、政治等領域的研究者已開始注意這類方法，但使用的學者仍甚稀少，是相當可惜的 (參見 Halaby, 2004 的討論)。因此，本節中將以一整節的篇幅，說明這兩種模型的基本架構，並介紹其衍生的分析

方法。

(一)　固定效果模型

暫時不考慮時間這個面向，假設所分析的資料是單一時點的橫斷面資料，而研究者共蒐集到 N 個人的資料。假設依變項為連續的 (y)；除常數項外，有 K 個解釋變項 (分別為 $x_1, \dots, x_K$)。對第 i 個人 $(i=1, \dots, N)$，可設定如下的迴歸模型：

$$y_i = \alpha + \sum_{k=1}^{K} \beta_k x_{k,i} + \varepsilon_i \tag{7-1}$$

其中，ε 代表誤差項，α 為此一迴歸式的截距項，而 β_k 為第 k 個解釋變項對應的迴歸係數 $(k=1, \dots, K)$。遵循古典迴歸模型的設定，假設式 (7-1) 中的誤差項 (ε_i) 與解釋變項 $(x_{1,i}, \dots, x_{K,i})$ 無關，且誤差項相互獨立且具有相同分配 (independent identically distributed, iid)：

$$E(\varepsilon_i) = 0$$
$$\mathrm{Var}(\varepsilon_i) = \sigma_\varepsilon^2$$
$$E(\varepsilon_i, \varepsilon_j) = 0, \quad 若\ i \neq j. \quad i, j = 1, \dots, N \tag{7-2}$$

表示任意誤差項的期望值為 0，變異數為 σ_ε^2，且任兩個觀察值間的誤差項是無關的。

自前述模型，可以帶入時間面向，擴展到固定樣本追蹤資料。在固定樣本追蹤資料中，每個變項均具有個體與時間兩個面向。假設個人的總數仍維持 N 位，而時間共有 T 期，對第 i 位個人 $(i=1, \dots, N)$ 在第 t 期 $(t=1, \dots, T)$ 的觀察值，可將對應的迴歸模型表示如下：

$$y_{it} = \alpha + \sum_{k=1}^{K} \beta_k x_{k,it} + \varepsilon_{it} \tag{7-3}$$

其中，ε 代表誤差項，而 α、β_k $(k=1, \dots, K)$ 的意義與式 (7-1) 相同。同樣

地，依循古典迴歸模型的設定，假設誤差項 (ε_{it}) 與解釋變項 ($x_{1,it}, ..., x_{K,it}$) 無關，且誤差項相互獨立並具有相同分配：

$$E(\varepsilon_{it}) = 0$$
$$\mathrm{Var}(\varepsilon_{it}) = \sigma_\varepsilon^2$$
$$E(\varepsilon_{it}, \varepsilon_{jt}) = 0, \quad 若\ i \neq j$$
$$E(\varepsilon_{is}, \varepsilon_{it}) = 0, \quad 若\ s \neq t \quad i, j = 1, ..., N, \quad t = 1, ..., T \tag{7-4}$$

式 (7-3) 中對截距項 (α) 的假設是，此一參數並不隨觀察個人的不同而有差別，也不隨時間的不同而有差異。在此，進一步放寬此一假設，在迴歸式中放入因人而異的截距項，進一步改寫式 (7-3) 如下：

$$y_{it} = \alpha + \theta_i + \sum_{k=1}^{K} \beta_k x_{k,it} + \varepsilon_{it} \tag{7-5}$$

其中，θ_i 為第 i 個人對應的截距項 ($i = 1, ..., N$)。由於式 (7-5) 中 α 與 θ_i ($i = 1, ..., N$) 無法同時被認定，通常會加入一項限制條件，例如：

$$\sum_{i=1}^{N} \theta_i = 0 \tag{7-6}$$

假設前述古典迴歸模型的設定，對式 (7-5) 依舊成立。式 (7-5) 的樣式，即為所謂的固定效果模型。在古典迴歸模型的假設下，式 (7-5) 如同式 (7-1)，可採用最小平方方法 (ordinary least squares, OLS) 估計，得到最佳線性不偏估計式 (best linear unbiased estimator, BLUE)。

值得注意的是，在式 (7-5) 的估計過程中，涉及 N 個截距項 (α 與 $N-1$ 個 θ_i) 的估計。在一般的固定樣本追蹤資料中，調查訪問的對象往往為數甚眾，但觀察期間不長。例如，假設有 5,000 個人 ($N = 5,000$)，以逐年訪問的方式持續訪問三次 ($T = 3$)，如果每人每年均能完訪，全部的樣本數為 $N \times T = 15,000$。要直接藉由 OLS 方法從式 (7-5) 中估計出 5,000 個截距項，是不太可行的。因此，一般的統計軟體不會直接藉由 OLS 方法估計固定效果模

型。以下扼要說明實際的操作方式。自式 (7-5) 的等號兩邊，可分別針對時間取平均值，而後改寫如下：

$$\bar{y}_{i.} = \alpha + \theta_i + \sum_{k=1}^{K} \beta_k \bar{x}_{k,\,i.} + \bar{\varepsilon}_{i.} \tag{7-7}$$

式中，$\bar{y}_{i.}$、$\bar{x}_{k,\,i.}$ $(k=1, ..., K)$、$\bar{\varepsilon}_{i.}$ 代表各項對應的時間平均值 (針對時間加總後再除以 T)。將式 (7-5) 減去式 (7-7)，可得：

$$y_{it} - \bar{y}_{i.} = \sum_{k=1}^{K} \beta_k (x_{k,\,it} - \bar{x}_{k,\,i.}) + (\varepsilon_{it} - \bar{\varepsilon}_{i.}) \tag{7-8}$$

定義 $y_{it}' \equiv y_{it} - \bar{y}_{i.}$、$x_{it}' \equiv x_{it} - \bar{x}_{i.}$、$\varepsilon_{it}' \equiv \varepsilon_{it} - \bar{\varepsilon}_{i.}$，可得：

$$y_{it}' = \sum_{k=1}^{K} \beta_k x_{k,\,it}' + \varepsilon_{it}' \tag{7-9}$$

由於式 (7-9) 符合古典迴歸模型的假設，套用 OLS 方法，即可以得到 β_k 的 BLUE 估計式 $\hat{\beta}_k$ $(k=1, ... , K)$。進一步運用式 (7-6)、式 (7-7)，可得到各截距項的估計式如下：

$$\hat{\alpha} = \bar{y} - \sum_{k=1}^{K} \hat{\beta}_k \bar{x}_k \tag{7-10}$$

$$\hat{\theta}_i = \bar{y}_{i.} - \hat{\alpha} - \sum_{k=1}^{K} \hat{\beta}_k \bar{x}_{k,\,i.} \tag{7-11}$$

其中，

$$\bar{y} = \frac{1}{N \times T} \sum_{i=1}^{N} \sum_{t=1}^{T} y_{it}$$

$$\bar{x}_k = \frac{1}{N \times T} \sum_{i=1}^{N} \sum_{t=1}^{T} x_{k,\,it}$$

$$\bar{y}_{i.} = \frac{1}{T} \sum_{t=1}^{T} y_{it}$$

$$\bar{x}_{k,\,i.} = \frac{1}{T} \sum_{t=1}^{T} x_{k,\,it}$$

(二)　隨機效果模型

在前述的固定效果模型中，式 (7-5) 中的 θ_i 被視為不隨時間改變的常數項。而在隨機效果模型中，則將作為隨機變項處理。在此可以想像，如果依變項有某些影響因素不在解釋變項中，這些未能捕捉到的因素，即可能反映在隨機變項中。據此，重新改寫式 (7-5) 如下：

$$y_{it} = \alpha + \sum_{k=1}^{K} \beta_k x_{k,\,it} + \theta_i + \varepsilon_{it} \tag{7-12}$$

對應的誤差項可改寫為：

$$v_{it} \equiv \theta_i + \varepsilon_{it} \tag{7-13}$$

其中，ε_{it} 的意義同前，而 θ_i 則是附屬於個人的誤差項。同樣依循古典迴歸模型，假設隨機變項 ε_{it}、θ_i 均與解釋變項 $(x_{1,\,it}, \dots, x_{K,\,it})$ 無關，ε_{it} 相互獨立且具有相同分配 [見式 (7-4)]，而 θ_i 亦相互獨立且具有相同分配：

$$E(\theta_i) = 0$$
$$\mathrm{Var}(\theta_i) = \sigma_\theta^2$$
$$E(\theta_i, \theta_j) = 0, \quad 若 \ i \neq j. \quad i,\,j = 1, \dots, N \tag{7-14}$$

此即所謂的隨機效果模型。套用一般化最小平方法，可得到具有 BLUE 特性的估計式。而如果假定 ε_{it}、θ_i 具有特定分配，亦可採用最大概似估計法進行估計。

(三)　固定與隨機效果模型的選擇

　　自前面的說明可以得知，固定效果與隨機效果模型的差異，主要在於式 (7-5) θ_i 的設定。在固定效果模型下，θ_i 視作固定的參數；而隨機效果模型下，θ_i 看作隨機變項。至於什麼情況下應採固定效果模型，什麼情況下應採隨機效果模型，在 Manuel Arellano、Badi H. Baltagi、Cheng Hsiao、Jeffrey M. Wooldridge 等計量經濟學者的教科書中都有精闢而深入的討論。在此，只概略說明原理。

　　從隨機效果模型的設定可以得知，其背後有幾項重要的假設。首先，無法觀測的隨機變項 θ_i 具有相同的分配；其次，解釋變項與隨機變項 θ_i 無關。如果人與人間有無法觀測的差異存在，即可能違反 θ_i 具相同分配的假設；在這樣的情況下，固定效果模型會較隨機效果模型適切。此外，隨機效果模型另一項假設——解釋變項與隨機變項 θ_i 無關，也未必符合實際情況。舉個例子，假設某研究者想探討教育等因素對薪資的影響，而採用固定樣本追蹤資料，以隨機效果模型分析。在其選擇的隨機效果模型背後，隱含了個人無法觀測的變項 (θ_i) 與解釋變項 (如教育) 無關的假設。但可以想見的是，個人的薪資，可能與一些無法觀測的因素 (如能力、成就動機) 有關，但這些無法觀測的因素，也可能左右個人的教育成就。在此，隨機變項 θ_i 與解釋變項 (教育) 的相關，已違反隨機效果模型的假設，表示這位研究者的分析方法是有問題的。

　　因此，選用固定或隨機效果模型，關鍵在於 θ_i 能否視為由相同分配抽出的隨機變項，以及 θ_i 與解釋變項是否相關。在這樣的概念下，計量經濟學家發展出一些檢定方法，用以檢測哪一種模型設定較為適切。學界經常使用的 Hausman 檢定 (Hausman, 1978)，即在檢測 θ_i 與解釋變項相關與否：

$$\begin{cases} H_0 : E(\theta_i \mid x_{1,\,it},\,\dots,\,x_{K,\,it}) = 0 \\ H_1 : E(\theta_i \mid x_{1,\,it},\,\dots,\,x_{K,\,it}) \neq 0 \end{cases}$$

Hausman 檢定的實際操作，用到了固定、隨機效果模型的估計結果——

$\hat{\beta}_k^{FE}$、$\hat{\beta}_k^{RE}$ (上標 *FE*、*RE* 分別代表固定、隨機效果模型)。在虛無假設為真的情況下，Hausman 檢定對應的統計量漸近自由度為 *K* 的卡方分配。因此，如果檢定統計量的數值很大，而拒絕虛無假說，表示應採固定效果模型；反之，如果檢定結果接受虛無假說，表示應採隨機效果模型。

計量經濟學者證明，在個體數 (*N*) 固定，時間數 (*T*) 趨近無窮大的情況下，固定、隨機效果模型的估計式是相同的。因此，如果時間數很長，固定、隨機效果模型的估計結果會相近，不需要在意選擇哪類模型。但在一般的固定樣本追蹤調查中，累積的調查波數 (*T*) 往往相當有限。例如，美國的「國家長期追蹤調查」、「所得動態調查」已是歷時相當悠久的調查，但時至今日，也不過累積四十餘年的資料，更遑論一般的追蹤調查。因此，在一般的研究中，對固定效果與隨機效果模型的取捨，的確是一項重要課題。

在實際的應用中，固定、隨機效果模型均使用地相當廣泛。社會學者 Charles N. Halaby 對 1990-2003 年刊登於 *American Sociological Review*、*American Journal of Sociology* 期刊的固定樣本追蹤資料研究，做了相當有系統的歸納、整理。他的研究指出，多數採用跨國-跨年資料的研究，是以隨機效果模型作為分析工具。而 Halaby 說明，對於這類以國家為單位的長期追蹤資料，時間數 (*T*) 往往遠超過國家數 (*N*)，在固定、隨機效果模型估計結果相似的情況下，使用隨機效果模型無可厚非。但以個體為觀察單位的資料，往往時間數 (*T*) 甚短，而個體數 (*N*) 甚眾，確有必要慎重考量固定、隨機效果模型何者適切。Halaby 也注意到，少數研究雖然發現個人效果 (θ_i) 與解釋變項相關，還是使用隨機效果模型。對這些方法不當或概念有誤的研究，Halaby 提出相當嚴厲的批判。有興趣的讀者可以參考他的論文 (Halaby, 2004)。

(四) 基本模型的衍生

自前述的基本模型可衍生多樣的面貌。在本小節中將討論幾種常見的變化。

1. 考慮個人特定的解釋變項

在式 (7-5) 中，可進一步考慮附屬於個人而不隨時間改變的解釋變項 (如個人的性別、省籍等)，將式 (7-5) 改寫為：

$$y_{it} = \alpha + \theta_i + \sum_{l=1}^{L} \delta_l z_{l,i} + \sum_{k=1}^{K} \beta_k x_{k,it} + \varepsilon_{it} \tag{7-15}$$

其中，$z_{l,i}$ $(l=1, \dots, L)$ 為不隨時間改變的解釋變項，而 $x_{k,it}$ $(k=1, \dots, K)$ 為隨時間改變的解釋變項。如果依循固定效果模型，假設式中的 θ_i 為固定的參數，則 θ_i 與 $z_{l,i}$ $(l=1, \dots, L)$ 間會產生完全的多元共線性，而使 θ_i、δ_1 無法同時被估計出來。

如果隨機效果模型的假設成立，θ_i 為隨機且與解釋變項 $z_{l,i}$ $(l=1, \dots, L)$、$x_{k,it}$ $(k=1, \dots, K)$ 無關，則仍可沿用 GLS 方法進行估計。考慮複雜一點的情況，如果 θ_i 與 $z_{l,i}$ 解釋變項無關，而與 $x_{k,it}$ 相關。亦即，隨機效果模型的假設對 $z_{l,i}$ 成立，但對 $x_{k,it}$ 不成立，讀者可參閱 Wooldridge (2010) 的討論。

2. 考慮個人與時間效果

在個人效果 (θ_i) 外，可額外考慮附著於時間的效果。例如，以固定樣本追蹤資料估計薪資迴歸式時，可以想像個人在某期的薪資 (y_{it}) 可能受到時間因素的影響 (如景氣較佳時收入較高)。如果將時間效果設為 λ_t，再納入式 (7-5) 中，該式可改寫為：

$$y_{it} = \alpha + \theta_i + \lambda_t + \sum_{k=1}^{K} \beta_k x_{k,it} + \varepsilon_{it} \tag{7-16}$$

式中的 λ_t 可設定為固定效果或隨機效果。如果 θ_i、λ_t 均為固定效果，可參照式 (7-6)，對 λ_t 加入以下限制條件：

$$\sum_{t=1}^{T} \lambda_t = 0 \tag{7-17}$$

同樣可仿照前一節介紹的固定效果模型估計方法進行估計。而如果 θ_i、λ_t 均為隨機變項，在 θ_i、λ_t 與解釋變項無關，且 θ_i、λ_t 各自具有相同分配的假設下，亦可參酌前一小節說明的 GLS 方法進行估計。

前一節介紹的固定、隨機效果模型，均可視為式 (7-16) 的特例，僅將個人效果納入考量。讀者可以類推，如果式 (7-16) 不納入個人效果 (θ_i)，僅考慮時間效果 (λ_t)，亦可參照前一小節的分析方法進行估計。

3. 考慮誤差項自身相關或異質性

在分析式 (7-5) 時，不論採用固定效果或隨機效果模型，如果誤差項的分配不像式 (7-4) 所描繪的單純，估計方法就會複雜許多。例如，若當期無法觀測的誤差項與前一期相關，其間的關係可表示為：

$$\varepsilon_{it} = \rho \varepsilon_{i,\,t-1} + \zeta_{it}$$

其中，ζ_{it} 為相互獨立且具有相同分配的隨機變項，而 ρ 為待估計的參數。像這類當期誤差項與前一期誤差項相關的情況，稱為自身相關問題。

另一種常見的情況是，誤差項具有異質性。例如，在分析薪資迴歸式時，可以想見某些人薪資的變異程度與他人有別。像是公務員的薪資水準變異程度不大，但仰賴績效獎金、分紅的就業人口 (如推銷員、高科技廠商的員工)，薪資的變異幅度可能相當大。亦即，誤差項 ε_{it} 的變異性因人而異：

$$\mathrm{Var}(\varepsilon_{it}) = \sigma^2_{\varepsilon,\,i}$$

在此，不擬就這幾類模型的估計方法多做討論。有興趣的讀者可參閱本章所列的參考書籍。

4. 考慮依變項自身的動態影響

在式 (7-5) 的迴歸式中，放入的依變項、解釋變項均為同一期的。設想一種情況，影響依變項的因素，不只是當期 (t) 的解釋變項，亦包括前一期 ($t-1$) 的依變項：

$$y_{it} = \alpha + \theta_i + \eta\, y_{i,\, t-1} + \sum_{k=1}^{K} \beta_k x_{k,\, it} + \varepsilon_{it} \tag{7-18}$$

諸如上式，解釋變項包含遞延 (lagged) 依變項的情況，一般稱為動態模型。舉個例子，假設依變項是個人消費的香菸數量，由於抽菸通常具有成癮性，當期的香菸消費量可能會取決於前一期的消費量。由於遞延依變項有內生性的問題，要分析動態模型往往相當棘手。有興趣的讀者可進一步參考相關書籍的討論。

　　在本節中，僅列出一些固定、隨機效果模型的衍生變化，提醒讀者在應用這類模型時要多加留意。事實上，前述幾種衍生模型又可相互組合，產生更多變化。此外，如果依變項並非連續變項、迴歸係數可能因人而異……，追蹤資料分析會更形複雜。想深入了解的讀者可參考進階的書籍、論文。

(五)　分析實例

　　在此舉兩個實例，說明前述模型如何應用。其中的一個實例，是應用臺灣跨縣市-跨年的公務統計資料進行分析 (參閱參考方塊 7-4)。

　　另一個實例則引自 Chu 與 Yu (2010, Chap. 6) 的部分內容。這項研究採用 1999-2005 年「華人家庭動態調查」的追蹤調查資料，以固定效果模型控制家庭固定效果，探討夫妻相對資源對家務分工的影響。該文採用的資料有 2,204 個家庭，共計 7,525 個觀察點 (見表 7-3 最末兩行)。為求簡約，在此僅針對該最後一欄的結果加以解讀。在該分析模型中，依變項——「妻子／丈夫相對家務」是以下列方式衡量：

$$\frac{\text{妻子每週家務工作時數} - \text{丈夫每週家務工作時數}}{\text{妻子每週家務工作時數} + \text{丈夫每週家務工作時數}}$$

設想家務由妻子全包 (丈夫每週家務工作時數＝0) 這類極端的狀況，「妻子／丈夫相對家務」的變項值為 1；而若由丈夫全包 (妻子每週家務工作時數＝0)，依變項數值為 −1。由此可知，「妻子／丈夫相對家務」的數值介於

◎ 參考方塊 7-4：如何應用固定效果模型分析既有的公務統計資料？

　　林欣蓉的一篇論文 (Lin, 2006)，採用內政部《臺閩地區人口統計報告》及主計總處《人力資源統計年報》，針對 1979-2002 年臺灣 23 個縣市的失業率、自殺率、人口特徵等數據，建立固定樣本追蹤資料。其模型設定如式 (7-16)，觀察對象 (i) 可視為縣市，而時間單位 (t) 為年份。依變項為取自然對數後的自殺率，而最主要的解釋變項為失業率。式中的 θ_i 可詮釋為無法觀察且不隨時間改變的縣市固定效果 (如生活形態等)；λ_t 則為無法觀察且不隨區域改變的時間固定效果 (如景氣變化等)。作者採固定效果模型，分析結果發現 (Lin, 2006, Table 1)，在控制其他變項之下，失業率對自殺率有顯著的正向影響 (1% 水準下顯著)。作者因此推論，失業會導致個人所得減少、心理壓力增加，對個人的身體與心理健康帶來不利影響，導致自殺的可能性增加。

　　對於透過既有統計數據建立固定樣本追蹤資料，Lin (2006) 的論文提供相當好的範例。唯在推論或模型設定上仍有一些值得斟酌的地方。首先，作者設定的模型中，假設自殺率僅受當期解釋變項的影響。此一設定是否合宜，仍待進一步檢測。此外，由失業率對自殺率具正向影響的發現，能否延伸到個人行為，推論個人失業會提高其自殺的可能性，可進一步探索。對於第二項問題，經濟學者 Clark (2003) 的論文，或可提供一些省思的空間。Clark 的論文採用「英國家戶追蹤調查」(British Household Panel Survey, BHPS) 共七波的資料，區分有工作、無工作兩群樣本，分別分析個人的心理健康分數，是否受到居住地區失業率的影響。其研究結果顯示，對有工作的人口而言，地區性失業率對其心理健康呈顯著的負向影響，表示地區性失業率愈高，對其心理健康的影響愈不利；但對沒有工作的人口，其影響效果卻是相反的。Clark 的研究顯示，對於身處不同處境的個人而言，即使面臨相同的大環境，仍可能有不同的感受。對就業的人而言，如果周遭有較多的人失業，可能帶來較大的心理壓力；但對失業的人來講，看到周遭有更多的人失業，或有助於舒緩壓力。

表 7-3　固定效果模型範例：夫妻的家務分工

變項名稱	家務時數 (單位：小時／每週)		妻子／丈夫相對家務
	妻子家務	丈夫家務	
妻子的所得份額 (0-1)	−2.961***	0.260	−0.0378***
	(0.772)	(0.454)	(0.0134)
夫妻的所得總額 (單位：元／每月)	0.001	−8.890E-05	0.0000
	(0.001)	(0.001)	(0.0000)
妻子每週工作時數 (單位：小時)	−0.080***	0.006	−0.0007**
	(0.009)	(0.005)	(0.0002)
丈夫每週工作時數 (單位：小時)	−0.001	−0.027***	0.0007**
	(0.008)	(0.005)	(0.0001)
妻子健康狀況 (1＝健康)	1.151*	−0.866**	0.0357**
	(0.678)	(0.399)	(0.0118)
丈夫健康狀況 (1＝健康)	−0.954	0.859**	−0.0264**
	(0.712)	(0.419)	(0.0124)
是否有 6 歲或以下子女 (1＝是)	1.635***	0.506	−0.0193*
	(0.635)	(0.373)	(0.0110)
是否與丈夫父母同住 (1＝是)	1.426*	−0.507	0.0117
	(0.727)	(0.427)	(0.0127)
是否與妻子父母同住 (1＝是)	−0.665	0.001	−0.0152
	(1.709)	(1.005)	(0.0298)
常數項	21.429***	6.263***	0.7573**
	(0.922)	(0.542)	(0.0161)
固定效果的聯合 F 檢定 自由度＝(2,203, 5,312)	2.07***	1.98***	2.21**
模型解釋力 (R-square)	0.060	0.017	0.036
觀察樣本數	7,525	7,525	7,525
家庭數	2,204	2,204	2,204

括號內為標準誤。*$p < 0.1$；**$p < 0.05$；***$p < 0.01$。

資料來源：本表取自 Chu 與 Yu (2010, Table 6.8)。

1 與 −1 之間，數值愈大表示妻子的相對家務份量愈多。至於主要的解釋變項——妻子的所得份額，則定義為妻子每月工作收入佔夫妻總工作收入的比例，為介於 0 與 1 間的數值。表中其他的控制變項包括夫妻的所得總額、是否有 6 歲或以下子女等。

由最後一欄的估計結果得知，妻子所得份額變項對應的係數估計值為 -0.0378，而其標準誤為 0.0134，對應的 t 檢定量為 $-0.0378/0.0134 = 2.821$，在 1% 的水準下顯著異於零。這表示妻子所得份額對妻子的相對家務份量有顯著的負向影響：當妻子對家庭工作收入的貢獻愈大，其所分擔的相對家務份量愈少。這項結果支持相對資源會影響家務分工的說法。而該表倒數第四行的「固定效果的聯合 F 檢定」，是指對家庭固定效果估計值所做的聯合檢定；最末一欄的數值 (2.21) 在 1% 的水準下顯著，表示家庭固定效果是存在的。另外，由表 7-3 可以看出，所有的解釋變項均是隨時間變動的。這也是固定效果模型的一項特徵。由於不隨時間改變的家庭因素都已反映在家庭固定效果中，如果研究者想在迴歸模型中放入不隨時間改變的家庭變項，勢必會與家庭固定效果產生完全的多元共線性，而無法估計出來。

四、成長曲線分析

(一) 多層次資料與多層次模式淺介

所謂的階層性或多層次資料是指某一層級的觀察單位可區分為不同群體，而與另一層級的觀察單位構成巢狀關係。舉例來說，如果研究者依照先抽學校，再從中選學校抽班級、中選班級抽學生的方式抽樣，可自然的建構起學校-班級-學生三個層次的資料，其中的學校、班級、學生，可分別設定為層次一 (level 1)、層次二 (level 2)、層次三 (level 3) 的觀察單位。假設有另一位研究者，從多個家庭中，蒐集到每個家庭個別子女的資料，可建立起家庭-子女兩個層次的資料，而子女、家庭可分別被設為層次一、層次二單位。如果研究者手中擁有固定樣本追蹤資料，亦可比照前述的多層次資料範例，將時點、個人分別設定為層次一、層次二的觀察單位，以多層次結構觀想資料。例如，藉由固定樣本追蹤調查，可蒐集到一群兒童在不同時點的身高、體重資料，或是一批學生在不同時點的測驗評量分數，而建構兩個層次的資料。

　　針對多層次資料，在近二十餘年間，學界發展出許多研究方法，如階層線性模式 (hierarchical linear model, HLM)、多層次混合效果模式 (multilevel mixed effects model)、多層次線性模式 (multilevel linear model) 等。這些模式由於發展路徑的不同，在分析方法上略有差異。在此，為便於說明，以多層次模式 (multilevel model) 作為統稱。學者指出，傳統的「單一層次」分析方法不適合用於分析多層次資料的主因是，古典迴歸模型假設觀察單位彼此是相互獨立的；但在多層次資料中，同一群體內的不同單位間會有相關性，但不同群體間的相關性相對微弱。以班級-學生兩個層次的資料為例，同一班級的學生與學生往往有相當強的相關存在，而班級與班級間的相關相對較弱。採用多層次模式作為分析工具，不僅容許解釋變項的影響效果隨群體的不同而有差異，也容許不同層次的解釋變項間有交叉影響效果存在。此外，多層次模式可對誤差項做彈性設定，區分出單位與群體的變異效果。

(二)　線性成長模式

　　假設對個別觀察個體，研究者取得了其在不同時點的重複觀測資料 (即固定樣本追蹤資料)。如同前一小節的說明，可將個人在不同時點的測量串連起來，設定時點、個人分別為層次一、層次二單位，建構起多層次資料。在分析這類資料時，最為社會或行為研究學者關注的課題是：某個變項的成長曲線或成長軌跡為何？在本小節中，將介紹由 Stephen W. Raudenbush 所發展出來的線性成長模式。

1. 線性成長模式的設定

　　假設研究者觀察的對象共有 N 個人，而個人 i ($i=1, ... , N$) 有 T_i 個時點的觀察資料 (T_i 具有下標 i，意味不同的人的觀察時數可能是不等長的)。要刻畫依變項的成長曲線，最直覺的想法就是以多項式的方式呈現依變項與時間的關係。據此，對個人 i (層次二) 於時點 t (層次一) 的依變項 (y_{it})，層次一模式可表示如下：

$$y_{it} = \beta_{0i} + \beta_{1i}x_{it} + \beta_{2i}x_{it}^2 + \cdots + \beta_{Pi}x_{it}^P + \varepsilon_{it} \tag{7-19}$$

其中，解釋變項 x_{it} 可用個人年齡或第一波到時點 t 的時間測量；x_{it}^p 為 x_{it} 變項的 p 次項，而 β_{pi} 為該變項對應的係數 ($p=0, \ldots, P$)。假設式中的誤差項 ε_{it} 為相互獨立的常態分配，且具有共同的平均值、變異數：

$$E(\varepsilon_{it}) = 0, \quad \mathrm{Var}(\varepsilon_{it}) = \sigma^2$$

式 (7-19) 隱含的一項重要假設是，每個人有不同的成長曲線 (由 β_{pi} 具有下標 i 可以得知)。因此，在層次二 (個人層次) 的模式中，可針對個人 i 的成長曲線參數做如下設定：

$$\beta_{0i} = \gamma_{00} + \sum_{q=1}^{Q_0} \gamma_{0q}z_{qi} + u_{0i}$$

$$\beta_{1i} = \gamma_{10} + \sum_{q=1}^{Q_1} \gamma_{1q}z_{qi} + u_{1i}$$

$$\beta_{2i} = \gamma_{20} + \sum_{q=1}^{Q_2} \gamma_{2q}z_{qi} + u_{2i} \tag{7-20}$$

$$\vdots$$

$$\beta_{Pi} = \gamma_{P0} + \sum_{q=1}^{Q_P} \gamma_{pq}z_{qi} + u_{Pi}$$

其中，z_{qi} 為個人屬性變項 (如性別、家庭背景因素)；γ_{pq} 代表第 q 項屬性對成長曲線第 p 次項係數的影響效果；u_{Pi} 是平均值為 0 的隨機誤差項，並假設 $u_{0i}, u_{1i}, \ldots, u_{Pi}$ 為聯合常態分配。

為便於說明，將式 (7-19) 簡化如下：

$$y_{it} = \beta_{0i} + \beta_{1i}x_{it} + \varepsilon_{it} \tag{7-21}$$

式中各符號的意義維持不變。在式 (7-21) 中，β_{1i} 可詮釋為個人 i 在觀察期間的成長率；而 β_{0i} 則是年齡／觀察時間為 0 之下的依變項期望值，可視為個人的原始稟賦。式 (7-20) 亦可簡化為：

$$\beta_{0i} = \gamma_{00} + \sum_{q=1}^{Q_0} \gamma_{0q} z_{qi} + u_{0i} \tag{7-22}$$

$$\beta_{1i} = \gamma_{10} + \sum_{q=1}^{Q_1} \gamma_{1q} z_{qi} + u_{1i} \tag{7-23}$$

假設式中誤差項 u_{0i}、u_{1i} 的變異數分別為 σ_0^2、σ_1^2，而共變異數為 σ_{01}。藉由式 (7-21) 至式 (7-23) 的估計，可以得到平均原始稟賦 (β_0) 與平均成長率 (β_1) 的估計值，並得知原始稟賦與成長率在人際間的變異 (σ_0^2 與 σ_1^2) 是否顯著。此外，可估算原始稟賦與成長率間的相關程度 (σ_{01})，並了解個人屬性對原始稟賦、成長率的影響 (γ_{0q}、γ_{1q})。

在式 (7-21) 中，假設年齡／觀察時間對依變項的影響是線性的。這項假設可以放寬，考慮二次項或更高次項的影響。但如果觀察時點不多 (如僅有三、四波的資料)，要將成長曲線設為高次多項式，會有估計上的困難。因此，較好的策略是選取不大的 P 值。除了 P 值的選取外，研究者可考慮較複雜的設定。例如，放寬依變項為連續變項的假設、放寬誤差項相互獨立的假設、容許誤差項有時序相關或異質性的情況。此外，如果研究者的資料可劃分出兩個以上的層次 (如班級-學生-時點三個層次的資料)，亦可視研究目的，做更高層次的模型設定。有興趣的讀者可參閱 Bijleveld 等人 (1998, Chap. 5)、Goldstein (2003)、Raudenbush 與 Bryk (2002) 等的討論。

2. 線性成長模式分析實例

吳齊殷等人 (2008) 一文採用的資料來源，為該文作者自 1996 年起建置的一項青少年追蹤調查資料。該文採用樣本從國一到高三計六波的調查資料，共分析了三個實例。其一 (頁 19-22) 是應用階層線性模式，分析樣本憂鬱症狀的變化軌跡。作者對學生 i 於時點 t 的憂鬱分數 (y_{it})，設定如下的層次一模式：

$$y_{it} = \beta_{0i} + \beta_{1i} \cdot Time_{it} + \beta_{2i} \cdot Time_{it}^2 + \varepsilon_{it} \tag{7-24}$$

其中，*Time* 變項代表學生「接受測量的時間點」(由於作者未詳細說明這項變項的測量方式，在此依循原文的用語，未加變更)，*Time*² 則為其平方項。對於式 (7-24) 中的係數，作者做如下設定：

$$\beta_{0i}=\gamma_{00}+\gamma_{01}\cdot Sex_i+\gamma_{02}\cdot Delinquency_i+\gamma_{03}\cdot Parenting_i+\mu_{0i} \tag{7-25}$$

$$\beta_{1i}=\gamma_{10}+\gamma_{11}\cdot Sex_i+\mu_{1i} \tag{7-26}$$

$$\beta_{2i}=\gamma_{20}+\gamma_{21}\cdot Sex_i+\mu_{2i} \tag{7-27}$$

式 (7-25) 表示，學生初始的憂鬱程度可能會受個人性別 (*Sex*)、早期偏差行為 (*Delinquency*)、母親管教嚴厲程度 (*Parenting*) 因素的影響。式 (7-26)、(7-27) 則表示，憂鬱程度的變化軌跡，可能受到性別因素的左右。

　　以下將吳齊殷等人 (2008) 的部分分析結果列於表 7-4，並就表 7-4 的結

表 7-4　線性成長模式範例

參數	估計值
固定參數	
常數項 (β_0)	
常數項 (γ_{00})	-2.20^{**}
性別 (γ_{01})	0.35^{**}
偏差行為 (γ_{02})	0.06^{**}
母親嚴厲管教 (γ_{03})	0.03^{**}
時間 (β_1)	
常數項 (γ_{10})	-0.37^{**}
性別 (γ_{11})	0.23^{**}
時間平方項 (β_2)	
常數項 (γ_{20})	0.06^{**}
性別 (γ_{21})	-0.04^{**}
誤差項變異數	
截距 (Var(u_0))	0.29^{**}
時間 (Var(u_1))	0.22^{**}
時間平方項 (Var(u_2))	0.01^{**}

註：$^{**}p<0.01$。
資料來源：本表取自吳齊殷等人 (2008，頁 21) 表三的模型四。

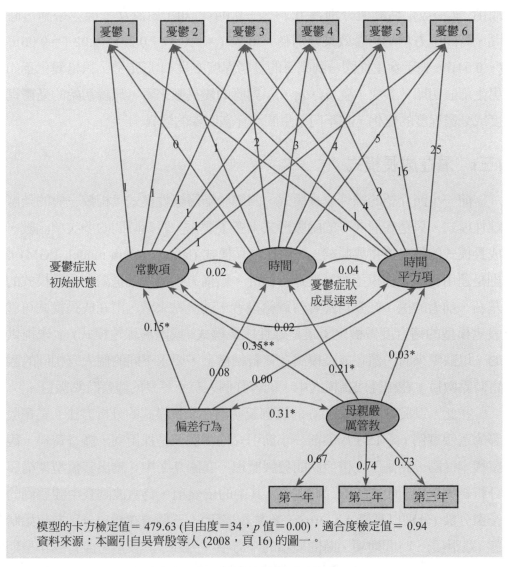

模型的卡方檢定值 = 479.63 (自由度＝34，p 值＝0.00)，適合度檢定值＝0.94
資料來源：本圖引自吳齊殷等人 (2008，頁 16) 的圖一。

圖 7-2　潛在成長模式範例

果略做說明。首先觀察各固定參數的估計結果。從 γ_{01}、γ_{02}、γ_{03} 的估計值得知，女生 (性別＝1)、有偏差行為或母親管教嚴厲者，初始的憂鬱程度較高。而由 γ_{10} 估計值為負 (-0.37)、γ_{20} 估計值為正 (0.06) 的結果可知，男生樣本在國一至高三間的憂鬱程度，呈現隨時間先降後升的 U 形變化趨勢。

而由 γ_{11}、γ_{21} 估計值分別為 0.23、-0.04 可知，對於女生樣本來講，時間、時間平方項的影響效果分別為 -0.14 ($=-0.37+0.23$)、0.02 ($=0.06+$ (-0.04))。表示女生從國一到高三的憂鬱程度亦呈 U 形走勢，只是變化不如男生那般明顯。其次，就 u_0、u_1、u_2 對應的變異數來看，無論初始的憂鬱程度或憂鬱程度的變化，在不同學生間均存在明顯的變異。

(三)　潛在成長模式

前一小節介紹的線性成長模式，歸屬於階層線性模式；相較一般的階層線性模式，只是在層次一的函數形式上多了變化，設為時間的多次項函數。成長模式的另一支重要脈絡——潛在成長模式 (latent growth model, LGM)，則是運用結構方程模型的原理進行估計。結構方程模型既是潛在成長模式的基石，前者的優、缺點自然會傳遞給後者。就優點來看，潛在成長模式可就設定模型的適合度做檢定；這是線性成長模式 (或階層線性模式) 並未提供的。以缺點來看，潛在成長模式在資料結構上，要求不同的個人有相同的觀察時點數目；在線性成長模式中，則容許個人有不等長的觀察時點數目。

在此，以吳齊殷等 (2008) 的實例說明潛在成長模式的分析方法。吳齊殷等的這個實例 (頁 15-17) 與前一小節引介的實例，是採用同一調查資料，觀察樣本從國一到高三憂鬱症狀的發展歷程。在圖 7-2 中，繪出其模型架構與分析結果 (引自原文頁 16 的圖一)。其中的依變項，為六波調查中觀察到的憂鬱分數 (分別以憂鬱 1，……，憂鬱 6 表示)。三個潛在變項分別為起始狀態 (截距項)、時間變項、時間變項的平方項。另外，其模型考慮青少年早期偏差行為、母親管教嚴厲程度兩項因素對潛在變項的影響。圖 7-2 的結果證實，樣本從國一至高三的憂鬱症狀變化，並非呈線性成長的形態。

對於潛在成長模式的種種變化可參考 Duncan 等人 (2006) 一書。而不論前述哪一類的成長模式，均假設依變項隨時間的變化是具有規律的；且套用多項式的設定，能捕捉到依變項變化的趨勢。如果此一假設不成立，成長模式即不適用，固定或隨機效果模型可能更適合作為分析模型。

五、總　結

　　對於固定樣本追蹤資料的特性以及這類資料的分析方法，本章做了相當詳盡的介紹。針對固定樣本追蹤資料，第二節談到這種形態的資料可透過多種方式建構。其中，最重要的來源為固定樣本追蹤調查。除這類調查外，藉由輪換樣本橫斷面調查，亦可就相同樣本進行跨時合併，建立起短期的固定樣本追蹤資料。另外一種常見的資料，是由國際組織、政府機構所建構的時間序列－橫斷面混合資料。

　　相較一般的橫斷面資料，透過固定樣本追蹤資料，更能讓研究者釐清變項間的因果關係或了解變項的動態變化。正因為如此，近四十年來，無論固定樣本追蹤調查資料的建置或是相關研究方法的發展，在國外學界均有非常快速的進展。自第二節的說明可以了解，臺灣的固定樣本追蹤調查雖開展較晚，但自 1980 年代末期開始，有不少大型的追蹤調查計畫陸續建置。這些多樣的調查資料為研究者提供了豐富的研究素材。

　　基於固定樣本追蹤資料兼具時間、個體兩個面向的特性，計量經濟學者量身打造了固定效果與隨機效果模型 (見第三節)，而教育統計研究者則發展出成長曲線分析方法 (見第四節)。在固定效果模型的設定下，只要是個人不隨時間變動的因素，無論可觀測或不可觀測，都會被吸納到固定效果中；藉由個人固定效果的控制，可釐清解釋變項對依變項的影響。至於隨機效果模型則試圖用隨機誤差項捕捉個人無法觀測的因素。在第三節中，討論了如何在固定、隨機效果模型間做選擇，也探討由基本的模型設定出發，可能衍生的各種變化。一個有趣的問題是，固定、隨機效果模型，是否僅能用於分析固定樣本追蹤資料呢？有興趣的讀者不妨從參考方塊 7-5 尋找解答。

　　對於成長曲線分析，第四節介紹了線性成長模式、潛在成長模式兩類方法。由該節的討論，讀者當可了解兩種方法各有優點，也各有限制。模式的選用與研究者的分析意圖、資料形態有關。然而，不論線性成長模式或潛在

參考方塊 7-5：固定樣本追蹤分析法只能用於固定樣本追蹤資料嗎？

　　本章在介紹固定、隨機效果模型時，是以固定樣本追蹤資料作為分析的素材。然而，這是否表示固定效果、隨機效果模型只能用來分析固定樣本追蹤資料呢？答案是否定的。事實上，只要資料呈巢狀結構，並有兩層或兩層以上的關係，即可運用固定、隨機效果模型進行分析。因此，在介紹多層次模式時舉的例子，如學校-班級-學生三個層次的資料，或家庭-子女兩個層次的資料，均可用固定效果或隨機效果模型分析。

　　在 Chu 等人 (2007) 一文中，合併「華人家庭動態調查」於 1999 年、2000 年、2003 年完成的首波調查資料，將受訪者及其兄弟姊妹的資料整理為手足資料 (sibling data)，分析個人的教育成就是否受到手足性別、年齡結構等因素的影響。有趣的是，幾乎同一時期發表的 Yu 與 Su (2006)，同樣採用「華人家庭動態調查」資料，分析手足結構對教育成就的影響。兩篇論文在分析方法上的主要差異在於，Yu 與 Su (2006) 採用階層線性模式，而 Chu 等人 (2007) 則是以 Huber-White 方法調整最小平方法的估計結果。

　　成長模式都假設，多項式的設定可捕捉到依變項隨時間的變化走勢。如果依變項隨時間的變化並不規律，或者，研究者關心的議題不是依變項的變化趨勢，成長曲線分析即不適合作為分析工具。

　　限於篇幅，有許多固定樣本追蹤資料分析方法在前面幾節中並未引介。例如，半母數或無母數分析、存活分析。第三、四節介紹的分析方法均屬有母數分析 (parametric analysis)，針對模型的函數型式做了特殊設定 (如一次式或多項式)。在半母數或無母數分析中，則放寬了這樣的假設。對於固定樣本追蹤資料的半母數或無母數分析方法，可參考 Ai 與 Li (2008)。存活分析也稱存續時間模型，可用於分析某種狀態持續的時間長短。藉由這類模型，能夠分析個體在不同狀態間 (如失業／就業、生病／死亡) 的轉換，並分析影

響狀態存續時間的可能因素 (參見 Florens et al., 2008; Hosmer et al., 2008)。

　　儘管本章介紹了各種各樣的固定樣本追蹤資料以及相關的分析方法，讀者應留意的是，無論是資料的選用或是分析方法的選用，都沒有一成不變的原理原則。在進行研究時，審慎評估資料、模型的合宜性，而不囿於手中掌握的資料或分析工具，才是做好固定樣本追蹤資料研究的不二法門。

參考書目

于若蓉 (2002)〈人力資源調查合併資料──樣本流失問題初探〉。《調查研究》，11，5-30。

于若蓉 (2005)〈樣本流失與勞動參與：華人家庭動態資料庫的分析〉。《調查研究》，18，45-72。

于若蓉、林季平 (2006)《「人力資源擬追蹤調查資料庫」之擴增》，國科會社會科學研究中心研究計畫報告書 (NSC 94-2420-H-001-012-B9503)。

王天苗 (2009)〈「特殊教育長期追蹤資料庫」簡介〉。《人文與社會科學簡訊》，10(3)，107-116。

李唯君 (1996)〈收支動態長期追蹤研究起源與發展〉。《調查研究》，2，159-178。

吳齊殷、張明宜、陳怡蒨 (2008)〈尋找機制與過程：長期追蹤研究的功用〉。《量化研究學刊》，2，1-26。

林季平、于若蓉 (2005)《「人力資源擬追蹤調查資料庫」之建構》，國科會社會科學研究中心研究計畫報告書 (NSC 93-2419-H-001-B9303)。

林季平、章英華 (2003)〈人力運用擬追蹤調查資料庫的產生過程、應用現況及未來發展〉。《調查研究》，13，39-69。

莊慧玲 (1996)〈由國外經驗看臺灣人力資源 panel data 資料庫建立之展望〉。《經濟論文叢刊》，24，413-433。

楊李唯君 (2008)〈美國收支動態長期追蹤調查的近期發展：四十週年回顧〉。《調查研究》，23，155-191。

Ai, Chunrong, & Li, Qi (2008). Semi-parametric and non-parametric methods in panel data models. In László Mátyás & Patrick Sevestre (Eds.), *The econometrics of panel data: Fundamentals and recent developments in theory and practice* (3rd ed.) (pp. 451-478). New York: Apringer-Verlag.

Arellano, Manuel (2003). *Panel data econometrics*. Oxford: Oxford University Press.

Baltagi, Badi H. (2008). *Econometric analysis of panel data* (4th ed.). Chichester: Wiley.

Bijleveld, Catrien C. J. H., Kamp, Leo H. Th. van der, Mooijaart, Ab, Kloot, Willem van der, Leeden, Rien van der, & Burg, Eeke van der (1998). *Longitudinal Data Analysis: Designs, Models and Methods*. London: Sage Publications.

Blanchard, Pierre (2008). Software review. In László Mátyás & Patrick Sevestre (Eds.), *The econometrics of panel data: Fundamentals and recent developments in theory and practice* (3rd ed.) (pp. 907-950). New York: Apringer-Verlag.

Budig, Michelle J., & England, Paula (2001). The wage penalty for motherhood. *American Sociological Review, 66*, 204-225.

Chu, C.Y. Cyrus, Xie, Yu, & Yu, Ruoh-rong (2007). Effects of sibship structure revisited: Evidence from intra-family resource transfer in Taiwan. *Sociology of Education, 80*, 91-113.

Chu, C. Y. Cyrus, & Yu, Ruoh-rong (2010). *Understanding Chinese families: A comparative study of Taiwan and southeast China*. Oxford: Oxford University Press.

Clark, Andrew E. (2003). Unemployment as a social norm: Psychological evidence from panel data. *Journal of Labor Economics, 21*, 323-351.

Duncan, Greg J., & Kalton, Graham (1987). Issues of design and analysis of surveys across time. *International Statistical Review, 55*, 97-117.

Duncan, Terry E., Duncan, Susan C., & Strycker, Lisa A. (2006). *An introduction to latent variable growth curve modeling: Concepts, issues, and applications* (2nd ed.). Mahwah, NJ: Lawrence Erlbaum Associates, Publishers.

Florens, Jean-Pierre, Fougère, Denis, & Mouchart, Michel (2008). Duration models and point processes. In László Mátyás & Patrick Sevestre (Eds.), *The econometrics of panel data: Fundamentals and recent developments in theory and practice* (3rd ed.) (pp. 547-601). New York: Apringer-Verlag.

Glenn, Norval D. (2005). *Cohort analysis* (2nd ed.). Thousand Oaks, CA: Sage Publications.

Goldstein, Harvey (2003). *Multilevel statistical models* (3rd ed.). London: Arnold.

Halaby, Charles N. (2004). Panel models in sociological research: Theory into practice. *Annual Review of Sociology, 30*, 507-544.

Hausman, Jerry A. (1978). Specification tests in econometrics. *Econometrica, 46*, 1251-1271.

Hosmer, David W., Lemeshow, Stanley, & May, Susanne (2008). *Applied survival analysis: Regression modeling of time-to-event data* (2nd ed.). Hoboken, NJ: John Wiley & Sons, Inc.

Hsiao, Cheng (2003). *Analysis of panel data* (2nd ed.). New York: Cambridge University Press.

Huang, Min-hsiung, & Hauser, Taissa S. (2010). Tracking persons from high school through adult life—Lessons from the Wisconsin Longitudinal Study. *EurAmerica, 40,* 311-358.

Kasprzyk, Daniel, Duncan, Greg J., Kalton, Graham, & Singh, M. P. (Eds.) (1989). *Panel surveys.* New York: John Wiley & Sons, Inc.

Lin, Shin-jong (2006). Unemployment and suicide: Panel data analyses. *Social Science Journal, 41,* 727-732.

Mason, William M., & Fienberg, Stephen E. (1985). *Cohort analysis in social research: Beyond the identification problem.* New York: Apringer-Verlag.

Mátyás, László, & Sevestre, Patrick (Eds.) (2008). *The econometrics of panel data: Fundamentals and recent developments in theory and practice* (3rd ed.). New York: Apringer-Verlag.

National Longitudinal Survey (NLS). website: http://www.bls.gov/nls/.

Panel Study of Income Dynamics (PSID). website: http://psidonline.isr.umich.edu/.

Raudenbush, Stephen W., & Bryk, Anthony S. (2002). *Hierarchical linear models: Applications and data analysis methods* (2nd ed.). Thousand Oaks, CA: Sage Publications.

Solon, Gary (1989). Effects of rotation group bias on estimation of unemployment. *Journal of Business and Economic Statistics, 4,* 105-109.

Waldfogel, Jane (1997). The effects of children on women's wages. *American Sociological Review, 62,* 209-217.

Winship, Christopher, & Harding, David J. (2008). A mechanism-based approach to the identification of age period cohort models. *Sociological Methods Research, 36,* 362-401.

Wisconsin Longitudinal Study (WLS). website: http://www.ssc.wisc.edu/wlsresearch/.

Wisconsin Longitudinal Study Handbook (2006), available from http://www.ssc.wisc. edu/wlsresearch/.

Wooldridge, Jeffrey M. (2010). *Econometric analysis of cross section and panel data* (2nd ed.). Cambridge: The MIT Press.

Yu, Wei-hsin, & Su, Kuo-hsien (2006). Gender, sibship structure, and educational inequality in Taiwan: Son preference revisited. *Journal of Marriage and Family, 68*, 1057-1068.

延伸閱讀

1. 相關進階書籍。

(1) 固定樣本追蹤調查。

Kasprzyk 等人 (1989) 一書，對於固定樣本追蹤調查的研究設計、資料蒐集方式、資料管理方法、資料可能存在的問題，乃至資料的應用，都做了相當深入的討論。對想深入了解這類調查或有志建構相關資料庫的研究者來講，是一本很好的參考書籍。

(2) 固定效果與隨機效果模型。

Baltagi (2008)、Hsiao (2003)、Wooldridge (2010) 等都是經典的教科書籍。Mátyás 與 Sevestre (2008) 編著的書，則針對計量經濟研究者使用的各類固定樣本追蹤資料分析方法 (不僅於固定、隨機效果模型)，做了相當廣泛而深入的討論。前述書籍以 Baltagi (2008) 的內容相對淺顯，是理想的入門專書。而這些書籍都提供不少實例可作為應用上的參考。

(3) 成長曲線分析／多層次模式。

對於階層線性模式 (或線性成長模式)，Raudenbush 與 Bryk (2002) 說明清晰、實例亦多，是極佳的進階書籍。至於潛在成長模式，Duncan 等人 (2006) 有深入的討論。這兩本書對於實地應用有相當多的範例可供參考。

2. 相關的電腦軟體。

(1) 固定效果與隨機效果模型。

Blanchard (2008) 對相關的分析軟體做了完整的回溯與比較。其中，包括一般社會科學研究者熟悉的 SAS、Stata，以及計量經濟學者常用的 LIMDEP、RATS、TSP、EViews、GAUSS 等。有興趣的讀者可參閱該文的討論。個人的使用經驗較偏好 Stata。Stata 不僅在資料的處理上具有強大的功能，對於固定、隨機效果模型及其衍生模型的操作，也具有優越的性能。

(2) 成長曲線分析／多層次模式。

在 Duncan 等人 (2006, pp. 11-15) 中，對各類多層次模式的統計軟體，做了相當完整的介紹與比較。要估計階層線性模式 (或線性成長模式)，最適切的自然是採用 Stephen W. Raudenbush 研發的 HLM 軟體。至於潛在成長模式，能用來估計結構方程模式的軟體均可採用，如 Mplus、LISREL、Amos 等。有興趣的讀者可參閱 Duncan 等人的整理。

8

缺失值處理

一、前　言

　　抽樣問卷調查中，常見某些問題受試者沒有回答、答案不合常理或作答前後互相矛盾；另一方面，政府普查、市場調查、生物實驗及生態科學調查中，常出現不可靠的數據，無法在分析中採用。研究資料出現以上狀況通稱為缺失值或不完整數據。除前述的情況外，產生缺失值的原因很多，多數由不可控制的因素造成。例如，問卷內有些問題比較敏感而涉及個人的隱私，或題幹繁瑣難懂，受試者拒答；有時訪員缺乏一些基本技巧，以致受訪者對部分問題無法耐心回答，造成部分數據無法採用，如同缺失。另外，抽樣調查中，有時為節省成本或問卷過長，而在抽樣設計時，僅讓受訪者回答一部分問題，稱之為資料的設計缺失 (designed missing)。

　　抽樣調查研究中，隨機樣本來自母體內相似的抽樣單位 (簡單的抽樣調查中，可將個別受訪者視為一個單位)，每一筆單位資料在問卷上，皆有一個數據向量。當缺失資料發生時，往往是向量中某幾個元素出現空白 (item nonresponse) (Wilks, 1932)；有時，整個單位向量的資料出現空白 (unit nonresponse)，使得有效樣本總數少了一單位。一般言之，如果僅有少數整個單位向量出現空白，忽略這些單位或是加權計算有效樣本總數，並不至於造成總體評估的偏差。但是，基本的困難在於前者，常發生的是某幾個元素

空白。由於空白的資料和未缺失的資料息息相關，若能利用已經觀測的數據，來評估缺失值可能的觀測值，就不必捨棄不完整的單位數據，藉此增進相關訊息的完整性，減少統計分析的偏誤。因此，應用適當的統計方法處理缺失資料，增進總體資料的分析效果，是社會科學研究一項不可省略的工作。

(一)　缺失值的基本問題

在抽樣調查中，經常需要評估一個母體特定變項 (population characteristic variable) 的總數值 (total) 或平均數值 (mean)；如果有缺失資料，它會產生什麼問題？假設觀測到的部分在母體內的佔有比率為 π_C，該部分的理論均值為 μ_C；缺失的部分佔有比率為 $1-\pi_C$，其理論均值為 μ_I。於是，該特定變項的母體均值為 $\mu = \pi_C \mu_C + (1-\pi_C)\,\mu_I$。如果只用觀測到的部分變項值來評估母體均值，所產生的偏差為 $\mu_C - \mu = (1-\pi_C)(\mu_C - \mu_I)$；此時，唯有等式 $\mu_C = \mu_I$ 成立，該偏差才會等於零。換言之，若觀測到的部分變項值、缺失的部分變項值及整個母體均有相同的統計分配，則在此理想條件下，只需用觀測部分變項值估計母體的參數，不致造成偏差。此條件是一則簡單的充分條件，一般不易成立。接下來，在討論數據缺失的機制時，我們將該充分條件及其他類似條件，藉由這些條件來消除偏差。另外，單位資料若為向量，例如年齡及膽固醇兩個變項，如果要評估兩者之間的相關係數或者迴歸函數，則部分年齡或膽固醇指數呈現缺失，也可能造成估計的偏差。如何只用觀測到的數據完成適當的評估，也需討論數據的缺失機制及有效的處理方法。

(二)　資料之缺失形式

如前所述，一筆單位資料通常定義為一個向量，於是整體樣本資料 $Y = (y_{ij})$ 可以表示為一個 $n \times p$ 矩陣；其中，每一列向量 $y_i = (y_{i1}, \ldots, y_{ip})$ 代表一筆單位資料，y_{ij} 定義為第 i 筆單位在 Y 中的第 j 項變項值。資料之缺失形式，也可以表示為一個 $n \times p$ 標示矩陣；$M = (m_{ij})$，標示值 $m_{ij} = 1$ 表示 y_{ij} 有

觀測值，$m_{ij}=0$ 表示 y_{ij} 為缺失值。同時，整體樣本資料可以表示為 (Y, M) $=\{(y_{ij}, m_{ij}), i=1, \dots, n; j=1, \dots, p\}$。如果用「空白」代表缺失數據部分的位置，「陰影」代表有觀測值部分，則資料 (Y, M) 之各類缺失形式都可以一覽無遺。缺失值多半沒有固定的形式，但也有少數缺失形式係根據抽樣設計產生，例如文獻中經常討論的形式為：1. 單調缺失型 (monotone)；2. 互補配置型 (matching)；及 3. 因素分析中的潛在因子型 (latent factor)。讀者可以參考 Little 與 Rubin (2002)。表 8-1 中，空白的位置代表缺失數據，陰影位置代表有觀測值。表 8-1(c) 中的 f_i 代表第 i 筆單位在潛在因子的估計值。

(三)　數據的缺失機制

面對缺失值，首先需要觀察資料之缺失形式；接著，檢查資料數據發生缺失的原因和機率。將這兩件事合併一起評定，可確定數據之缺失機制 (missing-data mechanism)。缺失機制可以根據「給定 Y 之下，標示變項 M 的條件分配 $p(M \mid Y, \phi)$ 來鑑定」。此處，$p(M \mid Y, \phi)$ 代表缺失機制函數，簡稱為缺失率，參數 ϕ 是用來評估該函數模型。一般而言，有三類缺失機制的定義 (Little & Rubin, 2002)。

表 8-1　缺失數據的形式

(a) 單調缺失型

y_{11}	y_{12}	y_{13}
$\vdots$	$\vdots$	$\vdots$
$y_{r,1}$	$y_{r,2}$	$y_{r,3}$
$\vdots$	$\vdots$	
$y_{s,1}$	$y_{s,2}$	
$\vdots$		
$y_{n,1}$		

(b) 互補配置型

y_{11}	y_{12}	
$\vdots$	$\vdots$	
$y_{r,1}$	$y_{r,2}$	
$y_{r+1,1}$		$y_{r+1,3}$
$\vdots$		$\vdots$
$y_{n,1}$		$y_{n,3}$

(c) 潛在因子型

F	Y_1	Y_2	Y_3
f_1	y_{11}	y_{12}	y_{13}
$\vdots$	$\vdots$	$\vdots$	$\vdots$
f_i	y_{i1}	y_{i2}	y_{i3}
$\vdots$	$\vdots$	$\vdots$	$\vdots$
f_n	$y_{n,1}$	$y_{n,2}$	$y_{n,3}$

註：缺失數據的形式中的 f_i 代表第 i 筆單位於潛在因子的估計值。

1. 完全隨機缺失 (missing completely at random, MCAR)：數據資料發生缺失若是完全屬隨機，沒有任何明顯的缺失理由或機制，稱為完全隨機缺失。例如上述的標示變項 m_{ij}，若 m_{ij} 的值等於 0 或 1，與任何數據值大小沒有關係；則該缺失機制可稱為完全隨機缺失。此時，對所有的 Y 及缺失機制的未知參數 ϕ (此處，參數 ϕ 與 Y 無關，如同常數)：

$$p(M=1 \mid Y, \phi) = \text{constant.} \tag{8-1}$$

在這樣理想的充分條件式 (8-1) 之下，前述估計母體總數或均值的例子中，若只用觀測到的數據，或捨棄不完整部分的數據，都不會產生估計偏差。

2. 隨機缺失 (missing at random, MAR)：數據缺失的機制若只依賴觀測到的數據，則稱之為隨機缺失。原理上，所有已觀測到的值 Y_{obs}、未觀測到的值 Y_{mis} 與缺失機制 (或控制缺失比率) 參數 ϕ 之間，滿足下列等式：

$$p(M \mid Y, \phi) = p(M \mid Y_{obs}, Y_{mis}, \phi) = p(M \mid Y_{obs}, \phi) \tag{8-2}$$

式 (8-2) 成立的情況很多，包括一般調查研究採用的設計缺失類型。例如受訪者背景資料的取樣成本較低，調查研究可採二重抽樣 (double sampling, Neyman, 1938; Bose, 1943)，先在母體中抽取夠大樣本並蒐集背景資料；而後在該樣本中選取小部分樣本，執行成本較高如血液或生物標記 (biomarker) 等的取樣；在第二次取樣中，「設計的缺失值」係根據觀測到的數據值之聯合分配，決定其缺失的形式及機率；後者與前者的數值無關，因此是滿足式 (8-2) 的一種隨機缺失。譬如，單因子變異數分析 (one-way ANOVA) 模型中，若假設因子水準之平均值參數為常數，則缺失數據與參數無關，觀測到的數據滿足式 (8-2)，而隨機缺失機制成立；若各水準參數為隨機變項，則不能滿足式 (8-2)，而視為非隨機缺失，如下所述。

3. 非隨機缺失 (not missing at random, NMAR)：數據的缺失機率若隨著缺失數據值而改變，這類缺失機制定義為「非隨機缺失」。此時，對於 Y 及

參考方塊 8-1：非隨機缺失數據，刪失數據

一項飛機零件維修檢驗中，有十三個相同元件從新產品開始使用，假設我們等候到第十件故障時，因為節省時間而停止該實驗。如果以一千小時為計算單位，一共蒐集的數據為 {0.22, 0.50, 0.88, 1.00, 1.32, 1.33, 1.54, 1.76, 2.50, 3.00}；同時，有三個數值 (大於 3.00) 成為刪失數據。因為十個已觀察到的數據呈現平均分散的時段，我們可以假設該零件之隨機故障時間呈現指數分配；於是，按照單一參數的指數分配 (定義 θ 為指數分配之平均值) 及目前的刪失數據，可以直接計算該平均值之最大概似估計量：

$$\theta_{MLE} = \frac{1}{10} \{\sum_{i=1}^{10} y_{(i)} + (13-10)y_{(10)}\}$$

$$= \frac{1}{10} \{14.05 + 3 \times (3.00)\} = 2.305$$

其中，$(13-10)y_{(10)}$ 來自於「指數分配樣本中的第十個數值 $y_{(10)}$，並且根據三個未知缺失數值是大於 $y_{(10)}$」。雖然這一類型刪失機制屬於非隨機缺失，此處最大概似函數估計量的計算法則，與下述插補方法，原理上相似。以上實例的敘述可以參考任何介紹存活統計分析 (survival analysis) 的課本，如 Smith (2002, Chap. 7)。

相關缺失率參數 ϕ，$p(M \mid Y, \phi)$ 不能滿足式 (8-1) 或式 (8-2)；也就是，$p(M \mid Y, \phi)$ 與 $p(M \mid Y_{mis}, \phi)$ 直接有關。在實務上，經常可見到這類資料。例如申報所得稅不實的情況，將不實資料視為缺失時，缺失值多與實際「應該課稅的所得收入」有關，或與未觀測到的數值 Y_{mis} 有關，此類缺失資料便是由非隨機缺失機制產生的。這一類缺失數據之統計分析比較複雜，一般需要針對缺失訊息，另行假設缺失率函數模型 $p(M \mid Y, \phi)$，並對照資料做檢定評估 (Freedman, 1999)。

醫學統計研究中，由於暫停實驗並檢查效果時，母體數據受到刪失的 (censored) 機制，而產生一種非隨機性的缺失。假設數據母體之概似函數模型 (包含母體目標參數 θ)，與發生數據缺失之函數模型 (加入定義數據缺失之參數 ϕ)，共同滿足下列的比例式：

$$p(Y_{obs}, Y_{mis}, M \mid \theta, \phi) \sim p(Y_{obs}, M=1 \mid \theta) \cdot p(Y_{mis}, M=0 \mid \theta, \phi) \qquad \text{(8-3)}$$

所謂資料的缺失符合隨機刪失 (random censoring) 模型時，即是定義該比例式成立。雖然，數據的觀測機制與刪失機制是各自獨立運作，似乎是滿足隨機缺失機制；但是，式 (8-3) 中 M 等於 0 (Y_{mis}) 或 1 (Y_{obs})，兩者之間僅有一者發生，彼此互斥，所以式 (8-2) 不能成立。因此，刪失數據是由「非隨機缺失機制」產生的。在計量經濟學與生物統計學之應用中，所定義的刪失機制均含有刪失數據訊息，同時有觀測到的數據訊息，滿足式 (8-3)，來評估母體目標參數 θ。

二、缺失資料的處理方法

在 1920-1930 年代，已經知道應用簡易單一插補 (single imputation) 缺失值的方法來幫助分析不完整數據。Yates (1933) 在應用最小平方法，評估迴歸模型參數時，曾經比較「單一插補缺失值方法」與「捨棄不完整部分的數據之迴歸估計方法」是否提供相同的參數統計推論。後者可以視為一種「不處理缺失值」之方法；換言之，當資料是完全隨機缺失時，丟棄不完整部分的數據，於評估模型參數時，並不會改變參數及殘差估計量，或產生差異評估的效果。然而，如果不丟棄、亦不插補，直接處理不平衡、不完整的數據，往往會造成不適用的解答，理論上亦不健全。Bartlett (1937) 採用共軛變異數分析之單一插補缺失值方法，解釋殘差自由度，他的結論與 Yates 的分析結果相似 (Little & Rubin, 2002)。其後，Healy 與 Westmacott (1956) 建議一種疊代插補缺失值方法 (iterative imputation)：首先，假設有一組插補值可使得數據完整，並進行模型參數估計 (例如採最小平方迴歸，同 Yates 插

補估計法)；然後，應用所得之參數值，估計一組新的插補值；再重複這兩個步驟一次，用新的插補值做完整數據之模型參數估計，並且再用新的參數值估計新的插補值；如此，重複疊代估計，直到模型參數的疊代估計值接近穩定收斂。此法堪稱為早期研究處理缺失值之 EM 演算方法 (Expectation-Maximization Algorithm, Dempster et al., 1977)，本節將簡介 EM 演算法的要點。大半個世紀以來，傳統研究缺失資料之處理方法，大致可以分為以下三類，然而，基本原理皆為插補缺失值。

(一)　數據插補法

對於每一個缺失數據，插補法嘗試填補適當的數值；然後，將插補後的資料視同完整數據，做原來計畫的統計分析。假設第 i 筆單位的第 j 項之數值為缺失，也就是 y_{ij} $(m_{ij}=0)$ 為缺失數據；一般常用「插補單一數值」方法，有時亦會用多重數值插補，以增進分析的參考效果。

1. 均值插補法 (mean imputation)：對每一個缺失數據 y_{ij} $(m_{ij}=0)$ 進行插補單一數值 $\bar{y}_j$；一般，$\bar{y}_j$ 代表第 j 項所有觀測到的變項值之平均數值。在分層抽樣數據中，y_{ij} 來自於 J 個層次 (strata) 數據樣本的某一層次 (stratum)，於是對第 k $(k=1, ... , J)$ 層次的每一個缺失數據 $y_{ij}^{(k)}$ $(m_{ij}^{(k)}=0)$，插補該層次的第 j 項變項 $y_j^{(k)}$ 之平均數 $\bar{y}_j^{(k)}$。

2. 迴歸插補法 (regression imputation)：假設觀測到的應變項數據 y_{ij} 及伴隨自變項數據 x_{ij} 之間，有適當的迴歸關係；於是，對每一個缺失數據 y_{ij} $(m_{ij}=0)$ 可以應用最小平方方法，插補單一迴歸預測值。例如 Yates (1933)、Bartlett (1937)、Anderson (1957)、Wilkinson (1958) 及 Buck (1960) 的迴歸模型評估方法，皆是假設 (完全) 隨機缺失的機制下，執行單一迴歸預測值的插補方法。當隨機缺失機制成立，均值插補法往往可以視為迴歸插補方法的一種特例，例如 X 代表男、女性別，Y 為身高，則單一迴歸預測值為男生或女生的身高均值。另外，如果自變項 X 有缺失，反應數據 Y 沒有缺失，可用一樣的迴歸插補法得到相似的分析；此時，若假設自變項為

非隨機變項，則參數及殘差均有不偏估計量 (Little, 1992)。

3. 熱 (冷) 卡插補法 (hot/cold deck imputation)：所謂的熱卡插補法，是參考背景伴隨變項值相似，並且已觀測到的數據，隨機選擇其中之一，替代缺失值 (Kalton & Kish, 1981)。冷卡插補法往往對缺失數據，隨機選用相似條件下曾經觀測到的數據 (或加入數值調整)，用來替代缺失值。文獻中，對於這兩種插補方法，系統化的理論分析較少，故非常用的方法。

4. 近鄰插補法 (nearest neighbor imputation)：近鄰密度函數估計法，源自 1950 年代工程數學中應用於分類辨識的一則統計方法。假設某缺失數據 y_{ij} 有觀測到的伴隨數據 $x_i = (x_{i1}, \dots, x_{ik})^T$ (例如 k 個背景變項資料)，且伴隨數據之間有適當的距離函數 (metric)；例如，定義距離函數 $d(i, a)$ 為 x_i 及 x_a 之間的極大邊距：

$$d(i, a) = \max_k |x_{ik} - x_{ak}|$$

或者，定義為 Mahalanobis 距離：

$$d(i, a) = (x_i - x_a)^T S_{xx}^{-1} (x_i - x_a)$$

此處，S_{xx} 為一個共軛矩陣的估計量。於是，針對缺失數據 y_{ij} ($m_{ij} = 0$)，由已觀測到的數據 $\{(x_a, y_{aj}), m_{aj} = 1\}$ 中，選擇伴隨數據 x_a 距離 x_i 為最小者，並以其 y_{aj} 插補該缺失數據 y_{ij}，這就是所謂的「最近鄰插補法」。應用上，可以同時選擇一組 (例如 K 個) 距離 x_i 最近的 x_a 值，並以 y_{aj} 的平均值作為插補值，此稱為 K 近鄰 (均值) 插補法 (K-nearest neighbor imputation)。另外，在近代一項常用的統計方法觀察資料研究 (observational studies) (Cochran & Rubin, 1973) 中，近鄰插補法也常常用來做為配對分析及配對插補分析。

(二) 加權調整法

傳統抽樣調查研究中，每一個單位資料的抽樣機率 π，代表母體中有 $1/\pi$ 這麼多同一類型的單位。假設樣本總數為 n，一個母體特定變項的總數

值 Θ 可以借用抽樣機率加權值來輔助估計 (Horvitz & Thompson, 1952)：

$$\hat{\Theta}_{HT} = \sum_{i=1}^{n} y_i / \pi_i \tag{8-4}$$

此處，$\hat{\Theta}_{HT}$ (HT estimator) 是一個 Θ 的不偏估計量。同理，評估一個母體平均值 μ，也可以用抽樣機率加權平均數：

$$\hat{\mu}_w = \frac{1}{n} \sum_{i=1}^{n} w_i \, y_i, \quad w_i = n \, \pi_i^{-1} \bigg| \sum_{k=1}^{N} \pi_k^{-1} \tag{8-5}$$

來估計母體平均值 μ；$\hat{\mu}_w$ 也是一個不偏估計量。

1. 缺失機率加權調整：當有缺失資料時，假設除了抽樣機率 π_i 之外，單位資料 i 的觀察機率為 $\phi_i = p(M_i = 1)$，觀察到的樣本總數為 $r = \sum_{i=1}^{n} M_i$，則母體平均值的加權平均估計量為：

$$\hat{\mu}_w = \frac{1}{r} \sum_{i=1}^{r} w_i \, y_i, \quad w_i = r \, (\pi_i \phi_i)^{-1} \bigg| \sum_{k=1}^{r} (\pi_k \phi_k)^{-1} \tag{8-6}$$

此處，觀察機率 ϕ_i 往往是未知數，可以選用估計量 $\hat{\phi}_k$ 代入式 (8-6) 以評估 $\hat{\mu}_w$。在實際應用狀況下，常用下列兩種調整方法。

2. 分組加權調整：假設樣本可以分為 J 組；譬如在分層抽樣中，數據來自於 J 個層次 (J strata) 的分組樣本。假設第 k ($k = 1, \ldots, J$) 組樣本數為 $n^{(k)}$，有觀察值的樣本數為 $r^{(k)} = \sum_{i=1}^{n^{(k)}} M_i^{(k)}$，缺失的樣本數為 $n^{(k)} - r^{(k)}$。於是，令 $r = \sum_{k=1}^{J} r^{(k)}$ 可以用樣本估計量 $\hat{\phi}_i = r^{(k)} / n^{(k)}$ (當數據 $y_i = y_i^{(k)}$ 在第 k 組中) 代入式 (8-6) 以評估 $\hat{\mu}_w$。如果 $\pi_i = \pi$ 為一相等機率常數，此式可以化簡為「分層抽樣觀察值的樣本平均數」：

$$\hat{\mu}_{st} = \frac{1}{n} \sum_{k=1}^{J} n^{(k)} \, \bar{y}^{(k)}, \quad \bar{y}^{(k)} = \frac{1}{r^{(k)}} \sum_{i=1}^{n^{(k)}} y_i^{(k)} \, M_i^{(k)} \tag{8-7}$$

3. 事後分層調整：如果已知母體分層總數 $N^{(k)}$，式 (8-7) 可以表示為事後分

層調整平均數 (post-stratified mean)：

$$\hat{\mu}_{pst} = \frac{1}{N} \sum_{k=1}^{J} N^{(k)} \bar{y}^{(k)} \qquad (8\text{-}8)$$

如果數據為完全隨機缺失，式 (8-1) 成立，則分層抽樣平均數式 (8-7) 及式 (8-8) 皆為母體平均值的不偏估計量。

(三) 模型評估法

採前述迴歸插補法時，多數假設線性迴歸模型及常態殘差分配，以利後續的統計分析。類似的傳統研究中，一個典型的統計方法就是應用基本的概似函數模型，同時討論數據的缺失機制與插補 (Little & Rubin, 2002)。假設數據 $Y = (Y_{obs}, Y_{mis})$ 的機率函數表示為 $p(Y \mid \theta) = p(Y_{obs}, Y_{mis} \mid \theta)$；同時，數據 $Y = (Y_{obs}, Y_{mis})$ 與缺失機制 (標示變項) M 的聯合分配表示為 $p(Y, M \mid \theta, \phi) = p(Y \mid \theta) p(M \mid Y, \theta)$。於是，觀測數據 Y_{obs} 與缺失機制 M 的聯合分配機率函數表示為：

$$p(Y_{obs}, M \mid \theta, \phi) = \int p(Y_{obs}, Y_{mis} \mid \theta) \, p(M \mid Y_{obs}, Y_{mis}, \phi) \, dY_{mis} \qquad (8\text{-}9)$$

而且完整的概似函數 (包含參數 θ 及 ϕ) 可以表示為：

$$L_{full} (Y_{obs}, M \mid \theta, \phi) \propto p(Y_{obs}, M \mid \theta, \phi) \qquad (8\text{-}10)$$

此時，一個理想的條件是可忽略缺失機制 (ignorable missing data mechanism)，其定義為：

$$L_{full} (Y_{obs}, M \mid \theta, \phi) \propto L(Y_{obs} \mid \theta) = p(Y_{obs} \mid \theta) = \int p(Y_{obs}, Y_{mis} \mid \theta) \, dY_{mis} \qquad (8\text{-}11)$$

換言之，評估參數 θ 只須根據觀測數據 Y_{obs} 的邊際機率函數 $p(Y_{obs} \mid \theta)$，或是觀測數據的概似函數 $L(Y_{obs} \mid \theta)$；因此，可以忽略數據 Y_{mis} 是如何缺失。如果隨機缺失機制式 (8-2) 成立，也就是：

$$p(M \mid Y_{obs}, Y_{mis}, \phi) = p(M \mid Y_{obs}, \phi) \qquad (8\text{-}12)$$

則由式 (8-9)、式 (8-11) 與式 (8-12)，式 (8-10) 可以表示為：

$$p(Y_{obs}, M \mid \theta, \phi) = p(Y_{obs} \mid \theta) \, p(M \mid Y_{obs}, \phi) \tag{8-13}$$

於此，如果同時假設參數 (θ, ϕ) 的定義域為參數 θ 與參數 ϕ 的乘積空間；於是，根據式 (8-10) 與式 (8-13)，便利分析參數 θ 的式 (8-11) 成立。

　　按典型的統計方法，式 (8-11) 是參數 θ 的概似函數基本模型；自 1950 年代至今，已經廣泛應用於研究缺失資料及最大概似函數參數估計法與相關的插補法。以下將介紹三種處理缺失資料的方法，應用這些方法的前提為前述的「可忽略的缺失機制」，也就是式 (8-11) 成立 (資料滿足隨機缺失假設)。

1. EM 演算法 (Expectation-Maximization Algorithm, Dempster et al., 1977)：數據 $Y = (Y_{obs}, Y_{mis})$ 的機率函數表示為 $p(Y \mid \theta) = p(Y_{obs} \mid \theta) \, p(Y_{mis} \mid Y_{obs}, \theta)$，它的對數概似函數表示為：

$$\ln L(Y \mid \theta) = \ln L(Y_{obs}, Y_{mis} \mid \theta) = \ln L(Y_{obs} \mid \theta) + \ln p(Y_{mis} \mid Y_{obs}, \theta) \tag{8-14}$$

傳統研究中，假設可忽略缺失機制成立，於討論參數 θ 的最大對數概似函數 $\ln L(Y_{obs} \mid \theta)$ 估計法時，經常應用 Newton-Ralphson 疊代法計算最優化的參數 θ 估計值。然而，缺失數據的 $\ln L(Y_{obs} \mid \theta)$ 往往不易處理。EM 演算法是一則依據統計推論觀念產生的疊代計算法，其原理是根據式 (8-14) 滿足兩個性質：

(1) $\ln p(Y_{mis} \mid Y_{obs}, \theta)$ 該項對於 Y_{mis} 之期望值 (視為 Y_{obs} 的函數)，於疊代計算中會呈現單調下降 (對新的 θ 值)；因此，只要優化 (上升) $\ln L(Y \mid \theta)$ 對應相同新的 θ 估計值，便能優化相對應的 $\ln L(Y_{obs} \mid \theta)$ 值。

(2) 尋找模型概似函數 $\ln L(Y \mid \theta)$ 最優化的參數 θ 估計值 (相對於優化非完整數據的函數 $l(\theta \mid Y_{obs})$，此步驟較容易執行)。

2. 貝氏演算法 (Bayesian Iterative Methods)：文獻中常用常態分配為例，簡介貝氏統計推論，與處理缺失值的方法。假設缺失數據來自二維常態分配 Y

＝(y_1, y_2)，且部分 y_2 為隨機缺失；其概似函數模型，滿足可忽略的缺失機制式 (8-11)。傳統的頻譜統計推論，直接依據二維常態概似函數模型，利用 EM 演算法估計參數 (例如目標參數為常態分配模型中 y_2 的均值或變異數)，並同時分析缺失數據及觀測數據，對估計參數所貢獻的訊息比例。對於二維常態概似函數的參數模型，貝氏推論方法常應用參數 (例如 y_2 常態分配的均值或變異數) 的共軛先驗分配 (conjugate priors，如常態分配或逆卡方分配) 及所有觀測數據來估計參數的後驗分配；然後，按照參數的後驗分配，隨機抽取數據來插補缺失的數據，並視插補後的數據為完整，而推論常態分配的均值或變異數。除了採用參數的共軛先驗分配外，也可以採用無訊息的參數先驗分配 (noninformative prior, Jeffreys' prior) 做相似的統計推論；後者亦可以視為參數共軛先驗分配的一種特例 (Little & Rubin, 2002, Chap. 6)。

3. 多重插補法 (multiple imputation)：前述四種數據插補方法，都是針對每一個缺失數據 Y_{mis}，插補單一數值。同理，在上述 EM 或貝氏演算法中，於估計概似函數模型的參數 θ 時，亦可以按照所估計的條件分配函數 $p(Y_{mis} \mid Y_{obs}, \theta)$，針對 Y_{mis} 同時做插補。此時，模擬 $p(Y_{mis} \mid Y_{obs}, \theta)$，插補單一數值或是多個數值皆是可行的；然而，是否值得做重複插補，增加數據儲存，必須做評估分析。Rubin (1978, 1987) 建議多重插補法，其基本貝氏原理解釋如後。假設可忽略缺失機制式 (8-11) 成立；為了符號簡便，省略缺失機制參數 ϕ。在給定觀測數據 Y_{obs} 之後，參數 θ 的後驗分配可以表示為：

$$p(\theta \mid Y_{obs}) = \text{constant} \times p(\theta) \times p(Y_{obs} \mid \theta) \qquad \textbf{(8-15)}$$

此處 $p(\theta)$ 為先驗分配。式 (8-15) 與經過插補為完整數據的後驗分配 $p(\theta \mid Y_{mis}, Y_{obs})$ 不同，兩者之間的關係為：

$$p(\theta \mid Y_{obs}) = \int p(\theta, Y_{mis} \mid Y_{obs}) \, dY_{mis}$$

$$= \int p(\theta \mid Y_{mis}, Y_{obs}) \, p(Y_{mis} \mid Y_{obs}) \, dY_{mis} \qquad \textbf{(8-16)}$$

參考方塊 8-2：應用 EM 演算法

　　Potthoff 與 Roy (1964) 曾經針對十一個女孩和十六個男孩的腦垂體 (pituitary) 和上顎骨 (maxillary fissure) 之間重複量測的距離進行多變量統計分析；相似的分析也可以參考 Jennrich 與 Schluchter (1986)、Little 與 Rubin (2002)、Verbeke 與 Molenberghs (2000)。該數據包含每一個樣本於年齡 8、10、12、14 歲時，在此兩點之間所量測的生長距離。原數據為完整資料 (參照表 8-2)，統計分析的目的在於檢定男女的綜合生長數據是否符合線性迴歸模型，或是二次式迴歸模型；其次，男性與女性的生長數據是否有顯著差異，而必須要假設不同的模型。此處，我們借用該數據中的 10 歲及 14 歲的部分 (完整) 數據，做一個模擬隨機缺失數據計算 [表 8-2 中星號 (*) 的部分，為模擬的缺失值]。EM 演算法例子中將樣本的性別及 10 歲的生長距離視為自變項，14 歲的生長距離視為依變項，進行迴歸分析。若加上截距項及殘差值的變異數，總共有四個參數必須估計。EM 演算法中的 E-step 估計參數充分統計量的期望值：例如在第 $(t+1)$ 次的疊代計算中，重新計算 $E(y_i^{(t+1)} \mid X, Y_{obs}, \hat{\beta}^{(t)})$ 及 $E(y_i^{2(t+1)} \mid X, Y_{obs}, \hat{\beta}^{(t)})$；兩個期望值係用來計算迴歸係數及殘差變異數的充分統計量。M-step 則求參數的解：

$$\hat{\beta}^{(t+1)} = (X'X)^{-1} X' y^{(t+1)}$$

$$\hat{\sigma}_\varepsilon^{2(t+1)} = \frac{1}{27} \left(\sum_i^{18} (y_i - X_i \hat{\beta}^{(t)})^2 + 9 \hat{\sigma}_\varepsilon^{2(t)} \right)$$

由於估計迴歸係數 $\hat{\beta}^{(t+1)}$ 僅須用到 $E(y_i^{(t+1)} \mid X, Y_{obs}, \hat{\beta}^{(t)})$，式中若 y_{ij} 有觀察值，則 $y_i^{(t+1)} = y_i$，若屬缺失值則 $y_i^{(t+1)} = X_i \hat{\beta}^{(t+1)}$，$X_i$ 為 X 中第 i 筆單位向量。Little 與 Rubin (2002) 建議採 EM 演算法估計 β，待估計值收斂後，再計算：

$$\hat{\sigma}_\varepsilon^2 = \frac{1}{18} \left(\sum_i^{18} (y_i - X_i \hat{\beta}^{(t)})^2 \right)$$

此例中首先將缺失的 y_i 一律設為 0，但在執行 EM 疊代過程中缺失值以預測值代替，直到 β 參數估計收斂；此例子中 E-step 及 M-step 重複 100 次後，所有估計值皆收斂，得到的參數值分別為：$\hat{\beta}_{性別} = 1.957$、$\hat{\beta}_{10\,歲} = 0.774$、截距 $\hat{\beta}_0 = 5.037$ 及殘差的變異數 $\hat{\sigma}_\varepsilon^2 = 1.181$。

表 8-2　牙齒生長完整數據

女孩	年齡		男孩	年齡	
	10 (X)	14 (Y)		10 (X)	14 (Y)
1	20	23.0	1	25	31.0*
2	21.5	25.5	2	22.5	26.5
3	24	26.0	3	22.5	27.5
4	24.5	26.5*	4	27.5	27.0*
5	23	23.5*	5	23.5	26
6	21	22.5	6	25.5	28.5
7	22.5	25.0	7	22	26.5
8	23	24.0	8	21.5	25.5
9	21	21.5	9	20.5	26.0
10	19	19.5*	10	28	31.5*
11	25	28.0	11	23	25.0
			12	23.5	28.0
			13	24.5	29.5*
			14	25.5	26.0*
			15	24.5	30*
			16	21.5	25

註：*星號之數據代表模擬的缺失值。
資料來源：Potthoff 與 Roy (1964) 或 Little 與 Rubin (2002)。

由式 (8-16) 得知，根據觀測數據 Y_{obs}，可以用兩個基本步驟 (與 EM 相似)，來執行 Y_{mis} 的插補 (E) 及參數 θ 的估計 (M)。在第 t 次疊代模擬計算，$t = 1$,

..., D。

步驟 1：按目前的參數值 $\theta^{(t-1)}$ 及密度函數 $p(Y_{mis} \mid Y_{obs}, \theta^{(t-1)})$，抽取模擬插補值。

步驟 2：按密度函數 $p(\theta \mid Y_{mis}^{(t)}, Y_{obs})$ 抽取模擬參數值 $\theta^{(t)}$，$t = 1, ..., D$。

總結 D 次模擬計算的成對組合 $\{(Y_{mis}^{(t)}, \theta^{(t)}),\ t = 1, ..., D\}$，我們得到 D 個重複插補 Y_{mis} 值，即 $\{Y_{mis}^{(t)},\ t = 1, ..., D\}$；同時，得到參數 θ 的一個綜合性估計值：

$$\overline{\theta} = \sum_{t=1}^{D} \theta^{(t)} / D \approx E(\theta \mid Y_{obs}) \tag{8-17}$$

式 (8-17) 就是為所謂的多重插補法參數 θ 之估計值。再者，參數 θ 之多重插補法變異數估計值 (假設 $1 < D < 10$)，可以表示為：

$$\mathrm{Var}(\theta \mid Y_{obs}) \approx \frac{1}{D} \sum_{t=1}^{D} V_t + \frac{D+1}{D(D-1)} \sum_{t=1}^{D} (\theta^{(t)} - \overline{\theta})^2 \tag{8-18}$$

其中，V_t 為「以第 t 組完整數據 $(Y_{mis}^{(t)}, Y_{obs} \mid \theta^{(t)})$，按照 θ 的後驗分配 $p(\theta \mid Y_{mis}^{(t)}, Y_{obs})$，所估計的 $\theta^{(t)}$ 之變異數」。理論上，只要參數模型 $p(\theta \mid Y_{mis}, Y_{obs})$ 有最大概似函數估計量，式 (8-18) 便能夠提供一個漸近不偏的變異數估計量 (asymptotically unbiased variance estimator for large D)。

　　步驟 1 及步驟 2 的疊代模擬計算，一般有兩種常用的方法：採用數據擴張法 (Tanner & Wong, 1987)，或採用 Gibbs 抽樣法 (Gelfand & Smith, 1990)。前者與步驟 1 及步驟 2 相似；後者亦是在每一次疊代計算後驗分配及條件密度函數中，採用步驟 1 及步驟 2；兩者都不須計算式 (8-17) 及式 (8-18)。Gibbs 抽樣法起源於「機率比重抽樣」的研究，相關文獻有 Von Neumann (1951)、M-H 演算法 Metropolis 等人 (1953)、Hastings (1970)；爾後，發展為近年來所謂的「Markov Chain Monte Carlo (MCMC) 演算法」，因為在理論上，步驟 1 的模擬參數值 $\theta^{(t)}$，$t = 1, ..., D$，往往構成一列「馬可夫鏈」。文獻中有許多應用例子的簡介，讀者可以參考 Little 與 Rubin (2002, Chapters

10-11)。自二十一世紀起，文獻中陸續出現幾篇文章，一方面，比較兩類估計方法的估計變異數及方差：多重插補法與熱卡「加權」插補法；另一方面，討論多重插補法的變異數估計量，於複雜抽樣 (complex survey) 環境下的估計偏差 (Kim et al., 2006)。綜觀以上的論述，我們可以了解一般的缺失資料之處理方法，都是根據相近的基本插補原理。

三、相關研究與統計推論

我們在前一節內，概述了缺失數據的傳統處理方法；其中，主要的部分是在介紹應用參數模型，評估缺失數據的插補方法及研究。這些參數模型缺失值之處理，包括最小平方迴歸分析、最大概似函數之參數估計及疊代模擬演算法以及廣義線性模型中的缺失數據，都是應用前述的插補原理及方法。

然而，使用適當的參數模型需要統計檢定；背景複雜的群體其抽樣樣本，往往不易適配好用的隨機缺失參數模型。前述的直接應用缺失機率加權調整方法，正是一則傳統無參數模型處理缺失數據的基本方法；它不需要檢定參數模型，並且簡易好用，因而逐漸受到重視。自 1980 年代起，學術界開始討論使用無參數模型，處理缺失數據的均值估計之基本理論分析。相關應用包括使用均值插補法、熱卡插補法、缺失機率加權調整法及近鄰插補法。可是，除了可以應用簡易評估缺失機率之加權調整法，在其他狀況之下，理論分析均未臻理想；例如近年來文獻中的推廣研究至半參數模型，一般沒有簡易的檢定方法，用來檢驗其適用狀況，往往不如參數模型或無參數模型的研究分析，來得清楚好用。

(一) 無參數近鄰插補法

以無參數模型的近鄰插補法為例，自 1980 年代起，由於方便好用，成為許多國家政府統計部門做大型問卷調查及後續研究時，常用的缺失數據插補方法。按照前述第二節內近鄰插補法的簡介，假設數據樣本中反應變項 Y

有隨機缺失 (MAR)，而數據 y_i 所有的伴隨數據 (共變量) x_i 均有觀測值：

$$(x_i, y_i, m_i), \ i = 1, \ldots, n \tag{8-19}$$

當 y_i 觀測到時，$m_i = 1$；否則，$m_i = 0$。根據隨機缺失，缺失機率函數 (missing pattern function) 或 propensity score (Rosenbaum & Rubin, 1983) 可以定義為：

$$p(m = 1 \mid Y, X) = p(m = 1 \mid X) = p(X) \tag{8-20}$$

假設我們欲估計母體變項 Y 的均值，表示為 μ (或是估計另一種均值：Y 的分配函數 $P(Y \le y) = G(y)$。令伴隨數據 x_i 之間的距離函數為 $d(i, a) = d(x_i, x_a)$ (參考第二節)。針對每一個缺失數據 $y_i\,(m_i = 0)$，在已觀測到的數據 $y_a\,(m_a = 1)$ 中，按距離函數，選用某些 y_a 且其伴隨數據 x_a 距離 x_i 為較小者，以備插補用。例如，按整數 K，定義所謂的 K 近鄰 (K-NN) 估計量 (Cheng, 1994)：

$$\mu_{NN} = \frac{1}{n} \sum_{i=1}^{n} \{m_i Y_i + (1 - m_i) R_K(X_i)\} \tag{8-21}$$

此處，$R_K(X_i) = (1/K) \sum_{a=1}^{K} Y_{i(a)}$ 是一種近鄰插補值，其定義來自評估無參數迴歸函數 $R(x) = E(Y \mid X = x)$；同時 $\{(X_{i(a)}, Y_{i(a)}): m_{i(a)} = 1, a = 1, \ldots, K\}$，是一組 K 個觀測到的成對數據，而 $X_{i(a)}$ 是所有 $m = 1$ 當中，按距離函數 $d(X_i, X_a)$，K 個最靠近 $X_i\,(m_i = 0)$ 的數據。除了不需要假設參數模型，以及直覺上是一個方便而且合理的方法，K 近鄰估計量 μ_{NN} 究竟有何使用價值？當數據樣本夠大時，而且迴歸函數 $R(.)$ 與缺失機率函數 $p(.)$ 均為適度 (或足夠) 平滑的函數時，它的樣本分配會趨近常態分配 (Ning 與 Cheng, 2012)：

$$\sqrt{n}\,(\mu_{NN} - \mu) \to Normal\,(0, \sigma_{NN}^2) \tag{8-22}$$

於是，估計 μ 的統計推論也會滿足一致性。由於應用插補估計，不等式 $\sigma_{NN}^2 > \mathrm{Var}(Y)$ 成立；並且，$\sigma_{NN}^2 - \mathrm{Var}(Y)$ 的差異大小，會跟隨 $R(\cdot)$ 與 $p(\cdot)$ 之不平滑或不連續的程度而逐漸增加。

(二)　無參數核函數插補法

　　自 1986 年以來，在隨機缺失數據模型式 (8-19) 的假設下，文獻中有許多無參數模型插補估計的研究方法，與近鄰插補法有相似的效用。其中，所謂的核迴歸函數插補估計方法，應用局部樣本平均值，來估計母體均值 μ (或是 Y 的分配函數)。例如，按核迴歸函數估計方法，均值插補估計量可以定義為：

$$\mu_{KR} = \frac{1}{n} \sum_{i=1}^{n} \{m_i y_i + (1 - m_i) R_{KR}(X_i)\} \tag{8-23}$$

此處，

$$R_{KR}(x) = \{\sum_{a=1}^{n} W_h(x, x_a) m_a y_a / \sum_{a=1}^{n} W_h(x, x_a) m_a\} \tag{8-24}$$

是一般所謂的核迴歸函數估計量，用來估計 $R(x) = E(Y \mid X = x)$；同時，它是做為缺失數據 Y_i ($m_i = 0$) 的插補估計值 (Cheng, 1994)。在此，核函數 W 通常是一個對稱的機率密度函數，它的定義為 $W_h(x, u) = h^{-1} W((x-u)/h)$；其中，所謂的窗寬距離 (bandwidth) h，便是在「無參數估計核密度函數」時，用來產生局部平均功能的「窗距」寬度。

　　比照 K 近鄰估計量 μ_{NN}，當迴歸函數 $R(.)$ 與缺失機率函數 $p(.)$ 為理想的平滑函數，而且數據樣本夠大時，核迴歸函數法之均值插補估計量，也會提供類似式 (8-22) 的趨近常態分配：

$$\sqrt{n} \ (\mu_{KR} - \mu) \to Normal \ (0, \sigma^2_{KR}) \tag{8-25}$$

以便用於統計推論。理論上，不等式 $\sigma^2_{NN} > \sigma^2_{KR}$ 在理想的平滑函數狀況下成立 (參考方塊 8-3)。但是在實際應用狀況下，當函數 $R(\cdot)$ 與 $p(\cdot)$ 不平滑或不連續時，式 (8-21)、式 (8-25) 以及此不等式 (代入它們的樣本估計量)，往往不成立。其時，近鄰估計量 μ_{NN} 的應用表現，相對於核迴歸插補估計量 μ_{KR}，往往呈現比較小的平均樣本方差 (Ning & Cheng, 2010)。

參考方塊 8-3

令二維向量 (X, Y) 具有迴歸函數關係：$Y = 2X + \varepsilon$，變項 X 為均勻分配 uniform $(0, 1)$，ε 為常態分配 Normal$(0, 1)$，Var$(\varepsilon) = 1$，並且 ε 與 X 互相獨立。假設變項 Y 有部分隨機缺失 (依據變項 X 的觀測值，屬 MAR)。令 $p(m = 1 \mid x, y) = p(x)$，$p(x) = 0.2$，如果 x 取值範圍為 $0 < x < 0.5$，且 $p(x) = 0.6$，如果 x 取值範圍為 $0.5 \le x \le 1.0$。此時，希望估計的母體均值是 $\mu_Y = 1$；雖然缺失比例大於觀測比例，$E[p(x)] = 0.4$，上述兩種無參數插補方法一樣可以有效應用。按式 (8-22)、式 (8-25) 以及不等式 $\sigma_{NN}^2 > \sigma_{KR}^2$，相關的理論數值均可以驗算得到：$\sigma_{KR}^2 = 3.67$ 及 $\sigma_{NN}^2 = 3.67 + (0.6) / K$（$K$ 為正整數，例如 $K = 1, 2, 4, 8, ...$）。如果以模擬實驗來檢驗理論，可以採用簡易的二次密度函數 kernel: $w(x) = 0.75(1 - x^2)$，$|x| \le 1$；窗距值 $h = 0.05, 0.15, 0.20$ 及近鄰數目 $K = 1, 2, 4, 8, ...$。於此，我們做 10,000 次模擬實驗計算 (樣本數為 $N = 100, 200, 500, 1,000$)，可以得到表 8-3 中的計算結果。表 8-3 中，對於所用的窗距值 h，計算數值比較理論數值稍小，但差距不大；對於所選用的近鄰數目 K，計算數值與理論數值差異也不大；這一小部分的模擬計算，接近驗證理論正確。

表 8-3　平均變異數值

N	$h = 0.05$	$h = 0.15$	$h = 0.20$	$k = 1$	$k = 2$	$k = 4$	$k = 8$
100	3.91	3.52	3.48	4.40	3.97	3.69	3.61
200	3.63	3.42	3.40	4.44	4.01	3.68	3.53
500	3.51	3.45	3.46	4.57	4.08	3.76	3.58
1,000	3.46	3.44	3.45	4.48	4.04	3.74	3.59

四、加權缺失機率插補法

在第二節中，我們介紹了加權調整缺失機率的估計方法；在此，繼續討論其廣泛應用的原理。第一，它的基本根據是抽樣機率，不需要假設或檢定參數模型；第二，若抽樣機率為已知，直接用之於加權，本身就提供了一個不偏估計量，例如式 (8-4) 至式 (8-8)。換言之，加權已知缺失機率的估計方法，相當於提供了一個理想的不偏插補估計量 (Horvitz & Thompson, 1952)。但是，當缺失機率為未知時，不偏估計性質往往不存在；在比較廣泛的無參數模型的假設下，我們將討論估計加權機率的插補方法。

假設數據為隨機缺失，也就是在模型式 (8-19) 之下，我們欲估計母體變項 Y 的均值，表示為 μ。比照式 (8-4)、式 (8-5) 採用抽樣機率加權平均數的原理，顯然必須要估計未知的缺失機率。首先，式 (8-4) 及式 (8-24) 對估計母體均值 μ，建議了一個基本的 HT 加權估計量：

$$\mu_{HT} = \frac{1}{n} \sum_{i=1}^{n} \frac{m_i Y_i}{w_i} \tag{8-26}$$

此處，按照式 (8-4)，$\pi_i = m_i / w_i$，而根據式 (8-24)，局部抽樣機率估計量可以定義為：

$$w_i = \hat{p}(X_i) = \sum_{a=1}^{n} m_a W_h(X_i, X_a) \left| \sum_{a=1}^{n} W_h(X_i, X_a) \right. \tag{8-27}$$

同理，根據式 (8-5)、式 (8-26) 及式 (8-27)，可以定義第二種均值 μ 的 HT 加權估計量：

$$\mu_{HTR} = (\sum_{i=1}^{n} m_i Y_i / w_i) \left| (\sum_{i=1}^{n} m_i / w_i) \right. \tag{8-28}$$

再者，如果我們根據式 (8-23)，去修改式 (8-26)，便可以定義第三種均值 μ

的加權估計量：

$$\mu_{DR} = \frac{1}{n} \sum_{i=1}^{n} \left[\frac{m_i Y_i}{w_i} + \frac{(w_i - m_i) R_{KR}(X_i)}{w_i} \right] \tag{8-29}$$

文獻中的謬論：式 (8-29) 具有所謂的雙重穩健 (doubly-robust, DR) 的估計性質 (Scharfstein et al., 1999)：當迴歸函數 R 與缺失機率函數 p，只要兩者之中任一為已知模型中的平滑的函數時，則加權估計量 μ_{DR} 會有理想的表現，也就是有適當小的平均樣本方差。式 (8-29) 的定義源自式 (8-23)，兩者滿足相同的漸近性質，亦即式 (8-25)，它可以應用於半參數模型的統計推論，及估計效率的比較研究 (Carpenter et al., 2006; Qin et al., 2008)；同時，估計量 μ_{DR} 是由半參數模型下的加權迴歸估計式，在無參數模型下換用迴歸估計式 $R_{KR}(X_i)$ 的相似型式。

　　當 R 與 p 均為適度平滑的函數時，上述所有均值 μ 的估計量一般都能以適當的窗距值 h 或夠大的 K 值，提供理想的估計表現。如果應用環境中，R 或 p 僅有其中之一為理想的連續函數時，式 (8-29) 的加權估計量 μ_{DR} 比較前兩種 *HT* 估計量式 (8-26)、式 (8-28)，近鄰估計量式 (8-21) 及核迴歸函數估計量式 (8-23)，往往有較小的平均樣本方差。在參數模型估計裡，若 R 與 p 不是假設模型中的函數時，μ_{DR} 便可能失去理想的估計表現 (Kang & Schafer, 2007)，而不如簡單的近鄰迴歸插補估計式 (8-21) (Ning & Cheng, 2012)。同理，當 R 與 p 均為不連續的函數，μ_{DR} 也會失去理想的估計表現。再者，即使 R 與 p 均為連續的函數，但若是 p 函數 (在共變量 X 的值域內) 有比較大的變化時，上述所有應用核函數的估計量，由於不容易選擇適當的窗距，而失去良好的估計性質；此時，K 近鄰估計式 (8-21) 的表現 (應用較小的 K，如 $K=1, \ldots, 4$)，往往比較 μ_{DR} 及 μ_{KR} 為佳 (Ning & Cheng, 2012)。

　　對於上述應用環境的比較，有一個值得討論的基本道理。由於採用共變量 X 數據之間的隨機距離，K 近鄰插補估計量不會受到 X 的維數大小，而影響它的表現。但是，應用加權機率或核迴歸函數的插補估計，由於計算局部平均插補值 [譬如採用核函數的窗距，或者因 X 的維數 (大於一)，而不易

參考方塊 8-4

　　以表 8-2 中的生長數據為例，假設數據二維向量 (x, y) 具有迴歸函數關係：$Y = R(X) + \varepsilon$，X 代表 10 歲的牙齒生長數據，Y 代表 14 歲的數據；同時，假設殘差 ε 與 X 互相獨立。此處，假設我們希望估計有限母體的均值 (finite population mean) 是 $\mu_Y = 29.06$。所謂模擬插補隨機缺失數據，是先假設變項 Y(依據變項 X 的觀測值) 有隨機缺失 (MAR)。令 $p(m = 1 \mid x, y) = p(x)$。令 $p(x) = 0.9$，如果 x 取值範圍為 $0 < x \leq 24$；且 $p(x) = 0.4$，如果 x 取值範圍為 $24 < x$。表 8-2 中的缺失值係依據隨機缺失機制假設所模擬。雖然不知道變項 X 的分配，亦不知道觀測比例 $E[p(x)]$，但是各種無參數插補方法都可以試用。於此，按照估計量式 (8-29)，我們可以在 $m_i = 0$ 並且 $w_i = 0$ 時，改變 μ_{DR} 定義式中的 $R_{KR}(x_i)$ 為 $[(y_{1(i)} + y_{2(i)})/2]$，也就是最鄰近的兩個觀測到的 Y 值之平均值；而且定義這樣改變的估計量為 μ_{DR2}。因為數據總數為 $n = 27$，如今視為一個小型母體，故不必做多次模擬計算。表 8-4 中，比較重要的數值是二十次模擬計算的平均偏誤值 (Bias)，其次是平均方差值 (MSE)。

　　無參數插補方法之比較：按表 8-4 中的模擬計算數值，可見 K 近鄰插補估計量 μ_{KNN} $(K = 1, 2)$ 有最小的平均偏差值，次小偏差的估計量是改良的估計量 μ_{DR2}，其次為 μ_{DR}，再其次為核函數插補估計量 μ_{KR}；至於 HT 形式的估計量 μ_{HT} 及 μ_{HTR}，由於 $p(x)$ 變化大而有較大的偏差。此外，因為採用的窗距值夠大 $h \geq 2.0$，造成核函數局部加權估計量 μ_{KR} 的平均變異數較小；然而，當加入平均偏差計算時，μ_{KR} 的平均方差就會大於 μ_{DR}、μ_{DR2} 及 μ_{KNN} $(K = 2, 4)$ 的平均方差。此實例分析的意義是以小樣本有缺失數據時，K 近鄰估計量 μ_{KNN} (應用較小的 K) 會有較佳的表現，反映於實用上，如果一般樣本有不均勻的缺失數據時，近鄰估計量往往也有比較佳的效果。

表 8-4　估計 EY 之平均偏差值、平均變異數值及平均方差值

	K	Bias	Var	$nMSE$
μ_{KNN}	1	-0.128	0.115	3.38
	2	-0.130	0.073	2.34
	4	-0.184	0.057	2.39
	8	-0.391	0.052	5.46
μ_{KR}	2.0	-0.247	0.053	3.02
	2.1	-0.248	0.045	2.81
	2.2	-0.266	0.043	3.01
	2.5	-0.300	0.040	3.44
	h	Bias	Var	$nMSE$
μ_{HT}	2.0	-1.896	1.800	143.26
	2.1	-1.944	1.538	141.52
	2.2	-1.965	1.362	139.24
	2.5	-1.969	1.072	132.16
μ_{HTR}	1.8	-0.261	0.075	3.76
	2.0	-0.275	0.074	3.93
	2.1	-0.292	0.069	4.07
	2.3	-0.314	0.063	4.29
μ_{DR}	2.0	-0.197	0.061	2.60
	2.1	-0.194	0.051	2.31
	2.2	-0.211	0.048	2.42
	2.5	-0.245	0.043	2.72
μ_{DR2}	2.0	-0.138	0.067	2.23
	2.1	-0.158	0.062	2.27
	2.2	-0.175	0.060	2.35
	2.5	-0.209	0.055	2.59

選擇適當的窗距]，因此這些估計量在插補估計時，往往受到環境影響：例如 X 的分配不均勻，或 p 函數的變化大，而呈現不穩定的表現。

五、總　結

　　本章簡介了缺失資料的產生環境及基本處理原則。面對缺失資料，首先

需要判斷數據缺失之機制：「如何插補缺失數據，提供比較有效的統計分析」就是判別缺失機制的主要動機。我們從隨機缺失機制的定義，論及數據非隨機缺失時，必須有輔助訊息存在，以便所假設的插補方法能夠有效應用，才可以比照隨機缺失機制的插補方法做相似的分析。本章同時介紹在處理缺失數據時，一般插補分析的主要統計方法，包括三類傳統的參數模型和兩類 (包含幾種) 無參數模型的插補方法。由於文獻中參數模型的分析方法及實例介紹相當豐富，我們簡介了基本的應用方法，省略了若干實例介紹。同時，文獻中使用無參數模型處理缺失資料的研究較少，若干近年來的分析亦不夠完整，我們簡介了幾種適用的無參數插補方法，補充討論它們的統計理論性質；並且以兩個缺失資料的實例分析來比較使用無參數模型時，這幾種插補方法的應用效果。

讓我們在此補充一個具有前瞻性用途的註解。在複雜的抽樣問卷調查環境下，同時涉及許多抽樣變項，包括屬性型的類別變項及量度型的實數變項，而產生缺失數據的形態也很複雜。此時，廣義線性參數模型，譬如邏輯迴歸模型，經常用來解釋類別變項與其他變項之間的關係；同時，必須依照 (可能有缺失) 的數據，先對假設的迴歸模型做適合度檢定。傳統的方法是先檢定一個包含所選用的類別變項之對數線性模型。然而，當選用模型中的變項或因子有三種以上時，傳統的對數線性迴歸模型，檢定一組層次排列好的模型是否適用，缺乏讓數據直接有效的檢定選模 (Cheng et al., 2007, 2010)。面對多變項的缺失資料，有效的選模與檢定較為困難，統計推論亦較為複雜。在不久的將來，它們會成為缺失資料的統計應用及研究中，一項重要的課題。

參考書目

Anderson, Theodore W. (1957). Maximum likelihood estimates for the multivariate normal distribution when some observations are missing at random. *Journal of American Statistical Association, 52*, 200-203.

Bartlett, Maurice S. (1937). Some examples of statistical methods of research in agriculture and applied botany. *Journal of the Royal Statistical Society. Series B, 4*, 137-170.

Bose, Chameli (1943). Note on the sampling error in the method of double sampling. *Sankhya, 6*, 330.

Buck, S. F. (1960). A method of estimation of missing values in multivariate data suitable for use with an electronic computer. *Journal of the Royal Statistical Society. Series B, 22*, 302-306.

Carpenter, James R., Kenward, Michael G., & Vansteelandt, Stijn (2006). A comparison of multiple imputation and doubly robust estimation for analyses with missing data. *Journal of the Royal Statistical Society. Series A, 169*, 571-584.

Cheng, Philip E. (1994). Nonparametric estimation of mean functional with data missing at random. *Journal of American Statistical Association, 89*, 81-87.

Cheng, Philip E., Liou, Jiun W., Liou, Michelle, & Aston, John A. D. (2007). Linear information models: An introduction. *Journal of Data Science, 5*, 297-313.

Cheng, Philip E., Liou, Michelle, & Aston, John A. D. (2010). Likelihood ratio tests with three-way tables. *Journal of American Statistical Association, 105*, 740-749.

Cochran, William G., & Rubin, Donald B. (1973). Controlling bias in observational studies: A review. *Sankhyā: The Indian Journal of Statistics, Series A, 35*, 417-446.

Dempster, Arthur P., Laird, Nan M., & Rubin, Donald B. (1977). Maximum likelihood from incomplete data via the EM algorithm (with discussion). *Journal of the Royal Statistical Society. Series B, 39*, 1-38.

Freedman, David A. (1999). Adjusting for nonignorable drop-out using semiparametric nonresponse models: Comment. *Journal of American Statistical Association, 94*, 1121-1122.

Gelfand, Alan E., & Smith, Adrian F. M. (1990). Sampling-based approaches to calculating marginal densities. *Journal of American Statistical Association, 85*, 398-409.

Hastings, W. K. (1970). Monte Carlo sampling methods using Markov chains and their applications. *Biometrika, 57*, 97-109.

Healy, Michael J. R., & Westmacott, Michael (1956). Missing values in experiments analyzed on automatic computers. *Applied Statistics, 5*, 203-206.

Horvitz, Daniel G., & Thompson, Donovan J. (1952). A generalization of sampling without replacement from a finite population. *Journal of American Statistical Association, 47*, 663-685.

Jennrich, Robert I., & Schluchter, Mark D. (1986). Unbalanced repeated measures models with structured covariance matrices. *Biometrics, 42*, 805-820.

Kalton, Graham, & Kish, Leslie (1981). Two efficient random imputation procedures. In *Proceedings of the Survey Research Methods Section* (pp. 146-151). American Statistical Association.

Kang, Joseph D. Y., & Schafer, Joseph L. (2007). Demystifying double robustness: A comparison of alternative strategies for estimating a population mean from incomplete data. *Statistical Science, 22*, 523-539.

Kim, Jae Kwang, Brick, J. Michael, Fuller, Wayne A., & Kalton, Graham (2006). On the bias of the multiple imputation variance estimator. *Journal of Royal Statistical Society. Series B, 68*, 509-521.

Little, Roderick J. A. (1992). Regression with missing X's: A review. *Journal of American Statistical Association, 87*, 1227-1237.

Little, Roderick J. A., & Rubin, Donald B. (2002). *Statistical analysis with missing data*. New York: Wiley.

Metropolis, Nicholas, Rosenbluth, Arianna W., Rosenbluth, Marshall N., Teller, Augusta H., & Teller, Edward (1953). Equations of state calculations by fast computing machines. *Journal of Chemical Physics, 21*, 1087-1091.

Neyman, Jerzy (1938). Contribution to the theory of sampling human populations. *Journal of American Statistical Association, 33*, 101-116.

Ning, Jianhui, & Cheng, Philip E. (2012). A comparison study of nonparametric imputation methods. *Statistics and Computing, 22*, 273-285.

Orchard, Terence, & Woodbury, Max A. (1972). A missing information principle: Theory and applications. *Proceedings of the 6th Berkeley Symposium on Mathematical Statistics and Probability, 1*, 697-715.

Potthoff, Richard F., & Roy, Samarendra N. (1964). A generalized multivariate analysis of variance model useful especially for growth curve problems. *Biometrika, 51*, 313-326.

Qin, Jing, Shao, Jun, & Zhang, Biao (2008). Efficient and doubly robust imputation for covariate-dependent missing responses. *Journal of American Statistical Association, 103*, 797-810.

Rosenbaum, Paul R., & Rubin, Donald B. (1983). The central role of the propensity score in observational studies for causal effects. *Biometrika, 70*, 41-55.

Rubin, Donald B. (1976). Inference and missing data. *Biometrika, 63*, 581-592.

Rubin, Donald B. (1978). Multiple imputation in sample surveys. In *Proceedings of the Survey Research Methods Sections* (pp. 20-34). American Statistical Association.

Rubin, Donald B. (1987). *Multiple imputation for nonresponse in surveys*. New York: Wiley.

Schafer, Joseph L. (1997). *Analysis of incomplete multivariate data*. London: Chapman and Hall.

Scharfstein, Daniel O., Rotnitzky, Andrea, & Robins, James M. (1999). Adjusting for nonignorable drop-out using semiparametric nonresponse models. *Journal of American Statistical Association, 94*, 1096-1120.

Smith, Peter J. (2002). *Analysis of failure and survival data*. London: Chapman & Hall.

Tanner, Martin A., & Wong, Wing-hung (1987). The calculation of posterior distributions by data augmentation. *Journal of American Statistional Association, 82*, 528-540.

Verbeke, Geert, & Molenberghs, Geert (2000). *Linear mixed models for longitudinal data*. New York: Springer.

Von Neumann, John (1951). Various techniques used in connection with random digits. National Bureau of Standards. *Applied Mathematics Series, 11*, 36-38.

Wilkinson, G. N. (1958). The analysis of variance and derivation of standard errors for incomplete data. *Biometrics, 14*, 360-384.

Wilks, Samuel S. (1932). Moments and distributions of estimates of population parameters from fragmentary samples. *The Annals of Mathematical Statistics, 3*(3), 163-195.

Yates, Fard (1933). The analysis of replicated experiments when the field results are incomplete. *Empire Journal of Experimental Agriculture, 1*, 129-142.

延伸閱讀

1. Enders, Craig K. (2010). *Applied missing data analysis*. London: Guilford Press.
   此書作者為心理學家,內容介紹結構方程模型及多層次資料分析的缺失資料插補方法。全書主要討論最大概似估計法及多重插補法,並包含許多應用實例及插捕軟體介紹。

2. Madow, William G., Olkin, Ingram, & Rubin, Donald B. (1983). *Incomplete data in sample surveys, Volume 2, Theory and bibliographies*. New York: Academic Press.
   此書總共三冊,為討論抽樣調查中,處理不完整數據的專書。第二冊內容涵蓋資料蒐集、追蹤訪問及處理缺失數據的方法。讀者若對缺失數據個案的討論及熱卡插補的統計原理有興趣,可參考第一、三冊。

3. Schafer, Joseph L. (1997). *Analysis of incomplete multivariate data*. New York:

Chapman & Hall.

此書有系統地介紹連續、類別及混合兩類的缺失資料插補方法，並以貝氏 Markov Chain Monte Carlo (MCMC) 執行多重插補為主。作者雖為統計學家，但全書內容易讀，並附有 S-PLUS 計算軟體。

4. Shoemaker, David M. (1973). *Principles and procedures of multiple matrix sampling.* Cambridge, MA: Ballinger.

抽樣調查中問卷如果過長，必須將長卷拆成短卷；受訪樣本僅須填答短卷，以減少問卷冗長造成的測量誤差。在不影響調查結果的情況下，短卷設計為心理計量及統計領域的研究課題。此書為最早討論 (不完整資料) 短卷設計的專書，後續的相關文章多數為期刊論文。從網頁搜尋引用 Shoemaker 專書的文章，可找到不同領域 (例如：教育、經濟、公衛) 內應用矩陣取樣的例子。

9

整合分析

一、前　言

　　在社會行為科學的研究裡，同一個或類似的研究假設常常會在不同的研究中被直接或間接地探討。例如，兩種不同的心理治療方法是否在改善或治癒憂鬱症的效果上有所不同；或者，兩種不同的閱讀教學方式是否在幫助閱讀困難學生的閱讀上有不同的成效。而因為抽樣與測量上的變異 (誤差)，不同的研究往往會得出不完全一致，有時甚至相反的結果。當我們在綜理這些文獻中的研究時，習慣上都是以每個研究的統計推論的決定 (某個效果是否顯著、某個研究假設是否得到支持) 作為結果，進行綜合分析與評斷。然而統計推論所做的決定是根據手邊掌握證據的強度 (機率) 所做的暫時性判斷，有其任意性 (因為這個判斷會受到研究者主觀上願意接受多大的犯錯風險所影響)，並不能視為研究的結果。量化的研究結果其實是數據本身 (raw data)，或依數據所計算出來的統計數 (平均數、標準差、比較所得的 $t, F, r,$ χ^2 之類的統計數，或其對應的機率)。如果我們將同一個研究假設的不同研究，視作重複多次的相同研究，並且假定每一次重複時都會有一定的隨機誤差 (抽樣上的、測量上的)，那麼各研究的結果會有不一致的情形是可以理解及預期的。研究間結果上的不一致不一定是有系統的因素造成的，有可能只是隨機的因素造成的。如果是後者，其實我們可以把這些研究的結果加以合

併 (平均)，合併的結果會有更高的可信度 (因為樣本大大地增加了)，當然也就能據以下一個比較肯定的結論。當然，如果我們懷疑有一些非隨機的因素導致研究之間結果的不同，那麼我們也可以檢視這些非隨機因素所造成的變異是否顯著地大於隨機因素所造成的變異。以上的做法是一種量化的文獻綜理方法，也就是所謂的整合分析 (meta-analysis)。

　　整合分析和我們平常所使用的統計方法並無不同，只是分析的單位不再是個人而是個別的研究，分析的依變量通常不再是個人的表現成績，而是一個研究中群體的平均表現，或是一個研究中研究假設所要檢驗的效果的量。因此，整合分析不是單一的統計方法，而是所有我們所熟悉的統計方法。事實上，任何可以用量化方式將文獻中的數據加以整理，幫助我們進一步了解這些數據的規律與意義的做法都算是整合分析。

　　由於整合分析是在前人對其研究資料已經做過分析之後，再進行的分析，因此是分析的分析 (analysis of analysis) 或分析之後的分析 (meta-analysis)。因為它是為了整合文獻中的研究結果所進行的分析，所以筆者以「整合分析」稱之。林邦傑教授於 1987 年為文介紹時，也是用這個名稱。

　　在這一章，我期望讀者可以從觀念上充分理解整合分析的內涵，因此著重於觀念的講解與闡述，至於技術細節，因為涉及各種統計方法，需要一整本專書來講解，所以在此只做提示性的介紹。要了解整合分析的內涵，必須先了解為什麼要用整合分析，還要了解大家熟悉的統計推理與做法有什麼盲點。

二、為什麼要用整合分析？

(一)　社會行為科學的知識不易累積所造成的挫折與困境

　　科學研究的特性是客觀、可重複，由此獲得的知識信度高、比較可以累積。而科學的研究也強調要在前人研究的基礎上向上累積、向前邁進。這樣的特性在自然科學的領域裡比較能夠看得到，在社會行為科學的領域裡卻不

然。社會行為科學研究所獲得的知識往往爭議大、不易累積，以至於研究愈做愈多，卻始終難以有一個大家都接受的結論。這不但浪費研究的資源，對國家社會政策的釐定也無法提供有用的建議。

1970 年代初期，美國參議員 Walter Mondale 在全美教育研究學會的年會中，針對學界研究公立學校實施種族合校的利弊的研究結果發表評論時說：「我聽了、看了這麼多的研究報告，可是仍然不知道這件事情要怎麼做。我相信高品質的種族整合教育是正確的方向，而本來我預期各位的研究結果要嘛就是支持，要嘛就是斬釘截鐵地反對我這個看法。可是，我看不到能有定論的證據。只要有支持的證據或論點，就會有反對的證據與論點，質疑支持者的看法。大家彼此都無法同意對方。更糟糕的是，沒有人知道這件事該怎麼做才對。因此，坦白地講，我和我的議員同事都很困惑，也很無助。」

同樣的評論也出現在有關閱讀的研究上。Eleanor Gibson 與 Harry Levin 在其《閱讀心理學》(*The Psychology of Reading*) (1978) 中曾經有如下的評論：「從 1920 年起，閱讀的研究從探究基本閱讀歷程轉向探討課程的設計，什麼樣的閱讀教學最有效。一個吵得沸沸揚揚的議題是，拼音教學法還是整詞教學法比較好。令人遺憾的是，歷經四十多年，這些研究的結果卻無法得出一個確定的結論。我們無法確知某一個方法一定比另一個方法高明。文獻中只要有一個教學方法得到支持，就會有相同多的研究支持另一個教學方法。最後大家的解釋似乎都變成了：全看老師而定。」

心理治療的研究莫衷一是的情形也很普遍。每一個治療學派都宣稱他們的治療方法有別於其他的方法，而且有效，甚或比其他的方法更有效。Gene Glass 與 Mary Smith 於 1977 年發表了一篇研究報告，他們運用整合分析的方法將過去研究比較各種心理治療療效的研究結果做量化的整理，得出的結論是：每一種方法都有效，而且沒有哪一種方法優於其他方法。這樣的結論竟因此招徠心理治療學界的圍剿，一些頗有學術聲望的學者強力批評他們的做法是「不倫不類、垃圾進、垃圾出」(Garbage in, garbage out)。

(二)　社會行為科學研究者錯誤的統計思維與做法所造成的困境

1. 第一級研究、第二級研究與整合分析

Glass 於 1976 年的一篇文章中將統計分析分成三個層次。第一級研究是大多數研究者所熟悉且例行進行的研究，分析的是研究者自己所蒐集來的第一手數據，分析的單位通常是受試者。第二級研究是分析他人所蒐集的數據，這種數據通常是經由一個大型的研究調查依照事先設定的研究目的與假設蒐集建立的，蒐集數據的研究者在分析過這些數據後 (第一級研究)，會將資料庫開放給其他研究者做更多的探究，這些探究通常不在原研究者所設定的範圍內。因為是在第一波分析之後所進行的分析，所以叫作第二級研究，不過，分析的單位與第一級研究是一樣的。第三級研究就是本章所介紹的整合分析，分析的單位是一個個研究的研究結果。

2. 虛無假設統計考驗的邏輯與做法

第一級研究最常採用的統計推論邏輯是「虛無假設統計考驗」。虛無假設統計考驗的推論邏輯與做法是這樣子的。首先，由於科學的研究永遠無法直接證實某一個研究假設 (因為反證永遠可能存在，只是尚未出現而已)，因此，研究者只能設定一個與心裡支持的假設 (稱為對立假設) 相反的假設 (稱為虛無假設)，盡力蒐集證據，並且以較寬鬆的標準來檢驗虛無假設。在此情形下，如果證據力仍不足以支持虛無假設，研究者才願意暫時接受心裡的假設為真。其次，由於研究者所希望證實的假設多半是宣稱某種變項的操弄產生了效果，因此，虛無假設的設定就通常是宣稱該變項的操弄沒有效果，也就是：

$$H_0 : \mu_D = 0$$

$$H_A : \mu_D \neq 0$$

雖然虛無假設宣稱效果為 0，但是由於抽樣會有誤差，因此，即便真實

的效果不存在，每次抽樣所測量到的效果看起來仍有可能是存在的，不過，如果抽樣的次數夠多，樣本夠大，那麼平均起來效果仍會是 0。問題是，每一個研究者在一次研究中只抽樣一次，而且樣本通常不可能很大，因此會面臨抽樣誤差所帶來的困擾。也就是說，研究者在其一次的研究中所觀察到的效果可能是真實的，也可能是假的 (意思是說，他的研究結果其實是從虛無假設的母群抽樣而來)。此時，研究者必須採取某種標準幫他做判斷。比如說，如果研究所發現的效果是從虛無假設母群抽樣而得的機率不到 5%，那麼研究者便願意判定這個效果不是來自虛無假設的母群，從而宣告對立假設獲得支持。當然，在做出這樣的判定時，研究者必須記住，虛無假設為真的可能性仍然存在 (有至多 5% 的機率)，也就是說，研究者的判定有可能是錯的 (這種錯誤稱為第一類型錯誤)，只不過是因為錯的機率被事先設定在一個很嚴謹的水準，研究者願意冒這個風險而已。

3. 第一級研究中的統計推論的一些謬誤

William Rozeboom 在 1960 年發表了一篇文章，分析虛無假設統計考驗的一些謬誤。他首先舉例指出，當虛無假設設定效果為 0 時，研究者所獲得的數據可能不足以推翻虛無假設 (下面甲的狀況)；而當虛無假設設定效果為某一非 0 的數值時，同樣的數據可能也不足以推翻虛無假設 (乙的狀況)；這兩個虛無假設是相互矛盾的，但此時卻同時成立 (一個宣稱效果為 0、一個宣稱效果為某一非 0 的數值)。這個例子說明了虛無假設的基本推論邏輯是有問題的。

(甲)

$H_0: \phi = 0$

$d = 8.5, s = 5, df = 20, d/s = t = 1.7$

$t_{0.975} = 2.09, -2.09 < d/s < 2.09$ 或 $-10.45 < d < 10.45$

$p = 0.10$

統計決定：接受 H_0

(乙)

$$H_0 : \phi = 10$$

$$(d-10)/s = t = -0.3$$

$$-2.09 < (d-10)/s < 2.09 \text{ 或 } -0.45 < d < 20.45$$

$$p = 0.77$$

統計決定：接受 H_0

Rozeboom 進一步指出，乙這個狀況成立的機率是 0.77，遠大於甲狀況成立的機率 (0.10)，乙的證據力顯然高於甲的證據力，可是兩者都被接受為真。再仔細看一下甲的情況。$t = 1.7$ 和 $t = 2.1$ 顯然差距較小，$t = 1.7$ 和 $t = -1.7$ 顯然差距大得多，可是 $t = -1.7$ 所導致的判決和 $t = 1.7$ 是一樣的，而 $t = 2.1$ 所導致的判決卻和 $t = 1.7$ 的相反，這難道不奇怪嗎？如果我們將拒絕虛無假設的標準設定為 10%，那麼甲的狀況就會被拒絕。可是，統計的推論不是應該根據證據力嗎？如果研究者的風險設定可以決定最後的統計判定與推論，那麼這樣的做法就不能說是科學、客觀了。

4. 第一類型與第二類型錯誤的不平衡

Frank L. Schmidt 在 1992 年發表的一篇文章裡也對虛無假設統計考驗的推論邏輯與做法提出質疑。他指出，研究者只顧到減少犯第一類型錯誤的機率，卻忽視了第二類型錯誤，以至於第二類型錯誤的機率變得很高。而不管是第一類型或第二類型錯誤，都是錯誤。研究者總以為自己根據虛無假設統計考驗所做的推論，犯錯的機會只有不到 5%。可是事實上如果把第二類型錯誤算進來的話，犯錯的機會可以高達 70%。他舉例說 (見圖 9-1)，假定研究者想要檢驗某一變項的效果，他抽取實驗組 15 人，控制組 15 人，假定從虛無假設母群無限次抽樣的標準誤為 0.38，單尾拒絕區的機率 (α) 設定為 0.05，那麼要得到統計上顯著的結果就必須兩組要有至少 0.62 (1.645 × 0.38) 的差異才行。現在假定真實的效果為 0.50，從對立假設母群無限次抽樣的標準誤也是 0.38，那麼依照虛無假設統計考驗的推論方式以及剛才所假定的樣

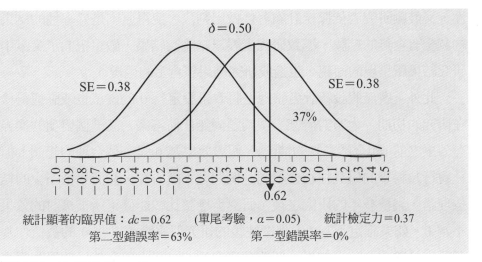

資料來源：Schmidt (1992, Figure 2)。

圖 9-1　一系列實驗中的統計檢定力

本大小，研究者能夠拒絕虛無假設的機會只有 0.37 (這叫作統計檢定力)，也就是他犯第二類型錯誤的機率高達 63%，而犯第一類型錯誤的機率其實是 0。這是因為我們已經假定真實的效果為 0.50，且抽樣均來自對立假設的母群，所以不可能存在有第一類型錯誤的情形。又因為我們的樣本雖然來自對立假設的母群，卻以虛無假設的母群來衡量這個抽樣的結果，所以當然只會犯第二類型錯誤。Schmidt 進一步指出，虛無假設統計考驗的推論邏輯與做法的不當不僅在於讓研究者犯錯 (第二類型錯誤) 的機率提高，尤有甚者，這個做法其實還會嚴重錯估了真實的效果量。以剛才的例子來說明，要能拒絕虛無假設至少需要 0.62 的效果量，這已經超過實際效果量 (0.50) 24%。如果我們把大於 0.62 的所有值平均，會得到 0.89。換句話說，如果我們把所有統計考驗顯著的研究結果平均起來作為真實效果量的估計值的話，我們會高估達 78%。如此看來，依照虛無假設統計考驗的推論方式不僅不能降低研究者犯錯的機率，還會令研究者錯估實際的效果。

　　現在仔細回想一下，虛無假設統計考驗的推論方式過分強調統計顯著

性，又鼓勵研究者依據統計顯著性做出判決，使得原本是機率性的結果被化約為全有全無的結論，導致研究者誤以結論為結果，嚴重扭曲了文獻中各個研究結果所呈現的面貌，也造成研究結果整合上的困擾。

此外，虛無假設統計考驗總是將效果設定為 0 的做法也或許值得檢討。在研究的初期，大家對於某一個問題尚無任何答案、某一個變項的操弄是否有效果之前 (即全然未知的情況)，假設效果為 0 是一個合理的起頭。但是，社會行為科學的研究往往會對同一個問題不斷研究，從而累積不少的結果。按理講，累積多年的研究之後，研究者應該比較能確定所被探討的效果是否不為 0。如果確定不為 0，那麼往後的研究似乎應該以非 0 的數值作為虛無假設來檢驗才合理。如果一個問題研究了二、三十年仍然以效果為零作為虛無假設，那就表示我們未能從這二、三十年的研究中得到任何有用的資訊，仍然停留在研究初始的階段，這豈不是大有問題？我們還能宣稱社會行為科學的研究是科學的嗎？

由於虛無假設統計考驗的推論方式有上述的這些謬誤，所以，許多統計學者倡議應該揚棄之，改以報告效果量的估計值與信賴區間，或以貝氏統計推理的方式來處理研究的結果。

(三)　傳統文獻綜理做法的一些謬誤

文獻綜理傳統上多是由資深的研究者根據其對相關研究的了解做出綜合性的評斷。這樣的做法訴諸專家的意見，是日常生活許多領域裡常見且可接受的做法。不過，這樣的做法難免主觀，不符合科學的要求；而且當文獻很龐大時，即使是專家也無法有效無誤地處理相關的研究數據 (這是人類認知系統上的限制)。因此，有時候我們會看到不同的研究者對同一批文獻做出不同的評斷且僵持不下。導致爭議的一個原因是，哪一個研究應該納入，不同的研究者會有不同的標準。甲研究者可能認為 A 研究的可信度高，而將之納入統整；乙研究者可能認為 A 研究的可信度低，而不予採計。如此一來，統整的數據不完全相同，結論自然也就可能各異；導致爭議的另一個原因

表 9-1　工作滿意度和對公司的忠誠度之相關

研究編號	樣本數 N	相關係數 r	員工性別	公司大 (L) 公司小 (S)	白領 (WC) 或 藍領 (BC)	種族	員工年齡小於 (U) 或大於 (O) 30	公司的地理位置
(1)	20	.46*	F	S	WC	B	U	N
(2)	72	.32**	M	L	BC	Mixed	Mixed	N
(3)	29	.10	M	L	WC	W	O	N
(4)	30	.45**	M	L	WC	W	Mixed	N
(5)	71	.18	F	L	BC	W	O	N
(6)	65	.45**	F	S	BC	W	U	N
(7)	25	.56**	M	S	BC	Mixed	U	S
(8)	46	.41**	F	L	WC	W	Mixed	S
(9)	22	.55**	F	S	WC	B	U	N
(10)	69	.44**	F	S	BC	W	U	N
(11)	67	.34**	M	L	BC	W	Mixed	N
(12)	58	.33**	M	S	BC	W	U	N
(13)	25	.14	M	S	WC	B	O	S
(14)	20	.36	M	S	WC	W	Mixed	N
(15)	28	.54**	F	L	WC	W	Mixed	S
(16)	30	.22	M	S	BC	W	Mixed	S
(17)	69	.31**	F	L	BC	W	Mixed	N
(18)	59	.43**	F	L	BC	W	Mixed	N
(19)	19	.52*	M	S	BC	W	Mixed	S
(20)	44	−.10	M	S	WC	W	O	N
(21)	60	.44**	F	L	BC	Mixed	Mixed	N
(22)	23	.50**	F	S	WC	W	Mixed	S
(23)	19	−.02	M	S	WC	B	O	S
(24)	55	.32**	M	L	WC	W	Mixed	Unknown
(25)	19	.19	F	S	WC	B	O	N
(26)	26	.53**	F	S	BC	B	U	S
(27)	58	.30*	M	L	WC	W	Mixed	S
(28)	25	.26	M	S	WC	W	U	S
(29)	28	.09	F	S	BC	W	O	N
(30)	26	.31	F	S	WC	Mixed	U	S

註：*$p < .05$；**$p < .01$。

資料來源：Hunter 與 Schmidt (1990, Table 1.1)。

是，研究者不自覺地將個別研究的統計結論當作結果，造成研究結果統整上的謬誤。John E. Hunter 與 Frank L. Schmidt (1990) 就舉了一個有趣的例子說明這一點。

　　Hunter 與 Schmidt 想探討公司員工的工作滿意度與其對公司的忠誠度之關係。他們從文獻中找到 30 個有關此議題的研究，卻發現大家的研究發現並不一致，有些研究發現顯著的相關，有些發現沒有顯著的相關。他們推測研究結果的不一致或許和各個研究所調查的公司的若干特性有關，例如公司的大小、員工的性別、年齡、種族、職等以及公司的地理位置等。他們將這些資料抽取出來，整理成表 9-1。

表 9-2　不同情況下工作滿意度和對公司的忠誠度是否有相關

性別	M	F	
不顯著	7	4	11
顯著	8	11	19
	15	15	30

$\chi^2 = 1.29$

公司大小	S	L	
不顯著	9	2	11
顯著	9	10	19
	18	12	30

$\chi^2 = 3.44$

白領或藍領	WC	BC	
不顯著	8	3	11
顯著	8	11	19
	16	14	30

$\chi^2 = 2.62$

種族	W	B	Mix	
不顯著	7	3	1	11
顯著	13	3	3	19
	20	6	4	30

$\chi^2 = 1.64$

員工年齡	Young	Old	Mix	
不顯著	2	7	2	11
顯著	7	0	12	19
	9	7	14	30

$\chi^2 = 16.52$

地理位置	N	S	
不顯著	6	5	11
顯著	11	7	18
	17	12	29

$\chi^2 = .12$

資料來源：Hunter 與 Schmidt (1990, Table 1.2)。

接著，他們進行了一連串的分析，檢視一個研究所得到的相關係數是否顯著與該研究的公司特性是否有關。以列聯表及卡方考驗所進行的檢驗結果如表 9-2 所示。看起來，只有員工的年齡與相關係數是否顯著有關。七篇員工年齡為 30 歲以上的研究都得到不顯著的相關，其他的研究 (員工年齡為 30 歲以下，或兩者混合) 則有些得到顯著的相關，有些得到不顯著的相關，需要進一步分析原因。

Hunter 與 Schmidt 於是將員工年齡為 30 歲以下或兩者均有的研究抽取出來，同樣以列聯表及卡方考驗檢視這些研究結果的不一致是否與公司的特

表 9-3　工作滿意度和對公司的忠誠度之相關：以年輕或混合年齡受試者為樣本的研究

性別

	M	F	
不顯著	3	1	4
顯著	8	11	19
	11	12	23

$\chi^2 = 1.43$

公司大小

	S	L	
不顯著	4	0	4
顯著	9	10	19
	13	10	23

$\chi^2 = 3.72$

白領或藍領

	WC	BC	
不顯著	3	1	4
顯著	8	11	19
	11	12	23

$\chi^2 = 1.43$

種族

	W	B	Mix	
不顯著	3	0	1	4
顯著	13	3	3	19
	16	3	4	23

$\chi^2 = .81; df = 2$

地理位置

	N	S	
不顯著	1	3	4
顯著	11	7	18
	12	10	22

$\chi^2 = 1.72$

資料來源：Hunter 與 Schmidt (1990, Table 1.3)。

性有關。結果 (如表 9-3) 發現公司的大小和相關係數的顯著與否有顯著的相關。研究的對象如果是大公司，得到的相關係數均顯著；研究的對象如果是小公司，得到的相關係數則有的顯著，有的不顯著。

最後，以小公司的研究所進行的分析顯示，員工的性別、職等、種族、公司的地理位置均與研究的結果是否發現顯著的相關無關 (如表 9-4)。

這一連串分析的結果，Hunter 與 Schmidt 綜合成如下的結論：對公司的忠誠度與對工作的滿意度兩者之間的相關，會因公司的若干特性而有所不同。員工的年齡在 30 歲以上的公司，員工對公司的忠誠度與對工作的滿意度兩者之間不見顯著的相關。員工比較年輕的公司以及員工有老有年輕的公司，如果是大公司的話，忠誠度和滿意度必有顯著的相關。如果是小公司的話，則研究的結果分歧，並無可以解釋分歧的原因。

表 9-4　工作滿意度和對公司的忠誠度之相關：以小公司、年輕或混合年齡受試者為樣本的研究

性別

	M	F	
不顯著	3	1	4
顯著	3	6	9
	6	7	13

$\chi^2 = 1.93$

白領或藍領

	WC	BC	
不顯著	3	1	4
顯著	3	6	9
	6	7	13

$\chi^2 = 1.93$

種族

	W	B	Mix	
不顯著	3	0	1	4
顯著	5	3	1	9
	8	3	2	13

$\chi^2 = 1.84$

地理位置

	N	S	
不顯著	1	3	4
顯著	4	4	8
	5	7	12

$\chi^2 = .69$

資料來源：Hunter 與 Schmidt (1990, Table 1.4)。

> ### 參考方塊 9-1：檢驗 Hunter 與 Schmidt 的 30 個相關係數確從 $\rho = 0.33$ 的母群隨機抽樣而來
>
> 我們可以做兩件事來檢驗這 30 個相關係數確實是從 $\rho = 0.33$ 的母群隨機抽樣而來。首先，計算這 30 個相關係數的平均數，得到 0.33，正是母群的相關係數。其次，計算這 30 個相關係數的變異數，得到 0.029；再進一步求出每一個樣本的抽樣誤差 $[(1 - 0.33^2)^2/(n-1)]$，予以平均，得到 0.026；這兩個數值非常接近，證實了這 30 個相關係數之間的變異其實完全就是抽樣誤差造成，並無其他系統性的原因可以追求。

　　這樣的分析結果與結論可以做如下理論上的解釋。忠誠度隨著員工在公司的任職時間而增強，十年期間會到達頂點，不再增加。年紀較大的員工的忠誠度可能都很高，缺乏變異性，因此看不出忠誠度與工作滿意度的關係。大公司員工的忠誠度可能增長比較緩慢，會在年輕與年齡混合的員工群體中產生較大的變異，因此比較會與工作滿意度有顯著相關。

　　以上的文獻綜理不屬於傳統專家式的綜理方式，而是運用了一些統計方法所進行的量化的綜理方式。可是，整個文獻綜理的做法與結論都是錯的。上述的文獻其實是以模擬的方式，從一個相關係數的常態分配母群中隨機抽取 30 個樣本，每個樣本的大小是隨機決定的，但都圍繞在 40 左右。此常態分配母群的平均數為 0.33，樣本的變異數為 $(1 - \rho^2)^2/(N-1)$。公司的特性都以隨機的方式決定。樣本的相關係數平均起來剛好是 0.33，這些相關係數的變異數剛好就是抽樣的誤差，並無額外的變異與公司的任何特性有關。那麼，前述的量化綜理方式為什麼會得出看起來頗有意義的發現與結論呢？整個文獻綜理的做法在哪裡出錯了？關鍵的錯誤在於將研究的結果依統計顯著與否做二分。

三、整合分析介紹

(一) 起源與歷史發展

根據 Robert Rosenthal (1991) 與 Morton Hunt (1997) 的說法，整合分析的興起或許可以歸功於 Gene Glass 與其同事在 1976 年所做的有關心理治療療效的研究，這個研究的發表點燃了整合分析之火，使得這個文獻整理的方法受到各領域研究者的矚目，很快地蔚為風潮。不過，整合分析的概念、方法與研究並非始自 Glass。在他之前 (至少早至二十世紀初期) 就已經有許多學者以不同的方式對文獻的資料做量化的整理。這些學者有的只是單純地將不同研究樣本所得的相關係數加以平均，以得知平均的相關有多大。譬如：受試者的行為表現會受到實驗者的預期心理影響，這方面的研究甚多，Rosenthal 將這些研究所得的相關係數加以平均，結果發現，即使實驗者沒有刻意明白地引導受試者，受試者的行為表現與實驗者的預期仍有高達 0.43 的相關。有的學者做量化的文獻整理是為了解釋各個研究結果為什麼有很大的變異，因此尋找一些可以解釋此變異的因子。譬如：比奈智力測驗的再測信度各個研究所得不一，而各個研究所採用的次測驗，間隔時間剛好也都不同，因此 Edward Lee Thorndike 便整合各個研究的數據，探討比奈智力測驗的再測信度與兩次測驗的間隔時間的關係。另外，也有學者嘗試在已有的數據當中探討可能的規律，並以此作為新的研究假設。譬如 Benton J. Underwood 探討遺忘的機制 (詳細介紹於後) 即是一例。

其實，當代整合分析的幾個主要的分析方法在 1930 年代以前就已經被提出來過。Karl Pearson 在 1904 年就提出過將相關係數平均的做法；1931 年，Leonard H. C. Tippett 提出一個方法將各個研究統計考驗的 p 值加以合併，以檢驗這些研究平均的結果是否顯著；William G. Cochran 也於 1937 年提出非相關係數效果量的計算與合併的方法，他還進一步提出如何比較效果量。只是這些方法在提出的當時並未受到重視而已。

　　點燃整合分析之火的 Glass 原本的訓練與研究工作是心理計量與統計。根據他的自述 (Glass, 2000)，他取得博士學位的時候，也同時有嚴重的神經官能症 (neurosis)。所幸他在伊利諾大學任教時接觸了心理治療，並且獲得很好的效果。後來他甚至去唸臨床心理學，而且想改行從事心理治療。不過，當時心理學界有一位影響力甚大的學者 Hans Eysenck，他不斷為文檢視及批判心理治療療效的研究，並宣稱心理治療其實是沒有用的，充其量只能說是有安慰劑 (placebo) 的效果而已。Eysenck 這樣的論調與 Glass 自身的經驗與所學的臨床心理學知識不符。在跳入這一行之前，Glass 覺得有必要把這件事情弄清楚。於是，他詳讀了 Eysenck 的幾篇文獻回顧的文章，然後很驚訝地發現 Eysenck 的說法相當武斷、主觀、跋扈。他因而決心要挑戰 Eysenck 的說法，要證明 Eysenck 是錯的，心理治療其實是有效的。

　　這個強烈的動機與目的使得 Glass 得以將他的舊愛 (心理計量與統計) 與新歡 (心理治療) 做完美的結合。他在這個研究的過程當中提出了整合分析 (meta-analysis) 這個名詞。由於這個名詞好唸，又予人「超越」的聯想，比起過去學者常用的研究整合 (research synthesis) 一詞更吸引人；再加上他當時以全美教育研究學會理事長的身份在年會的理事長就任演講中發表這份研究報告；因此，這把火立刻蔓延開來，不但硝煙四起，而且燒遍學術界。

　　整合分析之火點燃之後，第一個跳進來以此為其研究專業與學術生涯的人是芝加哥大學的 Larry V. Hedges。Hedges 對整合分析的統計理論與技術細節做了許多開創性的研究，他和 Stanford 大學的 Ingram Olkin 合著出版於 1985 年的《整合分析的統計方法》(*Statistical Methods for Meta-analysis*) 可以說是經典之作。

(二)　核心概念

　　本章開頭就已先點出，整合分析的概念和做法與我們一般所學到、用到的統計並無不同，只是分析的單位改變成一個個的研究或研究假設。每一個研究假設會產生一個研究結果 (或稱效果)，這些研究結果構成整合分析中的

依變量 (反應變項)。每一個研究假設必須是僅包含兩組的比較，並且是有方向預測性的假設 (A 大於 B 或 A 小於 B，不能是 A 不等於 B)，或者是兩個變項之間的相關；這些假設必須能統整於同一個理論概念中 (如此才能視為是探究相同的研究問題)；這些結果必須先轉換成標準化的單位 (因為不同的研究量尺可能不同，標準化的意思是統一量尺)；由於每一個效果量的信度不同，因此可能必須先以某種方式加權 (樣本數或變異數的倒數)，以便進行統整。

　　整合分析中的預測變項是研究者揣測造成各研究結果不一致的可能因素，這些因素通常是個別研究的一些特性，例如：研究所進行的年代、參與者的性別、實驗程序上的差異等。

　　研究結果彼此不一致的原因有很多，有系統性的原因 (特定的因素，具有解釋力)，也有非系統性的原因 (隨機的因素)。如果我們把各個研究當作是不同的研究者在不同的時間、地點針對同一現象所做的抽樣，那就不難理解抽樣誤差會是造成研究結果不一致的重要因素，也是第一個必須要被考慮到的因素。在排除抽樣誤差所造成的變異之後，如果還有足夠大的變異時，才值得我們進一步去探尋其他的因素。這是所有統計方法與推論的基本邏輯。

　　整合分析的最主要目的是要將看似紛亂的研究結果整理出頭緒，找出可以解釋研究結果不一致的原因，以作為建構新假設、規劃後續研究的依據。如果抽樣誤差就足以解釋研究結果之間的變異，那麼整合分析的工作就是要將這些研究結果歸納成一個單一的結論，呈現最終的答案 (以平均的效果量表示)。

(三) 典型做法

1. 計算效果量及其變異數

(1) 效果量的定義

　　任何統計分析的主要工作都是在於處理反應變項及其變異。在第一級研究分析中，個別受試者的行為表現是反應變項。在整合分析中，通常個別研

究假設所探討的效果 (效果量) 是反應變項。一個研究所探究的效果不外兩種，一種是經由實驗操弄所造成的兩組受試者行為表現上的差異，以兩組平均數的差或比例的差來表示，這種效果量可以泛稱為「d 家族效果量」。以兩組平均數的差所代表的效果量需要除以標準差，成為一標準化的單位，方能拿來做跨研究的整合，這樣的效果量稱為「標準化的平均差」。以兩組比例的差所代表的效果量不需要標準化，因為比例本身就是一個標準化的量尺。同樣地，如果各個原始研究所測量的是一共同量尺 (如：身高、體重)，那也不需要除以標準差。

　　另一種常探討的效果量是兩個變項之間的相關，可以泛稱為「r 家族效果量」，這包含所有類型的皮爾森相關，如：

r：兩變項為連續變項

ρ：兩變項為序列變項

ϕ：兩變項為二分之類別變項

r_{pb}：一變項為連續變項、另一變項為二分類別變項

Z_r：r 的費雪轉換形式

需注意的是，以平方表示的相關 (如 r^2、ω^2、η^2、ζ^2) 因為不具效果的方向性，所以不適合當作效果量。

　　任何反應變項都有測量誤差，通常以其變異數表示，效果量也是。表9-5 列出幾個常見的效果量的定義以及其變異數。

(2) 從統計數或顯著值計算效果量

　　前面所介紹的效果量是以概念定義的。在現實狀況中，由於每個研究論文所報告的數據不一，整合分析的研究者不一定可以從研究論文中直接取得各組的平均數與合併的標準差或相關係數。但是，通常可以從論文所報告的統計數去推算。假使我們要以標準化的平均差作為效果量，但是某一篇論文沒有報告各組的平均數和標準差，但是有統計考驗的 t 值與自由度 (或是各組的人數)，那麼我們可以根據這些資料來計算效果量。因為 t 是平均數的差

表 9-5 列出幾個常見的效果量的定義以及其變異數

效果量	定義	變異數
r	$\dfrac{\sum z_x z_y}{N}$	$\dfrac{(1-r^2)^2}{N-2}$
Z_r	$1/2 \log_e\left[\dfrac{1+r}{1+r}\right]$	$\dfrac{1}{N-3}$
Cohen's q	$z_{r1}-z_{r2}$	$\dfrac{1}{N_1-3}+\dfrac{1}{N_2-3}$
Cohen's d	$\dfrac{M_1-M_2}{\sigma_{\text{pooled}}}$	$\left(\dfrac{n_1+n_2}{n_1 n_2}+\dfrac{d^2}{2(n_1+n_2-2)}\right)\left(\dfrac{n_1+n_2}{n_1+n_2-2}\right)$
Glass's Δ	$\dfrac{M_1-M_2}{S_{\text{control group}}}$	$\dfrac{n_1+n_2}{n_1 n_2}+\dfrac{\Delta^2}{2(n_2-1)}$
Hedges's g	$\dfrac{M_1-M_2}{S_{\text{pooled}}}$	$\dfrac{n_1+n_2}{n_1 n_2}+\dfrac{g^2}{2(n_1+n_2-2)}$
Cohen's g	$p-.50$	$\dfrac{p(1-p)}{N}$
d'	p_1-p_2	$\dfrac{p_1(1-p_1)}{n_1}+\dfrac{p_1(1-p_2)}{n_2}$
Cohen's h	$\arcsin p_1 - \arcsin p_2$	$\dfrac{1}{n_1}+\dfrac{1}{n_2}$
Probit d'	$z_{p1}-z_{p2}$	$\dfrac{2\pi p_1(1-p_1)e^{(Z_{p_1}^2)}}{n_1}+\dfrac{2\pi p_2(1-p_2)e^{(Z_{p_2}^2)}}{n_2}$
Logit d'	$\log_e\left(\dfrac{p_1}{1-p_1}\right)-\log_e\left(\dfrac{p_2}{1-p_2}\right)$	$\dfrac{1}{p_1(1-p_1)n_1}+\dfrac{1}{p_2(1-p_2)n_2}$

註：σ_{pooled}、S_{pooled} 指的是兩組合併的標準差。
資料來源：Rosenthal (1994, Table 16.2 & 16.3)。

除以合併的標準誤：

$$t=\dfrac{M_1-M_2}{SE_{\text{pooled}}}$$

而合併的標準誤是合併的標準差乘以一個以樣本數為基礎的校正因子：

$$SE_{\text{pooled}} = S_{\text{pooled}} \times \sqrt{\frac{1}{n_1} + \frac{1}{n_2}}$$

因此，把 t 乘以該校正因子就可以求得標準化的平均差這樣的效果量：

$$g = t \times \sqrt{\frac{1}{n_1} + \frac{1}{n_2}}$$

以上的算法適用於兩獨立樣本的組間設計。如果是相依樣本或重複測量的單一樣本的組內設計，那麼校正因子是 $\sqrt{1/N}$。

　　如果某一篇論文只報告了統計考驗的顯著值 (例如：$p < 0.05$)，我們也可以根據顯著值來推算效果量。做法是先將 p 值轉換成對應的統計數 (通常是 t)，再轉換為效果量。舉例來說，假使我們只知道統計考驗為雙側，$p < 0.05$，樣本是 $n_1 = n_2 = 16$。我們可以用 $p = 0.05$，$df = 30$ 求出對應的 $t = 2.04$ [可以利用 MICROSOFT EXCEL 的函數功能 tinv(0.05, 30) 就可以輕鬆得到]；接著再利用剛才的公式就可以求得 $g = 2.04 \times \sqrt{1/16 + 1/16} = 0.721$。

　　假使我們要以相關係數作為效果量，那麼也可以用剛才的辦法先求出 t 值，再用下面的公式算出 r：

$$r = \sqrt{\frac{t^2}{t^2 + df}} = \sqrt{\frac{(2.04)^2}{(2.04)^2 + 30}} = 0.349$$

(3) 效果量之間的轉換

　　假使有些研究報告的是相關係數，有些研究報告的是平均數的差，那麼我們需要統一採用一種效果量，可以是相關係數，也可以是標準化的平均差，而兩種效果量是可以相互轉換的。以 r 和 g 為例：

$$g = \frac{r}{\sqrt{1 - r^2}} \sqrt{\frac{df(n_1 + n_2)}{n_1 n_2}}$$

參考方塊 9-2：使用 EXCEL 的統計函數要注意的事

以 tdist(t, df, $tail$) 計算某個 t 值對應的機率時，輸入的 t 值必須是正值，這是因為 tdist 在計算機率時，是從 t 分配的右尾往左累進到 $t＝0$ 處為止。雙尾的機率只是把這樣計算出來的機率乘以 2 而已。因此，如果一個研究報告出來的 t 值是負的 (-1.5, $df＝30$)，而我們想求出 $p(T \leq t)$ 的話，就必須以正值 1.5 輸入 tdist(1.5, 30, 1)，這樣會得到 0.072。而如果我們想要的是 $p(T \geq t)$ 的話，就必須進一步計算 $1-0.072＝0.928$，這才是我們要的機率。應該求 $p(T \leq t)$ 或 $p(T \geq t)$ 則視文獻中大部分研究所得到的效果的方向為何而定。一旦確定之後，所有的研究的效果量及機率的計算都必須與此方向一致。

如果我們想以已知的 p 值求取對應的 t 值的話，首先要確定該 p 值是雙尾或單尾考驗的 p 值。如果是雙尾考驗的 p 值 (比如 0.05)，只要輸入 tinv(0.05, 30) 就可以了。如果這是單尾的 p 值，那就必須將 p 值乘以 2，輸入 tinv(0.10, 30)，才能得到我們要的 t 值。求出 t 值之後，還要進一步確認方向性。如果這個 p 值對應的效果是正的，那麼 t 值也是正的；如果這個 p 值對應的效果是負的，那麼 t 值也必須是負的 (也就是要記得加上負號)。

以 normsdist(z) 求某一 z 值對應的機率時要注意到，normsdist 在計算機率時，是從標準常態分配的左尾往右累進到右尾。如果某一研究報告的效果是正的，z 值是 1.645，normsdist(1.645) 傳回的值是 0.95，這代表 $p(Z \leq z)$ 的機率，但不是我們想要的機率。我們想要的機率是 $p(Z \geq z)$，因此必須進一步計算 $1-0.95＝0.05$，這才是我們要的機率。如果某一研究報告的效果是負的，z 值是 -1.645，那麼 $p(Z \leq -1.645)＝$normsdist(-1.645)$＝0.05$，但是 $p(Z \geq -1.645)＝1-$normsdist(-1.645)$＝0.95$。

(4) 效果量的校正

　　當樣本太小時，前面所提到的效果量估計方法會有偏估的情形，因此一般會把效果量乘以一個校正係數。例如 d 家族效果量的校正係數是：

$$c(df) \approx 1 - \frac{3}{4\,df - 1}$$

r 家族效果量一般不需要做校正。在整合分析裡，我們通常都先將 r 做費雪轉換成 Z_r 之後，再進行分析。而只有當樣本很小，且母群的 r 比較大時，才會有比較嚴重的偏估。由於現實狀況中，母群的 r 通常不大，且研究的樣本也不會太小，所以 Z_r 的偏估程度很小，可以不必理會。

(5) 從變異數分析的結果中求取效果量

　　許多研究以組間的差異為效果，並以變異數分析進行統計考驗。如果這些研究只用到兩組，那麼，變異數分析的 F 值和 MS_e 可以直接用來計算效果量。我們只要記得 $F = t^2$，$MS_e = S_{pooled}^2$，就可以運用前面提到的公式計算效果量了。如果這些研究的獨變項包含兩個以上的處理水準 (levels)，或是包含一個以上的獨變項，那麼變異數分析的 F 值和 MS_e 就不能直接拿來計算效果量。此時，我們必須從論文所報告的各項數據中，設法求出我們所關心那兩組的變異數 (標準差) 和平均數，才能據以計算效果量。萬一論文所提供的數據無法讓我們推算特定兩組的標準差時，我們只好以包含那兩組之獨變項的主要效果的 MS_e 來計算效果量了。

(6) 從線性迴歸分析的結果中求取效果量

　　如果是單純的線性迴歸，那麼迴歸係數 b 可以轉換成 r，作為效果量；標準化的迴歸係數不需要轉換，它就是 r。如果是多重迴歸，那麼迴歸係數就不可以用來計算效果量，因為每個預測變項的迴歸係數都是在考慮了其他預測變項之後計算出來的。

(7) 效果量彼此不獨立時

　　有時候，一個研究會產生多個效果量 (例如實驗組和控制組在不同的情況中被重複測量)。此時，我們必須依自己的研究目的與問題擇一來用，或

> **參考方塊 9-3：不同實驗設計下的效果量如何合併**
>
> 　　整合分析中各個研究的效果量如果是以標準化的平均差 (即 d 家族) 來表示的話，研究者必須注意分母 (標準差) 的性質必須相同，這樣各個效果量的量尺才會相同，才能合併與比較。不同的實驗設計會導致標準差不同。一般常見的兩獨立組的設計，其標準差是取兩組合併的標準差。另一種常見的實驗設計是單一組的重複量數設計，這種設計下的標準差是取差值的標準差。兩獨立組和單一組重複量數設計下的標準差不同，量尺也就不同。研究者必須將其中一種進行轉換，使得所有的效果量都是基於同一量尺，方得進行整合分析。轉換的方式可以參考 Morris 與 DeShon (2002) 的文章，內有詳細的說明。

者也可以將這些效果量加以平均後再用。

2. 效果量的平均

　　效果量的分析基本上有兩種：一是合併；一是比較。合併效果量時一般都是求其平均數。如果是 d 家族的效果量，那麼直接計算平均數即可。如果是 r 家族的效果量，必須先進行費雪轉換，將 Z_r 平均後，再還原成 r。由於每個研究的效果量變異數都不一樣 (主要受樣本大小的影響)，因此，在計算平均的效果量時，一般做法會以效果量的變異數之倒數予以加權，如下：

$$w_i = \frac{1}{v_i}, \quad \bar{g} = \frac{\sum w_i g_i}{\sum w_i}$$

如果是 r 的話，把 g 換成 Z_r 就可以了。

3. 效果量的比較

　　比較效果量時我們是在問：同一組中的效果量或者兩組效果量在考慮過抽樣誤差之後是否能視為同質 (來自同一母群)。以固定效果模式為例，基本

的做法是求出要比較的效果量的離均差平方和 (sum of squares)，這個數是一個卡方分佈的數，因此進行卡方考驗。考驗顯著時，代表效果量之間不同質，也就是說，效果量之間的變異超過了抽樣誤差造成的變異，研究者有必要尋找造成此額外變異的因素；考驗不顯著時，代表效果量之間同質，也就是說，效果量之間的變異並未超過抽樣誤差所造成的變異，此時，平均效果量就可以作為一個適當的總結。組內效果量的離均差平方和計算如下：

$$Q_W = \sum_{i=1}^{k} w_i (g_i - \overline{g}.)^2$$

Q_W 是自由度為 $k-1$ 的 χ^2。

組間效果量的離均差平方和這麼計算，先計算出各組的平均權重、各組的平均效果量，以及總平均效果量，然後依下列公式計算組間效果量的離均差平方和：

$$Q_B = \sum_{j=1}^{m} w.{}_j (\overline{g}.{}_j - \overline{g}..)^2$$

其中，

$$w.{}_j = \sum_{i=1}^{k} w_{ij}$$

$$\overline{g}.. = \frac{\sum_{j=1}^{m} \sum_{i=1}^{k} w_{ij} g_{ij}}{\sum_{j=1}^{m} \sum_{i=1}^{k} w_{ij}}$$

Q_B 是自由度為 $m-1$ 的 χ^2。同樣地，如果是 r 的話，把 g 換成 Z_r，並且使用對應的 w 就可以了。

4. 平均效果量的統計考驗

在計算出一組效果量的平均值之後，我們會想要知道它的 95% 信賴區間，或是考驗平均效果量是否大於 0 (或小於 0)。此時，我們需要先計算平均效果量的變異數，再依此計算信賴區間及做統計考驗：

$$w_i = \frac{1}{v_i}$$

$$v. = \frac{1}{\sum w_i}$$

$\bar{g}.$ 的 95% 信賴區間是 $\bar{g}. \pm 1.645 \times \sqrt{v}.$。考驗平均效果量是否大於 0 (或小於 0) 時，以平均效果量除以其標準誤，所得之統計數為常態標準分數 z，再計算對應的機率即可。

$$z_i = \frac{\bar{g}.}{\sqrt{v}.}$$

(四) 非典型做法

整合分析中的反應變項不一定要是效果量，有時候個別受試者的行為表現也可以是整合分析中的反應變項，不過，通常是以組平均數來代表。譬如，在認知心理學研究中常見的反應時間或是記憶量，在醫學研究中某疾病的發生率等，研究者都可以探討這些反應變項在各個研究樣本中的變化情形以及造成變化的原因。另外，統計考驗的顯著值也可以作為整合分析中的反應變項。我們以早期研究遺忘機轉以及之後研究認知老化的研究為例說明非典型整合分析的做法，也簡單介紹以統計考驗的顯著值為反應變項的整合分析。

1. 以記憶量作為反應變項的整合分析

1950 年代研究記憶的心理學家想了解遺忘的機轉，一個可能的機轉是當我們接觸、學習新的事物時，先前接觸、學習的舊事物就有可能受到干擾遺忘，這樣的機轉稱作反向干擾 (retroactive interference)。記憶心理學家起初專注於了解反向干擾的作用情境。他們多半在實驗中給受試者記背一些詞，然後考他們。由於一個變項的操弄往往有好幾個處理水準或是需要受試者在不同的實驗中記背不同的詞，因此受試者往往會記背好幾張詞表。這

些研究經過一段時期後，開始有研究者注意到，受試者愈到實驗的後段，記憶愈差。於是，有一位研究者 Benton J. Underwood 就想到製作一張圖 (見圖 9-2)，把文獻中採用類似方法的研究中的數據抽取出來，以某一組受試者記背某一詞表的記憶量為 Y，以該組受試者之前記背過幾張詞表為 X，畫出來的圖清楚呈現出記憶量隨著之前記背的詞表數的增加而下降。從這個分析的結果，Underwood 提出了另一個遺忘的機轉，叫作順向干擾 (proactive interference)，就是先前的學習會干擾後來的學習。

　　這個例子說明了整合分析並無固定標準的做法，只要是可以幫助研究者在浩瀚的數據海中看出系統性的變化的做法，都可以用。這個例子也說明了整合分析做得好的時候，是可以有突破性的發現，有助於建構新的理論概念與研究假設，作為後續研究的依據。

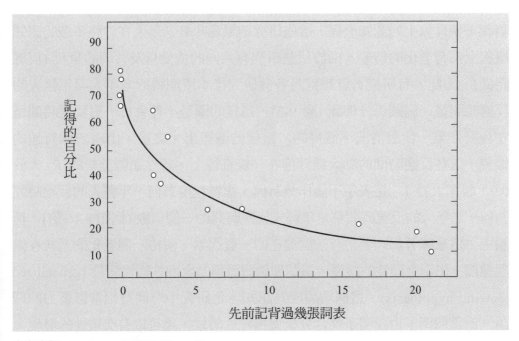

參考資料：Underwood (1957, Figure 3)。

圖 9-2　一張詞表記得的百分比與先前記背過幾張詞表之間的關係，每一個圓圈代表一個研究

2. 以反應時間作為反應變項的整合分析

執行一項作業所需的反應時間是認知心理學研究中常用的依變量，一道認知歷程必定要耗費一定的時間，認知心理學家假定不同的歷程或歷程的組合會消耗不同的時間，他們透過實驗的操弄去影響反應時間，藉此推論內在的認知歷程為何。把這樣的研究方法用在研究認知老化的議題時，研究者可以探討什麼樣的認知歷程會老化。許許多多研究累積的結果發現有些認知歷程比較會老化，有些比較不會或者是程度不一。如果我們想將現有的研究結果做整理的話，可以將每個研究所獲得的效果量 (老年人與年輕人反應時間的差) 拿來分析，這是典型的整合分析。但是也有人以另一種方式做數據的整理。

有研究者發現 (如 Timothy Salthouse、John Cerella)，認知老化的研究總是發現老年人在研究者操弄的許多變項上表現得比年輕人差。由於一個變項對應一個理論上的認知歷程，這些研究結果意味著老年人在許許多多的認知歷程上都有老化的情形。由於這些研究有共同的依變量及共同的量尺 (反應時間)，因此，有研究者就想到將各個研究樣本所測得的老年人與年輕人的反應時間畫一個關係分佈圖 (圖 9-3)，這樣的圖是不理會每一對反應時間是在什麼作業、什麼情況下測得的。這樣的圖畫出來之後，出現一個有趣的樣貌，這些反應時間的點大致分佈在一條直線上，線性迴歸分析的 R^2 大於 0.9，斜率大於 1。這表示不論作業為何、複雜程度為何、年輕人的反應時間為何，老年人的反應時間都是年輕人反應時間的一個倍數 (例如 2.16 倍)。理論上，這意味著認知老化有一個潛在的一般因素，使得一個老化的系統在處理速度上出現全面性的緩慢，這個理論假設稱為全面性緩慢假設 (generalized slowing hypothesis)。這個理論成為認知老化研究中一個有相當影響力的理論。而這個例子也說明了整合分析做得好的時候，是可以有突破性的發現，有助於建構新的理論概念與研究假設，作為後續研究的依據。

3. 以統計考驗的顯著值作為反應變項的整合分析

每一個原始研究都會根據其研究假設進行統計考驗，並且報告考驗的結

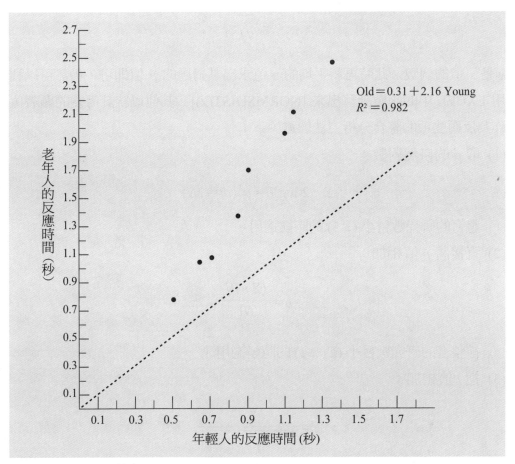

資料來源：Salthouse 等人 (1982, Figure 1)。

圖 9-3　老年人的反應時間與年輕人的反應時間在數個實驗條件下的配對關係。虛線代表截距與斜率為 0 的基準線。迴歸方程式是解釋這幾個資料點的最適合線性關係的迴歸方程式

果——效果的顯著性 p 值。如果我們想知道相關的各個研究合併起來之後的結果是否顯著，那麼可以將這些 p 值加以整合。做法是先求出 p 值對應的常態標準分數 z 值 (要注意效果的方向，z 值的正負號會跟著不一樣)，這可以利用 EXCEL 中的函數 NORMSINV(p) 計算出來。然後以下列公式求出平均的 z 值：

$$\bar{z} = \frac{\Sigma z}{\sqrt{k}}$$

k 是 z 值的個數。此時再將平均的 z 值求出其對應的 p 值即可，仍然可以利用 EXCEL 中的函數計算出來 [NORMSDIST(z)]。其他以統計考驗的顯著值作為反應變項的整合分析方法簡述於下：

(1) 取 p 的自然對數：

$$\Sigma - 2 \log_e P \sim \chi^2 \, (df = 2N)$$

整合的研究數目小 (≤ 5) 的時候適用。

(2) 直接將 p 值相加：

$$p = \frac{(\Sigma p)N}{N!}$$

被整合的研究數目小 ($\Sigma p \leq 1$) 的時候適用。

(3) 把 t 值相加：

$$z = \frac{\Sigma t}{\sqrt{\Sigma \, [df/(df-2)]}}$$

每個被整合的研究其自由度不能太小。

(4) 對平均的 p 值進行統計考驗：

$$z = (0.50 - \bar{p})(\sqrt{12N})$$

被整合的研究數目必須 ≥ 4。

(5) 對平均的 z 值進行統計考驗：

$$t = \frac{\Sigma z/N}{\sqrt{s^2_{(z)}/N}}$$

被整合的研究數目必須 ≥ 5。

參考方塊 9-4：範例

	(1)	(2)	(3)	(4)	(5)	(6)	(7)	(8)	(9)	(10)	(11)	(12)	(13)	(14)	(15)	(16)	(17)	(18)
Exp	H	V	SD_H	SD_V	V-H	p	N	$-2\log_e(p)$	z	$(z\text{-}zbar)^2$	t	d	c	g	Var	w	w^*g	$\dfrac{w}{(g\text{-}gbar)^2}$
1	3188	3152	808	821	−36	0.759	25	1.938	−0.307	0.0599	−0.310	−0.062	0.968	−0.060	0.044	22.867	−1.374	0.121
2	1948	1816	599	653	−132	0.213	20	4.479	−1.245	0.4814	−1.289	−0.288	0.960	−0.277	0.059	17.069	−4.721	0.353
3	1579	1575	419	438	−4	0.978	10	1.431	−0.028	0.2746	−0.028	−0.009	0.914	−0.008	0.129	7.777	−0.064	0.121
4	1869	1804	597	649	−65	0.531	18	2.652	−0.626	0.0056	−0.640	−0.151	0.955	−0.144	0.064	15.671	−2.256	0.002
									−0.552					−0.122				
								10.500	−1.103	0.8214				−0.133	0.063	63.384	−8.416	0.597
								0.232	0.135	0.8443				0.280	Var_e			0.897
									−0.546									0.009
															Var_g			

Boroditsky (2001) 的研究宣稱美國人傾向以水平方式思考時間，中國人則傾向以垂直方式思考時間。她讓受試者先處理水平或垂直的空間訊息 (判斷黑球是否在白球前面，或黑球是否在白球上方)，然後判斷一個時間句子的陳述是否正確 (6 月比 3 月早)。她發現美國人在處理水平空間訊息之後對時間句子的判斷比較快，而中國人則是在處理垂直空間訊息之後對時間句子的判斷比較快。Chen (2007) 重複 Boroditsky 的實驗，在中國人的部分進行了四個實驗，但是都未得到「處理垂直空間訊息之後對時間句子的判斷比較快」的結果。上表把四個實驗的結果以整合分析的方式進行統整。H：處理水平空間訊息之後對時間句子的判斷所花費的平均反應時間；V：處理垂直空間訊息之後對時間句子的判斷所花費的平均反應時間；SD(H) 和 SD(V) 是這兩種反應時間標準差；V-H：兩種平均反應時間的差值；p：雙側 t 考驗的機率；N：各實驗的樣本數。第 (8)、(9) 欄是以統計考驗的顯著值作為反應變項的整合分析，第 (8) 欄中 $\chi^2(df=2\times4)=\Sigma-2\log_e(p)=10.5$ (這個 p 是取 (6) 內 p 值的一半)，$p=0.232$，表示合併後

的效果仍然不顯著。第 (9) 欄中 z 的平均值是 -0.552，除以根號 k ($k=$ 4)，得到 $z=-1.103$，$p=0.135$ (單側考驗的機率)，表示合併後的效果仍然不顯著。第 (10) 欄進行的是同質性檢驗，$zbar$ 是 z 的平均數 -0.552，$\Sigma(z-zbar)^2=0.8214$，這是一個 $df=3$ 的 χ^2，$p=0.8443$，表示這四個實驗的結果是同質的 (彼此之間的變異並未超過抽樣誤差)。第 (11) 欄是單側考驗的 t 值，第 (12) 欄 d 是效果量 (等於 t 除以根號 N)。第 (13) 欄是效果量的校正係數，第 (14) 欄是校正後的效果量 g ($=c \times d$)，這一欄的第五列 -0.122 是未加權的平均效果量，第六列 -0.133 是以變異數的倒數加權後的平均效果量，第七、八列是效果量的 95% 信賴區間 $0.280 \sim -0.546$。第 (15) 欄是效果量的變異數，第 (16) 欄是變異數的倒數，這一欄下方的 63.384 是這些倒數的和，再取其倒數，乘以 k，就得到左邊的 0.063，這個變異數代表因抽樣誤差所造成的效果量之間的變異，效果量的 95% 信賴區間是根據這個誤差計算的。第 (18) 欄是加權的離均差平方，這一欄下方的 0.597 是加權的離均差平方和，這是一個 $df=3$ 的 χ^2，$p=0.897$，表示這四個實驗的結果是同質的。這一欄最下方的 0.009 是加權的離均差平方和 0.597 除以權重的和 63.384，這代表研究者實際觀察到的四個效果量的變異數。可以看得出，這個變異數比抽樣誤差所預測的變異數還小，表示四個實驗的結果相當同質，彼此之間的差異並未超過抽樣誤差預期的範圍。

(6) 對顯著的次數進行統計考驗

如果虛無假設是對的，實驗的效果為零，那麼隨機的因素會使得顯著值大於 0.50 的研究數目和小於 0.50 的研究數目相當，因此，我們可以用簡單的符號考驗 (sign test) 來檢驗眾多研究的統計考驗結果，其顯著值大於 0.50 的研究數目和小於 0.50 的研究數目是否顯有不同。如果這個符號考驗的結果拒絕了虛無假設，那麼就可以推論眾多研究的結果歸納起來是有實驗效果的。

另一種類似的做法是卡方考驗。如果我們預期各個實驗的統計考驗中，

隨機因素會使得 5% 的實驗得到顯著，那麼 k 個實驗中會有 $0.05k$ 個實驗因為隨機的因素得到顯著的結果，有 $0.95k$ 個實驗得到不顯著的結果。我們把這兩個數視為預期值，以之與實際的觀察值做比較 (實際上達到 0.05 顯著的實驗有幾個，不顯著的有幾個)，並進行卡方考驗。考驗的結果如果拒絕了虛無假設，那麼就可以推論眾多研究的結果歸納起來是發現有實驗效果的。

這兩個方法都必須是被整合的研究數目很大的時候才適用。

最後，如果我們想探討造成各個研究顯著性不同的原因時，我們可以以轉換後的 z 值為反應變項，直接用傳統的變異數分析來檢視各個可能的因素。

(五)　整合分析中的預測變項

前面一節的介紹著重在反應變項的處理。在任何一個研究中，研究者關心的重點應該是預測變項。也就是說，研究者關心什麼樣的預測變項可以解釋反應變項的變異。整合分析的研究中也是如此。不過，整合分析是一種事後的探究，所有變項的選取、操弄和測量都是他人規劃完成的，整合分析的研究者是被動地接收這些數據，並試圖從中看出一些額外的端倪。這額外的端倪可以用來解釋為什麼不同的研究得到的結果會有不同，也可以用來形成新的研究假設，建構新的理論。由於這樣的特性，整合分析研究者要避免對數據做過度的分析以及對分析所得的結果做過度的推論與下定論，否則會有瞎摸碰運氣之慮。

要避免旁人瞎摸碰運氣之譏，整合分析研究者在挑選某些預測變項時，最好有一些理論上、邏輯上的依據。即便分析之初是抱著試試看的心態挑選某些預測變項，在發現預測效果之後，也還是必須提出一套合理、有意義的解釋。

不過，有意義的預測變項不見得事先想得到；即便想得到，文獻中可用的數據不見得能夠容許研究者檢驗這些預測變項。整合分析能夠探究的範圍畢竟要受既有數據的約制，是一個典型資料驅動的研究。在這種情況下，有

時候研究者反倒需要拋開既有的理論思維，讓資料說話。要讓資料說話，研究者必須充分了解相關文獻的每一個研究中所包含的變項及特性，掌握住有哪些變項或特性是大多數研究中都有並且有一定變化的 (例如各個研究所進行的年代、受試者的年齡層、受試者的文化或語言背景等)，並運用 John Wilder Tukey 所倡議的探索性資料分析 (exploratory data analysis) 的步驟，以描述統計、資料分佈圖呈現資料的不同面貌及各種可能的變化，同時嘗試理解這些變化的意義。前一節所介紹 Underwood 有關記憶遺忘的研究便是一個很好的例子。受試者在一個研究裡記背了多少張詞表原本不是一個被刻意操弄的變項，當然也不具理論意義。研究者能夠發現它，當然是因為他在這類研究上的充分經驗以及對各個研究的嫻熟。除此之外，開放的觀點及運氣是絕對必要的。科學上的重大發現往往是偶然的，但是偶然而來的機會仍然只有慧眼獨具的人才能捕捉得到。

　　其實整合分析研究所檢視的研究假設不一定要是原本第一級研究裡所探討的研究假設，可以是一個全然不同的假設。第一級研究中通常會有一些特性是研究內未被操弄，但是研究之間存在著變異的。這種跨研究存在的變因如果剛好是某種理論假設中所關切的變項，那麼研究者就可以利用這個機會和現成的數據來檢視這個理論假設，取得新的證據。如此，這樣的整合分析研究就不會只是一種事後的文獻整理，也可以是有創意和有理論貢獻的研究。以下舉一個實例說明這樣的整合分析。

　　在閱讀的研究中，一個普遍的看法是，閱讀的歷程會因文字的特性不同而有不同，稱為文字變異性假說 (orthographic variation hypothesis)。中文和英文的差別是研究者常常用來論述這個看法的例子。中文使用的是接近圖像的意符文字，英文用的則是音符文字。由於人類左右大腦的處理特性不同，左半腦主管序列、規則、分析性的訊息處理，右半腦主管平行、圖像、整體性的訊息處理，因此，研究者揣測中文文字的處理比較會涉及右半腦，而英文的則比較不會。有些研究者利用心理學裡一個相當容易觀察到的現象來研究這個問題。這個現象叫作史處普干擾效應 (Stroop interference effect)。這個

現象是這樣子的。如果我給你一些顏色要你快速地說出這些顏色的名稱 (如下面第一排的顏色)，你應該沒有什麼困難。但是，如果我用不同字義的顏色字來呈現這些顏色 (如下面第二排的顏色)，你就會覺得相當困難了。如果測量你的反應時間，第二排顏色所需的時間會明顯比第一排所需的時間長，這多出來的時間反應就稱為「史處普干擾效應」：

＠　　＃　　＄　　％　　＆

紅　　藍　　綠　　黃　　紫

由於顏色的處理應屬於右半腦的工作，於是有研究者推測，如果中文文字的處理確實比較會涉及右半腦，而英文的則比較不會，那麼以中文字呈現的史處普干擾效應應該會大於以英文字呈現的史處普干擾效應。不過，若干探討這個問題的研究的結果卻出現分歧的情形，而未能有定論。筆者因為有一段時間專研史處普干擾效應的發生機轉，對這方面的文獻相當熟悉，知道以史處普干擾效應探討各種議題的研究很多，這些研究雖然本意不是在探討文字的處理歷程，但是它們的數據卻可以用來回答這樣的研究問題。於是，筆者從文獻中挑出用英文顏色字做材料、受試者是以英語為母語的單語成年人且實驗是以個別色字呈現並測量口說反應時間的研究，也挑出對應的中文的研究。然後以三種方式計算史處普干擾效應：一種是反應時間的差值；一種是反應時間的比值；再一種是 Hedges's g 效果量，並比較中文的和英文的史處普干擾效應是否不同。結果發現不論是用哪一種方式代表史處普干擾效應，中文和英文並無不同。筆者以這樣的證據推論文字變異性假說不能成立。

　　這個整合分析研究說明：

1. 反應變項不一定要是標準化的平均差，可以是原始的測量單位 (反應時間)。
2. 預測變項可以是任何跨研究存在的變因，但是需有理論上的意義。
3. 整合分析研究者的問題可以和第一級研究中的問題不同，可以是完全獨立起意的問題 (independently motivated question)。如此看來，整合分析的功

能不僅限於收拾文獻中的爛攤子而已。

四、整合分析可能遭遇的問題與因應方式

(一)　檔案櫃問題 (file drawer problem)

　　整合分析是量化的文獻整理，強調客觀性，因此，文獻中與整合分析所設定的議題有關的研究，原則上都必須納入，不可以遺漏。但是，由於學術界的出版習慣，有顯著結果的研究比較得以出版，無顯著結果的研究比較無法出版，而停留在研究者的檔案櫃裡。這使得整合分析的研究者所搜尋到的文獻報告會偏向是已出版的研究，未出版的研究因為較難取得，比較無法被納入。這樣會造成整合出來的結果偏向是顯著的。為了因應這樣的出版偏向 (publication bias)，Robert Rosenthal 提出一個 Fail Safe N 的概念。如果某一項整合分析得到的平均效果量是顯著的，那麼，我們問：要有多少不顯著的研究加進來，才會使原本顯著的效果量變成不顯著，所需要加進來的不顯著研究的數目就是 Fail Safe N。算法是先將每個研究的顯著值 p 轉換呈常態標準分數 z 值，並計算平均的 z，此為一種效果量的指標：

$$\bar{z} = \frac{\Sigma z}{\sqrt{k}}$$

其中，k 是整合分析所納入的研究的數量。現在假定檔案櫃中不顯著研究的數目是 X，把 X 加進分母裡，並令上式所得之數等於剛好顯著 (譬如 0.05) 的 z 值：

$$z_{0.05} = \frac{\Sigma z}{\sqrt{k+X}}$$

這樣算出來的 X 如果很大，讓人覺得不可能有這麼多未發表的研究收在檔案櫃裡，那麼整合分析的研究者就可以宣稱他所整合出來的平均效果量是顯著

的。 至於這個數要多大才算很大，Rosenthal 提供一個參考標準：$5k+10$，也就是說，如果 $X>5k+10$，便可以排除檔案櫃問題所帶來的可能的出版偏向。

(二)　原始研究的品質問題

剛才提到，整合分析強調客觀性，因此文獻中與整合分析所設定的議題有關的研究，原則上都必須納入，不可以遺漏。可是，各個研究的品質不一，有些研究不夠嚴謹，研究的結果難以讓人信賴。如果不分好壞，全數納入整合分析之中，那麼恐怕會有垃圾進、垃圾出 (garbage in, garbage out) 的疑慮。但是，如果只根據研究者主觀的判斷做篩選，也會有問題。一個可以採用的方式是，先訂定一套研究品質的評量標準及評量表，請至少兩位專家獨立地對文獻中的各個研究做評量，並檢查他們之間的一致性。如果一致性低，必須修訂評量標準及評量表，使之更明確；如果一致性高，那麼就可以將評量分數平均，作為各個效果量的權重分數，納入效果量的計算。

(三)　變項的概念建構問題 (蘋果和橘子可不可以合在一起？)

我們在整合相關研究時一定會發現，原始研究所探討的議題可能相似，但是他們所定義測量的依變項或獨變項可能不完全一樣。譬如，大家都在研究不同的教學法對學生的閱讀能力有無幫助，可是有些研究關注的是認字，有些關注的是認詞 (字不等於詞、光棍不等於光加棍)，有些則關心篇章的理解。我們在整合這些研究時應該把探討不同閱讀面向的效果量分開處理呢，還是可以合併處理？這個問題沒有一定的答案，要視整合分析的研究者在理論層次上如何看待這些不同的閱讀面向。如果研究者認為認字的能力和篇章理解的能力相當不同，就應該把這兩者分開處理；如果認為這兩者畢竟都涉及文字的處理，可以廣泛地歸納成閱讀的能力，就可以把它們合併處理。同樣地，英文閱讀中的整詞教學法、拼音教學法、強調文意教學法等的效果應該分開處理，還是可以合併？這也是要看研究者在理論層次上如何看待這些

不同的教學法。蘋果和橘子有時候必須分開理解，有時候也可以都當成水果來理解。

(四)　資料處理過程中的品管

　　整合分析需要將大量的文獻報告中的數據擷取出來，因此研究者需要制定一套標準的作業流程，以確保擷取出來的資料正確無誤。研究者可以事先設計好一份資料擷取表，詳列所需要擷取的變項，而後由兩位訓練過的研究人員分別進行資料擷取，每處理一定數量的文獻之後，就必須比對兩人所擷取登錄的資料是否一致。遇有不一致的情形時，必須查證解決。這樣的查核在資料擷取的初期 (頭幾篇文獻) 特別重要。可能遇到的問題在這個階段大都會出現，及時處理了，才可以避免因為問題發現得晚而必須回頭做大量修正的困擾。

　　資料擷取最令人困擾的是，計算效果量所需的數據各研究報告提供的不一樣或是不完整。研究人員必須充分了解某個研究的實驗設計：有哪些獨變項 (或預測變項)，每個獨變項的操弄是組間的還是組內的，有幾個處理水準，統計分析的結果有哪些數據可以用來計算效果量，合併的標準差的來源是什麼，依變項的意義與測量方式，有多個依變項時如何處理等。即便如此，效果量要如何計算仍有很高的不確定性，研究人員必須先自己做個判斷與決定，記錄其決定的依據，再與同事交互比對、討論與確認。這個過程會很冗長、很費神，但是很必要。否則，擷取登錄出來的資料一定會有許多的錯誤與不一致的情形。

(五)　相關文獻有多少才適合進行整合分析

　　在進行第一手研究的時候，我們常會想知道需要多少受試者才合適。在進行整合分析研究的時候，我們也會問：相關文獻有多少才適合進行整合分析。這個問題並沒有明確的答案，要看研究者想要問的問題以及文獻中現有的數據是否已顯露出某種規律性而定。這有賴研究者先以探索性分析的方式

從不同的角度審視手邊文獻中的數據，同時思考可能的理論議題與假設。有了一些有趣的初步發現之後，再衡量是否值得擴大範圍進行整合分析。如果只是抱著碰運氣的心態，那麼文獻恐怕要愈多才愈有挖掘的空間。

有研究者建議，量化的文獻整理應該以累進的方式進行。一個議題的研究發現在一個研究社群裡通常會時時被追蹤，但是傳統的做法通常是印象式的。如果可以用整合分析的步驟與方法，客觀而有系統地追蹤各個研究所得的數據 (而非結論)，那麼將有助於及早發現問題或確定研究的結論。

五、整合分析的限制與挑戰

整合分析自從 1980 年興起以來，雖然批評聲浪不斷，但是確實逐漸減少，目前這種量化的文獻整合方法已為大多數學者所接受，整合分析的研究不再被視為非原創性的研究，某些期刊甚至要求文獻回顧的文章必須要納入整合分析的結果。這樣的風潮從早先的臨床心理學一路吹進教育、社會、醫學、管理等領域，席捲了整個行為社會科學。而且，不僅應用研究領域的人將其奉為圭臬，理論研究領域 (例如認知心理學、語言心理學、認知神經科學) 的學者也都接受採用。過去一些學者批評或擔心的方法上的問題，陸陸續續已有學者提出解決的方案。一個正面的看法是，整合分析的複雜性與所需要面對的問題其實與原始第一級研究並無不同，這些問題並非整合分析的限制，而應視為其挑戰；有些問題雖然困難，卻非無解。

其實，整合分析最大的困擾在於原始研究的不完美以及報告的不完整。input 有問題，output 當然也難以取信於人。這就如同原始研究中測量的信效度有問題或有太多的缺漏資料所造成的困擾一樣。這些問題有些可以用統計的技術處理，但是可能終究非解決之道。

Donald Rubin 認為統計學家應該致力於研究如何從不完美的研究結果推估完美情況下的效果。事實上，John Hunter 與 Frank Schmidt (1990) 在他們的書中正是倡議這樣的做法。不過，Rosenthal 覺得這不太切合實際；因為在

現實世界的應用中，任何訓練或治療都不可能在完美的情況下進行，效果的測量也不可能是完美的；既然如此，估計完美情境下的效果量充其量只有理論上的意義，並無實際上的用處。再說，人的行為與環境的變化如此複雜，各個原始研究執行的變異性這麼大，想要掌握影響研究結果的所有不完美因素以及其彼此之間的交互作用，應該是不可能的。不過，這麼說不表示原始研究就可以草率從事，好的實驗或研究設計與嚴謹明確的程序仍然是科學研究追求真理的唯一做法。

　　至於報告不完整所造成的困擾，一個合理有效的因應做法是即時的整合分析 (real time meta-analysis)。這是 Joseph Lau 與 Thomas Chalmers 於 1992 年提出來的。他們的做法是建立一個大的資料庫，把醫療界中各個藥物療效的研究結果，在完成之時就納入，並立即與已有的結果比較或合併。這樣可以避免事後資料取得上的可能困難，更可以即時地累積研究發現，作為決定後續研究方向的依據。The Cochcrane Collaboation 也啟動了一個更大型、跨國 (英、美、加、義、北歐) 的資料庫 The Cochrane Database of Systematic Reviews，蒐集各個醫療研究的原始資料及合併的結果，並定期公佈這些結果供醫界參考。這是一個很值得借鑑的做法，但是需要有長期而足夠的經費以及學界無私的資料分享。

　　整合分析是量化的文獻整理，重點不僅僅在於量化，更在於文獻整理。量化涉及統計的技術，文獻整理則需要有理論性的思考及好的問題意識。從事整合分析的研究者如果缺乏理論性的思考及好的問題意識，其研究將流於技術的展示甚或濫用，而招致批評。Glass 在倡議整合分析研究之初，曾被 Eysenck 痛罵那是超蠢的分析 (mega-silliness)。Eysenck 對 Glass 的批評欠公允，事實也證明他罵錯了。不過，日後許多風靡整合分析研究的學者誤以為整合分析是萬能的分析 (mega-analysis)，他們的做法往往缺乏理論性的思考及問題意識，所以仍難逃超蠢分析之譏。除此之外，量化不僅涉及統計，也涉及數據的處理。數據的處理需要高度的耐心與細心，否則會錯誤百出。從事整合分析的研究者必須要有親身投入、高度參與的心理準備。如果便宜行

事，將嚴重影響所得數據的品質，那麼也是難逃超蠢分析之譏了。

六、總　結

　　整合分析與其說是一種統計方法，不如說是一種統計思維來得恰當。在方法上，它沿用所有傳統的統計方法，並非只有一種統計方法。唯一比較不一樣的是，不同研究所得的效果 (整合分析中的依變項) 可能量尺不一，而必須先予以標準化；又因為測量誤差大小可能不同，這些效果在分析時還必須予以適當加權。除此之外，整合分析與我們所熟悉的統計分析並無實質上的差異。

　　如果以一種統計思維來看待整合分析的話，它所強調的是運用我們所掌握的統計方法，去探索和捕捉研究之間的一致性與不一致性，從中獲得新的發現與啟示，作為開展後續研究的依據。因為整合分析是一種事後分析，所以它所獲致的結論通常是不能有因果關係的意涵。要確立因果關係，仍須另外設計實驗來驗證之。因為整合分析需要整合多個研究的結果，因此，哪些研究算是切題、應該納入，其實考驗研究者的問題意識。研究者的問題意識清楚時，整合分析就容易進行，也比較能獲致有意義的結果。清楚的問題意識取決於研究者對相關文獻的熟悉與掌握程度，也有賴研究者的洞察力。所以，文獻掌握不確實的情況下、問題意識不清楚時，是不適合進行整合分析的。怎樣才算是對相關文獻夠熟悉了呢？這要包括理論面、證據面、方法面等細節。怎樣才能有足夠的洞察力呢？這要嘗試跳出既有研究的思維，尋找新的角度、新的變因。這些其實就是傳統文獻回顧所做的事，所要達成的目標。整合分析作為一種量化的文獻回顧，只是把這種深思熟慮的傳統文獻回顧加入統計數據，輔以統計的方法而已。由此觀之，整合分析的重點是文獻回顧，不是分析，也不是統計。

參考書目

林邦傑 (1987)〈整合分析的理論及其在國內的應用〉。《教育與心理研究》，10，1-38。

Atkinson, Donald R., Furlong, Michael J., & Wampold, Bruce E. (1982). Statistical significance, reviewer evaluations, and the scientific process: Is there a (statistically) significant relationship?, *Journal of Counseling Psychology, 29*(2), 189-194.

Boroditsky, Lera (2001). Does language shape thought?, Mandarin and English speakers' conceptions of time. *Cognitive Psychology, 43*(1), 1-22.

Chen, Jenn-yeu (2007). Do Chinese and English speakers think about time differently?, Failure of replicating Boroditsky (2001). *Cognition, 104*, 427-436.

Cooper, Harris, & Hedges, Larry V. (Eds.) (1994). *The handbook of research synthesis.* New York: Russell Sage Foundation.

Gibson, Eleanor J., & Levin, Harry (1978). *The psychology of reading.* Cambridge, MA: The MIT Press.

Glass, Gene V. (1976). Primary, secondary, and meta-analysis of research. *Educational Researcher, 5*(10), 3-8.

Glass, Gene V. (2000). Meta-analysis at 25. Retrieved, March 1, 2010, from http://glass. ed.asu.edu/gene/papers/meta25html.

Hunt, Morton (1997). *How science takes stock: The story of meta-analysis.* New York: Russell Sage Foundation.

Hunter, John E., & Schmidt, Frank L. (1990). Integrating research findings across studies: General problem and an example. In John E. Hunter & Frank L. Schmidt (Ed.), *Methods of meta-analysis* (pp. 23-42). Newsbury Park, CA: Sage.

Light, Richard J., & Pillemer, David B. (1984). *Summing up: The science of reviewing research* (Preface and Introduction). Harvard University Press.

Morris, Scott B., & DeShon, Richard P. (2002). Combining effect size estimates in meta-analysis with repeated measures and independent-groups designs. *Psychological Methods, 7*(1), 105-125.

Rosenthal, Robert (1991). *Meta-analytic procedures for social research.* Newbury Park, CA: Sage.

Rosenthal, Robert (1994). Parametric measures of effect size. In Harris Cooper & Larry V. Hedges (Eds.), *The handbook of research synthesis* (pp. 231-244). New York: Russell

Sage Foundation.

Rozeboom, William W. (1960). The fallacy of the null hypothesis significance test. *Psychological Bulletin, 57*(5), 416-428.

Salthouse, Timothy A., & Somberg, Benjamin L. (1982). Isolating the age deficit in speeded performance. *Journal of Gerontology, 37*(1), 59-63.

Schmidt, Frank L. (1992). What do data really mean? Research findings, meta-analysis, and cumulative knowledge in psychology. *American Psychologist, 47*(10), 1173-1181.

Underwood, Benton J. (1957). Interference and forgetting. *Psychological Review, 64*(1), 49-60.

延伸閱讀

1. Rosenthal, Robert (1991). *Meta-analytic procedures for social research*. Newbury Park, CA: Sage.

   這是一本很理想的入門書。作者自 1960 年代始就以整合分析的方法進行許多量化的文獻整理。這本書寫得淺顯易懂,把整合分析的各個步驟都做了介紹,基本的統計方法也有清楚的說明,並有一些簡單的練習題目。

2. Cooper, Harris, & Hedges, Larry V. (Eds.) (1994). *The handbook of research synthesis*. New York: Russell Sage Foundation.

   這本書顧名思義提供了整合分析所需的各種方法,有比較多統計上的細節,算是一本進階的書,但是仍然屬於一般學過統計的人可以閱讀的書。

3. Hedges, Larry V., & Olkin, Ingram (1985). *Statistical methods for meta-analysis*. New York: Academic Press.

   這本書屬於技術性的專書,比較適合有數理統計基礎的人閱讀。一般人可以不必考慮。

4. Hunt, Morton (1997). *How science takes stock: The story of meta-analysis*. New York: Russell Sage Foundation.

   這是一本可以輕鬆閱讀的書。作者是科學報導的作家。他把整合分析的發展與應用,以故事及實例的方式,用一般人可以理解的語言做了很有趣的介紹。實例涵蓋了臨床心理、教育、醫療、社會、公共政策等。

10

地理資訊系統應用

一、前　言

(一)　開場白

　　本章談的研究工具是地理資訊系統 (geographic information system, GIS；以下以 GIS 代表「地理資訊系統」一詞)，目的在說明什麼是 GIS、發展過程、架構及對社會科學研究能提供什麼樣的幫助。若我們將研究領域概略分為自然科學、生命科學及社會科學，GIS 在自然科學及部分生命科學領域之應用已經相當普及了，在社會科學之應用近幾年來雖有蓬勃發展的趨勢，但相對於自然科學及生命科學領域，GIS 應用的程度及層次仍相當有限。若要善用及正確運用該項新興工具，理解其背景知識、基礎觀念及技術概念是第一個必要條件。由於牽涉不少領域的背景專業知識，要能徹底了解及應用 GIS 事實上不是一件容易的事。本章主要是針對社會科學領域的學生或研究人員撰寫，內容將著重在介紹最核心的基礎知識、技術背景、觀念和專有名詞，以減少進入 GIS 的瓶頸及障礙。而不是在介紹如何操作眾多 GIS 工具軟體，理由是各類 GIS 工具軟體基礎知識及技術背景相同，若不了解最基本知識時，將不知如何操作和應用 GIS 工具軟體。

　　日常生活中，我們經常觀察到許多和特定空間區位相關的現象，這些和地理因素密切關聯的現象，我們稱為「地理現象」。地理現象的例子不勝枚

舉，例如，遷徙的研究發現、遷徙行為和地區的所得水準、環境寧適性及就業機會有關；有關社會階層空間分佈部分，發現在東方的都市裡，社會階層較高及經濟能力較好的人，通常居住在市中心，但北美的情形剛好相反；房地產研究顯示，捷運沿線或重要交通要道附近的房價通常較高，且若沒有其他重要公共設施 (如醫院、學校、菜市場、金融機構等)，離捷運站愈遠，房價通常會出現遞減現象。

又如，醫療衛生部分，發現沒有參加臺灣全民健保的人之空間分佈相當極端，不是集中在都市中心精華高所得地帶，就是多分佈在偏遠鄉下或山地等低所得地區；某些地區有較高的疾病盛行率，例如，雲林嘉義地區的肝癌盛行率較高；日本胃癌盛行率遠較其他國家高，但日本、法國、挪威等國的心血管疾病盛行率卻比其他國家低。政治學選舉研究發現，2000 年後，臺灣選舉結果開始出現顯著的所謂「北藍南綠」現象，也就是說北部地區國民黨得票率明顯高於民進黨，但在南部地區卻是民進黨得票率明顯高於國民黨。

為處理及分析地理現象，不論是自然科學、生物科學抑或人文及社會科學的學者，傳統的方法是在地圖上，以人工方式標示某一地理現象的發生地點、發生時間及現象所屬類別，據以進行歸納及演繹的研究。若研究的地理現象不是太複雜時，這類傳統做法是相當有效率的工作方式；但若研究的地理現象非常複雜，傳統做法會變得非常耗時、耗力及沒有效率。例如，達爾文 (Charles Darwin) 在 1859 年發表的著名的《物種起源》一書，係以 1831-1836 年這五年間，他隨英國海軍探測船小獵犬號環球旅行時大量觀察、記錄、蒐集到的各地生物及古生物化石資料為基礎寫成的；由於他蒐集及記錄資料量太過龐大，完成旅行後他再耗費二十餘年時間才完成資料整理及分析工作，接著以歸納及演繹方式，最終才完成這部偉大著作。以現在角度來看，達爾文蒐集的各地生物資料皆包括時間及空間兩個基本面向，若當時他有科技輔助資料整理及分析工作，《物種起源》完成時間或許可大幅縮短。

GIS 擅長於各類空間資料的處理及分析。若由應用領域來看，多數資訊系統只著重單一領域的應用，GIS 則是一個大型的跨領域資訊系統，主要的

背景領域包括地圖學、測量學、地理學、地球科學、計算機科學、資訊科學、遙感探測、資料庫處理、衛星定位系統、數學和統計學。除軍事用途外，GIS 應用領域主要集中在地形分析、地震研究、大氣科學研究、水文研究、天然災害潛勢分析、產業及行銷管理、地籍管理、電子地圖、工程、環境及資源規劃和管理、都市及區域、土地、財稅、交通及路網規劃、電力及電信網路、區域行銷、設施選址及管理 (如公路選線、垃圾處理場選址、商店選址)、救災體系規劃及管理等領域。

(二)　GIS 的定義及資料模式

何謂 GIS？這是一個難以用三言兩語解釋清楚的問題。一般人通常以為 GIS 是用來繪製地圖的電腦軟體，這樣的看法不能說是不對，但只說明部分面貌而已。綜合各界對 GIS 的定義 (Dangermond & Smith, 1988; Maguire, Goodchild, & Rhind, 1997; Burrough & McDonnell, 1998; Foresman, 1998; Bolstad, 2005; Tomlinson, 2005; Chang, 2007)，GIS 本身架構是由電腦軟硬體、專業人員、空間及屬性資料庫構成的跨領域資訊系統，旨在將複雜地理現象進行概括化、類別化及系統化工作，據以獲取、管理、處理、分析地理資料及展示系統分析產生之空間資訊，及說明地理特徵及產生地理知識。

GIS 本質是資料庫資訊系統，基本構成要素包括系統從業人員、系統硬體、資訊軟體、資料庫及應用等五大部分，其中軟體主要功能包括空間資料之數化 (digitalization)、前置處理、編修、轉換、空間及屬性資料整合及管理、分析和展現功能；GIS 電腦硬體一般包括電腦主機 (個人電腦、工作站、大型主機等)、網路系統、資料輸入周邊設備 (如座標數化儀、掃描儀、GPS 訊號接收器等) 及資料輸出周邊設備 (如繪圖機等)；而系統從業人員包括 GIS 專家、資料庫規劃管理人員、應用系統開發人員及使用者等。

GIS 運作基礎奠基於所謂的地理資料模式 (geographic data model)。地理資料模式分成兩大相互關聯的模式：第一類稱為空間資料模式 (spatial data model)；第二類稱為屬性資料模式 (attribute data model)。所謂的空間資料模

式，是透過抽象化的點 (point)、線 (arc)、面 (polygon) 資料模型，讓電腦能夠概括化真實世界各類現象。點資料包括如出生地、宗教場所、犯罪地點、交通事故地點、消防栓位置、污染地點等。線資料則包括如道路、電線、河流、地下管線、電腦網路、社會網絡等。面資料則包括如行政區域、統計地區、都市化地區、土地利用、建築物、土壤地質狀況、地下水層、氣候等。屬性資料模式記載地理實體的相關背景資料與訊息，目的供描述及關聯地理空間資料特徵之用。

故所謂的地理資料模式，看似是一種概念式的模式，事實上其目的在透過嚴謹的資料定義與結構，將地理資料經數值化過程轉化成可供電腦可操作之資料；不論是空間資料抑或是屬性資料，這兩大類資料皆各有其特定的資料蒐集、輸入、編修、處理、分析及展現的專業技巧，其中屬性資料處理及分析是社會科學領域較熟悉的部分，但空間資料則為相對陌生的領域。這裡我們以圖 10-1 與圖 10-2 進一步說明 GIS 定義、架構及地理資料模式間之關係。如圖 10-1 所示，我們先界定「研究區域」，接著將研究區域分成「自然環境」及「人文及社經環境」兩大類，再將自然環境概括化成氣候、土壤、水文、地形、地質等數類電腦化圖層 (layers)，將人文及社經環境概括成道路、建物、污水處理管線、行政區域、都會及鄉村區域等圖層，經由上述過程及步驟，我們藉以為研究區域裡的地理現象進行系統化及電腦化工作。

經由上述將研究區域所屬地理現象概括化 → 類別化 → 系統化過程，所建立的自然環境和人文及社經環境電腦化圖層稱為空間資料 (spatial data)。GIS 空間資料的格式可分成向量式 (vector) 及網格式 (raster) 兩大類型，本章後面會介紹向量式及網格式空間資料格式觀念及向量式空間資料的點、線、面空間資料位向關係 (topological relation) 設計原理及目的，至於如何產生向量式或網格式圖層空間資料，屬於另一個應用層面，不在本章討論之列。為了描述空間資料所欲呈現的地理現象，每一個空間資料必須有一個對應的資料稱為屬性資料 (attribute data)。

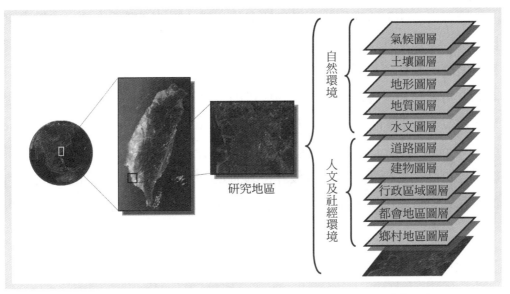

圖 10-1　研究區域所屬地理現象概括化 → 類別化 → 系統化過程

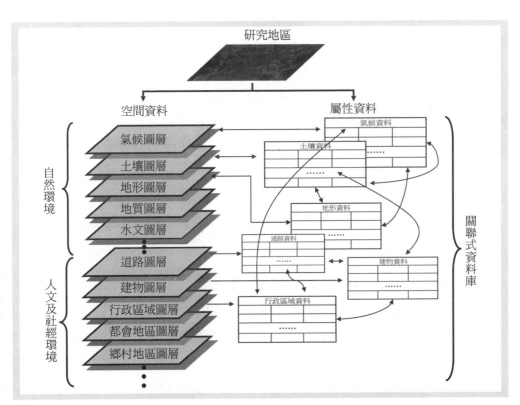

圖 10-2　地理現象、空間和屬性資料及建立資料關聯性

　　簡言之，GIS 所處理的資料包括空間資料及屬性資料兩大類。由於真實世界裡，各類地理現象存在某種程度的關聯性，為表示這種關聯性，空間資料及所屬的屬性資料係透過某個資料欄位加以串聯在一起，而各類屬性資料之間亦可能存在某種關聯，我們同樣可由特定的資料欄位將屬性資料串聯起來，建立空間資料及屬性資料的關聯式資料庫管理系統 (relational database management system, RDBMS)，如圖 10-2 所示。關聯式資料庫架構可以很單純，也可能相當複雜，視系統設計目的而定。只有完成空間資料及屬性資料的關聯式資料庫系統，才得以進行空間資訊的處理、分析及展示等工作。

二、發展過程及現況

　　這裡由產、官、學三個面向，回顧 GIS 過去及現在的發展脈絡，有助讀者了解未來發展趨勢。由於人類企圖愈來愈大，所欲了解及處理的地理現象亦愈來愈複雜，有鑑於傳統人工處理方法之限制，二次大戰後計算機之發明及資訊科技之發展，嘗試利用電腦科技處理地理現象早在 1960 年代即已開始。GIS 的發展始自 1960 年代初期加拿大及美國兩國，審視其發展歷史軌跡，早期的發展主要是依研究或應用之需要，各自於政府部門或學術界獨立發展，發展脈絡較無系統性可言。至 1970 年代，隨著經驗累積、技術進步及初期培養人才陸續投入產業界，政府部門、學術界及民間部門的發展及應用則開始進入整合，於 1980 年代初期商業化 GIS 開始出現，至 1980 年代末期在北美地區已相當蓬勃及普遍，同時期在世界其他地區才開始萌芽及茁壯。

　　至 1990 年代，GIS 技術發展已相當成熟，商業應用也相當成功。在這個時期，應用最大變革是開始和美國國防部的全球衛星定位系統 (global positioning system, GPS) 與日益普及的網際網路應用相結合，應用層面及從業人員始見大幅擴大。雖然如此，1990 年代 GIS 的建置成本仍然相當昂貴，使用對象仍屬特定專業人員居多，一般人仍無緣接觸。不過於 2000 年

後，以網路架構為基礎的 GIS (web-based GIS) 迅速茁壯，開始由封閉系統逐漸走向開放，2005 年 Google Earth 及 Google Map 的發表，便是 GIS 應用「平民化」的一個重要里程碑。

　　回顧 GIS 的發展，產、官、學三大領域扮演相當關鍵的角色。學術界最初發展，最典型的代表是 Howard Fish 於 1963 年領導創立的哈佛電腦繪圖及空間分析實驗室 (The Harvard Laboratory for Computer Graphics and Spatial Analysis)，著名的代表系統是 SYMAP (Synagraphic Mapping System) 製圖軟體。以現在標準來看算是相當簡單的軟體，但它的重要性在於，其為第一個被廣泛使用具有處理、分析及繪製地理資料能力的資訊系統，該系統後續的發展及應用，於 1960 年代及 1970 年代培養許多人才，這些人離開校園後為 GIS 爾後在產業界的發展奠定重要基礎。不過，著名的製圖學者 Rhind (1988) 指出，尚有許多人對 GIS 早期發展有不可磨滅的貢獻，例如 Tobler (1959)、Cook (1966)、Hagerstrand (1967)、 Diello 等人 (1968)。

　　政府部門 GIS 的發展最典型的代表當屬 Roger Tomlinson 領導建立的加拿大地理資訊系統 (Canada Geographic Information System, CGIS)。Tomlinson 在 1960 年時，最初受雇於加拿大一家航空調查公司，該公司曾受委託進行東非森林資源調查，但由於調查人工處理成本太高致使計畫被迫終止，當時他雖大力主張應善用電腦建構適當系統，以減少資料處理及分析的人力依賴，但不為受雇公司所採納。之後，他有次在飛機上和負責規劃加拿大土地庫藏及地力調查工作的加拿大農業部主管 Lee Pratt 比鄰而坐，Tomlinson 在飛行途中向 Pratt 說明他對應用電腦進行資源及土地管理的構想、規劃和執行方式。Tomlinson 的想法令 Pratt 印象深刻，之後 Tomlinson 在 Pratt 邀請下和加拿大農業部簽下合約，並在加拿大農業復育暨發展機構 (Canadian Agricultural Rehabilitation and Development Administration, CARDA) 及 IBM 協助下，發展所謂的 CGIS；CGIS 可謂是 GIS 鼻祖，也是目前仍在運作的少數大型系統，Tomlinson 亦被尊稱為 GIS 之父。

　　加拿大政府開始發展及運用 GIS 同時，美國政府對 GIS 發展亦有不可

磨滅的貢獻。Tomlinson 在 1969 年離開 CGIS 後，轉擔任 GIS 私人顧問，同時他也擔任國際地理聯合會 (International Geographic Union, IGU) 轄下的地理資料感應與處理委員會 (Commission on Geographic Sensing and Processing, CGSP) 主席達十二年之久。他擔任 CGSP 主席期間亦幫著名的美國地質調查 (The US Geological Survey, USGS) 評估既有的空間數值電腦系統整合可行性，之後 USGS 對美國 GIS 發展及整合產生重大影響。

　　除了 USGS 外，另一個對 GIS 發展有深遠影響的單位是美國普查局。美國普查局第一次著手進行電腦化的地理資料處理，始自 1967 年的 New Haven 普查應用研究，該研究最重大的貢獻是在 1980 年時促成雙重獨立地圖編碼系統 (Dual Independent Map Encoding System, DIME) 的誕生 (Schweitzer, 1973; Dewdney & Rhind, 1986)；DIME 的本質是利用街道的位向 (或稱拓樸) 關係 (topological relationship) 來描述都市結構的一種方法，該方法是由美國普查局 James P. Corbett 領導的一組數學家及 Marvin White 與 Don Cooke 等人所發展出來的 (Corbett, 1979)。由於 DIME 和 1980 年美國人口普查資料結合產生不少應用，為 GIS 在人文社會科學領域應用奠定重大基礎。

　　以 DIME 為基礎，美國普查局進一步發展出非常著名的位向式整合地理編碼及對位系統 (Topological Integrated Geographic Encoding and Referencing System, TIGER)，並和 1990 年美國人口普查結合應用。TIGER 最重要貢獻包括提供地址對位 (address matching) 功能及促成小地區分析變得具體可行。地址對位和小地區促使社會科學運用的空間單元大幅細緻化，在和精細的個體資料結合及應用時，變得更具彈性。因此，TIGER 系統可視為 GIS 在人文社會科學領域應用的重要突破及里程碑。

　　除了學術界及政府部門之外，民間部門的投入也是 GIS 發展及推廣的重要因素。GIS 在產業界的發展可視為學術界及政府部門 GIS 發展的延伸，產業界發展出來的 GIS 系統，多數是由電腦輔助裝設及製造 (CAD/CAM) 業者所開發，唯一例外但也是最成功的例子是 Jack Dangermond 於 1969 年創立的 ESRI (Environmental System and Research Institute) 公司。Dangermond 先生在

1968 年獲得哈佛大學建築碩士學位，求學期間曾參加哈佛電腦繪圖及空間分析實驗室，畢業後回故鄉加州創立 ESRI。ESRI 在 1970 年代初期只有 15 位員工，1990 年代初員工數已超過 350 人，至 2009 年底時員工數已擴至 2,700 人。ESRI 成立初期，以開發和推廣網格式 GIS (grid-based GIS) 為主，稱為 GRID；1982 年 ESRI 成功推出全球首套向量式 GIS (vector-based GIS)，名為 ARC/INFO。向量式 GIS 的出現是 GIS 發展的重大技術突破及創新，ARC/INFO 在 1980 年代成功推廣至北美地區及 1990 年代擴展至其他國家，最終成為該領域商業系統龍頭，並主導地理資訊系統後續發展的標準。

　　簡言之，由 1960 年代開始，經過二十多年的發展，直到 1980 年代初期，才出現成熟穩定且功能完備、具有處理大量且複雜地理現象的資訊系統，至 1980 年代末期及 1990 年代中期，GIS 的應用才逐漸普及。目前發展趨勢是系統架構由封閉系統朝開放架構發展 (如 Open GIS)，且朝網路 GIS (web GIS) 及行動 GIS (mobile GIS) 之應用開發，地理資料庫由早期完全封閉系統朝以網路為基礎的分散式資料庫管理系統 (Peng & Tsou, 2003; Li & Vangenot, 2005; Rana & Sharma, 2006)，資料的分析亦和網格運算 (grid computing) 及所謂的雲端運算 (cloud computing) 結合，處理及分析結果之展現則往所謂的 3D-GIS 發展 (Chang, 2007; Abdul-Rahman & Pilouk, 2008)。2000 年之後，運用 GIS 的各類應用，全面普及，最重要的發展當屬 Google Map 及 Google Earth 成熟網路平臺開發及行動裝置 (mobile devices) 普及，使得 GIS 之應用及地理分析，在 2010 年後成全球最重要發展之一。目前雖然各類 GIS 系統及應用非常多樣，但核心 GIS 基本原理仍然不變，本章下文接著介紹 GIS 基本原理及要素。

三、地理座標系統及地圖投影

　　座標系統是 GIS 空間定位的方法之一，投影系統目的在將三維的地球以二維空間來表示，地理座標與投影系統及各系統間之轉換屬地圖學及測量

學範疇 (例如，Kraak & Ormeling, 2002；潘桂成，2005)。使用 GIS 時碰到的第一件事通常就是要指明所使用的座標系統及投影系統為何，筆者發現初次接觸的使用者通常缺乏這方面的觀念及知識，造成運用的第一道障礙，因此有必要先就地理座標與投影系統做一綜合性介紹及說明；兩者雖牽涉很複雜的數學運算，但擁有正確的地理座標系統與投影系統基本觀念，是成功運用GIS 的第一個必要條件。

此外，不論傳統平面地圖或 GIS 數位地圖，地圖呈現的空間資訊之座標及特徵係由選用的大地測量基準及投影方式所決定，例如，地球上同一點，在不同的大地測量基準將呈現不同的經緯度座標。選用特定大地基準及進行空間座標系統轉換，或改變投影方式，用傳統人工轉換是相當耗時的工作，由於目前 GIS 軟體皆有提供此類功能，這類工作可迅速完成。因此，本節要強調的另一點是，由於測量基準差異關係，植基於不同大地基準的空間資訊，必須先選用共同的大地基準，再經由所謂的空間座標系統轉換，並選用相同的投影方式，才能進行空間資訊的處理及比較，否則空間資訊的處理及分析 (下面將會介紹) 結果可能會產生很大誤差，進而產生錯誤的決策資訊。

(一)　地理座標系統

在談地理座標系統之前，我們先簡單回顧一下幾個常用的座標系統。各座標系統當中，最有名的是大家耳熟能詳的二維空間 X-Y 及三維空間 X-Y-Z 笛卡兒座標系統 (Cartesian coordinate system)。除了笛卡兒座標系統外，尚有許多其他座標系統可供定位之用，其中大家較熟悉的是極座標系統 (polar coordinate system)；例如，某一點的位置在二維極座標系統係以兩個參數 (r, θ) 來表示，分別為該點至原點的距離 r 及該點至原點連線和 X 軸的夾角 θ (可為逆時鐘或順時鐘方向)。三維的極座標系統裡，有一種座標系統稱為球面座標系統，三維空間球面座標系統的座標設定方式，和二維空間的極座標系統非常類似，主要是由三個參數 (r, θ, ϕ) 所決定：第一個參數為某一點至原點的距離 r，第二個參數為該點至原點的直線和 Z 軸的夾角 θ，第三個參

數為該點在 *X*-*Y* 平面投影位置和 *X* 軸的夾角 *φ*，如圖 10-3(a) 所示。另外，如果我們運用球面座標系統來標示一個球體所屬球面上的點之座標，由於該球體的半徑 *r* 是固定常數，因此只需要兩個參數 (θ, ϕ) 即能標示球面上任意點的座標了。

　　為表示地球上某一個特定位置，傳統上我們使用耳熟能詳經緯度來表示，該座標系統稱為地理座標系統 (geographic coordinate system, GCS)，事實上地理座標系統屬於球面座標系統的一個特例。這裡我們先說明在地球運動方向的定義：若由北極正上方看地球自轉，地球自轉係呈現逆時鐘的轉動情形，該運轉情況稱為地球自轉方向；若我們移動方向和地球自轉方向一致，則稱為向東移動，反之為向西移動；同理，若往北極移動，則稱為往北移動，反之稱為往南移動。

　　地理座標系統是由南北向的經度線和東西向的緯度線構成的經緯網格系統所組成，其中經線的定義是通過地球南北極的南北向分度線，緯線的定義則是和赤道平面平行的東西向圓形線構成，如圖 10-3(b) 所示。緯線的劃分以赤道為劃分起點，分別向北及向南方向各自劃分 90 度，向北劃分的稱為北緯，向南劃分稱為南緯。南北向經線的劃分方式以通過英國格林威治天文臺的子午線 (子午線定義為通過地球南北極的經度線) 為劃分起點，該子午線稱為本初子午線 (prime meridian)；我們由本初子午線，分別向東及向西各劃

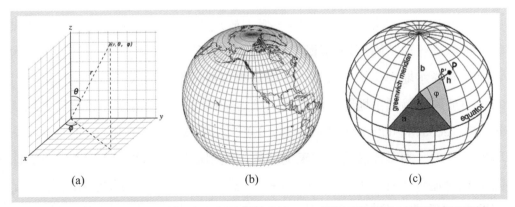

圖 10-3　(a) 球面座標系統；(b) 地理座標系統；(c) 經緯度標示方法地理座標系統

分 180 度，屬向東劃分的稱為東經，向西劃分的稱為西經。

地球上某一位置的座標，緯度為該位置至球心的連線和赤道平面之夾角 (ϕ)，經度則為該位置至球心連線在赤道平面的投影線段和本初子午線之夾角 (λ)，如圖 10-3(c) 所示。地理座標系統的測量單位是度 (°)、分 (′) 及秒 (″)，其中 1 度等於 60 分，1 分等於 60 秒，標示地理座標系統的地理位置時，慣例先標示經度 (E 表東經，W 表西經)，再標示緯度 (N 表北緯，S 表南緯)，例如 (30°23′52″E, 60°10′45″N)。地理座標系統角度有數種表示方式，最常見的包括：(1) DMS (Degrees：Minutes：Seconds) 格式，例如 (50°30′45″N, 80°10′28″W)；(2) DM (Degrees：Decimal Minutes) 格式，例如 (50°30.75′N, 80°30.47′W)；(3) DD (Decimal Degrees) 格式，例如 (50.51°N, 80.51°W)。

前面提到運用地理座標系統來標示地面某一點時，背後有兩個大家常忽略的假設：一個假設是地球是一個球體 (sphere)；第二個假設是地理座標系統的原點一定要以地心為基準。第一個假設和事實是不符的，蓋真實的地球形狀是一個橢球體 (spheroid)；至於第二個假設，我們在選定地理座標系統時不一定非以地心為座標系統的原點不可，我們可依實際需要選定「適用」或「適當」的原點。在此特別點出這個問題，主因一般人首次運用 GIS 時通常碰到的第一個障礙，便是無法明白各類地理座標系統及座標系統轉換的問題。

前面提到地球是一個橢球體，但由於地表有高低起伏的現象，嚴格來講，地球真正形狀尚不是橢球體，不過運用橢球體比運用球體來代表地球會更能準確標示地面座標，故當一個橢球體很接近地球形狀或符合某種測量目的，而被運用為標示地球表面位置的參考架構時，我們稱此橢球體為大地測量基準 (geodetic datum)。我們以圖 10-4 來說明這個觀念，圖 10-4 有兩個橢球體 A 和 B，兩者皆被用來代表地球的大地測量基準，注意橢球體 A 及橢球體 B 的球心並不在地心；圖 10-4 顯示，橢球體 A 某一部分地區和地球 a_1-a_2 間地區 (如臺灣) 呈現切面相接情形，故若選用橢球體 A 為大地測量基準，則

地球 a_1-a_2 間區域座標精準度會比別地區來得高；同理，由於橢球體 B 和地球 b_1-b_2 地區 (如美國的某一州) 呈現切面相接情況，故地球 b_1-b_2 間的區域座標以選用橢球體 B 為大地測量基準會遠較橢球體 A 來得適當。換句話說，地球 a_1-a_2 間區域座標以橢球體 A 為大地測量基準較適當，但地球 b_1-b_2 間區域則以橢球體 B 為大地測量基準才較理想。

　　上面例子說明，基於測量精準度考量，地理座標系統可依應用需要選定不同大地測量基準，這類大地測量基準稱為區域大地基準 (local datum)。目前既有的區域大地基準種類繁多，例如，臺灣的舊座標系統 TWD67 (以埔里虎子山為大地基準) 及新座標系統 TWD97 (以八個 GPS 追蹤站座標為參考點)；北美地區的 NAD 1927、NAD 1983、HARN、HPGN 等大地基準 (Torge, 1991)。除了區域大地基準外，亦有適用全球座標的大地測量系統。例如，美國國防部在 1984 年時選定一個以地球質量中心為中心點的橢球體，據以制定名為 WGS84 世界大地測量系統 (world geodetic system)，著名

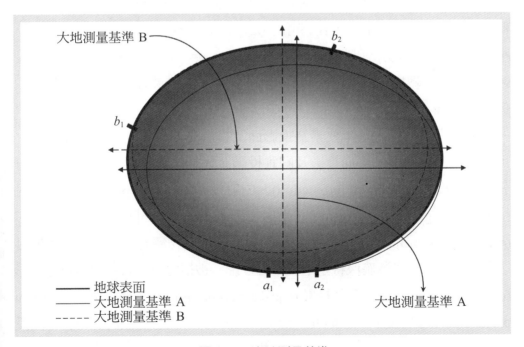

圖 10-4　大地測量基準

的全球衛星定位系統即採用此地理座標系統 (NIMA, 1997)。

(二) 地圖投影

我們運用 GIS 時，不能沒有地圖投影的基本觀念。當我們用的空間資料所屬之投影系統和別人用的空間資料投影系統不同時，若兩者空間資料要合併使用，必須選用相同的投影系統並進行投影轉換；地圖投影是很複雜的一門學問，投影系統轉換計算很複雜，在 GIS 裡卻很簡單，下面簡單介紹地圖投影種類及常見專有名詞，因為這是一般 GIS 軟體常見到的，讀者不能不知。

在我們選定特定的地理座標系統 (例如 TWD97) 後，接著我們面臨的工作是如何將三維的地理空間以二維的地圖來表示。將三維地理空間轉換為二維平面地圖的方法，稱為地圖投影 (map projection)，地理座標系統經地圖投影後產生的二維平面地圖座標系統，稱為投影座標系統 (projected coordinate system)；換言之，若地表某一點 P' 的地理座標系統經緯度為 (λ, ϕ)，經由某種轉換方法 (即投影方式)，我們可將 (λ, ϕ) 轉換為笛卡兒座標系統的點 P，座標為 (x, y)，其數學函數關係以 $x = X(\lambda, \phi)$，$y = Y(\lambda, \phi)$ 表示。因為地圖投影是一對一的轉換，故地理座標系統和投影座標系統間存在一對一的對應關係，如圖 10-5 所示。

地圖投影的兩大基本要素為投影面及投影光源位置，就投影面而言，可區分為圓柱投影、平面投影及圓錐投影三大類；就投影光源而言，又可分為心射投影 (gnomonic projection)、內射投影 (internal projection)、平射投影 (stereographic projection)、外射投影 (external projection)、正射投影 (orthographic projection)。另外，投影會造成地面物體的面積和距離等項目之變形，地圖投影為確保特定地貌不因投影而被扭曲，而有所謂的正形投影 (conformal projection)、等積投影 (equal area projection)、等距投影 (equidistant projection)、等角投影 (azimuthal projection) 等特殊投影之設計。由於地圖投影很複雜，特定投影有其特定目的，相關文獻可參考 Slocum 等人 (2004)。

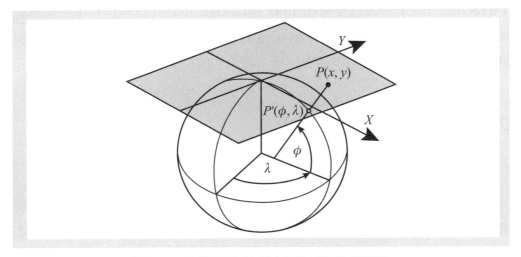

圖 10-5　地圖投影 (地理座標和平面座標轉換)

　　由於投影方式太多，空間資料若沒經過投影轉換將無共同比較基礎，到二次大戰後美國倡議以麥卡脫投影 (Transverse Mercator Projection) 為國際通用地圖投影。麥卡脫投影為置式圓柱投影，柱軸與地球軸互相垂直，柱體切於地球表面某一子午線，這和麥卡脫投影切於地球赤道不同，屬正形投影的一種。麥卡脫投影是以經度為分帶，常用者又可區分為二度分帶、三度分帶及六度分帶等三種。其中六度分帶又被稱為統一麥卡脫投影 (Universal Transverse Mercator Projection, UTM)，為一般軍用地圖最常使用的一種投影方法。至 1950 年，由於和美國軍事合作關係，我國聯勤測量署將地圖投影全面改用麥卡脫投影。另由於臺灣經度橫向跨幅共計兩度 (120-122 度)，故我國基本圖投影係採用 UTM 二度分帶，其中央經線是 121 度。

　　本節最後說明的是，臺灣的 TWD97 近似 WGS84，但 TWD67 及 TWD97 地理座標系統單位皆是公尺，地圖投影皆採用 UTM 二度分帶，但 WGS84 座標系統單位則採用經緯度。臺灣的 TWD67 是內政部公告的座標基準，以國際 Geodetic Reference System 1967 的橢球體大小為基礎，做為臺灣大地基準的橢球體，其座標基準在南投縣埔里鎮之虎子山，故亦泛稱為「虎子山座標系」，這裡要強調的是 TWD67 與 WGS84 的球體大小不等；

TWD97 的「97」是因為臺灣在 1997 年以 GPS 重新計算座標基準，橢球體則採用國際 Geodetic Reference System 1980 橢球體，此橢球大小與 WGS84 的球體大小相對接近，這些差異是讀者運用 GIS 時要具備的基本知識之一。

四、資料模型及資料結構

(一) 空間資料結構模式

前面提到資料模式包括空間資料模式和屬性資料模式，本章重點是空間資料模式的資料結構和分析 (Maguire, Goodchild, & Rhind, 1997; Wise, 2002; DeMers, 2004; Bolstad, 2005)。由於篇幅限制，有關空間資料的輸入、編修及校正等技術性過程，將不在本章討論。GIS 處理的資料稱為地理資料，地理資料目的是用來代表某一空間實體的特徵。任何空間實體具有下面三個特點：

1. 位置：位置由前面提到的特定投影座標系統來表示，由於為了表現空間各實體間的空間關係，所選用的投影座標系統必須一致。
2. 屬性：屬性的目的是用來記錄空間實體的實質內容，屬性資料的資料測度可區分成四大種類，即類別 (或稱名目) 資料、次序資料、級距資料及比率資料；由於空間實體可能會因時而異，故屬性資料隱含著時間的面向，又因為屬性資料係附屬於某一空間實體，故空間面向也是屬性資料內隱特質；簡言之，時空面向是內隱於屬性資料的特質。
3. 空間關聯性：目的在展現空間各個實體彼此之間空間關係，該空間關係在傳統地圖中能清楚呈現出來，但在 GIS 中，我們必須以特定資料結構加以定義和記錄才能呈現，後面接著會提到的向量式 GIS 位向關係就是表達空間關聯性的方法之一。

為了表示空間各實體的位置、屬性和空間關係，GIS 的空間資料結構分成網格資料和向量資料兩種類型。空間各實體的資料由點資料、線資料和

面資料三大類所組成，網格資料結構和向量資料結構之差異，如圖 10-6 所示。所謂的網格資料結構，係將研究區域以規則性的網格進行系統性的劃分，每一個網格具有代表其位置的座標和相對應的屬性資料，所構成的空間資料結構；常用的網格之切割方式，包括三角、四角和六角網格，其中以四角網格最被廣為使用；全球使用網格資料最有名的國家，非日本莫屬。至於向量結構，空間實體由三種最基本要素組成，即點、線和面資料，這三類要素係由一系列的座標所構成，透過位向結構來描述之間的空間關係，以屬性

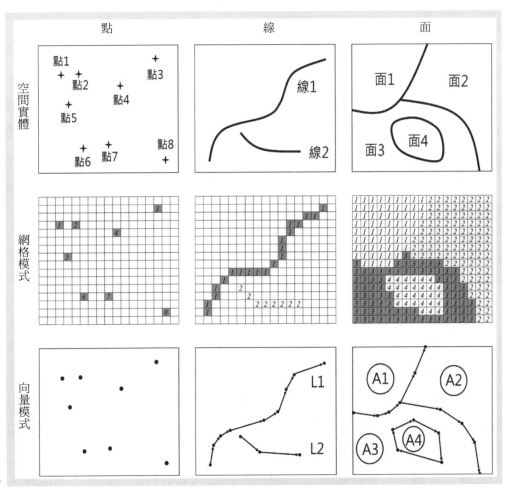

圖 10-6　空間實體資料模式

來記錄特性。有關空間實體以網格資料及向量資料呈現之差異，如圖 10-6 所示。

向量式和網格式資料各有其優劣之處。網格資料結構優點為：適於表達地形高度及土地利用等地表資料、資料結構單純明瞭、製作方式簡單、計算量少、適合常用的分析處理、儲存空間固定、統計分析及模型建立較簡易、容易與同形態資料結合處理、適合快速運算的需求環境、適合影像類資料的處理模式 (如高度、氣候、衛星影像等)。而網格資料結構缺點為：不適合精確度需求高的研究或業務、空間解析度偏低、初始儲存空間容易過大、空間位向關係難以描述、不適合處理區域劃分、圖形輸出品質較差等。

相對而言，向量資料結構優點為：適合精確度需求高的研究或業務、能精確表達位置及任意縮放、容易表達空間關係、可做複雜圖形分析、可有效表示空間位向資料、輸出品質良好、適合資料庫管理、資料展示方式較接近傳統地圖、適用呈現地形及地物資料。向量資料結構缺點則為：資料結構複雜、分析工作較費時、建置技術要求與成本高、疊圖及空間分析功能使用程序繁複、學習門檻較高、較難表達連續變化的現象 (如高度及溫度等)、儲存空間變異大、統計分析及模型建立較困難。

(二) 向量資料結構及位向

GIS 的向量資料結構是透過所謂的位向 (topology，或譯為拓樸) 方法，來描述各個空間實體間的空間幾何關係。位向本身是一組規則和行為規範，用來界定點、線、面等空間實體的幾何關係，我們利用位向來描述空間關係，主要原因是許多空間現象符合所謂的位向限制 (topological constraints)，例如相鄰的行政區域不能重疊，等值線 (isolines) 或地形等高線 (contours) 不能相交；另一個原因是，合乎位向定義的空間向量資料，各個空間實體間的相對幾何關係不因空間的延展或扭曲而改變。

建立各個空間實體間的位向關係是 GIS 向量資料結構最核心的部分，如前所述，位向的三個基本構成要素分別為點、線和面。點資料用來代表

空間特定的位置，位置的描述係以 *X-Y* 座標表示，當空間特徵或現象小至無法以線或面來描述時，我們採用點資料來描述該現象，如圖 10-7(a) 所示。若空間現象太窄無法以面來表示時，我們以線資料的方式來呈現；所謂的線是由一組序列性的 *X-Y* 座標點 (最少兩個點) 代表，且線是具有方向性 (directionality) 的特質，線的兩個端點稱為節點 (nodes)，由於線是有方向性的，故節點又可分成起點 (from-node) 和終點 (to-node) 兩種，若線是由兩個以上的點構成，則起點和終點間的點稱之為中間點或中繼點 (vertices)，相鄰的點連成的線稱為直線 (line)，如圖 10-7(b) 所示，線 *Arc* 是由點 P_1、P_2、P_3、P_4 相連，其中 P_1 及 P_4 分別為起點及終點，P_1 至 P_2 構成 L_1，P_2 至 P_3 構成 L_2，P_3 至 P_4 構成 L_3。面的含意是多邊形，目的是用來代表均質的空間現象或特徵；依空間資料結構定義，面資料是由一組有序或至少一個的線資料包圍而成的封閉多邊形所構成，如圖 10-7(c) 所示，面 *A* 是由 Arc_1、Arc_2、Arc_3 及 Arc_4 構成。

接著我們說明點、線、面三者間的位向關係，該關係是構成向量式空間資料結構的基礎。第一個關係稱為連接 (connectivity) 關係，目的在描述「節－點－線」和「線－線」的連接關係；連接性進一步擴充，構成所謂的相對方向 (relative direction)；第二個關係，目的在用來描述線的起點和終點

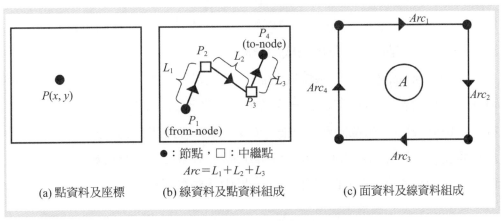

● ：節點，□：中繼點

$Arc = L_1 + L_2 + L_3$

(a) 點資料及座標　　(b) 線資料及點資料組成　　(c) 面資料及線資料組成

圖 10-7　向量格式三個基本組成要素

及記錄線的左面 (left polygon) 和右面 (right polygon) 資訊；第三個關係稱為相鄰 (contiguity 或 adjacency) 關係，目的在描述兩個多邊形是否有共同的邊界；第四個關係稱為包含 (containment) 關係，用以說明某一點、線或多邊形是否在一多邊形內。

綜合上面說明，位向的種類可分成三類：(1) 第一類是點－線位向 (point-arc topology)，該位向關係定義了線的起點、終點和方向性；若兩條線共用一個節點，則定義兩條線相連，多條相連且具有一致方向性定義的線，構成所謂的路徑 (route)；(2) 第二類是線－面位向 (arc-polygon topology)，該位向定義一組線如何連接成一個封閉空間以構成多邊形；(3) 第三類是左－右位向 (left-right topology)，利用相鄰多邊形共用的線及線的方向性來定義左面和右面；共用線的左面定義為共用線的向量方向左邊所屬的面，共用線的向量方向右邊所屬的面則稱為右面。

我們接著以圖 10-8 及圖 10-9 說明向量資料結構。圖 10-8 的圖形說明向量圖的構成要素，包括向量圖的四個控制點 (tics) 內，計有五個節點 (N_1, N_2, N_3, N_4, N_5)、七條線 (Arc_1, ..., Arc_7)、四個面 (A_1, A_2, A_3, A_4)；該向量圖的點、線、面位向關係，分別記錄在線－面位向表及點－線位向表，其中線－面位向表記錄面是由哪些線構成的資訊，點－線位向表則記錄各條線是由哪些點構成，包括起點、中繼點及終點，例如圖 10-8 的線－面位向表顯示，面 A_3 是由 Arc_2、Arc_5、Arc_6 所構成，再聯結至點－線位向表，我們可得知 Arc_2、Arc_5、Arc_6 分別是由哪些點所構成的資訊。

但線－面位向及點－線位向資訊尚不足以充分呈現向量結構，我們必須進一步結合左－右位向及點－線位向資訊才充分。圖 10-9 的目的在呈現左－右位向及點－線位向關係，圖 10-9 的左－右位向表記錄各條線的左面及右面資訊，例如 Arc_5 的左面及右面分別為 A_3 和 A_2，再根據點－線位向表資訊，我們知道 A_3 和 A_2 的共用線 Arc_5 是由哪些點所構成的。

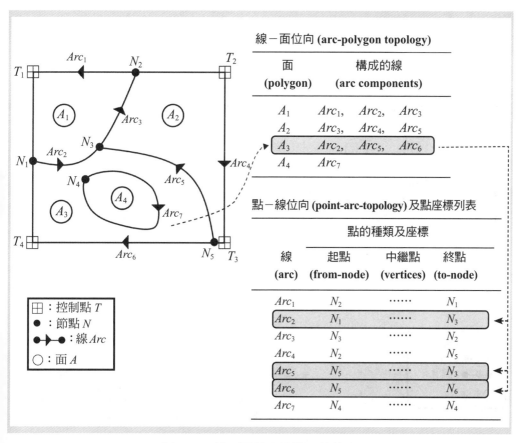

線－面位向 (arc-polygon topology)

面 (polygon)	構成的線 (arc components)		
A_1	Arc_1,	Arc_2,	Arc_3
A_2	Arc_3,	Arc_4,	Arc_5
A_3	Arc_2,	Arc_5,	Arc_6
A_4	Arc_7		

點－線位向 (point-arc-topology) 及點座標列表

線 (arc)	點的種類及座標		
	起點 (from-node)	中繼點 (vertices)	終點 (to-node)
Arc_1	N_2	……	N_1
Arc_2	N_1	……	N_3
Arc_3	N_3	……	N_2
Arc_4	N_2	……	N_5
Arc_5	N_5	……	N_3
Arc_6	N_5	……	N_6
Arc_7	N_4	……	N_4

圖例：
田：控制點 T
●：節點 N
●▶：線 Arc
○：面 A

圖 10-8　線－面位向及點－線位向

(三)　空間及屬性資料之關聯及整合

前面提到，GIS 核心是個資料庫系統，處理的資料統稱為地理資料。我們在建立前述之點－線位向、線－面位向及左－右位向表後，接著要建立所謂的空間資料屬性資料；如前所述，地理資料包括兩大類資料類型：空間資料和屬性資料，空間資料先將空間特徵簡化成點、線、面三類，然後定義空間資料的位向，藉以描述聯結及簡括化複雜的地理特徵；屬性資料目的在記錄地理特徵的特性，空間元件屬性資料包括點屬性資料、線屬性資料及面屬性資料，在完成前述資料後，接著利用所謂的關聯式資料庫技巧，將空間的

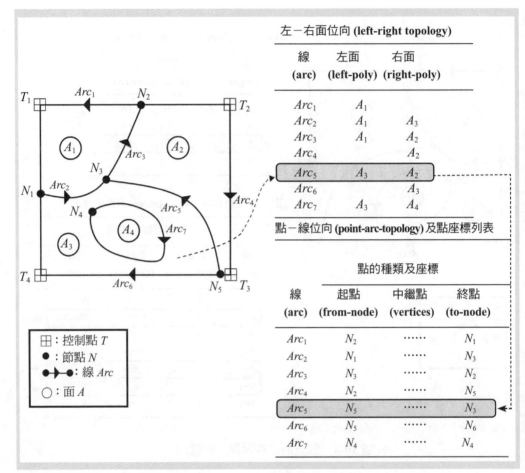

圖 10-9　左－右位向及點－線位向

位向及屬性資料和其他資料，藉由所謂的聯結變數 (linked variable) 將這些資料串在一起，藉以建立用以描述複雜地理現象的資料庫系統 (Ott & Swiaczny, 2001)。

　　這裡用圖 10-10 來說明空間資料及屬性資料的關聯式資料結構之關係。如圖 10-10 所示，我們除了建立點－線位向、線－面位向及左－右位向資料外，亦建立面屬性資料，該資料記錄面結構的一些資訊，包括面積、周長、地區代號及土地利用代碼等四項變數；另有一筆地區別人口資料，該資料除記錄人口資料外 (例如人口總數、出生及死亡人數、移出及移入人數)，亦記

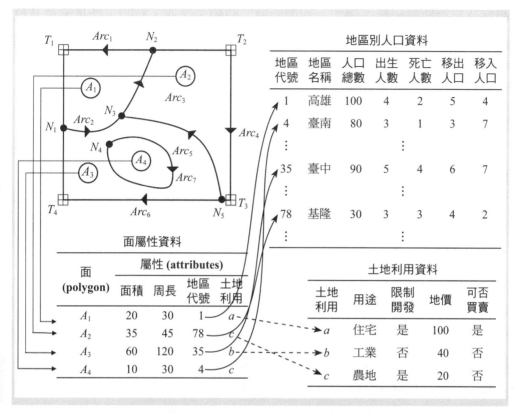

圖 10-10　空間資料、屬性資料及其他資料之聯結

錄相對應的地區代號，由於人口資料和面屬性資料的地區代號使用相同的編碼系統，故可透過地區代號該項變數，將人口資料和面屬性資料建立資料關聯。同理，假設我們亦有一筆地區別土地利用資料，該資料除記錄土地利用資訊外，亦記錄和面屬性資料相同的土地利用代碼，因此我們可透過土地利用代碼將土地利用資料和面屬性資料聯結成關聯式資料庫。

(四)　資料處理步驟

　　GIS 最重要的功能就是處理地理資料的能力，完整的地理資訊處理包括五個主要地理資料處理步驟，分別為獲取、管理、查詢、分析及視覺化展現。地理資料獲取包括直接獲取及間接獲取。直接獲取指的是研究人員親自

觀察及記錄地理資料；例如：利用手繪、照相、遙測、航照、衛星定位及軌跡記錄實地調查等方式，直接記錄空間資料和屬性資料。間接獲取指的是利用既有之資料，如地圖 (如地形等高線圖、地質圖、坡度圖、土地利用圖、生態保育區分佈圖、地籍圖等)、調查或普查資料 (如戶籍登記資料、工商登記資料、財稅資料、健保資料、人力資源調查、人口普查、農林漁牧普查、工商普查、雨量資料、地震資料、降水資料)、報告文件、古籍或古地圖 (臺灣堡圖) 等，來產生系統所需的空間和屬性資料。

在獲取地理資料後，接著進入地理資料管理，目的在以系統性方式，整理已獲取的地理資料，並將其納入系統裡，建立所謂的地理資料庫，以便進行進階的地理資料處理和整合。這裡我們要先確定空間資料用的投影座標系統，影像資料需經影像處理過程 (如影像接圖、影像加強、影像糾正等)，地圖資料需經地圖資料處理與數化程序 [如清圖與編修、空間實體物件化 (點、線、面)、物件編輯、物件校正、建立物件位向關係、接圖等] 才能使用。在屬性資料處理部分，需經過資料清理、編修、檢誤、插補、建立空間和屬性資料關聯性等程序，才能進一步供查詢使用。GIS 查詢可分成空間查詢及屬性查詢兩大類，若空間資料及屬性資料聯結關係已建立完成時，我們可進行空間及屬性綜合查詢，例如，(臺北縣 OR 臺北市) (坡度＞30 度) AND (年雨量＞200 mm) (人口密度＞每平方公里 100 人)。

地理資料經處理及分析後，最後結果必須由 GIS 展示與輸出。分析結果的展示與輸出分成空間資料和屬性資料兩部分。空間資料主要以主題地圖 (thematic map) 方式呈現，當我們以地圖的方式來表現特定的地理資料屬性時，該地圖稱為主題地圖，包括三種類型：點主題地圖、線主題地圖及面主題地圖；或由前述三類主題地圖構成的地圖稱為綜合性地圖。至於 GIS 屬性資料的展示與輸出方式，與傳統的管理資訊系統中的統計圖表功能非常類似，一般人已相當熟悉了，例如長條圖、柱狀圖、累積曲線圖、圓形圖、玫瑰圖及散佈圖等。

(五)　空間分析

在完成上述步驟後，我們接著進行地理資料的分析，地理資料分析是 GIS 最具特色的功能。如前所述，地理資料包括空間資料和屬性資料兩大類，屬性資料的分析事實上不是 GIS 重視及擅長的部分，主要原因是屬性資料的資料處理及分析工作，許多資訊系統早已發展的相當完備，經由系統整合方式，屬性資料分析工作可交由別的系統來完成，只要著重在空間分析這一部分，故 GIS 地理資料分析最具特色的是空間資料及結合屬性資料分析能力 (Goodchild, 1987; Fotheringham & Rogerson, 1994; Fotheringham, Brunsdon, & Charlton, 2000)。

GIS 空間資料分析種類可概分成四大類型的運算，由這四大運算類型組合而成的分析，在 GIS 裡稱為空間分析 (spatial analysis)。第一類的分析為幾何運算 (geometrical operation)，目的在計算空間資料的基本幾何數值；例如，臺北市和高雄市中心的歐幾里德距離，由英國倫敦開至土耳其伊斯坦堡的「東方快車」總計要跑幾公里？海平面若上升 1 公尺，則全球有多少陸地面積會被淹沒？

第二類的分析稱為空間搜尋 (spatial search) 運算，該運算主要分成包含搜尋 (inclusion search)、距離搜尋 (distance search) 和交叉搜尋 (intersection search)，如圖 10-11 所示。空間搜尋主要是找出特定地理空間裡，包括的點、線、面地理特徵及對應的屬性資料之統計量；例如，土石流淹沒的災區裡，災區總面積計有多大？災區內共有多少戶和共有多少人被掩埋？災區內被掩埋的道路有哪些且總長度為多少？災區內經濟作物面積及農作物損失有多大？

第三類的運算稱為環域分析 (buffer analysis)，英文 buffer 一詞為「緩衝」之意，環域分析是由特定的點、線、面資料計算特定距離內的緩衝區 (buffer zone)，目的在找出潛在影響範圍，環域分析包括點環域、線環域及面環域，如圖 10-12 所示。點環域通常和區位選址有關。例如，若便利商店有效經營範圍是以店址為中心半徑 300 公尺的區域，則有效經營範圍內計有多

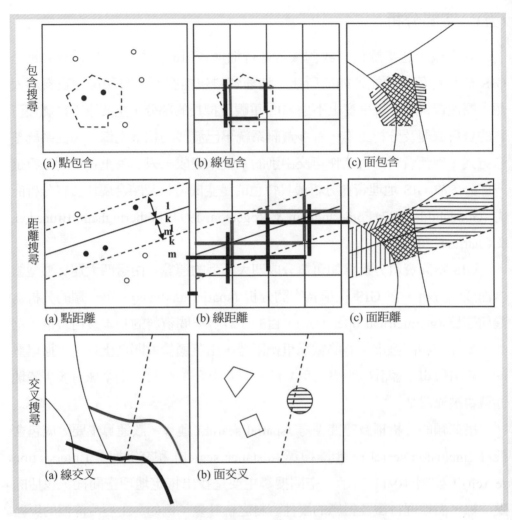

圖 10-11　空間搜尋運算：包含、距離及交叉搜尋

少人口？和最近的便利商店之經營範圍是否重疊？若有，則重疊區內計有多少人口？線環域和面環域分析的概念和點環域分析概念完全相同，線環域分析的例子包括，若捷運沿線 100 公尺內的房價平均漲幅約 35%，100-300 公尺內漲幅約 15%，300-500 公尺平均漲幅為 5%，距離 500 公尺以上房價不受影響，則捷運沿線房價受影響的面積及戶數總計有多少？同理，相同概念亦可運用至面環域分析。例如，若某一特定地區被劃為大型公共集會場所，該

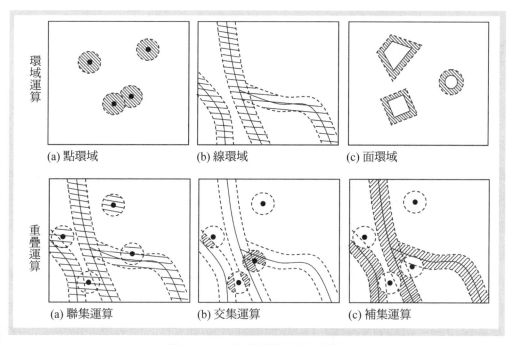

圖 10-12　環域運算及重疊運算

場所內合法最大播放音量若為 80 分貝，依距離遞減法則，假設集會區周邊 150 公尺以外地區才不會受集會活動產生聲音之干擾，則該集會區的集會聲音影響區有多大，且受影響人口有多少？

　　第四類的分析稱為重疊分析 (overlay analysis)。大部分的空間決策均需要綜合數項空間資料才得以進行，這時我們常須將數種不同空間資料以疊合方式產生所需的新空間資料。重疊分析主要是利用且 (AND)、或 (OR) 及非 (NOT) 三種布林運算方法，以既有之空間資料為基礎，產生一組新的空間資料，如圖 10-12 所示。例如，某一地點理想條件為：(1) 不得在都會區，但必須為都市化地區；或 (2) 屬鄉村地區，但不包括山地地區，在此條件下，我們可利用重疊分析找出合乎條件的空間區位。

五、社會科學研究應用

　　近年來由於資料來源多樣化及軟硬體成本大幅下降，且社會科學領域者逐漸了解 GIS 方法論及對研究重要性，GIS 在社會科學研究的應用在 2000 年後開始出現迅速增長情形 (例如，范毅軍、白碧玲、嚴漢偉，2001；石計生，2001；蔡博文、吳淑瓊、李介中，2004；Okabe, 2006; Steinberg & Steinberg, 2006; Tsai et al., 2006; Parker & Asencio, 2008；范毅軍、廖泫銘，2008)。由於研究實例太多，無法加以一一介紹。本節有關 GIS 在社會科學研究之應用實例，將以筆者研究成果為基礎，主要實例包括：(1) 臺灣人口遷徙及勞工流動動態變遷分析；(2) 1990-2000 年臺灣人口分佈及都市體系變化；(3) 臺灣未納保人口研究及政策設計；(4) 臺灣原住民調查研究母體分析及抽樣設計。這些實例會輔以相關地圖進行說明，為方便表達及減少圖面複雜性，傳統地圖要求的指北針方向及比例尺並未依慣例放入本章下面地圖。

　　本節實例所運用的 GIS 軟體是美國 ESRI 公司的產品，包括 ArcView 3.2、ArcMap 8.x 及 9.x 版本。ESRI 的 GIS 軟體種類很多，本章無法就軟體操作進行介紹，在章末的「延伸閱讀」中，筆者整理 GIS 軟體及工具的相關網站，供有興趣讀者參考。本節實例運用到的空間資料以行政界圖層為主，這些資料皆可由中央研究院人文社會科學研究中心之地理資訊科學專題研究中心獲得，屬性資料皆以個體資料為主，包括行政院主計總處人口普查、內政部戶籍登記及健保局承保資料。

　　本章一再強調 GIS 特點是擅長空間資料處理及分析，但屬性資料處理及分析並不是 GIS 擅長的地方。以本節實例而言，所運用到的工具並非只有 GIS 軟體，亦必須運用到其他工具，包括程式語言、資料處理及統計計算軟體。因為屬性資料的資料量大，筆者是以程式語言 (以 C++ 及 Delphi 為主) 進行大型及複雜屬性資料的初步處理，結果再交由資料處理及統計計算軟體 (以 SAS、Matlab、Gauss) 進一步處理，包括資料檢誤、整理及聯結，並將相

關的空間聯結變數加入屬性資料中，接著才運用 GIS 軟體，建立空間資料及屬性資料的關聯性資料庫，並進行空間資料分析及視覺化展現工作。

(一)　臺灣人口遷徙及勞工流動動態變遷分析

在世界體系的架構下 (Wallerstein, 1974)，目的在探討過去四百年來，臺灣人口遷徙及勞工流動時空變化，及其和政治、經濟、社會、文化變遷的關係與對臺灣人口再分配的影響。研究運用到的資料來源及特質差異很大，由於包括的時間面向較長，1895 年前主要資料來源是歷史資料及研究文獻，日治時期 (1895-1945 年) 主要是依據臺灣總督府的政府統計、普查資料及學術文獻，近代 (1945 年後) 資料來源除了整理政府統計、普查資料及學術文獻外，亦直接運用重要調查 (如國內遷徙及人力資源調查) 及普查 (如戶口及住宅普查) 原始資料進行研究；在空間面向部分，由於臺灣歷經數次政體變動，致使行政界線亦有重大變化，在空間單元一致性要求及資料限制下，研究係以目前 (2009 年) 臺灣的 23 個縣市為遷徙的空間單位。研究主要是在相同空間單元 (即縣市) 下，將統整的人口遷徙及勞工流動資料，依不同的歷史時期加以分類，建立人口遷徙及勞工流動時空屬性資料庫，再運用 GIS 向量圖功能，展現人口遷徙及勞工流動時空形態及特徵；本研究所運用到的 GIS 技術非常簡單，但建立人口遷徙及勞工流動時空屬性資料庫則相當費時及困難。

圖 10-13 是臺灣人口遷徙及勞工流動時空地圖，我們毋須進行複雜的 GIS 重疊分析，圖 10-13 已能快速反映變遷的動態趨勢。由人口遷徙及勞工流動時空屬性資料庫分析結果及整合既有文獻，臺灣的人口的再分配係呈現不同的形態及特徵，主要的動態變動方向是由日治時期人口重心開始由南部逐漸移至北部及向都市集中。由於日治時期南北雙極區域發展的結果，臺灣整個人口配置亦開始呈現出極化現象；在這個人口再配置的過程中，較特殊的是臺灣北部從早期次要人口集散中心逐漸轉變成主要的人口集散中心，最後再蛻變為臺灣最大的人口集中地區。臺灣在 1960 年代中期由於快速工業

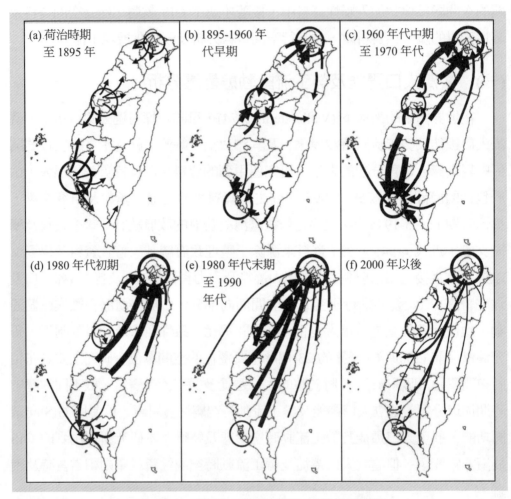

圖 10-13   臺灣人口遷徙及勞工流動動態變遷

化及政府大力推動出口導向經濟發展政策，開始出現內部有史以來最大規模
的城鄉遷徙，大量的農村勞動人口移轉至都市的工業部門，該過程持續將近
十年。

1970 年代初及 1970 年代末的兩次石油危機，對臺灣的經濟結構產生劇
烈的衝擊及影響。第一次石油危機使工業部門經濟生產受到相當程度的打
擊，由於產值的萎縮，當時曾發生小規模由工業至農業部門的勞工移轉情
形，和城市至鄉村的勞工回流遷徙 (return labor migration)。但第一次石油危

機後臺灣的經濟很快恢復活力，上述的人口遷徙及勞工流動方向之「逆轉」只是暫時的現象，很快勞工流動就恢復原來「主流」的方向，即仍是農業至工業部門之淨移轉和鄉村至城市勞工遷徙的形態。雖然 1970 年代的兩次石油危機造成部分都市往鄉村的回流潮，但由於此時鄉村已失去以前吸納剩餘回流人力的能力，回流遷徙這時並沒有對鄉村區域發展及區域人力再分配有實質貢獻及明顯影響力；1970 年代也是臺灣政治及社會經濟發展重要轉型的年代，雖然政策鼓勵新興產業朝資本及技術密集的方向發展，但由於轉型的效果尚未出現，臺灣的區域及都市發展方向並沒有太大變動，人口遷徙及勞工流動形態基本上亦沒有太大改變，只是遷徙數量開始逐漸降低，故自 1930 年代中期至 1980 年代初期，臺灣整個人口遷徙及勞工流動係呈現南－北分流的形態。

　　當臺灣的政經及社會結構於 1980 年代末進行重組時，臺灣的區域勞動市場及勞工流動大環境亦面臨結構性的轉型及變化。例如，南部高雄地區石化及重工業深受兩次石油危機影響，加上其傳統產業無法跟上內部經濟結構轉型的步調，致使以高雄都會區為核心的南部區域經濟開始沒落；由於服務業及新興工業發展所衍生的經濟利益 (如工作機會等) 在地理分佈主要集中在北部的臺北及新竹地區，這使北部地區的勞動市場吸引力更見進一步強化。

　　Lin 與 Liaw (2000) 依行政院主計總處 1990 年戶口及住宅普查及歷年內部遷徙調查，發現 1980 年代中期以後臺灣勞工流動主要形態係人力資源由其他地區至北部地區 (特別是臺北縣市及桃園縣) 的淨移轉，該項遷徙形態和 1930-1970 年代間勞工向南－北分流的形態完全不同，因此 1980 年代可稱為臺灣勞工流動「逆轉」的年代。此重大人力配置變遷對 1990 年代臺灣政經、社會及區域發展有深遠影響，致使 1990 年代成為臺灣人口分佈再次洗牌的重要時期。究其變遷大局係臺灣內部經濟結構轉型和區域勞動市場的結構性變化，臺灣新興工業及服務業多集中在北部地區 (如新竹科學園區和臺北市)，及南部區域經濟結構轉型調整速度和總體經濟結構轉型步調不一致所致。

1990 年代臺灣的經濟發展已進入另一個新的階段，特點是經濟結構轉型的效果開始顯現及所面臨的國際競爭大。1990 年臺灣經濟的發展方向及轉型結果已相當明確，係以服務業及高科技產業為主，勞工流動係以工業至服務業部門的人力移轉為主。此時臺灣所面臨的社經大環境變遷和已開發國家過去的經驗類似，例如由於內部經濟活動的去工業化 (deindustrialization) 及去中心化 (decentralization) 結果，製造業普遍開始衰退，致使對高級人力的相對需求加大，但該新類型的經濟結構亦會同時創造出大量的低階工作機會來提供高級經濟活動所衍生的勞務需求，而中級的就業機會 (如行政人員和買賣工作人員等) 則會相對的萎縮。

Lin (2006) 依行政院主計總處 2000 年戶口及住宅普查及歷年人力運用調查，發現 1990 年代中期以後，人口遷徙形態雖和過去十年類似，但已產生如下的結構性變動：第一，北部依然是人口遷徙最具吸引力的地方，但已由桃園地區取代臺北地區成為內部遷徙的最大目的地；第二，桃園地區成為內部遷徙的最大目的地主因是居住因素引起的遷徙 (residential mobility)，而非工作因素誘發的遷徙 (labor migration)；第三，相較過去二十多年來對遷徙者沒有出現顯著遷徙選擇性 (migration selectivity)，北部地區 (特別是臺北地區)開始出現顯著人力資本選擇性。例如，出現低人力資本者由北部都會地區往鄉村地區淨遷徙的情形。

(二)　1990-2000 年臺灣人口分佈及都市體系變化

本研究運用的屬性資料來源為 1990 年及 2000 年臺灣戶口及住宅普查原始資料，這兩筆資料各有約 2,000 萬及 2,300 萬筆個人資料。研究的空間單元為村里，但因為 1990 年及 2000 年的村里有很大變動 (1990 年約有 7,400 個村里，2000 年約為 7,800 個村里)，變動原因主要是人口變動，村里變動類型主要為村里內之分割和合併，或村里間之分割及整併；在空間單元必須一致的條件下，空間單元必須以 1990 年村里為標準，因此必須進行 2000 年個人資料所屬村里代碼轉換為 1990 年村里代碼之資料處理，轉換方式是先

蒐集 1990-2000 年村里變動資訊，據以建立 1990-2000 年村里對照表以進行村里代碼轉換。在完成村里代碼轉換工作後，這兩筆資料以共同之村里代碼和 1990 年村里面資料聯結，我們就可以在一致標準下，進行簡單的資料展現工作或做複雜的空間分析。

　　根據 2000 年戶口及住宅普查，臺灣人口分佈主要集中在基隆－臺北－桃園－新竹、臺中－彰化、臺南、嘉義、高雄－屏東等都會區及各都會區周邊和其他高度都市化的地區。將 1990 年及 2000 年戶口及住宅普查原始資料進行比對，利用 GIS 重疊分析功能，發現 1990-2000 年間臺灣都市化過程持續進行，但由人口空間分佈變動來看，都會區及高度都市化地區人口持續成長，而鄉村及偏遠地區則持續遞減，如圖 10-14 所示。圖 10-14 亦顯示，近二十多年來的都市化過程有二個主要特點：第一，各主要都會區周邊地區是人口主要成長地帶；第二，除了鄉村及偏遠地區，前三大主要都會區 (基隆－臺北－桃園－新竹、臺中－彰化、高雄－屏東) 的核心地區則出現人口減少現象 (Lin, 2006)。

(三)　臺灣未納保人口研究及政策設計

　　本研究對象係未納保人口，目的在探討未加入全民健保原因。為掌握未納保人口，我們先比對中央健保局承保資料檔和內政部戶政資料檔，並將不在納保者資料檔但在戶政資料檔的個人資料抽離出來，構成所謂的「未納保者母體資料檔」，該資料計有近一百萬筆個體資料 (林季平、林昭吟，2003)。研究後來進一步將承保資料檔和行政院主計總處人力運用調查資料進行資料聯結，以豐富解釋變數種類 (林季平，2008)。在空間資料部分，研究選用的空間單元為村里，由於未納保者母體資料沒有村里代碼，故無法和研究空間單元聯結，解決的方法由母體檔之村里名和村里代碼檔進行比對，再將比對的村里碼記錄在母體檔中。

　　完成屬性資料及空間資料整合後，接著運用 GIS 進行許多未納保者空間分析。主要發現是，臺灣未納保人口的空間分佈和總人口之分佈形態相當一

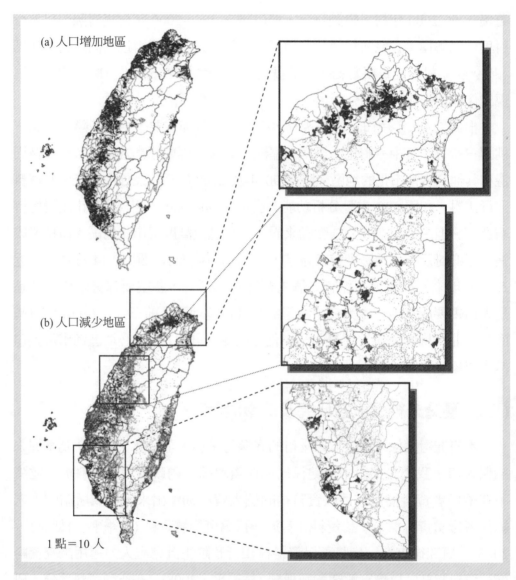

圖 10-14　1990-2000 年臺灣人口分佈變化

致，但東部地區的未納保人口分佈較分散，主要集中在東部沿海地帶。從未納保者佔應納保人口的比率以北部較高 (特別是臺北都會區)，轉出二年以上者之空間分佈較分散，轉出二年以下者則傾向集中於東部及南部，如圖 10-15 所示。低納保率地區主要集中在經濟地位相對強勢的都市地區 [特別是臺

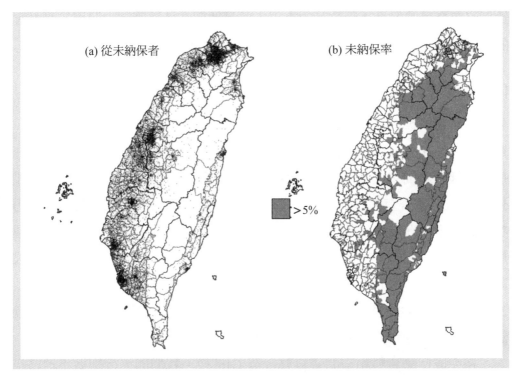

圖 10-15　臺灣未納保者及未納保率分佈

北市及臺北縣 (現稱新北市)] 及經濟地位相對弱勢的花東地區，經濟地位相對強勢的地區低納保原因主要係長期出國所致，而經濟地位相對弱勢農業及偏遠地區低納保原因和經濟情況及回流遷徙有關。

　　運用承保資料檔及人力運用調查聯結檔案分析結果顯示，失業者的未納保率遠高於就業者，邊際勞工 (主要包括勞力低度運用者、被迫離職者、採礦工、營建工、體力工及其他非技術工等基層人員) 相較其他勞動力較易被排除在健保體系之外，且總體社會經濟環境對個人是否加入健保有顯著影響，其中以經濟成長率、就業成長率、失業率及醫療補助佔縣市政府預算決算比率影響效果最為顯著。依研究結論，主要政策建議是：國內未納保者有近七成希望將其個案反映給健保局，但長期出國的未納保者只有三成的人願意將其個案反映給健保局，因此長期出國者不應是健保體系的納保重點，亦不應是保費減免或特赦之對象；邊際勞工及年輕的就業人口中，有相當高的

比例沒有全民健保且不受政策的重視，並且他們在社經體制中又屬於受剝奪的群體，因此是政策未來值得特別留意及加強的對象。

(四)　臺灣原住民調查研究的母體分析及抽樣設計

本研究以「臺灣原住民社會變遷與政策評估研究」調查為例 (黃樹民、章英華，2010)，說明如何以 GIS 輔助母體分析及抽樣設計。本調查研究在進行抽樣調查前，先著手母體資料分析。有關原住民母體資料，1956 年和1966 年人口普查有加以記錄，但之後中斷直至 2000 年戶口及住宅普查始再次全面蒐集，爾後戶政登記資料亦詳載原住民的族群別資訊。本調查研究運用 GIS 進行兩大調查前置作業，即 (1) 母體資料分析；(2) 調查抽樣規劃及設計，母體資料是所有原住民個人資料檔，包括 2000 年戶口普查原始資料及2007 年原住民戶籍登記資料檔；因為普查資料最細空間單元為村里，戶籍登記資料可細至地址，因此空間資料選擇以村里為單元。

在完成個體資料和空間資料整合至 GIS 後，我們即進行細緻小地區空間分析，包括個人主要特質 (如族群、人口及人力資本、工作等) 和地方脈絡特質 (如所得水準、就業機會、發展程度等)，詳細分析過程雖無法在這裡呈現，但原住民空間分佈形態及特性，舉例而言，由圖 10-16 可立即呈現出來，即原住民族多半是在東部地區非都會區之原鄉，與北部地區都會區周邊。由 GIS 屬性資料分析，我們立即得知近六成一的原住民人口居住在原鄉(以山地鄉為多)，非原鄉原住民中，其中五成七聚居在都會區周邊，二成四聚居於都會區核心地帶。

又如圖 10-17 顯示，我們不須進行複雜空間分析，單由原住民各族群空間分佈圖，即可呈現強烈族群特質；例如前四大族群裡，阿美族及排灣族顯示強烈集中特性，不是分佈在原鄉就是集中在都會區，而泰雅族及布農族則呈現分散分佈特質，圖 10-17 清楚呈現，就社會網絡強度及凝聚性而言，阿美及排灣兩族應比泰雅和布農兩族大得多；另外，若只單純由分析母體資料切入而沒運用 GIS，可能無法立即得知前述各族群間社會網絡強度及凝聚性

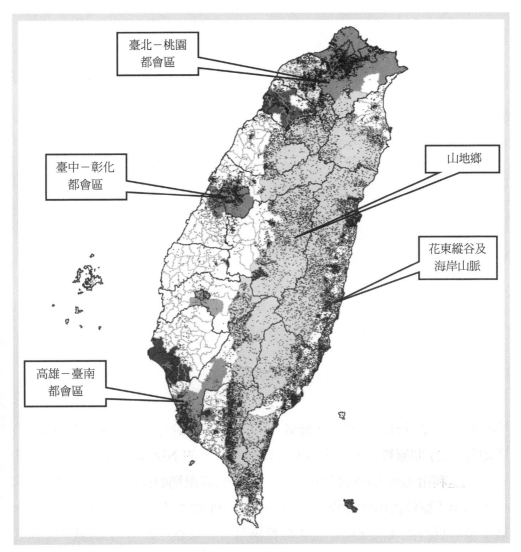

圖 10-16　臺灣原住民分佈特性

之差異。

　　由於原住民分佈呈現原鄉－非原鄉、族群空間及都會－非都會區位三大屬性，進行原住民調查的抽樣設計時，必須將這三大屬性納入考量 (章英華、林季平、劉千嘉，2010)。圖 10-18 是該調查抽樣設計架構，該架構屬分層隨機抽樣 (stratified random sampling)；抽樣第一層目的在反映原鄉－非原

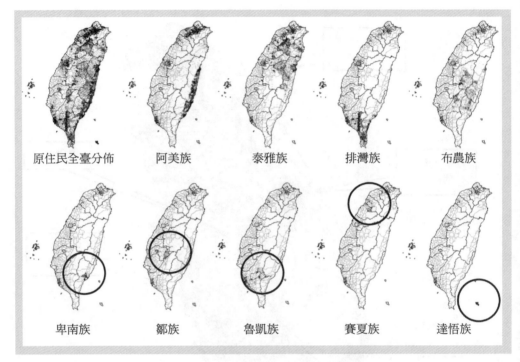

原住民全臺分佈　　阿美族　　泰雅族　　排灣族　　布農族

卑南族　　鄒族　　魯凱族　　賽夏族　　達悟族

圖 10-17　臺灣原住民族群別分佈

鄉及族群空間分佈兩大屬性，分成：(1) 原鄉和東部地區，即圖 10-18 的 IA 區域和；(2) 非原鄉或非東部地區，即圖 10-18 的 NIA 區域等兩大區塊，分層方式是利用 GIS 的重疊分析完成，原鄉與非原鄉的區分係以行政院 2002 年所頒定「原住民地區」的 30 個山地鄉及 25 個平地鄉為準，其餘則為非原鄉；第二層目的在反映都會－非都會區位分佈屬性，在 NIA 區域先分成北部、中部及南部三大區域，再於各區域內劃分都會區核心、都會區周邊與非都會區三大類別。

六、總　結

本章一開頭立即強調，不論從事自然科學、生命科學抑或是社會科學領域研究，理解 GIS 的背景知識、基礎觀念及技術概念是應用這項工具的第一

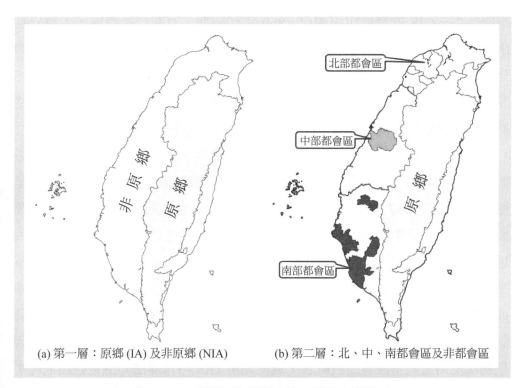

(a) 第一層：原鄉 (IA) 及非原鄉 (NIA)　　(b) 第二層：北、中、南都會區及非都會區

圖 10-18　臺灣原住民調查研究抽樣分層結構

個必要條件；由於 GIS 本身屬跨領域系統，在應用門檻上會比一般資訊系統來得的高，尤其在社會科學的應用相對別的領域難度也屬較高。但由於資料來源多樣化、軟硬體成本下降及社會科學領域研究人員者逐漸理解 GIS 方法論及對研究重要性，GIS 在社會科學研究的應用於 2000 年後出現迅速增長情況，本章最後並以四個實例說明地理資訊系統在社會科學研究的應用。

　　本章一開始即定義和說明何謂地理現象。傳統處理及分析地理現象的方法是運用以人工方式在地圖上標示某一地理現象發生的時間及地點，並進行現象描述；若地理現象相當單純，人工處理事實上是一種很經濟有效的方法，但若欲分析的地理現象相當複雜時，人工方式不僅緩不濟急或變得沒效率 (本章舉的達爾文例子)，有時會讓分析變得不可行。由於人類所欲了解及處理的地理現象愈來愈複雜，運用資訊科技處理及分析地理現象的需求自然

應運而生。GIS 的發展可追溯自 1960 年代初期，有關發展過程，本章分別由產 (美國 ESRI 公司)、官 (加拿大地理資訊系統)、學 (哈佛電腦繪圖及空間分析實驗室) 三個面向進行說明，接著並說明未來發展方向，包括 Open GIS 開放架構、網路 GIS、行動 GIS 及 3D-GIS 發展，地理資料庫則朝向以網路為基礎的分散式資料庫管理系統發展，資料分析亦和雲端運算開始結合。

為使讀者了解 GIS 基本觀念及核心運作原理，本章亦先說明地理座標系統及地圖投影的基本觀念，接著說明橢球體、大地測量基準、各類的地理座標系統 (如 TWD67、TWD97、WGS84 座標系統)，並強調不論傳統平面地圖或地理資訊系統數位地圖，地圖呈現的空間資訊之座標及特徵係由選用的大地測量基準及投影方式所決定；由於測量基準差異關係，植基於不同大地基準的空間資訊，必須先選用共同的大地基準，再經由所謂的空間座標系統轉換，並選用相同的投影方式，才能進行空間資訊的處理及比較，否則空間資訊的處理及分析結果可能會產生很大誤差。本章會特地說明這些內容，原因是初次使用者通常沒有這些概念，致使運用 GIS 時常無法弄清楚各類地理座標系統及座標系統轉換的問題，造成跨領域資料無法整合。

我們也就 GIS 的定義做詳細說明，並說明如何運用地理資料模式進行地理現象的概括化程序。地理資料模式看似一種概念式的模式，事實上其目的在透過嚴謹的資料定義與結構，將地理資料經數值化過程轉化成可供電腦操作之資料，GIS 地理資料模式分成兩大相互關聯的模式：空間資料模式及屬性資料模式。在完成前述基本觀念介紹後，我們接著開始討論 GIS 核心架構，即其資料結構，包括空間資料結構、屬性資料結構及各類資料結構之關聯。

GIS 的空間資料結構分成網格資料和向量資料兩種類型，本章說明網格資料和向量資料結構之差異及其優缺點，接著進一步說明向量資料結構及如何透過所謂的位向方法來描述各個空間實體間的幾何關係，並說明位向的三個基本構成要素點、線、面三者間的位向關係，包括連接關係、相對方向關係、相鄰關係、包含關係；接著說明位向的種類，包括點－線位向、線－面

位向及左－右位向與空間及屬性資料之關聯及整合，並以實例說明。本章雖有說明資料處理步驟，但由於篇幅限制，本章未能介紹空間資料的輸入、編修及校正等技術性問題。除了空間資料的編修能力，地理資料分析也是 GIS 最具特色的功能，本章亦已介紹其空間分析概念；空間資料分析可概分成四大類型的運算，包括幾何運算、空間搜尋、環域分析及重疊分析，由這四大運算類型組合而成的分析。前述說明，應有助改變一般人以為 GIS 只是用來繪圖而已的刻板印象。

有關 GIS 在研究方法裡的定位問題，這裡筆者以一個大家常問的問題為例子做說明，該問題是：「有一筆研究資料，該資料也有地理區位的變項(如縣市或鄉鎮)，以迴歸分析為例，我們只要放入地理區位的虛擬變項進去模型中，即可分析空間特質，因此用 GIS 不就多此一舉？」筆者的回答是：這樣的論點不能說是不對，不過由於 GIS 較別的方法更能迅速展現空間變項的形態及特徵，與培養資料空間特質的「感覺」，因此筆者的經驗及做法是先以 GIS 處理空間資訊，藉以快速理解資料的空間特性，這有助培養所謂的對資料的「感覺」及後續迴歸分析裡的地理區位變項之設定及最適模型之建立；若沒先用 GIS 處理空間資訊，直接就用迴歸分析來做也可以，只是因為沒能掌握資料空間特質，設定的空間虛擬變項常變得不顯著或沒有實質意義，導致做出來的模型通常很不理想。

換言之，地理資訊系統分析方法和社會科學其他分析方法本質一樣，只是空間資料的處理及分析能力是社會科學其他分析方法所欠缺的。本章已強調，屬性資料分析事實上不是 GIS 擅長的地方，原因是屬性資料的處理及分析工作在別的資訊系統早已發展得相當完備，GIS 沒必要朝此方向發展，而 GIS 地理資料分析真正具特色的是空間資料及結合屬性資料分析能力。因此，GIS 有很吸引人的特色，但也不可能取代別的方法，它和別的方法是扮演互補的角色；本章前面提到的原住民調查研究實例，GIS 在調查規劃、抽樣設計、實地調查、母體及樣本資料的空間資訊處理及分析，是不可或缺重要工具，但不是唯一工具，要完成這類研究要同時運用到很多其他工具才

行，彼此互相結合，方可發揮最大效用。

最後，由於 GIS 目前已是一種相當成熟的資訊系統，近幾年來由於資訊軟硬體成本大幅下降及計算能力大幅提升，在應用上已由「舊時王謝堂前燕」，開始「飛入尋常百姓家」，在社會科學研究的應用亦已開始大量出現。地理資訊系統雖不斷演變，但其最核心的基礎並不會有太大改變，因此學習最基本的理論架構及技術並建立正確的觀念，才是應用 GIS 進行研究最關鍵之處。

參考書目

石計生 (2001)〈「士林人文社會實驗室」的跨學門整合方法與數位化社會地圖的建構〉。《行政院國家科學委員會人文與社會科學簡訊》，3(4)，60-66。

林季平 (2008)〈影響加入台灣全民健保的社會經濟不均等要素〉。《社會政策與社會工作學刊》，12(2)，1-27。

林季平、林昭吟 (2003)《調查、推估、分析未參加全民健保者原因》。中央健康保險局委託研究計畫。

范毅軍、白碧玲、嚴漢偉 (2001)〈空間資訊技術應用於漢學研究的價值與作用〉。《漢學研究通訊》，78，75-82。

范毅軍、廖泫銘 (2008)〈歷史地理資訊系統建立與發展〉。《地理資訊系統季刊》，2(1)，23-30。

章英華、林季平、劉千嘉 (2010)〈臺灣原住民社會變遷與政策評估研究問卷調查之抽樣與執行〉。黃樹民等 (編)《臺灣原住民社會變遷與政策評估研究》。臺北：中央研究院民族學研究所。

黃樹民、章英華 (編) (2010)《臺灣原住民社會變遷與政策評估研究》。臺北：中央研究院民族學研究所。

潘桂成 (2005)《地圖學原理》。臺北：三民書局。

蔡博文、吳淑瓊、李介中 (2004)〈台灣 2000 年戶口住宅普查與門牌地址之整合應用——長期照護設施空間分派分析〉。《人口學刊》，28，135-152。

Abdul-Rahman, A., & Pilouk, Morakot (2008). *Spatial data modeling for 3D GIS.* Springer.

Bolstad, Paul V. (2005). *GIS fundamentals: A first text on geographic information systems* (2nd ed.). White Bear Lake, MN: Eider Press.

Burrough, Peter A., & McDonnell, Rachael A. (1998). *Principles of geographical information systems*. Oxford: Oxford University Press.

Chang, Kang-tsung (2007). *Introduction to geographic information system* (4th ed.). McGraw Hill.

Cook, Robert N. (1966). The CULDATA system. In Robert N. Cook & James L. Kennedy (Eds.), *Proceedings of a tri-state conference on a comprehensive unified land data system (CULDATA)* (pp. 53-57). College of Law, University of Cincinnati.

Corbett, James P. (1979). *Topological principles in cartography*. Technical Paper 48, US Bureau of the Census, Suitland (also published in Proceedings of AUTOCARTO 4 1975, pp. 22-33. American Congress on Survey and Mapping/American Society for Photogrammetry, Washington D.C.).

Dangermond, Jack, & Smith, Lovell K. (1988). Geographic information systems and the revolution in cartography: The nature of the role played by a commercial organization. *The American Cartographer, 15*(3), 301-310.

DeMers, Michael N. (2004). *Fundamentals of geographic information systems* (3rd ed.). New York: John Wiley.

Dewdney, John C., & Rhind, David W. (1986). The British and United States censuses of population. In Michael Pacione (Ed.), *Population geography: Progress and prospects* (pp. 35-57). London: Croom Helm.

Diello, J., Kirk, K., & Callander, J. (1968). The development of an automatic cartographic system. *Cartographic Journal, 6*(1), 9-17.

Foresman, Timothy W. (Ed.) (1998). *The history of geographic information systems: Perspectives from the pioneers*. Prentice Hall.

Fotheringham, A. Stewart, Brunsdon, Chris, & Charlton, Martin (2000). *Quantitative geography: Perspectives on spatial data analysis*. Sage Publications Ltd.

Fotheringham, A. Stewart, & Rogerson, Peter (1994). *Spatial analysis and GIS*. PA: Taylor & Francis Ltd.

Goodchild, Michael F. (1987). A spatial analytical perspective on geographical information systems. *International Journal of Geographical Information Systems, 1*, 327-344.

Hagerstrand, Torsten (1967). The computer and the geographer. *Transaction of the Institute of British Geography, 42*, 1-20.

Kraak, Menno-jan, & Ormeling, Ferjan (2002). *Cartography: Visualization of spatial data*. Prentice Hall.

Li, Ki-joune, & Vangenot, Christelle (Eds.) (2005). *Web and wireless geographical in-*

formation systems. Springer.

Lin, Ji-ping. 2014. Micro Discrete Events and Macro Continuous Social Outcomes: Migration Flows Analysis and Scientific Computing Challenges for Social Scientists. In *Proceedings of the 2013 International Symposium on Grids & Clouds* (refereed). PoS (Publication of Science).

Lin, Ji-ping. 2013. Are Native "Flights" from Immigration "Port of Entry" Pushed by Immigrants?: Evidence from Taiwan. In Fong, E, N. Chiang, & N. Delton (Eds.), *Immigrant Adaptation in Multiethnic Cities-Canada, Taiwan, and the U.S*, Rouledge.

Lin, Ji-ping, & Liaw, Kao-lee (2000). Labor migrations in Taiwan: Characterization and interpretation based on the data of the 1990 census. *Environment and Planning A, 32*(9), 1689-1709.

Lin, Ji-ping (2006). The dynamics of labor migration in Taiwan: Evidence from the 1990 and 2000 Taiwan population censuses. *Geography Research Forum, 26*, 61-92.

Maguire, David J. (1991). An overview and definition of GIS. In David J. Maguire, Michael F. Goodchild, & David W. Rhind (Eds.), *Geographical information system: Principles and applications* (pp. 9-20). London: Longman.

Maguire, David J., Goodchild, Michael F., & Rhind, David W. (1997). *Geographic information systems: Principles and applications*. Longman Scientific and Technical, Harlow.

NIMA (1997). *Department of defense world geodetic system 1984: Its definition and relationships with local geodetic systems* (NIMA TR8350.2 3rd ed.). 4 July 1997. Bethesda, MD: National Imagery and Mapping Agency.

Okabe, Atsuyuki (2006). *GIS-based studies in the humanities and social sciences*. Taylor & Francis.

Ott, Thomas, & Swiaczny, Frank (2001). *Time-integrative geographic information systems*. New York: Springer.

Parker, Robert Nash, & Asencio, Emily K. (2008). *GIS and spatial analysis for the social sciences: Coding, mapping, and modeling*. Routledge.

Peng, Zhong-ren, & Tsou, Ming-hsiang (2003). *Internet GIS: Distributed geographic information services for the internet and wireless networks*. John Wiley & Sons, Inc.

Rana, Sanjay, & Sharma, Jayant (2006). *Frontiers of geographic information technology*. Springer.

Rhind, David W. (1988). Personality as a factor in the development of a new discipline: The case of computer-assisted cartography. *The American Cartographer, 15*(3), 277-

289.

Rhind, David W., & Mounsey, Helen M. (1989). The Chorley committee and handling geographic information. *Environment and Planning A, 21*(5), 571-285.

Schimidt, Allan H., & Zafft, Wayne A. (1975). Progress of the Harvard university laboratory for computer graphics and spatial analysis. In John C. Davis & Michael J. McCullagh (Eds.), *Display and analysis of spatial data* (pp. 231-243). London: Wiley.

Schweitzer, Richard H. (1973). *Mapping urban America with automated cartography.* Washington, DC: Dept. of Commerce, US Bureau of the Census, Gegraphy Division.

Slocum, Terry A., McMaster, Robert B., Kessler, Fritz C., & Howard, Hugh H. (2004). *Thematic cartography and visualization* (2nd ed.). NJ: Prentice Hall.

Steinberg, Steven J., & Steinberg, Sheila L. (2006). *GIS: Geographic information systems for the social sciences: Investigating space and place.* London: Sage.

Taylor, D. R. Fraser (1991). GIS and developing nations. In David J. Maguire, Michael F. Goodchild, & David W. Rhind (Eds.), *Geographic information systems: Principles and applications* (Vol. 2, pp. 71-84). London: Longman.

Tobler, Waldo R. (1959). Automation and cartography. *Geographical Review, 49*, 526-534.

Tomlinson, Roger F. (1967). *An introduction to the geographic information system of the Canada land inventory.* Ottawa: Department of Forestry and Rural Development, Ottawa.

Tomlinson, Roger F. (1988a). Reflections on the revolution: the transition from analogue to digital representations of space, 1958-1988. *The American Cartographer, 15*(3), 243-334.

Tomlinson, Roger F. (1988b). The impact of the transition from analogue to digital cartographic representation. *The American Cartographic, 15*(3), 249-262.

Tomlinson, Roger F. (2005). *Thinking about GIS: Geographic information system planning for managers.* ESRI Press.

Torge, Wolfgang (1991). *Geodesy* (2nd ed.). New York: deGruyter.

Townshend, John R. G. (1991). Environmental database and GIS. In David J. Maguire, Michael F. Goodchild, & David W. Rhind (Eds.), *Geographical information systems: Principles and application* (Vol. 2, pp. 201-216). London: Longman.

Tsai, Bor-wen, Chang, Kang-tsung, Chang, Chang-yi, & Chu, Chieh-ming (2006). Analyzing spatial and temporal changes of aquaculture in Yunlin county, Taiwan. *Professional Geographer, 58*, 161-171.

Wallerstein, Immanuel (1974). *The modern world system, capitalist agriculture and the origins of the European world economy in the sixteenth century*. New York: Academic Press.

Wise, Stephen (2002). *GIS basics*. London: Taylor & Francis.

延伸閱讀

相關概念和理論的進一步了解：

1. Chang, Kang-tsung (2007). *Introduction to geographic information system* (4th ed.). McGraw Hill.

2. GIS Lounge-Geographic information systems information about GIS, GPS, cartography and geography, http://gislounge.com/.

3. GIS.com, http://www.gis.com/.

Chang (2007) 這本書是 GIS 全球發行及再版和讀者最多的書籍之一，是張康聰教授在美國三十多年教學經驗的結晶；GIS 相關書籍非常多，內容不是太理論就是太簡化，這本書的寫作適合各類讀者，簡單又不失專業，參考文獻豐富，因此筆者推薦此書為延伸閱讀書籍裡值得精讀的一本書。GIS Lounge 及 GIS.com 的網站內容豐富，有系統性收集及整理 GIS 相關知識及應用方法，是值得隨時進去參考的網站。

GIS 電腦軟體：

1. Arc/Info GIS software, http://www.esri.com/software/arcgis/arcinfo/index.html.

2. The ESRI Inc. (商業), http://www.esri.com/; QGIS (open source), http://www.qgis.org/en/site/.

3. Okabe, Atsuyuki et al. (2006). How to find free software packages for spatial analysis via the internet. In Atsuyuki Okabe (Ed.), *GIS-based studies in the humanities and social sciences*. Taylor & Francis.

4. The generic mapping tools, http://gmt.soest.hawaii.edu/.

5. The Open Source Geospatial Foundation, http://www.osgeo.org/.

本章並未就 GIS 軟體如何操作進行說明，主要原因是篇幅限制及軟體種類太多，但不論是何種 GIS 軟體，背後運作原理大同小異。有關 GIS 軟體介紹及操作方式，全球性的專業 GIS 軟體最大廠商為美國 ESRI 的 Arc/Info GIS 系類產品，是必要參閱的；但除了商業軟體外，GIS 也有不少免費軟體，如 QGIS 等，Atsuyuki Okabe 等人 (2006) 及 Generic Mapping Tools 網站提供不少資訊，可供有興趣者參考。

GIS 專業組織及學術單位：

1. Association of Geographic Information Laboratories for Europe (AGILE), http://www. agile-online.org/.

2. Center for Spatially Integrated Social Science (CSISS), http://www.csiss.org/.

3. The National States Geographic Information Council (NSGIC), http://www.nsgic.org/.

4. 中研院人文社會科學研究中心地理資訊科學研究專題中心，http://gis.rchss.sinica. edu.tw.

5. 中研院人文社會科學研究中心調查研究專題中心，http://survey.sinica.edu.tw/；國土資訊系統，http://ngis.moi.gov.tw/index.aspx。

   這裡列出重要的國內外 GIS 專業組織及學術機構，其中中研院人文社會科學研究中心地理資訊科學研究專題中心擁有很豐富的空間資料及 GIS 系統，而中研院人文社會科學研究中心調查研究專題中心則擁有全國最大的屬性資料庫，包括學術、政府及加值資料三大部分，是了解空間及屬性資料最佳的切入機構。

11

職業測量方法

一、前　言

　　社會經濟地位 (簡稱社經地位)，一般認為包括教育、職業與收入。這些都是很重要社會階層變項；其中職業不但往往被視為代表個人社會階層的最佳單一指標，也與價值觀念、行為模式、文化資本、社會資本、子女管教、認知發展與教育機會有很大的關聯 (Blau & Duncan, 1967; Kohn, 1969; Bourdieu, 1984；陳奎熹，1993；馬信行，1997；林生傳，2000；Lin, 2001；黃毅志，2002，2003；吳怡瑄、葉玉珠，2003；Chan & Goldthorpe, 2007)。因而在很多社會科學研究中，職業都是很重要的變項；即使研究目的不在於探討職業與其他變項，如價值觀念與子女認知發展等之關聯，也會將職業納入分析，以做為統計控制之用 (黃毅志，2005)。不過職業的測量特別複雜，不論是職業分類的建構，與根據分類建構職業地位量表，都面臨許多問題，而有待進一步研究克服 (黃毅志，2003)。過去的臺灣社會科學研究中，Hollingshed (1958) 由職業與教育加權而來的兩因素社會地位指數，可說是最常用的社經地位測量方法，許多研究藉此測量分析資料，也累積了豐碩的成果；然而這個指數的職業測量是四十年前在美國社會所建構的，並不能適用於今日的臺灣社會，也就迫切需要建構適當的新職業分類與量表 (黃毅志，1997，2003)。

433

　　本章以下先說明職業概念的定義，釐清職業與常被混淆在一起的概念，包括行業、階級與職業之不同以及兩項職業地位——即職業聲望與職業社經地位之不同；接著說明美國的職業量表之發展與早年的臺灣職業量表，以及用來做跨國比較研究的國際量表之發展，與針對臺灣本土特殊性所設計的本土化臺灣職業測量之發展；最後再說明各項職業測量方法的適用時機。

二、職業相關概念之釐清

(一)　職業與行業

　　職業與行業的概念不同，不過由於都是根據工作做區分，所以常被混淆在一起。

　　職業是指個人依技術分工所擔任之工作或職務，它必須具備下列條件：

1. 須有報酬——係指因工作而獲得現金或實物之報酬。
2. 有繼續性——係指非機會性；但從事季節性或週期性之工作，也可被認為有繼續性。

　　凡協同家人工作間接獲得報酬，即家屬工作者，且工作時間在一般規定三分之一以上者，也被認為有職業。義務從事社會公益工作者，如醫院之義工，有工作而無報酬，以及有收益而無工作者，如依靠財產生活者則不認為其有職業。

　　職業與行業 (industry) 不同，行業依工作者就業的經濟活動機構，如百貨公司、電機製造公司或學校工作，所從事生產各種有形物品及提供各種服務之經濟活動做區分；因此每一行業因技術分工之關係，常需不同職業之工作者，如任職同一大學而都提供教育服務，行業都屬於教育業者，職業可包括教授、助教、資訊工程師等；而同一職業之工作者，如資訊工程師，常分佈於不同之行業，如大學、百貨公司、電機製造公司等。

(二)　職業與階級

　　職業與階級的概念不同，不過也由於都是根據工作做區分，也常被混淆在一起。依馬克思所言，根據在經濟生產過程中所涉及的權力，如是否具有生產工具的產權，與是否雇人所區分的生產位置，為階級 (social classes)；沒有產權而出賣勞力的是工人階級；有產權，且可雇人，控制勞力，乃至於剝削勞力的是資本階級；有產權，不過沒雇人，無法藉以控制、剝削勞力的是小資本階級 (Wright, 1979；許嘉猷，1986)。而職業乃根據工作內容所涉及的技術分工來分類，有別於馬克思根據生產過程涉及的權力，如具有生產工具的產權所區分之階級。職業與階級的區分，可用受雇於車行的計程車司機，與自己開車行的計程車司機之不同，做進一步說明：就主要技術而言，兩者都是開計程車，職業都是計程車司機；然而就權力而言，前者沒有生產工具，為工人，後者不但有生產工具，也可雇用許多其他司機，而為資本階級 (許嘉猷，1986)。

　　雖然馬克思曾預言：隨著資本主義發展，小資本階級會日漸淘汰。然而由於二十世紀以來，除了小資本階級，特別是小零售商，一直維持著相當的比率，而仍然繼續生存，不符合馬克思的預測之外，又有經理及專業技術人員之興起，使得階層區分日趨複雜；馬克思以「生產工具擁有權」劃分資本家與工人兩大階級的單面相階層觀，已顯得過分狹隘 (黃毅志，2002)；新馬克思主義學者 Wright (1979)，也就根據當代生產過程所涉及的許多權力，提出了更細緻的階級分類，如圖 11-1 所示。

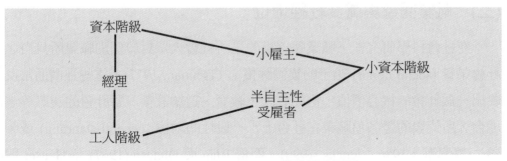

圖 11-1　Wright (1979) 的階級分類圖

　　在這項更精細的階級分類中，除了小資本階級維持馬克思的原來的意義之外，原先的資本階級依所雇用的員工數，分為雇用 9 人以下的小雇主，由於雇用的員工不多，他們往往也要直接從事生產；與 10 人以上的資本階級，他們不必直接從事生產，是符合馬克思原意的真正資本家。在受雇的員工中，能管理其他員工者，則為經理，如課長、處長、校長；至於半自主性受雇者，則指沒管理員工的受雇員工裡，具有專業技術，而在工作上具有相當程度的自主性者，如教授、工程師、醫師。新分類的工人階級，指沒管理員工的受雇員工裡，也不具專業自主性者；包括藍領勞動工人，如學校的工友、工廠的工人，與白領職業中的例行事務性工作者，如總機、打字員、出納員。

　　六大分類除了保有馬克思原先所強調的「剝削者」資本階級、「被剝削者」工人與預期會消失的小資本階級外，又有新興的半自主性受雇者、經理以及小雇主；後三者處於矛盾的階級位置。經理的矛盾性在於：他們既受資本階級控制、剝削，又可控制、剝削工人；半自主性受雇者的矛盾性在於：他們既如小資本階級，具有相當的自主性者，同時也如工人，仍受到資本階級控制、剝削；小雇主的矛盾性在於：他們既如資本階級可控制、剝削工人，也如同小資本階級，也要直接從事生產。其中，經理與半自主性受雇者，通常有著很高的教育程度，往往也被稱為新中產階級；小雇主以及小資本階級，則往往也被稱為舊中產階級 (蕭新煌，1989；許嘉猷，1994)；都有別於處於兩個極端的資本階級與工人。

(三)　職業聲望與職業社經地位

　　在社會科學研究裡，職業聲望指的是「社會大眾對於個別職業所具有之社會榮譽 (social honor) 給予的集體評價」 (Treiman, 1977)，這些評價通常反映出一個社會的核心價值，例如收入、教育、道德評價、對社會的貢獻等之總合，所代表的是各項職業在社會上「一般性的地位 (general standing) 或榮譽」(許嘉猷，1986；Jencks, 1990)。而依 Blau 與 Duncan (1967) 及 Hauser 與

Featherman (1977)，各職業社經地位主要建立在職業成員所得到的職業報酬與職業要求之上，前者主要指工作收入，後者主要指對於專業技術或教育水準之要求。至於職業聲望或社經地位的概念之區分，職業聲望所代表的是各項職業在社會上「一般性的地位或榮譽」，為較主觀性的職業測量；這個一般性地位可涵蓋許多向度，職業社經地位是其中很重要的部分，為較客觀性的職業測量。

三、美國的職業量表之發展與早年的臺灣職業量表

(一)　美國的職業量表之發展

1. North 與 Hatt

　　早在 1947 年 Cecil C. North 與 Paul K. Hatt 就曾請 2,920 個美國受訪者對 90 個職業評定等級，等級從非常好到不好，共分五級，接下去計算各職業平均等級，再轉換成百分位數，而得到 90 個職業的聲望量表 (轉引自許嘉猷，1986)。

2. Duncan's SEI (1961)

　　North 與 Hatt 的職業聲望量表只包含美國人口普查局所有職業類別中的小部分職業，為了讓所有職業都有分數以供進一步變項分析之用，Duncan (1961) 運用迴歸分析，建立美國的職業社經地位指標 (SEI)；他發現各職業的整體教育與收入水準兩個變項對於 North 與 Hatt 職業聲望的解釋力 (R^2) 高達 0.83，而根據迴歸方程式，由教育與收入這兩個社經地位變項加權而來的職業聲望預測值，他稱為職業社經地位，聲望與社經地位的相關係數 (R) 高達 0.91，兩者非常接近。許多在 North 與 Hatt 的職業聲望量表中沒有分數的職業，查出其教育與收入水準就能算出聲望預測值職業社經地位，依 Duncan 的方法，所有職業不論是否有職業聲望分數，都有職業社經地位。Duncan 是職業社經地位量表建構之最重要奠基者。

3. Hauser 與 Warren (1997)

　　Hauser 與 Warren (1997) 根據 1990 年美國人口普查的職業分類，仿照 Duncan (1961) 的方法，建立一套美國的新職業聲望與社經地位量表。然而，Hauser 等人的職業量表是針對美國社會所建構的，他們建立量表的方法也與 Duncan 很類似，也就不對此量表多做說明。

(二) 早期的臺灣職業量表

1. 早年社會學家所建立的量表

　　在 1969 年社會學家何友輝與廖正宏就曾請 100 個受訪者評定 36 個職業的聲望，評定的選項包括：上層、中上、中層、中下層、下層為一五等測量，建立 36 個職業聲望的量表，因受訪樣本太小而代表性不足；1970 年張曉春則根據臺北市雙園區受訪者對 30 個職業的評定，建立職業聲望量表 (轉引自瞿海源，1985a)，為一小地區受訪者樣本，代表性也不足。顧浩定 (Grichting, 1971) 則請 386 位受訪者評定 126 個職業的聲望而建立職業聲望量表，不過受訪者主要是臺北市民眾。以上早年社會學家所建立的量表，雖然各有其貢獻，不過受訪樣本代表性都不足，而且也都不能將所有職業的聲望都列入調查，以建立涵蓋所有民眾職業的聲望量表，供進一步研究做變項分析。

2. 早年教育學家所建立的量表

　　在早年臺灣的職業聲望調查中，林清江 (1971，1981) 對教育研究的貢獻卓越；他的兩項全國大樣本調查都顯示臺灣的教師聲望偏高，大學教授高於醫師，不過中小學教師還是低於醫師。然而他的研究目的主要在於「探討相對於臺灣其他職業，教師聲望的高低」，而不在於將所有職業的聲望都列入調查，以建立能涵蓋大多數民眾職業的聲望量表，供進一步研究做變項分析。

3. Tsai 與 Chiu (1991)

蔡淑鈴與瞿海源 (Tsai & Chiu, 1991)，對全國代表性大樣本做調查，並仿照 Duncan (1961) 的方法，建立臺灣地區職業聲望與社經地位量表，他們所建立的社經地位量表可涵蓋大多數民眾的職業，而在研究上更具實用價值。不過他們在建構臺灣職業聲望與二碼 (two-digit) 社經地位量表時所做的迴歸分析中，發現各項職業的教育與收入水準對於聲望的解釋力只有 0.51，由教育、收入加權而來的預測值「社經地位」與聲望的相關係數也就只有 0.71，兩者有不少差距，很可能是由於許多臺灣社會大眾所重視的核心價值，如各項職業的道德形象，沒納入解釋變項所致。根據一般印象，在美國具有高聲望的律師、醫師 (高於大學教授) (Nakao & Treas, 1994)，在臺灣的道德形象不一定很高；而在尊師重道的本土傳統文化下，臺灣的教師，包括大學教授與中小學教師的道德形象卻很高 (何友輝、廖正宏，1969；陳奎熹，1993)，這很可能是在蔡淑鈴和瞿海源的聲望量表中，律師、醫師的聲望都不高，不如大學教授，也比不上小學老師的重要原因 (黃毅志，2003)。

四、國際職業量表的發展

(一)　Treiman (1977) 國際職業聲望量表

Treiman (1977) 發現世界各國民眾對於職業聲望評價高低非常接近，而可用同樣的量表代表各國所有職業聲望高低，依此根據 1968 年的國際標準職業分類，建立一套國際標準職業聲望量表，不但可做跨國比較研究之用，也可供各國對國內的社會進行研究；而在先前臺灣本土職業量表發展不足的情況下，也曾有許多臺灣的社會科學研究採用這個量表做分析 (如瞿海源，1985b；孫清山、黃毅志，1996；馬信行，1998；巫有鎰，1999)。然而，近年有一些針對本土狀況建構的職業分類與測量 (黃毅志，1997，1998，2003，2005，2008)，與國際新量表 (Ganzeboom & Treiman, 1996) 出現，這個老舊國際量表的使用者也就減少許多。

(二)　Ganzeboom 與 Treiman (1996) 國際職業聲望與社經地位量表

　　Ganzeboom 與 Treiman (1996) 根據 1988 年的國際新標準職業分類，建立一套國際新職業聲望與社經地位量表，不但為許多跨國比較研究之用，也有愈來愈多的臺灣大型調查研究，如林南 (2004) 的社會資本跨國比較追蹤調查，於 2004 年以後進行的「臺灣社會變遷調查」(章英華、傅仰止，2005) 以及 2006 年進行的「臺灣教育長期追蹤資料庫」(Taiwan Education Panel Survey, TEPS) 之中學生調查，都採用了這項分類與量表，值得在此介紹、檢討與評估。

　　這項新職業分類，可將職業粗分為一碼的大類職業，也可細分為二碼、三碼以至於四碼的細分類職業，這套量表也就分別建立了一至四碼，共四種職業分類的聲望與社經地位量表。Ganzeboom 與 Treiman 職業社經量表的建構方法是求取一組分數給所有職業之社經地位，而透過如此的求取可使教育、職業與收入三者間，教育透過職業對收入的間接影響最大，而教育對收入的直接影響最小。職業聲望量表的建構方法是對於每個 1988 年國際新標準四碼職業的分類，配對與它相同或類似的 Treiman (1977) 之職業分類與聲望分數，而得到 1988 年新職業分類的聲望分數。採用這個量表來做調查者，需要請受訪者根據開放式問卷填答職業的名稱與工作內容 (參見附錄四第 2 題)，然後將所填答的職業，歸入職業分類中的適當類別，再依量表給定職業地位分數。由於職業社經地位較具客觀性，它與教育、收入等其他階層變項的關聯性比職業聲望稍微高一些，而較具階層區辨力 (Ganzeboom & Treiman, 1996)。

　　Ganzeboom 與 Treiman (1996) 的國際新職業量表雖可做跨國比較研究之用，然而，根據筆者實際採用經驗，發現它雖有其價值，卻不一定能適用於臺灣社會，特別是臺灣的教育研究。

1. 繁複的四碼國際分類不符本土社會，也不容易讓研究人員弄清楚

雖然，Ganzeboom 與 Treiman (1996) 強調職業分類分得愈細，愈能做精確測量，而強烈建議採用四碼 (共 390 個職業類別) 的細分類做測量，而前述採用這項測量的調查，都用四碼的細分類。不過，這項分類基本上是採自國外的分類架構，與臺灣民眾一般對職業的分類不同，如這項分類將水工與電工分開，臺灣民眾卻將水工與電工合併成水電工，而不容易在這項分類將水電工歸類；加上職業的類別實在又太多了，就顯得非常繁複，連研究人員都不容易弄清楚；這也造成在調查時，有許多填答的職業不易歸類的問題；即使能弄清楚這些分類，仍有許多本土常見的職業，如工友、小妹，無法在國際新標準職業的細分類做適當歸類，這反映出臺灣社會職業分類的特殊性。即使採用 Ganzeboom 與 Treiman 的一碼大類職業做測量，這項大類職業分類仍可能不適用於臺灣；特別是臺灣有許多雇用少數員工的小老闆 (許嘉猷、黃毅志，2002)，如雇用一、兩位員工的小店老闆，在臺灣的職業聲望與社經地位並不高 (黃毅志，1998，2003)，卻會被歸入國際新職業量表中，聲望與社經地位都很高的「主管人員」(Ganzeboom & Treiman, 1996)。

2. 受訪者對於職業的填答往往不夠清楚，使得研究者難以精確歸類

就有些社會科學研究而言，特別是教育研究所關注的對象往往是尚未正式就業的學生；所要分析的職業變項，主要是父母職業，而非本人職業。再針對社會科學研究中，很重要的教育均等性研究而言，所調查的對象，不論是學生或成年就業民眾，研究的焦點往往在於探討父母職業對子女教育成就的影響 (楊瑩，1994；章英華、薛承泰、黃毅志，1996；巫有鎰，1999)，重要的仍是就學時的父母職業。而採用這個量表來做調查者，往往需要請受訪者根據開放式問卷回答職業；然而父母職業之開放式問卷調查，不論是透過對成年民眾之面訪，請他們回溯就學時的父母職業 (瞿海源，1998)，或是透過學生自陳問卷做調查，受訪者對於父母的職業往往不是很清楚，而無法精確、詳細地填答 (黃毅志，2000)；即使很清楚，在學生自陳的情況下，往往仍然填答不清；比如說，父親是公司員工，而研究者也就難以將所填答的職

業，歸入適當的細分類。至於透過學生將問卷帶回家，請父母本人自陳職業的調查，也往往由於填答不清，而難以歸類。父母職業調查的歸類與編碼顯得問題重重，特別是在採用國外所建構的四碼新職業細分類之情況下；比如說父母是辦事員，這當可歸入一碼大類職業中的事務工作人員而無誤，然而就四碼職業分類而言，有許多職業都屬於辦事員，如出納員、簿計佐理員、運輸事務人員等等，而不容易做正確歸類。

3. 量表分數不符今日本土社會

Ganzeboom 與 Treiman 的職業聲望量表之建立，雖採用 1988 年的職業分類，然而各類職業的聲望分數，卻仍根據早年的 Treiman (1977) 聲望分數，而得到許多不合理的結果；如計算機程式設計師聲望為 51 分，低於計算機助理 (53 分)。其職業社經地位量表，也有許多不符臺灣本土狀況之處，如在臺灣地位很高的大專教師 (黃毅志，2003)，在此量表上只有 77 分，遠低於法官 (90 分)、律師 (85 分) 與牙醫 (85 分)。

根據以上說明，為了做嚴格的國際比較分析與對話，可考慮採用 Ganzeboom 與 Treiman 的國際新職業量表來對臺灣的資料進行分析。不過，由於它的職業分類不易歸類，也就提高許多職業編碼的成本，測量品質可能也很有問題。然而，它的測量品質究竟如何？仍有待進一步經驗研究之釐清，如果測量品質的確有嚴重問題，就不適合在臺灣的社會科學研究中採用。

五、本土化的臺灣職業測量

(一) 社會變遷調查新職業分類

相對於上述國外新標準職業分類與量表的發展，近年國內的職業測量則考量到臺灣本土的特殊職業類別。行政院主計總處 (1992) 的職業分類，除了以 1988 年的國際新標準職業分類為基礎外，也考量到一些本土的特殊職

業，來建構較能適用於臺灣的職業分類。而新建構的「社會變遷調查新職業分類」(見附錄一) 黃毅志 (1998) 又改編自行政院主計總處的職業分類，近年為許多社會科學調查研究所採用，如三期三次 (1997) 以後的社會變遷調查 (瞿海源，1998)，以及許多 TSSCI 社會科學學術論文 (比如陳怡靖，2001；林俊瑩，2004；王麗雲、游錦雲，2005；巫有鎰，2007；陳淑麗，2008)。比起行政院主計總處的職業分類，它更具本土化的色彩；它除了包含一些本土所常見，而不易根據主計總處職業分類來歸類的職業，如工友、小妹之外，也透過併類而簡化主計總處的三碼職業分類；並進一步對這些本土性與合併得來的職業編製系統化之三碼分類表，使得訪員能在短短一頁的分類表中，一目了然看清分類的全貌，很容易根據受訪者對職業調查題目的回答在分類表上找到所要歸類的職業；而且各職業類別又與教育年數、收入等階層變項相關性很高，而有很高的階層區辨力 (黃毅志，1998)。而這三碼職業還可依其編碼第一個數字歸入九大類職業，見附錄二；如附錄一的 201 大專教師與研究人員，可歸入附錄二的 2. 專業人員。

(二)　臺灣地區新職業聲望與社經地位量表

「社會變遷調查新職業分類」固然有許多優點，然而它基本上仍屬於名目尺度，最多只能將此附錄一的分類轉換成五等職業社經地位測量 (見附錄二)，在運用上就受到限制 (黃毅志，1998)。黃毅志 (2003) 則在此具有高度階層區辨力的分類架構上，建構測量精緻而具有良好效度的「臺灣地區新職業聲望與社經地位量表」(見附錄二)；此社經地位量表主要建立在各項職業的收入與教育所代表的專業技術均數之加權上，此聲望量表之建立則除了根據教育與收入水準之外，多涵蓋在臺灣也很重要的各職業之道德形象，如教師的道德形象很高；而此新聲望與社經地位量表，可說都能涵蓋臺灣所有職業，包括許多本土常見的特殊職業。黃毅志 (2003) 並比較臺灣地區民眾在「新職業聲望量表」、「新職業社經地位量表」上的得分，以及在黃毅志 (1998) 五等職業社經地位測量上的等級與在理論上與職業有密切關聯的其

他概念之測量，如教育年數、工作收入、階級認同、工作滿意度的關聯強度 (包括相關係數與多元迴歸的標準化係數)，顯示「新職業聲望量表」、「新職業社經地位量表」的關聯強度大於五等職業社經地位測量，而前兩者建構效度較佳 (依 Carmines & Zeller, 1979:22-25)。黃毅志 (2003) 才出版七年，所提供的職業測量，筆者已看到為許多 TSSCI 學術論文所採用；然而，這些研究所用的仍有不少是黃毅志 (2003) 在附錄二所介紹的黃毅志 (1998) 之五等職業社經地位測量，而沒採用效度較佳的「新職業聲望量表」與「新職業社經地位量表」。

　　筆者問過許多仍採用五等職業社經地位測量的作者，他們何以沒採用效度較佳的「新職業聲望量表」與「新職業社經地位量表」的原因，他們的原因主要是以下兩點：

1. 「新職業聲望量表」與「新職業社經地位量表」最高分 89.8，最低分 63.6，差距不大，看來區辨力不足。若以「臺東教育長期資料庫」(黃毅志、侯松茂、巫有鎰，2005) 為例做分析，比較 2005 年臺東全縣國二原漢學生的母親職業在「新職業社經地位量表」上的平均數，漢人為 72.4，原住民為 70.4，兩者差距只有 3% 左右，但兩者關聯強度 (Eta) 為 0.187 並不低，而 F 考驗 p 值為 0.000；原漢學生的母親職業在五等職業社經地位測量上的平均數，漢人為 2.48，原住民為 2.05，兩者差距達 20% 左右，但兩者關聯強度 (Eta) 只有 0.157，而 F 考驗 p 值也是 0.000。雖然「新職業社經地位量表」的效度優於五等職業社經地位測量，然而許多對統計不是很熟悉的研究者，卻因為原漢學生母親職業在五等職業社經地位測量上的平均數差距較大，而選用五等職業社經地位測量。

2. 用「新職業聲望量表」與「新職業社經地位量表」做統計分析往往要寫複雜的語法，而許多研究者不會寫。

(三)　改良版臺灣地區新職業聲望與社經地位量表

　　為了讓更多研究者採用更具效度的職業地位量表，黃毅志 (2008) 也就

「新職業聲望量表」與「新職業社經地位量表」做轉換，建立「改良版職業聲望與社經地位量表」。若以 *top*、*rtop*、*tses*、*rtses* 分別代表新職業聲望分數、改良版職業聲望分數、新職業社經地位、改良版職業社經地位，則：

$$rtop = (top - 55) \times 2.85$$

$$rtses = (tses - 55) \times 3$$

於是「改良版職業聲望量表」最高分變為 99.2，最低分 24.5，平均 50；「改良版職業社經地位量表」最高分 98.7，最低分 28.5，平均 50；透過如此的計算公式轉換，兩個改良版量表平均數都為 50，而最高分都接近 100，較符合一般人對分數的認知。由於所做的是線性轉換，「改良版職業聲望與社經地位量表」與其他變項的關聯強度，和原先的「新職業聲望與社經地位量表」與其他變項的關聯強度一樣，也不會改變統計考驗 *p* 值 (Wonnacott & Wonnacott, 1979)，不過卻因為分數差距擴大而使不同類別的平均職業分數差距擴大，看來也就顯得較具區辨力。根據「改良版職業社經地位量表」對前述「臺東教育長期資料庫」做分析，比較原漢學生的母親職業在「改良版職業社經地位量表」上的平均數，漢人為 52.2，原住民為 46.1，兩者差距擴大許多，但兩者關聯強度 (Eta) 仍為 0.187 而不變，而 *F* 考驗 *p* 值仍是 0.000。

至於採用黃毅志 (2003)「新職業聲望與社經地位量表」與黃毅志 (2008) 建構的「改良版職業聲望與社經地位量表」做統計分析，要寫複雜的語法問題，黃毅志 (2008) 也將 SPSS 語法提供讀者參考 (見附錄三)；如果讀者不習慣寫語法，參考下列語法，也可知道如何點選。*to* 即附錄一之職業分類代碼，*tses* 即附錄二之「新職業社經地位量表」得分，*top* 即附錄二之「新職業聲望量表」得分，*rtses* 即「改良版職業社經地位量表」得分，*rtop* 即「改良版職業聲望量表」得分。

根據以上說明，黃毅志 (2008) 新建構的「改良版職業聲望與社經地位量表」看來較「新職業聲望與社經地位量表」具有區辨力，而讀者不論要採用何者做分析，都可參考本章所提供之語法。

　　至於「新職業聲望量表」與「新社經地位量表」，不但兩者的相關極高 ($r = 0.955$)，而且兩者與教育年數、收入等變項的相關都很接近，建構效度也就很接近 (黃毅志，2003)，「改良版職業聲望量表」與「改良版社經地位量表」也是如此；今後對於採用「社會變遷調查新職業分類」進行調查的資料做分析時，該用職業聲望或社經地位量表做測量？這就要視研究目的而定。在理論概念上，職業聲望所代表的是各項職業在社會上「一般性的地位或榮譽」，這個一般性地位可包含許多向度，而社經地位是其中很重要的一部分 (黃毅志，2003)。黃毅志 (2003) 的「新職業社經地位量表」與黃毅志 (2008)「改良版社經地位量表」之測量，主要建立在收入與教育所代表的專業技術之上，是較具客觀性的測量；黃毅志 (2003) 的「新職業聲望量表」與黃毅志 (2008) 的「改良版職業聲望量表」的測量之建立，多涵蓋很重要的道德形象之向度，是較具主觀性的測量。如果根據理論基礎，研究者所要測量的是包含道德形象在內的「主觀性一般地位」，就當用職業聲望量表；如果所要測量的是不含道德形象在內的「客觀階層」，就當用職業社經地位量表；如果研究者無法根據理論決定要測的是「主觀性一般地位」或「客觀階層」，只是想提高職業與其他階層變項，如本人教育年數、工作收入、階級認同、子女學業成績等的關聯強度，則可用職業社經地位量表；畢竟職業聲望量表所包含的主觀性向度，如道德形象，不一定與教育年數等階層變項有密切的正向關聯，這也就稍微降低了職業聲望與其他階層變項的關聯強度 (黃毅志，2003)。

(四)　職業調查封閉式問卷

　　「臺灣新職業聲望與社經地位量表」雖為許多 TSSCI 學術論文所採用，不過這項新分類與量表力求測量精確，仍包括太多的職業類別。根據這項分類來調查職業時，通常以開放式問卷先請受訪者回答職位與詳細工作內容 (見附錄四第 2 題)，然後再依三碼的社會變遷新分類表來做職業歸類與編碼，仍相當費時，成本也不低。雖然，它比國際新職業分類簡化很多，而且

它針對本土特殊性建構，較符合臺灣真實狀況，當較適用於臺灣社會，成本也已降低許多。

最近許多針對國內學生所進行的調查，如「臺灣高等教育資料庫之建置及相關議題之探討」之大學生調查 (簡稱高教調查；彭森明，2003)、TEPS 之中學生調查 (張苙雲，2003) 以及教育部國家型計畫「建立中小學數位學習指標暨城鄉數位落差之現況調查、評估與形成因素分析」之中學生調查 (簡稱數位落差調查；曾憲雄、張維安、黃國禎，2003)，由於樣本都超過四萬，實在太大了，如果根據開放式問卷調查學生父母職業，會提高許多成本，也就都採用封閉式問卷 (參見附錄四第 1 題)。

高教調查、數位落差調查與 TEPS 的封閉式父母職業問卷之大類職業，都從「社會變遷調查新職業分類」簡化而來，而題目都很類似。高教調查與數位落差調查請學生在少數的大類職業中，勾選適當的類別 (參見附錄四第 1 題)；TEPS 則請學生將問卷帶回家，請家長在少數大類職業中勾選；由家長勾選父母職業，雖然調查較繁複，不過測量當較為精確。然而不論由誰勾選，如此簡易的測量，都令人擔心它的測量品質。

不過，根據相關的研究結果 (黃毅志，2005)，如此由學生勾選的封閉式問卷大類的父親職業所轉換成的五等社經地位測量，仍具良好的再測信度。其建構效度，比起測量精緻的「臺灣新社經地位量表」，也沒低多少。這可歸因於：許多受訪的學生在填答開放性問卷時，由於對父親的職業不是很清楚，而無法精確、詳細地填答；即使很清楚，在學生自陳的情況下，往往仍然填答不清；這都給職業歸類與編碼帶來困難，也給臺灣新社經地位的測量帶來誤差；而封閉式的大類職業選項，雖然測量較為粗略，不過由於主要還是建立在與教育年數、收入等階層變項具高相關，而有良好的階層區辨力的「社會變遷調查新職業分類」之上 (黃毅志，1998)，其階層區辨力還不錯；學生看到大類職業名稱與所列舉的小類職業，又有助於了解各大類職業的內容，較容易勾選，效度也就沒低多少。如果要透過學生自陳問卷，來對父母親職業進行調查，為了降低成本，而採「學生勾選父母親大類職業」的封

閉式問卷，看來仍是可行的；請家長「勾選學生的父母親大類職業」，如TEPS，看來也是可行的。

　　而有關這項封閉式問卷職業分類的進一步說明，請參見附錄五；附錄五也可做為採用「社會變遷調查新職業分類」(見附錄一)，以及 TEPS、高教調查的封閉式職業問卷時之參考。

(五)　根據各項職業分類將職業當作類別資料處理

　　以上說明根據各項職業測量將職業類別轉換為量化變項的方法，如將職業類別轉換成黃毅志 (1998) 粗略五等社經地位測量，黃毅志 (2003) 的精細職業聲望與社經地位分數，乃至於 Ganzeboom 與 Treiman (1996) 的四碼國際社經地位。不過依研究目的，研究者並不必然要將職業類別轉換為量化變項，而仍可將職業當作類別資料處理，而採用大類職業做分析，這可將職業類別當作順序尺度來處理，也可將職業類別當作名目尺度來處理。

　　林慧敏與黃毅志 (2009) 在分析臺東原漢國二學生父親職業之差別，及此差別對於原漢學生補習參與不同之影響時，由於考量原住民學生父親有 18%失業而沒職業，無法用職業社經地位測量而不能納入分析；乃參考黃毅志(2003) 的職業測量，將職業類別當作順序尺度來處理，各項職業類別社經地位高低依序為：1. 上層白領 (含主管人員、專業人員)；2. 基層白領 (含半專業人員、事務工作人員)；3. 買賣服務工作人員；4. 勞動工人；5. 農林漁牧人員；此外，也將無職業的失業者納入分析，共得到六類。在探討原漢學生與父親職業關聯百分比交叉分析時，就比較原漢學生的父親職業在以上六類的百分比分佈之差別，發現與漢人相較，原住民父親較少為白領職業，較多為勞動工人與失業者。在迴歸分析時對這六類做虛擬變項，以勞動工人做對照組，發現父親為白領職業者補習參與最多，高於勞動工人，勞動工人又高於失業者。而得到原住民學生補習參與較少，重要原因是父親較少為白領職業，較多為勞動工人與失業者之結論。

　　黃毅志 (2002) 在檢證 Kohn (1969) 所提出「中產階級 (指白領職業) 管教

子女時較強調自主、負責價值，勞工階級 (指藍領職業的勞動工人) 管教子女時較強調服從時」之假設時，也採用大類職業做分析。由於階級的概念基本上是名目尺度，這項研究也就將職業類別當作名目尺度來處理，而不強調各類職業的地位高低。

六、臺灣新職業測量與「國際新職業量表」的測量品質之比較

綜合上述，就教育研究中很重要的父親職業而言，針對本土所建構，測量簡易、成本又低的「學生勾選父親大類職業」封閉式問卷之效度，並不比根據開放式問卷，將學生填答的父親職業轉換成「臺灣新職業量表」之社經地位差多少，這兩項本土職業測量都可供臺灣研究者選用。不過為了進行嚴格的國際比較、對話，還是有需要採用國際量表。調查成本比兩項本土職業測量高出很多，職業分類與量表卻不符今日臺灣社會，編碼又容易出錯的 Ganzeboom 與 Treiman (1996)「國際新職業量表」，與這兩項本土職業測量相較，測量品質很可能明顯較差，不過究竟差多少？就成了今後臺灣社會科學研究，是否應採用「國際新職業量表」之重要依據；如果確實明顯較差就不宜使用，然而這仍有待進一步研究加以證實。

黃毅志 (2009) 對於國際新職業量表與兩項本土職業測量中的父親職業測量品質之比較分析結果顯示：

1. 遺漏值百分比：就無法進行職業測量，而在職業測量上必須視為遺漏值之百分比而言，以「國際新職業社經地位」最高，「臺灣新職業社經地位」居中，本土封閉式問卷的五等測量最低，比「國際新職業社經地位」低得多。就此而言，「國際新職業社經地位」的測量品質最差。

2. 建構效度：藉著比較三項父親職業測量與父親教育年數、子女學業成績的關聯性，來評估三項職業測量的建構效度，結果顯示：以「臺灣新職業社經地位」最高，封閉式問卷五等測量居中，「國際新職業社經地位」則有

嚴重的問題。

　　綜合遺漏值百分比與建構效度之分析，「國際新職業社經地位」的父親職業測量的品質明顯不如「臺灣新職業社經地位」與封閉式問卷五等測量，這兩項本土職業測量。「國際新職業社經地位」的遺漏值百分比偏高，可歸因於：它的職業分類採自國外，與臺灣民眾所採用的有所不同，不容易被編碼員理解，加上四碼分類非常繁複，而難以給職業歸類；此外，以上研究是透過學生自陳開放性問卷做調查，受訪者對於父親的職業往往不是很清楚而沒填答，或填答不清而難以歸類；即使很清楚，在學生自陳的情況下，往往仍然填答不清，而難以歸入適當的四碼細分類；這都造成遺漏值的百分比偏高。

　　「國際新職業社經地位」的建構效度不佳，可歸因於職業不易歸類，導致許多歸類錯誤，根據歸類所給予的社經地位也就有許多測量誤差；而這項社經地位不符今日的臺灣社會，又增添了許多測量誤差。由於有許多測量誤差，建構效度也就不佳。「國際新職業社經地位」的職業分類之不易歸類，不但提高遺漏值的百分比，降低建構效度，也增加調查的職業歸類與編碼之許多成本。

　　以上研究以學生自陳問卷做調查，發現「國際新職業社經地位」的測量品質不佳，調查成本又高。至於以父母自陳職業做調查，「國際新職業社經地位」的測量品質與調查成本會是如何？根據以上結論，很可能仍由於它的職業分類不易歸類，「社經地位」分數不符臺灣社會，父母自陳職業的調查又往往填答不清，也會造成遺漏值百分比過高與建構效度不佳，調查的職業歸類與編碼成本又高，而比不上本土職業測量。

　　由於 Ganzeboom 與 Treiman (1996) 的國際新社經地位量表，不但調查成本很高，測量品質又明顯不如本土職業測量，今後的臺灣教育研究，不宜為了要做國際比較、對話，就輕易採用這項國際量表。黃毅志 (2009) 採用這項量表做分析時，得到父親職業社經地位對學科能力成績的影響不但不顯著，且 β 值僅 0.01 的發現，如果依此提出「在臺灣父親職業對學科能力成績的沒

有影響，而顯現教育機會均等的現象；就父親職業的影響而言，臺灣比起其他國家的教育機會較為均等」之結論，這雖然可做國際比較、對話，然而研究所呈顯的臺灣教育機會之均等，卻是假象。至於 Ganzeboom 與 Treiman 的國際新職業聲望量表之測量也有類似的問題。今後的臺灣研究仍可採用符合今日臺灣社會的本土化職業測量，根據研究所呈現的臺灣真相，來做國際比較、對話。

　　雖然，Ganzeboom 與 Treiman (1996) 的國際新職業量表有上述的缺失，不過為了做嚴格的國際比較、對話，還是有需要用到國際量表。這仍有待就臺灣社會現況而言，調查的成本較低，測量品質又高的國際新職業量表之建立。不過黃毅志 (2009) 只分析在學生自陳問卷中，用國際新職業量表測量父親職業的測量品質，至於在面訪成年民眾本人職業的調查，如「臺灣社會變遷調查」中，國際新職業量表的測量品質與前述兩項本土職業測量相較究竟如何？仍有待進一步研究之釐清。

七、總　結

　　本章說明了職業的重要性與定義後，接著說明長久以來國內外職業測量方法之發展。早期不論是國內或國外，如 North 與 Hatt、何友輝與廖正宏所調查的職業都不能涵蓋多數民眾，而難以做進一步的變項分析。Duncan (1961) 為了讓所有職業都有分數以供進一步變項分析之用，用各職業的教育與收入水準做加權，建立了美國的職業社經地位量表；如此建立職業量表的方法後來為 Hauser 與 Warren (1997) 更新美國職業社經地位量表時所採用，也為 Tsai 與 Chiu (1991) 建立臺灣的職業社經地位量表時所採用。

　　除了上述適用於各國國情的職業測量之發展外，Treiman (1977)、Ganzeboom 與 Treiman (1996) 則著力於建立可供跨國比較的國際量表之建立。不過就現在臺灣的現況而言，Treiman (1977) 的量表已顯得老舊；Ganzeboom 與 Treiman (1996) 的量表雖較新，然而它的職業測量方法仍不適

用於臺灣。

　　就今日的臺灣社會研究而言，較適用的本土化職業測量方法可說明如下：如果調查的對象是樣本不大的學生，如樣本在 1,000 人左右，為求職業測量之精確，可用開放式問卷請受訪者，這包括學生或父母本人填寫父母職位名稱與詳細工作內容，再根據填寫內容依職業分類表，如黃毅志 (1998) 的分類表歸入適當類別；最後根據職業聲望或社經地位量表，如黃毅志 (2003) 或黃毅志 (2008) 的量表，給定各類職業分數。如果調查的對象是樣本很大的學生，如樣本在 3,000 人以上，為求降低調查成本，可用成本很低、信效度也良好之職業封閉式問卷，如黃毅志 (2005)，請受訪者勾選父母職業類別，再將職業轉換成五等社經地位測量。

　　如果調查的對象是樣本不大的成年民眾，為求職業測量之精確，仍可用開放式問卷請受訪者回答受訪者本人、配偶、父母等職位名稱與詳細工作內容，再根據回答內容依職業分類表歸入適當類別；最後根據職業聲望或社經地位量表給定各類職業分數。如果調查的對象是樣本很大的成年民眾，如樣本在 3,000 人以上，為求降低調查成本，也可用封閉式問卷請受訪者勾選職業類別，再轉換成五等社經地位測量。

　　不過依研究目的，研究者並不必然要將職業類別轉換為量化變項，而仍可將職業當作類別資料處理，而採用大類職業做分析；這可將職業類別當作順序尺度來處理，也可將職業類別當作名目尺度來處理。

參考書目

王麗雲、游錦雲 (2005)〈學童社經背景與暑期經驗對暑期學習成就進展影響之研究〉。《教育研究集刊》，51(4)，1-41。

行政院主計處 (1992)《中華民國職業標準分類》(第五次修正版)。

何友輝、廖正宏 (1969)〈今日中國社會職業等級評價之研究〉。《國立臺灣大學社會學刊》，5，151-154。

吳怡瑄、葉玉珠 (2003)〈主題統整教學、年級、父母社經地位與國小學童科技創造力之關係〉。《師大學報：教育類》，48(2)，239-260。

巫有鎰 (1999)〈影響國小學生學業成績的因果機制——以臺北市和臺東縣做比較〉。《教育研究集刊》，43，213-242。

巫有鎰 (2007)〈學校與非學校因素對臺東縣原、漢國小學生學業成就的影響〉。《臺灣教育社會學研究》，7(1)，29-67。

林生傳 (2000)《教育社會學》。臺北：巨流。

林俊瑩 (2004)〈社會網絡與學校滿意度之關聯性：以高雄縣市國小學生家長為例〉。《臺灣教育社會學研究》，4(1)，113-147。

林南 (2004)《社會資本的建構與效應：臺灣、中國大陸、美國三地追蹤研究》。中央研究院主題研究計畫。

林清江 (1971)〈教師角色理論與師範教育改革動向之比較研究〉。《國立臺灣師範大學教育研究所集刊》，13，45-176。

林清江 (1981)〈教師職業聲望與專業形象之調查研究〉。《國立臺灣師範大學教育研究所集刊》，23，99-177。

林慧敏、黃毅志 (2009)〈原漢族群、補習教育與學業成績關聯之研究：以臺東地區國中二年級生為例〉。《當代教育研究》，17(3)，41-81。

孫清山、黃毅志 (1996)〈補習教育、文化資本與教育取得〉。《臺灣社會學刊》，19，95-139。

馬信行 (1997)〈一九九〇人口普查中教育與職業資料之分析〉。《國立政治大學學報》，75，29-66。

馬信行 (1998)〈臺灣鄉鎮市區社會地位指標之建立〉。《教育與心理研究》，21，37-84。

張苙雲 (2003)《臺灣教育長期追蹤資料庫的規劃：問卷架構、測驗編製與抽樣設計》。論文發表於 2003 臺灣與國際教育長期追蹤資料庫東部工作坊。臺東市：國立臺東師範學院教育研究所。

許嘉猷 (1986)《社會階層化與社會流動》。臺北：三民書局。

許嘉猷 (1994)〈階級結構的分類、定位與估計：臺灣與美國實證研究之比較〉。《階級結構與階級意識比較研究論文集》(頁 109-151)。臺北：中央研究院歐美所。

許嘉猷、黃毅志 (2002)〈跨越階級的界限？兼論黑手變頭家的實證研究結果及與歐美社會之一些比較〉。《臺灣社會學刊》，27，1-59。

陳怡靖 (2001)〈臺灣地區高中／技職分流與教育機會不均等性之變遷〉。《教育研究集刊》，47，253-282。

陳奎熹 (1993)《教育社會學》。臺北：三民書局。

陳淑麗 (2008)〈二年級國語文補救教學研究：一個長時密集的介入方案〉。《特殊

教育研究學刊》，33(2)，27-48。

章英華、傅仰止 (主編) (2005)《臺灣地區社會變遷基本調查計畫第四期第五次調查計畫執行報告》。臺北：中央研究院社會學研究所。

章英華、薛承泰、黃毅志 (1996)《教育分流與社會經濟地位──兼論：對技職教育改革的政策意涵》。臺北：行政院教育改革審議委員會。

彭森明 (2003)《臺灣高等教育資料庫之建置及相關議題之探討》。國科會研究計畫。

曾憲雄、張維安、黃國禎 (2003)《建立中小學數位學習指標暨城鄉數位落差之現況調查、評估與形成因素分析》。教育部研究計畫。

黃毅志 (1997)〈社會科學與教育研究本土化：臺灣地區社經地位 (SES) 測量之重新考量〉。載於侯松茂 (主編)《八十五學年度師範學院教育學術論文發表會論文集》(頁 189-216)。臺東：國立臺東師範學院。

黃毅志 (1998)〈臺灣地區新職業分類的建構與評估〉。《調查研究》，5，5-32。

黃毅志 (2000)〈教育研究中的學童自陳問卷信、效度分析〉。《國科會研究彙刊：人文及社會科學》，10(3)，403-415。

黃毅志 (2002)《社會階層、社會網絡與主觀意識：臺灣地區不公平的社會階層體系之延續》。臺北：巨流圖書公司。

黃毅志 (2003)〈「臺灣地區新職業聲望與社經地位量表」之建構與評估：社會科學與教育社會學研究本土化〉。《教育研究集刊》，49(4)，1-31。

黃毅志 (2005)〈教育研究中的「職業調查封閉式問卷」之信效度分析〉。《教育研究集刊》，51(4)，43-71。

黃毅志 (2008)〈如何精確測量職業地位？「改良版臺灣地區新職業聲望與社經地位量表」之建構〉。《臺東大學教育學報》，19(1)，151-159。

黃毅志 (2009)〈國際新職業量表在臺灣教育研究中的適用性：本土化與國際化的考量〉。《教育科學研究期刊》，54(3)，1-27。

黃毅志、侯松茂、巫有鎰 (2005)《臺東縣教育長期資料庫之建立──國中小學生學習狀況與心理健康追蹤調查》。臺東縣政府委託專題研究結案報告。

楊瑩 (1994)《教育機會均等──教育社會學的探究》。臺北：師大書苑。

蕭新煌 (1989)〈臺灣中產階級何來何去〉。收錄於《變遷中臺灣社會的中產階級》(頁 5-17)。臺北：巨流圖書公司。

瞿海源 (1985a)〈臺灣地區職業地位主觀測量之研究〉。收錄於《第四次社會科學」研討會論文集》(頁 121-140)。臺北：中央研究院三民主義研究所。

瞿海源 (1985b)《文化建設與文化中心績效評估之研究》。臺北：行政院研究發展考核委員會。

瞿海源 (主編) (1998)《臺灣地區社會變遷基本調查計畫第三期第三次調查計畫執行報告》。臺北：中央研究院社會學研究所籌備處。

Blau, Peter M., & Duncan, Otis Dudley (1967). *The American occupation structure*. New York: Wiley.

Bourdieu, Pierre (1984). *Distinction: A social critique of the judgment of taste*. Cambridge, MA: Harvard University Press.

Carmines, Edward G., & Zeller, Richard A. (1979). *Reliability and validity assessment*. Beverly Hills, CA: Sage.

Chan, Tak-wing, & Goldthorpe, John H. (2007). Social status and newspaper readership. *American Journal of Sociology, 112*(4), 1095-1134.

Duncan, Otis Dudley (1961). A socioeconomic index for all occupational. In Albert J. Reiss (Eds.), *Occupations and Social Status* (pp. 109-138). New York: Free Press.

Ganzeboom, Harry B. G., & Treiman, Donald J. (1996). Internationally comparable measures of occupational status for the 1988 international standard classification of occupations. *Social Science Research, 25*, 201-239.

Grichting, Wolfgang L. (1971). Occupational prestige structure in Taiwan. *National Taiwan University Journal of Sociology, 7*, 67-78.

Hauser, Robert M., & Featherman, David L. (1977). *The process of stratification: Trends and analyses*. New York: Academic Press.

Hauser, Robert M., & Warren, John Robert (1997). Socioeconomic indexes for occupations status: A review, update, and critique. *Sociological Methodology, 27*, 177-298.

Hollingshed, August B. (1958). *Social class and mental illness: A community study*. New York: Wiley.

Jencks, Christopher (1990). What is true rate of social mobility?, In Ronald L. Breiger (Ed.), *Social mobility and social structure* (pp. 103-130). Cambridge University Press.

Kohn, Melvin L. (1969). *Class and conformity: A study in values*. Homewood, IL: Dorsey Press.

Lin, Nan (2001). *Social capital*. Cambridge: Cambridge University Press.

Nakao, Keiko, & Treas, Judith (1994). Updating occupational prestige and socioeconomic scores. In Peter V. Marsden (Ed.), *Sociological methodology* (pp. 1-72). Cambridge Black Well Publishers.

Treiman, Donald J. (1977). *Occupational prestige in comparative perspective*. New York: Academic Press.

Tsai, Shu-ling, & Chiu, Hei-yuan (1991). Constructing occupational scales for Taiwan. In

Robert Althauser & Michael Wallace (Eds.), *Social Stratification and Mobility* (Vol. 10, pp. 29-253). Greenwich, Connecticut: JAI Press.

Wonnacott, Ronald J., & Wonnacott, Thomas H. (1979). *Econometrics.* 臺北：雙葉書局。

Wright, Erik Olin (1979). *Class structure and income determination.* New York: Academic Press.

延伸閱讀

1. 黃毅志 (1998)〈臺灣地區新職業分類的建構與評估〉。《調查研究》，5，5-32。
   此文對「社會變遷調查新職業分類」建構的理論基礎，建構的研究背景、方法，與所建構的本土簡化職業分類之階層區辨力，職業分類之說明、釋疑，職業的調查方法，都有詳細說明。

2. 黃毅志 (2003)〈「臺灣地區新職業聲望與社經地位量表」之建構與評估：社會科學與教育社會學研究本土化〉。《師大教育研究集刊》，49(4)，1-31。
   此文對「臺灣地區新職業聲望與社經地位量表」建構的理論基礎，建構的研究背景、方法與所建構的本土簡化職業量表之效度評估，都有詳細說明。

3. Ganzeboom, Harry B. G., & Treiman, Donald J. (1996). Internationally comparable measures of occupational status for the 1988 international standard classification of occupations. *Social Science Research, 25*, 201-239.
   此文對於所建構的「國際職業聲望與社經地位量表」之基礎分類，分類的理論基礎，建構量表的研究背景、方法，都有詳細說明。並提供一至四碼的「國際職業聲望與社經地位量表」分數，以供研究者運用。

附錄一：社會變遷調查新職業分類表

管理人員：

110 雇主與總經理 (含董事、董事長、郵電總局長、監察人、副總經理)	120 主管 (或經理) 130 校長 140 民意代表	370 辦公室監督 (如股長、科長、課長、副理、襄理)

實務工作者：

學識技術層級			
專業人員 (含工程師)	助理 (半) 專業人員 (含技術員)	事務性工作人員 與其他類似技術層級者	非技術工
201 大專教師與研究人員 202 中小學、學前特教師 211 法學 (律) 專業人員 (如律師、法官) 212 語文、文物管理專業人員 (如作家、記者、編輯、圖書館管理師) 213 藝術、娛樂 (如聲樂家) 214 宗教 (有神職，如神父) 221 醫師 222 藥師 223 護士、助產士、護理師 230 會計師及商學專業人員 (如投資分析師、專利顧問)	301 助教 302 研究助理 (不含行政總務) 303 補習班、訓練班教師 (練) 311 法律、行政半專業助理 (含海關、稅收檢驗員) 312 社工員、輔導員 313 半專業 (如餐廳歌手、模特兒、廣告流行設計) 314 半專業 (沒神職) 321 醫療技術人員 (如無照護士、檢驗師、接骨、推拿、藥劑生) 322 運動半專業(如裁判、職業選手、教練) 331 會計，計算半專業助理 332 專技銷售，仲介等商業半專業服務 (如工商業推銷、直銷員、拍賣、鑑估、採購拉保險，勞工承包人、經紀人、報關代理)	410 辦公室事務性工作 (如法律、行政事務性助理、打字、文書、登錄、郵運圖書、複印、財稅事務) 420 顧客服務事務性工作 (如櫃檯接待、其他接待、總機、掛號、旅遊事務) 431 會計 (含簿記、證券) 事務 432 出納事務 (含售票、收費櫃檯金融服務) 531 商店售貨 (含展售) 532 固定攤販與市場售貨 511 旅運服務生 (員) (含嚮導) 512 餐飲服務生 513 廚師 (含調飲料、飲食攤廚師) 514 家事管理員 (如管家) 515 理容整潔 516 個人照顧 (如保姆、陪病、按摩) 520 保安工作 (如警察) 610 農林牧工作人員	910 工友、小妹 920 看管 (如門房、收票、帶位、電梯服務員、寄物管理、廟公、建築物管理員) 930 售貨小販 (沒店面) 940 清潔工 (洗車、擦鞋、洗菜、洗碗、家庭清潔傭工、清道、廢棄物蒐集) 950 生產體力非技術工 (如挖溝體力工、手作包裝、捆紮、繞線、封籤、簡單組裝體力工)
240 農學生物專業人員 (如農業技師) 250 工程師 (含建築、資訊、測量師、技師)	340 農業生物技術員或助理 (含推廣人員) 350 工程技術員 (含聲光、檢驗、廣電設備管制、技術師、攝影師) 360 航空、航海技術人員 (如飛機駕駛)	620 漁民 (含漁船駕駛) 710 營建採礦技術工 (如泥水匠、板模、油漆、裝潢、水電工) 720 金屬機械技術工 (如裝修機器、鐵匠焊接、板金、試車工) 790 其他技術工 (如裁縫、修鞋匠、木匠、麵包師傅、手藝工、手作印刷)	810 農機操作半技術工 (如操作除草、噴藥機) 820 工業操作半技術工 (如操作鑽孔、熔爐、發電、製藥設備) 830 組裝 (配) 半技術工 (如裝配機件、塑膠、紡織、紙、木製品) 840 車輛架駛及移運設備操作半技術工 (含船面水手)	960 搬送非技術工 (含送件、送報、搬運、球童、販賣機收款、抄表)

(工作類別)

志願役軍人　011 將官　012 校官　013 尉官　014 士官　015 士兵
預備役軍人　021 尉官　022 士官　023 士兵
無正式工作者　031 學生　032 家庭主婦　033 失業　034 其他無職業者

附錄二：臺灣地區新職業聲望與社經地位量表

	職業 聲望	社經 地位	五等 社經地位
1. 民意代表、行政主管、企業主管及經理人員			五
雇主與總經理	80.8	83.3	五
主管、校長、民意代表	83.8	81.4	五
2. 專業人員			五
大專教師與研究人員	89.8	87.9	五
中小學 (學前特教) 教師	82.6	81.1	五
醫師、法律專業人員 (屬高層專業人員)	87.3	86.0	五
語文、文物管理、藝術、娛樂、宗教專業人員 (屬藝文專業人員)	77.7	80.0	五
藥師、護士、助產士、護理師 (屬醫療專業人員)	78.4	79.1	五
會計師及商學專業人員	85.1	85.1	五
工程師	82.0	83.2	五
3. 技術員及助理專業人員			四
助教、研究助理、補習班、訓練班教師 (屬教育學術半專業人員)	80.6	78.4	四
法律、行政半專業助理	82.1	80.1	四
社工員、輔導員、宗教半專業人員	75.0	74.5	四
藝術、娛樂半專業人員	74.7	78.1	四
醫療、農業生物技術員、運動半專業人員 (屬生物醫療半專業人員)	78.1	77.5	四
會計、計算半專業助理	79.1	78.8	四
商業半專業服務人員	76.0	77.2	四
工程、航空、航海技術員	78.9	80.1	四
辦公室監督	80.2	81.9	四
4. 事務工作人員			三
辦公室事務性工作	76.6	76.5	三
顧客服務事務性工作、旅運服務生	70.0	74.3	三
會計事務	75.6	76.0	三
出納事務	75.1	76.7	三
5. 服務工作人員及售貨員			二
餐飲服務生、家事管理員	66.6	66.8	二
廚師	72.4	68.9	二
理容整潔、個人照顧	76.0	73.1	二
保安工作	79.0	76.9	二
商店售貨	73.1	71.8	二
固定攤販與市場售貨	67.7	67.3	二
6. 農、林、漁、牧工作人員			一
農林牧工作人員	68.6	66.0	一
漁民	64.7	65.9	一
7. 技術工及有關工作人員			二
營建採礦技術工	72.7	72.0	二
金屬機械技術工	74.7	74.2	二
其他技術工	71.6	71.1	二
8. 機械設備操作工及組裝工			二
車輛駕駛及移運、農機操作半技術工	70.0	70.7	二
工業操作半技術工	70.6	70.8	二
組裝半技術工	70.3	69.4	二
9. 非技術工及體力工			一
工友、小妹	65.1	66.1	一
看管	69.9	71.0	一
售貨小販	63.6	65.7	一
清潔工	66.2	64.5	一
生產體力非技術工	64.1	64.6	一
搬送非技術工	67.1	69.6	一

附錄三：臺灣地區新職業聲望與社經地位量表與改良版「臺灣地區新職業聲望與社經地位量表」SPSS 語法

---

recode to

(110＝83.3)	(120,130,140＝81.4)	(201＝87.9)	(202＝81.1)
(211,221＝86.0)	(212,213,214＝80.0)	(222,223＝79.1)	(230＝85.1)
(250＝83.2)	(301,302,303＝78.4)	(311＝80.1)	(312,314＝74.5)
(313＝78.1)	(321,322,340＝77.5)	(331＝78.8)	(332＝77.2)
(350,360＝80.1)	(370＝81.9)	(410＝76.5)	(420,511＝74.3)
(431＝76.0)	(432＝76.7)	(512,514＝66.8)	(513＝68.9)
(515,516＝73.1)	(520＝76.9)	(531＝71.8)	(532＝67.3)	(610＝66.0)
(620＝65.9)	(710＝72.0)	(720＝74.2)	(790＝71.1)	(810,840＝70.7)
(820＝70.8)	(830＝69.4)	(910＝66.1)	(920＝71.0)	(930＝65.7)
(940＝64.5)	(950＝64.6)		
(960＝69.6)	(else＝999) into tses.		

recode to

(110＝80.8)	(120,130,140＝83.8)	(201＝89.8)	(202＝82.6)
(211,221＝87.3)	(212,213,214＝77.7)	(222,223＝78.4)	(230＝85.1)
(250＝82.0)	(301,302,303＝80.6)	(311＝82.1)	(312,314＝75.0)
(313＝74.7)	(321,322,340＝78.1)	(331＝79.1)	(332＝76.0)
(350,360＝78.9)	(370＝80.2)	(410＝76.6)	(420,511＝0.0)
(431＝75.6)	(432＝75.1)	(512,514＝66.6)	(513＝72.4)
(515,516＝76.0)	(520＝79.0)	(531＝73.1)	(532＝67.7)	(610＝68.6)
(620＝64.7)	(710＝72.7)	(720＝74.7)	(790＝71.6)	(810,840＝70.0)
(820＝70.6)	(830＝70.3)	(910＝65.1)	(920＝69.9)	(930＝63.6)
(940＝66.2)	(950＝64.1)	(960＝67.1)	(else＝999) into top.

MISSING VALUE tses top (999).

compute rtop＝(top－55)*2.85.
compute rtses＝(tses－55)*3.

附錄四：高教調查大一新生父親職業調查問卷

1. 父親的工作類型 (現在或退休前) 工作情形
   □ (1) 民意代表、行政主管、企業主管及經理人員
   □ (2) 高層專業人員 (如大專教師、醫師、律師)
   □ (3) 中小學、特教、幼稚園教師
   □ (4) 一般專業人員 (如一般工程師、藥劑師、記者、護士)
   □ (5) 技術員及助理專業人員 (工程技術員、代書、藥劑生、推銷保險)
   □ (6) 事務工作人員 (文書、打字、櫃檯、簿記、出納)
   □ (7) 服務及買賣工作人員 (商人、廚師、理容、服務生、保姆、警衛、售貨)
   □ (8) 農、林、漁、牧工作人員
   □ (9) 技術工 (泥水匠、麵包師傅、裁縫、板金、修理電器)
   □ (10) 機械設備操作工及裝配工 (含司機)
   □ (11) 非技術工 (工友、門房、洗菜、簡單裝配、體力工)
   □ (12) 職業軍人：軍官
   □ (13) 職業軍人：士官兵
   □ (14) 家管
   □ (15) 失業、待業
   □ (16) 其他 _____

2. 父親的工作內容：
   職位 _____

   詳細工作內容 _____

附錄五：有關社會變遷、高教調查與 TEPS 職業分類之進一步說明

　　高教調查透過學生自陳問卷，來對父母親職業進行調查，所採用的是「學生勾選父母親大類職業」的封閉式問卷 (見附錄四)。TEPS 也主要採用自陳問卷，用類似附錄四的問卷，請家長「勾選學生的父母親大類職業」；如果家長漏填職業，則用電話訪問家長以問清其職業。本附錄對於上述分類做進一步說明，包括說明要清楚判定職業類別所需的電話調查程序 (改編自黃毅志，1998)；這也可作為用開放題訪問調查的附錄一「社會變遷調查新

職業分類表」歸類之參考。

(一)　職業調查程序與歸類判準

1. 先問清楚受訪者所答的工作是否為專職，有些職稱如村長、大學系主任多為兼職，而這些村長、系主任很可能另有專職，如系主任的專職為大專教師，而必須以其專職來歸類職業。

2. 在確定是專職後，先問職稱，再問詳細工作內容。由於受訪者所答職稱往往名不符實，在職業歸類時，必須以詳細工作內容為主要根據，職稱做為參考之用。

　　在問詳細工作內容時，先問是否為雇有員工的老闆。如果雇有員工 10 人以上，則為附錄一之雇主 (110)，與附錄四之選項 (1)；如果雇有員工 1-9 人或者為無雇有員工的老闆，往往必須從事實務工作 (如看診、早餐店老闆)，則為附錄一之實務工作者，如醫師 (221)、廚師 (513)，附錄四選項 (1) 以外之實務工作者，如 (2)、(7)。若為無雇有員工的受雇者，而所管理的員工亦包含也管有員工者，屬於附錄一之主管，歸入選項 (1)；只管理沒管有員工的基層員工者，若在辦公室工作，如股長，則為附錄一之辦公室監督 (370)，歸入選項 (5)，若不在辦公室工作，如工頭、餐廳領班，則併入實務工作者中之適當類別。

　　以下的職業歸類只針對附錄四做說明，以簡化說明，這與附錄二之社會變遷九大類職業類似，也可做為附錄一「社會變遷調查新職業分類表」歸類之參考。行政主管、企業主管、經理人員及民意代表 (1) 以外的實務工作者，可依各項工作所需要的專業「學識技術」做區分。其中，在辦公室工作者可依專業學識技術水平從高而低分為：

(1) 專業人員，含選項 (2)、(3)、(4)：運用學識技術來進行工作，通常有大學以上學歷，經專業考試及格，而有執照，如藥劑師、律師。

(2) 技術員及助理專業人員 (半專業人員)，屬於選項 (5)：通常在專業人員、

主管經理人員指導下，運用學識技術來工作，如藥劑生。

(3) 事務工作人員，選項 (6)：從事不需要太多學識技術的例行性事務工作，如屬於例行性工作的文書、出納。

(4) 非技術工，選項 (11)：如工友。

　　若工作與工廠或工地有關，則可依專業學識技術水平從高而低分為：

(1) 工程師，一般工程師屬於選項 (4)，高層工程師屬於選項 (2)：這都屬於專業人員，運用學識技術以解決工程問題，通常有大學以上學歷。

(2) 工程技術員，選項 (5)：這屬於半專業人員，在工程師指導下，運用學識技術從事工程設計或實際技術問題之解決。

(3) 技術工，選項 (9)：運用技術、手藝來製造、安裝、維修工業品。

(4) 操作工及裝配工，選項 (10)：操控機器、車輛或裝配工業品。

(5) 非技術工，選項 (11)：如體力工、簡單裝配。

　　對於實務工作者，在訪問時，先問工作的職稱、類別 (如藥劑)，續問工作內容及所需要的專業「學識技術」之層級，以做為區分專業人員 (如藥劑師)、半專業人員 (如藥劑生)、技術工、非技術工等層級之基礎。若職業為工人，就必須問清楚是運用技術、手藝來製造、安裝、維修工業品，或只是操控機器、車輛或裝配工業品；若是前者，則屬技術工；後者則屬操作工及裝配工；如果都不是，而沒用到多少技術，則屬非技術工。若職業為護士、護理師、助產士，則需問清楚是否有執照，有則屬一般專業人員，無則屬半專業人員。若職業為助理 (或秘書)，則需問清楚是否需要用到較複雜的學識技術，或者僅是例行性事務工作，前者歸入半專業人員，後者歸入事務工作人員。至於警察，除了外勤的非行政主管歸入選項 (7) 的警衛之外，其餘則依工作內容併入實務工作，如 (6) 的文書，或屬於主管人員 (1) 的局長。

　　在調查過程中，應根據以上調查程序 (可參見下面調查流程圖)，詳細記錄工作內容，如管理層級、工作類別、專業層級，並盡可能在調查時就給職業做歸類；如果一時無法找到適當類別，則必須根據所記錄的詳細工作內

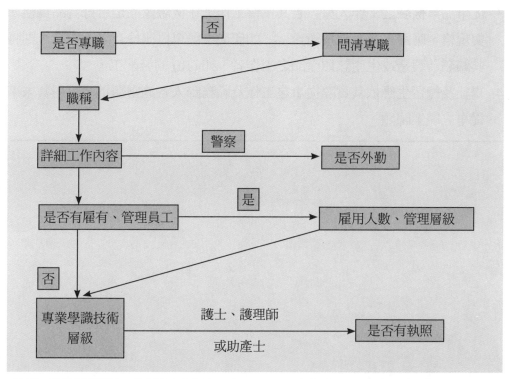

說明：只管理基層員工的非辦公室主管，雇用員工 0-9 人的小老闆以及非外勤的警察，均以實務工作類別、專業技術層級做歸類。

附圖：職業調查流程圖

容，作為隨後做精確歸類的依據。

(二)　歸類之釋疑

1. 若一工作者其從事兩項以上之工作或職務，以需要較高學識技術層次之工作歸類為其職業。例如，一個工作者其從事之工作包括小貨車駕駛及卸貨，則應將其歸入 (10) 的司機。

2. 若一工作者其從事之工作連接生產及行銷等不同工作，則應以生產工作 (優先於買賣服務、運輸等工作) 作為職業之歸類。例如，麵包師傅同時從事麵包之烘製、販賣與送貨工作，則不能歸類為售貨，而應歸入 (9) 的「技術工」。

3. 從事品質檢驗之工作人員，若其主要工作是在檢驗產品是否符合品質標準與規格，應歸入「工程技術員」。如僅從事簡單目測檢查之工作者，則將其歸類為製造或生產該類產品之工作者，如 (10) 的裝配工。

4. 學徒及練習生應依其實際從事之工作及職務歸入各適當類別，可用其未來從事之職業歸類。

索 引

人名索引